AGATHA CHRISTIE

MISTÉRIOS DOS ANOS 60

Estes títulos estão publicados também na Coleção **L&PM** POCKET

Noite sem fim
Título original: *Endless Night*
Tradução: Bruno Alexander

Um pressentimento funesto
Título original: *By the Pricking of My Thumbs*
Tradução: Bruno Alexander

Passageiro para Frankfurt
Título original: *Passenger to Frankfurt*
Tradução: Rodrigo Breunig

Portal do destino
Título original: *Postern of Fate*
Tradução: Henrique Guerra

[*Mistérios dos anos 60*, o volume que encerra esta série, inclui o último romance de Agatha Christie, *Portal do destino*, para ser o mais representativo possível, já que o livro foi escrito e publicado em 1973. (N.E.)]

AGATHA CHRISTIE

MISTÉRIOS DOS ANOS 60

Noite sem fim

Um pressentimento funesto

Passageiro para Frankfurt

Portal do destino

L&PM 40 ANOS

Texto de acordo com a nova ortografia

Capa: HarperCollins 2005. *Ilustrações*: modelo, Conde Nast/Corbis; tesoura, Royalty Free/Corbis
Foto da autora: © Christie Archives Trust
Revisão: L&PM Editores

CIP-Brasil. Catalogação na fonte
Sindicato Nacional dos Editores de Livros, RJ.

C749a

Christie, Agatha, 1890-1976
Agatha Christie: mistérios dos anos 60 / Agatha Christie; [tradução Bruno Alexander]. Noite sem fim. / [tradução Bruno Alexander]. Um pressentimento funesto. / [tradução Rodrigo Breunig]. Passageiro para Frankfurt. / [tradução Henrique Guerra]. Portal do destino. – 1. ed. – Porto Alegre, RS: L&PM, 2014.
688 p. ; 23 cm.

Tradução de: *Endless Night*; *By the Pricking of My Thumbs*; *Passenger to Frankfurt*; *Postern of Fate*
ISBN 978-85-254-3127-1

1. Ficção inglesa. I. Alexander, Bruno. II. Breunig, Rodrigo. III. Guerra, Henrique. IV. Christie, Agatha, 1890-1976. Noite sem fim. V. Christie, Agatha, 1890-1976. Um pressentimento funesto. VI. Christie, Agatha, 1890-1976. Passageiro para Frankfurt. VII. Christie, Agatha, 1890-1976. Portal do destino. VIII. Título. IX. Título: Mistérios dos anos 60. X. Noite sem fim. XI. Um pressentimento funesto. XII. Passageiro para Frankfurt. XIII. Portal do destino.

14-10908 CDD: 823
CDU: 821.111-3

Rua Comendador Coruja, 314, loja 9 – Floresta – 90220-180
Porto Alegre – RS – Brasil / Fone: 51.3225.5777 – Fax: 51.3221.5380

Pedidos & Depto. Comercial: vendas@lpm.com.br
Fale conosco: info@lpm.com.br
www.lpm.com.br

Impresso no Brasil
Inverno de 2014

SUMÁRIO

Noite sem fim

Tradução de Bruno Alexander

A Nora Prichard, de quem ouvi a lenda do Campo do Cigano pela primeira vez.

Toda noite e todo amanhecer
Alguns nascem para sofrer.
Toda manhã e todo anoitecer
Alguns nascem para o doce prazer,
Alguns nascem para o doce prazer, sim.
Alguns nascem para uma noite sem fim.

William Blake
Augúrios da inocência

LIVRO 1

CAPÍTULO 1

Em meu fim está meu princípio... Eis uma citação que tenho ouvido com frequência. Soa bem, mas o que realmente significa?

Será que existe um ponto determinado do qual se possa dizer: "Tudo começou naquele dia, em tal momento e lugar, com tal acontecimento?"

Minha história deve ter começado quando vi, pendurado na parede do George and Dragon, um cartaz anunciando a venda em leilão da valiosa propriedade As Torres. Ele continha informações detalhadas referentes à área e ao comprimento e uma fotografia idealizada de As Torres, provavelmente de seus primórdios, há cerca de oitenta, cem anos.

Não estava fazendo nada de especial, só matando tempo, caminhando pela rua principal de Kingston Bishop, um lugar sem a menor importância. Reparei no anúncio do leilão. Por quê? O destino me sorria ou me condenava? As duas opções eram válidas.

Poderia dizer, talvez, que tudo começou quando conheci Santonix, ao longo das conversas que tivemos. Fecho os olhos e vejo: as maçãs do rosto rosadas, os olhos excessivamente brilhantes e o movimento de suas mãos fortes, mas delicadas, que se ocupavam em desenhar plantas e projetos de casas. Uma em especial, uma casa linda, um imóvel que seria maravilhoso possuir!

O anseio por uma casa bela e vistosa, como jamais esperava ter, despontou em minha vida naquele instante. Era um sonho partilhado entre nós – a casa que Santonix construiria para mim, se ele vivesse o suficiente...

Uma casa onde, na minha fantasia, eu moraria com a mulher amada e, como nos contos infantis, viveríamos felizes para sempre. Era só imaginação minha, mas despertou em mim a ânsia por algo que talvez eu jamais tivesse.

Ou, sendo esta uma história de amor – e juro que *é* –, por que não começar do lugar onde, pela primeira vez, avistei Ellie, de pé entre os escuros pinheiros do Campo do Cigano?

Campo do Cigano. Sim, talvez seja melhor começar por aí. No momento em que me afastei do anúncio do leilão, com um leve estremecimento, porque uma nuvem negra tapava o sol, e perguntei despreocupadamente a uma pessoa do local que aparava uma cerca de maneira desordenada nas proximidades

– Que tal essa casa, As Torres?

Ainda me lembro da estranha expressão no rosto do velho, que, me olhando de lado, respondeu:

– Não é assim que nós a chamamos aqui. Que nome é esse? – Riu em sinal de desaprovação. – Já faz muito tempo que ninguém mora ali e a chama de As Torres – disse e riu de novo.

Perguntei-lhe, então, como *ele* a chamava. Seus olhos, parte daquele rosto enrugado, desviaram-se de mim mais uma vez, à estranha maneira das pessoas do campo, que não falam diretamente com os outros, mas olham para o lado, por sobre os ombros, como se vissem coisas que não vemos. O velho respondeu:

– Aqui a chamam de Campo do Cigano.

– Por que esse nome? – perguntei.

– É uma espécie de lenda. Não sei muito bem. Cada um diz uma coisa. De qualquer forma, é ali que acontecem os acidentes.

– Acidentes de carro?

– Todos os tipos de acidente. Hoje em dia, principalmente acidentes de carro. A curva é muito fechada.

– Bem – ponderei –, se a curva é fechada, não é de se espantar que haja acidentes.

– O Conselho Rural colocou uma placa de advertência, mas não adiantou. Os acidentes continuam acontecendo como antes.

– Por que "cigano"? – perguntei.

Seu olhar desviou-se novamente, e a resposta foi vaga:

– As versões variam. Dizem que ali já foi terra de ciganos. Quando os expulsaram, eles amaldiçoaram o lugar.

Não consegui conter o riso.

– É verdade – ele disse. – Pode rir, mas o fato é que existem mesmo lugares amaldiçoados. Vocês que vêm da cidade, tão espertos, não sabem, mas há lugares realmente amaldiçoados, e esse é um deles. Houve gente que morreu na pedreira ao extrair pedras para a construção. Uma noite, o velho Geordie caiu de lá de cima e quebrou o pescoço.

– Estava bêbado? – eu quis saber.

– Talvez sim. Gostava de tomar umas e outras. Mas há muitos bêbados que têm quedas violentas sem sofrer nenhum dano permanente. Geordie, porém, quebrou o pescoço. Foi ali – apontou para a colina coberta de pinheiros que se encontrava atrás deles –, no Campo do Cigano.

Sim, creio que foi dessa maneira que tudo começou. Na época, não dei muita importância. Só estou lembrando. Acho, quando penso melhor, que devo ter misturado um pouco a história. Não sei se foi antes ou depois que perguntei se ainda havia ciganos na região. O velho respondeu que não havia muitos no momento. A polícia sempre os expulsava, contou. Então, indaguei:

– Por que ninguém gosta de ciganos?

– Eles roubam muito – retrucou em tom de condenação. Depois, olhou-me com mais atenção. – Será que o senhor tem sangue cigano? – insinuou, encarando-me com severidade.

Respondi que não, até onde sabia. É verdade, pareço um pouco com um cigano. Talvez por isso tenha me interessado tanto o nome Campo do Cigano. Pensei, enquanto sorria de volta, divertindo-me com nossa conversa, que talvez tivesse mesmo um pouco de sangue cigano.

Campo do Cigano. Subi pelo caminho sinuoso que saía da aldeia, embrenhei-me por entre as árvores escuras e cheguei, finalmente, ao topo da colina para contemplar o mar e os navios. A vista era maravilhosa. Pensei, distraidamente: "E se o Campo do Cigano fosse *meu*...". Apenas uma ideia disparatada. Quando cruzei novamente com o aparador de cercas, ele me disse:

– Se lhe interessam os ciganos, pode falar com a velha sra. Lee. Mora no chalé que o major deu para ela.

– Quem é o major? – perguntei.

Ele respondeu, com ar de surpresa:

– Ora, o major Phillpot. – Pareceu incomodado com a pergunta. Concluí que o major Phillpot devia ser um "deus" local. A sra. Lee, supus, era uma de suas dependentes, de cuja subsistência ele se encarregava. A família Phillpot, pelo visto, sempre morou ali e mandava no lugar.

Ao me despedir do velho, ele me disse:

– Ela mora no último chalé, no fim da rua. O senhor deverá encontrá-la do lado de fora. Não gosta de ficar dentro de casa, como todos que têm sangue cigano.

E assim lá estava eu, perambulando pela estrada, assobiando e pensando no Campo do Cigano. Já havia quase me esquecido do que ouvira quando me deparei com uma mulher idosa, alta e de cabelos negros, fitando-me por sobre uma cerca de jardim. Soube na hora que era a sra. Lee. Fui falar com ela.

– Me disseram que a senhora poderia me falar sobre o Campo do Cigano – comecei.

Ela encarou-me por entre a franja desgrenhada e disse:

– Não se envolva com isso, meu jovem. Siga o meu conselho. Esqueça esse assunto. Você é um rapaz bonito. Não há nada de bom no Campo do Cigano, e jamais haverá.

– Vi que está à venda – comentei.

– É verdade. E quem o comprar não tem juízo.

– Quem o comprará?

– Há um construtor interessado. Mais de um. Sairá barato, pode apostar.

– Por que sairá barato? – perguntei com curiosidade. – É um bom lugar.

Não me respondeu.

– Suponhamos que o comprador pague pouco. O que fará ali?

Ela deu um risinho discreto, malicioso, desagradável.

– Destruir a velha casa em ruínas e, claro, construir outras casas, vinte, trinta, talvez, todas amaldiçoadas.

Ignorei a última parte da frase e disse:

– Seria uma pena. Uma pena mesmo.

– Ora, não precisa se preocupar. Nenhuma alegria lhes advirá daí, nem aos compradores, nem aos que assentarem os tijolos e a argamassa. Será um pé que escorrega na escada aqui, um caminhão que tomba com a carga ali, uma telha que cai do telhado na cabeça de alguém, as árvores que desabam por conta de uma súbita ventania. O senhor verá! Ninguém pode com o Campo do Cigano. Melhor deixá-lo abandonado. O senhor verá. O senhor verá. – Sacudiu vigorosamente a cabeça e depois repetiu baixinho para si mesma: – *Não há felicidade para quem se envolve com o Campo do Cigano.* Nunca houve.

Eu ri, e ela falou com rispidez:

– Não ria, meu jovem, que um dia esse seu riso pode se transformar em pranto. Nunca houve felicidade ali, nem na casa, nem nas terras.

– O que aconteceu na casa? – perguntei. – Por que está vazia há tanto tempo? Por que a deixaram cair aos pedaços?

– As últimas pessoas que moraram lá morreram, todas.

– Morreram como? – perguntei de curiosidade.

– É melhor não falar mais nisso. A questão é que ninguém quis morar ali depois. A casa foi abandonada, esquecida, e é bom que seja assim.

– Mas a senhora poderia me contar a história – disse, tentando seduzi-la. – A senhora sabe tudo a respeito.

– Não gosto de falar sobre o Campo do Cigano. – Deixou a voz cair numa espécie de lamúria de falso pedinte. – Agora, se quiser, meu rapaz, posso ler sua sorte. É só me dar algumas moedas de prata. O senhor é uma dessas pessoas que têm futuro.

– Não acredito nessa bobagem de leitura da sorte – falei –, e não tenho moedas de prata, não para desperdiçar.

A velha aproximou-se e continuou, querendo me convencer:

– Seis centavos. Faço por seis centavos. O que são seis centavos? Nada. Faço por seis centavos porque o senhor é um bom sujeito, comunicativo e de personalidade. Pode ser que vá longe.

Catei seis centavos no bolso, não porque acreditasse naquela besteira de superstição, mas porque, por algum motivo, simpatizei com a velha impostora, mesmo sabendo de suas artimanhas. Ela pegou as moedas e disse:

– Me dê suas mãos, as duas.

Tomando-me as mãos em suas garras secas, fixou o olhar nas palmas abertas. Fez silêncio por um momento, depois largou minhas mãos abruptamente, como que as empurrando. Deu um passo para trás e falou de maneira ríspida:

– Se sabe o que lhe convém, saia agora mesmo do Campo do Cigano e não volte nunca mais! É o melhor conselho que posso lhe dar. Não volte.

– Por que não? Por que não devo voltar?

– Porque se voltar, só encontrará tristeza, perdas e talvez perigo. Vejo problemas, problemas graves à sua espera. Apague este lugar da memória. Estou avisando.

– Bem, de todas as...

Mas ela virou-se, retirando-se para o chalé, onde entrou e bateu a porta. Não sou supersticioso. Acredito em sorte, claro, quem não acredita? Não, porém, num monte de tolices sobre casas amaldiçoadas caindo aos pedaços. E, mesmo assim, fiquei com a desagradável sensação de que aquela velha sinistra tinha visto *alguma coisa* na minha mão. Olhei para as duas palmas estendidas à minha frente. Como alguém poderia ver algo ali? A quiromancia não passava de rematada insensatez, um simples ardil para arrancar dinheiro dos outros devido à tola credulidade. Olhei para o céu. O sol se escondera, o dia parecia diferente agora. Uma espécie de sombra descia como uma ameaça. Uma tempestade que se aproxima, pensei. O vento começava a soprar, os galhos das árvores balançavam. Assobiei para me animar e caminhei pela estrada atravessando a aldeia.

Olhei novamente para o cartaz que anunciava o leilão de As Torres. Cheguei a anotar a data. Nunca havia participado de um leilão na vida, mas pensei em participar desse. Seria interessante saber quem compraria As Torres, ou seja, quem seria o dono do Campo do Cigano. Sim, creio que foi aí mesmo que tudo começou... Ocorreu-me uma ideia fantástica. Participaria ativamente do leilão, fazendo ofertas, junto com os construtores locais! Quando eles desistissem, desapontados pela alta do preço, *eu* compraria o terreno e pediria a

Rudolf Santonix que construísse uma casa para mim ali. Depois, encontraria uma jovem maravilhosa e viveríamos felizes para sempre.

Eu costumava ter sonhos como esse. Naturalmente, nunca se concretizavam, mas eram divertidos. Assim pensava eu, naquela época. Divertimento! Meu Deus, se eu soubesse o que me esperava...

CAPÍTULO 2

Foi por puro acaso que acabei nas imediações do Campo do Cigano naquele dia. Estava num carro alugado levando algumas pessoas de Londres para um leilão, não de uma casa, mas de seu conteúdo. Tratava-se de uma grande casa, especialmente feia, situada nos arredores da cidade. Os passageiros eram um casal idoso que estava interessado, pelo que pude ouvir da conversa, numa coleção de papel machê, fosse lá isso o que fosse. A única menção que ouvira a tal respeito fora feita por minha mãe, referindo-se a bacias para lavar as mãos. Ela dizia que as bacias de papel machê eram muito melhores do que as de plástico! Pareceu-me estranho que pessoas de dinheiro se dispusessem a comprar uma coleção daquele troço.

Arquivei, porém, o fato no fundo da memória. Depois procuraria num dicionário ou leria em algum lugar o que era papel machê. Devia ter certo valor, caso contrário não haveria pessoas dispostas a alugar um carro para levá-las a um leilão no interior. Sempre me interessei por coisas desse tipo. Tinha 22 anos na época e, de alguma forma, já havia adquirido muito conhecimento. Sabia bastante sobre carros, era um bom mecânico e um motorista cuidadoso. Cheguei a trabalhar com cavalos na Irlanda. Quase me envolvi com uma quadrilha de marginais, mas consegui perceber a tempo e me desvencilhar. Um emprego de motorista numa empresa importante de aluguel de carros não é de todo mau. Ganha-se bastante em gorjetas e o trabalho não é tão pesado, apesar de ser chato.

Já trabalhei na colheita de frutas durante o verão. Não ganhei muito com isso, mas me diverti. Tentei muitas coisas. Fui garçom num hotel de terceira classe, salva-vidas numa praia de veraneio, vendedor de enciclopédias, de aspiradores de pó e outros objetos. Fiz trabalho de horticultura num jardim botânico e aprendi um pouco sobre flores.

Jamais me apeguei a coisa alguma. Por que deveria? Achei interessante quase tudo o que fiz. Alguns trabalhos eram mais difíceis do que outros, mas isso não me importava. Não sou preguiçoso. Sou, admito, um tanto irrequieto.

Estou sempre querendo ir a todos os lugares, ver tudo, fazer tudo. Estou em busca de *alguma coisa*. É isso! Quero encontrar alguma coisa.

Isso começou quando saí da escola, mas não sabia o que desejava encontrar. Vivia procurando de maneira vaga e em vão. Deveria estar *em algum lugar*. Mais cedo ou mais tarde, eu descobriria tudo a respeito. Talvez fosse uma garota... Gosto de garotas, porém não havia encontrado nenhuma que tivesse maior importância... Gostava de uma, mas logo a trocava por outra. Eram como os empregos que tive: bons por um tempo. Cansava-me e partia para o seguinte. Mudei constantemente de atividade desde que deixei a escola.

Muita gente desaprovava o meu estilo de vida. Queriam o meu bem, como se diz, mas desconheciam o essencial em mim. Queriam que namorasse a sério com uma garota legal, que economizasse dinheiro, que me casasse com ela e me fixasse num bom emprego. Dia após dia, ano após ano, por toda a eternidade, amém. Não para mim, obrigado. Deve haver algo melhor do que isso. Não apenas essa monótona segurança, o velho estado do bem-estar social, claudicando em suas meias medidas! Evidentemente, pensava eu, num mundo em que o homem conseguiu colocar satélites no espaço e em que as pessoas se vangloriam de visitar as estrelas, deve haver *alguma coisa* que nos emocione, que faça nosso coração bater mais forte, que valha a busca mundo afora! Um dia, lembro bem, estava caminhando pela Bond Street. Foi na época em que trabalhava como garçom e estava em serviço. Olhava sapatos numa vitrine. Eram muito elegantes. Como se diz nos anúncios dos jornais: *O que os homens elegantes usam hoje em dia*, junto com uma foto do tal homem elegante. Palavra de honra, é algo bem tosco. Costumava rir desse tipo de propaganda.

Passei da vitrine de calçados para a seguinte. Era uma loja de quadros. Viam-se apenas três pinturas numa vitrine artisticamente arrumada, com uma cortina de veludo fino em cor neutra recolhida no canto de uma moldura dourada. Meio maricas, se entendem o que quero dizer. Não me interesso muito por arte. Entrei na National Gallery uma vez por pura curiosidade. Fiquei exasperado, isso sim. Enormes quadros coloridos de guerras em campos de batalha, santos macilentos cravados de flechas, pinturas de grandes damas com fátuos sorrisos, vestidas de seda, veludo e renda. Cheguei à conclusão, naquele instante, que a arte não era para mim. Mas o quadro que agora me atraía tinha algo de diferente. Havia três pinturas na vitrine. Uma delas era uma paisagem, um pedaço de campo que eu classificaria de medíocre. Outra, uma mulher, representada de maneira tão curiosa, tão fora de proporção, que mal parecia uma mulher. Imagino que seja o que chamam de *art nouveau*. Não entendo nada disso. A terceira foi a que me agradou.

Para falar a verdade, não tinha nada de especial. Era... como posso descrevê-la? *Simples.* Bastante espaço vazio e alguns grandes círculos concêntricos, por assim dizer. Tudo em cores diferentes, estranhas e inusitadas. Aqui e ali, manchas coloridas que não pareciam fazer qualquer sentido, mas que significavam alguma coisa, com certeza! Não sou bom em descrições. Só posso dizer que não dava vontade de tirar os olhos do quadro.

Fiquei ali, com a estranha sensação de que algo fora do comum havia acontecido comigo. Aqueles sapatos elegantes, agora gostaria de usá-los. A verdade é que me preocupo bastante com as minhas roupas. Gosto de me vestir bem para causar boa impressão, mas nunca na vida havia pensado seriamente em comprar sapatos na Bond Street. Cobram os olhos da cara. Quinze libras um par de sapatos! São feitos à mão, parece, o que valoriza o produto. Dinheiro jogado fora. Tudo bem que são sapatos de luxo, mas o luxo custa caro demais. Seria loucura gastar com isso.

Mas aquele quadro, quanto custaria? Fiquei me perguntando. E se eu o comprasse? "Você está louco", disse a mim mesmo. "Você geralmente não se interessa por quadros." Verdade. Mas eu queria aquele quadro... Gostaria que fosse *meu.* Gostaria de pendurá-lo na parede, sentar-me para contemplá-lo o tempo que quisesse, sabendo que *me* pertencia! *Eu,* comprando quadros! Parecia uma ideia maluca. Olhei de novo para a pintura. Não fazia sentido eu querer aquele quadro e, de qualquer forma, não sabia se teria como pagar. Acontece que, no momento, eu estava com algum dinheiro, graças a um feliz palpite na corrida de cavalos. Quanto custaria aquele quadro? Uma fortuna. Vinte libras? Vinte e cinco? Bem, não custava nada perguntar. O que poderia acontecer? Entrei num impulso e um tanto quanto na defensiva.

O interior da loja era muito silencioso e solene. O clima era de quietude, com paredes em cores neutras e um pequeno sofá aveludado para sentar e apreciar os quadros. Um homem, que lembrava o modelo de elegância dos anúncios publicitários, veio me atender, falando baixinho, de modo condizente com o local. Curiosamente, ele não possuía aquele ar de superioridade típico dos vendedores das lojas de luxo da Bond Street. Ouviu o que eu tinha a dizer e depois tirou o quadro da vitrine, segurando-o contra uma parede para que eu pudesse olhá-lo o tempo que quisesse. Ocorreu-me, então, de maneira muito natural, que as regras que se aplicam aos quadros não se aplicam a outras mercadorias. Alguém pode entrar num lugar como esse com a roupa toda surrada e ser um milionário querendo aumentar sua coleção. Ou então pode parecer, talvez como eu, um joão-ninguém, tão fascinado por um quadro específico que acabou dando um jeito, sabe-se lá como, de juntar dinheiro para comprá-lo.

– Um magnífico exemplar de obra de arte – disse o vendedor, com o quadro nas mãos.

– Quanto custa? – perguntei sem rodeios.

A resposta tirou-me o fôlego.

– Vinte e cinco mil – respondeu em tom suave.

Sou muito bom em não deixar transparecer minhas emoções no rosto. Conservei-me impassível, acho. O vendedor mencionou um nome que soava estrangeiro, o nome do artista, creio, e comentou que o quadro acabara de ser adquirido, vindo de uma casa de campo, cujos moradores não tinham ideia do que possuíam. Não me deixei perturbar, mas suspirei.

– É muito dinheiro, mas suponho que valha – disse.

Vinte e cinco mil libras. Está brincando!

– Sim – concordou ele, suspirando também. – Vale mesmo. – Abaixou com cuidado o quadro e levou-o de volta para a vitrine. Olhou para mim e sorriu. – O senhor tem bom gosto – disse.

Senti que, de certa maneira, nos entendíamos. Agradeci-lhe e saí para a Bond Street.

CAPÍTULO 3

Não sei muito bem como colocar as coisas no papel, não da maneira como faria um bom escritor. A história do quadro que vi, por exemplo. Não tem muito nexo, ou seja, não resultou em nada, não levou a lugar nenhum e, no entanto, sinto que é importante, que deve se encaixar em algum lugar. Foi, dentre as coisas que me aconteceram, uma das que mais tiveram significado. Assim como o Campo do Cigano e Santonix.

Ainda não falei muito dele. Santonix era arquiteto, como já devem ter percebido. Arquitetura é outra área com a qual tenho pouca intimidade, embora não seja totalmente ignorante em relação ao ramo de construções. Conheci Santonix em minhas perambulações. Eu estava trabalhando como motorista, levando gente rica aos lugares que desejavam. Viajei em algumas ocasiões para o exterior: duas vezes para a Alemanha (eu falava um pouco de alemão), uma ou duas vezes para a França (também arranhava o francês) e uma vez para Portugal. Os passageiros eram, de modo geral, pessoas idosas, com dinheiro e complicações de saúde quase na mesma proporção.

Quando temos contato com esse tipo de pessoa, começamos a pensar que o dinheiro, afinal, não é assim tão importante, levando em consideração os distúrbios coronários, todos os remédios que se tem de tomar o tempo todo e a impaciência em hotéis com relação à comida e ao serviço. Quase todos os ricos que conheci eram bastante infelizes. E também tinham suas preocupações. Impostos e investimentos. Escute-os conversando entre si e com os amigos. Só preocupações! É o que mata a metade deles. Sua vida sexual é outro problema: ou têm mulheres louras, sensuais, de longas pernas, traindo-os com amantes, ou estão casados com mulheres rabugentas, feias de dar dó, censurando-os o tempo todo. Não. Prefiro ser como sou – Michael Rogers, passeando pelo mundo e saindo com mulheres bonitas quando bem entendo!

Era um pouco precário, é verdade, mas tudo bem. A vida era divertida, e isso bastava. Qualquer coisa nos diverte quando somos jovens. Finda a juventude, porém, termina também a diversão.

Por trás de tudo, creio, havia sempre outro fato: a necessidade de alguém ou de alguma coisa... No entanto, para continuar o que estava dizendo, havia um homem de idade que eu costumava levar para a Riviera. Estava construindo uma casa lá. Ia ver como andavam as obras. Santonix era o arquiteto. Não sei muito bem qual a nacionalidade de Santonix. Julguei, a princípio, que fosse inglês, apesar do nome estranho, que eu jamais ouvira antes. Mas não creio que fosse inglês. Escandinavo, talvez. Logo percebi que era uma pessoa doente. Jovem, de tez clara, tinha um rosto fino, meio assimétrico. Tratava os clientes com grande impaciência. Era de se supor que estes, fornecendo o dinheiro, dessem as cartas. Mas não. Era Santonix, sempre seguro de si mesmo, quem mandava no jogo.

Lembro-me que esse homem idoso, ao qual me referi, ficou furioso quando, ao chegar, viu como andavam as obras. Eu costumava ouvir trechos de conversa enquanto esperava para prestar serviços de motorista e faz-tudo. O sr. Constantine parecia estar sempre à beira de um enfarte ou de um derrame cerebral.

– O senhor não fez o que eu mandei! – exclamou, quase aos berros. – Gastou dinheiro demais, além da conta. Não foi o que combinamos. Vai me custar mais do que pensei!

– Tem toda a razão – disse Santonix. – Mas é preciso gastar esse dinheiro.

– Não vai gastá-lo! Não vai gastá-lo. Terá de se manter dentro dos limites que estabeleci. Entendeu?

– Nesse caso, não terá a casa que deseja – falou Santonix. – *Sei* o que quer. A casa que estou construindo será a que espera. Tenho certeza absoluta disso, e o senhor também. Não me venha com essas suas mesquinharias de classe média. O senhor quer uma casa de qualidade e a terá. Poderá se gabar perante os amigos e causar-lhes inveja. Não construo para qualquer um, já lhe disse. Não faço isso só por dinheiro. Essa casa não será igual às de outras pessoas!

– Vai ficar horrível. Horrível!

– Não vai, não. O problema é que *o senhor* não sabe o que quer. Ou, pelo menos, dá essa impressão. Até sabe o que deseja, só que não consegue enxergar com clareza. Mas *eu* consigo. Uma coisa eu sempre sei: o que as pessoas procuram e o que desejam. O senhor gosta de qualidade. E é isso o que lhe darei.

Ele costumava dizer coisas desse tipo. E eu, ali perto, acabava ouvindo. De uma forma ou de outra, pude perceber que aquela casa que estava sendo construída entre os pinheiros e com vista para o mar não seria como as outras. Metade dela não tinha vista para o mar do modo convencional. A vista era voltada para dentro, para a serra, e alcançava uma linha de montanhas que recortava o céu. Era estranho, fora do comum e muito bonito.

Santonix falava comigo às vezes, quando eu não estava a serviço. Dizia:

– Só construo casas para quem quero.

– Pessoas ricas, você quer dizer.

– Claro, porque, do contrário, não teriam como pagar pela casa. Mas não é no dinheiro que penso. Meus clientes têm que ser ricos porque gosto de fazer casas caras. A casa em si não basta. É necessário também uma boa localização. O lugar é tão importante quanto a obra. Como um rubi ou uma esmeralda. Uma bela pedra é apenas uma bela pedra. Não significa nada, não tem forma nem sentido até ser cravada. E o ato de cravar de nada vale sem uma bela pedra. Eu faço a montagem de acordo com o cenário, onde ele exista por si só. O cenário não significa nada até que nele se assente minha casa, cravada orgulhosamente como pedra preciosa em suas garras. – Olhou para mim e riu. – Entendeu?

– Acho que não – respondi devagar. – Mas talvez tenha entendido...

– Talvez. – Olhou-me com curiosidade.

Voltamos à Riviera em outra ocasião. A casa estava quase pronta. Não vou descrevê-la porque não saberia como, mas posso dizer que ela era, digamos... especial. E *bonita*. Não tive dúvidas quanto a isso. Uma casa que dava orgulho – orgulho de mostrar para os amigos, orgulho de contemplar, orgulho de morar com a pessoa certa... quem sabe?

– Poderia construir uma casa para *você*. Sei o tipo de casa que desejaria.

Discordei com a cabeça.

– Se nem eu mesmo sei – disse, sendo sincero.

– Talvez não saiba. Mas eu sei. – E acrescentou: – Pena que você não tenha dinheiro.

– E nunca terei – disse.

– Não fale assim! – exclamou Santonix. – Nascer pobre não significa ser pobre para sempre. O dinheiro é uma coisa estranha: vai aonde é desejado.

– Não sou tão sagaz – falei.

– O que lhe falta é ambição. A ambição ainda não despertou em você, mas está aí, saiba.

– Bem, algum dia, quando minha ambição despertar e eu tiver muito dinheiro, contratarei você para construir uma casa para mim.

Santonix suspirou e disse:

– Não posso esperar... Não tenho mais tempo de vida para isso. Uma casa, talvez duas. Não mais. Ninguém *quer* morrer jovem... Às vezes, não tem jeito... Mas isso não importa, imagino.

– Terei que despertar minha ambição logo.

– Não – disse Santonix. – Você tem saúde, está feliz. Não mude seu estilo de vida.

Comentei:

– Não saberia mudar, mesmo se quisesse.

Na época, acreditava nisso. Gostava da minha maneira de viver, estava feliz e gozava de boa saúde. Trabalhava de motorista para muitas pessoas que fizeram fortuna, que trabalharam duro e que, por conta disso, tiveram úlcera, trombose coronária etc. Eu não queria trabalhar duro. Podia fazer ora uma coisa, ora outra, e tanto bastava. Não tinha nenhuma ambição, ou pelo menos era o que achava. Santonix tivera ambição. Dava para ver que projetar casas e construí-las, preparar as plantas e algo mais que eu não compreendia direito, tudo isso acabava com ele. Para começar, nunca fora um homem forte. Às vezes me ocorria a extravagante ideia de que Santonix estava se matando antes do tempo devido ao esforço que fazia para satisfazer a própria ambição. Eu não *queria* trabalhar. Simples. Não gostava de trabalhar, não confiava no trabalho. Lamentava que o ser humano tivesse inventado isso.

Pensava muito em Santonix. Ele me intrigava talvez mais do que qualquer um que eu conhecia. Uma das coisas mais curiosas da vida, creio eu, é o que lembramos. Recordamos do que queremos, parece. Algo dentro de nós faz a escolha. Santonix e sua casa, o quadro na Bond Street, a visita àquela casa em ruínas, As Torres, a história do Campo do Cigano, tudo lembranças deliberadas! Às vezes, eram mulheres que conheci, viagens para lugares novos, transportando clientes. Os clientes eram todos iguais: maçantes. Ficavam sempre no mesmo tipo de hotel e comiam sempre o mesmo tipo de comida sem graça.

Ainda tinha dentro de mim aquela curiosa sensação de estar esperando por alguma coisa, esperando que algo se revelasse, que algo acontecesse, não sei explicar muito bem. Acho que estava procurando mesmo uma mulher, a mulher certa. Isso não significa uma mulher boa e direita com quem me estabilizar, como esperariam minha mãe, o tio Joshua ou alguns amigos meus. Na época, eu não sabia nada em matéria de amor. Só sabia de sexo, como aparentemente todo mundo da minha geração. Falávamos o tempo todo disso e levávamos muito a sério o assunto. Não sabíamos, nem eu nem meus amigos, como seria quando acontecesse. Refiro-me ao amor. Éramos jovens e viris, analisávamos de cima a baixo as meninas que conhecíamos, apreciávamos suas curvas, suas pernas e seus olhares, e nos perguntávamos: "Será que ela vai querer? Será que estou perdendo meu tempo?". E quanto mais meninas conquistássemos, mais nos vangloriávamos, nos sentindo o máximo em relação aos outros e em relação a nós mesmos.

Não fazia a mínima ideia de que havia muito mais do que aquilo. Imagino que aconteça com todo mundo, mais cedo ou mais tarde, e sempre de maneira repentina. Não reagimos como esperamos: "Esta deve ser a garota certa para mim... Esta é a garota que será minha". Pelo menos, não era assim que eu sentia. Não sabia que aconteceria tão subitamente e que eu diria: "Esta é a moça a quem pertenço. Sou *dela*. Pertenço *a ela*, inteiramente, para sempre". Não. Jamais imaginei que pudesse ser assim. Não foi um dos velhos comediantes que disse certa vez, numa das piadas de seu repertório: "Já me apaixonei uma vez e, se soubesse que isso iria acontecer de novo, fugiria?". Foi o mesmo comigo. Se soubesse, se pudesse imaginar o que tudo viria a representar para mim, teria fugido também! Naturalmente, se fosse sensato.

CAPÍTULO 4

Eu não me esquecera do plano de ir ao leilão.

Ainda faltavam três semanas. Restavam-me duas viagens à Europa: uma à França e uma à Alemanha. Foi quando estava em Hamburgo que as coisas chegaram a um ponto crítico. Em primeiro lugar, tomei antipatia pelo casal que conduzia. Representavam tudo o que eu mais odiava. Eram grosseiros, desatenciosos, desagradáveis e suponho que despertaram em mim a sensação de que não poderia continuar a levar aquela vida de servilismo. Fui cuidadoso, veja bem. Cheguei à conclusão de que não os aguentaria nem mais um dia, mas não falei nada. Não adianta entrar em conflito com a firma que nos emprega. Por isso, liguei para o hotel deles, disse que estava doente e enviei um telegrama para Londres dizendo o mesmo – que deveria ficar em repouso e que seria bom, então, mandarem outro motorista para me substituir. Ninguém podia me culpar. Eles não ligavam tanto para mim a ponto de investigar mais a fundo. Concluiriam que a febre alta me impedia de dar notícias. Mais tarde, de volta a Londres, contaria uma grande história sobre a gravidade da minha doença. Mas preferia não voltar. Já estava cansado da profissão de motorista.

Tal rebelião marcou uma virada na minha vida. Por esse e outros motivos, acabei aparecendo no salão de leilões na data marcada.

"Salvo o caso de venda por negociação direta", estava escrito no cartaz original. Como o aviso continuava ali, não havia se efetuado nenhuma venda direta. Fiquei tão empolgado que mal sabia o que estava fazendo.

Confesso que jamais havia participado de um leilão público de imóveis. Achei que seria emocionante, mas não foi. Nem um pouco. Foi um dos espetáculos mais enfadonhos que já vi. Aconteceu num ambiente sombrio, e estavam presentes apenas seis ou sete pessoas. O leiloeiro era muito diferente dos que eu havia visto realizando leilões de móveis ou coisas do gênero, homens de voz alegre, muito cordiais e brincalhões. Aquele, num tom para lá de monótono, elogiou a propriedade, descreveu a área, pronunciou mais algumas palavras e passou logo ao leilão, sem entusiasmo. Alguém fez um lance de cinco mil libras. O leiloeiro esboçou um sorriso, como o de quem ouve uma piada sem graça. Após algumas observações, seguiram-se novos lances. Os presentes eram gente do campo em sua maioria. Um tinha aparência de fazendeiro, outro me pareceu ser um dos construtores concorrentes, e havia mais dois advogados, creio, um dos quais possivelmente vindo de Londres, bem-vestido e com ar de profissional. Não posso assegurar que ele tenha feito algum lance, mas é possível que sim. Neste caso, foi de maneira muito discreta e por meio de gestos. De qualquer forma, no fim do leilão o leiloeiro anunciou, em tom melancólico, que o preço mínimo não havia sido atingido e que as atividades estavam suspensas.

– Que negócio chato – comentei com um dos caipiras que estavam ao meu lado quando saí.

– É sempre assim – ele disse. – Já participou de muitos leilões?

– Não – respondi. – Na verdade, esse foi o primeiro.

– Veio por curiosidade? Não o vi fazer lances.

– Não fiz mesmo – admiti. – Só queria ver como era.

– Bem, é o que acontece muitas vezes. Querem ver apenas quem está interessado.

Olhei-o com ar interrogativo.

– Diria que só três participam – disse o meu amigo. – Wheterby, de Helminster, construtor; depois, Dakham e Coombe, representando alguma firma de Liverpool, parece; e um azarão de Londres, talvez advogado. Deve haver outros participantes, claro, mas creio que esses são os principais. Este terreno será vendido barato, é o que todos dizem.

– Por causa da fama do lugar? – perguntei.

– Então já ouviu falar do Campo do Cigano? Isso é apenas o que diz o pessoal da terra. O Conselho Rural já deveria ter modificado aquela estrada há muitos anos. É uma armadilha fatal.

– Mas o lugar *tem* má fama, não tem?

– É somente superstição, vá por mim. De qualquer forma, o verdadeiro negócio acontecerá nos bastidores, entende? Farão propostas. Imagino que os vencedores serão os dois de Liverpool. Não acho que Wheterby acompanhará. Ele gosta de pechinchas. Hoje em dia, há muitas propriedades à venda para negócio. Afinal de contas, não é todo mundo que pode comprar a propriedade, demolir a casa e construir outra no lugar, concorda?

– Não parece ser tão frequente hoje em dia – concordei.

– É muito difícil. Por causa de impostos e várias outras coisas. Além disso, não se consegue trabalho doméstico no interior. Não. As pessoas preferem pagar milhares por um apartamento de luxo na cidade, situado no décimo andar de um edifício moderno. As grandes casas de campo, difíceis de manter, ficam anos no mercado.

– Mas alguém poderia construir uma casa moderna – argumentei. – Diminuiria o número de empregados.

– *Poderia*, mas é um negócio caro, e as pessoas não gostam de viver isoladas.

– Algumas podem gostar.

Ele riu e nos separamos. Fui andando, carrancudo e confuso. Meus pés me levaram, sem que eu notasse para onde estava indo, pelos caminhos das árvores até a estrada curva que terminava no brejo.

E foi assim que cheguei ao ponto da estrada em que vi Ellie pela primeira vez. Ela estava em pé, ao lado de um grande pinheiro, dando a impressão, digamos, de que tivesse acabado de se materializar. Usava um vestido de tweed verde-escuro, e seu cabelo tinha a cor clara de uma folha de outono, dando-lhe um aspecto meio irreal. Vi-a e parei. Ela me olhava, os lábios entreabertos, ligeiramente surpresa. Creio que eu também parecia surpreso. Queria dizer alguma coisa, mas não sabia exatamente o quê. Falei então:

– Desculpe-me, eu não queria assustá-la. Não sabia que havia alguém aqui.

Ela disse, em tom suave e meigo, com a voz semelhante à de uma menininha:

– Tudo bem. Eu também não achava que ia encontrar alguém aqui. – Olhou em volta e disse: – Este lugar é bem isolado. – E estremeceu levemente.

Soprava um vento bastante frio naquela tarde. Mas talvez não fosse o vento. Não sei. Aproximei-me dois ou três passos.

– Este lugar é assustador, não acha? – perguntei. – Com essa casa em ruínas.

– As Torres – disse. – Era o nome, mas acho que nunca houve nenhuma torre.

– Deve ser apenas um nome – comentei. – As pessoas dão à própria casa nomes como As Torres para passar a impressão de grandiosidade.

Ela deu um leve sorriso.

– Deve ter sido isso – concordou. – Você sabe se esta propriedade é a que estão vendendo ou leiloando?

– Sim – respondi. – Acabei de vir do leilão.

– Ah! – exclamou surpresa. – Estava... está interessado?

– Não me vejo comprando uma casa em ruínas com algumas centenas de acres de área florestada. Não estou nesse nível.

– Foi vendida? – perguntou.

– Não, os lances não alcançaram o mínimo.

– Entendo. – Parecia aliviada.

– Você também não desejava comprá-la, não é? – indaguei.

– Não, é claro que não – respondeu, um pouco nervosa.

Hesitei e depois deixei escapar as palavras que me vieram à boca.

– Estou fingindo – disse. – Evidentemente, não tenho como comprar a casa, por causa de dinheiro, mas estou interessado. *Gostaria* de comprá-la. *Quero* comprá-la. Pode rir se quiser, mas essa é a verdade.

– Mas o lugar não está caindo aos pedaços?

– Sim. Não estou dizendo que a desejo nas condições *atuais*. Minha ideia seria demoli-la e jogar tudo fora. É uma casa feia e deve ter sido muito triste. Mas este local não é triste nem feio. É lindo. Olhe só. Venha por aqui, por entre as árvores. Olhe a vista das colinas e do brejo. Está vendo? Bem, esta é uma vista. Venha por aqui...

Tomei-a pelo braço e levei-a outro ponto do local. Se estávamos nos comportando de forma pouco convencional, ela não chegou a notar. De qualquer maneira, não a segurava com segundas intenções. Queria apenas lhe mostrar o que eu via.

– Aqui vemos o mar e as pedras. Existe uma aldeia no meio, mas não conseguimos ver por causa das montanhas. E, numa terceira direção, vemos um vale de florestas. Imagine se cortarmos as árvores, abrirmos clareiras e limparmos o terreno em volta, que linda casa se pode construir! Não no mesmo lugar da outra. A uns cinquenta, cem metros de distância. Uma casa maravilhosa, construída por um arquiteto genial.

– Conhece arquitetos geniais? – questionou.

– Conheço um – respondi.

E então falei de Santonix. Sentamos, lado a lado, num tronco de árvore e começamos a conversar. Sim, conversei com aquela menina esguia que nunca tinha visto e lhe falei, com toda sinceridade, a respeito do meu sonho.

– Isso não acontecerá – disse. – Sei muito bem. Não há como acontecer. Mas pense. Acompanhe meu raciocínio. Cortaríamos as árvores, limparíamos o terreno, plantaríamos rododendros e azaleias, e então viria o meu amigo Santonix. Iria tossir um bocado, porque está morrendo de tuberculose ou algo parecido, mas seria capaz de realizar a obra antes de morrer. Poderia construir uma casa maravilhosa. Você não faz ideia das casas que ele constrói. Só trabalha para gente rica, que sabe o que quer. Não no sentido pequeno da palavra. Gente que deseja realizar seus sonhos, que busca algo grandioso.

– Gostaria de ter uma casa assim – disse Ellie. – Você me faz vê-la, senti-la... É verdade, seria um ótimo lugar para morar, a concretização de um sonho. Aqui se pode viver livre, sem limitações, sem ter que fazer só o que as pessoas querem. Estou tão cansada da minha vida, das pessoas à minha volta, de *tudo*!

Foi assim que começamos, eu e Ellie. Eu, com os meus sonhos, e ela revoltada com a vida que levava. Paramos de falar e nos olhamos.

– Qual o seu nome? – perguntou ela.

– Mike Rogers – respondi. – Michael Rogers – corrigi. – E o seu?

– Fenella. – Hesitou um pouco e completou: – Fenella Goodman – disse, olhando-me com semblante ligeiramente perturbado.

Aquilo não parecia nos levar muito longe, mas continuamos a nos olhar. Queríamos marcar um novo encontro, mas não sabíamos como expressá-lo.

CAPÍTULO 5

Bem, foi assim que tudo começou entre mim e Ellie. O prosseguimento não foi tão rápido, porque tínhamos nossos segredos. Existiam coisas que desejávamos ocultar um do outro e que nos impediam de revelar tudo a nosso respeito, criando entre nós uma espécie de barreira, por assim dizer. Não podíamos perguntar simplesmente: "Quando nos encontraremos de novo? Onde posso encontrá-la? Onde você mora?", porque quem pergunta isso tem de responder o mesmo.

Fenella pareceu-me apreensiva ao dizer seu nome, tanto que julguei por um momento não ser aquele o seu nome verdadeiro. Cheguei a pensar que tinha sido inventado! Mas senti que isso era impossível, pois eu tinha dito o meu verdadeiro nome.

Não sabíamos direito como nos despedir um do outro naquele dia. Foi embaraçoso. Estava esfriando e queríamos sair dali, mas para onde? Meio desajeitado, perguntei:

– Você mora aqui perto?

Ela respondeu que morava em Market Chadwell, uma cidade comercial não muito distante. Havia um grande hotel três estrelas lá. Devia ser onde ela morava, supus. Fenella perguntou-me, com a mesma falta de jeito:

– Você mora aqui?

– Não – respondi –, não moro aqui. Estou só passando o dia.

Fez-se outro silêncio constrangedor entre nós. Ela começou a tremer um pouco, por causa do vento frio que soprava.

– É melhor caminhar – sugeri –, para aquecer. Você está de carro ou vai de ônibus ou trem?

Respondeu que havia deixado o carro na aldeia.

– Mas fique tranquilo – disse.

Parecia um pouco nervosa. Pensei que talvez quisesse se livrar de mim, mas não sabia como. Então, dei uma ideia:

– Por que não vamos juntos até a aldeia?

Lançou-me um rápido olhar de agradecimento. Descemos devagar pela estrada sinuosa em que tantos acidentes de carro haviam ocorrido. Ao chegarmos a uma curva, um vulto surgiu de repente da sombra de um pinheiro. Apareceu de modo tão repentino que Ellie deu um pulo e soltou um "Oh!". Era a velha que eu tinha visto outro dia no jardim do chalé: a sra. Lee. Estava muito mais desajeitada agora, com os cabelos pretos desgrenhados esvoaçando ao vento e um manto escarlate cobrindo-lhe os ombros. Com a postura dominadora que assumiu, parecia mais alta.

– O que estão fazendo por aqui, meus queridos? – perguntou. – O que os traz ao Campo do Cigano?

– Ah! Não estamos invadindo nenhuma propriedade particular, não é?

– Imagino que não. Esta já foi terra de ciganos, e dela nos expulsaram. Nada de bom há para fazer aqui e nenhum bem lhes advirá de perambular pelo Campo do Cigano.

Ellie não reagiu. Não era desse tipo. Disse educadamente:

– Peço desculpas se não devíamos estar aqui. Achei que esta propriedade estivesse à venda.

– Má sorte de quem a comprar! – praguejou a velha. – Ouça bem, minha lindinha, má sorte de quem a comprar. Há uma maldição sobre esta terra, maldição que data de muitos anos. Afastem-se dela. Não se envolvam com o Campo do Cigano. A morte e o perigo os espreitarão! Voltem para casa pelo mar e não retornem aqui. Depois não digam que não avisei.

– Mas não estamos fazendo nada de errado.

– Sra. Lee – eu disse –, não assuste a jovem.

Virei-me para Ellie, para explicar.

– A sra. Lee mora na aldeia, em um chalé mais adiante. Ela lê a sorte e prevê o futuro. É isso, não, sra. Lee? – perguntei em tom jocoso.

– Tenho o dom – limitou-se a dizer, aprumando ainda mais seu feitio de cigana. – Tenho o dom. Nasci com ele. Todos nós temos. Lerei sua sorte, mocinha. Bastam algumas moedas de prata e lerei sua sorte.

– Não sei se quero que leiam minha sorte.

– É bom. Saber do futuro. Saber o que evitar, saber o que nos espera se não tomarmos cuidado. Vamos, há muito dinheiro em sua bolsa. Sei de coisas que lhe seria prudente conhecer.

Acredito que a compulsão de que lhes leiam a sorte é quase invariável nas mulheres. Já havia percebido isso nas garotas que conheci. Quase sempre tinha de pagar quiromantes para elas quando íamos a uma feira. Ellie abriu a bolsa e colocou duas moedas de meia coroa na mão da velha.

– Ah, minha linda, agora sim. Você ouvirá o que a velha Lee tem a lhe dizer.

Ellie tirou as luvas e descansou a pequena e delicada palma nas mãos da sra. Lee. Esta a examinou, murmurando para si mesma:

– O que estou vendo aqui? O que estou vendo?

Largou abruptamente a mão de Ellie.

– Se eu fosse você, iria embora daqui agora mesmo. Vá e não volte! Foi o que acabei de dizer e é verdade. Vi de novo na palma da sua mão. Esqueça-se do Campo do Cigano, apague-o de sua memória. Não é só a casa em ruínas que está amaldiçoada. É a própria terra.

– A senhora insiste nisso – interrompi de maneira ríspida. – Seja como for, esta jovem não tem nada a ver com as terras daqui. Está só passeando. Não tem nenhuma relação com a vizinhança.

A velha não me deu atenção. Prosseguiu com austeridade:

– Estou lhe avisando, minha lindinha. Você pode ter uma vida feliz, mas deve evitar o perigo. Não venha para um lugar em que há perigo e maldição. Vá para onde seja amada e cuidada. Você precisa se resguardar. Lembre-se disso. Do contrário... do contrário... – estremeceu... – não gosto de ver, não quero ver o que diz a sua mão.

De súbito, num gesto brusco, ela devolveu as duas moedas de meia coroa para Ellie, resmungando alguma coisa que não conseguimos ouvir direito.

Algo como "Que crueldade, que crueldade o que está para acontecer". E, dando as costas, foi embora a passos largos.

– Que mulher assustadora! – disse Ellie.

– Não dê atenção ao que ela diz – falei um pouco irritado. – De qualquer forma, creio que não regula muito bem. Só queria assustar. Eles têm uma relação estranha com este lugar.

– Ocorreram muitos acidentes aqui? Aconteceram coisas ruins?

– É normal haver acidentes. A estrada é muito estreita e a curva, fechada. Os conselheiros municipais deveriam ser fuzilados por não tomarem providências. É claro que ocorrerão acidentes aqui. Não existem placas de aviso suficientes.

– Só acidentes... ou outras coisas?

– Olhe – eu disse –, certas pessoas gostam de colecionar desastres. Desastre é o que não falta. É assim que se criam as lendas a respeito de um determinado lugar.

– É por isso que dizem que esta propriedade será vendida por um preço baixo?

– Talvez. Se a venda for local. Creio, porém, que não será vendida para gente daqui. Acho que será comprada para negócio. Você está tremendo de frio – comentei. – Vamos andar mais rápido. – Acrescentei: – Você prefere que nos separemos antes de chegar à cidade?

– Não, claro que não. Por quê?

Fiz uma arremetida desesperada:

– Olhe, ficarei amanhã em Market Chadwell. Não sei se você ainda estará lá... Digo, existe alguma possibilidade de tornar a vê-la? – Arrastei os pés e virei a cabeça para o lado. Devo ter enrubescido. Mas, se não dissesse alguma coisa *naquele momento*, como iria continuar?

– Claro – respondeu ela –, só voltarei para Londres no final da tarde.

– Bem, nesse caso, talvez você aceitasse... Que atrevimento da minha parte!

– De modo algum. Prossiga.

– Pensei em convidá-la para tomar um chá comigo numa cafeteria, acho que se chama Blue Dog. Um lugar muito simpático – disse. – É, digamos assim... – Como não consegui encontrar a palavra adequada, usei a expressão que ouvira de minha mãe, uma ou duas vezes: – Um lugar próprio para senhoras – falei com ansiedade.

Ellie riu. Creio que não se usa mais essa expressão hoje em dia.

– Tenho certeza de que será muito agradável – ela disse. – Estarei lá às quatro e meia, mais ou menos. Está bem?

– Vou esperar – disse. – Fico feliz.

Não expliquei, porém, por que estava feliz.

Chegamos à última curva da estrada, onde começavam as casas.

– Então, até logo. Até amanhã – me despedi. – E, por favor, esqueça o que disse aquele velha bruxa. Ela gosta de assustar as pessoas. Não bate muito bem – acrescentei.

– Você acha o lugar assustador? – perguntou Ellie.

– O Campo do Cigano? Não acho – respondi, de forma demasiadamente categórica, mas fui sincero. Considerava-o, como antes, um lugar bonito, um belo local para uma linda casa...

Bem, assim se deu o meu primeiro encontro com Ellie. Estava em Market Chadwell no dia seguinte, à sua espera no Blue Dog, quando ela apareceu. Tomamos chá e conversamos. Ainda não falamos muito sobre nós mesmos, sobre nossa vida. Conversamos mais a respeito do que pensávamos e sentíamos. Ellie, então, consultando o relógio de pulso, anunciou que precisava ir, porque o trem para Londres partia às cinco e meia...

– Pensei que estivesse de carro – comentei.

Ela ficou um pouco sem jeito, explicando que o carro do dia anterior não era seu. Não falou de quem era. Aquela sombra de constrangimento pairou sobre nós mais uma vez. Fiz sinal para o garçom, paguei a conta e perguntei a Ellie, sem rodeios:

– Poderei vê-la novamente algum dia?

Ela desviou o olhar, olhando para baixo, e respondeu:

– Ficarei em Londres por mais duas semanas.

Perguntei:

– Onde? Como?

Marcamos um encontro no Regent's Park para três dias depois. O dia estava lindo. Comemos num restaurante ao ar livre e caminhamos no Queen Mary's Gardens, onde sentamos em espreguiçadeiras e ficamos conversando. Daquele momento em diante, começamos a falar de nós mesmos. Contei-lhe que tinha alguma instrução, mas que, fora isso, não era tão prendado. Falei dos trabalhos que tivera, ou pelo menos de alguns, e que nunca me fixava em nada, procurando sempre alguma coisa nova. Curiosamente, ela ficou fascinada em ouvir tudo isso.

– Tão diferente – disse –, tão maravilhoso.

– Diferente de quê?

– De mim.

– Você é rica? – perguntei em tom de provocação. – Uma pobre menina rica?

– Sim – respondeu ela –, sou uma pobre menina rica.

Contou-me, então, de modo fragmentado, sobre sua criação em berço de ouro, o conforto sufocante, o tédio, a impossibilidade de escolher os próprios amigos, a frustração de não poder fazer o que desejava. Via as pessoas se divertindo, e ela não. Perdera a mãe quando era criança, e o pai casara-se de novo. Poucos anos depois, ele também falecera. Pelo que pude perceber, Ellie não gostava muito da madrasta. Vivera a maior parte do tempo nos Estados Unidos, mas fizera frequentes viagens ao exterior.

Ouvindo-a falar, parecia-me fantástico que uma jovem, naquela idade e naquela época, pudesse viver tão vigiada e confinada. É verdade, tinha seus momentos de lazer, mas, pela sua maneira de falar, parecia referir-se a cinquenta anos antes. Aquilo não podia ser *diversão*! Nossa vida diferia totalmente. De certa maneira, fascinava-me ouvi-la, mas tudo aquilo me parecia absurdo.

– Quer dizer que você não teve amigos? – perguntei, incrédulo. – E namorados?

– São escolhidos para mim – disse, com amargura. – São todos chatos.

– É como estar numa prisão – resumi.

– É mesmo.

– E você não tem nenhum amigo ou amiga?

– Agora tenho uma amiga. Greta.

– Quem é Greta? – indaguei.

– Veio primeiro como babá... não exatamente isso, mas, de qualquer maneira, uma moça francesa veio morar conosco por um ano para me ensinar francês, e depois veio Greta, da Alemanha, para me ensinar alemão. Tudo mudou com a chegada de Greta.

– Você gosta muito dela, não? – perguntei.

– Ela me ajuda – contou Ellie. – Está do meu lado. Faz de tudo para que eu possa fazer as coisas e ir aos lugares que eu quero. É capaz de mentir por mim. Se não fosse por Greta, eu não poderia ter ido ao Campo do Cigano. Ela me faz companhia e cuida de mim em Londres enquanto minha madrasta está em Paris. Escrevo duas ou três cartas e, se saio para algum lugar, Greta as põe no correio, a cada três ou quatro dias, para que tenham o carimbo de Londres.

– Por que decidiu ir ao Campo do Cigano? – perguntei. – Para quê?

Não respondeu de uma vez.

– Greta e eu organizamos tudo – disse. – Ela é maravilhosa – acrescentou. – Pensa em tudo, dá ideias.

– Como ela é?

– Ah, é linda – respondeu. – Alta, loura. Sabe fazer qualquer coisa.

– Acho que não vou gostar dela – comentei.

Ellie riu.

– Vai sim. Tenho certeza disso. Ela é muito inteligente também.

– Não gosto de moças inteligentes – disse. – E não gosto de mulheres altas e louras. Gosto de meninas pequenas, com cabelos cor de folhas de outono.

– Acho que você está com ciúme de Greta – provocou Ellie.

– Talvez esteja. Você gosta muito dela, não gosta?

– Sim, *adoro*. Graças a ela, minha vida mudou por completo.

– E foi ela quem sugeriu que você fosse lá. Por que, pergunto eu? Não há muito o que ver ou fazer ali. Me parece muito misterioso.

– É um segredo nosso – falou Ellie, meio sem jeito.

– Seu e de Greta? Conte para mim.

Fez que não com a cabeça.

– Tenho o direito de ter *alguns* segredos – argumentou.

– Greta sabe que você está se encontrando comigo?

– Sabe que estou me encontrando com alguém. Só isso. Ela não me faz perguntas. Sabe que estou feliz.

Depois disso, não a vi por uma semana. A madrasta tinha voltado de Paris com um sujeito a quem Ellie chamava de tio Frank e explicou, de modo casual, que ia fazer aniversário e que estavam organizando uma grande festa em Londres.

– Não poderei me ausentar – disse. – Não na semana que vem. Mas depois, depois será diferente.

– Por que depois será diferente?

– Poderei fazer o que bem entender.

– Com a ajuda de Greta? – perguntei.

Ellie costumava rir de como eu falava de Greta. Dizia:

– Seu bobo! Não precisa ter ciúme. Um dia você a conhecerá. Tenho certeza de que gostará dela.

– Não gosto de moças mandonas – afirmei, obstinadamente.

– Por que acha que ela é mandona?

– Por causa do modo como você fala dela. Está sempre organizando as coisas.

– É muito eficiente – disse Ellie. – Organiza tudo muito bem. É por isso que minha madrasta confia tanto nela.

Perguntei-lhe sobre o tio Frank.

– Para falar a verdade, não o conheço tão bem. Era o marido da irmã de meu pai. Não somos parentes diretos. Sempre me pareceu uma pessoa instável, e se envolveu em confusão mais de uma vez. Você sabe como as pessoas falam dos outros fazendo insinuações.

– Tem má reputação? – indaguei. – Não presta?

– Imagino que não seja tão mau, mas costumava se meter em enrascadas de ordem financeira e tinha de ser socorrido por fiduciários, advogados e amigos, que pagavam as dívidas.

– Entendi. É a ovelha negra da família – concluí. – Acho que me daria melhor com ele do que com o modelo de perfeição que é Greta.

– Ele sabe ser simpático quando quer – comentou Ellie. – É uma boa companhia.

– Mas você não gosta muito dele? – perguntei com certa rispidez.

– Acho que gosto... É que às vezes... Não sei como explicar. Não dá para saber o que está tramando.

– É do tipo estrategista, não?

– Não sei exatamente – repetiu Ellie.

Ellie jamais sugeriu que eu conhecesse alguém de sua família. Perguntei-me, algumas vezes, se deveria dizer-lhe alguma coisa. Não sabia o que ela pensava a respeito. Acabei perguntando-lhe:

– Ellie, você acha que eu deveria conhecer sua família, ou é melhor não?

– Não quero que você os conheça – respondeu na hora.

– Sei que não sou muito... – comecei a me explicar.

– Não digo *nesse* sentido, imagine! É que eles fariam um estardalhaço. Detesto encrenca.

– Às vezes me sinto como um clandestino. Fico mal nessa situação, não acha?

– Já tenho idade de ter meus próprios amigos – disse Ellie. – Estou com quase 21 anos. Quando fizer 21, poderei ter os amigos que quiser, e ninguém poderá me impedir. Mas, por enquanto, como falei, daria a maior confusão, e eles me levariam para algum lugar onde não pudesse me encontrar com você. É melhor deixar as coisas como estão.

– Se você diz, concordo. Só não queria que fosse tudo tão às escondidas.

– Não está sendo às escondidas. Tenho um amigo com quem conversar e trocar ideias. Alguém – sorriu de repente – com quem fazer de conta. Você não sabe como é maravilhoso.

Sim, houve muito "faz de conta"! Nossos encontros, cada vez mais, assumiam esse aspecto. Às vezes era eu, às vezes era ela quem dizia: "Suponhamos que comprássemos o Campo do Cigano e que construíssemos uma casa lá".

Falei-lhe bastante de Santonix e das casas que construíra. Procurava descrever o tipo de construção e sua forma de encarar as coisas. Minha descrição não devia ser das melhores, porque não sou bom nisso, mas Ellie, sem dúvida, tinha sua própria ideia da casa, a nossa casa. Não falávamos assim – "nossa casa" – mas sabíamos que era isso...

Assim, durante mais de uma semana, não vi Ellie. Juntei tudo o que havia economizado (nem era muito) e comprei-lhe um pequeno anel de trevo verde, de pedra irlandesa. Foi meu presente de aniversário. Ela adorou. Ficou muito feliz.

– Lindo! – exclamou.

Não costumava usar muitas joias, mas, quando usava, eram diamantes, esmeraldas e pedras preciosas verdadeiras, com certeza. De qualquer forma, meu anel irlandês agradou-lhe.

– Será meu presente de aniversário favorito – disse.

Recebi depois um bilhete apressado avisando que ia viajar com a família para o sul da França logo após a festa.

"Mas não se preocupe", escreveu, "estaremos de volta em duas ou três semanas, dessa vez a caminho da América. De qualquer forma, nos encontraremos de novo. Tenho algo especial para lhe falar."

Senti-me impaciente e constrangido por não ver Ellie e saber que ela tinha ido à França. Recebi também algumas notícias sobre a propriedade do Campo do Cigano. Parece que tinha sido vendida diretamente, mas não havia muita informação a respeito de quem a comprara. Aparentemente uma firma de advocacia londrina. Procurei saber mais, em vão. A firma em questão era muito astuta. Não me aproximei dos chefes, claro, mas fiquei amigo de um dos empregados, de quem obtive algumas informações vagas. A propriedade tinha sido comprada por um cliente muito rico, que pretendia conservá-la como bom investimento, sujeito a valorização à medida que as terras naquela região do país se desenvolvessem.

É muito difícil descobrir coisas desse tipo quando estamos lidando com firmas seletas. Tudo se torna "segredo de Estado"! Todos estão sempre representando alguém cujo nome não pode ser mencionado! Ofertas públicas de aquisição, nem pensar!

Caí num terrível estado de inquietação. Parei de pensar em tudo aquilo e fui visitar minha mãe.

Fazia tempo que não a visitava.

CAPÍTULO 6

Minha mãe morava na mesma rua em que vivera nos últimos vinte anos, uma rua de casas sem graça, todas honestas e desprovidas de qualquer espécie de beleza ou interesse. O degrau da porta de entrada estava, como sempre, limpinho. O número da casa era 46. Toquei a campainha. Minha mãe abriu a porta e ficou ali, olhando para mim. Ela também não tinha mudado. Alta e magra, cabelos grisalhos repartidos no meio, boca parecida com uma ratoeira e o olhar sempre desconfiado. Parecia dura como pedra, mas, em algum lugar recôndito de seu ser, era doce. Não o demonstrava, mas eu sabia. Sempre quis que eu fosse diferente. Seus desejos, no entanto, nunca se concretizariam. Havia entre nós uma perpétua barreira.

– Ah, é você! – exclamou.

– Sim, sou eu.

Afastou-se um pouco para me deixar entrar. Passei pela sala e fui direto para a cozinha, acompanhado por ela, que me olhava.

– Quanto tempo! – disse. – O que tem feito?

Dei de ombros.

– Várias coisas – falei.

– Como sempre, não é?

– Sim, como sempre – concordei.

– Quantos empregos teve desde a última vez que o vi?

Pensei um pouco.

– Cinco – respondi.

– Queria que amadurecesse.

– Já sou adulto – retruquei. – Tenho a minha forma de viver. E a senhora, como vai? – perguntei.

– Também como sempre – respondeu minha mãe.

– Bem de saúde e essas coisas?

– Não tenho tempo para ficar doente – declarou. Depois, indagou abruptamente: – Por que você veio aqui?

– Devo ter algum motivo específico para vir?

– Geralmente você tem.

– Não sei por que se opõe tanto às minhas viagens pelo mundo – falei.

– Dirigir carros de luxo continente afora! Essa é sua ideia de conhecer o mundo?

– Sim.

– Você não vai progredir muito desse jeito, abandonando empregos com um dia de aviso, ficando doente e largando clientes em cidades desabitadas.

– Como soube disso?

– Ligaram da sua empresa. Queriam saber se eu tinha seu endereço.

– O que queriam comigo?

– Acho que recontratá-lo – comentou. – Não sei por quê.

– Porque sou um bom motorista e os clientes gostam de mim. De qualquer maneira, não tenho culpa de ter ficado doente, concorda?

– Não sei – disse minha mãe.

Dava para ver que me julgava culpado.

– Por que não se apresentou à empresa quando voltou à Inglaterra?

– Porque tinha outros planos – retorqui.

Franziu a testa.

– Mais planos? Mais ideias extravagantes? Que trabalhos você fez desde então?

– Trabalhei num posto de gasolina; numa oficina, como mecânico; num escritório, como auxiliar; e no restaurante de uma boate, como lavador de pratos.

– Cada vez pior – disse minha mãe, com uma espécie de satisfação cruel.

– Nada disso – cortei. – Tudo isso faz parte do plano. Meu plano!

Ela suspirou.

– O que quer tomar, chá ou café? Tenho os dois.

Optei por café. Desabituei-me de tomar chá. Sentamos com as xícaras à frente, e ela, tirando da lata um bolo feito em casa, cortou uma fatia para cada um.

– Você está diferente – disse ela, de repente.

– Diferente como?

– Não sei. Só sei que está diferente. O que aconteceu?

– Não aconteceu nada. O que poderia ter acontecido?

– Você está tão animado – disse.

– Vou roubar um banco – falei.

Ela não estava com humor para brincadeiras. Limitou-se a dizer:

– Você não fará isso.

– Por que não? Pode ser uma forma de enriquecer rápido hoje em dia.

– Daria muito trabalho – ela disse. – E exigiria muito planejamento, muito esforço mental, mais do que você estaria disposto a fazer. E, além disso, não é suficientemente seguro.

– A senhora acha que sabe tudo sobre mim – soltei.

– Não acho. Na verdade, não sei nada sobre você, porque somos totalmente diferentes. Mas sei quando está metido em alguma coisa, como agora. O que é, Micky? É uma garota?

– Por que acha isso?

– Sempre soube que iria acontecer algum dia.

– O que quer dizer com "algum dia"? Tive um monte de namoradas.

– Não falo disso. Isso é normal para um jovem à toa. Você teve muitas namoradas, mas nunca levou nenhuma a sério até agora.

– E acha que agora estou levando a sério?

– Acertei, Micky?

Não a encarei. Desviei o olhar e disse:

– Em parte, sim.

– Como ela é?

– A pessoa certa para mim – assegurei.

– Você vai trazê-la para me apresentar?

– Não – respondi.

– É assim, não é?

– Não. Não quero magoá-la, mas...

– Você não está me magoando. Não quer que eu a conheça com medo de que a desaprove, não é isso?

– Não tenho medo disso.

– Talvez não, mas isso o abalaria. No fundo, ficaria tocado, porque você dá importância ao que digo e penso. Já adivinhei muitas coisas a seu respeito e talvez tenha adivinhado agora. Você sabe. Sou a única pessoa neste mundo capaz de abalar sua autoconfiança. É alguma garota malvada que o está dominando?

– Malvada? – repeti, rindo. – Se a conhecesse! A senhora me faz rir.

– O que você quer de mim? Quer alguma coisa. É sempre assim.

– Preciso de dinheiro – admiti.

– Não vou lhe dar nada. Precisa de dinheiro para quê? Para gastar com essa moça?

– Não – respondi. – Quero comprar um terno caro para me casar.

– Vai se casar com ela?

– Se ela aceitar.

Essa declaração impressionou-a.

– Você deveria me contar as coisas! – disse. – Pelo visto, está totalmente apaixonado. Sempre temi que escolhesse a mulher errada.

– Mulher errada? Que ideia absurda! – gritei. Estava furioso.

Saí da casa batendo a porta.

CAPÍTULO 7

Quando cheguei em casa, havia um telegrama esperando por mim vindo de Antibes.

Encontre-se comigo amanhã, às quatro e meia, no lugar de sempre.

Ellie estava diferente, reparei na hora. Nós nos encontramos no Regent's Park, como de costume, e a princípio ficamos um pouco sem graça. Eu tinha algo a lhe dizer e não sabia como. Creio que todo homem se sente assim quando chega o momento de propor casamento.

Ela também estava estranha por algum motivo. Talvez estivesse pensando na maneira mais delicada de me dizer "não". Será? Eu não achava isso. Toda a confiança que depositava na vida se baseava no fato de que Ellie me amava. Mas a sua nova atitude de independência e autoconfiança não podia decorrer somente do fato de estar um ano mais velha. Um aniversário a mais não pode modificar tanto uma garota. Ela me contou um pouco sobre a viagem ao sul da França com a família. E então, meio sem jeito, disse:

– Vi aquela casa, de que você me falou, construída pelo seu amigo arquiteto.

– Quem? Santonix?

– Sim. Fomos almoçar lá um dia.

– Como foi isso? Sua madrasta conhece o morador?

– Dmitri Constantine? Não exatamente. Ela o conheceu, mas foi Greta quem tomou as providências para que fôssemos lá.

– Greta de novo – eu disse, deixando escapar a exasperação de sempre na voz.

– Eu falei que Greta é ótima em combinar as coisas.

– Tudo bem. Então ela combinou que você e sua madrasta...

– E o tio Frank – acrescentou Ellie.

– Um verdadeiro encontro de família – falei. – E Greta também foi, imagino.

– Não, Greta não foi porque... – Ellie hesitou. – Cora, minha madrasta, não a considera tanto assim, digamos.

– Ela não faz parte da família, é apenas uma parente pobre, não? – perguntei. – Na verdade, uma simples empregada. Greta deve ficar ressentida de ser tratada dessa maneira.

– Ela não é a empregada, mas uma espécie de companheira para mim.

– Uma acompanhante – resumi –, uma cicerone, uma dama de companhia, uma governanta. Existem muitos sinônimos.

– Fique quieto – ordenou Ellie. – Quero lhe contar. Compreendo agora o que você disse a respeito de seu amigo Santonix. A casa é maravilhosa. É bastante *diferente*. Tenho certeza de que, se construísse uma casa para nós, seria linda.

Ela usou a palavra inconscientemente. *Nós*, foi o que disse. Tinha ido à Riviera e pedido a Greta que a levasse para conhecer a casa descrita por mim porque desejava ter uma visão mais clara da casa que Rudolf Santonix, no nosso mundo de sonhos, construiria para nós.

– Fico feliz de que tenha achado isso – comentei.

Ela quis saber:

– O que você tem feito?

– O mesmo trabalho monótono de sempre – respondi. – Fui a uma corrida de cavalos e apostei num azarão: trinta para um. Apostei todo o que dinheiro que tinha, e o cavalo ganhou com grande vantagem. Quem foi que disse que não tenho sorte?

– Que bom que ganhou – disse Ellie, sem entusiasmo, porque apostar todo o dinheiro num azarão e o cavalo vencer não significava nada em seu mundo, diferente do meu.

– E fui visitar minha mãe – acrescentei.

– Você nunca me falou muito de sua mãe.

– Por que deveria?

– Não gosta dela?

Parei para pensar e respondi:

– Não sei. Às vezes acho que não. Afinal, amadurecemos e superamos nossos pais. Mãe e pai.

– Acho que gosta dela, sim – afirmou Ellie. – Do contrário, não mostraria tanta incerteza ao falar dela.

– Tenho medo dela, de certa forma – contei. – Ela me conhece bem demais. Refiro-me aos meus pontos fracos.

– É normal – disse Ellie.

– O que você quer dizer?

– Um grande escritor, não me lembro qual, afirmou que ninguém é herói para seu criado de quarto. Talvez todos devessem ter um criado de quarto. De outra forma, deve ser muito difícil corresponder à ideia que os outros fazem de nós.

– Ellie, você é mesmo uma menina muito esperta – falei, pegando sua mão. – Você sabe tudo sobre mim? – perguntei.

– Acho que sim – respondeu, com calma e simplicidade.

– Nunca lhe contei muito.

– Você quer dizer: nunca me contou nada, sempre se mostrou reservado. Isso é outra coisa. Sei o que você é de verdade, como pessoa.

– Será? – ponderei. – Parece bobagem dizer que a amo. É tarde demais para tanto, não é? Digo, você já sabe disse há muito tempo, praticamente desde o início, não sabe?

– Sim – confirmou Ellie –, e você também sabia sobre mim, não?

– A questão agora é o que faremos a respeito. Não será fácil, Ellie. Você sabe muito bem quem eu sou e como tenho vivido. Voltei a visitar minha mãe e a pequena rua honesta e triste em que ela mora. Meu mundo não é o mesmo que o seu, Ellie, e não sei se é possível aproximá-los.

– Você poderia me levar para conhecer sua mãe.

– Sim, poderia – falei –, mas prefiro não levá-la. Imagino que isso lhe pareça duro, talvez até cruel, mas teremos que viver uma vida diferente juntos. Não será nem a que você viveu, nem a que eu vivi. Será uma vida nova, um meio-termo entre minha pobreza e ignorância e seu dinheiro, cultura e meio social. Meus amigos a acharão arrogante e seus amigos me acharão socialmente inadequado. O que faremos?

– Direi exatamente o que faremos – respondeu Ellie. – Moraremos no Campo do Cigano, numa casa, a casa dos sonhos, que seu amigo Santonix construirá para nós. É isso que faremos. – E acrescentou: – Primeiro, nos casaremos. É o que deseja, não é?

– Sim – confessei –, é o que desejo, se estiver tudo bem para você.

– É muito simples – afirmou Ellie. – Podemos nos casar na semana que vem. Já sou maior de idade, posso fazer o que quiser agora. Isso muda tudo. Talvez você esteja certo quanto aos parentes. Não contarei à minha família e você não contará à sua mãe, até consumarmos o fato. Depois, pouco importa se eles desaprovarem.

– Maravilhoso – exclamei –, maravilhoso, Ellie! Mas há uma questão que não quer calar: não podemos morar no Campo do Cigano, Ellie. Se construirmos uma casa, não será lá, porque a propriedade foi vendida.

– Sei que foi vendida – falou Ellie, rindo à beça. – Você não entendeu, Mike: *eu* a comprei.

CAPÍTULO 8

Fiquei lá sentado na grama, ao lado de um riacho, entre flores aquáticas, com pequenas trilhas e degraus de pedra em volta. Havia muitas outras pessoas ao redor, mas não reparávamos nelas, porque eram como nós: jovens casais fazendo planos para o futuro. Olhei-a. As palavras não me vinham.

– Mike – disse ela –, tenho uma coisa para lhe contar. Sobre mim.

– Não precisa – contestei –, não precisa me contar nada.

– Eu sei, mas eu quero. Deveria ter lhe contado há muito tempo. Não quis porque achei que pudesse afastá-lo. Mas isso explica, de certa maneira, a questão do Campo do Cigano.

– Você *comprou* a propriedade – falei –, mas como?

– Por intermédio de advogados – respondeu –, como normalmente se faz. É um ótimo investimento. As terras vão valorizar. Meus advogados ficaram muito felizes.

Era estranho, de repente, ouvir Ellie, a tímida e comedida Ellie, falando com tanta propriedade e confiança em relação ao mundo dos negócios de compra e venda.

– Você comprou para nós?

– Sim. Procurei um advogado próprio, não da família. Disse-lhe o que queria fazer, pedi que cuidasse do caso e tomasse as providências necessárias. Havia duas outras pessoas interessadas, mas não a ponto de pagar um valor muito alto. O importante era que as negociações estivessem concluídas e os papéis estivessem prontos para eu assinar assim que atingisse a maioridade. Está tudo assinado.

– Mas você deve ter tido que dar um sinal ou um depósito antecipado. Tinha dinheiro suficiente para isso?

– Não – respondeu Ellie –, eu não tinha acesso a muito dinheiro, mas existem pessoas que emprestam. E se você for a uma nova firma de consultores jurídicos, eles vão querer que você continue se valendo dos serviços que oferecem depois de conseguir o dinheiro que lhe couber, e, por isso, estão dispostos a assumir o risco de você cair duro antes de seu aniversário.

– Você parece ter jeito para os negócios – exclamei. – Incrível!

– Não se preocupe com negócios – tranquilizou-me Ellie. – Preciso voltar ao que estava dizendo. De certo modo, já lhe contei, mas acho que você não entendeu direito.

– Não quero saber – falei. Levantei a voz. Estava quase gritando. – Não me conte *nada*. Não quero saber o que fez, de quem gostou ou o que lhe aconteceu.

– Não é nada disso – cortou ela. – Não me dei conta de que era algo assim que você temia. Fique tranquilo. Não tenho segredos de ordem sexual. Não há ninguém além de você. A questão é que eu sou... rica.

– Eu sei, você já me disse.

– Sim – continuou Ellie, com um leve sorriso –, e você falou "pobre menina rica". Mas, de certa forma, é mais do que isso. Meu avô era podre de rico. Trabalhava com petróleo, principalmente. E outras coisas. As mulheres a quem dava pensão alimentícia estão mortas. Restaram apenas meu pai e eu, porque os dois outros filhos morreram também, um na Coreia e o outro num acidente de carro. Então, a fortuna toda ficou num fundo fiduciário, e, com a súbita morte de meu pai, veio tudo para *mim*. Meu pai já havia guardado dinheiro para minha madrasta, de modo que ela não recebeu mais nada. Ficou tudo *comigo*. Sou, na verdade, uma das mulheres mais ricas do Estados Unidos, Mike.

– Meu Deus! – exclamei. – Eu não sabia... Você tem razão: não sabia que era *assim*.

– Eu não queria que você soubesse. Não queria lhe contar. Era isso o que temia ao dizer meu nome: Fenella Goodman. Escreve-se G-u-t-e-m-a-n. Como imaginei que você pudesse conhecer, falei Goodman.

– Sim – confirmei –, já tinha visto o nome Guteman em algum lugar, mas acho que não o reconheceria mesmo assim. Muita gente tem nomes parecidos.

– Foi por isso – prosseguiu Ellie – que me mantive tão esquiva e reservada. Tive sempre detetives à minha volta. Os jovens pretendentes eram investigados antes mesmo de poderem conversar comigo. Quando fazia um novo amigo, queriam ter certeza de que não era um mau sujeito. Você não imagina como é sufocante uma vida assim! Mas, agora que tudo terminou, se você não se importar...

– É claro que não me importo – afirmei. – Vamos nos divertir muito. Aliás – comentei –, você nunca seria rica demais para mim!

Rimos. Ela disse:

– O que eu gosto em você é a sua naturalidade.

– Além disso – continuei –, você deve pagar impostos muito altos sobre seus bens, não? Essa é uma das poucas vantagens de ser como eu. Todo dinheiro que recebo fica no meu bolso e ninguém me tira.

– Teremos nossa casa – disse Ellie –, nossa casa no Campo do Cigano. – Por um instante, teve um súbito tremor.

– Você não deve estar com frio, querida – eu disse, olhando para o sol.

– Não – respondeu.

Fazia muito calor e estávamos tomando banho de sol, quase como se fosse no sul da França.

– Não – repetiu Ellie. – Estava pensando naquela mulher, aquela cigana do outro dia.

– Não pense nela – falei. – É louca.

– Será que ela *realmente* acredita que o lugar é amaldiçoado?

– As ciganas são assim mesmo, sempre inventando histórias de maldição.

– Você entende de ciganos?

– Não sei nada sobre eles – respondi com sinceridade. – Se você não quiser morar no Campo do Cigano, Ellie, arranjamos uma casa em outro lugar. Santonix pode construir uma casa para nós no alto de uma montanha em Gales, no litoral da Espanha ou em algum lugar da Itália.

– Não – disse Ellie –, é lá que eu quero. Foi onde o vi pela primeira vez, caminhando estrada acima. Você apareceu de repente de uma curva, me viu e ficou me olhando. Nunca me esquecerei desse momento.

– Nem eu – declarei.

– Então é lá que moraremos. E o seu amigo Santonix construirá a casa.

– Espero que ele ainda esteja vivo – disse, com certa inquietação. – Era um homem doente.

– Está vivo, sim – afirmou Ellie. – Fui visitá-lo.

– Foi visitá-lo?

– Sim, quando estive no sul da França. Estava internado numa casa de saúde.

– Você me surpreende o tempo todo, Ellie, com as coisas que inventa...

– Um sujeito realmente maravilhoso – disse –, mas meio assustador.

– Ele o assustou?

– Sim. Por algum motivo, me assustou muito.

– Você conversou com ele sobre nós?

– Sim. Contei-lhe sobre nós, o Campo do Cigano e a casa. Respondeu que não pode garantir nada, porque está muito doente, mas achava que ainda viveria o suficiente para visitar o local, fazer os planos e desenhar o projeto. Disse que não se importaria de morrer antes de acabar a casa, mas eu lhe disse – acrescentou Ellie – que não podia morrer antes de terminar a casa porque eu queria que ele nos visse morando lá.

– E o que ele falou?

– Perguntou se sabia o que estava fazendo ao me casar com você, e eu respondi que, evidentemente, sabia.

– E então?

– Disse que tinha dúvidas sobre se *você* sabia o que estava fazendo.

– É claro que eu sei – declarei.

– Ele disse: "A senhorita sempre sabe para onde vai, srta. Guteman. Irá para onde quer, porque é o caminho que escolheu. Mike, porém, talvez tome a direção errada, pois ainda não amadureceu para saber aonde está indo". Respondi: "Ele estará seguro comigo".

Sua autoconfiança era enorme. Fiquei chateado com o que Santonix dissera. Parecia minha mãe. Falava como se me conhecesse melhor do que eu mesmo.

– Eu sei aonde estou indo – protestei. – Estou indo na direção que quero, e junto com você.

– Já começaram a demolir as ruínas de As Torres – contou Ellie.

Passou, então, a falar em termos práticos.

– Será um trabalho urgente assim que o projeto estiver pronto. Precisamos correr, foi o que disse Santonix. Podemos nos casar na próxima terça-feira? – perguntou. – É um bom dia da semana.

– Sem mais ninguém presente – coloquei como condição.

– Sim, com exceção de Greta – retorquiu Ellie.

– Nada de Greta! – exclamei. – Ela não virá ao nosso casamento. Seremos nós dois e mais ninguém. Poderemos arranjar as testemunhas na rua.

Olhando em retrospecto, acho que aquele foi o dia mais feliz de minha vida...

LIVRO 2

CAPÍTULO 9

E foi assim que eu e Ellie nos casamos. Parece brusco dizer dessa forma, mas foi assim mesmo que as coisas aconteceram. Decidimos nos casar e nos casamos.

O casamento constituiu parte de um todo, não apenas o fim de um romance ou de um conto de fadas. "E assim, eles se casaram e foram felizes para sempre." Afinal, não se pode basear um grande drama numa vida de permanente bonança. Casamos, fomos felizes e muito tempo se passou até que alguém se interpusesse entre nós, começasse a criar as costumeiras dificuldades e desavenças e nos fizesse chegar às nossas próprias conclusões a respeito.

A coisa toda era extremamente simples. Em seu anseio por liberdade, Ellie, até então, havia encoberto suas deficiências com habilidade. A prestativa Greta tomara todas as providências necessárias e sempre a protegeu. E não demorei a perceber que ninguém se interessava realmente por Ellie e pelo que fazia. A madrasta estava absorta em sua própria vida social e casos amorosos. Ellie não precisava acompanhá-la a todos os lugares do mundo. Tinha à disposição governantas, criadas de quarto e facilidades educacionais. Se desejasse ir à Europa, por que não? Se quisesse comemorar o aniversário de 21 anos em Londres, por que não? Agora que a fortuna da família passara para suas mãos, era livre para gastá-la como bem entendesse. Se quisesse uma casa de campo na Riviera ou um castelo na Costa Brava, um iate ou coisas do gênero, era só se pronunciar a respeito, e alguém do séquito que acompanha os milionários providenciaria tudo imediatamente.

Greta, pelo que vi, era considerada uma admirável lacaia na família. Competente, sabia organizar as coisas com a máxima eficiência, sendo subserviente e amável com a madrasta, o tio e alguns primos esquisitos que pareciam estar ali ao acaso. Ellie contava com nada menos do que três advogados, pelo que pude perceber. Estava cercada por uma enorme rede financeira de banqueiros, advogados e administradores de fundos fiduciários. Era um mundo que eu apenas vislumbrava, vez por outra, pelas coisas que Ellie, por descuido, deixava escapar durante uma conversa. Não lhe ocorreu, é claro, que eu não entendesse de tais assuntos. Crescera em meio a eles e concluíra que todo mundo soubesse do que se tratava, como funcionavam e assim por diante.

Na verdade, os vislumbres das peculiaridades da vida um do outro eram, por incrível que pareça, o que mais nos divertia no início da nossa vida de casados. Para dizer de forma bruta – como disse a mim mesmo, porque era a única maneira de entender minha nova vida –, os pobres não sabem como os ricos vivem e os ricos não sabem como os pobres vivem, e chegar a descobri-lo é fascinante para ambos. Uma vez eu disse, meio sem jeito:

– Haverá muita balbúrdia em torno de tudo isso, de nosso casamento, não?

– Sim – respondeu. – Será terrível. – E acrescentou: – Espero que você não se importe *tanto*.

– Não me importarei. Por que deveria? Mas, no seu caso, eles a intimidarão?

– Creio que sim – disse Ellie –, mas não preciso lhes dar ouvidos. O fato é que eles não podem *fazer* nada.

– Mas tentarão?

– Certamente – confirmou. – Tentarão. – E acrescentou, pensativa: – É provável que tentem suborná-lo.

– Me subornar?

– Não precisa se abalar – disse Ellie, sorrindo, com o feliz sorriso de menina. – Não será exatamente nesses termos. – E acrescentou: – Já subornaram no caso de Minnie Thompson.

– Minnie Thompson? A que chamam de herdeira do petróleo?

– Essa mesma. Fugiu e se casou com um salva-vidas de praia.

– Ellie – falei, constrangido –, já fui salva-vidas em Little Hampton certa época.

– É mesmo? Que legal! Emprego fixo?

– Claro que não. Só um verão.

– Gostaria que não se preocupasse – disse Ellie.

– O que aconteceu com Minnie Thompson?

– Tiveram que chegar a duzentos mil dólares, parece – contou –, pois ele não aceitava menos do que isso. Minnie era louca por homens e bastante estúpida – acrescentou.

– Você me surpreende, Ellie – exclamei. – Não arranjei só uma esposa, mas algo que posso trocar por um bom dinheiro a hora que quiser.

– É isso mesmo – concordou Ellie. – Procure um bom advogado e diga-lhe que está disposto a fazer negócio. Ele providenciará o divórcio e a pensão alimentícia – disse Ellie, continuando a aula. – Minha madrasta foi casada quatro vezes e ganhou muito dinheiro com isso. Mike, não precisa ficar chocado!

O curioso é que fiquei chocado mesmo. Senti uma aversão puritana à corrupção da sociedade moderna em suas camadas mais ricas. Ellie tinha algo de menininha ingênua, tão simples, tão comovente em sua atitude, que me espantou constatar como era entendida e segura em questões materiais. E, no entanto, sabia que estava certo em relação a ela. Conhecia muito bem aquele tipo de pessoa. Sua simplicidade, afetuosidade e doçura natural. Isso não significava que devesse ignorar as coisas. O que ela conhecia e aceitava como verdade era uma porção bastante limitada da humanidade. Não sabia muito sobre meu mundo, o mundo de luta por trabalho, de quadrilhas de corridas de cavalos e drogas, os violentos perigos da vida, de espertalhões metidos a besta que eu conhecia tão bem por ter vivido entre eles. Ela não sabia o que era ter sido educado num meio decente e respeitável, mas passando dificuldade em questões financeiras, com uma mãe que trabalhava como uma condenada em nome da respeitabilidade para que seu filho vingasse na vida. Cada centavo economizado e a amargura de ver que o filho, alegre e despreocupado, desperdiçava as oportunidades ou apostava tudo numa barbada, em busca de dinheiro fácil.

Ellie gostava de ouvir a respeito de minha vida tanto quanto eu gostava de ouvir a respeito da sua. Era como explorar um país estrangeiro.

Olhando agora, vejo como foi maravilhosa a vida com Ellie naqueles primeiros tempos. Na época, achávamos que sempre seria assim. Nos casamos num cartório em Plymouth. Guteman não é um nome incomum. Ninguém, nenhum repórter ou qualquer outra pessoa, sabia que a herdeira Guteman encontrava-se na Inglaterra. De vez em quando, os jornais publicavam algumas linhas vagas, indicando que ela estava na Itália ou andando de iate. O casamento ocorreu no cartório, tendo como testemunhas um funcionário e uma datilógrafa de meia-idade. O juiz fez sua preleção de praxe sobre as sérias responsabilidades da vida conjugal e nos desejou felicidade. Saímos logo depois, livres e casados. Sr. e sra. Michael Rogers! Passamos uma semana num hotel à beira-mar e em seguida fomos para o exterior. Foram três semanas magníficas, viajando para onde a imaginação nos levasse, sem medir despesas.

Estivemos na Grécia, em Florença, em Veneza e em Lido. Depois, visitamos a Riviera Francesa e chegamos até as Dolomitas. Já me esqueci da metade dos nomes agora. Andamos de avião, iate e carros de luxo alugados. Enquanto nos divertíamos, pelo que deduzi das palavras de Ellie, Greta continuava na frente interna, fazendo seu trabalho.

Ela viajava por onde queria, enviando cartas e despachando os diversos cartões-postais que Ellie deixara em suas mãos.

– Haverá, certamente, o dia do ajuste de contas – disse Ellie. – Cairão sobre nós como uma nuvem de abutres. Mas podemos nos divertir até lá.

– E com relação a Greta? – perguntei. – Não ficarão furiosos quando descobrirem?

– Claro – respondeu Ellie –, mas Greta não se importará. Ela é forte.

– Isso não a impedirá de conseguir outro emprego?

– Por que deveria procurar outro emprego? – indagou Ellie. – Ela virá morar conosco.

– Não! – exclamei.

– Como assim *não*, Mike?

– Não queremos ninguém morando conosco – disse.

– Greta não nos atrapalhará – garantiu Ellie. – Na verdade, nos ajudará. Sinceramente, não sei o que faria sem ela. É ela quem organiza tudo.

Franzi a testa.

– Não sei se gosto da ideia. Além do mais, queremos ter nossa própria casa, a casa de nossos sonhos, Ellie, e queremos ficar sozinhos.

– Sim – disse Ellie –, entendo o que quer dizer. Mesmo assim... – hesitou. – Seria muito duro para Greta não ter onde morar. Afinal, ela está comigo, fazendo tudo por mim, há quatro anos. E veja como me ajudou em nosso casamento e tudo mais.

– Não quero que se meta na nossa vida o tempo todo!

– Mas ela não é nem um pouco assim, Mike. Você ainda nem a conhece.

– Não, sei que não, mas a questão não é gostar ou não gostar dela. Queremos ficar *a sós*, Ellie.

– Mike, meu querido – disse Ellie, suavemente.

Interrompemos o assunto ali.

No decorrer de nossas viagens, nos encontramos com Santonix na Grécia. Ele estava hospedado numa pequena cabana de pescadores, perto do mar. Fiquei espantado de ver sua aparência doentia, muito pior do que quando o vira um ano antes. Recebeu-nos com muita cordialidade.

– Então vocês conseguiram – comentou.

– Pois é – disse Ellie –, e agora nossa casa será construída, não é?

– Tenho o projeto e os desenhos aqui comigo – disse para mim. – Ela deve ter lhe contado como se aproximou de mim, me atormentou e me deu ordens, não? – falou, escolhendo cuidadosamente as palavras.

– Não foram ordens! – objetou Ellie. – Só pedi.

– Sabe que já compramos a propriedade? – perguntei.

– Ellie me enviou um telegrama contando. Mandou dezenas de fotos.

– Claro que terá de ver o local primeiro – ponderou Ellie. – Talvez não goste de lá.

– Vou gostar, sim.

– Não tem como saber antes de ver.

– Mas já vi, menina. Fui lá há cinco dias. Encontrei um de seus advogados, o inglês de rosto fino.

– O sr. Crawford?

– Ele mesmo. Na verdade, os trabalhos já foram iniciados: limpeza do terreno, remoção dos escombros da antiga casa, fundações, drenagem. Quando voltarem para a Inglaterra, estarei lá.

Ele nos mostrou as plantas e conversamos sobre nossa futura casa. Já se tinha uma ideia de como seria. Havia até um esboço feito em aquarela, assim como a planta alta e a planta baixa.

– Gostou, Mike?

Respirei fundo.

– Sim – respondi. – É isso. Exatamente isso.

– Você falava tanto da casa, Mike! Em meus devaneios, cheguei a pensar que você tinha ficado enfeitiçado por aquele pedaço de terra. Você, apaixonado por uma casa que talvez jamais tivesse, jamais visse, que poderia nem ser construída.

– Mas será construída – afirmou Ellie. – Será construída, não?

– Se Deus ou o diabo quiser – disse Santonix. – Não depende de mim.

– Não está se sentindo nem um pouco melhor? – perguntei, sem saber.

– Coloque uma coisa na sua cabeça dura: nunca vou melhorar. É o meu destino.

– Bobagem – falei. – Hoje em dia estão descobrindo cura para tudo. Os médicos são uns pessimistas. Desenganam os pacientes, que depois zombam deles vivendo mais cinquenta anos.

– Admiro seu otimismo, Mike, mas o mal que tenho não é dessa natureza. Levam-me para um hospital, dão-me uma transfusão de sangue e saio com uma pequena margem de vida, um adiamento de tempo. E a cada vez vou ficando mais fraco.

– Você é muito valente – elogiou Ellie.

– Não sou valente. Não há valentia diante do inevitável. A única coisa a fazer é procurar consolo.

– Construindo casas?

– Não, não me refiro a isso. Com a constante diminuição da vitalidade, construir casas torna-se mais difícil, e não mais fácil. Você perde a força. Mas existem consolos, alguns bastante curiosos.

– Não entendo – comentei.

– Você não entenderia, Mike. Não sei nem se Ellie entenderia. Talvez sim. – E Santonix continuou, falando mais para si mesmo do que para nós: – Duas coisas caminham juntas, lado a lado: a fraqueza e a força. A fraqueza da vitalidade decrescente e a força do poder frustrado. Não importa o que eu faça agora! Morrerei de qualquer maneira. Então, posso fazer o que bem entender. Não há nada que me detenha, nada que me impeça. Poderia caminhar pelas ruas de Atenas atirando em quem não gostasse. Pensem bem.

– A polícia o prenderia mesmo assim – observei.

– Claro, mas o que eles poderiam fazer? No máximo, tirar minha vida. Essa vida será tirada por um poder muito maior do que a lei em pouco tempo. O que mais eles poderiam fazer? Mandar-me para a prisão por vinte, trinta anos? Soa irônico, não acham? Não tenho mais vinte ou trinta anos pela frente. Digamos seis meses, um ano, dezoito meses, sendo generoso. Ninguém pode fazer nada contra mim. Então, no tempo que me resta, sou um rei. Posso fazer o que quiser. A ideia é sedutora, só que não me sinto tentado porque não existe nada especialmente extravagante ou ilícito que eu deseje fazer.

Depois de nos despedirmos de Santonix, na viagem de volta para Atenas, Ellie me disse:

– Sujeito mais estranho. Às vezes, me dá medo.

– Medo de Rudolf Santonix? Por quê?

– Porque ele não é como as outras pessoas. Tem uma espécie de brutalidade e arrogância no íntimo. Acho que queria nos dizer que a certeza da morte iminente lhe exacerbava essa arrogância. Suponhamos – disse Ellie, olhando animada para mim, com uma expressão quase de êxtase no rosto – que ele construa nosso lindo castelo, nossa bela casa à beira do penhasco, no meio dos pinheiros. Vamos morar lá, e ele, dos degraus da porta de entrada, nos recebe e...

– E?

– E nos segue, fecha a porta e nos mata ali mesmo, cortando nossa garganta ou coisa assim.

– Você me assusta, Ellie. Que imaginação!

– Nosso problema, Mike, é que não vivemos no mundo real. Sonhamos com coisas fantásticas que talvez nunca aconteçam.

– Não relacione tragédias ao Campo do Cigano.

– É o nome, imagino, e a maldição que colocaram.

– Não existe maldição nenhuma! – gritei. – É tudo bobagem. Esqueça isso. Isso se passou na Grécia.

CAPÍTULO 10

Acho que foi no dia seguinte. Estávamos em Atenas. De repente, nos degraus da Acrópole, Ellie se encontrou com pessoas que conhecia. Haviam chegado de um dos cruzeiros gregos. Uma mulher de aproximadamente 35 anos separou-se do grupo e desceu com rapidez os degraus em direção a Ellie, exclamando:

– Que surpresa! É você mesma, Ellie Guteman? O que anda fazendo por aqui? Não poderia imaginar. Está numa excursão?

– Não – retrucou Ellie –, estou só dando uma volta.

– Nossa, mas é uma alegria encontrá-la. E Cora, como está? Veio também?

– Não, Cora está em Salzburg, acho.

– Que bom.

A mulher olhava para mim, e Ellie disse tranquilamente:

– Quero apresentar-lhe o sr. Rogers. Esta é a sra. Bennington.

– Como vai? Quanto tempo ficará aqui?

– Estou indo embora amanhã – respondeu Ellie.

– Meu Deus! Nossa, vou me perder do grupo se não correr, e não quero perder uma só palavra das explicações. Eles nos apressam um pouco, sabe como é. Fico cansadíssima no final do dia. Seria possível nos encontrarmos para tomar alguma coisa?

– Hoje não – disse Ellie –, faremos um passeio.

A sra. Bennington saiu correndo para se juntar ao grupo. Ellie, que subia comigo os degraus da Acrópole, virou-se e tornou a descer.

– Isso resolve a questão, não resolve? – perguntou-me.

– Resolve o quê?

Ellie demorou um pouco para responder e então disse, com um suspiro:

– Preciso escrever hoje à noite.

– Escrever para quem?

– Para Cora, e acho que também para o tio Frank e o tio Andrew.

– Quem é tio Andrew? Esse eu não conhecia.

– Andrew Lippincott. Não é bem um tio. É meu principal tutor, fiduciário, sei lá o nome. É advogado. Muito famoso.

– O que pretende dizer?

– Vou contar que estou casada. Não poderia dizer de repente para Nora Bennington: "Quero apresentar-lhe meu marido". Haveria gritos terríveis e exclamações do tipo "Não sabia que você tinha se casado! Conte-me tudo, querida" etc. É natural que minha madrasta, o tio Frank e o tio Andrew sejam os primeiros a saber – suspirou. – Ai, ai... Até agora foi tudo maravilhoso.

– O que eles dirão ou farão?

– Um estardalhaço, imagino – disse Ellie, de seu jeito plácido. – Não importa o que façam, e eles têm juízo suficiente para saber disso. Suponho que tenhamos de marcar um encontro. Podemos ir a Nova York. Você gostaria? – Olhou para mim com ar interrogativo.

– Não – respondi –, nem um pouco.

– Então, eles provavelmente virão a Londres, ou pelo menos parte deles. Você acharia melhor?

– Não gosto de nenhuma dessas ideias. Quero ficar com você e ver nossa casa erguendo-se tijolo por tijolo assim que Santonix chegar.

– Nada nos impede – disse Ellie. – As reuniões de família não duram muito tempo. Possivelmente, tudo se resolverá num único round. Vamos acabar com isso de uma vez. Ou iremos para lá, ou eles virão para cá.

– Achei que sua madrasta estivesse em Salzburg, pelo que você tinha dito.

– Disse por dizer. Seria estranho dizer que não sabia onde ela estava. Sim – decidiu Ellie, com um suspiro –, vamos para Nova York encontrar todo mundo lá. Mike, espero que você não fique aborrecido.

– Aborrecido com o quê? Sua família?

– É. Que você não se aborreça se eles forem grosseiros.

– Imagino que é o preço a pagar por ter me casado com você – disse. – Eu aguento.

– Há sua mãe, também – ponderou Ellie.

– Pelo amor de Deus, Ellie, você não vai organizar uma reunião entre sua madrasta, com suas rendas e babados, e minha mãe, que vem de um lugar pobre. O que uma teria a dizer para a outra?

– Se Cora fosse minha verdadeira mãe, elas teriam muito a conversar – afirmou Ellie. – Mike, você não deveria ficar tão obcecado com essa questão de distinção de classes!

– Obcecado, eu? – falei, com incredulidade. – Como é a expressão americana? "Venho do lado errado dos trilhos." Não é isso?

– Mas não precisa escrever num cartaz e pendurar no pescoço.

– Não sei que roupas devo usar – disse, amargamente. – Não sei a maneira certa de falar e não sei nada a respeito de artes, quadros, música... Só agora estou aprendendo a quem devo dar gorjeta e quanto dar.

– Não acha, Mike, que isso faz com que tudo seja mais interessante para você? Eu acho.

– Seja como for – eu disse –, você não arrastará minha mãe para sua reunião de família.

– Não estava propondo arrastar ninguém a lugar nenhum, mas acho, Mike, que *eu* deveria visitar sua mãe quando voltarmos a Londres.

– Não – cortei, de maneira explosiva.

Ellie olhou para mim, assustada.

– Por que não, Mike? Independentemente de qualquer coisa, acho muito indelicado não ir conhecê-la. Você já lhe contou que nos casamos?

– Ainda não.

– Por que não?

Resolvi não responder.

– O mais natural não seria dizer a ela que estamos casados e me levar para conhecê-la quando voltarmos à Inglaterra?

– Não – repeti, dessa vez de forma menos explosiva, mas ainda bastante contundente.

– Você não quer que eu a conheça – queixou-se Ellie, vagarosamente.

Não queria mesmo. Suponho que era óbvio, mas não sabia como explicar. Não via como.

– Não seria sensato – falei, pausadamente. – Você precisa entender. Tenho certeza de que causaria problemas.

– Acha que ela não gostaria de mim?

– É impossível não gostar de você, mas... não sei como dizer. Ela poderia ficar perturbada e confusa. Afinal, me casei com uma pessoa de outra condição social, como diziam antigamente. Ela não gostaria *disso*.

Ellie sacudiu a cabeça devagar.

– Alguém ainda pensa assim hoje em dia?

– Claro que sim. No seu país também.

– Sim – concordou –; de certa forma, é verdade, mas lá, se alguém tem sucesso...

– Ou seja, se ganha muito dinheiro...

– Não é só dinheiro.

– Sim – insisti –, a questão é dinheiro, sim. Se o sujeito ganha muito dinheiro, é admirado e respeitado, não importa onde tenha nascido.

– Bem, isso acontece em toda parte – afirmou Ellie.

– Por favor, Ellie – repeti. – Não vá visitar minha mãe.

– Continuo achando que é uma indelicadeza.

– Não é. Você não tem como saber o que seria melhor para minha própria mãe. Ela ficaria transtornada, garanto.

– Mas você precisa contar a ela que se casou.

– Tudo bem – eu disse. – Farei isso.

Ocorreu-me que seria mais fácil escrever para minha mãe do exterior. Naquela noite, enquanto Ellie escrevia para o tio Andrew, o tio Frank e a madrasta Cora van Stuyvesant, eu também escrevia minha carta, bastante resumida.

"Querida Mamãe", escrevi, "deveria ter lhe contado antes, mas fiquei meio sem jeito. Casei-me há três semanas. Tudo aconteceu muito de repente. É uma moça muito bonita e doce. Tem muito dinheiro, o que às vezes cria dificuldades. Vamos construir uma casa em algum lugar no interior. No momento, estamos viajando pela Europa. Tudo de bom, seu Mike."

O resultado de nossa correspondência noturna foi um tanto variado. Minha mãe demorou uma semana para me enviar uma carta, bem de seu jeito.

Querido Mike, uma alegria receber sua carta. Espero que seja muito feliz. Com carinho, Mamãe.

Como Ellie havia profetizado, a questão foi mais conturbada do lado dela. Mexemos em casa de marimbondo. Ficamos cercados de repórteres em busca de notícias sobre nosso casamento, saíram artigos nos jornais a respeito da herdeira Guteman e sua fuga romântica, recebemos cartas de banqueiros e advogados. No fim de tudo, organizaram-se reuniões formais. Encontramos Santonix no Campo do Cigano, analisamos os projetos, discutimos as questões pertinentes e, depois de deixar tudo encaminhado, voltamos para Londres, conseguimos um apartamento no Claridge e, como se dizia nos livros antigos, nos preparamos para receber a cavalaria.

O primeiro a chegar foi o sr. Andrew P. Lippincott. Era um homem idoso, enxuto e meticuloso na aparência, além de alto, magro e bastante educado e gentil. Nascera em Boston e, pelo sotaque, eu não teria percebido que era americano. Conforme combinado por telefone, nos procurou em nosso apartamento ao meio-dia. Reparei que Ellie estava nervosa, embora disfarçasse muito bem.

O sr. Lippincott beijou Ellie e me estendeu a mão, com um amável sorriso no rosto.

– Ellie, minha querida, você está com ótima aparência. Viçosa, eu diria.

– Como vão as coisas, tio Andrew? Como veio? De avião?

– Não. Fiz uma viagem muito agradável a bordo do *Queen Mary*. Este é o seu marido?

– Sim, este é o Mike.

Fui simpático, ou pelo menos julguei que sim.

– Como vai o senhor? – cumprimentei. Depois, perguntei-lhe se gostaria de tomar um drinque, que ele recusou com delicadeza. Sentado numa poltrona de encosto reto com braços banhados em ouro, passou a olhar, ainda sorridente, para Ellie e para mim.

– Vocês, jovens, sempre nos dando sustos. Tudo muito romântico, não? – disse ele.

– Sinto muito – falou Ellie –, de verdade.

– Sente? – indagou o sr. Lippincott, secamente.

– Achei que fosse a melhor forma – contestou Ellie.

– Nesse ponto, não concordo totalmente com você, minha querida.

– Tio Andrew – Ellie disse –, o senhor sabe que se eu tivesse agido de outra maneira haveria uma confusão danada.

– Por que você acha isso?

– Sabe como eles são – disse Ellie. – O senhor também – acrescentou, em tom acusador. – Recebi duas cartas de Cora, uma ontem e outra hoje de manhã.

– Você deve dar um desconto pela ansiedade. É natural, diante das circunstâncias, não acha?

– Com quem me caso, como e onde é problema meu.

– É o que você pensa, mas descobrirá que quase nenhuma mulher concordará com você nesse ponto.

– Na realidade, poupei a todos muito trabalho.

– Essa é a sua maneira de ver.

– Mas não é verdade?

– Você praticou uma série de dissimulações, ajudada por alguém que não deveria ter feito o que fez.

Ellie corou.

– Refere-se a Greta? Ela só fez o que lhe pedi. Estão todos furiosos com ela?

– Claro. Nada mais natural, não concorda? Não se esqueça de que ela ocupava uma posição de confiança.

– Sou maior de idade. Posso fazer o que quiser.

– Estou falando de antes da maioridade. As dissimulações começaram nessa época, não foi?

– Ellie não tem culpa – me intrometi. – Para início de conversa, eu não sabia o que estava acontecendo e, como todos os parentes dela moram em outro país, não tinha como entrar em contato com eles.

– Entendo perfeitamente – disse o sr. Lippincott. – Greta colocou cartas no correio, deu informações à sra. Van Stuyvesant e a mim a pedido de Ellie e, digamos assim, fez tudo com muita competência. Michael, você conhece Greta? Creio que posso chamá-lo de Michael, já que é o marido de Ellie.

– Claro – assenti. – Pode me chamar de Michael, sim. Não conheço a srta. Andersen...

– Não? Isso me parece surpreendente. – Fitou-me por bastante tempo, pensativo. – Pensei que ela tivesse ido a seu casamento.

– Não, Greta não veio – falou Ellie, lançando-me um olhar de censura que me desconcertou.

O olhar reflexivo do sr. Lippincott ainda se dirigia a mim. Fiquei sem graça. Parecia que ia dizer mais alguma coisa e desistiu.

– Receio – disse, depois de um tempo – que vocês dois, Michael e Ellie, terão que aturar uma série de repreensões e críticas por parte da família de Ellie.

– Imagino que todos se voltarão contra mim ao mesmo tempo – disse Ellie.

– É muito provável – concordou o sr. Lippincott. – Tentei preparar o terreno – acrescentou.

– O senhor está do nosso lado, tio Andrew? – perguntou Ellie, sorrindo para ele.

– Você não deveria pedir a um advogado prudente que chegasse a tanto. Aprendi que, na vida, é sensato aceitar o que é fato consumado. Vocês se apaixonaram um pelo outro, se casaram e, pelo que entendi, compraram uma propriedade no sul da Inglaterra, onde já começaram a construir uma casa. Pretende, portanto, morar neste país?

– Vamos morar aqui, sim. Tem alguma objeção quanto a isso? – perguntei com certa irritação na voz. – Ellie casou-se comigo e é cidadã britânica agora. Por que não moraria na Inglaterra?

– Por nada. Aliás, nada impede que Fenella more no país que desejar ou que possua propriedades em mais de um país. Lembre-se de que a casa de Nassau é sua, Ellie.

– Sempre achei que fosse de Cora. Ela sempre se portou como dona.

– Mas o direito de propriedade é seu. Tem também a casa de Long Island, que poderá visitar quando quiser. Você tem muitos campos petrolíferos no oeste.

Sua voz era afável, mas tive a impressão de que as palavras se dirigiam a mim, de forma curiosa. Estaria procurando criar uma barreira entre mim e Ellie? Eu não sabia direito. Não me parecia muito sensato esfregar na cara de um homem que sua esposa possuía bens no mundo inteiro e que era extremamente rica. Na verdade, ele deveria depreciar os direitos de propriedade, o dinheiro e tudo o que Ellie possuía, porque se eu estivesse interessado somente na fortuna dela, como ele obviamente pensava, aquilo só alimentaria mais o meu interesse. Percebi, no entanto, que o sr. Lippincott era um homem sutil. Difícil dizer o que pretendia, o que se escondia por trás de seu jeito plácido e agradável. Estaria, a seu modo, tentando me colocar numa situação constrangedora, me fazendo sentir que seria rotulado, quase publicamente, como "interesseiro"? Disse à sobrinha:

– Trouxe alguns documentos que teremos de ver juntos, Ellie. Preciso de sua assinatura em vários deles.

– Claro, tio Andrew. Quando quiser.

– Não há pressa. Tenho outros assuntos para tratar em Londres. Devo ficar aqui uns dez dias.

Dez dias, pensei. É muito tempo. Preferia que o sr. Lippincott não ficasse dez dias. Parecia bastante cordial comigo, embora, como se poderia dizer, aquilo indicasse que ele ainda não se pronunciara sobre certos assuntos. Naquele momento, entretanto, fiquei me perguntando se ele estava de fato contra mim. Se estivesse, não era o tipo de pessoa que entregaria o jogo.

– Bem – continuou –, agora que todos nos conhecemos e chegamos a um consenso, por assim dizer, em relação ao futuro, gostaria de ter uma pequena conversa com seu marido.

Ellie disse:

– Pode falar comigo presente.

Estava furiosa. Coloquei a mão em seu braço.

– Fique calma, querida. Não precisa ficar aqui para me proteger. – Conduzi-a cuidadosamente até a porta que dava para o quarto. – O tio Andrew quer me conhecer melhor – falei. – Ele tem esse direito.

Empurrei-a de maneira delicada por entre as portas duplas. Fechei-as e voltei para a sala. Era uma sala grande e bonita. Sentei-me em frente ao sr. Lippincott e disse:

– Pronto. Pode começar.

– Obrigado, Michael – agradeceu. – Antes de mais nada, quero lhe assegurar que não sou de forma alguma seu inimigo, como pode estar pensando.

– Fico feliz em saber disso – falei, sem muita convicção.

– Deixe-me falar com franqueza – começou o sr. Lippincott –, com mais franqueza do que poderia ter diante daquela querida criança, de quem sou tutor e por quem tenho muito apreço. Não sei se já reparou, Michael, mas Ellie é uma menina muito doce e carinhosa.

– Não se preocupe. Estou realmente apaixonado por ela.

– Não é o mesmo – disse o sr. Lippincott, de seu jeito seco. – Espero que, além de estar apaixonado, também perceba como Ellie é bondosa e, em certos aspectos, bastante vulnerável.

– Ficarei atento – garanti. – Acho que não será muito difícil. Ellie é uma pessoa maravilhosa.

– Então, continuando o que estava dizendo. Vou falar claro com você. Você não é o tipo de jovem com quem desejaria ver Ellie casada. Eu, como todo mundo na família, preferiria que ela se cassasse com alguém de nosso meio, de nossa condição social...

– Alguém com dinheiro, em outras palavras – provoquei.

– Não só isso. Uma posição social semelhante, a meu ver, é importante como base de um matrimônio. E não me refiro a uma atitude esnobe. Afinal, Herman Guteman, o avô dela, começou a vida como estivador. Acabou se tornando um dos homens mais ricos dos Estados Unidos.

– Nesse caso, também posso seguir o mesmo rumo – afirmei – e acabar virando um dos homens mais ricos da Inglaterra.

– Tudo é possível – disse o sr. Lippincott. – Você tem ambições nesse sentido?

– A questão não é apenas o dinheiro – falei. – Gostaria de ser alguém, de realizar alguma coisa e... – hesitei, não continuei.

– Digamos que você tem ambições. Isso é muito bom.

– Estou começando com grande desvantagem, do zero – lembrei. – Sou um joão-ninguém e não finjo ser outra coisa.

Assentiu com a cabeça em sinal de aprovação.

– Muito bem falado. Aprecio sua sinceridade. Não sou parente de Ellie, mas sou seu tutor. A pedido do avô, administro seus negócios, o dinheiro e os investimentos. Ou seja, tenho certa responsabilidade nessa área. Portanto, quero saber tudo sobre o marido que escolheu.

– Pois bem – falei –, pode perguntar sobre mim e fazer as investigações que quiser, imagino.

– Sim – disse o sr. Lippincott. – Essa seria uma forma inteligente de se precaver. Mas na verdade, Michael, quero ouvir da sua própria boca. Gostaria que você mesmo me contasse a história de sua vida até agora.

Claro que não gostei daquilo. Ele deve ter percebido. Ninguém na minha posição gostaria. É natural querermos apresentar aos outros nosso melhor lado. Consegui isso na escola e mais tarde também, vangloriando-me aqui e ali, distorcendo ligeiramente a verdade. Não tenho por que me envergonhar. Parece-me natural, o tipo de coisa que precisamos fazer para progredir na vida: vender o nosso peixe, como se diz. As pessoas nos veem de acordo com nossa própria visão de nós mesmos, e eu não queria ser como aquele personagem de Dickens que apareceu na televisão e que sozinho já dava uma bela história, devo admitir. Uriah, acho que se chamava. Estava sempre tramando algo por trás de sua humildade. Não queria ser como ele.

Procurava me gabar um pouco com todos que encontrava e fazia de tudo para vender meu peixe diante de um possível empregador. Afinal de contas, todo mundo tem um lado bom e um lado ruim, e de nada serve ficar enfatizando o lado ruim. Não, sempre descrevi da melhor maneira minhas atividades. Não imaginei, porém, fazer o mesmo com o sr. Lippincott. Ele parecia descartar a ideia de fazer investigações particulares a meu respeito, mas eu não tinha certeza disso. Portanto, resolvi contar-lhe a verdade nua e crua, como se diz.

Falei da miséria de minha infância, do alcoolismo de meu pai, mas que tivera uma boa mãe, que se esforçara bastante para pagar meus estudos. Não escondi que sempre havia sido uma pessoa instável, que vivia mudando de emprego. O sr. Lippincott era um bom ouvinte, incentivando o discurso, se é que me faço entender. De vez em quando, porém, eu percebia sua perspicácia, introduzindo pequenas perguntas ou comentários que eu, desprevenido, poderia precipitar-me a confessar ou negar.

Sim, tive a sensação de que deveria ser cauteloso e ficar alerta. Dez minutos depois, fiquei feliz quando ele se recostou na cadeira e o inquérito, por assim dizer – embora não fosse um inquérito – pareceu acabar.

– Sua atitude em relação a vida é ousada, sr. Rogers, ou melhor, Michael. Não há nada de mau nisso. Conte mais sobre essa casa que você e Ellie estão construindo.

– Bem – comecei –, é perto de uma cidade chamada Market Chadwell.

– Sim – disse ele –, sei exatamente onde fica. Para falar a verdade, fui vê-la. Ontem, para ser preciso.

Aquilo me espantou um pouco. Mostrava que eu estava lidando com um sujeito sorrateiro, capaz de fazer mais do que parecia.

– É um lugar bonito – comentei, na defensiva –, e a casa que estamos construindo será linda. O arquiteto é um amigo meu chamado Santonix. Rudolf Santonix, não sei se já ouviu falar dele...

– Já ouvi – respondeu o sr. Lippincott. – É um nome muito conhecido entre os arquitetos.

– Trabalhou nos Estados Unidos, acho.

– Sim, um arquiteto de grande futuro e talento. Infelizmente, pelo que sei, não anda bem de saúde.

– Ele se considera à beira da morte – contei –, mas não creio nisso. Acho que vai se recuperar, ficar bem de novo. Os médicos falam qualquer coisa.

– Espero que seu otimismo se justifique. Você é otimista.

– Em relação a Santonix, sim.

– Espero que tudo o que deseja se realize. Devo confessar que vocês fizeram um excelente negócio na compra daquela propriedade.

Pareceu-me muito simpático da parte daquele homem idoso usar o pronome "vocês". Não me fazia lembrar que Ellie efetuara a compra sozinha.

– Consultei o sr. Crawford...

– Crawford? – perguntei franzindo a testa.

– O sr. Crawford, da firma de advogados ingleses Reece & Crawford. O sr. Crawford foi o sócio que realizou a compra. É uma boa firma de advocacia e, ao que tudo indica, a propriedade foi adquirida por preço baixo. Fiquei pensando sobre isso. Estou a par dos preços de mercado dos terrenos deste país e fiquei perplexo, em busca de uma explicação. Acho que o próprio sr. Crawford se surpreendeu de conseguir comprar o lugar a um preço tão baixo. Perguntei a mim mesmo se você sabia o motivo dessa desvalorização. O sr. Crawford não expressou nenhuma opinião a respeito. Aliás, parecia até constrangido quando coloquei a questão a ele.

– Bem – expliquei –, dizem que o lugar é amaldiçoado.

– Perdão, Michael, o que foi que você disse?

– Amaldiçoado, senhor – repeti. – Maldição de ciganos ou coisa assim. O local é conhecido como Campo do Cigano.

– Ah, uma lenda?

– Sim. Parece bastante confusa e não sei o que existe de verdade ou de imaginação. Houve um assassinato lá, muito tempo atrás. Um homem, a esposa e outro homem. Dizem que o marido matou os outros dois e depois se suicidou. Pelo menos, é o que dizem. Mas existem várias outras versões. Acho que ninguém sabe realmente o que aconteceu. Já faz muito tempo. A propriedade, desde então, mudou de dono quatro ou cinco vezes, mas ninguém ficou com ela por muito tempo.

– Ah – fez o sr. Lippincott, interessado –, um bom exemplo do folclore inglês. – Olhou-me com ar de curiosidade. – E você e Ellie não têm medo da maldição? – perguntou descontraidamente, com um leve sorriso.

– É claro que não – retruquei. – Nem Ellie nem eu iríamos acreditar numa bobagem dessas. Na verdade, tivemos sorte, porque graças a isso conseguimos comprar barato. – Ao dizer isso, um pensamento me veio à cabeça. Foi sorte num certo sentido, pensei, mas com todo o dinheiro, bens e posses de Ellie, para ela não fazia muita diferença o preço da propriedade. Depois cheguei à conclusão de que eu estava equivocado. Afinal, ela tivera um avô que de estivador passara a milionário. Qualquer um desse tipo deseja sempre comprar barato e vender caro.

– Bem, não sou supersticioso – disse o sr. Lippincott –, e a vista da propriedade é magnífica – hesitou. – Espero, porém, que Ellie não ouça muitas dessas histórias que contam quando vocês se mudarem para lá.

– Tentarei preservá-la o máximo possível – declarei. – Creio que não lhe dirão nada.

– O pessoal dessas pequenas aldeias do interior gosta de contar histórias dessa natureza – comentou o sr. Lippincott. – E lembre-se, Michael, de que Ellie não é tão forte quanto você. É facilmente influenciável. Somente em alguns aspectos. Mas... – não concluiu o que estava por dizer. Bateu com o dedo na mesa. – Vou lhe falar agora de um assunto meio complexo. Você disse há pouco tempo que *não* conheceu a tal de Greta.

– Não. Como disse, não a conheço.

– Estranho. Muito curioso.

– Como? – Olhei para ele com ar interrogativo.

– Tinha quase certeza de que a conhecia – disse com lentidão. – O que sabe sobre ela?

– Sei que trabalha com Ellie há algum tempo.

– Desde que Ellie fez dezessete anos. Ocupava uma posição de responsabilidade e confiança. Foi, a princípio, para os Estados Unidos, na qualidade de secretária e dama de companhia, uma espécie de acompanhante de Ellie quando a sra. Van Stuyvesant, a madrasta, estava fora, o que acontecia, posso dizer, com bastante frequência. – Falou num tom especialmente seco ao dizer isso. – Pelo que sei, é uma moça bem-nascida, com excelentes referências, meio sueca, meio alemã. Ellie, naturalmente, se apegou muito a ela.

– Imaginei – eu disse.

– Em certo sentido, creio que se apegou até demais. Não se importa que fale dessa forma, se importa?

– Não. Por que me importaria? Na verdade, já cheguei a pensar nisso, uma ou duas vezes. Greta para lá, Greta para cá. Não é da minha conta, mas confesso que, em certos momentos, fiquei farto.

– E Ellie jamais expressou desejo de que você conhecesse Greta?

– Bem, é difícil explicar. Acho que sim, insinuou, como quem não quer nada, uma ou duas vezes, mas estávamos muito ocupados nos conhecendo. Além disso, eu não queria conhecê-la. Não queria dividir Ellie com ninguém.

– Compreendo. E Ellie não sugeriu que Greta estivesse presente no casamento?

– Sugeriu – respondi.

– Mas você não quis que ela fosse. Por quê?

– Não sei. Não sei mesmo. Senti apenas que essa tal de Greta, essa moça ou mulher que nunca encontrei, estava sempre se metendo em tudo. Sabe como é: organizando a vida de Ellie em seu lugar, enviando postais e cartas por ela, esquematizando todo um itinerário para apresentar à família. Tive a impressão de que Ellie, de certa forma, era dependente de Greta, deixava-se controlar por ela e fazia tudo o que Greta queria. Desculpe-me, sr. Lippincott, talvez não devesse estar dizendo essas coisas. Digamos que tenha sido apenas ciúme da minha parte. De qualquer forma, explodi e disse que não queria a presença de Greta no casamento, que o casamento era nosso e que ninguém deveria se meter. Fomos, então, ao cartório e conseguimos duas testemunhas lá mesmo, um funcionário e a datilógrafa. Reconheço que foi desconsideração minha recusar a presença de Greta, mas queria Ellie só para mim.

– Entendo, entendo, e, se me permite dizer, acho que você foi muito sensato, Michael.

– O senhor também não gosta de Greta – falei, astutamente.

– Você não pode usar a palavra "também", Michael, se nem a conhece ainda.

– Não, eu sei, mas se ouvimos falar muito de uma pessoa, acabamos formando uma ideia sobre ela. Pode chamar de ciúme, tudo bem. Por que o senhor não gosta de Greta?

– Não quero julgar – disse o sr. Lippincott –, mas você é o marido de Ellie, Michael, e me importo muito com a felicidade dela. Não considero saudável a influência de Greta sobre Ellie. Ela se intromete demais.

– Acha que criará problemas entre nós? – perguntei.

– Acho que não tenho o direito de dizer nada desse gênero.

Fitou-me cautelosamente, piscando o olho como uma velha tartaruga.

Fiquei sem saber o que dizer. Ele falou primeiro, escolhendo as palavras com cuidado:

– Então não houve nenhuma sugestão de que Greta Andersen fosse morar com vocês?

– Não, e se puder, impedirei – respondi.

– Ah. É assim que pensa? Conversaram sobre isso?

– Ellie falou alguma coisa nesse sentido. Mas somos recém-casados, sr. Lippincott. Queremos a casa, nossa nova casa, apenas para nós mesmos. Imagino que ela virá passar alguns dias conosco. Nada mais natural.

– Como diz, nada mais natural. Mas talvez compreenda que Greta se verá numa situação difícil para conseguir um novo trabalho. Digo, a questão não é o que *Ellie* acha dela, mas o que as pessoas que a contrataram acham, por terem depositado sua confiança nela...

– Quer dizer que o senhor e a sra. Van "não sei o que" não a recomendarão para um novo emprego?

– Dificilmente, a não ser para atender a exigências legais.

– E o senhor acha que ela virá para a Inglaterra com o objetivo de viver às custas de Ellie?

– Não quero que você fique contra ela. Afinal de contas, tudo isso não passa de conjeturas. Não gosto de algumas coisas que fez e da maneira como agiu. Creio que Ellie, cujo coração é muito generoso, se sentirá perturbada de ter, digamos assim, arruinado de várias formas as futuras oportunidades de Greta. É provável que insista impulsivamente que Greta venha morar com vocês.

– Não acho que insistirá – opinei, falando devagar. De qualquer forma, eu parecia um pouco preocupado, e acho que o sr. Lippincott percebeu. – Mas não poderíamos, ou melhor, Ellie não poderia lhe dar uma pensão?

– Não devemos colocar as coisas desse jeito – disse o sr. Lippincott. – A aposentadoria sugere uma certa idade, e Greta é jovem, uma mulher muito bonita, por sinal. Linda, aliás – acrescentou, em tom de desaprovação. – Muito atraente.

– Bem, talvez se case – falei. – Se ela é assim tão especial, por que ainda não se casou?

– Houve gente interessada, parece, mas ela não quis. Sua sugestão, porém, é muito pertinente. Pode ser colocada em prática sem ferir a suscetibilidade de ninguém. Pareceria muito natural que, atingida a maioridade de Ellie e tendo em vista que a competência de Greta ajudou no casamento, se lhe fosse destinada determinada quantia como prova de gratidão. – O sr. Lippincott fez com que as duas últimas palavras soassem azedas como limão.

– Bem, então está tudo certo – disse eu, com alegria.

– Vejo mais uma vez que você é otimista. Esperemos que Greta aceite a oferta.

– Por que não aceitaria? Seria louca se recusasse.

– Não sei – disse o sr. Lippincott. – Eu diria que seria extraordinário se não aceitasse, e elas continuassem amigas, claro.

– O senhor acha... O que o senhor acha?

– Gostaria de desfazer a influência dela sobre Ellie – confessou o sr. Lippincott, levantando-se. – Você me ajudará e fará todo o possível para atingirmos esse objetivo, não?

– Pode ficar tranquilo – respondi. – A última coisa que quero é ter Greta do nosso lado o tempo todo.

– Talvez mude de ideia quando a vir – advertiu o sr. Lippincott.

– Acho que não – fui firme. – Não gosto de mulheres mandonas, por mais eficientes e bonitas que sejam.

– Obrigado, Michael, por me ouvir com tanta paciência. Espero que vocês dois me deem o prazer de jantar comigo um dia desses. Que tal na próxima terça? Cora van Stuyvesant e Frank Barton devem estar em Londres nessa ocasião.

– E terei de conhecê-los, suponho.

– Sim, será inevitável. – Dirigiu-me um sorriso, dessa vez mais sincero do que antes. – Não se preocupe tanto – disse. – Cora, imagino, será muito grosseira. Frank será apenas pouco diplomático. Reuben não estará presente.

Não sabia quem era Reuben. Outro parente, supus.

Caminhei em direção às portas e as abri.

– Pode vir, Ellie. O interrogatório terminou.

Ela voltou à sala e olhou rapidamente para Lippincott e para mim. Deu um beijo nele.

– Querido tio Andrew – disse ela –, estou vendo que tratou Michael bem.

– Minha querida, se não tratasse bem seu marido, não lhes serviria para nada no futuro, não é? Reservo-me o direito de lhes dar alguns conselhos de vez em quando. Vocês ainda são muito jovens. Os dois.

– Tudo bem, ouviremos com atenção – concordou Ellie.

– Agora, minha querida, gostaria de conversar um pouco a sós com você, se possível.

– Minha vez de ser expulso – falei e fui para o quarto.

Fechei as portas duplas ostensivamente, mas abri a de dentro de novo logo que entrei. Não sou tão educado quanto Ellie e, por isso, fiquei um pouco ansioso para ver o quão hipócrita o sr. Lippincott poderia ser. Na verdade, porém, não foi dito nada que eu não pudesse ouvir. Ele deu um ou dois conselhos a Ellie. Disse que devia compreender que não seria fácil para mim, homem pobre, estar casado com uma mulher rica, e passou a sondá-la a respeito de um acerto de contas com Greta. Ellie concordou sem pestanejar, dizendo que ia pedir-lhe justamente isso. O sr. Lippincott sugeriu também um acordo adicional com Cora van Stuyvesant.

– Não há necessidade nenhuma disso – disse ele. – Ela já recebe o bastante de pensão alimentícia de seus diversos maridos. E, como você sabe, recebe uma renda, embora não muito grande, do fundo fiduciário deixado por seu avô.

– Mas o senhor acha que devo lhe dar mais ainda?

– Creio que não existe nenhuma obrigação de ordem legal ou moral. A minha ideia é que, dessa forma, ela a perturbará menos. O trâmite se daria como aumento de renda, que pode ser revogado a qualquer momento. Se você descobrir que ela anda espalhando boatos maldosos sobre Michael, sobre você ou sobre sua vida em comum, o conhecimento da possibilidade de revogação lhe tirará da língua as farpas venenosas que ela sabe tão bem desferir.

– Cora sempre me odiou – disse Ellie. – Sei disso. – Perguntou, meio acanhada: – O senhor gostou do Mike, tio Andrew?

– Pareceu-me um jovem extremamente simpático – respondeu o sr. Lippincott. – Consigo entender por que se casou com ele.

Suponho que isso era o melhor que eu poderia esperar. Sabia que não fazia seu tipo. Fechei a porta sem fazer barulho e, pouco tempo depois, Ellie veio me buscar.

Estávamos nos despedindo de Lippincott quando ouvimos uma batida na porta e um mensageiro entrou com um telegrama. Ellie o recebeu e abriu, fazendo ligeira exclamação de surpresa.

– É de Greta – anunciou –, ela está chegando a Londres hoje à noite e virá nos visitar amanhã. Que bom! – Olhou para nós dois. – Não é mesmo? – perguntou.

Ellie viu dois rostos mal-humorados e ouviu duas vozes educadas, uma que disse "Claro, minha querida", e a outra, "Evidentemente".

CAPÍTULO 11

Passei a manhã seguinte na rua fazendo compras e voltei ao hotel mais tarde do que esperava. Ellie estava sentada no saguão central e, à sua frente, havia uma jovem alta e loura. Era Greta. Ambas falavam feito duas matracas.

Nunca tive muito jeito para descrever as pessoas, mas farei uma breve descrição de Greta. Para começar, não se podia negar que era uma moça muito bonita, como dissera Ellie, e, como o sr. Lippincott admitira com relutância, muito bem-apessoada. Não é a mesma coisa. Se você diz que uma mulher é bem-apessoada, não significa necessariamente que a admira. O sr. Lippincott, pelo que observei, não admirava Greta. Seja como for, quando Greta atravessava o saguão de um hotel ou restaurante, os homens viravam a cabeça para contemplá-la. Tratava-se de um tipo nórdico de loura, com cabelos cor de milho, enrolados no alto da cabeça, como estava na moda, e não caídos para cada lado do rosto, como se usava em Chelsea. Parecia o que era: sueca ou alemã. Aliás, se usasse um par de asas num baile a fantasia, poderia passar por uma valquíria. Tinha olhos azuis claros e curvas admiráveis. Admitamos: uma deidade!

Fui em direção ao lugar em que estavam e me juntei a elas, cumprimentando-as da maneira que julguei natural e simpática, embora me sentisse meio sem graça. Nem sempre consigo ser bom ator. Ellie disse de imediato:

– Finalmente, Mike, esta é Greta.

Disse que já imaginava, de maneira descontraída, mas não muito alegre. Falei:

– Muito prazer em conhecê-la, Greta.

Ellie comentou:

– Como você bem sabe, se não fosse Greta, nunca teríamos nos casado.

– Teríamos dado um jeito de qualquer maneira – afirmei.

– Não se a família caísse em cima de nós como uma tonelada de carvão. Eles conseguiriam impedir de alguma forma. Conte-me, Greta, fizeram muito rebuliço? – Ellie perguntou. – Você não me escreveu nem falou nada a respeito.

– Sou sensata o suficiente – disse Greta – para não escrever a um feliz casal em lua de mel.

– Mas eles ficaram muito irritados com você?

– Claro! Como não? Mas eu estava preparada para isso, garanto.

– O que disseram ou fizeram?

– Tudo o que estava a seu alcance – disse Greta, alegremente. – A começar pela demissão.

– Sim, imagino que fosse inevitável. Mas o que você fez? Eles não podem se recusar a lhe dar boas referências.

– Claro que podem. Do ponto de vista deles, eu ocupava uma posição de confiança, da qual abusei vergonhosamente. – Acrescentou: – Aliás, com muito prazer.

– Mas o que fará agora?

– Tenho um trabalho esperando por mim.

– Em Nova York?

– Não. Aqui em Londres. De secretária.

– Mas você está passando necessidade?

– Ellie, querida – disse Greta –, como poderia passar necessidade com aquele belo cheque que você me mandou prevendo o que iria acontecer quando as coisas apertassem?

O inglês dela era muito bom, com pouquíssimo sotaque, embora usasse muitas expressões coloquiais sem grande propriedade.

– Viajei um pouco pelo mundo, me estabeleci em Londres e comprei muita coisa.

– Mike e eu compramos muita coisa também – contou Ellie, sorrindo ao se lembrar.

Era verdade: nos esbaldamos na Europa. Foi maravilhoso ter dólares para gastar, sem nos preocupar com impostos. Na Itália, compramos brocados e tecidos para a casa, além de quadros, tanto na Itália quanto na França, pagando uma fortuna. Descortinava-se para mim um mundo completamente novo, jamais sonhado.

– Vocês dois parecem muito felizes – observou Greta.

– Você ainda não viu nossa casa – comentou Ellie. – Vai ficar linda. A casa de nossos sonhos, não é, Mike?

– Já vi, sim – contou Greta. – No dia em que voltei à Inglaterra, aluguei um carro e fui até lá.

– E aí? – perguntou Ellie.

Repeti a mesma indagação.

– Pois é – falou Greta, em tom reflexivo, virando a cabeça de um lado para o outro.

Ellie ficou consternada e terrivelmente surpresa. Eu, porém, não me espantei. Vi na hora que Greta estava brincando. A brincadeira podia se de mau gosto, mas não durou muito tempo, porque Greta logo desatou a rir, gargalhando tão alto que todos olharam para nós.

– Precisavam ver a cara de vocês – disse –, principalmente a sua, Ellie. Eu estava brincando. É uma casa linda. Aquele homem é um gênio.

– Sim – concordei –, fora de série. Verá quando o conhecer.

– Já o conheço – disse Greta. – Ele estava lá no dia em que eu fui. Uma pessoa maravilhosa. Meio medonho, não?

– Medonho? – perguntei, surpreso. – Em que sentido?

– Não sei. É como se enxergasse através de você, do outro lado. Isso é sempre constrangedor. – Depois acrescentou: – Parece muito doente.

– Ele está doente mesmo. Muito doente – confirmei.

– Que pena! O que ele tem? Tuberculose, algo assim?

– Não – respondi –, acho que não é tuberculose. Parece que é alguma coisa no sangue.

– Sei. Os médicos encontram cura para quase tudo hoje em dia, a não ser que matem o paciente antes, no processo. Mas não pensemos nisso. Falemos da casa. Quando ficará pronta?

– Em pouco tempo, imagino, pelo andar da carruagem. Jamais pensei que uma casa pudesse ser construída tão rápido – comentei.

– Ah – exclamou Greta, despreocupada –, é o poder do dinheiro. Turnos duplos, bônus etc. Você não imagina, Ellie, como é maravilhoso ter todo o dinheiro que tem.

Mas *eu* sabia. Vinha aprendendo muito nas últimas semanas. Adentrava, por conta do casamento, um mundo totalmente diferente, e não era como eu imaginava de fora. Até então, na minha vida, acertar uma "dupla" constituía minha máxima noção de riqueza. Um dinheiro que saía tão rápido quanto entrava. Gastava com bobagens. Imaturidade, eu sei. Típico de minha classe. Mas o mundo de Ellie era diferente. Não era o que eu julgava. Cada vez mais e mais luxo. Não havia banheiros maiores, casas mais espaçosas, mais luminárias, refeições mais fartas e carros mais velozes. Não se gastava por gastar só para se mostrar diante dos outros. Não. Era um mundo estranhamente simples. O tipo de simplicidade a que se chega após atingir o ponto de ostentar por ostentar. Ninguém precisa de três iates ou quatro carros, ninguém come mais do que três vezes ao dia e, mesmo podendo comprar quantas obras de arte quiser, ninguém coloca mais de um quadro no quarto. Muito simples. Tem-se tudo do bom e do melhor, não tanto por ser o melhor, mas porque, se você quer alguma coisa específica, você pode tê-la. Não existe essa história de "Não tenho como bancar". Assim, por mais estranho que possa parecer, às vezes a coisa é de uma simplicidade tão curiosa que eu não conseguia entender. Estávamos contemplando um quadro impressionista francês, creio que de Cézanne. Tive que aprender esse nome, porque sempre confundia com *tzigane*, que, segundo entendo, é uma orquestra de ciganos. E então, quando passeávamos pelas ruas de Veneza, Ellie parou para ver uns artistas de calçada. De um modo geral, pintavam quadros horríveis para turistas, todos iguais: retratos com grandes fileiras de dentes brilhantes e geralmente cabelos louros caindo pelo pescoço.

Ellie comprou um quadro pequeno, paisagístico, com a vista de um canal. O homem que o havia pintado avaliou nosso aspecto e vendeu-lhe a obra por seis libras, pelo câmbio inglês. O curioso é que eu sabia perfeitamente que o desejo de Ellie por aquele quadro de seis libras era o mesmo que ela nutria pelo quadro de Cézanne.

A mesma coisa aconteceu um dia em Paris. Ela me disse, de repente:

– Vamos nos divertir: comprar um pão francês saído do forno e comê-lo com manteiga e um daqueles queijos embrulhados em folhas.

Foi o que fizemos, e acho que Ellie gostou mais desse lanche do que o jantar da noite anterior, que havia custado cerca de vinte libras. No início, não entendia direito, mas depois comecei a entender. O estranho é que agora podia ver que a vida de casado com Ellie não se resumia a prazeres e divertimentos. Tive que fazer meu dever de casa, aprender a me comportar num restaurante, que pratos pedir, quanto dar de gorjeta e quando, por algum motivo, dar mais do que o normal. Precisava saber que bebida combina com qual comida. Tudo isso sozinho, só observando. Não podia perguntar a Ellie, porque essa seria uma das coisas que ela não teria entendido. Diria: "Mas, querido, você pode pedir o que quiser. Não importa se os garçons acham que um determinado vinho combina melhor com aquele prato". Aquilo não tinha importância para ela porque era seu meio, mas para mim tinha, porque eu não podia fazer o que queria. Não tinha essa simplicidade. O mesmo acontecia em relação às roupas. Ellie me ajudou mais nessa área, pois compreendia melhor. Levava-me aos melhores lugares e dizia-me para deixar na mão deles.

É claro que eu ainda não havia adquirido boa aparência e boas maneiras, mas não me importava muito. Aprendera o suficiente para satisfazer pessoas como o sr. Lippincott e, logo, segundo presumia, a madrasta e os tios de Ellie quando chegassem. Aquilo, certamente, não teria nenhuma importância no futuro. Quando a casa estivesse construída e nos mudássemos para lá, ficaríamos longe de todo mundo. Poderia ser nosso reino. Observei Greta sentada na minha frente. Fiquei me perguntando o que ela realmente achava da nossa casa. De qualquer forma, era o que eu queria. Estava totalmente satisfeito. Desejava descer de carro uma trilha já em terreno privado por entre as árvores até uma pequena enseada, que seria nossa praia particular, sem acesso por terra para pessoas de fora. Seria mil vezes melhor, pensava, mergulhar no mar ali. Mil vezes melhor do que um balneário com centenas de corpos deitados. Eu não desejava a riqueza *sem sentido*. Queria – eis minhas palavras de novo, minhas palavras preferidas: quero, quero... Tinha consciência de todos os sentimentos que em mim despontavam. Queria uma mulher maravilhosa, uma casa maravilhosa, diferente de todas, cheia de coisas maravilhosas que pertencessem a *mim*. Tudo seria meu.

– Ele está pensando na nossa casa – disse Ellie.

Parece-me que ela já havia sugerido duas vezes que fôssemos para a sala de jantar. Olhei-a com carinho.

Mais tarde naquele mesmo dia, já de noite, quando estávamos nos arrumando para sair, Ellie perguntou, com certa hesitação:

– Mike, você gosta de Greta, não?

– Claro que sim – respondi.

– Não suportaria se não gostasse.

– Mas eu gosto – protestei. – Por que acha que não?

– Não sei direito. Você quase não olha para ela quando conversam.

– Bem, imagino que seja... porque fico nervoso.

– Nervoso por causa de Greta?

– Sim, ela é meio imponente.

E contei a Ellie que achava Greta parecida com uma valquíria.

– Não tão gorda como as de ópera – disse Ellie, rindo.

Nós dois rimos. Eu disse:

– Isso não faz muita diferença para você, que a conhece há anos, mas ela é meio, aliás, muito eficiente, prática e sofisticada. – Lutava com as palavras, que não pareciam ser adequadas. Confessei subitamente: – Sinto-me deixado de lado quando ela está presente.

– Ah, Mike! – exclamou Ellie, com peso na consciência. – Sei que conversamos muitos, são muitos assuntos... coisas que aconteceram antigamente. Entendo que isso possa lhe causar constrangimento. Mas vocês logo ficarão amigos. Ela me falou que gosta muito de você.

– Ellie, ela diria o mesmo, ainda que não gostasse.

– Não. Greta é muito franca. Você ouviu algumas das coisas que ela falou hoje.

É verdade que Greta não mediu palavras durante o almoço. Disse, dirigindo-se a mim, não a Ellie:

– Você deve ter achado estranho meu modo de ajudar Ellie sem nem conhecê-lo. Mas estava tão furiosa com a vida que a obrigavam a levar... Metida num casulo cheio de dinheiro e ideias tradicionais. Nunca lhe deram oportunidade de se divertir, sair sozinha e fazer o que bem entendesse. Ela queria se rebelar, mas não sabia como. Então, admito, a incentivei. Sugeria que pesquisasse imóveis na Inglaterra. Quando fizesse 21 anos, poderia comprar um apartamento próprio e dizer adeus a toda aquela gente de Nova York.

– Greta sempre tem ideias maravilhosas – disse Ellie. – Pensa em coisas em que eu jamais pensaria.

Quais haviam sido as palavras que o sr. Lippincott me dissera? "Ela exerce demasiada influência sobre Ellie." Seria verdade? Por mais estranho que possa parecer, achava que não. Sentia que Greta, mesmo conhecendo-a tão bem, nunca havia penetrado em seu âmago. Ellie, sem dúvida, aceitava ideias condizentes com as suas. Greta pregara rebeldia a Ellie, mas a própria Ellie já queria rebelar-se, sem saber como. No entanto, agora que a conhecia melhor, Ellie me parecia uma dessas pessoas muito simples que de repente nos surpreendem. Julgava-a perfeitamente capaz de tomar uma atitude, se quisesse. A questão era que, muitas vezes, não queria. Pensei na dificuldade que temos de entender os outros. Mesmo Ellie. Mesmo Greta. Talvez até a minha própria mãe... A maneira de me olhar, com medo nos olhos.

Perguntei, enquanto descascávamos uns pêssegos enormes:

– E o sr. Lippincott? Ele pareceu aceitar muito bem nosso casamento. Foi uma surpresa.

– O sr. Lippincott é uma velha raposa – disse Greta.

– Você sempre diz isso, Greta – comentou Ellie –, mas o considero muito amável, rigoroso, correto etc.

– Continue pensando assim, se quiser – disse Greta. – Eu não confio nele.

– Não confia nele! – exclamou Ellie.

Greta fez que não com a cabeça.

– Sei que ele é um pilar de respeitabilidade e fidedignidade. Tudo o que se espera de um fiduciário e advogado.

Ellie riu e disse:

– Você está querendo dizer que ele se apoderou da minha fortuna? Não seja tola, Greta. Existem milhares de auditores, bancos, verificações e coisas do gênero.

– Imagino que seja um homem correto – continuou Greta. – Mesmo assim, são pessoas como ele que fazem esse tipo de coisa. Pessoa "confiáveis".

Depois comentam: "Jamais desconfiei que fulano ou beltrano fosse capaz de fazer isso. Seria a última pessoa neste mundo". Sim, é isso o que dizem: "A última pessoa neste mundo".

Ellie disse, ponderadamente, que seu tio Frank, em sua opinião, era muito mais propenso à desonestidade. Não pareceu muito preocupada ou surpresa com a ideia.

– Tem cara de desonesto, mesmo – concordou Greta. – Isso já o coloca em situação de desvantagem. Toda aquela simpatia e cordialidade. Mas ele jamais estará em posição de ser um pilantra que se preze.

– É o irmão de sua mãe? – perguntei. – Sempre me confundo com os parentes de Ellie.

– É o marido da irmã de meu pai – respondeu Ellie. – Ela o abandonou, casou-se de novo e morreu há cerca de seis ou sete anos. O tio Frank tem vivido mais ou menos às custas da família.

– São três – contou Greta, simpática e prestativa. – Três parasitas, como se costuma dizer. Os tios verdadeiros de Ellie morreram, um na Coreia e um num acidente de carro. O que lhe resta, então, é uma madrasta gravemente prejudicada, um tio Frank, um afável parasita na casa da família, o primo Reuben, a quem chama de tio, mas que é primo, Andrew Lippincott e Stanford Lloyd.

– Quem é Stanford Lloyd? – perguntei, desnorteado.

– Uma espécie de fiduciário, não, Ellie? De qualquer maneira, administra investimentos e coisas do tipo, o que não deve ser muito difícil, porque quando se tem uma fortuna como a de Ellie o dinheiro se multiplica sozinho, sem necessidade de muito esforço de ninguém. Esse é o principal grupo que a cerca. – Acrescentou: – Você vai conhecê-los em breve, tenho certeza. Eles virão aqui para ver quem você é.

Soltei um grunhido e olhei para Ellie. Esta, muito gentil e doce, me disse:

– Não se preocupe, Mike, depois eles vão embora.

CAPÍTULO 12

E eles vieram. Não ficaram muito tempo, ao menos na primeira visita. Queriam me conhecer. Achei difícil entendê-los, por serem americanos. Eram tipos de pessoas com os quais não estava familiarizado. Alguns, bastante amáveis, como o tio Frank, por exemplo. Concordei com Greta em relação a ele. Não parecia confiável. Eu já havia cruzado com um sujeito assim na

Inglaterra. Era corpulento, um pouco barrigudo e tinha pelo sobrando debaixo dos olhos, o que lhe conferia uma aparência degenerada que talvez se justificasse. Apreciava as mulheres, julguei, e andava à cata da grande oportunidade. Uma ou duas vezes, pediu-me dinheiro emprestado – não muito, apenas o necessário, como se diz, para tirá-lo do aperto por um ou dois dias. Achei que não se tratava tanto do dinheiro, mas de um teste para ver se eu era mão aberta. Fiquei um pouco preocupado, porque não sabia direito como proceder. Seria melhor recusar de cara e dar a impressão de que eu era pão-duro ou assumir uma postura de desapego que eu estava longe de sentir? Que se dane o tio Frank, pensei.

Cora, a madrasta de Ellie, foi quem mais me interessou. Mulher de aproximadamente quarenta anos, vestia-se com elegância, tinha cabelos pintados e maneiras bastante efusivas. Era pura meiguice com Ellie.

– Não ligue para as cartas que lhe escrevi, Ellie – disse ela. – Você há de reconhecer que foi um tremendo choque para nós o seu casamento daquele modo, tão secreto. Mas sei perfeitamente que foi Greta quem a induziu a agir assim.

– Não coloque a culpa em Greta – falou Ellie. – Eu não queria que vocês ficassem chateados. Apenas achei que quanto menos confusão...

– Claro, minha querida, você não deixa de ter razão. Os homens de negócios ficaram literalmente lívidos. Stanford Lloyd e Andrew Lippincott, por exemplo. Acharam que seriam acusados de não cuidar melhor de você. E também não faziam a menor ideia de quem era Mike. Não imaginavam que era encantador. Nem eu.

Dirigiu-me um olhar risonho, muito meigo e um dos mais falsos que já vi! Pensei que mulher alguma poderia odiar um homem como Cora a mim. Sua doçura em relação a Ellie era bem compreensível. Andrew Lippincott, de volta aos Estados Unidos, sem dúvida lhe aconselhara cautela. Ellie estava vendendo parte de seus bens, uma vez que decidira morar na Inglaterra, mas iria conceder uma suntuosa pensão a Cora, a fim de que esta pudesse morar onde quisesse. Ninguém falava muito do marido de Cora. Pelo que entendi, partira para outra parte do mundo, e não havia ido sozinho. Mais um divórcio pendente. Neste caso, não haveria pensão alimentícia. O último casamento de Cora tinha sido com um homem muito mais novo, cujas atrações físicas sobrepujavam as financeiras.

Cora queria aquela pensão. Era uma mulher de gosto excêntrico. O velho Andrew Lippincott havia esclarecido que tal pensão poderia ser suspensa no momento que Ellie quisesse, ou se Cora continuasse a criticar seu marido.

O primo Reuben, ou tio Reuben, não veio. Escreveu uma carta neutra e amável, fazendo votos de felicidade, mas duvidando de que lhe agradasse morar na Inglaterra. "Se não gostar, Ellie, volte logo para os Estados Unidos. Não pense que não será bem recebida, porque será, principalmente pelo tio Reuben."

– Parece boa gente – comentei com Ellie.

– Sim – disse Ellie, pensativa. Não parecia muito convencida disso.

– Você gosta de algum deles, Ellie? – indaguei. – Ou não deveria lhe perguntar isso?

– Pode me perguntar o que quiser – falou, mas mesmo assim não respondeu por um tempo. Depois disse, decidida: – Acho que não gosto. É estranho, mas imagino que seja porque sinto que não faço parte. Só sou ligada a eles pelo meio, não pelo relacionamento. Nenhum deles é meu parente de sangue. Pelo que me lembro, amava meu pai. Era um homem fraco e acho que desapontou meu avô por não ter tino para os negócios. Não queria entrar no mundo dos negócios. Gostava de pescar na Flórida, esse tipo de coisa. Casou-se, mais tarde, com Cora, de quem nunca gostei muito, nem ela de mim. Da minha mãe verdadeira, é claro, não me lembro. Gostava do tio Henry e do tio Joe. Eram divertidos. De certo modo, mais do que meu pai. Meu pai era um sujeito mais quieto e triste. Mas meus tios se divertiam. O tio Joe parecia mais doido, fazia extravagâncias com o dinheiro. Morreu num acidente de carro, e o outro foi morto na guerra. Meu avô já estava doente na época e ficou muito abalado com a morte dos três filhos. Não gostava de Cora e não dava muita importância para os parentes mais distantes. O tio Reuben, por exemplo. Dizia que era imprevisível. Por isso, decidiu deixar todo o dinheiro em fundos fiduciários. Grande parte foi para museus e hospitais. Cora ficou bem amparada, assim como o marido de sua irmã, o tio Frank.

– Mas a maior parte ficou para você?

– Sim. E acho que isso o preocupava um pouco. Fez o possível para que fosse bem administrado para mim.

– Pelo tio Andrew e pelo sr. Stanford Lloyd, um advogado e um banqueiro.

– Sim. Suponho que não me julgasse capaz de administrar o dinheiro sozinha. O estranho é que me deixou receber com 21 anos, sem esperar até os 25, como muita gente faz. Talvez por ser mulher.

– Estranho – comentei. – Me parece que deveria ser justamente o contrário.

Ellie sacudiu a cabeça.

– Não – disse –, acho que meu avô considerava os jovens do sexo masculino sempre irresponsáveis e precipitados, deixando-se dominar por louras mal-intencionadas. Achava aconselhável dar-lhes tempo para se entregarem aos prazeres da juventude. É assim que se diz na Inglaterra, não? Mas uma vez ele me disse: "Se uma jovem tiver bom senso, já terá aos 21. Não faz sentido fazê-la esperar mais quatro anos. Se for uma tola, será igualzinha aos 25". Disse também – Ellie me olhou e sorriu – que não me achava tola, acrescentando: "Você pode não saber muita coisa da vida, mas tem bom senso, principalmente em relação às pessoas. Creio que sempre terá".

– Acho que não gostaria de mim – falei, em tom de reflexão.

Ellie é muito sincera. Não procurou me tranquilizar com palavras que não fossem absolutamente verdadeiras.

– Não – concordou –, acho que ficaria horrorizado no começo. Teria que se acostumar.

– Pobre Ellie – soltei, de repente.

– Por que você está dizendo isso?

– Já disse antes, lembra?

– Sim. Você me chamou de pobre menina rica. E tinha toda a razão.

– Não estou querendo dizer a mesma coisa agora – expliquei. – Não digo pobre por ser rica, mas... – hesitei. – Você tem muita gente *atrás* de você, à sua volta, muita gente querendo obter favores, sem ligar realmente para o que você é. Verdade ou mentira?

– Acho que o tio Andrew se preocupa comigo – disse Ellie, sem convicção. – Sempre me tratou muito bem e foi compreensivo. Os outros, não. Você tem toda a razão. Só querem se aproveitar.

– Vivem mendigando, não? Dinheiro, favores. Querem que você os tire de enrascadas, esse tipo de coisa. Sempre *atrás* de você!

– Suponho que seja natural – disse Ellie calmamente –, mas já cansei dessa história. Vou morar aqui na Inglaterra. Não os verei muito.

Estava equivocada nesse ponto, claro, mas ainda não havia se dado conta. Stanford Lloyd veio sozinho mais tarde, com uma papelada para Ellie assinar, e queria sua autorização para fazer uns investimentos. Conversaram sobre investimentos, ações e bens que possuía e da disposição dos fundos fiduciários. Aquilo era grego para mim. Não tinha como ajudá-la ou dar conselhos. Também não podia impedir que Stanford Lloyd a enganasse. Tinha esperança de que não o fizesse, mas como um ignorante como eu poderia ter certeza?

Stanford Lloyd parecia "bom demais para ser verdade". Era banqueiro e tinha cara de banqueiro. Homem bonito, mesmo já não sendo jovem, e muito educado comigo, apesar de não me ter em bom conceito, o que disfarçava bem.

– Bem – falei quando finalmente se foi –, esse é o último do bando.

– Você não gostou muito de ninguém, não é?

– Achei Cora, sua madrasta, a mulher mais falsa que já conheci. Desculpe-me, Ellie, talvez não devesse falar assim.

– Por que não, se é o que pensa? E não está longe da verdade.

– Você deve ter sido muito solitária, Ellie – supus.

– Sim, era solitária. Conhecia meninas da minha idade, frequentei uma boa escola, mas nunca fui realmente *livre*. Se fazia amizade com alguém, sempre davam um jeito de nos separar, colocando outra menina no lugar. Era tudo baseado no status social. Se gostasse muito de alguém a ponto de brigar... mas nunca cheguei a esse ponto. Nunca gostei de verdade de ninguém. Até que chegou Greta, e aí tudo mudou. Pela primeira vez, alguém gostava mesmo de mim. Foi maravilhoso! – Seu rosto desanuviou-se.

– Queria... – falei ao me afastar em direção à janela.

– O quê?

– Não sei... Queria que você não fosse tão dependente de Greta. Não é bom ser dependente assim de ninguém.

– Você não gosta dela, Mike – afirmou Ellie.

– Gosto, sim – protestei, sem pestanejar. – Gosto mesmo. Mas você precisa entender, Ellie, que para mim ela é uma estranha. Admito que estou com um pouco de ciúme, tudo bem. Ciúme porque você e ela... bem, não tinha entendido antes o quanto vocês duas eram ligadas.

– Não precisa ter ciúme. Ela é a única pessoa que me fez bem, que se preocupou comigo... até eu conhecer você.

– Mas agora você me conhece – continuei –, estamos casados. – Repeti depois o que dissera antes: – E vamos viver felizes para sempre.

CAPÍTULO 13

Da melhor forma possível, embora isso não signifique muito, estou tentando retratar as pessoas que entraram na nossa vida, aliás, na *minha* vida, porque na de Ellie já estavam. Nosso erro foi achar que depois sairiam. Não saíram, nem tinham a menor intenção de fazê-lo. Na época, porém, não sabíamos disso.

O lado inglês de nossa vida veio logo depois. Recebemos um telegrama de Santonix avisando que a casa estava pronta. Devíamos esperar uma semana, mas em seguida chegou outro telegrama dizendo: “Venham amanhã”.

Fomos até lá e chegamos ao pôr do sol. Santonix ouviu o som do carro e saiu para nos receber. Quando vi nossa casa terminada, algo saltou dentro de mim, como que a me irromper da pele! Era a *minha casa*. Finalmente conseguira! Apertei o braço de Ellie.

– Gostou? – perguntou Santonix.

– Achei o máximo! – respondi. Resposta meio boba, mas ele entendeu o que eu quis dizer.

– Sim – disse ele –, é o que já fiz de melhor... Sai caro, mas vale a pena. Superei minhas expectativas em todos os aspectos. Venha, Mike – disse –, pegue-a nos braços e atravesse a soleira da porta. É o que se costuma fazer ao tomar posse de uma casa com a esposa recém-casada!

Fiquei vermelho. Peguei Ellie no colo – até que ela era leve – e atravessei a soleira como Santonix havia sugerido. Tropecei ligeiramente e vi Santonix de testa franzida.

– Pronto – disse o arquiteto. – Trate-a bem, Mike. Cuide bem dela. Não deixe que nada de mau lhe aconteça. Ela não sabe se cuidar sozinha, embora ache que sabe.

– Por que haveria de acontecer algo de mau comigo? – indagou Ellie.

– Porque este mundo é mau e está cheio de pessoas más – explicou Santonix –, algumas ao seu redor, minha querida. Eu sei. Vi uma ou duas delas. Aqui mesmo. Vêm espreitar, fuçar, como ratos que são. Desculpe-me a forma, mas alguém tem que falar.

– Não nos importunarão – garantiu Ellie. – Voltaram todos para os Estados Unidos.

– Talvez – disse Santonix –, mas não se esqueça de que os Estados Unidos ficam a poucas horas de avião daqui.

Ele pôs as mãos nos ombros dela. Estava muito magro e pálido. Parecia terrivelmente doente.

– Eu próprio cuidaria de você, menina, se pudesse – disse –, mas não posso. Não me resta muito tempo agora. Terá de se virar sozinha.

– Deixe de ciganice, Santonix – falei –, e nos mostre a casa. Quero ver tudo.

Fomos conhecer a casa. Alguns quartos ainda estavam vazios, mas encontramos quase tudo o que havíamos comprado – quadros, móveis e cortinas.

– Ainda não temos um nome para a casa – comentou Ellie, subitamente. – Não podemos chamá-la de As Torres, um nome ridículo. Qual era mesmo o outro nome que você me falou uma vez? – perguntou-me. – Campo do Cigano?

– Esse nome não – cortei bruscamente. – Não gosto.

– É como sempre foi chamado aqui nas redondezas – disse Santonix.

E, então, nos sentamos no terraço, contemplando o pôr do sol e a vista, pensando em nomes para a casa. Era uma espécie de brincadeira. Começamos falando sério e no final já estávamos dizendo os nomes mais bobos que nos vinham à cabeça. "Fim da Jornada", "Deleite do Coração" e denominações como as de hospedarias, "Vista ao Mar", "Nosso Cantinho", "Os Pinheiros". Depois, como escureceu e esfriou de repente, resolvemos entrar. Não fechamos as cortinas, apenas as janelas. Trouxemos mantimentos. No dia seguinte, chegaria uma equipe de empregados domésticos, contratados por altos salários.

– Provavelmente detestarão o lugar, dirão que é muito isolado e irão embora – previu Ellie.

– E aí você pagará o dobro para eles ficarem – disse Santonix.

– Você acha que todo mundo pode ser comprado! – acusou Ellie, mas com um sorriso no rosto.

Havíamos trazido *pâté en croûte*, pão francês e grandes lagostins vermelhos. Sentamos em volta da mesa a rir, comer e conversar. Até Santonix parecia forte e animado, com brilho nos olhos.

Então, algo aconteceu de repente. Uma pedra entrou pela janela e caiu na mesa. Quebrou o vidro e um estilhaço feriu o rosto de Ellie. Por um instante, ficamos paralisados, até que me levantei, corri para a janela, abri o trinco e fui ao terraço. Não havia ninguém. Entrei de volta.

Peguei um guardanapo e, inclinando-me sobre Ellie, limpei um filete de sangue que lhe escorria pela face.

– Cortou um pouquinho... Não é nada de mais, querida. Apenas um pequeno corte produzido por um estilhaço de vidro.

Santonix e eu nos olhamos.

– Por que alguém faria isso? – perguntou-se Ellie. Estava perplexa.

– Moleques – expliquei –, esses jovens vândalos. Devem saber que nos mudamos. Ouso dizer que você teve sorte de que só jogaram uma pedra. Poderiam ter usado uma espingarda ou coisa parecida.

– Mas *por que* fazer isso contra nós? *Por quê?*

– Não sei – respondi. – Simples bestialidade.

Ellie levantou-se de repente, dizendo:

– Estou assustada. Estou com medo.

– Descobriremos amanhã – procurei tranquilizá-la. – Não sabemos muito a respeito das pessoas da região.

– Será que é porque somos ricos e eles são pobres? – perguntou Ellie, não a mim, mas a Santonix, como se ele fosse saber a resposta melhor do que eu.

– Não – disse Santonix com calma. – Não acho que seja isso...

Ellie afirmou:

– É porque nos odeiam... a Mike e a mim. *Por quê?* Por que somos felizes?

Mais uma vez, Santonix discordou com a cabeça.

– Não – disse Ellie, como se concordasse com ele –, não, é alguma outra coisa. Alguma coisa que não sabemos. Campo do Cigano. Qualquer um que morar aqui será odiado, perseguido. Talvez consigam nos afugentar...

Servi um copo de vinho e entreguei a ela.

– Não diga essas coisas, Ellie – supliquei. – Tome isso. Foi desagradável o que aconteceu, mas foi apenas estupidez, uma brincadeira de mau gosto.

– É o que me pergunto – disse Ellie –, é o que me pergunto. – Olhou para mim com dureza. – Alguém está tentando nos afastar daqui, Mike. Nos afastar da casa que construímos, da casa que amamos.

– Não deixaremos que isso aconteça – garanti. – Cuidarei de você. Niguém lhe fará mal.

Ela olhou de novo para Santonix.

– Você deve saber – disse –, porque estava aqui durante a construção da casa. Ninguém nunca lhe disse nada? Ninguém veio atirar pedras, atrapalhar a obra?

– É possível fazer conjeturas – disse Santonix.

– *Houve* acidentes, então?

– Sempre ocorrem acidentes quando se constrói uma casa. Nada grave ou trágico. Um homem cai da escada, alguém deixa cair um peso no pé, alguém corta o dedão e a ferida infecciona.

– Nada além disso? Nada que possa ter sido *de propósito*?

– Não – respondeu Santonix. – Não mesmo. Sou capaz de jurar que não!

Ellie virou-se para mim.

– Lembra-se daquela cigana, Mike? Como estava estranha naquele dia. Avisou-me para não vir aqui.

– Ela é meio biruta, não é boa da cabeça. Só isso.

– Construímos uma casa no Campo do Cigano – falou Ellie. – Fizemos o que ela disse para não fazer. – Bateu com os pés no chão. – Não deixarei que nos afugentem daqui. Não deixarei *ninguém* nos afugentar!

– Ninguém nos afugentará – disse eu. – Seremos felizes aqui.

Dissemos isso como que desafiando o destino.

CAPÍTULO 14

Foi assim que começou nossa vida no Campo do Cigano. Não encontramos outro nome para a casa. Aquela primeira noite fixou o Campo do Cigano na nossa cabeça.

– Vamos chamar de Campo do Cigano – disse Ellie –, só para contrariar! Uma espécie de desafio, não acha? É o *nosso* campo. Que se dane o aviso da cigana!

No dia seguinte, ela já havia recuperado a antiga alegria e logo nos pusemos a arrumar a casa. Depois saímos para conhecer a vizinhança e nossos vizinhos. Descemos ao chalé em que morava a cigana. Seria bom se a encontrássemos cuidando do jardim, pensei. A única vez em que Ellie a tinha visto foi quando nos leu a sorte. Queria que Ellie visse que ela não passava de uma velha como todas as outras, colhendo batatas, mas não a encontramos. O chalé estava fechado. Perguntei se havia falecido, mas a vizinha fez que não com a cabeça.

– Deve ter ido embora – disse. – Costuma desaparecer de vez em quando. É uma verdadeira cigana. Por isso, não consegue ficar presa numa casa. Perambula por aí e depois volta. – Apontou para a cabeça. – Não bate muito bem da cachola.

Em seguida perguntou, tentando disfarçar a curiosidade:

– Vocês vêm da nova casa lá de cima, aquela que acaba de ser construída no alto da montanha, não?

– Isso – respondi. – Nos mudamos ontem à noite.

– É uma casa lindíssima – comentou. – Todos nós fomos vê-la durante a construção. Faz diferença ver uma casa daquelas num lugar onde só existiam árvores sombrias, não faz? – Perguntou timidamente para Ellie: – Pelo que disseram, a senhora é americana, não é?

– Sim – respondeu Ellie. – Sou americana... ou era. Agora estou casada com um inglês, então sou cidadã inglesa.

– E vieram para morar aqui definitivamente, não?

Respondemos que sim.

– Bem, imagino que vão gostar – disse sem convicção.

– Por que não gostaríamos?

– É que o lugar é meio isolado. Nem todo mundo gosta de morar num local solitário, cercado de árvores.

– O Campo do Cigano – falou Ellie.

– Ah, sabe o nome do lugar? Mas a casa de antes se chamava As Torres, não sei por quê. Não havia torre nenhuma, pelo menos não na minha época.

– Acho As Torres um nome bobo – disse Ellie. – Creio que continuaremos a chamá-la de Campo do Cigano.

– Precisamos avisar a agência dos correios – lembrei –, ou não receberemos nenhuma carta.

– É verdade.

– Se bem que, pensando melhor – comentei –, não seria bom, Ellie, *não* receber nenhuma carta?

– Isso poderia acarretar uma série de complicações – disse Ellie. – Por exemplo, não receberíamos nossas contas.

– Seria maravilhoso! – exclamei.

– Não seria, não – contestou Ellie. – Viriam os bailios e acampariam por lá. De qualquer forma – disse –, não gostaria de não receber cartas. Quero ter notícias de Greta.

– Que Greta que nada! – falei. – Vamos continuar explorando o local.

E, assim, percorremos Kingston Bishop. Era um povoado agradável, com pessoas amáveis nas lojas. Não havia nada de sinistro ali. Nossos empregados domésticos não gostavam muito, mas logo alugamos carros para levá-los à cidade litorânea mais próxima ou a Market Chadwell nos dias de folga. Sentiam-se pouco entusiasmados com a localização da casa, mas não pela superstição. Comentei com Ellie que ninguém poderia dizer que a casa era amaldiçoada, porque acabava de ser construída.

– É verdade – concordou Ellie. – A questão não é a casa. Não há nada de errado com ela. O problema é o lado de fora. É a estrada cheia de curvas por entre as árvores e aquela parte escura da floresta, onde levei um susto com aquela mulher outro dia.

– Pois bem, no próximo ano – eu disse – cortamos as árvores e plantamos um monte de azaleias ou algo assim.

Ficamos fazendo planos.

Greta veio passar o fim de semana conosco. Mostrou-se entusiasmada com a casa e felicitou-nos pelos móveis, quadros e combinação de cores. Tinha muito tato. Terminado o fim de semana, disse que não perturbaria mais nossa lua de mel e que, de qualquer modo, precisava voltar para o trabalho.

Ellie ficou feliz de mostrar a casa. Pude ver como ela gostava do lugar. Tentei me comportar com sensatez e educação, mas foi um prazer quando Greta voltou para Londres. Não aguentava muito sua presença.

Duas semanas depois, já éramos aceitos localmente e travamos contato com "Deus", que veio nos visitar uma tarde. Ellie e eu estávamos discutindo sobre onde colocar flores quando nosso criado, correto, porém não muito sincero, a meu ver, apareceu anunciando que o major Phillpot encontrava-se na sala de estar. Foi nesse momento que sussurrei para Ellie:

– Deus!

Ellie perguntou-me o que eu queria dizer com aquilo.

– Bem, o pessoal daqui o considera assim.

Entramos e lá estava o major Phillpot. Era apenas um homem simpático, indefinível, perto dos sessenta. Vestia roupa country bastante surrada, tinha cabelos grisalhos, mais ralos em cima, e um pequeno bigode eriçado. Desculpou-se por não trazer a esposa para nos visitar. Era uma espécie de inválida, explicou. Sentou-se e conversamos. Não disse nada de extraordinário ou especialmente interessante. Sabia deixar as pessoas à vontade. Falou, por alto, sobre vários assuntos. Não fez nenhuma pergunta direta, mas logo percebeu o que nos interessava. Comigo, falou de corridas, e com Ellie, de jardinagem e plantas adequadas àquele tipo de solo. Estivera nos Estados Unidos uma ou duas vezes. Descobriu que, embora Ellie não se interessasse muito por corrida de cavalos, gostava de montar. Disse-lhe que, se tivesse um cavalo, poderia subir por uma determinada trilha no meio dos pinheiros e chegar a um trecho de terreno pantanoso, onde conseguiria dar um bom galope. Chegamos, então, ao assunto de nossa casa e às histórias sobre o Campo do Cigano.

– Vejo que conhecem o nome local – disse ele – e imagino que todas as superstições sobre o lugar também.

– Uma profusão de advertências de ciganos – falei. – Em demasia. Principalmente por parte da velha sra. Lee.

– Meu Deus! – exclamou Phillpot. – Coitada da velha Esther. Ela os tem importunado?

– É meio biruta? – perguntei.

– Não tanto quanto quer parecer. Sinto-me, de certa forma, responsável por ela. Dei a ela aquele chalé para morar – contou – e não acho que seja muito grata. Gosto da velha, embora se torne inoportuna às vezes.

– Lendo a sorte?

– Não, isso é o de menos. Por quê? Ela leu a sorte de vocês?

– Não sei se podemos chamar de sorte – disse Ellie. – Foi mais um aviso contra nossa vinda para cá.

– Muito estranho. – As sobrancelhas grossas do major Phillpot ergueram-se. – Ela normalmente só fala coisas boas quando lê a sorte: um belo desconhecido, sinais de casamento próximo, seis filhos, muita sorte e dinheiro, linda moça. – Imitava inesperadamente a voz lamurienta da cigana. – Quando eu era criança, os ciganos acampavam muito aqui – contou. – Acabei gostando deles, apesar de serem um bando de ladrões, claro. Mas sempre me atraíram. Contanto que não se espere deles o cumprimento da lei, está tudo bem. Comi muito ensopado cigano nos meus tempo de escola. Sentíamos que a família devia alguma coisa à sra. Lee, pois ela salvou a vida de um de meus irmãos quando criança, tirando-o de um lago em que caíra ao atravessar o gelo.

Num gesto estabanado, derrubei um cinzeiro de vidro de cima da mesa, que ficou reduzido a estilhaços.

Catei os cacos de vidro, com a ajuda do major Phillpot.

– Na verdade, considero a sra. Lee inofensiva – disse Ellie. – Bobagem minha ter ficado tão assustada.

– Assustada? – As sobrancelhas arquearam-se de novo. – Foi tão ruim assim?

– Não me admira que tenha ficado com medo – comentei. – Foi mais uma ameaça do que um aviso.

– Uma ameaça! – exclamou, incrédulo.

– Bem, foi o que me pareceu. Depois, na mesma noite em que nos mudamos para cá, aconteceu outra coisa.

Contei-lhe sobre a pedra que jogaram na janela.

– Sei que existem muitos jovens vândalos hoje em dia – disse o major –, embora não tenhamos tantos por aqui, como em outros lugares. E, no entanto, essas coisas ainda acontecem, infelizmente. – Olhou para Ellie. – Sinto muito que tenha ficado assustada. Lamentável acontecer isso em sua primeira noite aqui.

– Já superei – disse Ellie. – Mas não foi só isso. Aconteceu outra coisa pouco tempo depois.

Contei a ele sobre o ocorrido. Saíamos um dia de manhã e encontramos um pássaro morto espetado por uma faca com um pequeno bilhete escrito em garranchos: "Saiam daqui se sabem o que é bom para vocês".

Phillpot ficou furioso.

– Vocês deveriam ter avisado a polícia – disse.

– Não quisemos – expliquei – porque isso colocaria a pessoa mais ainda contra nós.

– Mas precisamos dar um fim a esse tipo de coisa – disse Phillpot. De repente, começou a falar como magistrado. – Caso contrário, continuará acontecendo. Podem achar engraçado, mas isso parece ser mais do que brincadeira. É maldade mesmo, malícia... – disse, como se falasse consigo mesmo. – Ninguém daqui deve ter nada contra qualquer um de vocês pessoalmente.

– Não – concordei –, não pode ser isso, porque ninguém nos conhece aqui.

– Vou investigar – disse Phillpot.

Levantou-se, olhando em volta.

– Sabe – disse –, gosto da casa de vocês. Não achei que fosse gostar. Sou meio antiquado, um velho conservador, como se costumava dizer. Gosto de casas e construções antigas. Não aprecio essas fábricas de caixas de fósforos que estão construindo por todo o país. Grandes caixas. Como cortiços. Gosto de construções com algum ornamento, alguma graça. Mas gostei desta casa. É simples e muito moderna, concordo, mas tem forma e luz. E quando olhamos para fora, vemos as coisas de maneira diferente da que víamos antes. Interessante. Muito interessante. Quem a projetou? Um arquiteto inglês ou estrangeiro?

Falei-lhe de Santonix.

– Hmm – fez –, acho que li sobre ele em algum lugar. Terá sido na *Casas e Jardins*?

Contei que Santonix era bastante conhecido.

– Gostaria de conhecê-lo algum dia, mas acho que não saberia o que dizer. Não tenho visão artística.

Pediu-nos, então, que marcássemos um dia para almoçarmos com ele e a mulher.

– Vocês conhecerão minha casa – disse.

– Uma casa antiga, imagino – falei.

– Construída em 1720. Bela época. A casa original era elisabetana. Incendiou-se por volta de 1700, e construíram outra no mesmo local.

– Então sempre moraram aqui? – perguntei. Falei no plural.

– Sim. Moramos aqui desde os tempos elisabetanos. Às vezes com dinheiro, outras vezes sem dinheiro, vendendo terras na época de vacas magras e comprando-as de volta quando as coisas melhoravam. Será um prazer mostrá-la a vocês – e acrescentou, olhando para Ellie com um sorriso: – Os americanos gostam de casas antigas, eu sei. *Você* é que talvez não goste muito – disse para mim.

– Admito que não entendo muito de antiguidades – confessei.

Depois, ele foi embora. No carro, esperava-o um cão spaniel. Era um velho carro amassado, com a pintura arranhada, mas, àquela altura, eu já começava a entender as coisas. Sabia que naquela parte do mundo ele ainda era um deus e havia posto em nós o selo de sua aprovação. Pude perceber isso. Gostou de Ellie. Estava inclinado a achar que também gostava de mim, embora tenha notado os olhares de observação que me lançava de vez em quando, como se me julgasse por algo que jamais havia visto.

Ellie colocava cuidadosamente os cacos de vidro na lata de lixo quando voltei à sala de estar.

– Pena que tenha quebrado – disse ela, com certa tristeza. – Gostava desse cinzeiro.

– Podemos comprar outro igual – falei. – É moderno.

– Eu sei! Por que você está assim, Mike, com essa cara de assustado?

Pensei por um momento.

– Por uma coisa que Phillpot disse. Lembrou-me um acidente que aconteceu na minha infância. Eu e um amigo decidimos matar aula e fomos patinar num lago da região. A camada de gelo não aguentou nosso peso, claro, e ele se afogou, antes que alguém conseguisse salvá-lo.

– Que horror!

– Sim. Já tinha me esquecido disso, até Phillpot contar do irmão.

– Gostei dele. E você, Mike?

– Muito. Como será a esposa?

Fomos almoçar com os Phillpot no início da semana seguinte. Eles moravam numa bela casa georgiana, bonita no estilo, mas sem nada de mais. Estava meio dilapidada por dentro, mas era confortável. Nas paredes da comprida sala de jantar, havia retratos, que julguei serem de antepassados. Não eram bons, em sua maioria, mas poderiam ter melhor aparência se estivessem limpos. Agradou-me o de uma menina de cabelos louros, vestida de cetim rosa. O major Phillpot sorriu e disse:

– Escolheu um dos melhores. É um Gainsborough, e dos bons, embora tenha causado certos transtornos na época por causa da modelo. Existiam fortes suspeitas de que havia matado o marido. Talvez fosse preconceito, pelo fato de ela ser estrangeira. Gervase Phillpot encontrou-a em algum lugar fora do país.

Alguns outros vizinhos foram convidados para nos conhecer. O dr. Shaw, um senhor de idade, de aspecto bondoso, porém cansado. Teve de sair correndo antes que terminássemos a refeição. Estavam presentes também o vigário, jovem e sério, uma senhora de meia-idade, de voz intimidante, que criava cães da raça corgi, e também uma morena alta, chamada Claudia Hardcastle, que parecia viver para os cavalos, apesar de uma alergia que se manifestava como rinite alérgica.

Ela e Ellie deram-se muito bem. Ellie adorava montar e também tinha alergia.

– Nos Estados Unidos, o que mais me dá alergia é aquela planta, tasneira – contou –, mas os cavalos também, às vezes. Não sofro tanto hoje em dia porque existem remédios maravilhosos para os diversos tipos de alergia. Vou lhe dar algumas cápsulas. São alaranjadas. Se não se esquecer de tomar antes de montar, não dará um espirro sequer.

Claudia Hardcastle achou incrível e aceitou de bom grado.

– Tenho mais alergia a camelos do que a cavalos – disse. – Estive no Egito no ano passado, e não consegui parar de lacrimejar em volta das pirâmides.

Ellie lembrou que algumas pessoas são alérgicas a gatos.

– E travesseiros.

Continuaram assim, falando de alergias.

Sentei-me ao lado da sra. Phillpot, esguia e graciosa, e conversamos apenas sobre sua doença, entre uma garfada e outra do farto jantar. Fez uma descrição completa de seus padecimentos e contou como seu caso intrigava iminentes membros da profissão médica. A modo de digressão social, perguntou-me o que *fazia*. Consegui desconversar, mas ela insistiu, meio indiferente, em descobrir quem eu *conhecia*. Poderia ter respondido sinceramente "ninguém", mas achei melhor me segurar, sobretudo porque ela não era esnobe e pouco lhe interessava a resposta. A sra. Corgi, cujo nome eu não havia entendido, era muito mais contundente nas perguntas, mas fui capaz de desviar o assunto para a questão da iniquidade e ignorância dos veterinários! Foi tudo muito agradável e tranquilo, embora meio entediante.

Mais tarde, numa volta descompromissada pelo jardim, Claudia Hardcastle aproximou-se de mim e disse, de maneira abrupta:

– Já ouvi falar de você pelo meu irmão.

Fiquei surpreso. Não consegui imaginar que conhecesse um irmão de Claudia Hardcastle.

– Tem certeza? – perguntei.

Ela parecia se divertir com aquilo.

– Aliás, foi ele quem construiu sua casa.

– Quer dizer que você é irmã de *Santonix*?

– Meia-irmã. Não o conheço direito. Raramente nos encontramos.

– Ele é maravilhoso – falei.

– É o que dizem.

– Não acha?

– Vai saber. Tem dois lados. Numa época, parecia descer ladeira abaixo... Ninguém queria saber dele. Depois, ressurgiu mudado. Começou a prosperar na profissão de maneira extraordinária. Era como se estivesse... – fez uma pausa em busca da palavra certa – mais dedicado.

– Acho que é exatamente isso o que ele é.

Perguntei-lhe, então, se já havia visto nossa casa.

– Não, não depois de terminada.

Disse que deveria ir vê-la.

– Já sei que não vou gostar, aviso logo. Não gosto de casas modernas. O meu período favorito é o da rainha Anne.

Falou que iria indicar Ellie no clube de golfe, e elas andariam a cavalo juntas. Ellie queria comprar um cavalo, talvez mais de um. As duas pareciam ter ficado amigas.

Ao me mostrar suas cocheiras, Phillpot contou-me algumas coisas a respeito de Claudia.

– Caça bem a cavalo – disse. – Pena que tenha arruinado a vida.

– Como assim?

– Casou-se com um homem rico, mais velho e americano. Lloyd. Não deu certo, e separaram-se logo depois. Claudia voltou a usar o nome de solteira. Não acho que se casará de novo. Ficou contra os homens. Uma pena.

Quando voltávamos para casa, Ellie disse:

– Monótonos, mas simpáticos. Boa gente. Seremos muito felizes aqui, não, Mike?

Respondi:

– Claro. – E, tirando a mão do volante, pousei-a sobre as suas.

Chegamos, deixei Ellie em casa e fui colocar o carro na garagem.

Ao voltar, ouvi o leve tanger do violão de Ellie. Ela tinha um lindo violão espanhol que devia valer uma fortuna. Costumava cantar numa voz baixa e suave, muito agradável de se ouvir. Eu não conhecia a maior parte das músicas. Algumas deviam ser cantos religiosos de negros americanos, outras, velhas baladas irlandesas e escocesas, doces e tristes. Não eram música pop ou coisa parecida. Talvez fossem canções folclóricas.

Dei a volta no terraço e parei na janela antes de entrar.

Ellie estava cantando uma das minhas músicas favoritas. Não sei como se chamava. Cantarolava as palavras para si mesma, inclinando a cabeça sobre o violão e dedilhando delicadamente as cordas. Era uma canção triste e pungente.

O homem foi feito para a alegria e a desgraça
E quando disso tem consciência
Pelo mundo caminha em segurança...

Toda noite e todo amanhecer
Alguns nascem para sofrer.
Toda manhã e todo anoitecer
Alguns nascem para o doce prazer,
Alguns nascem para o doce prazer, sim.
Alguns nascem para uma noite sem fim...

Levantou a cabeça e me viu.

– Por que você está me olhando desse jeito, Mike?

– Desse jeito como?

– Como se me amasse...

– É claro que a amo. De que outro jeito deveria olhar para você?

– Mas em que estava pensando?

Respondi com sinceridade e calma:

– Estava pensando em você da maneira em que a vi pela primeira vez, ao lado de um pinheiro. – Sim, lembrava-me da primeira vez em que vi Ellie, a surpresa do momento e a emoção...

Ellie sorriu e cantou suavemente:

Toda manhã e todo anoitecer
Alguns nascem para o doce prazer,
Alguns nascem para o doce prazer, sim.
Alguns nascem para uma noite sem fim.

Ninguém reconhece na própria vida os momentos realmente importantes, a não ser quando já é tarde demais.

Aquele dia em que almoçamos com os Phillpot e voltamos tão felizes para nossa casinha foi um desses momentos. Mas eu não sabia. Só me dei conta depois.

Pedi:

– Cante aquela música da mosca.

Ela passou a cantar uma cantiga de roda bem alegre:

Pequena mosca
Tua brincadeira de verão
Minha estouvada mão
Acaba de varrer

Não sou também
Mosca como tu?
Ou não és tu
Homem como eu?

Pois eu danço
E bebo, e canto
Até que cegas mãos
Cortem-me as asas.

Se o pensamento é vida
E força e respiração
E a falta
de pensamento é morte;

Então sou eu
Mosca feliz
Quer viva
Quer morra.

Oh, Ellie, Ellie...

CAPÍTULO 15

É espantoso como neste mundo as coisas não acontecem da forma que se espera que aconteçam!

Mudamos para nossa casa e nos afastamos de todo mundo, exatamente como desejado e planejado. Mas a verdade é que não nos afastamos de todo mundo. A família de Ellie conseguia fazer-se presente de alguma forma.

Para começar, a madrasta detestável. Mandava cartas e telegramas pedindo que Ellie procurasse corretores de imóveis. Havia ficado tão fascinada com a nossa casa que decidira ter uma na Inglaterra. Dizia que adoraria passar, todos os anos, uns dois meses na Inglaterra. Pouco depois do último telegrama, ela chegou e teve que ser acompanhada pelas redondezas, para avaliar as opções. No fim, acabou escolhendo uma casa, a cerca de vinte quilômetros da nossa. Não a queríamos ali, detestamos a ideia, mas não podíamos dizer isso a ela. Aliás, mesmo que *tivéssemos* dito, ela não teria voltado atrás contra sua vontade. Não podíamos lhe ordenar que *não* viesse. Era a última coisa que Ellie queria. Eu sabia. No entanto, enquanto aguardava o relatório do agrimensor, chegaram alguns telegramas.

O tio Frank, pelo visto, tinha se envolvido em alguma enrascada, uma fraude, da qual só poderia sair com o dispêndio de uma grande quantia de dinheiro. O sr. Lippincott e Ellie trocaram mais telegramas, e então descobriu-se que havia uma disputa entre o sr. Stanford Lloyd e Lippincott a respeito de uns investimentos de Ellie. Em minha ignorância e credulidade, pensava que quem morava nos Estados Unidos estava muito distante. Nunca me dei conta de que os parentes de Ellie e seus parceiros de negócios podiam pegar um avião para a Inglaterra e voltar 24 horas depois, brincando. Primeiro foi Stanford Lloyd. Depois, Andrew Lippincott.

Ellie teve que ir a Londres encontrá-los. Eu não entendia nada desses assuntos financeiros. Todos eram muito cautelosos ao falar, mas eu sabia que se tratava de alguma coisa relacionada com a entrega dos fundos fiduciários de Ellie. Parece que o sr. Lippincott estava protelando o caso, ou Stanford Lloyd atrasava a prestação de contas.

Num momento de calmaria em meio a essas preocupações, Ellie e eu descobrimos o nosso Esconderijo. Ainda não havíamos explorado toda a propriedade (só a parte em volta da casa). Costumávamos seguir trilhas pelo meio da floresta e ver onde iam dar. Um dia, seguimos um caminho tão fechado que nem parecia uma trilha. Mas conseguimos desbastar o mato e acabamos chegando a um lugar que Ellie chamou de Esconderijo, uma espécie de pequeno templo branco, ridículo. Estava até bem conservado, e por isso resolvemos limpá-lo, pintá-lo, mobiliá-lo com uma mesa, algumas cadeiras, um sofá e um armário de canto, onde guardamos xícaras de porcelana, copos e garrafas. Foi divertido. Ellie queria que marcássemos bem a trilha para facilitar a subida, mas me opus, alegando que seria melhor que ninguém soubesse da existência daquele lugar, exceto nós. Ellie achou a ideia romântica.

– Obviamente, não diremos nada a Cora – comentei, e Ellie concordou.

Foi ao descermos de lá, não da primeira vez e sim mais tarde, depois da partida de Cora, quando esperávamos ficar em paz de novo, que Ellie, seguindo na frente sozinha, de repente tropeçou na raiz de uma árvore e torceu o tornozelo.

O dr. Shaw foi chamado e diagnosticou grave distensão, afirmando, porém, que devia melhorar em uma semana. Ellie mandou buscar Greta. Não pude dizer nada. Não havia ninguém para cuidá-la de modo apropriado – nenhuma mulher, digo. Nossos criados eram imprestáveis, e, de qualquer maneira, Ellie queria Greta. Então Greta veio.

Chegou e foi, é claro, uma grande bênção para Ellie e para mim, na medida do possível. Organizava as coisas e mantinha a casa funcionando direitinho. Os criados pediram demissão. Disseram que o lugar era muito isolado, mas creio que, na realidade, Cora os incomodara. Greta colocou um anúncio e arranjou um casal quase que imediatamente. Cuidou do tornozelo de Ellie, distraiu-a, arrumou coisas que sabia serem de seu gosto, como livros e frutas. Eu não sabia nada daquilo. Pareciam muito felizes as duas juntas. Ellie sem dúvida estava muito satisfeita de rever Greta. E, de uma forma ou de outra, Greta simplesmente não foi embora... Foi ficando. Ellie me disse:

– Você não se importa de Greta ficar um pouco mais, se importa?

Respondi:

– Não, claro que não.

– É tão bom tê-la por perto – observou Ellie. – Há um monte de coisas *femininas* que podemos fazer juntas. Uma mulher se sente muito sozinha sem outra a seu lado.

Com o passar dos dias, percebi que Greta assumia cada vez mais responsabilidades, dando ordens, controlando as coisas. Eu fingia que gostava de sua presença, mas um dia, quando Ellie estava deitada de pés para cima na sala de estar, Greta e eu, no terraço, começamos a discutir de repente. Não me lembro exatamente das palavras que provocaram a discussão. Greta disse alguma coisa que me desagradou, e eu respondi de volta. Então começou o bate-boca. Nossas vozes se elevaram. Ela me atacou dizendo as coisas mais cruéis e ofensivas que lhe vinham à cabeça, e eu retribuí à altura. Chamei-a de mandona e intrometida, disse-lhe que sua influência sobre Ellie havia ido longe demais e que eu não permitiria que Ellie seguisse suas ordens o tempo todo. Estávamos aos berros, quando Ellie apareceu, mancando, no terraço. Olhou para nós dois.

– Sinto muito, querida. Sinto muito mesmo – falei.

Voltei para dentro e acomodei Ellie novamente no sofá. Ela disse:

– Não tinha percebido que você odiava tanto a presença de Greta aqui.

Tranquilizei-a e pedi que não reparasse, que tinha perdido a cabeça, que às vezes era muito estourado. Contei que toda a questão era que achava Greta um tanto mandona. Talvez fosse natural, pois estava acostumada. Terminei afirmando que, na verdade, gostava de Greta, que tinha apenas me exaltado, porque estava nervoso e preocupado. No final, quase implorei para que ela ficasse.

Foi uma verdadeira cena. Creio que muitas outras pessoas da casa também ouviram. Nosso novo criado e a esposa, certamente. Quando fico irritado, grito mesmo. Admito que me excedi um pouco. Sou assim.

Greta insistia em se preocupar com a saúde de Ellie, dizendo o que fazer e o que não fazer.

– Ela não é muito forte – disse para mim.

– Não há nada de errado com Ellie – falei. – Ela está sempre bem.

– É aí que você se engana, Mike. Ela é frágil.

Quando o dr. Shaw voltou para examinar o tornozelo de Ellie, ele disse que ela já estava totalmente recuperada. Apenas recomendou o uso de uma atadura se fosse andar por um terreno acidentado. Fiz-lhe então uma pergunta tola, típica de homem:

– Ela é frágil, dr. Shaw?

– Quem disse isso? – O dr. Shaw era um desses raros clínicos de hoje em dia, conhecido na região como "Shaw, o Naturalista".

– Não há nada de errado com ela, até onde vejo – declarou. – Todo mundo pode torcer o tornozelo.

– Não estou falando do tornozelo. Estava pensando em coração fraco, essas coisas.

Olhou para mim por cima dos óculos.

– Não comece a imaginar coisas, meu jovem. Quem colocou isso na sua cabeça? Você não me parece do tipo que se preocupa com doenças de mulheres.

– Foi pelo que a srta. Andersen disse.

– Ah, a srta. Andersen. O que ela sabe a respeito? Ela é médica?

– Não – respondi.

– Sua esposa é muito rica – disse ele. – É o que dizem por aqui. É verdade que algumas pessoas acham todos os americanos ricos.

– Ela é rica, sim – concordei.

– Pois bem, lembre-se disto. As mulheres ricas levam desvantagem em muitos aspectos. O que não falta são médicos a prescrever-lhes pós, pílulas, estimulantes ou tranquilizantes, coisas que, em geral, poderiam perfeitamente ser dispensadas. As mulheres do campo são mais saudáveis porque ninguém se preocupa com a saúde delas da mesma forma.

– Ela toma algumas cápsulas ou algo do gênero – contei.

– Posso fazer um exame geral, se quiser. É bom ver que porcaria anda tomando. Já falei para muita gente: "Pode jogar tudo no lixo".

Falou com Greta antes de sair. Disse:

– O sr. Rogers me pediu que fizesse um exame geral na sra. Rogers. Não encontrei nada de errado com ela. Seria bom que fizesse mais exercícios ao ar livre. Que remédios ela toma?

– Toma uns comprimidos quando se sente cansada e outros, às vezes, para dormir.

Ela e o dr. Shaw foram ver as receitas de Ellie. Ellie sorria.

– Não tomo tudo isso, dr. Shaw – informou ela. – Só os antialérgicos.

Shaw olhou para as cápsulas, leu a bula e disse que não faziam mal. Passou à questão das pílulas para dormir.

– Tem dificuldade para dormir?

– Aqui no campo, não. Desde que chegamos, acho que não tomei uma pílula sequer.

– Isso é ótimo. – Bateu-lhe nas costas. – Não há nada de errado com a sua saúde, minha cara. Preocupa-se demais, só isso. Essas cápsulas são bem fraquinhas. Muita gente toma hoje em dia, sem maiores complicações. Pode continuar tomando, mas largue as pílulas para dormir.

– Não sei por que me preocupei – disse a Ellie em tom de desculpa. – Acho que foi pelo que Greta disse.

– Ah – fez Ellie, rindo. – Greta fica preocupada em relação a mim, mas ela própria não toma nenhum remédio. – E prosseguiu: – Faremos uma limpa, Mike, e jogaremos fora a maior parte dessas drogas.

A essa altura, Ellie já havia se enturmado com a maioria dos nossos vizinhos. Claudia Hardcastle aparecia muito e andava a cavalo com ela de vez em quando. Eu não montava. Lidara com carros e aparatos mecânicos a vida toda. Não sabia nada sobre cavalos, embora já tivesse limpado estrebarias na Irlanda por uma ou duas semanas certa vez. Mesmo assim, decidi que algum dia iria a uma cavalariça aprender a montar quando estivéssemos em Londres. Não queria aprender ali. As pessoas ririam de mim, possivelmente. Montar a cavalo fazia bem a Ellie, que parecia se divertir.

Greta incentivava-a, embora não soubesse nada de cavalos.

Ellie e Claudia foram juntas a um leilão e, seguindo o conselho de Claudia, Ellie comprou um cavalo, que chamou de Conquistador. Recomendei que tomasse cuidado quando fosse montar sozinha, mas Ellie riu de mim.

– Ando a cavalo desde os três anos de idade – disse.

E assim ela montava duas ou três vezes por semana. Greta pegava o carro e ia fazer compras em Market Chadwell.

Um dia, durante o almoço, Greta exclamou:

– Você e suas ciganas! Vi uma velha horrível hoje de manhã, parada no meio da rua. Poderia tê-la atropelado. Ficou estática na frente do carro. Tive que parar. Ia subindo o morro também.

– Nossa! O que ela queria?

Ellie ouvia nossa conversa, sem dizer nada. Parecia-me, contudo, bastante preocupada.

– Ela me ameaçou, a atrevida – contou Greta.

– Ameaçou você? – perguntei exaltado.

– Me disse para sair daqui. Falou: "Esta terra é dos ciganos. Vá embora. Vão embora todos vocês. Voltem para o lugar de onde vieram, se quiserem escapar ilesos". E depois, com o dedo na minha cara, disse: "Se eu amaldiçoá-la, você nunca mais terá sorte na vida. Comprar nossa terra e construir casas aqui... Não queremos casas onde deveria haver tendas!"

Greta contou muito mais. Ellie me falou depois, franzindo um pouco a testa:

– Essa história toda parece bastante improvável, não acha, Mike?

– Acho que Greta exagerou um pouco – respondi.

– Não parece verdade, de qualquer maneira – disse Ellie. – Será que Greta inventou alguma coisa?

Ponderei.

– Por que inventaria? – Emendei com uma pergunta brusca: – Você não viu essa Esther nos últimos dias, viu? Quando andava a cavalo?

– A cigana? Não.

– Tem certeza, Ellie? – insisti.

– Acho que a vi de relance – respondeu. – Por entre as árvores, à espreita, mas não perto o suficiente para ter certeza.

Um dia, porém, Ellie voltou de um passeio a cavalo lívida e trêmula. A velha surgira do meio das árvores. Ellie puxou as rédeas e parou para falar com ela. Disse que a velha colocou o dedo em sua cara, resmungando.

– Fiquei furiosa dessa vez e falei: "O que está fazendo aqui? Esta terra não lhe pertence. A terra e a casa são nossas!"

A velha, então, respondeu:

– Esta terra nunca será sua, jamais lhe pertencerá. Já avisei uma, duas vezes. Não avisarei de novo. E não tardará muito, posso garantir. Vejo morte. Bem atrás do seu ombro esquerdo. A morte está ao seu encalço e a alcançará. Uma das patas do cavalo que está montando é branca. Não sabe que dá azar montar um cavalo com uma das patas brancas? É a morte que vejo, e a grande casa que construiu cairá em ruínas!

– Precisamos dar um basta nisso! – exclamei, furioso.

Ellie, dessa vez, não ficou indiferente. Tanto ela quanto Greta pareciam assustadas. Fui direto à aldeia. Dirigi-me primeiro ao chalé da sra. Lee. Hesitei por um momento, mas, como a luz estava apagada, fui à delegacia. Conhecia o comissário de serviço, Keene, um sujeito honesto e sensato. Depois de me ouvir, disse:

– Lamento que tenha tido esse aborrecimento. Ela é uma senhora de idade, deve estar se tornando um peso. Nunca nos deu muito trabalho até agora. Falarei com ela e pedirei que pare de importuná-los.

– Por favor – pedi.

Ele hesitou um minuto e então perguntou:

– Não quero insinuar nada, sr. Rogers, mas sabe se alguém na região, por algum motivo sem importância, tem alguma coisa contra o senhor ou sua esposa?

– Acho que não. Por quê?

– A velha sra. Lee está cheia de dinheiro ultimamente... e não sei de onde vem...

– O que está querendo dizer?

– Talvez esteja sendo paga por alguém... alguém que os queira longe daqui. Houve um caso parecido, há muitos anos. Ela recebeu dinheiro de alguém da aldeia para assustar um morador e expulsá-lo daqui. Usou os mesmos artifícios... ameaças, avisos, essa história de mau-olhado... As pessoas do campo são supersticiosas. O senhor se surpreenderia com o número de aldeias na Inglaterra que têm suas feiticeiras "particulares", por assim dizer. Ela foi advertida na época e, pelo que sei, parou desde então... mas poderia ser isso. Ela gosta de dinheiro... os ciganos são capazes de fazer muita coisa por dinheiro...

Não consegui aceitar a ideia. Comentei com Keene que éramos completamente desconhecidos no local.

– Não tivemos tempo ainda de fazer inimigos – observei.

Voltei a pé para casa, preocupado e perplexo. Ao me aproximar do terraço, ouvi o som suave do violão de Ellie, e um vulto alto, que se encontrava na janela olhando para dentro, deu meia-volta e veio em minha direção. Por um instante, achei que fosse um cigano, mas depois vi que era Santonix e relaxei.

– Ah – exclamei, com um ligeiro suspiro –, é você. De onde surgiu? Há tempos que não dá notícias.

Santonix não respondeu diretamente. Pegou-me pelo braço e me afastou da janela.

– Ela está aqui! – disse. – Não me surpreende. Sabia que viria mais cedo ou mais tarde. Por que deixou? Ela é perigosa. Você devia saber.

– Está falando de Ellie?

– Não, Ellie não. A outra! Como se chama mesmo? Greta?

Fiquei olhando para ele.

– Sabe como Greta é, ou não sabe? Ela veio, não? Tomou posse! Não conseguirá se livrar dela agora. Veio para *ficar*.

– Ellie torceu o tornozelo – contei. – Greta veio cuidar dela. Já deve estar indo embora, imagino.

– Você não entende. Ela sempre quis vir. Eu já sabia. Percebi qual era a sua intenção quando veio aqui, durante a construção da casa.

– Ellie precisa dela – resmunguei.

– É claro, está com ela há muito tempo, não? Greta sabe como lidar com Ellie.

O mesmo que Lippincott dissera. Podia ver com meus próprios olhos que era a pura verdade.

– Você a quer aqui, Mike?

– Não posso expulsá-la de casa – eu disse, irritado. – É amiga antiga de Ellie. A melhor amiga. O que é que eu posso fazer?

– Nada – respondeu Santonix – acho que não pode fazer nada, não é?

Olhou para mim de um modo muito estranho. Santonix era um sujeito esquisito. Nunca se sabia ao certo o que queria dizer.

– Você sabe onde está se metendo, Mike? – indagou. – Tem alguma ideia? Às vezes, me parece que não sabe nada.

– É claro que eu sei – contestei. – Estou fazendo o que quero. Estou indo na direção que sempre quis.

– Será? Tenho as minhas dúvidas. Será que sabe mesmo o que deseja? Temo por você, ao lado de Greta. Sabe que ela é mais forte, não sabe?

– Não sei de onde tirou isso. A questão não é força.

– Não? Pois para mim é. Ela é do tipo forte, que sempre consegue o que quer. Você não queria que Greta estivesse aqui. Foi o que me disse. Mas ela está, e eu as venho observando. Ela e Ellie, juntas, instaladas em casa, conversando. Quem é *você*, Mike? O intruso? Ou você não é um intruso?

– Você está louco. Diz cada coisa! Como assim *intruso*? Sou o marido de Ellie, não sou?

– Será que *você* é o marido de Ellie ou Ellie é *sua* esposa?

– Você enlouqueceu – falei. – Qual é a diferença?

Ele suspirou. De repente, curvou os ombros, como se tivesse perdido as forças.

– Não dá, você não me ouve. Não consigo fazê-lo entender. Às vezes, tenho a impressão de que me entende mas, de repente, vejo que não sabe nada a respeito de si mesmo e de ninguém.

– Olhe – falei –, confio muito em você, Santonix. Você é um excelente arquiteto, mas...

Seu rosto se transformou daquele jeito estranho.

– Sim – disse –, sou um bom arquiteto. Essa casa é a melhor coisa que já fiz. Estou quase totalmente satisfeito. Você queria uma casa assim, e Ellie também, para morar com você. Aí está. Vocês têm a casa. Mande aquela mulher embora, Mike, antes que seja tarde demais.

– Não quero contrariar Ellie.

– Aquela mulher levou-os para onde queria – disse Santonix.

– Escute, não gosto de Greta – admiti. – Ela me irrita muito. Outro dia, tivemos uma briga terrível. Mas não é tão simples como você pensa.

– Não será simples com ela.

– Quem quer que tenha chamado este lugar de Campo do Cigano e falado de maldição não estava de todo errado – falei, com raiva. – Caso contrário, não apareceriam ciganas do meio das árvores, metendo o dedo na nossa cara e dizendo que, se não sairmos daqui, estaremos fadados ao infortúnio. Logo este lugar, *que deveria ser tão bonito e agradável.*

Eram palavras estranhas para se dizer, essas últimas. Disse-as como se viessem de outra pessoa.

– É, deveria ser assim – concordou Santonix. – Deveria. Mas não há como, se existe uma maldição no lugar, não?

– Tenho certeza de que você não acredita em...

– Existem coisas estranhas em que acredito... Sei um pouco a respeito do mal. Não reparou que eu próprio sou, em parte, meio maligno? Sempre fui. É por isso que sei quando o mal está perto de mim, embora nem sempre saiba onde se encontra... *Quero livrar do mal a casa que construí.*

Entende? – O tom de sua voz era ameaçador. – Entende? É importante para mim.

Depois, sua atitude mudou por completo.

– Bom – disse –, chega de absurdos. Vamos ver Ellie.

Entramos. Ellie cumprimentou Santonix com grande alegria.

Santonix comportou-se normalmente aquela noite. Sem dramatizar, sendo alegre e amável como costumava ser. Conversou mais com Greta, lançando sobre ela todo o seu encanto, que não era pouco. Qualquer um teria jurado que a estimava, que gostava dela, que queria agradá-la. Isso me fez sentir que Santonix era de fato um homem perigoso, que havia nele muito mais do que imaginávamos.

Greta sempre respondeu à admiração. Exibia-se em sua melhor forma. Sabia, dependendo da ocasião, diminuir ou valorizar a própria beleza. Naquela noite, estava mais linda do que nunca, sorrindo para Santonix, escutando o que dizia, como que enfeitiçada. Eu me perguntava o que Santonix estaria escondendo, mas não poderia saber. Era sempre um mistério com ele. Ellie expressou o desejo de que ficasse alguns dias, mas ele fez que não com a cabeça. Tinha que ir embora no dia seguinte, informou.

– Está construindo alguma coisa no momento? Anda muito ocupado?

Respondeu que não, que acabara de sair do hospital.

– Me remendaram de novo – disse –, mas provavelmente pela última vez.

– Remendaram você? O que fizeram?

– Drenaram o sangue ruim do meu corpo e colocaram sangue novo – contou.

– Oh. – Ellie estremeceu ligeiramente.

– Não se preocupe – tranquilizou Santonix. – Isso nunca lhe acontecerá.

– Mas por que aconteceu com você? – perguntou Ellie. – É cruel.

– Não há nada de cruel – disse Santonix. – Acabei de ouvir o que estava cantando.

O homem foi feito para a alegria e a desgraça
E quando disso tem consciência
Pelo mundo caminha em segurança...

– Caminho em segurança porque sei a razão de estar aqui. E quanto a você, Ellie:

Toda manhã e todo anoitecer
Alguns nascem para o doce prazer.

– É *você*.

– Quem me dera sentir segurança – falou Ellie.

– Não se sente segura?

– Não gosto de ser ameaçada – explicou Ellie. – Não gosto de ser amaldiçoada.

– Está falando daquela cigana?

– Sim.

– Esqueça essa história – disse Santonix. – Pelo menos esta noite. Vamos ser felizes. Ellie... à sua saúde... muitos anos de vida... um fim rápido e misericordioso para mim... e muita sorte para o Mike aqui... – Fez uma pausa, com o copo erguido em direção a Greta.

– Sim – disse Greta –, e a mim?

– E a você, o que lhe espera! Sucesso, talvez? – acrescentou, com uma pergunta em tom irônico.

Foi embora na manhã seguinte, bem cedo.

– Que homem estranho – comentou Ellie. – Nunca o entendi.

– Não entendo metade das coisas que diz – contei.

– Ele sabe muito – disse Ellie, de modo pensativo.

– A respeito do futuro?

– Não – respondeu Ellie –, eu não quis dizer isso. Ele conhece as pessoas. Já falei isso antes. Conhece as pessoas melhor do que elas mesmas. Às vezes, as odeia por causa disso; outras vezes, sente pena. Mas não sente pena de mim – falou, refletindo.

– Por que sentiria? – perguntei.

– Ah, porque sim... – respondeu Ellie.

CAPÍTULO 16

Foi no dia seguinte à tarde, quando caminhava rapidamente pela parte mais escura da floresta, onde a sombra dos pinheiros parecia mais ameaçadora, que vi o vulto de uma mulher alta parada no meio do caminho. Desviei-me por impulso. Julguei que se tratasse de nossa cigana, mas recuei, sobressaltado, ao ver quem era: minha mãe. Lá estava ela, alta, carrancuda, de cabelos grisalhos.

– Meu Deus! – exclamei. – Me assustou, mãe. O que está fazendo aqui? Veio nos ver? Já a convidamos várias vezes, não?

Não era verdade. Convidei-a apenas uma vez, sem grande entusiasmo, e só. Falei de um jeito que ela não aceitaria. Não a queria por perto. Nunca quis.

– Tem razão – disse ela. – Finalmente vim visitá-los. Para ver se está tudo bem com vocês. Então, esta é a grande casa que construíram? É grande mesmo – disse, olhando por cima de meus ombros.

Pareceu-me detectar em sua voz o tom ácido de desaprovação que esperava encontrar.

– Grande demais para alguém como eu, não? – provoquei.

– Não falei isso, menino.

– Mas pensou.

– Você não nasceu para isso, e não adianta querer fugir de sua condição social.

– Ninguém chegaria a lugar nenhum se lhe desse ouvidos.

– Sim, sei o que você diz e pensa, mas nunca vi a ambição fazer bem para alguém. É exatamente o tipo de fruto que amarga na boca.

– Pelo amor de Deus, deixe de ser ranzinza – exclamei. – Vamos. Venha conhecer nossa grande casa e minha grande mulher. Duvido que não goste.

– Sua mulher? Já a conheço.

– Como assim já a conhece? – perguntei.

– Ela não lhe contou?

– O quê?

– Que ela veio me visitar.

– Ela foi visitá-la? – perguntei, pasmo.

– Sim. Um dia apareceu na minha porta e tocou a campainha. Parecia assustada. É uma moça bonita e meiga, apesar das roupas finas que vestia. Perguntou: "A senhora é a mãe de Mike, não?", e eu: "Sim. Quem é você?". Ela respondeu: "Sou a esposa dele. Precisava vir vê-la. Não me parecia direito não conhecer a mãe de meu marido...". Então eu disse: "Aposto que *ele* não queria isso". Ela hesitou, e eu continuei: "Não precisa dizer nada. Conheço meu filho e sei o que quer e o que não quer". Ela disse: "A senhora deve achar que ele se envergonha pelo fato de vocês serem pobres e eu, rica, mas não é nada disso. Ele não é assim. Não mesmo". E eu repeti: "Não precisa me dizer nada, moça. Conheço as fraquezas de meu filho. Esta não é uma delas. Ele não se envergonha de mim, nem de suas origens. Talvez tenha *medo* de mim. Isso sim. Conheço-o muito bem". Essa afirmação pareceu diverti-la. Ela disse: "Creio que qualquer mãe sente que conhece bem seu filho. E imagino que seja exatamente por isso que os filhos se sentem tão constrangidos!". Concordei em parte. Os jovens estão sempre representando algum papel perante o mundo. Lembro-me de minha infância na casa de uma tia. Na parede, em cima da cama, havia um enorme olho pendurado numa moldura dourada, com a seguinte frase: "Tu és Deus, que vê tudo". Causava-me calafrios na espinha toda vez que ia dormir.

– Ellie deveria ter me dito que tinha ido vê-la – comentei. – Não vejo por que não contou. Deveria ter contado.

Eu estava furioso. Não fazia a mínima ideia de que Ellie guardaria de mim segredos como aquele.

– Talvez tenha ficado um pouco receosa com o que fez, mas não havia motivo para ter medo de você, meu filho.

– Vamos – cortei –, venha conhecer nossa casa.

Não sei se ela gostou ou não da casa. Acho que não. Percorreu os cômodos erguendo as sobrancelhas e depois saiu ao terraço. Ellie e Greta estavam lá. Acabavam de chegar, e Greta tinha um manto de lã escarlate jogado nos ombros. Minha mãe olhou para as duas. Ficou ali por um tempo, como que presa ao chão. Ellie deu um salto da cadeira e veio até nós.

– Ah, é a sra. Rogers – disse e, virando-se para Greta, acrescentou: – Esta é a mãe de Mike, que veio conhecer nossa casa e nos visitar. Não é legal? Esta é minha amiga Greta Andersen.

Pegou com ambas as mãos a de minha mãe, que a encarou com ar severo e depois, por cima do ombro, a Greta.

– Sei – disse para si mesma –, sei.

– Sabe o quê? – perguntou Ellie.

– Eu me perguntava – disse minha mãe – como seria aqui. – Olhou em volta. – Sim, é uma bela casa. Lindas cortinas, lindas cadeiras e lindos quadros.

– Aceita um chá? – sugeriu Ellie.

– Não acabaram de tomar?

– Chá é uma coisa que nunca se acaba de tomar – disse Ellie, e depois a Greta: – Não chamarei os criados, Greta. Você poderia ir lá na cozinha e preparar um bule de chá fresco?

– Claro, querida – respondeu Greta e depois saiu, olhando de lado para minha mãe, numa expressão dura, quase assustada.

Minha mãe se sentou.

– Onde estão suas malas? – perguntou Ellie. – Ficará conosco? Espero que sim.

– Não, querida, não ficarei. Voltarei de trem daqui a meia hora. Só queria ver como estavam. – Depois acrescentou com bastante rapidez, provavelmente porque queria dizer antes que Greta voltasse: – Não precisa mais se preocupar, querida, que já contei a ele de sua visita.

– Perdão, Mike, não ter te contado – disse Ellie, com firmeza. – É que achei melhor.

– Foi por ter bom coração – disse minha mãe. – Você se casou com uma boa moça, Mike, além de bonita. Aliás, linda. – Depois, acrescentou, em voz baixa, quase inaudível: – Me desculpe.

– Desculpar o quê? – perguntou Ellie, ligeiramente intrigada.

– Por ter pensado o que pensei – explicou minha mãe, acrescentando com um leve constrangimento: – Bem, como se diz por aí, as mães são todas iguais, sempre implicando com as noras. Mas, quando a vi, senti que ele teve sorte. Pareceu-me bom demais para ser verdade, isso sim.

– Que absurdo – exclamei, sorrindo. – Sempre tive bom gosto.

– Bom gosto para coisas caras, você diz – falou minha mãe, reparando nas cortinas de brocado.

– Não sou realmente das piores em termos de coisas caras – disse Ellie, sorrindo.

– Faça-o economizar um pouco de vez em quando – pediu minha mãe. – Será bom para o caráter dele.

– Recuso-me a melhorar o caráter – protestei. – A vantagem de ter uma mulher é que ela acha perfeito tudo o que você faz. Não é, Ellie?

Ellie parecia feliz de novo. Disse, rindo:

– Está muito convencido, Mike! Mas que presunção!

Greta voltou com o bule de chá. Havíamos estado pouco à vontade e acabávamos de nos refazer. Por algum motivo, com a chegada de Greta, o constrangimento inicial se restabeleceu. Minha mãe resistiu a toda a insistência de Ellie para que ficasse, e Ellie acabou desistindo. Nós a acompanhamos pelo caminho sinuoso entre arvores até o portão.

– Como se chama este lugar? – perguntou minha mãe, abruptamente.

– Campo do Cigano – respondeu Ellie.

– Ah – fez minha mãe. – Há ciganos por aqui, não?

– Como sabia disso? – perguntei.

– Vi uma ao subir. Muito estranha.

– É inofensiva – comentei –, só meio ignorante.

– Por que diz que é meio ignorante? Olhou-me de modo esquisito quando me viu. Tem algum ressentimento contra vocês?

– Não creio que seja real – disse Ellie. – Acho que é tudo imaginação. Que a expulsamos de sua terra ou coisa parecida.

– Presumo que queira dinheiro – falou minha mãe. – Os ciganos são assim. Vêm com músicas e danças falando de como foram prejudicados de uma forma ou de outra, mas, assim que sentem o dinheiro nas mãos ávidas, param.

– Não gosta de ciganos – disse Ellie.

– Roubam muito. Não querem trabalhar e não tiram as mãos do que não lhes pertence.

– Que seja – falou Ellie. – Agora não nos preocupamos mais.

Minha mãe se despediu e perguntou:

– Quem é aquela mocinha que vive com vocês?

Ellie explicou que, antes do casamento, havia estado em companhia de Greta por três anos, e que, não fosse por ela, sua vida teria sido uma tristeza.

– Greta fez tudo para nos ajudar. É uma pessoa maravilhosa – contou Ellie. – Não sei como faria sem ela.

– Ela está morando com vocês ou só está de visita?

– Bem – disse Ellie, evitando a pergunta. – Ela está morando conosco no momento porque torci o tornozelo e precisava de alguém para me cuidar. Mas agora já estou bem de novo.

– É melhor para os recém-casados morar sozinhos – disse minha mãe.

Ficamos no portão vendo-a partir.

– Tem uma personalidade forte – disse Ellie, pensativa.

Eu estava chateado com Ellie, muito chateado mesmo, porque visitara minha mãe sem me contar. Mas quando ela se virou para mim, olhando-me com uma das sobrancelhas um tanto erguida e aquele sorriso tímido, satisfeito, de menina, não tive como não me enternecer.

– Que menina dissimulada você é – falei.

– Bem – disse Ellie –, tive que ser algumas vezes, sabe como é.

– É como a peça de Shakespeare que montamos na escola. – Citei, meio sem jeito: – "Ela enganou o pai e agora poderá enganar-te."

– Que papel você fez, o de Otelo?

– Não – respondi –, o do pai da moça. Por isso sei de cor esse trecho. Era praticamente a única fala que eu tinha.

– "Ela enganou o pai e agora poderá enganar-te" – repetiu Ellie, de maneira reflexiva. – Nunca enganei meu pai, até onde sei. Talvez, mais tarde, tivesse que enganá-lo.

– Acho que não teria aceitado de bom grado seu casamento comigo – eu disse –, não mais do que sua madrasta.

– Não – concordou Ellie. – Também acho. Era um sujeito muito conservador. – Nesse momento, lançou-me aquele sorriso brejeiro de menina mais uma vez. – Eu teria que ter feito como Desdêmona, enganando meu pai e fugindo com você.

– Por que você quis tanto conhecer minha mãe, Ellie? – perguntei, com curiosidade.

– Não é que eu quisesse tanto conhecê-la – explicou Ellie –, mas me sentiria muito mal se não fizesse alguma coisa nesse sentido. Você não falava muito de sua mãe, mas percebi que ela sempre fez tudo o que podia por você. Salvou-o de apertos e trabalhou muito para lhe dar melhor instrução e coisas desse tipo. E achei que seria arrogância da minha parte não me aproximar dela.

– Bem, a culpa não teria sido sua – falei –, e sim minha.

– É – concordou Ellie. – Entendo que talvez você não quisesse que eu a visitasse.

– Acha que tenho complexo de inferioridade em relação a minha mãe? Não tenho, Ellie. Garanto que não é isso.

– Não – disse Ellie, pensativa. – Agora eu sei: você não queria que ela fizesse aquelas coisas de mãe.

– Coisas de mãe? – perguntei.

– Bem, dá para ver que ela é daquelas pessoas que julgam saber exatamente o que os outros devem fazer. Digo, ela queria que você tivesse outro tipo de trabalho.

– Exato – concordei. – Trabalho fixo, para ter estabilidade.

– Agora não faria muita diferença – disse Ellie. – Atrevo-me a dizer que o conselho era ótimo, mas não para *você*, Mike. Você não quer se assentar, não quer estabilidade. Quer ver e fazer as coisas... conquistar o mundo.

– Quero ficar aqui nesta casa com você – falei.

– Por um tempo, talvez... E imagino que sempre vai querer voltar, assim como eu. Acho que devemos voltar aqui todo ano, e acredito que aqui seremos mais felizes do que em qualquer outro lugar. Mas você desejará conhecer outros lugares, viajar, ver e comprar coisas. Talvez se inspirar para fazer nosso jardim aqui. Podemos visitar jardins italianos, japoneses, ingleses etc.

– Com você a vida parece tão emocionante, Ellie – exclamei. – Desculpe por ter me zangado.

– Não me importo de que tenha se zangado – disse Ellie. – Não tenho medo de você. – E então acrescentou, franzindo a testa: – Sua mãe não gostou de Greta.

– Muita gente não gosta – comentei.

– Inclusive você.

– Ellie, você está sempre dizendo isso. Não é verdade. Só fiquei um pouco enciumado no começo. Agora nos damos bem. – E acrescentei: – Talvez ela coloque as pessoas na defensiva.

– O sr. Lippincott também não gosta dela, não é? Acha que exerce muita influência sobre mim – disse Ellie.

– E exerce?

– Não sei por que me pergunta isso. Sim, talvez exerça. E é mais do que natural. Ela tem uma personalidade forte, e eu precisava confiar em alguém. Precisava de alguém que tomasse meu partido.

– E visse você fazer as coisas de seu jeito? – perguntei, rindo.

Entramos em casa de braços dados. Por algum motivo, aquela tarde me pareceu escura. Talvez porque o sol não batesse mais no terraço, deixando atrás de si uma sensação de escuridão.

– O que houve, Mike? – perguntou Ellie.

– Não sei – respondi. – Senti um calafrio de repente.

Greta não estava. Os criados disseram que tinha ido passear.

Agora que minha mãe sabia tudo sobre meu casamento e conhecera Ellie, fiz o que já queria fazer há muito tempo. Enviei-lhe um bom cheque, aconselhei que se mudasse para uma casa melhor e comprasse móveis novos. Coisas desse tipo. Evidentemente, não sabia se iria aceitar, pois aquele dinheiro não era fruto do meu trabalho e eu não tinha como fingir que era. Como esperava, ela mandou o cheque de volta, rasgado ao meio e com um bilhete anexado: "Não quero nada disso. Você nunca mudará, agora eu sei. Que Deus o ajude". Joguei-o no chão, na frente de Ellie.

– Viu como a minha mãe é? Casei com uma menina rica, estou vivendo às suas custas, e a palmatória do mundo é contra!

– Não se preocupe – disse Ellie. – Muita gente pensa assim. Ela se acostumará. Sua mãe tem muito amor por você, Mike – acrescentou.

– Então por que fica querendo me modificar, me adaptar ao padrão *dela*? Sou o que sou. Não sigo o modelo de ninguém. Não sou o filhinho de mamãe que ela pode moldar como quiser. Tenho personalidade, sou adulto, sou *eu mesmo*!

– Você é o que é – repetiu Ellie –, e eu o amo.

Depois, talvez para me distrair, disse-me algo inquietante.

– O que acha – perguntou – desse nosso novo criado?

Não havia pensado a respeito. Por que haveria de pensar? Na verdade, preferia esse ao anterior, que não tinha o menor problema em demonstrar sua aversão à minha condição social.

– Acho-o normal – respondi. – Por quê?

– Imaginei apenas que poderia ser um segurança.

– Segurança? Como assim?

– Um detetive. Pensei que talvez tivesse sido contratado pelo tio Andrew.

– E por que ele faria isso?

– Bem, pela possibilidade de sequestro, suponho. Nos Estados Unidos, tínhamos guarda-costas, principalmente no interior.

Outra desvantagem de ter dinheiro que eu desconhecia!

– Que ideia absurda!

– Não sei... Mas já estou acostumada com isso. O que importa? Ninguém repara, mesmo.

– A mulher dele também está envolvida?

– Teria que estar, embora cozinhe muito bem. O tio Andrew, ou talvez Stanford Lloyd, não sei de quem foi a ideia, deve ter acertado as contas com os anteriores e já contratado esses dois para substituí-los. Muito simples.

– Sem lhe contar nada? – perguntei, incrédulo.

– Jamais me contariam. Eu faria um escândalo. De qualquer forma, pode ser que eu esteja enganada. – Continuou, ainda longe: – É que ficamos com um certo pressentimento quando nos habituamos a ter pessoas desse tipo sempre ao nosso redor.

– Pobre menina rica – falei, brutalmente.

Ellie não ligou.

– Acho que isso descreve bem a situação – comentou.

– Cada coisa que aprendo a seu respeito, Ellie! – exclamei.

CAPÍTULO 17

Que fenômeno misterioso é o sono. Vamos para a cama preocupado com ciganos e inimigos secretos, detetives infiltrados em casa, possibilidades de sequestro e milhares de coisas, e o sono varre tudo da mente. Viajamos para muito longe e não sabemos onde estivemos, mas, ao acordar, encontramos um mundo totalmente novo. Sem preocupações, sem apreensões. No dia 17 de setembro, acordei exultante.

"Que dia maravilhoso", falei para mim mesmo, convicto. "Hoje será um dia maravilhoso." E acreditava no que dizia. Parecia aquelas pessoas nos comerciais que se oferecem para ir a qualquer lugar e fazer qualquer coisa. Repassei planos na cabeça. Havia combinado de me encontrar com o major Phillpot num leilão, em certa casa de campo a uns vinte quilômetros de distância. Tinham coisas muito boas lá, e eu já marcara dois ou três itens no catálogo. Estava muito empolgado.

Phillpot entendia muito de móveis antigos, prataria e coisas desse gênero, não por possuir dons artísticos, pois era homem de esportes, mas porque tinha prática. Toda a família era versada no assunto.

Examinei o catálogo no café da manhã. Ellie apareceu em traje de montaria. Montava quase todos os dias agora, às vezes sozinha, outras vezes em companhia de Claudia. Tinha o hábito americano de tomar só café e um suco de laranja no desjejum. Meus gostos, agora que não precisava me restringir, assemelhavam-se aos de um proprietário rural do período vitoriano! Gostava de muitos pratos no aparador. Comi rins, salsichas e bacon naquele dia. Uma delícia!

– O que você vai fazer hoje, Greta? – perguntei.

Ela disse que ia se encontrar com Claudia Hardcastle na estação de Market Chadwell e as duas iriam a Londres a uma "liquidação branca". Perguntei o que era isso.

– Precisa ser tudo branco? – indaguei.

Greta olhou-me com desdém e explicou que "liquidação branca" significava uma venda especial de artigos de cama, mesa e banho. Havia ótimos preços numa loja especializada em Bond Street, que enviara o catálogo.

Falei para Ellie:

– Bem, já que Greta passará o dia em Londres, por que você não se encontra conosco no George em Bartington? Phillpot comentou que a comida lá é muito boa. Disse para convidá-la. Marcamos de almoçar à uma da tarde. Você passa pela Market Chadwell e vira uns cinco quilômetros depois. Acho que há uma placa informando.

– Combinado – disse Ellie. – Estarei lá.

Fui ajudá-la a montar e ela saiu passeando entre as árvores. Ellie adorava andar a cavalo. Percorria, geralmente, uma das trilhas sinuosas e, chegando às colinas de Downs, galopava antes de voltar para casa. Deixei o carro menor para Ellie, por ser mais fácil de estacionar, e fiquei com o Chrysler grande. Cheguei a Bartington Manor um pouco antes de o leilão começar. Phillpot já estava lá e guardara um lugar para mim.

– Tem coisa muito boa aqui – ele disse. – Uns bons quadros. Um Rommney e um Reynolds. Não sei se lhe interessa.

Fiz que não com a cabeça. No momento, só me interessava por arte moderna.

– Há muitos negociantes presentes – continuou Phillpot –, dois de Londres. Está vendo aquele sujeito magro ali, de boca fina? É Cressington. Muito conhecido. Sua mulher não veio?

– Não – respondi –, ela não gosta muito de leilões. De qualquer maneira, eu não queria que viesse esta manhã.

– Por que não?

– Estou preparando uma surpresa para Ellie – contei. – Viu o lote 42?

Ele abriu o catálogo e depois olhou para o outro lado da sala.

– Hmm, a escrivaninha em papel machê? Sim. Uma linda peça. Um dos melhores exemplares de papel machê que já vi. Peça raríssima, também. Existem muitas escrivaninhas portáteis, mas essa é das antigas. Nunca vi nada parecido.

A pequena peça tinha incrustada uma reprodução do castelo de Windsor e, dos lados, buquês de rosas, cardos e trevos.

– Está em ótimas condições – comentou Phillpot, fitando-me com curiosidade. – Não imaginava que fosse de seu gosto, mas...

– E não é – falei. – É florido e feminino demais, na minha opinião. Mas Ellie adora essas coisas. Semana que vem ela faz aniversário, e quero lhe dar isso de presente. É surpresa. Por isso não queria que viesse junto. Mas sei que não poderia haver presente melhor. Ela ficará muito surpresa.

Entramos, nos sentamos e o leilão começou. A peça que eu queria alcançou lances muito altos. Os dois negociantes de Londres pareciam muito interessados, embora um deles fosse tão experiente e discreto que mal se podia notar o movimento levíssimo com o catálogo, observado atentamente pelo leiloeiro. Comprei também uma cadeira Chippendale entalhada, que achei que ficaria bem no hall, e enormes cortinas de brocado, em bom estado de conservação.

– Bem, você parece ter se divertido bastante – disse Phillpot, levantando-se ao terminar o leilão da manhã. – Quer voltar à tarde?

Sacudi a cabeça.

– Não, nada me interessa na segunda parte do leilão. São apenas móveis de quarto, tapetes e coisas assim.

– Foi o que achei. Bem – disse, consultando o relógio –, vamos embora. Ellie se encontrará conosco no George?

– Sim.

– E... a srta. Andersen?

– Não. Greta foi a Londres – respondi. – Foi ao que chamam de "liquidação branca". Com a srta. Hardcastle, acho.

– Ah, sim, Claudia comentou alguma coisa a respeito outro dia. Os preços dos lençóis e jogos de cama são incríveis hoje em dia. Sabe quanto custa uma fronha de linho? Trinta e cinco shillings. Costumava comprar por seis.

– O senhor entende de compra de coisas para casa – comentei.

– Ouço as reclamações de minha mulher – Phillpot sorriu. – Você está com uma aparência ótima, Mike. Feliz como um garotinho.

– É porque consegui a escrivaninha de papel machê – falei –, ou talvez não seja só isso. Acordei feliz hoje. Sabe aqueles dias em que tudo no mundo parece perfeito?

– Hm – fez Phillpot –, cuidado. É isso que chamo de afetação.

– Afetação? – perguntei.

– É um estágio antes do desastre, meu rapaz – disse Phillpot. – É melhor controlar sua exuberância.

– Não acredito nessa besteira de superstição – falei.

– Nem em profecias de ciganos, não é?

– Não temos visto a nossa cigana – contei. – Há uma semana, pelo menos.

– Talvez ela tenha se ausentado do lugar – disse Phillpot.

Pediu-me uma carona.

– Não é necessário usar dois carros. Você pode me deixar aqui na volta, não? E Ellie, virá de carro?

– Sim, no pequeno.

– Espero que tenha uma boa comida no George – disse o major Phillpot. – Estou faminto.

– O senhor comprou alguma coisa? – perguntei. – Estava tão empolgado que nem reparei.

– É preciso manter a presença de espírito ao efetuar lances, prestar atenção no que fazem os negociantes. Não. Fiz um ou dois lances, mas tudo foi muito acima do meu limite.

Deduzi que, embora Phillpot tivesse uma enorme quantidade de terras na região, sua renda era modesta. Poderíamos descrevê-lo como um homem pobre, apesar de grande proprietário rural. Se vendesse parte das terras, disporia de um bom dinheiro para gastar, mas ele não queria vender as terras. Tinha amor por elas.

Chegamos ao George e vimos um grande número de carros estacionados, possivelmente de pessoas que estiveram no leilão. Não vi o carro de Ellie. Entramos, procuramos por ela, mas ela ainda não tinha chegado. De qualquer forma, não estava tão atrasada.

Tomamos um drinque no bar enquanto esperávamos por Ellie. O lugar estava lotado. Olhei para dentro e verifiquei que nossa mesa continuava reservada. Reconheci muitas pessoas do local e, sentado numa mesa perto da janela, notei um rosto que me pareceu familiar. Tinha certeza de que o conhecia, mas não sabia quando e onde nos encontráramos. Não parecia ser dali, pois vestia-se de modo diferente. Evidentemente, havia esbarrado com muitas pessoas na vida e seria difícil de lembrar de todas. Não estivera no leilão, pensei, mas estava convencido de já ter visto aquele rosto. Um bom fisionomista relaciona o rosto com o lugar e o momento em que o viu. Caso contrário, fica complicado.

A gerente do George, uma verdadeira deidade, farfalhando um vestido de seda preta de pretensioso estilo eduardiano que sempre usava, dirigiu-se a mim dizendo:

– Ocupará logo sua mesa, sr. Rogers? Há uma ou duas pessoas esperando.

– Minha mulher já deve estar chegando – informei.

Voltei para junto de Phillpot. Talvez o pneu de Ellie tivesse furado.

– É melhor entrarmos – falei –, porque eles estão ficando irritados. Está lotado hoje. A verdade – acrescentei – é que Ellie não é a pessoa mais pontual do mundo.

– Ah – exclamou Phillpot em seu estilo antiquado –, as mulheres fazem questão de nos fazer esperar, não é? Tudo bem, Mike. Se quiser, entramos e começamos a comer.

Entramos no salão, escolhemos no cardápio torta de miúdos e começamos.

– Ellie fez mal – comentei – em nos deixar esperando assim. – Falei que poderia ser porque Greta estava em Londres. – Ellie está acostumada com a ajuda de Greta para cumprir seus compromissos, lembrar do que combinou, sair no horário etc.

– Ela é muito dependente da srta. Andersen?

– Nesse sentido, sim – respondi.

Continuamos comendo e passamos da torta de miúdos para a torta de maçã, coberta por uma tímida camada de falsa massa folhada.

– Será que ela esqueceu? – perguntei de repente.

– É melhor telefonar.

– Tem razão.

Fui até o telefone e liguei. Atendeu a cozinheira, a sra. Carson.

– Ah, é o senhor, sr. Rogers? A sra. Rogers ainda não voltou para casa.

– Como assim? Não voltou para casa? Não voltou de onde?

– Do passeio a cavalo.

– Mas isso foi logo depois do café da manhã. Ela não ficou andando a cavalo a manhã inteira.

– Não me disse nada. Estava esperando que voltasse.

– Por que não me ligou antes para avisar? – perguntei.

– Não sabia onde encontrá-lo. Não sabia para onde o senhor tinha ido.

Contei-lhe que estava no George, em Bartington, e deixei o meu número. Ela se comprometeu a telefonar assim que Ellie voltasse ou desse notícia. Voltei, então, ao encontro de Phillpot. Ele viu logo, pela minha cara, que havia alguma coisa errada.

– Ellie não voltou para casa – falei. – Saiu para andar a cavalo hoje de manhã, como faz todas as manhãs, mas normalmente não fica mais de uma hora passeando.

– Não se preocupe antes do tempo, meu rapaz – ele disse, gentilmente. – Sua casa fica num lugar bem isolado. Talvez o cavalo tenha se machucado, obrigando-a a voltar a pé. Com todos aqueles brejos e montanhas, não é fácil encontrar alguém para dar o recado.

– Se tivesse mudado de planos e decidido visitar alguém, por exemplo – eu disse –, ela teria ligado para cá. Teria avisado.

– Não se preocupe por enquanto – disse Phillpot. – Vamos embora logo para descobrir o que está acontecendo.

Ao sairmos do estacionamento, outro carro saiu junto. Dentro dele encontrava-se o mesmo homem que havia visto no restaurante e, de repente, lembrei quem era. Stanford Lloyd, ou algum sósia. Fiquei me perguntando o que ele estaria fazendo ali. Teria vindo nos visitar? Se fosse isso, era estranho não ter nos avisado. No carro com ele vi uma mulher muito parecida com Claudia Hardcastle, mas tinha certeza de que ela estava em Londres, fazendo compras com Greta. Fiquei totalmente desnorteado...

Phillpot olhou para mim uma ou duas vezes. Surpreendi-o numa delas e disse, contrariado:

– Tudo bem, o senhor disse que eu estava afetado esta manhã.

– Não pense nisso ainda. Talvez ela tenha caído, torcido o tornozelo ou coisa parecida. A verdade é que monta bem – disse –, já a vi montar. Acho pouco provável que tenha tido um acidente.

– Acidentes acontecem – falei.

Corremos e chegamos rápido à estrada que dava para as colinas acima da nossa propriedade, olhando sempre ao redor. De vez em quando, parávamos para pedir informações. Paramos para perguntar a um senhor que trabalhava na terra.

– Vi um cavalo sem ninguém – contou. – Há duas horas, ou mais. Tentei segurá-lo, mas ele saiu galopando quando me aproximei. Não vi mais ninguém.

– É melhor irmos para casa – sugeriu Phillpot. – Talvez já tenham notícias.

Voltamos para casa, mas não havia nenhuma notícia. Chamamos o tratador de cavalos e o mandamos aos brejos em busca de Ellie. Phillpot ligou para sua casa e mandou também um de seus criados. Subimos por uma trilha através da floresta, a que Ellie costumava pegar, e chegamos às colinas.

A princípio, não conseguimos ver nada. Depois, fomos margeando a floresta, de onde saíam outros caminhos, e a encontramos. Vimos o que parecia ser um amontoado de roupas. O cavalo tinha voltado e estava comendo capim ali do lado. Comecei a correr. Phillpot acompanhou-me mais rápido do que julguei possível para um homem de sua idade.

Lá estava ela, deitada num monte, com o pequeno rosto pálido voltado para o céu.

– Não! Não! – exclamei e virei o rosto.

Phillpot ajoelhou-se ao seu lado. Levantou-se imediatamente.

– Vamos chamar um médico – disse. – Shaw é o que está mais perto. Mas não acho que vai adiantar, Mike.

– Quer dizer que... ela está morta?

– Sim – respondeu. – Não há como escapar disso.

– Meu Deus! – gritei, afastando-me. – Não posso acreditar! Não com Ellie.

– Venha cá, tome isto – disse Phillpot.

Tirou um frasco do bolso, desatarraxou-o e me entregou. Dei um grande gole.

– Obrigado – falei.

Nesse momento, o tratador de cavalos apareceu, e Phillpot mandou chamar o dr. Shaw.

CAPÍTULO 18

Shaw apareceu num Land Rover velho. Devia ser o carro que usava para visitar fazendas isoladas quando o tempo estava ruim. Mal nos olhou. Dirigiu-se diretamente para Ellie e inclinou-se sobre ela. Depois, veio falar conosco.

– Está morta há pelo menos três ou quatro horas – disse. – Como aconteceu isso?

Contei-lhe que ela tinha ido passear a cavalo depois do café da manhã, como de costume.

– Já havia tido algum acidente de montaria antes?

– Não – respondi. – Montava muito bem.

– Sei que montava bem. Já a vi montar uma ou duas vezes. Montava desde criança, pelo que sei. Pergunto-me se não teria tido algum acidente que a abalou nos últimos tempos. De repente o cavalo se assustou...

– Por que o cavalo se assustaria? É um animal bastante forte...

– Esse cavalo não tem nada de violento – informou o major Phillpot. – É um bicho manso. Ela quebrou algum osso?

– Preciso examiná-la melhor, mas não encontrei nenhuma lesão externa. Talvez tenha algo interno. Um choque, por exemplo.

– Mas ninguém morre disso – falei.

– Algumas pessoas já morreram de choque. Se tivesse um coração fraco...

– Nos Estados Unidos, disseram que ela tinha coração fraco... algum tipo de fraqueza.

– Não encontrei nenhum sinal de fraqueza quando a examinei. Em todo caso, não dispomos de um cardiógrafo. É inútil falar disso agora. Mais tarde saberemos, após o inquérito judicial.

Olhou-me seriamente, dando-me um tapinha nas costas.

– Vá para casa descansar – disse. – Foi você quem sofreu um choque.

Eis que, daquele modo estranho como o povo nas regiões rurais se materializa do nada, três ou quatro pessoas apareceram do nosso lado naquele momento: um andarilho, que viera da estrada ao ver o pequeno grupo; uma mulher de rosto rosado que se dirigia a uma fazenda por um atalho, creio; e um velho trabalhador de estrada. Faziam exclamações e observações.

– Coitadinha.

– E tão jovem. Caiu do cavalo, não?

– Pois é. Não dá para confiar em cavalos.

– É a sra. Rogers, não? A moça americana de As Torres.

O trabalhador da estrada só falou depois que todos fizeram seus comentários de espanto. Deu-nos algumas informações. Sacudindo a cabeça, disse:

– Devo ter visto acontecer. Devo ter visto.

O médico virou-se para ele com ar severo.

– O que viu acontecer?

– Vi um cavalo em disparada pelo campo.

– Viu a moça cair?

– Não, isso eu não vi. Quando a vi, estava andando a cavalo no alto da floresta, e depois virei as costas, porque precisava voltar ao trabalho, cortar pedras para a estrada. Foi então que ouvi um barulho de patas e, levantando os olhos, vi um cavalo galopando sozinho. Não pensei em acidente. Achei que a senhora tivesse descido e soltado o cavalo por algum motivo. Ele não vinha na minha direção e sim na direção oposta.

– Não viu a senhora jogada no chão?

– Não. Não enxergo muito bem de longe. Vi o cavalo porque se destacava no horizonte.

– A moça estava andando a cavalo sozinha? Havia alguém com ela, ou perto?

– Não havia ninguém perto dela. Não. Estava sozinha. Cavalgava não muito longe de mim, passou por mim, indo naquela direção. Acho que se dirigia à floresta. Não, não vi mais ninguém, a não ser ela e o cavalo.

– Talvez tenha sido assustada pela cigana – sugeriu a mulher de rosto rosado.

Virei-me rapidamente.

– Que cigana? Em que momento?

– Ah, deve ter sido... há três ou quatro horas, quando eu descia pela estrada hoje de manhã. Às quinze para as dez, mais ou menos, vi aquela cigana, a que mora na aldeia. Acho que era ela. Estava meio longe, não tenho certeza. Mas ela é a única pessoa que anda por aí de manto vermelho. Estava subindo por uma trilha entre as árvores. Alguém me contou que tinha dito coisas horríveis para a pobre moça americana, que a ameaçara. Disse que algo de mau iria lhe acontecer se não fosse embora. Pelo que ouvi, foi muito grosseira.

– A cigana – falei. Depois, com amargura, deixei escapar em voz alta: – Campo do Cigano. Quem me dera jamais ter visto este lugar!

LIVRO 3

CAPÍTULO 19

I

É incrível como tenho dificuldade de me lembrar do que aconteceu depois, da sequência dos fatos. Até aquele momento, tudo está claro em minha mente. Não sabia ao certo por onde começar, só isso. Mas, daí por diante, foi como se uma faca tivesse caído, dividindo minha vida em duas partes. O que passei após a morte de Ellie parece-me agora algo para o qual não estava preparado. Uma confusão de pessoas, elementos e acontecimentos, e eu não tinha controle de mais nada. As coisas não se passavam comigo, mas ao meu redor. Era o que eu sentia.

Todos foram muito bondosos, disso me lembro bem. Andava aos tropeços, atordoado, sem saber o que fazer. Greta, não esqueço, "estava em casa". Tinha o extraordinário poder que têm as mulheres de assumir o controle das situações e lidar com elas, isto é, lidar com as insignificantes minúcias a resolver. Eu teria sido incapaz de me ocupar de tais assuntos.

Acho que a primeira coisa de que me lembro com clareza depois de levarem Ellie e eu voltar para casa – a nossa casa, *a* casa – foi a chegada do dr. Shaw e nossa conversa. Não sei quanto tempo havia se passado. O dr. Shaw era uma pessoa tranquila, bondosa e sensata. Limitou-se a me explicar os fatos, com clareza e cuidado.

Preparativos. Lembro que ele usou a palavra "preparativos". Que palavra horrível por tudo o que encerra! As coisas na vida expressas em palavras grandiosas – amor, sexo, vida, morte, ódio – não são, de modo algum, as que governam a existência. São muitos outros embustes e degradações, coisas que devemos aturar e em que nunca pensamos até acontecerem conosco. Agentes funerários, preparativos de enterro, inquéritos judiciais. E criados entrando nos quartos para fechar as cortinas. Por que fechar a cortina após a morte de Ellie? Que estupidez!

Foi por isso, lembro-me, que fiquei tão grato ao dr. Shaw. Ele tratou desses assuntos com tanta sensibilidade e delicadeza, explicando pacientemente o porquê de certas providências, como, por exemplo, uma investigação criminal. Falava bem devagar, para ter certeza de que eu compreendia.

II

Eu não sabia como seria um inquérito judicial. Nunca havia participado de um. Pareceu-me curiosamente irreal, amadorístico. O investigador era um homem baixo, meticuloso, de pincenê. Tive de fazer o reconhecimento testemunhal, descrever a última vez em que havia visto Ellie, na mesa do café da manhã, sua saída para o habitual passeio matutino a cavalo e a combinação de almoçarmos juntos. Ela me pareceu, contei, exatamente a mesma de sempre, no gozo de perfeita saúde.

O testemunho do dr. Shaw foi calmo e inconcludente. Nenhuma ferida grave, apenas a clavícula quebrada e alguns arranhões, resultantes, possivelmente, de uma queda de cavalo. Nada muito sério, nem ocorrido na ocasião da morte. A vítima não parecia ter se mexido após a queda. Morreu imediatamente, segundo o médico. Não havia lesão orgânica específica capaz de ter causado a morte, e a única explicação plausível era a de que morrera de colapso cardíaco em resultado de um choque. Pelo que entendi dos termos médicos empregados, Ellie morrera simplesmente por falta de ar, uma espécie de asfixia. Seus órgãos eram saudáveis, e normal o conteúdo do estômago.

Greta também prestou depoimento e contou, acentuando de maneira muito mais enfática do que anteriormente com o dr. Shaw, que Ellie sofrera de uma doença cardíaca três ou quatro anos antes. Nunca ouvira nada de muito específico a respeito, mas os parentes de Ellie comentaram certa vez que o coração dela era fraco e que ela devia tomar cuidado com excessos. Isso foi tudo.

Chegou depois a vez das pessoas que haviam visto ou se encontravam nas proximidades no momento do acidente. O primeiro foi o velho agricultor que trabalhava o solo. Tinha visto a senhora passar por ele, a uma distância aproximada de cinquenta metros. Sabia quem era, apesar de nunca ter falado com ela. Era a dona da casa nova.

– Reconheceu-a de vista?

– Não. Pelo cavalo. Tem uma pata branca. Pertencera ao sr. Carey, de Shettlegroom. Sempre soube que era manso e bem-comportado, ideal para uma dama.

– O cavalo estava irrequieto quando o viu? Fazendo algo que chamasse a atenção?

– Não, estava bem tranquilo. Era uma linda manhã.

Não havia muita gente por perto, contou. Pelo menos, ele não tinha visto muitas pessoas. Aquele caminho específico pelo brejo não era muito usado, exceto como atalho ocasional para uma das fazendas. Outro caminho cruzava-o a cerca de um quilômetro e meio de distância. Tinha visto um ou dois transeuntes naquela manhã, mas nada que se destacasse. Um ia de bicicleta e o outro, a pé. Estavam longe demais para reconhecê-los e, de qualquer modo, não tinha reparado direito. Contou que antes de ter visto a moça andando a cavalo, vira a velha sra. Lee, ou julgava ter visto. Estava subindo o caminho em direção a ele, mas depois virou e entrou na floresta. Ela costumava atravessar o brejo e andar pela floresta.

O investigador perguntou por que a sra. Lee não comparecera ao tribunal. Havia sido intimada. Contaram-lhe que a sra. Lee deixara a aldeia alguns dias antes, ninguém sabia exatamente quando. Não deixou nenhum endereço. Era de seu feitio desaparecer e voltar sem dar aviso. Ou seja, o fato não apresentava nada de anormal. Aliás, uma ou duas pessoas declararam que, em sua opinião, ela saíra da aldeia *antes* do dia do acidente. O investigador dirigiu-se ao velho novamente:

– Acredita, mesmo assim, que foi a sra. Lee quem o senhor viu?

– Não posso dizer com certeza. Não tenho como afirmar. Era uma mulher alta, andando a passos largos, com um manto escarlate, como o da sra. Lee. Mas não prestei muita atenção. Estava ocupado com meu trabalho. Pode ter sido ela, como pode ter sido outra pessoa. Não há como saber!

De resto, repetiu, em grande parte, o que já nos dissera. Tinha visto a senhora passeando a cavalo ali perto, como em outras vezes. Não dera muita atenção. Só mais tarde notou o cavalo galopando sozinho. Parecia assustado. "Pode ter sido isso." Não sabia precisar a hora. Talvez fossem onze horas, ou mais cedo. Viu o cavalo muito depois, bem longe. Dava a impressão de estar voltando para a floresta.

Foi então que o investigador mandou me chamar de novo para fazer mais algumas perguntas a respeito da sra. Lee, sra. Esther Lee de Vine Cottage.

– O senhor e sua esposa conheciam a sra. Lee pessoalmente?

– Sim – respondi –, conhecíamos.

– Já falaram com ela?

– Sim, várias vezes. Aliás – acrescentei –, ela falou conosco.

– Em alguma ocasião, ela os ameaçou?

Fiz uma pequena pausa.

– Em certo sentido, sim – respondi, devagar –; mas nunca achei...

– Nunca achou o quê?

– Nunca achei que estivesse falando sério – completei.

– Parecia ter algum ressentimento contra sua esposa?

– Minha mulher disse que sim. Falou que sentia certo rancor de sua parte, mas não sabia por quê.

– O senhor ou a sua esposa, em alguma ocasião, já a expulsou de sua terra, ameaçou-a ou tratou-a mal de algum modo?

– A agressiva era ela – falei.

– Em algum momento, teve vez a impressão de que era mentalmente desequilibrada?

Refleti um pouco.

– Sim – respondi. – Parecia acreditar que a terra onde construíramos nossa casa lhe pertencia, pertencia à sua tribo, ou sei lá como chamam. Estava obcecada com isso. E acho que a obsessão estava piorando – acrescentei lentamente.

– Compreendo. Jamais agrediu fisicamente a sua esposa?

– Não – confirmei, devagar. – Não creio que possa afirmar isso. Foi uma dessas pragas de cigano. "Terá azar se permanecer aqui. Sua vida será amaldiçoada se não for embora."

– Mencionou a palavra "morte"?

– Acho que sim. Mas não levamos a sério. Pelo menos eu – corrigi.

– E sua esposa?

– Creio que sim. A velha sabia amedrontar. Não acredito que fosse realmente responsável por suas palavras ou atos.

A sessão terminou com o adiamento do inquérito por duas semanas. Tudo parecia indicar que a morte tinha ocorrido por causas acidentais, mas não havia prova suficiente para determinar a causa do acidente. O processo foi adiado até que se ouvisse o depoimento da sra. Esther Lee.

CAPÍTULO 20

No dia seguinte ao do inquérito, fui visitar o major Phillpot e disse-lhe, diretamente, que precisava de sua opinião. Alguém, que o velho agricultor tomara pela sra. Esther Lee, tinha sido visto subindo em direção à floresta naquela manhã.

– O senhor conhece essa velha – falei. – Acha que é capaz de causar um acidente por maldade deliberada?

– Para falar a verdade, não, Mike – respondeu. – Para fazer uma coisa dessas é preciso ter um motivo muito forte. Vingança por algum dano pessoal que lhe causaram, algo do tipo. E o que Ellie fez a ela? Nada.

– Parece loucura, eu sei. Mas por que ela se apresentava daquela forma, sempre estranha, ameaçando Ellie, dizendo-lhe para ir embora? A impressão era a de que lhe tinha ódio, mas por quê? Jamais encontrara ou vira Ellie antes. O que era Ellie para ela senão uma americana totalmente desconhecida? Não há uma história passada, nenhuma ligação entre as duas.

– Eu sei, eu sei – falou Phillpot. – Mas sinto que existe alguma coisa que não compreendemos, Mike. Não sei quanto tempo sua esposa ficou na Inglaterra antes do casamento. Será que já morou aqui?

– Não, com certeza não. É tudo tão difícil. Na verdade, não sei nada sobre Ellie. Digo, quem conhecia, aonde ia. Nos encontramos... e pronto. – Controlei-me e olhei para ele. Perguntei: – O senhor não sabe como nos conhecemos, sabe? Não – continuei –, poderia lhe dar cem anos que não adivinharia. – E de repente, sem querer, comecei a rir. Contive-me logo em seguida. Senti que estava à beira da histeria.

Observei sua fisionomia paciente esperando que me recobrasse. Era uma pessoa muito prestativa. Quanto a isso, não restava dúvida.

– Nos conhecemos aqui – falei –, no Campo do Cigano. Estava lendo o cartaz que anunciava a venda em leilão de As Torres e resolvi pegar a estrada para conhecer o lugar. E foi assim que eu a vi pela primeira vez. Estava em pé debaixo de uma árvore. Assustei-a, ou talvez ela tenha me assustado. De qualquer maneira, foi assim que tudo começou. Foi assim que viemos morar neste lugar abominável, maldito e desgraçado.

– Sempre sentiu isso? Que o lugar seria desgraçado?

– Não. Sim. Não sei muito bem. Nunca admiti. Nunca quis admitir. Mas acho que *ela* sabia. Vivia assustada desde o princípio. – Depois, falei lentamente: – Acho que alguém queria assustá-la de propósito.

Ele perguntou, de maneira seca:

– O que você quer dizer com isso? Quem queria assustá-la?

– Supostamente a cigana, mas não tenho certeza... Ela costumava ficar à espreita de Ellie, para adverti-la de que o lugar lhe traria infortúnio e que deveria ir embora.

– Ah! – exclamou, irritado. – Pena eu não ter sabido disso antes. Teria falado com a velha Esther. Ela não podia fazer uma coisa dessas.

– E por que fez? – perguntei. – O que a levou a isso?

– Como tantas outras pessoas – explicou Phillpot –, ela gosta de se mostrar importante. Sente prazer em fazer advertências às pessoas ou, então, ler a sorte e profetizar-lhes uma vida feliz. Gosta de fingir que conhece o futuro.

– Suponhamos – falei sem pressa – que alguém tenha lhe dado dinheiro. Soube que é louca por dinheiro.

– Sim, gosta muito de dinheiro. Se alguém lhe pagou... é isso que está insinuando... quem colocou isso na sua cabeça?

– O sargento Keene – respondi. – Eu jamais teria pensado nisso.

– Sei. – Sacudiu a cabeça, em sinal de dúvida. – Não acredito que ela tenha deliberadamente tentado assustar sua mulher a ponto de causar um acidente.

– Talvez não tenha contado com um acidente fatal. Pode ter feito alguma coisa para assustar o cavalo – falei. – Soltado uma bombinha, agitado uma folha de papel branco ou algo assim. Às vezes, sabe, sentia que tinha mesmo algum ressentimento contra Ellie, por um motivo que desconheço.

– Parece muito pouco provável.

– Este lugar nunca pertenceu a ela? – perguntei. – A terra, quero dizer.

– Não. É possível que os ciganos tenham sido expulsos desta propriedade mais de uma vez. Eles estão sempre sendo enxotados dos lugares, mas não acredito que guardem ressentimento em relação a isso.

– Não – concordei –, seria absurdo. Mas me pergunto se, por algum motivo que não sabemos... ela foi paga...

– Um motivo que não sabemos? Que motivo?

Refleti por um momento.

– Tudo o que disser vai parecer fantástico. Mas suponhamos que, como Keene disse, alguém tenha pagado para ela fazer o que fez. O que essa pessoa queria? Digamos que quisesse nos expulsar daqui. Concentraram-se em Ellie, não em mim, porque sabiam que eu não me assustaria como ela. Amedrontaram-na para que fôssemos embora. Nesse caso, deve haver algum motivo para querer que a terra fosse vendida novamente. Alguém, podemos dizer, por alguma razão, quer a nossa propriedade.

– Faz sentido – Phillpot disse –, mas não vejo motivo.

– Alguma jazida mineral importante – sugeri – da qual ninguém tenha conhecimento.

– Acho difícil.

– Algum tesouro escondido. Sei que parece absurdo. Digamos que seja dinheiro de assalto a um grande banco.

Phillpot ainda balançava a cabeça, mas agora com menos veemência.

– A outra possibilidade que nos resta – continuei – é recuar mais um passo, como o senhor acaba de fazer. Por trás da sra. Lee está a pessoa que lhe pagou. Pode ser um inimigo desconhecido de Ellie.

– Consegue pensar em alguém?

– Não. Ela não conhecia ninguém aqui. Disso tenho certeza. Não tinha ligação nenhuma com este lugar. – Levantei-me. – Obrigado por me ouvir.

– Gostaria de ter sido mais útil.

Saí pela porta, mexendo no objeto que trazia no bolso. Decidi então, de repente, dar meia-volta e entrar de novo no quarto.

– Queria lhe mostrar uma coisa – disse. – Na verdade, ia mostrar ao sargento Keene, para ver o que achava.

Enfiei a mão no bolso e tirei dele uma pedra redonda, embrulhada num pedaço de papel amassado, com algumas palavras impressas.

– Isso foi jogado através da janela da copa hoje de manhã – contei. – Ouvi o estilhaçar do vidro quando descia a escada. Já haviam jogado uma pedra pela janela na outra vez que viemos aqui. Não sei se foi a mesma pessoa.

Peguei o papel do embrulho e lhe entreguei. Era um pedaço de papel comum, sujo. Tinha algo impresso em tinta desbotada. Phillpot colocou os óculos e inclinou-se para ler. A mensagem que continha era bem curta. "*Foi uma mulher quem matou sua esposa.*"

As sobrancelhas de Phillpot se ergueram.

– Extraordinário! – exclamou. – A primeira mensagem que recebeu também era impressa?

– Não me lembro. Era apenas um aviso para que fôssemos embora. Não me lembro das palavras exatas agora. De qualquer forma, tenho quase certeza de que eram vândalos. Esta é diferente.

– Acha que foi jogada por alguém que sabia de alguma coisa?

– Provavelmente é apenas uma brincadeira de mau gosto em forma de carta anônima. Isso é muito comum em aldeias.

Devolveu-me o papel.

– Mas acho que seu instinto estava certo. Mostre para o sargento Keene. Ele entende mais de cartas anônimas do que eu.

Encontrei o sargento Keene na delegacia de polícia. Ele ficou claramente interessado.

– Coisas estranhas têm acontecido aqui – disse.

– O que será que significa isso? – perguntei.

– Difícil dizer. Pode ser simples maldade, com o objetivo de incriminar determinada pessoa.

– Incriminar a sra. Lee, suponho.

– Não. Se fosse isso, não teria sido redigida dessa forma. Poderia ser – gostaria de pensar assim – alguém que viu ou ouviu alguma coisa. Ouviu um barulho, um grito ou o cavalo em disparada e depois viu ou encontrou uma mulher. Mas não acho que fosse a cigana, porque todo mundo já a considera envolvida no caso. A referência, então, parece ser outra mulher, totalmente diferente.

– E a cigana? – perguntei. – Teve alguma notícia dela? Encontraram?

Fez que não com a cabeça.

– Conhecemos alguns lugares a que costumava ir quando se ausentava daqui. Na direção de East Anglia. Tem amigos lá, no clã dos ciganos. Disseram que não passou por ali, mas não diriam a verdade. Eles se fecham. Ela é muito conhecida na região, mas ninguém a viu. De qualquer modo, não acredito que esteja tão longe.

Havia algo de peculiar na forma em que pronunciou essas palavras.

– Não entendo direito – falei.

– Veja da seguinte maneira: ela está assustada. E tem motivo para estar. Vinha ameaçando sua esposa, amedrontando-a e agora, suponhamos, provocou um acidente que lhe causou a morte. A polícia está atrás dela e ela sabe disso. Então, resolveu se mandar, como dizem. Tentará se manter o mais distante possível de nós. Porém não pode se expor. Evitará o transporte público, por exemplo.

– Mas o senhor a encontrará, não? É uma mulher de aparência inconfundível.

– Sim, em algum momento a encontraremos. Essas coisas levam um certo tempo. Isso, claro, se tiver sido assim.

– Mas o senhor acredita que tenha sido de alguma outra forma.

– Bem, o senhor sabe o que acho desde o princípio: alguém lhe pagou para dizer o que disse.

– Nesse caso, ela teria ficado ainda mais ansiosa para desaparecer – observei.

– Mas outra pessoa também teria esse interesse. Temos que pensar nisso, sr. Rogers.

– Ou seja – concluí devagar –: a pessoa que lhe pagou.

– Sim.

– Suponhamos que estivesse sendo paga por uma mulher. E suponhamos que outra pessoa tenha desconfiado e começado a enviar mensagens anônimas. A mulher também deve ter ficado assustada. Não devia ter a *intenção* de que aquilo acontecesse. Por mais que houvesse induzido a cigana a afugentar sua esposa, não planejava a morte da sra. Rogers.

– É verdade – concordei. – A morte não estava nos planos. O objetivo era apenas nos assustar. Assustar minha mulher e a mim para que fôssemos embora daqui.

– E agora, quem está assustada? A mulher que causou o acidente: a sra. Esther Lee. Portanto, confessará tudo, não acha? Digamos que não tenha sido ela. Dirá pelo menos que lhe pagaram e mencionará um nome. Dirá quem pagou. E isso incomodaria alguém, concorda, sr. Rogers?

– Ou seja, a mulher desconhecida que inventamos sem nem saber se existe?

– Pode ter sido mulher ou homem. Suponhamos que alguém lhe pagou. Esse alguém haveria de querer silenciá-la rápido, não acha?

– Acredita que possa estar morta?

– É possível, não? – perguntou Keene. Depois pareceu mudar de assunto de maneira bastante brusca. – Lembra-se daquele lugar, o templo, que descobriram no alto da floresta, sr. Rogers?

– Sim – respondi. – O que há com ele? Minha mulher e eu fizemos alguns reparos ali. Demos uma melhorada no lugar. Íamos lá de vez em quando, mas não com muita frequência. Nunca mais fomos. Por quê?

– Bem, andamos investigando o local. Examinamos esse templo. Não estava trancado.

– Não – confirmei –, nunca nos preocupamos com isso. Não havia nenhum objeto de valor ali. Apenas alguns móveis.

– Achamos que a velha sra. Lee o estivesse usando, mas não encontramos nenhum vestígio dela. No entanto, encontramos isto. Ia lhe mostrar de qualquer maneira. – Ele abriu a gaveta e pegou um pequeno isqueiro de ouro cinzelado. Era um isqueiro delicado, feminino, com uma inicial gravada em diamantes: a letra C. – Não era de sua mulher, era?

– Não com a inicial C. Não era de Ellie – afirmei. – Ela não tinha nada desse estilo. E também não era da srta. Andersen. Seu nome é Greta.

– Alguém o perdeu ali. É uma peça refinada, cara.

– C – falei, repetindo a inicial, pensativo. – Não me lembro de ter estado com ninguém cuja inicial do nome fosse C, exceto Cora. É a madrasta de minha mulher, sra. Van Stuyvesant, mas não consigo imaginá-la subindo ao Esconderijo por aquele caminho cheio de mato. E, de qualquer maneira, há muito tempo que não vem nos visitar. Cerca de um mês. Acho que nunca a vi usando esse isqueiro. Mesmo assim, não teria reparado – eu disse. – Talvez a srta. Andersen saiba.

– Leve-o para lhe mostrar.

– Vou levá-lo. Mas, se for de Cora, é estranho que não o tenhamos visto quando estivemos no Esconderijo há pouco tempo. Não há tanta coisa lá. Teríamos notado um objeto desses jogado no chão. Estava no chão?

– Sim, perto do divã. Evidentemente, qualquer um poderia usar esse esconderijo. É um lugar propício para encontros amorosos. Refiro-me a pessoas do local. No entanto, é improvável que possuíssem um objeto caro como esse.

– Talvez Claudia Hardcastle – lembrei –, se bem que acho difícil que tivesse algo tão refinado assim. E o que iria fazer lá?

– Era muito amiga de sua esposa, não?

– Sim – respondi –, acho que era sua melhor amiga daqui. E devia saber que não nos importávamos que usasse o Esconderijo quando quisesse.

– Ah – fez o sargento Keene.

Olhei-o com severidade.

– Não acha que Claudia Hardcastle fosse inimiga de Ellie, acha? Seria absurdo.

– Concordo em que não há razão para que fosse, mas, em se tratando de mulheres, nunca se sabe.

– Suponho... – comecei a falar e parei, porque o que ia dizer era muito esquisito.

– Sim?

– Creio que Claudia Hardcastle se casou, pela primeira vez, com um americano, um sujeito chamado Lloyd. Na verdade, o nome do principal fiduciário de minha mulher nos Estados Unidos é Stanford Lloyd. Mas deve haver centenas de Lloyds por aí, e seria pura coincidência se fosse a mesma pessoa. E o que isso teria a ver com o caso?

– Aparentemente nada. Mas... – parou aí.

– O curioso é que julguei ter visto Stanford Lloyd aqui no dia do acidente... almoçando no George, em Bartington...

– Ele veio falar com o senhor?

Fiz que não com a cabeça.

– Estava acompanhado de uma mulher muito parecida com a sra. Hardcastle. Mas devo ter me confundido. Sabia que foi o irmão dela quem construiu nossa casa?

– Ela tem algum interesse na casa?

– Não – respondi. – Não creio que lhe agrade o estilo de arquitetura do irmão. – Levantei-me. – Bem, não quero tomar mais o seu tempo. Tente encontrar a cigana.

– Fique tranquilo que não desistiremos de procurar. O investigador também quer encontrá-la.

Despedi-me e saí da delegacia. Eis que, daquele modo estranho como tantas vezes acontece de esbarrarmos de repente com alguém de quem acabamos de falar, Claudia Hardcastle saiu do correio bem no momento em que eu passava por ali. Nós dois paramos. Ela disse, com aquele ligeiro constrangimento de encontrar uma pessoa recentemente enlutada:

– Sinto muito, Mike, pelo que aconteceu com Ellie. Não direi mais nada. É horrível quando as pessoas falam nessas ocasiões. Mas não posso deixar de lhe dizer isso.

– Eu sei – tranquilizei-a. – Você foi muito boa para Ellie. Ela se sentia em casa aqui, graças a você. Sou-lhe muito grato.

– Só queria lhe perguntar uma coisa, e achei melhor perguntar agora, antes de você ir para os Estados Unidos. Ouvi dizer que irá em breve.

– Logo que possível. Tenho muitas questões para resolver lá.

– É que... *se* estiver pensando em vender a casa, talvez queira deixar o processo em andamento antes de partir... E, sendo assim, queria que me desse preferência.

Fiquei olhando para ela, muito surpreso. Era a última coisa que esperava.

– Está me dizendo que gostaria de comprá-la? Pensei que não gostasse desse tipo de arquitetura.

– Meu irmão Rudolf me disse que era seu melhor trabalho. Ele sabe o que diz. Imagino que pedirá um preço muito alto, mas posso pagar. Sim, gostaria de comprá-la.

Não tive como não achar estranho. Ela jamais havia demonstrado o menor interesse pela casa nas vezes em que veio nos visitar. Fiquei me perguntando, como já o fizera anteriormente, qual era sua verdadeira ligação com o meio-irmão. Será que se dava mesmo bem com ele? Às vezes parecia que não o valorizava e talvez até o detestasse. Falava dele de um modo muito esquisito. No entanto, fossem quais fossem seus sentimentos, ele *significava* alguma coisa para ela. Representava algo importante. Sacudi a cabeça lentamente.

– Parece-me natural achar que eu queira vender a casa e ir embora, agora que Ellie morreu – falei. – Mas, para falar a verdade, não é meu desejo. Moramos aqui, fomos felizes, e este lugar me traz ótimas recordações dela. *Não venderei o Campo do Cigano...* por preço algum! Pode estar certa disso.

Nossos olhares se cruzaram. Era como se houvesse uma espécie de briga entre nós. Ela baixou os olhos.

Tomei coragem e falei:

– Sei que não é da minha conta, mas você já foi casada. Seu marido se chamava Stanford Lloyd?

Ela olhou para mim por um tempo, em silêncio. Depois disse, bruscamente:

– Sim – e foi embora.

CAPÍTULO 21

Confusão... É só disso que me lembro quando olho para trás. Jornalistas fazendo perguntas, querendo entrevistas, pilhas de cartas e telegramas, e Greta lidando com tudo isso...

A primeira coisa de fato surpreendente é que os familiares de Ellie não estavam nos Estados Unidos, como achamos que estariam. Foi um grande choque descobrir que a maioria deles estava, em realidade, na Inglaterra. É compreensível, talvez, no caso de Cora van Stuyvesant. Era uma mulher muito irrequieta, sempre viajando pela Europa, para a Itália, Paris, Londres, e de volta para os Estados Unidos, Palm Beach, para a fazenda no oeste; aqui, ali e por toda parte. No próprio dia da morte de Ellie, estava a uma distância não superior a oitenta quilômetros, persistindo no capricho de ter uma casa na Inglaterra. Havia corrido para passar dois ou três dias em Londres a fim de procurar novas imobiliárias em busca de novos imóveis e passou o dia visitando casas no interior.

Como se veio a saber depois, Stanford Lloyd viajara no mesmo avião, aparentemente para uma reunião de negócios em Londres. Esse pessoal soube da morte de Ellie não pelos telegramas que havíamos enviado aos Estados Unidos, mas pela mídia impressa.

Houve grande discórdia em relação ao lugar em que Ellie deveria ser enterrada. Ao meu ver, o natural seria enterrá-la aqui, onde morrera, onde vivíamos.

A família de Ellie, porém, se opôs violentamente. Queriam que o corpo fosse trasladado aos Estados Unidos para ser sepultado ao lado de seus antepassados, no lugar em que jaziam o avô, o pai, a mãe e outros. Pensando melhor, acabei achando natural.

Andrew Lippincott veio debater o assunto comigo, colocando-o de modo racional.

– Ela nunca deixou indicações de onde queria ser enterrada – observou.

– E por que deveria? – perguntei, meio irritado. – Quantos anos tinha, 21? Ninguém pensa em morrer nessa idade. Com 21, a pessoa não pensa em como deseja ser enterrada. Se tivéssemos pensado nisso, teríamos chegado à conclusão de que desejaríamos ser enterrados juntos em algum lugar, mesmo que não morrêssemos no mesmo momento. Mas quem pensa em morte no meio da vida?

– Uma observação bastante pertinente – disse o sr. Lippincott. Depois informou: – Receio que também terá que ir aos Estados Unidos. Há uma enorme quantidade de questões empresariais a resolver.

– Que tipo de questões? O que é que eu tenho a ver com isso?

– Tem muito a ver – disse. – Não sabe que é o principal herdeiro segundo o testamento?

– Por ser o parente mais próximo, esse tipo de coisa?

– Não. De acordo com o testamento.

– Nunca soube que ela tinha feito um testamento.

– Pois é – disse o sr. Lippincott. – Ellie era uma jovem metódica. Tinha que ser, sabe? Viveu no meio daquilo tudo. Fez o testamento ao atingir a maioridade e logo após o casamento. Ficou guardado com seu advogado em Londres, e uma cópia me foi enviada. – Hesitou e então continuou: – Se for realmente aos Estados Unidos, o que o aconselho a fazer, sugiro também que coloque seus negócios nas mãos de algum bom advogado de lá.

– Por quê?

– Porque, no caso de uma grande fortuna, com muitos imóveis, ações e participação majoritária em diversas indústrias, precisará de orientação técnica.

– Não estou qualificado para lidar com esse tipo de coisa – falei. – Não estou mesmo.

– Entendo perfeitamente – disse o sr. Lippincott.

– Não poderia deixar tudo em suas mãos?

– Poderia.

– Então, caso resolvido, não?

– Ainda assim, acho que deveria contratar um advogado à parte para representá-lo. Sou advogado de outros membros da família e pode surgir um conflito de interesses. Se quiser deixar em minhas mãos, cuidarei para que seus interesses sejam protegidos por um advogado absolutamente capaz.

– Obrigado – falei –, o senhor é muito gentil.

– Se me permitir uma ligeira indiscrição... – Parecia meio sem jeito, e eu gostei de saber que o sr. Lippincott podia ser indiscreto.

– Sim?

– Devo aconselhá-lo a agir com bastante cautela ao assinar qualquer papel ou documento de negócios. Antes de assinar, leia tudo com atenção.

– E eu conseguiria entender esse tipo de documento?

– Se não entender tudo, entregue-os ao seu consultor jurídico.

– Está me prevenindo contra alguém específico? – perguntei, com repentino interesse.

– Não tenho como responder essa pergunta – disse o sr. Lippincott. – Só lhe digo uma coisa: onde existe uma grande quantidade de dinheiro envolvida, é melhor não confiar em *ninguém*.

Ou seja, ele estava me prevenindo contra alguém, mas não me daria nomes. Isso ficou claro. Seria Cora? Ou suspeitava, há tempos talvez, de Stanford Lloyd, aquele banqueiro espalhafatoso tão cheio de bonomia, tão rico e despreocupado, que havia estado aqui recentemente "a negócios"? Podia ser também o tio Frank, que viria a se aproximar de mim com alguns documentos cabíveis. Tive uma repentina visão de mim mesmo, um pobre e inocente idiota, nadando num lago de ferozes crocodilos, todos a me dirigirem falsos sorrisos de amizade.

– O mundo – disse o sr. Lippincott – é um lugar de muita maldade.

Talvez fosse estupidez dizer aquilo, mas lhe perguntei mesmo assim:

– A morte de Ellie beneficiou alguém?

Olhou-me com severidade.

– É uma questão muito curiosa. Por que pergunta isso?

– Não sei – respondi –, me passou pela cabeça.

– Beneficia você – respondeu.

– Claro – falei. – Isso eu já sabia. A questão é se mais alguém sai beneficiado.

O sr. Lippincott fez silêncio por um bom tempo.

– Se quer saber – disse – se o testamento de Fenella beneficia outras pessoas em termos de legado, responderei que sim, em pequena escala. Alguns criados antigos, governantas, uma ou duas instituições de caridade, mas nada muito significativo. Há uma herança para a srta. Andersen, não muito grande, porque, como talvez já saiba, ela já tinha dado um bom dinheiro para Greta.

Concordei com a cabeça. Ellie me havia contado.

– Você é o marido. Ela não tinha nenhum outro parente próximo. Mas presumo que sua pergunta não se referia especificamente a isso.

– Não sei muito bem o que queria dizer – falei. – Mas, de alguma forma, o senhor conseguiu, sr. Lippincott, me fazer suspeitar, não sei de quem, nem por quê. Só suspeitar. Não entendo de finanças – acrescentei.

– Isso é bem evidente. Devo dizer-lhe apenas que não tenho nenhuma informação precisa, nenhum suspeita fundada. Quando alguém morre, faz-se um inventário de seus bens, o que pode levar pouco tempo ou anos e anos.

– O senhor quer dizer – concluí – que algumas pessoas podem querer me passar a perna e me confundir. Talvez me peçam para assinar quitações... não sei como se diz.

– Se os negócios de Fenella, digamos, não estivessem nas boas condições em que deviam estar, então, sim, possivelmente sua morte prematura poderia ser, digamos, benéfica para alguém, sem citar nomes, que talvez encobrisse seus vestígios mais facilmente tratando com uma pessoa simplória, se me permite dizer, como você. Cheguei até esse ponto, mas não quero mais falar desse assunto. Não seria justo.

Realizou-se uma cerimônia fúnebre bastante simples na pequena capela. Se pudesse, não teria ido. Odiava todas aquelas pessoas que me encaravam, em fila, do lado de fora da igreja. Olhares curiosos. Greta me ajudou. Só agora vejo quão forte e fidedigna era. Encarregou-se dos preparativos, encomendou flores, organizou tudo. Hoje consigo entender por que Ellie era tão dependente dela. Não há muitas mulheres como Greta neste mundo.

Quase todos os presentes eram nossos vizinhos, alguns dos quais mal conhecíamos. Reparei numa pessoa que já havia visto antes, sem saber onde. Quando voltei para casa, Carson me informou que havia um senhor à minha espera na sala de estar.

– Não tenho condições de receber ninguém hoje. Mande-o embora. Não deveria tê-lo deixado entrar.

– Desculpe-me, senhor. Disse-me que era parente.

– Parente?

Lembrei-me de repente do homem que vira na igreja.

Carson me entregou um cartão.

Não significava nada para mim. Sr. William R. Pardoe. Olhei do outro lado e balancei a cabeça. Entreguei-o, então, a Greta.

– Por acaso, você conhece esse sujeito? – perguntei. – Seu rosto me pareceu familiar, mas não sei quem é. Talvez seja um dos amigos de Ellie.

Greta pegou o cartão, examinou-o e disse:

– Claro.

– Quem é?

– Tio Reuben. Deve se lembrar: o primo de Ellie. Ela falou dele para você, com certeza.

Lembrei, então, por que a fisionomia não me era estranha. Ellie tinha várias fotografias de parentes cuidadosamente espalhadas na parede da sala de estar. Por isso conhecia tão bem aquele rosto. Até então, só o tinha visto em retrato.

– Diga a ele que já vou – falei.

Saí do quarto para a sala de estar. O sr. Pardoe levantou-se e disse:

– Michael Rogers? Talvez não saiba meu nome, mas sua esposa era minha prima. Chamava-me sempre de tio Reuben. Nós dois, porém, nunca nos encontramos. Esta é a primeira vez que venho aqui desde o seu casamento.

– É claro que sei quem é – afirmei.

Não sei muito bem como descrever Reuben Pardoe. Era alto e corpulento, rosto largo e olhar distraído, como se estivesse sempre pensando em outra coisa. Porém, após conversar com ele, via-se que era muito mais atento do que aparentava.

– Não preciso nem dizer o quanto fiquei chocado e triste ao saber da morte de Ellie – falou.

– Deixemos isso de lado – eu disse. – Não estou preparado para falar desse assunto.

– Claro, compreendo.

Era um sujeito simpático, embora algo nele me deixasse um pouco desconfortável. Perguntei, quando Greta entrou:

– Conhece a srta. Andersen?

– Claro – respondeu. – Como vai, Greta?

– Vou levando – retrucou Greta. – Há quanto tempo está aqui?

– Há uma ou duas semanas apenas. Passeando.

Olharam para mim. Num impulso, soltei:

– Vi-o outro dia.

– Verdade? Onde?

– Num leilão, num lugar chamado Bartington Manor.

– Estou lembrando agora – disse –, sim, lembro-me de seu rosto. Você estava com um senhor de uns sessenta anos, mais ou menos, de bigode castanho.

– Exato – confirmei. – Era o major Phillpot.

– Pareciam animados – ele disse –, os dois.

– Melhor impossível – comentei, e repeti com o mesmo estranho assombro que sempre sentia: – Melhor impossível.

– Claro, naquele momento você não sabia o que tinha acontecido. Foi no dia do acidente, não?

– Sim, estávamos esperando Ellie para o almoço.

– Que tragédia – exclamou o tio Reuben. – Uma tragédia e tanto...

– Não sabia que estava na Inglaterra – cortei. – Creio que Ellie também não, certo? – Fiz uma pausa, esperando pelo que iria me dizer.

– Não – respondeu. – Não mandei nenhuma carta. Na verdade, não sabia quanto tempo ficaria, mas terminei meu trabalho mais cedo, e pensei na possibilidade de vir visitá-los depois do leilão.

– Veio dos Estados Unidos a negócios? – perguntei.

– Em parte sim, em parte não. Cora precisava de minha opinião sobre um ou dois assuntos. Um deles refere-se à casa que estava pensando em comprar.

Contou-me, então, que Cora estava na Inglaterra. Falei novamente:

– Não sabíamos disso.

– Na verdade, ela nem estava longe daqui naquele dia – informou.

– Estava perto? Onde? Num hotel?

– Não, na casa de uma amiga.

– Não sabia que tinha amigos aqui.

– Uma mulher chamada... Qual era mesmo o nome dela? Hard alguma coisa... Hardcastle!

– Claudia Hardcastle?

– Sim. Era muito amiga de Cora. Conheceu-a quando foi aos Estados Unidos. Não sabia?

– Sei muito pouco – respondi. – Muito pouco sobre a família.

Olhei para Greta.

– *Você* sabia que Cora conhecia Claudia Hardcastle?

– Não creio que a tenha ouvido falar nela – retorquiu Greta. – Então foi por isso que Claudia não apareceu naquele dia.

– Claro – eu disse –, ia fazer compras com você em Londres. Combinaram de se encontrar na estação de Market Chadwell...

– Sim... e ela não foi. Ligou para cá logo depois que saí. Disse que uma amiga americana tinha chegado inesperadamente e por isso não poderia sair de casa.

– Será que essa amiga americana era Cora? – levantei a questão.

– É lógico – disse Reuben Pardoe, balançando a cabeça. – Tudo parece tão confuso. Fiquei sabendo que o inquérito judicial foi postergado.

– Sim – confirmei.

Ele esvaziou a xícara e se levantou.

– Não quero preocupá-lo mais ainda – disse. – Se eu puder ajudar de alguma forma, estou no hotel Majestic, em Market Chadwell.

Disse-lhe que não via em que poderia me ajudar e agradeci. Quando ele saiu, Greta falou:

– O que será que ele quer? Por que terá vindo aqui? – E depois, abruptamente: – Gostaria que todos voltassem para o lugar de onde vieram.

– Será que foi mesmo Stanford Lloyd a pessoa que vi no George? Não reparei direito.

– Você disse que o sujeito estava com uma mulher parecida com Claudia, então provavelmente era ele. Talvez ele tenha vindo ver Claudia e Reuben tenha vindo por Cora. Que confusão!

– Não gosto nada disso... todo mundo na região naquele dia.

Greta disse que as coisas aconteciam assim. Como sempre, parecia animada e sensata.

CAPÍTULO 22

I

Eu não tinha mais nada a fazer no Campo do Cigano. Deixei Greta encarregada de cuidar da casa e peguei um navio para Nova York, a fim de resolver as coisas por lá e tomar parte do que, segundo esperava com alguma apreensão, ia ser o mais terrível funeral em memória de Ellie.

– Você entrará numa selva – avisou-me Greta. – Tome cuidado. Não deixe que lhe arranquem a pele.

Ela estava certa em relação a isso. Era uma selva mesmo. Senti quando cheguei. Não sabia nada a respeito, pelo menos naquele contexto. Estava em território desconhecido, no qual não era o caçador e sim a caça. Havia pessoas à minha volta, na moita, prontas para me abater. Às vezes, admito, imagino coisas. Outras vezes, minhas suspeitas se justificam. Lembro-me de ter procurado o advogado que o sr. Lippincott me recomendou (sujeito muito cortês, que me tratou como teria feito um clínico geral na profissão médica). Haviam me aconselhado a desfazer-me de certas jazidas, cujos títulos de propriedade não eram muito líquidos.

Ele me perguntou quem tinha dito isso e respondi que havia sido Stanford Lloyd.

– Precisamos dar uma olhada – disse. – Um homem como o sr. Lloyd deve saber o que fala.

Informou-me mais tarde:

– Não há nada de errado nos seus títulos de propriedade e, portanto, não existe motivo para vender logo as terras como ele disse. Fique com elas.

Tive, naquele momento, a impressão de estar certo: eu era visado por todos. Sabiam que era ingênuo no que se referia a assuntos financeiros.

O funeral foi suntuoso e, ao meu ver, horrível. Folheado a ouro, como previra. O cemitério, repleto de flores, mais parecia uma parque público, e todos os adornos de luto e luxo se expressavam em mármore monumental. Ellie teria detestado, com certeza. Mas presumo que sua família tivesse certos direitos em relação a ela.

Quatro dias após minha chegada a Nova York recebi notícias de Kingston Bishop.

O corpo da sra. Lee havia sido encontrado na pedreira abandonada, na parte mais afastada do morro. Estava morta há alguns dias. Já havia ocorrido acidentes ali antes e tinham dito que o lugar devia ser cercado, mas ninguém nunca fez nada. O veredicto foi de "morte acidental", com a recomendação ao conselho de que cercasse o local. No chalé da sra. Lee, encontrou-se a quantia de trezentas libras debaixo do assoalho, tudo em notas de uma libra.

O major Phillpot acrescentara um P.S.: "Ficará triste, tenho certeza, de saber que Claudia Hardcastle caiu do cavalo e morreu ontem, quando estava caçando".

Claudia, morta? Não pude acreditar! Foi um choque terrível. Duas pessoas, em quinze dias, mortas em acidente de cavalo. Uma coincidência quase impossível.

II

Não quero falar muito do tempo passado em Nova York. Era um estranho num ambiente desconhecido. Sentia, o tempo todo, que devia tomar cuidado com o que dizia e fazia. A Ellie que conhecera, tão peculiarmente minha, não estava lá. Naquele momento, via-a como uma simples americana, herdeira de grande fortuna, cercada de amigos, conhecidos e parentes distantes, pertencente a uma família que vivera ali por cinco gerações. Chegara em meu território como um cometa.

Agora, estava de volta para ser enterrada com seus compatriotas, em sua própria terra. Fiquei feliz de que fosse assim. Não me sentiria à vontade se ela ficasse naquele pequeno cemitério perto da floresta de pinheiros, quase na saída da aldeia. Não, não me sentiria à vontade.

"Volte para o lugar a que pertence, Ellie", disse para mim mesmo.

De vez em quando, vinha-me à memória aquela pequena melodia da música que ela costumava cantar ao violão. Lembrava-me de seu dedilhado nas cordas.

Toda manhã e todo anoitecer
Alguns nascem para o doce prazer

E pensei: "Isso se aplicava a você. Você nasceu para o doce prazer. Teve esse prazer, lá no Campo do Cigano. Porém, não durou muito tempo. Agora acabou. Você voltou para onde talvez não houvesse muito prazer, para o lugar em que não era feliz. Mas, de qualquer maneira, está em *casa*, no meio de sua própria gente".

De repente, comecei a cogitar onde *eu* ficaria quando chegasse a minha hora. No Campo do Cigano? Poderia ser. Minha mãe viria me visitar no túmulo, se já não estivesse morta. Mas eu não conseguia pensar nisso. Era mais fácil pensar na minha própria morte. Sim, viria me ver sepultado. Talvez se abrandasse a severidade de seu rosto. Desviei os pensamentos. Não queria pensar nela. Não desejava me aproximar, nem sequer vê-la.

Não é verdade. A questão não era vê-*la*. O caso com minha mãe sempre foi o de *ela* me ver, seus olhos perscrutando meu íntimo, numa ansiedade que me invadia como um miasma. Pensei: "As mães são um inferno! Por que têm de se preocupar tanto com os filhos? Por que acham que sabem tudo sobre eles? Não sabem, não mesmo! Ela devia orgulhar-se de mim, sentir-se feliz pela vida maravilhosa que conquistei. Devia...". E depois desviei os pensamentos de novo.

Quanto tempo permaneci nos Estados Unidos? Nem disso me lembro. Pareceu uma eternidade. Andava com cautela, sendo observado por pessoas de sorriso amarelo e inimizade no olhar. Dizia a mim mesmo, todos os dias: "Preciso passar por isso. Vou ultrapassar este momento, e depois..." Estas últimas eram as duas palavras que usava – na cabeça, entenda-se bem. Pensava nelas todos os dias, várias vezes ao dia. *E depois*... Palavras de futuro. Empregava-as da mesma forma que usara aquelas duas outras palavras: *eu quero*...

Todos faziam de tudo para me ajudar porque eu era rico! De acordo com o testamento de Ellie, agora eu era um homem extremamente rico. Sentia-me muito estranho. Possuía investimentos, títulos, ações, propriedades, e não tinha a menor ideia do que fazer com aquilo.

No dia anterior à minha volta para a Inglaterra, tive uma longa conversa com o sr. Lippincott. Sempre pensei nele assim, como sr. Lippincott. Jamais o vi como tio Andrew. Contei-lhe sobre meus planos de tirar meus investimentos das mãos de Stanford Lloyd.

– Ótimo! – Suas sobrancelhas grisalhas ergueram-se. Olhou-me com seus olhos argutos e fisionomia impenetrável, e fiquei pensando no que queria dizer com "ótimo".

– Acha uma boa ideia? – perguntei, ansioso.

– Presumo que tenha motivos.

– Não – falei –, não tenho motivo. Um pressentimento, no máximo. Posso me abrir com o senhor?

– Fique tranquilo, não contarei nada a ninguém.

– Pois bem, sinto que ele é um impostor!

– Ah – fez o sr. Lippincott, que parecia interessado. – Sim, diria que seu instinto talvez esteja certo.

Soube, então, que tinha razão. Stanford Lloyd vinha usando de forma ilícita títulos, investimentos e outros bens de Ellie. Assinei uma procuração a favor de Andrew Lippincott.

– Está disposto a aceitá-la? – perguntei.

– No que se refere a assuntos financeiros – respondeu o sr. Lippincott –, pode confiar em mim. Farei o que puder. Dificilmente terá motivo para se queixar de minha administração.

O que ele queria dizer com aquilo? Devia querer dizer alguma coisa. Talvez que não gostasse de mim, nunca havia gostado, mas que daria o máximo de si em relação às finanças por eu ter sido marido de Ellie. Assinei todos os documentos necessários. Ele me perguntou como voltaria para a Inglaterra. De avião? Respondi que não, que iria de navio. – Preciso de um tempo sozinho – expliquei. – Acho que uma viagem pelo mar me fará bem.

– E onde fixará residência?

– No Campo do Cigano – respondi.

– Ah, pretende morar lá?

– Sim.

– Pensei que fosse vender a propriedade.

– Não – retruquei, e o "não" saiu mais forte do que esperava. Não iria me desfazer do Campo do Cigano. Aquele lugar tinha feito parte do meu sonho, um sonho acalentado desde menino.

– Há alguém cuidando da casa enquanto está aqui nos Estados Unidos?

Contei que deixara isso a cargo de Greta Andersen.

– Sei, Greta Andersen – repetiu o sr. Lippincott.

Sua maneira de pronunciar o nome "Greta" tinha algum significado, mas não entrei no jogo. Se ele não gostava dela, paciência. Jamais gostara. Fez-se uma pausa incômoda, e então mudei de ideia. Senti que devia dizer *alguma coisa.*

– Ela foi muito boa para Ellie – disse. – Cuidou dela quando estava doente, veio morar conosco para cuidar de Ellie. Nem tenho como lhe agradecer. Seria bom que compreendesse isso. O senhor não sabe o que ela tem feito, como ajudou, tratando de tudo após a morte de Ellie. Não sei o que seria de mim sem ela.

– Claro, claro – disse o sr. Lippincott, com uma frieza inimaginável.

– Devo muito a ela.

– É uma moça muito competente – comentou o sr. Lippincott.

Levantei-me, despedi-me e agradeci-lhe.

– Não há por que agradecer – disse ele, com a mesma frieza.

Acrescentou:

– Escrevi uma pequena carta para você. Já a enviei por correio ao Campo do Cigano. Se vai viajar de navio, provavelmente já estará lá quando chegar. – Depois disse: – Boa viagem.

Perguntei-lhe, com certa hesitação, se conhecera a mulher de Stanford Lloyd, uma moça chamada Claudia Hardcastle.

– Ah, você está falando da primeira esposa. Não, nunca a conheci. Creio que o casamento durou pouco. Após o divórcio, ele se casou de novo. E o segundo casamento também acabou em divórcio.

Foi isso.

Quando voltei para o hotel, encontrei um telegrama. Pedia-me que fosse a um hospital na Califórnia. Dizia que um amigo meu, Rudolf Santonix, havia perguntado por mim. Não lhe restava muito tempo de vida e desejava me ver antes de morrer.

Mudei a passagem de dia e peguei um avião para São Francisco. Ele ainda não tinha morrido, mas estava piorando muito rápido. Duvidavam de que recobrasse a consciência antes de morrer, mas havia pedido minha presença com muita urgência. Fiquei lá, naquele quarto de hospital, olhando para ele, observando o que parecia ser a casca do homem que conhecia. Sempre tivera aspecto doentio. Sempre fora meio diáfano, delicado, frágil. E agora estava ali, deitado, parecendo um vulto de cera, inanimado. "Gostaria de que falasse comigo, que dissesse alguma coisa, *qualquer coisa*, antes de morrer", pensava.

Senti-me muito sozinho, terrivelmente sozinho. Havia fugido de inimigos e chegado a um amigo – meu único amigo, na verdade. Era a única pessoa que me conhecia, além da minha mãe, mas eu não queria pensar nela.

Falei uma ou duas vezes com a enfermeira, perguntando-lhe se não havia nada a fazer, mas ela limitou-se a responder que não com a cabeça e disse, de maneira evasiva:

– Ele pode recuperar a consciência ou não.

Fiquei lá sentado. Finalmente, ele se mexeu e soltou um suspiro. A enfermeira levantou-o com muito cuidado. Olhou para mim, mas não sei dizer se me reconheceu. Olhava-me como se enxergasse além de mim. De repente, seu olhar mudou. "Ele está me reconhecendo, está me vendo", pensei. Santonix começou a falar baixinho, e eu me curvei sobre a cama para ver se entendia, mas as palavras pareciam não fazer sentido. Seu corpo teve, então, um súbito espasmo e contração. Jogando a cabeça para trás, gritou:

– Seu idiota! Por que não tomou outro rumo?

Teve um colapso e morreu.

Não sei o que queria dizer, ou mesmo se ele próprio sabia o que estava dizendo.

E foi assim que vi Santonix pela última vez. Será que teria me ouvido se tivesse dito alguma coisa? Gostaria de ter repetido que a casa que construíra para mim era a melhor coisa que eu tinha no mundo, o que havia de mais importante em minha vida. Curioso que uma casa pudesse representar tanto. Creio que era por uma espécie de simbolismo. Algo que se deseja tanto que nem se sabe o que é. Mas Santonix sabia e me deu o que eu procurava. Agora a casa era minha e eu ia voltar para lá.

Voltar para casa. Só pensava nisso ao entrar no navio, além do cansaço mortal que sentia... Foi então que se ergueu, das profundezas do meu ser, uma onda de felicidade... Estava indo para casa. Estava indo para casa...

Em casa está o marinheiro, em casa vindo do mar
E em casa o caçador se encontra, vindo da mata...

CAPÍTULO 23

I

Sim, estava indo para casa. Agora, tudo havia acabado. O fim da luta, o fim do esforço. A última parte da jornada.

Parecia tão distante o tempo de minha irrequieta juventude. Os dias de "*eu quero, eu quero*". Mas não fazia tanto tempo. Menos de um ano...

Passei tudo em revista, deitado em meu beliche, pensando.

O encontro com Ellie... a época do Regent's Park... nosso casamento no cartório. A casa... Santonix a construí-la... o término da obra. Minha, totalmente minha. Eu era eu, eu mesmo, como queria ser, como sempre desejara. Tinha conseguido tudo o que queria e estava voltando para casa.

Antes de sair de Nova York, escrevi uma carta e a enviei por correio aéreo para que chegasse antes de mim. Era para Phillpot. Por algum motivo, senti que Phillpot entenderia o que outros talvez não entendessem.

Achei mais fácil escrever do que falar. De qualquer forma, ele tinha que saber. Todos tinham que saber. Algumas pessoas provavelmente não entenderiam, mas ele sim. Ele tinha visto como Ellie e Greta eram unidas, como Ellie dependia de Greta. Ele entenderia minha dependência também, que seria impossível, para mim, morar sozinho na casa em que vivera com Ellie sem alguém lá para me ajudar. Não sei se me expliquei direito. Fiz o que pude.

"Queria que o senhor fosse o primeiro a saber", escrevi. "Foi tão atencioso conosco que imagino que será o único a entender. Não consigo encarar a ideia de morar sozinho no Campo do Cigano. Pensei muito a respeito durante minha estada nos Estados Unidos e decidi pedir Greta em casamento assim que chegar em casa. Ela é a única pessoa com quem posso realmente falar de Ellie. Ela entenderá. Talvez não aceite o pedido, mas acho pouco provável... Será como se nós três ainda estivéssemos juntos."

Escrevi a carta três vezes até conseguir expressar exatamente o que queria. Phillpot deveria recebê-la dois dias antes de eu chegar.

Subi ao convés quando nos aproximávamos da Inglaterra. Fiquei reparando na costa cada vez mais perto. "Queria que Santonix estivesse aqui comigo", pensei. Queria muito. Queria que visse como tudo estava se concretizando. Tudo o que havia planejado, pensado e desejado.

Livrara-me dos Estados Unidos, desvencilhara-me dos vigaristas e puxa-sacos e de toda aquela gente que eu odiava e que certamente me odiava também, além de me desprezar por pertencer a uma classe tão inferior! Voltava triunfante. Retornava ao pinheiral e à perigosa estrada, cheia de curvas, que levava à casa no alto do morro, pelo Campo do Cigano. A *minha* casa! Estava voltando a dois desejos. Minha casa, a casa de meus sonhos, que eu havia idealizado e ambicionado tanto, e uma mulher maravilhosa... Sempre soube que, algum dia, conheceria uma mulher assim. Já a encontrara. Eu a tinha visto e ela a mim. Resolvemos nos unir. Uma mulher maravilhosa. Quando a vi, senti imediatamente que seria seu, de forma absoluta e eterna. Eu era dela. E agora, por fim, ia em sua direção.

Ninguém me viu chegar a Kingston Bishop. Estava anoitecendo. Vim de trem e, chegando à estação, caminhei por uma sinuosa estrada secundária. Não queria encontrar nenhuma das pessoas da aldeia. Não naquela noite...

O sol já havia se posto quando cheguei à estrada que levava ao Campo do Cigano. Tinha avisado a Greta meu horário de chegada. Ela estava em casa, esperando por mim. Finalmente! Acabaram-se agora os subterfúgios e todos os fingimentos... a história de que não gostava dela... Lembrava-me, rindo por dentro, do papel que desempenhara com tanto cuidado desde o começo – não gostar de Greta, opor-me à sua vinda para ficar com Ellie. Sim, fui muito cuidadoso. Todo mundo deve ter acreditado. Lembro-me da briga que inventamos para que Ellie ouvisse.

Greta sabia quem eu era desde o nosso primeiro encontro. Nunca tivemos ilusões em relação um ao outro. Tínhamos a mesma mentalidade, o mesmo tipo de desejo. Queríamos nada menos do que o mundo! Queríamos chegar lá no alto, realizar todas as nossas ambições: ter tudo, sem nos privar de nada. Lembro-me de como lhe abri meu coração na primeira vez em que nos encontramos, em Hamburgo, revelando meu frenético desejo de riqueza. Não precisei esconder minha cobiça desenfreada perante Greta, porque ela era igual a mim. Disse-me:

– Para tudo o que queremos na vida, precisamos de dinheiro.

– Sim – concordei –, e não sei como vou consegui-lo.

– Não – disse Greta –, você não precisará suar a camisa. Não faz o seu tipo.

– Trabalho! – exclamei. – Teria que trabalhar por anos e anos! Não quero esperar até a meia-idade. – falei. – Conhece a história daquele camarada, Schliemann? O cara deu um duro danado, ganhou muito dinheiro e acabou realizando o sonho de sua vida, que era ir a Troia fazer escavações e descobrir túmulos, mas só aos quarenta anos de idade. Não quero esperar até ficar velho, com um pé na cova. Quero agora, enquanto sou jovem e forte. Você também, não?

– Sim. E sei como você pode conseguir. É fácil. Admira-me que ainda não tenha pensado nisso. Você tem jeito com as mulheres, não tem? Dá para ver. Eu sinto.

– Acha mesmo que dou bola para alguma mulher? Só existe uma mulher que desejo: você – declarei. – E você sabe disso. Sou seu, desde que a vi. Sempre soube que encontraria alguém como você. E encontrei. Eu sou seu.

– Sim – disse Greta –, acho que sim.

– Nós dois queremos as mesmas coisas na vida – afirmei.

– É fácil – disse Greta. – Muito fácil. É só você se casar com uma mulher rica, uma das mais ricas do mundo. Posso dar um jeito de conseguir isso.

– Não venha com fantasias – exclamei.

– Não é fantasia. Será fácil.

– Não – cortei. – Isso não serve para mim. Não quero ser marido de mulher rica. Ela me dará presentes, nos divertiremos juntos e viverei numa gaiola de ouro, mas não é isso o que desejo. Não quero ser escravo.

– Não há necessidade disso. A coisa não duraria muito. Apenas o suficiente. As esposas morrem, sabe como é.

Fitei-a.

– Ficou chocado? – indagou.

– Não, nem um pouco – garanti.

– Imaginei. Você nunca...?

Encarou-me com ar interrogativo, mas me neguei a responder. Ainda mantinha um certo instinto de autopreservação. Alguns segredos não são contados para ninguém, não por serem segredos, mas porque não queremos pensar neles. Eu não queria pensar no primeiro desses segredos. Uma coisa tola, pueril, sem importância. Eu tinha uma cobiça infantil por determinado relógio de pulso que um menino, companheiro de escola, ganhara de presente. Queria aquele relógio para mim. Queria muito. Havia custado uma fortuna. Ele o ganhara de um padrinho rico. Sim, sonhava com um relógio daqueles, mas não via como ter um. Então, certo dia, fomos patinar no gelo. A camada de gelo não era forte o suficiente para aguentar nosso peso. Não tínhamos pensado nisso. E aconteceu. O chão se abriu. Fui em direção ao meu amigo que caíra num buraco e segurava-se como podia no gelo, que lhe cortava as mãos. Aproximei-me, evidentemente, para salvá-lo, mas, quando cheguei perto, vi o brilho do relógio de pulso e pensei: "Se ele se afogasse, seria fácil...".

Quase que inconscientemente, acho, desatei a pulseira, peguei o relógio e empurrei sua cabeça para baixo, em vez de tentar tirá-lo dali... Foi só manter sua cabeça dentro d'água. Ele não tinha como resistir, porque estava sob o gelo. Outras pessoas viram a cena e vieram em nossa direção. Achavam que eu estava tentando salvá-lo! Conseguiram tirá-lo dali, com certa dificuldade, procuraram reanimá-lo com respiração artificial, mas era tarde demais. Escondi meu tesouro num lugar especial em que costumava guardar coisas que não queria que minha mãe visse, porque ela me perguntaria onde as arranjara. Acabou encontrando o relógio um dia, ao mexer nas minhas meias. Perguntou-me se não era o relógio de Pete. Neguei, dizendo que o tinha trocado com um colega da escola.

Ficava sempre tenso ao lado de minha mãe: sentia que ela me conhecia demais. Fiquei nervoso quando encontrou o relógio. Acho que suspeitou de algo. Não podia ter *certeza*, claro. Ninguém *sabia*. Mas ela me olhava de maneira estranha. Todos pensavam que eu tentara resgatar Pete. Minha mãe não. Acho que ela sabia. Não queria saber, mas o problema era que me conhecia a fundo. Senti-me culpado algumas vezes, mas o sentimento de culpa passou logo.

A outra vez foi num acampamento, na época do serviço militar. Um sujeito chamado Ed e eu havíamos ido a uma espécie de cassino. Eu estava completamente sem sorte e perdi tudo o que tinha, mas Ed ganhou uma boa quantia. Trocou as fichas e fomos para casa, ele com os bolsos abarrotado de notas. Num determinado momento, dois brutamontes apareceram do nada e nos atacaram com facas. Levei um pequeno corte no braço, mas Ed foi esfaqueado e caiu no chão. Ouviu-se barulho de pessoas se aproximando, e os assaltantes fugiram. Pensei que se eu fosse rápido... e *era*! Tenho bons reflexos. Amarrei minha mão com um lenço, tirei a faca do ferimento de Ed e a enterrei novamente, algumas vezes, em lugares mais adequados. Ele soltou um último suspiro e caiu inconsciente. Fiquei assustado, claro, por um ou dois segundos, mas depois disse a mim mesmo que tudo daria certo. Senti-me, naturalmente, orgulhoso de conseguir pensar e agir tão rápido! Pensei: "Pobre Ed, sempre foi um idiota". Não demorei em passar todas aquelas notas para o meu bolso! Não há nada como ter bons reflexos e saber aproveitar as oportunidades. A questão é que as oportunidades não aparecem com frequência. Algumas pessoas, imagino, devem ficar amedrontadas ao saber que mataram alguém. Eu não fiquei. Pelo menos daquela vez.

Veja bem, isso não é coisa que se queira fazer muitas vezes. Só se vale mesmo a pena. Não sei como Greta percebeu isso em mim. Mas ela sabia. Não digo que soubesse do fato de eu já ter matado duas pessoas. Devia saber, porém, que a ideia de matar não me abalaria. Perguntei:

– Que história fantástica é essa, Greta?

Ela respondeu:

– Posso ajudá-lo, colocando-o em contato com uma das garotas mais ricas dos Estados Unidos. Sou uma espécie de governanta dela, por assim dizer. Moramos juntas. Tenho muita influência sobre sua vida.

– Acha que ela se interessaria por um cara como eu? – indaguei. Não acreditava naquilo. Por que uma menina rica, que podia escolher o homem que quisesse, olharia para mim?

– Você tem seu charme – disse Greta. – As mulheres andam atrás de você, não andam?

Sorri e disse que não podia reclamar.

– Ela jamais teve esse tipo de coisa. Vem sendo muito vigiada. Os únicos homens com quem lhe permitem encontrar-se são formalistas, filhos de banqueiros, filhos de magnatas. Está sendo preparada para se casar com um sujeito rico. Ficam apavorados com a ideia de que conheça estrangeiros bonitões que só queiram seu dinheiro. Mas, claro, ela prefere homens assim. Seriam uma novidade para ela, algo inédito. Você teria que conquistá-la. Teria que ser amor à primeira vista, uma coisa arrebatadora! Fácil. Ninguém nunca a abordou com sensualidade. Você poderia fazer isso.

– Posso tentar – falei, sem saber muito bem.

– Vamos fazer um plano – disse Greta.

– A família se intrometerá e acabará com tudo.

– Não – afirmou Greta –, eles não saberão, até ser tarde demais. Você se casará com ela secretamente.

– Então esse é o plano.

Falamos a respeito. Planejamos. Não em detalhes, veja bem. Greta voltou para os Estados Unidos, mas mantínhamos contato. Continuei em diversos empregos. Contei-lhe sobre o Campo do Cigano e que o desejava, e ela me disse que era um ótimo cenário para uma história romântica. Decidimos que meu encontro com Ellie aconteceria ali. Greta convenceria Ellie a comprar uma casa na Inglaterra e se afastar da família após atingir a maioridade.

Sim, preparamos tudo. Greta era uma excelente estrategista. Eu não teria conseguido organizar o plano, mas poderia desempenhar meu papel sem fazer feio. Sempre gostei de representar. E foi assim que aconteceu. Foi assim que conheci Ellie.

E me diverti à beça, apesar da imprudência, porque havia sempre um risco de não dar certo. O que me deixava realmente nervoso eram os encontros com Greta. Tinha que tomar cuidado para não me entregar ao olhar para Greta. Tentava *não* olhar para ela. Achamos mais fácil fingir inimizade, com o pretexto de ciúme. Executei bem essa parte. Lembro-me quando ela veio para ficar. Encenamos uma briga, um bate-boca que Ellie pudesse ouvir. Não sei se exageramos. Creio que não. Às vezes ficava nervoso diante da possibilidade de Ellie desconfiar, mas acho que ela nunca desconfiou de nada. Não se pode saber. Nunca a entendi direito.

Fazer amor com Ellie era fácil. Ela era muito meiga, muito carinhosa. Às vezes, porém, me desconcertava, pelas coisas que fazia sem meu conhecimento. E sabia muito mais do que eu imaginava. Mas me amava, isso é fato. Acho que eu a amava também, de vez em quando...

Não que fosse como Greta. Greta era a minha mulher. A personificação do sexo. Estava louco por ela e tinha que me controlar. Com Ellie era diferente. Eu gostava de viver ao seu lado. Engraçado. Pensando agora, vejo que adorava sua companhia.

Escrevo isso neste momento porque era o que pensava na noite em que voltei dos Estados Unidos, quando cheguei realizado, com tudo o que desejara na vida, a despeito dos riscos, dos perigos, do fato de ter cometido um homicídio – bem executado, por sinal!

Sim, foi complicado, admito, mas ninguém teria como descobrir, do jeito que fizemos. Agora, os riscos e perigos haviam acabado e eu estava de volta ao Campo do Cigano. Voltava como no dia em que vira o cartaz do leilão e fora visitar as ruínas da velha casa. Voltava e perdia a sanidade...

Foi então que a vi. Digo, foi então que vi Ellie. Logo ao chegar à curva da estrada, no local perigoso em que ocorriam acidentes. *Lá estava ela*, no mesmo lugar onde estivera antes, à sombra de um pinheiro, parada, como na vez em que se assustara ao me ver e eu também. Ali nos olháramos e eu fora falar com ela, representando o papel do jovem subitamente apaixonado. E representei muito bem. Sou um ótimo ator!

No entanto, não esperava vê-la agora... Quer dizer, não *tinha como* vê--la agora, não é? Mas eu a *estava* vendo... Ela me olhava... olhava diretamente para mim. Havia somente uma coisa que me assustava, me aterrorizava. Era como se ela *não* me visse... Digo, sabia que ela não podia estar realmente ali. Sabia que estava morta... *mas eu a vi.* Ela estava morta, e o corpo, enterrado num cemitério dos Estados Unidos. Mesmo assim, ela estava lá, embaixo do pinheiro, olhando para mim. Não para mim. Olhava como se esperasse ver, com amor nos olhos, o mesmo amor que vira um dia, ao ouvi-la tocar violão. Naquele dia, ela me perguntara: "Em que você está pensando?" Eu respondi com outra pergunta: "Por que você quer saber?" E ela: "Você está me olhando como se me amasse". Eu disse algo tolo como: "É claro que a amo".

Estaquei lá na estrada, tremendo dos pés à cabeça.

– Ellie! – gritei.

Ela não se mexeu. Ficou onde estava, *olhando...* olhando diretamente através de mim. Foi isso que me assustou, pois sabia que se pensasse um pouco saberia por que ela não me via, e eu não queria saber. Não queria mesmo. Tinha certeza. Olhar para onde eu estava... *sem me ver.* Saí correndo. Corri como um covarde pelo restante da estrada em direção às luzes de casa, fugindo do pânico bobo em que me encontrava. O meu triunfo: chegara em casa. Era o caçador vindo da mata, de volta à casa, de volta às coisas que mais valorizava no mundo, à incrível mulher que me tinha de corpo e alma.

E agora íamos nos casar e morar naquela casa. Conseguiríamos tudo o que queríamos! Havíamos vencido, sem grandes dificuldades.

A porta não estava trancada. Entrei, com passo firme, e fui até a biblioteca. Lá se encontrava Greta, à minha espera na janela. Estava gloriosa. A coisa mais bela e encantadora que já tinha visto. Parecia *Brünnhilde*, uma valquíria, de brilhantes cabelos dourados. Exalava sensualidade por todos os poros. Havíamos nos privado por tanto tempo, exceto pelos breves encontros no Esconderijo.

Caí diretamente em seus braços, um marinheiro vindo do mar para o lugar a que pertencia. Sim, foi um dos momentos mais maravilhosos de minha vida.

II

Logo em seguida, voltamos à realidade. Sentei-me e ela me passou um pequeno maço de cartas. Peguei, quase que automaticamente, uma delas, com selo americano. Era a carta de Lippincott. Intrigou-me o que podia ter escrito e o motivo de me escrever.

– Por fim – disse Greta, num suspiro profundo de satisfação –, conseguimos.

– O Dia da Vitória – brinquei.

Rimos de chorar. Havia champanhe na mesa. Abri-o e bebemos à nossa saúde.

– Este lugar é maravilhoso – falei, olhando ao redor. – É mais bonito do que lembrava. Santonix... acho que ainda não lhe contei. Santonix morreu.

– Meu Deus – exclamou Greta –, que pena! Então estava doente mesmo?

– É claro que estava doente. Eu que nunca quis admitir. Fui vê-lo antes de morrer.

Greta estremeceu.

– Deus me livre ter que passar por isso. Ele disse alguma coisa?

– Nada em especial. Disse que eu era um idiota, que devia ter seguido pelo outro caminho.

– Como assim? Que caminho?

– Não sei o que quis dizer – respondi. – Devia estar delirando, sem saber o que falava.

– Bem, esta casa é um lindo monumento à sua memória – disse Greta. – Acredito que nos apegaremos a ela, não acha?

Fitei-a.

– Claro. Pensa que vou morar em algum outro lugar?

– Não podemos ficar aqui o tempo todo – disse Greta. – Não o ano inteiro. Vamos nos enfurnar num buraco como esta aldeia?

– Mas é aqui onde quero morar, onde sempre quis.

– Eu sei. Mas, mesmo assim, Mike, temos todo o dinheiro do mundo. Podemos ir para onde quisermos! Podemos conhecer todo o continente, fazer um safári na África, viver aventuras. Vamos atrás das coisas... quadros valiosos. Podemos viajar para Angkor Vat. Você não quer ter uma vida de aventuras?

– Acho que sim... Mas sempre voltaremos aqui, não é?

Tive a sensação estranha de que alguma coisa tinha dado errado, em algum ponto. Aquilo era tudo o que sempre desejara: minha própria casa e Greta. Não precisava de mais nada. Ela, sim. Dava para ver. Estava apenas começando, começando a querer coisas. Tive um pressentimento ruim de repente. Comecei a tremer.

– O que foi, Mike? Você está tremendo. Será que está resfriado?

– Não é isso – falei.

– O que houve, Mike?

– Eu vi Ellie – respondi.

– Como assim viu Ellie?

– Quando subia pela estrada, ao virar na curva. Ela estava lá, parada embaixo da árvore, olhando para mim, ou melhor, em minha direção.

Greta me encarou.

– Não seja ridículo. Está imaginando coisas.

– Talvez seja imaginação mesmo. Afinal de contas, este é o Campo do Cigano. Ellie estava lá, tenho certeza, e parecia... parecia feliz. Exatamente como antes, como se sempre tivesse estado ali e sempre fosse estar.

– Mike! – Greta me balançou pelos ombros. – Mike, não diga uma coisa dessas. Você bebeu antes de vir para cá?

– Não, esperei. Sabia que me receberia com champanhe.

– Muito bem, vamos esquecer Ellie e brindar ao nosso encontro.

– *Era* Ellie sim – repeti, obstinadamente.

– É claro que não era Ellie! Deve ter sido ilusão de ótica ou coisa parecida.

– Era Ellie sim. Estava parada, me olhando, procurando por mim. Mas não conseguia me ver. Greta, *ela não conseguia me ver.* – Aumentei o tom de voz. – E eu sei por quê. Eu sei *por que* ela não conseguia me ver.

– Como assim?

Foi então que, pela primeira vez, murmurei:

– Porque não era eu. Eu não estava ali. Não havia nada para ela ver, exceto uma noite sem fim. – Gritei, numa voz tomada de pânico: – Alguns nascem para o doce prazer, alguns nascem para uma noite sem fim. *Eu*, Greta, *eu*!

Perguntei:

– Você se lembra, Greta, de como ela se sentava no sofá? Costumava tocar essa música no violão, cantando com a voz doce. Você deve se lembrar. *Toda noite e todo amanhecer* – cantei baixinho – *Alguns nascem para sofrer. Toda manhã e todo anoitecer, alguns nascem para o doce prazer.* Essa era Ellie, Greta. Ela nascera para o doce prazer. *Alguns nascem para o doce prazer, sim, alguns nascem para uma noite sem fim.* Era isso que minha mãe sabia sobre mim. Sabia que eu nasci para uma noite sem fim. Ainda não havia chegado a esse ponto, mas ela já sabia. E Santonix também. Sabia que estava tomando esse rumo. Mas podia não ter acontecido. Houve apenas um momento, um único momento, quando Ellie cantou aquela música. Eu poderia ter sido muito feliz casado com Ellie, não poderia? Poderia continuar casado com Ellie.

– Não poderia – interrompeu Greta. – Nunca achei que você fosse do tipo que se apavorasse, Mike. – Sacudiu-me pelo ombro de novo. – Acorde!

Fiquei olhando para ela.

– Desculpe-me, Greta. O que foi que eu disse?

– Imagino que o tenham aborrecido bastante lá nos Estados Unidos. Mas você fez tudo certo, não fez? Refiro-me aos investimentos.

– Está tudo em ordem – falei. – Tudo garantido para o nosso futuro. Um futuro glorioso!

– Você está falando de um modo muito estranho. Gostaria de saber o que diz a carta de Lippincott.

Peguei a carta e a abri. Não havia nada dentro além de um velho recorte de jornal. Olhei fixamente para o papel. Era a foto de uma rua. Reconheci aquela rua, com um edifício alto no fundo. Era uma rua em Hamburgo, e na foto viam-se algumas pessoas caminhando em direção ao fotógrafo. Duas estavam em primeiro plano, de braços dados: Greta e eu. *Então Lippincott sabia.* Sabia, desde o princípio, que eu já conhecia Greta. Alguém deve ter lhe mandado o recorte, sem maldade, apenas achando legal reconhecer a srta. Greta Andersen passeando pelas ruas de Hamburgo. Ele sabia que eu conhecia Greta. Lembro-me de quando me perguntou se já a conhecia ou não. Neguei, claro, mas ele sabia que estava mentindo. Deve ter começado a desconfiar de mim nesse momento.

De repente, passei a temer Lippincott. Evidentemente, ele não tinha como suspeitar de que eu tivesse assassinado Ellie. No entanto, suspeitava de algo. Talvez suspeitasse inclusive daquilo.

– Olhe – falei para Greta –, ele sabia que nos conhecíamos. Sabia desde o princípio. Sempre odiei aquela velha raposa e ele sempre odiou você. Quando souber do nosso plano de casamento, desconfiará. – Mas ali eu já sabia que Lippincott desconfiava de tudo, de que Greta e eu íamos nos casar, de que nos conhecíamos e talvez até de que éramos amantes.

– Mike, você está parecendo um ratinho em pânico. Isso mesmo: um ratinho em pânico. Eu o admirava. Sempre admirei. Mas agora a imagem que eu tinha de você está caindo aos pedaços. Você tem medo de todo mundo.

– Não fale assim comigo.

– Mas é a verdade.

– *Noite sem fim.*

Não consegui pensar em nada mais para dizer. Ainda me perguntava o que significavam aquelas palavras. Noite sem fim. Significavam escuridão. Significavam que eu não estava visível. Eu conseguia ver os mortos, mas os mortos não conseguiam me ver, embora estivesse vivo. Não me viam porque eu não estava realmente lá. O homem que amara Ellie havia desaparecido. Entrara, por livre e espontânea vontade, na noite sem fim. Baixei a cabeça, olhando para o chão.

– *Noite sem fim* – repeti.

– Pare de falar isso – berrou Greta. – Resista! Seja homem, Mike. Não caia nessa armadilha de superstição.

– Como? – perguntei. – Vendi minha alma para o Campo do Cigano, não vendi? O Campo do Cigano nunca deu garantia de segurança para ninguém, nem para Ellie, nem para mim. Talvez não seja seguro para você também.

– Como assim?

Levantei-me e fui em sua direção. Eu a amava. Sim, ainda a amava com um derradeiro e intenso desejo sexual. Mas amor, ódio, desejo, não é tudo a mesma coisa? Três em um. Jamais odiaria Ellie, mas odiava Greta. E gostava de odiá-la. Odiava com todas as minhas forças e com um desejo impulsivo e jovial. Não tinha como esperar pelos métodos seguros, não queria esperar. Aproximei-me dela.

– Sua vaca imunda! – exclamei. – Sua vagabunda nojenta, de cabelos dourados. Você não está segura, Greta. Não está livre de *mim.* Entende? Aprendi a gostar... a gostar de matar. Você não imagina minha alegria no dia em que vi Ellie sair com o cavalo que a levaria à morte. Fiquei feliz a manhã inteira com a ideia do assassinato, mas jamais havia chegado tão perto de matar. Agora é diferente. Desejo mais do que apenas saber que alguém morrerá por ter ingerido uma cápsula de veneno no café da manhã. Já não me basta empurrar uma velhinha pedreira abaixo. Quero *usar minhas mãos.*

Nesse momento, foi Greta quem se assustou. Ela, a quem eu amara desde o dia em que a conheci em Hamburgo, inventando depois uma doença para largar o emprego e ficar a seu lado. Sim, fui seu, de corpo e alma. Agora já não. Agora era eu mesmo. Chegara a outro tipo de reino, um império jamais sonhado.

Greta ficou com medo. Adorei vê-la assim e apertei-lhe o pescoço com as mãos. Sim, mesmo agora, enquanto escrevo minha história (o que, veja bem, é muito prazeroso – escrever tudo a meu respeito, o que enfrentei, senti, pensei e como enganei todo mundo), é uma coisa maravilhosa. Sim, fiquei imensamente feliz ao matar Greta...

CAPÍTULO 24

Não há muito mais a dizer depois disso. Digo, o clímax foi aquele momento. As pessoas esquecem que nada de melhor pode acontecer, que já tiveram tudo. Fiquei sentado ali por um bom tempo. Não sei quando *eles* chegaram. Não sei se vieram todos ao mesmo tempo... Não podiam ter estado lá desde o princípio, porque não teriam me deixado matar Greta. Reparei que Deus foi o primeiro a chegar. Não Deus, estou confuso. Refiro-me ao major Phillpot. Sempre gostei dele por ter sido legal comigo. Parecia-se bastante com Deus mesmo, sob certos aspectos. Claro, isso se Deus fosse um ser humano e não algo sobrenatural lá no céu. Era um homem justo, muito justo e bondoso. Preocupava-se com as coisas. Procurava ajudar os outros.

Não sei o quanto me conhecia. Lembro-me da maneira curiosa de me olhar naquela manhã, na sala do leilão, quando disse que eu estava afetado. Por que será que me julgava afetado naquele dia?

Depois, quando estávamos junto ao amontoado que era Ellie caída em seu traje de montaria... Será que sabia ou imaginava que eu estava envolvido naquilo?

Após a morte de Greta, como costumo dizer, fiquei jogado ali na cadeira, olhando fixamente para a taça de champanhe vazia. Tudo estava vazio, muito vazio. Havia apenas uma lâmpada acesa, que Greta e eu havíamos acendido, mas ficava em um canto. Não iluminava muito, e o sol... acho que o sol já havia se posto há muito tempo. Fiquei ali sentado, pensando no que ia acontecer em seguida, com uma espécie de obscuro assombro.

Depois, acho, as pessoas começaram a chegar. Talvez tenham vindo várias ao mesmo tempo. Chegaram silenciosamente, ou era eu que não estava ouvindo ou notando ninguém.

Santonix, se estivesse lá, poderia, de repente, me dizer o que fazer. Mas Santonix morrera. Seguira um caminho diferente do meu, e então não tinha como me ajudar. Na verdade, ninguém estava em condições de me ajudar naquele momento.

Pouco depois, notei a presença do dr. Shaw. Estava tão quieto que, a princípio, mal percebi que estava ali, sentado a meu lado. Esperava alguma coisa. Passado algum tempo, julguei que estivesse esperando que eu falasse. Então falei:

– Voltei para casa.

Havia uma ou duas pessoas andando por trás dele. Pareciam aguardar algum gesto seu.

– Greta está morta – contei. – Matei-a. É melhor o senhor levar o corpo dela, não?

Em algum lugar, alguém disparou um flash. Devia ser algum fotógrafo policial fotografando o cadáver. O dr. Shaw virou a cabeça e respondeu severamente:

– Ainda não.

Voltou, de novo, a cabeça para mim. Inclinei-me em sua direção e disse:

– Vi Ellie hoje à noite.

– Viu? Onde?

– Lá fora, embaixo de um pinheiro. Foi o lugar em que a vi pela primeira vez. – Fiz uma pequena pausa e então continuei: – Ela não conseguia me ver... Não me via porque eu não estava lá. – Depois de um tempo, acrescentei: – Isso me transtornou, me perturbou muito.

O dr. Shaw disse:

– Foi colocado na cápsula, não foi? Havia cianeto na cápsula, não? Não foi o que deu a Ellie naquela manhã?

– Era para a rinite – expliquei –, ela sempre tomava uma cápsula antes de montar, para garantir. Era alérgica. Greta e eu preparamos uma ou duas cápsulas com veneno de vespas do galpão e juntamos com as outras. Foi lá no Esconderijo. Engenhoso, não? – Comecei a rir. Era um riso estranho, eu mesmo pude perceber. Mais parecia um riso nervoso, sem motivo. Perguntei: – O senhor inspecionou os remédios que tomava quando veio examinar o tornozelo dela, não inspecionou? Remédios para dormir, cápsulas contra alergia, estava tudo em ordem, não?

– Perfeitamente – respondeu o dr. Shaw. – Os medicamentos eram inofensivos.

– Muita sagacidade, não acha? – provoquei.

– Sim, muito engenhoso, mas não o bastante.

– De qualquer maneira, gostaria de saber como descobriu.

– Descobrimos quando aconteceu a segunda morte, a que não estava planejada.

– Claudia Hardcastle?

– Sim. Ela morreu da mesma forma que Ellie. Caiu do cavalo no campo de caça. Claudia também gozava de boa saúde, e então morre dessa maneira brutal, numa queda de cavalo. Descobriram o corpo pouco tempo depois. Ainda havia cheiro de cianeto como pista. Se tivesse ficado jogada ao relento por algumas horas como Ellie, não haveria nada... nenhum cheiro, nenhuma descoberta. Agora, não sei como Claudia tomou a cápsula. Só se vocês esqueceram o frasco no Esconderijo. Ela costumava ir lá. Foram encontradas suas impressões digitais, e ela deixou cair um isqueiro.

– Deve ter sido um descuido nosso. Foi difícil preparar as cápsulas.

Depois perguntei:

– O senhor suspeitou que eu estivesse envolvido na morte de Ellie, não? Todos suspeitaram? – Olhei ao redor para os vultos indistintos. – Talvez todos vocês.

– Geralmente sabemos. Mas eu não tinha certeza se podíamos fazer alguma coisa.

– O senhor devia ter me alertado – falei, em tom de reprovação.

– Não sou da polícia – disse o dr. Shaw.

– O que é então?

– Sou médico.

– Não preciso de médico – declarei.

– É o que resta saber.

Olhei para Phillpot e indaguei:

– O que está fazendo? Veio me julgar, presidir meu julgamento?

– Sou apenas um juiz de paz – ele disse. – Estou aqui como amigo.

– Meu amigo? – perguntei, espantado.

– Amigo de Ellie – explicou ele.

Não entendi. Nada daquilo fazia sentido para mim, mas me senti importante. Todos eles ali! Polícia e médico, Shaw e Phillpot, um homem tão ocupado. O contexto todo era bastante complicado. Comecei a perder a noção das coisas. Estava muito cansado, claro. Costumava ficar cansado de repente e dormir...

E todo aquele movimento. Pessoas vinham me ver. Advogados, creio que um procurador e um outro tipo de advogado com ele, trazendo médicos. Vários médicos. Importunaram-me com perguntas que me recusei a responder.

Um deles insistiu em saber se eu desejava alguma coisa. Respondi que sim, que desejava apenas uma coisa: uma caneta e bastante papel. Queria escrever sobre tudo aquilo, como tudo aconteceu. Queria contar-lhes o que sentira, o que pensara. Quanto mais pensava em mim, mais achava interessante a história para todos. Porque *eu* era interessante. Era realmente uma pessoa interessante e tinha feito coisas interessantes.

Os médicos – ao menos um deles – pareciam considerar uma boa ideia. Eu disse:

– Vocês sempre deixam que as pessoas façam declarações. Por que não posso escrever a minha? Talvez, algum dia, todos venham a lê-la.

Concordaram. Eu não conseguia escrever muito tempo seguido. Ficava cansado. Alguém usou a expressão "responsabilidade restrita" e outra pessoa discordou. Ouvimos cada coisa! Às vezes, acham que não estamos ouvindo. Depois, tive que comparecer ao tribunal e eu queria que trouxessem meu melhor terno, porque desejava passar uma boa imagem. Creio que colocaram detetives para me vigiar. Por algum tempo. Aqueles novos empregados... acho que foram contratados ou postos no meu encalço por Lippincott. Descobriram muitas coisas sobre mim e Greta. Engraçado: depois que Greta morreu, nunca pensei muito nela... Após matá-la, deixou de ter importância para mim.

Procurei reviver a sensação esplêndida de triunfo que tivera quando a estrangulei, mas até isso havia desaparecido...

Um dia, trouxeram minha mãe, inesperadamente, para me visitar. Lá estava ela, olhando para mim da porta. Não parecia angustiada como de costume. Estava apenas triste. Não tinha muito o que dizer, nem eu. Falou somente o seguinte:

– Eu tentei, Mike. Fiz de tudo para protegê-lo, mas fracassei. Sempre tive medo de fracassar.

– Tudo bem, mãe, não foi sua culpa – falei. – Eu escolhi o caminho que queria.

E subitamente lembrei: "Foi o que Santonix disse. Ele também temia por mim. E também não conseguiu fazer nada. Ninguém podia fazer nada... a não ser eu mesmo, talvez... Não sei. Não tenho certeza. Mas de vez em quando me lembro... lembro daquele dia em que Ellie me perguntou: 'Por que você está me olhando desse jeito?', e eu: 'Desse jeito como?' Ela respondeu: 'Como se me amasse'. Acho que, de certa forma, eu a amava. Podia ter amado. Ellie era tão doce. Doce prazer..."

Imagino que o meu problema foi que eu sempre quis tudo em demasia. E queria da maneira mais fácil, com ambição.

Aquela primeira vez, aquele primeiro dia em que fui ao Campo do Cigano e conheci Ellie. Ao descermos pela estrada, encontramos Esther. Naquele dia, quando ela preveniu Ellie dos perigos da região, tive a ideia de comprá-la. Sabia que era do tipo de pessoa que faria qualquer coisa por dinheiro. Eu lhe pagaria para que ela começasse a assustar Ellie, para que Ellie se sentisse ameaçada. Julguei que daria mais credibilidade à versão de que Ellie morrera de choque. Naquele primeiro dia, agora eu sei, Esther estava realmente com medo. Temia por Ellie. Advertiu-a de que não se envolvesse com o Campo do Cigano. O que ela queria dizer, claro, era que não se envolvesse *comigo*. Não entendi dessa forma. Ellie tampouco.

Seria de *mim* que Ellie tinha medo? Acho que sim, embora ela mesma não soubesse. Sentia-se ameaçada e em perigo. Santonix sabia da maldade que existia dentro de mim, assim como minha mãe. Talvez os três soubessem. Ellie sabia, mas nunca se importou. É curioso, muito curioso. Agora eu vejo. Fomos muito felizes juntos. Sim, muito felizes. Gostaria de ter percebido isso na época... Tive a minha oportunidade. Talvez todos tenham a sua. Eu lhe dei as costas.

É curioso que Greta não tenha agora a menor importância, não é?

E até a minha linda casa já não me interessa.

Só Ellie... E Ellie jamais me encontrará novamente... Noite sem fim... Este é o fim da minha história...

Em meu fim está meu princípio... é o que as pessoas sempre dizem.

Mas o que significa isso?

E onde exatamente começa minha história? Preciso parar e pensar...

Um pressentimento funesto

Tradução de Bruno Alexander

Dedico este livro aos inúmeros leitores que me escrevem perguntando: "O que foi feito de Tommy e Tuppence? O que andam fazendo agora?". Saudações a todos. Espero que gostem de reencontrá-los, mais velhos, mas com o mesmo espírito indômito de sempre!

Agatha Christie

Pelo comichar do meu polegar
Sei que deste lado vem vindo um malvado.

MACBETH

LIVRO 1

Sunny Ridge

CAPÍTULO 1

Tia Ada

O sr. e a sra. Beresford estavam sentados à mesa do café. Formavam um casal convencional. Em toda a Inglaterra, centenas de casais idosos tomavam café da manhã naquele momento, assim como eles. O dia não tinha nada de especial. Era apenas mais um dia da semana. A chuva ameaçava cair, mas só ameaçava.

O sr. Beresford já fora ruivo. O vermelho ainda se fazia notar, mas a maior parte do cabelo havia adquirido aquele tom enferrujado dos ruivos de meia-idade. O cabelo da sra. Beresford já fora preto, bastante cheio e encaracolado. Agora o preto cedia lugar ao cinza, em alguns pontos. Era bonito. Já havia cogitado pintar o cabelo, mas chegou à conclusão de que gostava mais de si mesma do jeito que a natureza a fizera. Experimentou, sim, uma nova tonalidade de batom, para se reanimar.

Um casal maduro, agradável e comum, tomando seu café da manhã junto, diria um observador de fora. Se fosse jovem, acrescentaria: "Sem dúvida, um casal bastante simpático, mas muito parado, claro, como qualquer um da sua idade".

O sr. e a sra. Beresford, no entanto, ainda não haviam chegado a uma época da vida em que se considerassem velhos. Nem imaginavam que eles, assim como muitos outros, recebiam tal rótulo somente por causa da idade. Só de gente moça, evidentemente, mas isso os faria pensar, com certa indulgência, que os jovens não sabem nada da vida. Coitadinhos, estão sempre às voltas com provas, com a vida sexual, comprando roupas ou inventando moda no cabelo para chamar a atenção. Na opinião do sr. e da sra. Beresford, ambos se encontravam em pleno vigor. Gostavam de ser quem eram e amavam-se. Os dias transcorriam, sem grandes sobressaltos.

Tinham seus momentos, claro, como todo mundo. O sr. Beresford abriu uma carta, deu uma lida rápida e colocou-a sobre uma pequena pilha de cartas, à esquerda. Pegou, então, a próxima, mas não a abriu. Ficou com ela na mão, sem mirá-la. Tinha os olhos fixos na cesta de pães. Sua mulher o observou por algum tempo antes de dizer:

– O que houve, Tommy?

– O que houve? – repetiu Tommy, distraído. – O que houve?

– Foi o que eu perguntei – continuou a sra. Beresford.

– Não houve nada – respondeu Tommy. – Por quê?

– Você estava muito pensativo – afirmou Tuppence, num tom de acusação.

– Não estava não.

– Estava sim. O que aconteceu?

– Nada. O que poderia ter acontecido? – E acrescentou: – Recebi a conta do encanador.

– Ah – soltou Tuppence, com ar de entendida. – Mais do que esperava, imagino.

– Claro – confirmou Tommy –, como sempre.

– Não sei por que não fizemos treinamento para encanador – disse Tuppence. – Se você fosse encanador, eu seria sua ajudante, e estaríamos ganhando rios de dinheiro.

– Somos muito limitados, não vemos essas oportunidades.

– Era a conta do encanador que você estava vendo agora?

– Ah, não. Era só um pedido de doação.

– Delinquentes juvenis, integração racial?

– Não. Só outro lar de idosos que estão abrindo.

– Faz sentido – disse Tuppence –, mas não entendo por que esse olhar tão preocupado.

– Eu não estava pensando nisso.

– Tudo bem, mas no que você estava pensando?

– Essa história me fez lembrar uma coisa – comentou o sr. Beresford.

– O quê? – perguntou Tuppence. – Você sabe que vai acabar me dizendo.

– Nada importante. Só achei que talvez... Tudo bem, é a tia Ada.

– Ah, claro – disse Tuppence, compreendendo na hora. – Sim – falou em voz baixa, pensativa –, a tia Ada.

Seus olhares encontraram-se. A triste verdade é que hoje quase toda família que se preze tem esse problema denominado "tia Ada". Os nomes diferem – tia Amélia, tia Susan, tia Cathy, tia Joan. Podem ser avós, primas mais velhas e até tias-avós. O fato é que existem e representam um problema do qual não se pode escapar. É necessário pesquisar boas instituições de cuidado aos idosos e procurar saber tudo sobre esses lugares. Buscar recomendações de médicos, amigos, cada um com sua tia Ada, "que viveu feliz até o dia de sua morte" no asilo "The Laurels", em Bexhill, ou no "Happy Meadows", em Scarborough.

Foi-se o tempo em que tia Elisabeth, tia Ada e todas as outras tias viviam felizes na casa em que passaram décadas, sendo cuidadas por antigos criados fiéis, embora por vezes autoritários. Ambas as partes sentiam-se totalmente satisfeitas com a situação. Havia também os parentes malfadados, sobrinhas sem dinheiro, primas solteironas, sonsas, em busca de casa, comida e roupa lavada. Oferta e procura complementavam-se, e tudo andava bem. Hoje as coisas são diferentes.

No caso das tias Adas atuais, as soluções devem ser pensadas não só para uma senhora que, em virtude da artrite ou de alguma outra limitação reumática, esteja sujeita a cair da escada se a deixarem sozinha em casa, sofra de bronquite crônica ou arranje confusão com os vizinhos e insulte os comerciantes.

Infelizmente, as tias Adas dão muito mais trabalho do que o extremo oposto na escala de idade. As crianças ainda podem ser confiadas a pais adotivos, impingidas a parentes ou entregues a colégios apropriados, onde passem até as férias e haja a possibilidade de andar de pônei e acampar. De um modo geral, as crianças aceitam quase tudo o que se lhes impõe. No caso das tias Adas, a história é outra. A própria tia de Tuppence Beresford – sua tia-avó, Primrose – era uma encrenqueira de marca maior. Impossível agradá-la. Pouco tempo depois de ela ter sido colocada em uma instituição que lhe garantiria um bom lar e todas as comodidades para uma senhora de sua idade e de ter escrito cartas à sobrinha elogiando o lugar, chegava a notícia de que se retirara, indignada, sem deixar aviso.

"Impossível. Eu não conseguia ficar lá nem mais um minuto!"

No período de um ano, a tia Primrose entrara e saíra de onze instituições como aquela, e agora escrevia para contar que havia encontrado um rapaz muito simpático. "Um menino bastante dedicado. Perdeu a mãe na infância e precisa muito cuidar de alguém. Aluguei um apartamento, e ele está vindo morar comigo. Completamos um ao outro. Temos muitas afinidades. Você não precisa mais se preocupar, querida Prudence. Meu futuro está garantido. Vou encontrar meu advogado amanhã para resolver algumas questões legais quanto à herança, no caso de eu vir a falecer antes de Mervyn, o que, claro, seria perfeitamente natural, embora eu possa lhe dizer que, no momento, estou esbanjando saúde."

Tuppence correu para o norte (o incidente se deu em Aberdeen), mas a polícia chegou primeiro e prendeu o maravilhoso Mervyn, procurado há algum tempo por apropriação ilícita de dinheiro. Tia Primrose ficou indignada, afirmando que aquilo era perseguição. No entanto, após comparecer ao tribunal (em que Mervyn era julgado por 25 casos semelhantes), viu-se obrigada a mudar de opinião sobre seu *protégé*.

– Acho que devo ir ver a tia Ada – disse Tommy. – Faz tempo que não vou lá.

– Pois é – concordou Tuppence, sem entusiasmo. – Quanto tempo?

– Quase um ano, acho – ponderou Tommy.

– Mais do que isso – afirmou Tuppence. – Acho que faz mais de um ano.

– Nossa – exclamou Tommy –, como o tempo voa! Não dá para acreditar que já passou tanto tempo. Mas acho que você está certa – calculou. – É terrível como nos esquecemos, não é? Me sinto muito mal em relação a isso.

– Por quê? – perguntou Tuppence. – Mandamos várias coisas para ela e escrevemos cartas.

– Eu sei. Você é muito bondosa, Tuppence. Mesmo assim, às vezes ficamos sabendo de coisas preocupantes.

– Aquele livro pavoroso que pegamos na biblioteca – lembrou Tuppence. – Como sofriam aqueles pobres velhinhos!

– Acho que era verdade... exemplos da vida real.

– Sim – disse Tuppence –, deve haver lugares assim. E existem pessoas bastante infelizes, que não conseguem ser de outro jeito. Mas o que podemos fazer, Tommy?

– O mesmo que todo mundo: tomar as máximas precauções. Ser criterioso nas escolhas, investigar a fundo e fazer de tudo para que ela tenha um bom médico cuidando de sua saúde.

– Não poderia haver médico melhor do que o dr. Murray, concorda?

– Concordo – respondeu Tommy, com o olhar preocupado. – Murray é um grande sujeito. Gentil, paciente. Se houvesse algo errado, ele avisaria.

– Então? Você não precisa se preocupar – disse Tuppence. – Ela está com quantos anos?

– Tem 82 – respondeu Tommy. – Não, não. Acho que 83. – corrigiu. – Deve ser difícil sobreviver a todos os parentes e amigos.

– *Nós* é que sentimos isso – comentou Tuppence. – *Eles* não sentem.

– Não há como saber.

– Bem, a sua tia Ada não. Lembra do prazer dela nos contando o número de amigos que já tinha "enterrado"? No final, soltou esta: "Não acho que Amy Morgan vá durar mais de seis meses. Ela, que sempre dizia que eu era frágil, vai acabar batendo as botas antes de mim, muito antes". Parecia eufórica com a possibilidade.

– Mesmo assim – insistiu Tommy.

– Eu sei, eu sei – concordou Tuppence. – Mesmo assim você sente que é seu dever e que precisa ir.

– Não estou certo?

– Infelizmente está – admitiu Tuppence. – Totalmente certo. E eu vou com você – acrescentou, com certo tom de heroísmo na voz.

– Não – contestou Tommy. – Por que você iria? Ela não é sua tia. Vou eu.

– De jeito nenhum – protestou a sra. Beresford. – Também gosto de sofrer. Vamos sofrer juntos. Não vai ser muito agradável para você, para mim ou para a tia Ada, mas não há como evitar.

– Não, não quero que vá. Da última vez, ela foi muito grossa com você, lembra?

– Não ligo – afirmou Tuppence. – Talvez tenha sido o único momento agradável da visita para a coitada. Não guardo nenhum rancor em relação a ela.

– Você sempre foi boazinha com minha tia – reconheceu Tommy –, mesmo não gostando muito dela.

– Impossível gostar dela – disse Tuppence. – Quer saber? Acho que nunca gostaram.

– Não dá para não sentir pena das pessoas quando elas envelhecem – comentou Tommy.

– Eu não sinto – sentenciou Tuppence. – Não sou tão bom caráter quanto você.

– Você é mulher, é mais durona – disse Tommy.

– Talvez seja isso. Afinal de contas, o que nos resta é sermos realistas. O que quero dizer é que sinto muita pena de gente velha, doente, se for boa pessoa. Caso contrário, é diferente, concorda? Se alguém é detestável aos vinte anos, não melhora aos quarenta, piora aos sessenta e se transforma numa verdadeira peste aos oitenta, não vejo por que me daria pena, só porque envelheceu. No fundo, ninguém muda. Conheço alguns anjos que estão com setenta, oitenta anos. A sra. Beauchamp, Mary Carr e a avó do padeiro, a querida sra. Poplett, que costumava fazer a limpeza. Pessoas muito especiais. Eu faria qualquer coisa por elas.

– Tudo bem, tudo bem – disse Tommy –, seja realista. Mas se você quiser realmente ser generosa e vir comigo...

– Já disse que quero – interrompeu Tuppence. – Prometi ser fiel na alegria e na tristeza, e a tia Ada sem dúvida se encaixa à segunda categoria. Vamos de mãos dadas, com um buquê de flores, uma caixa de chocolate e talvez algumas revistas. Você pode ligar para a tal fulana e avisar que estamos indo.

– Que dia da semana que vem? Pode ser terça, se você puder – propôs Tommy.

– Pode ser – respondeu Tuppence. – Qual o nome mesmo da mulher? Não lembro... a diretora, supervisora ou sei lá o quê. Começa com P.

– Srta. Packard.

– Isso.

– Talvez seja diferente dessa vez.

– Diferente como?

– Não sei. Pode acontecer alguma coisa interessante.

– Um acidente de trem indo para lá – sugeriu Tuppence, com certo ânimo.

– Por que cargas d'água você gostaria de estar num acidente de trem?

– Não é que eu gostaria, mas...

– O quê?

– Seria uma aventura, não seria? Talvez pudéssemos salvar alguém ou ajudar de alguma forma. Fazer algo útil e ao mesmo tempo empolgante.

– Que ideia! – exclamou o sr. Beresford.

– Eu sei – concordou Tuppence. – Às vezes temos esse tipo de ideia.

CAPÍTULO 2

A coitadinha era sua filha?

De que forma Sunny Ridge havia recebido esse nome é difícil dizer. O lugar não tinha nada de montanhoso. O terreno era plano, adequado para os idosos que moravam ali, com um jardim amplo, embora carecesse de atrativos especiais. A mansão, em estilo vitoriano, estava muito bem-conservada. Árvores frondosas, uma hera na parede lateral da casa e duas araucárias concediam ao cenário um ar exótico. Havia bancos espalhados em locais propícios para tomar sol, algumas espreguiçadeiras e uma varanda coberta, onde as velhinhas podiam descansar protegidas do vento leste.

Tommy tocou a campainha da porta da frente, sendo logo atendido, em companhia de Tuppence, por uma jovem de aparência fustigada, vestida com um avental de náilon. A moça levou-os a uma pequena sala de visitas.

– Vou avisar a srta. Packard, ela está esperando vocês. Já vai descer. Se incomodam de esperar um pouquinho? Preciso ver a sra. Carraway. Ela cismou de engolir o dedal de novo.

– Mas por que ela faz uma coisa dessas? – perguntou Tuppence, perplexa.

– Por diversão – explicou a ajudante, em poucas palavras. – É sempre a mesma história.

Assim que ela saiu da sala, Tuppence sentou-se.

– Não deve ser nada agradável engolir um dedal – comentou, pensativa. – Já imaginou um dedal descendo pela garganta?

Tommy e Tuppence não tiveram de esperar muito. A porta se abriu e a srta. Packard entrou, desculpando-se. Era uma senhora alta e ruiva, na faixa dos cinquenta anos, com um ar de autoconfiança que Tommy sempre admirou.

– Desculpem-me se o fiz esperar, sr. Beresford – disse. – Como vai, sra. Beresford? Que bom que a senhora também veio.

– Alguém engoliu alguma coisa, parece – comentou Tommy.

– A Marlene contou? Pois é. A sra. Carraway. Está sempre engolindo coisas. É complicado, sabe? Não temos como vigiá-los o tempo todo. Que as crianças façam isso, até entendo. Mas é um passatempo engraçado para uma mulher idosa, não acham? E o quadro piorou. Piora todos os anos. O mais curioso é que ela sai ilesa.

– Talvez o pai dela tenha sido engolidor de espadas – sugeriu Tuppence.

– É possível, sra. Beresford. Talvez isso explique muita coisa. – A srta. Packard continuou: – Contei para a srta. Fanshawe que o senhor viria, sr. Beresford. Não sei se ela entendeu muito bem. Nem sempre entende.

– Como ela tem passado?

– Está piorando rapidamente, receio – disse a srta. Packard, sem alterar a voz. – Nunca sabemos ao certo o quanto ela entende. Contei-lhe ontem à noite, e ela afirmou que eu estava equivocada, porque as aulas ainda não tinham acabado. Deve achar que o senhor ainda está na escola. As coitadinhas às vezes confundem tudo, principalmente no que se refere à questão do tempo. E hoje de manhã, quando lhe falei sobre sua visita, ela disse que era impossível, porque o senhor estava morto. É isso – disse a srta. Packard animada. – Espero que ela o reconheça.

– Como está a saúde dela? Na mesma?

– Bem, na medida do possível. Para ser franca, acho que lhe resta pouco tempo de vida. Não sofre, mas seu coração não melhorou. Na verdade, piorou bastante. Por isso, me parece importante o senhor saber, para estar preparado caso ela venha a falecer de repente. Para não ser um choque.

– Trouxemos flores para ela – anunciou Tuppence.

– E uma caixa de chocolate – completou Tommy.

– Muito gentil. Ela vai adorar. Vocês querem subir agora?

Tommy e Tuppence levantaram-se e seguiram a srta. Packard pela escada. Ao passarem por um dos quartos no andar de cima, a porta se abriu de repente e uma pequena senhora, de aproximadamente um metro e meio de altura, saiu gritando com a voz estridente: “Quero meu leite com chocolate.

Quero meu leite com chocolate. Cadê a enfermeira Jane? Quero meu leite com chocolate".

Uma mulher vestida de enfermeira apareceu, vinda do quarto contíguo.

– Tudo bem, querida, tudo bem – disse para acalmá-la. – Você já tomou seu leite, vinte minutos atrás.

– Não tomei não, enfermeira. Isso não é verdade. Não tomei. Estou com sede.

– Posso lhe dar outra xícara, se quiser.

– Como vou tomar outra se ainda não tomei nenhuma?

Os três seguiram em frente, e a srta. Packard, após bater de leve numa porta no fim do corredor, abriu-a e entrou.

– Pronto, srta. Fanshawe – anunciou com alegria. – Seu sobrinho veio visitá-la. Isso não é ótimo?

Numa cama perto da janela, a velha senhora sentou-se, recostando-se nos travesseiros. Tinha o cabelo cinza, o rosto fino e enrugado, nariz longo e adunco e um ar geral de desaprovação. Tommy entrou.

– Oi, tia Ada – disse. – Como vai a senhora?

Tia Ada ignorou-o, dirigindo-se à srta. Packard.

– Que história é essa de trazer um cavalheiro ao quarto de uma senhora? – protestou. – Na minha época isso não era considerado de bom tom! Ainda mais dizendo que é meu sobrinho! Quem é ele? Um bombeiro ou o eletricista?

– Ora, ora, que modos são esses? – recriminou a srta. Packard, com docilidade.

– Sou seu sobrinho, Thomas Beresford – disse Tommy. Mostrou a caixa que trouxera. – Trouxe chocolates para a senhora.

– Você não vai me enrolar dessa forma – esbravejou tia Ada. – Conheço muito bem o seu tipo. É capaz de dizer qualquer coisa. Quem é essa mulher? – perguntou, encarando a sra. Beresford.

– Sou Prudence – respondeu a sra. Beresford. – Sua sobrinha, Prudence.

– Que nome ridículo – provocou tia Ada. – Parece nome de empregada. Meu tio-avô Mathew tinha uma empregada chamada Comfort e uma faxineira que se chamava Aleluia. Era metodista. Mas minha tia-avó Fanny pôs um fim nessa história. Disse que a chamaria de Rebecca enquanto estivesse em *sua* casa.

– Trouxe flores – disse Tuppence.

– Não se traz flores para o quarto de doentes. Absorvem todo o oxigênio.

– Vou colocá-las num vaso para você – disse a srta. Packard.

– Não mesmo. Já deve ter aprendido que sou dona do meu nariz.

– A senhora está em ótima forma, tia Ada – comentou o sr. Beresford. – Vendendo saúde, eu diria.

– Mais do que você, esteja certo. O que você quis dizer com essa história de ser meu sobrinho? Qual é mesmo seu nome? Thomas?

– Sim. Thomas ou Tommy.

– Nunca ouvi falar – afirmou. – Eu só tinha um sobrinho, e ele se chamava William. Morreu na última guerra. Mas foi melhor assim. Ele teria passado maus bocados se tivesse sobrevivido. Estou cansada – finalizou tia Ada, recostando-se no travesseiro e dirigindo-se à srta. Packard. – Leve-os daqui. Você não deveria deixar estranhos entrarem.

– Achei que uma pequena visita poderia alegrá-la – retrucou a srta. Packard, imperturbável.

Tia Ada soltou um riso grave de escárnio.

– Tudo bem – disse Tuppence, alegre. – Vamos embora. Vou deixar as flores aqui. Talvez a senhora mude de ideia em relação a elas. Vamos, Tommy – disse Tuppence encaminhando-se para a porta.

– Bom, até logo, tia Ada. Pena que a senhora não se lembra de mim.

Tia Ada manteve o silêncio até Tuppence sair pela porta com a srta. Packard. Tommy seguiu as duas.

– Volte aqui, *você* – ordenou tia Ada, levantando a voz. – Conheço você perfeitamente. Thomas. Tinha o cabelo vermelho. Abóbora. Isso. Volte. Preciso falar com você. Sem aquela mulher. Ela finge que é sua esposa. A mim não engana. Não sei como pode trazer esse tipo de mulher aqui. Venha, sente-se aqui e me conte sobre sua querida mãezinha. Você, vá embora – acrescentou tia Ada gesticulando e enxotando Tuppence, que hesitava na entrada da porta.

Tuppence retirou-se imediatamente.

– Hoje ela está num de seus dias – comentou a srta. Packard, serena, ao descerem a escada. – Às vezes, é um doce. Incrível.

Tommy sentou na cadeira indicada pela tia Ada e comentou, pacífico, que não poderia falar muito de sua mãe porque ela já estava morta há quase quarenta anos. Tia Ada seguiu imperturbável.

– Engraçado – disse –, já faz tanto tempo? Como passa rápido! – Olhou para o sobrinho com atenção – Por que você não se casa? – perguntou. – Arrume uma mulher decente para cuidar de você. Está na idade. Não precisa andar com essas raparigas por aí, que posam de esposa.

– Na próxima vez que viermos visitá-la, vou pedir à Tuppence que traga a certidão de casamento – disse Tommy.

– Então você a tirou daquela vida? – indagou tia Ada.

– Estamos casados há trinta anos – respondeu Tommy – e temos um filho e uma filha, também casados.

– O problema – seguiu tia Ada, mudando de abordagem com destreza – é que ninguém me conta nada. Se você tivesse me mantido informada...

Tommy não discutiu. Lembrou do que Tuppence dissera certa vez. "Se alguém com mais de 65 anos criticá-lo, não discuta. Não tente provar que está certo. Peça desculpa, diga que sente muito, que foi tudo culpa sua e que aquilo nunca mais se repetirá."

Ocorreu a Tommy, naquele momento, que esse era o caminho a tomar com tia Ada, e que na realidade sempre havia sido assim.

– Sinto muito, tia Ada – desculpou-se. – As pessoas costumam esquecer as coisas com o passar do tempo. Nem todo mundo – continuou, sossegado – tem uma memória tão boa quanto a sua.

Tia Ada delirou. Não há outra palavra.

– É isso mesmo – concordou. – Desculpa se o recebi mal, mas não gosto de ser importunada. Neste lugar, nunca se sabe. Deixam qualquer um entrar. Qualquer um. Se eu acreditasse em tudo o que dizem, acabaria roubada e assassinada em minha própria cama.

– Não acho que isso seja possível – contestou Tommy.

– Nunca se sabe – retorquiu tia Ada. – As coisas que lemos no jornal. E o que as pessoas contam. Não que eu acredite em tudo o que me falam, mas tomo bastante cuidado. Outro dia, apareceu um desconhecido, um sujeito que eu nunca tinha visto antes. Chamava-se Williams, dr. Williams. Disseram que o dr. Murray estava de férias e que o dr. Williams era seu novo sócio. Novo sócio! Como eu poderia saber se não estava mentindo?

– E era o novo sócio?

– Bem, na verdade era – respondeu tia Ada, levemente irritada por ter que dar o braço a torcer. – Mas ninguém tinha como saber ao certo. Chega um homem de carro, com aquela maletinha preta que os médicos levam para lá e para cá.

– Sim – acompanhou Tommy.

O que eu quero dizer é que qualquer um poderia entrar num lugar como este e dizer que é médico. As enfermeiras sorririam, "como não, Doutor?", obedientes. Tolinhas! E se a paciente jura que não conhece o sujeito, dizem que é problema de memória. Eu nunca esqueço um rosto – afirmou tia Ada. – Nunca esqueci. Como está sua tia Caroline? Faz tempo que não tenho notícias dela. Você sabe alguma coisa?

Tommy se desculpou, explicando que sua tia Caroline havia falecido quinze anos antes. Tia Ada não se abalou com a notícia, afinal a falecida não passava de uma prima. Não era sua irmã.

– Estão todos morrendo – disse, com certo prazer. – Falta-lhes perseverança. Esse é o problema. Coração fraco, trombose, pressão alta, bronquite crônica, artrite, essas coisas. Pessoas frágeis, todo mundo. É assim que os médicos sobrevivem. Entupindo as pessoas de remédio. Comprimido amarelo, comprimido rosa, comprimido verde, até comprimido preto. Não deveria me espantar. Argh! Na época da minha avó, os médicos receitavam enxofre com melaço. Imagine o gosto! O indivíduo ficava bom só de se ver diante da possibilidade de tomar um troço daqueles. – Tia Ada balançou a cabeça, satisfeita. – Não dá para confiar nos médicos! Não em questões profissionais... Ouvi dizer que tem muito caso de envenenamento por aí. A fim de conseguir corações para transplante, me disseram. Não acredito. A srta. Packard não toleraria uma coisa dessas.

No andar inferior, a srta. Packard, com ar um pouco embaraçado, indicou uma sala perto do saguão.

– Desculpe-me, sra. Beresford, mas espero que a senhora entenda como são os idosos. Quando cismam com alguma coisa...

– Deve ser muito difícil gerenciar um lugar como este – observou Tuppence.

– Nem tanto – afirmou a srta. Packard. – Eu gosto, sabe? Sinto muito carinho por todos aqui. Sentimos carinho pelas pessoas que cuidamos. Todas têm suas manias e caprichos, mas são fáceis de lidar, quando se descobre o jeito.

Tuppence disse para si mesma que a srta. Packard era uma dessas pessoas que havia descoberto.

– No fundo, são como crianças – disse a srta. Packard, com tolerância na voz. – Só que as crianças têm muito mais lógica, o que dificulta o trabalho com os idosos. Não dá para usar a lógica com eles. Contentam-se em ser tranquilizados, ouvir a confirmação do que querem acreditar. Aí ficam felizes de novo, por um tempo. Tenho uma equipe muito boa aqui. Um pessoal muito paciente, bem-humorado e não muito inteligente, senão perderiam a calma. Sim, srta. Donovan, o que houve? – falou a srta. Packard a uma jovem de *pince-nez* que descia a escada.

– É a sra. Lockett de novo, srta. Packard. Diz que está morrendo e quer que chamemos o médico.

– Ah – suspirou a srta. Packard. – Do que é que ela está morrendo dessa vez?

– Disse que tinha cogumelo no picadinho de ontem, que o cogumelo devia estar infectado e que está morrendo envenenada.

– Essa é nova – comentou a srta. Packard. – Melhor eu subir e falar com ela. Desculpe-me ter de sair assim, sra. Beresford. Tem revista e jornal naquela sala.

– Não se preocupe, estou bem – respondeu Tuppence.

Entrou na sala indicada, um ambiente aconchegante com portas envidraçadas que davam para o jardim, poltronas e vasos de flores em cima das mesas. Numa parede, uma estante cheia de livros, uma mistura de romances contemporâneos, guias de viagem e o que se podia chamar de velhos clássicos, os preferidos das residentes. As revistas estavam espalhadas numa mesa.

No momento, havia apenas uma pessoa na sala: uma senhora de cabelo branco repuxado para trás, sentada numa cadeira, olhando para um copo de leite na mão. Seu rosto era alvo e rosado. Sorriu amavelmente para Tuppence.

– Bom dia – cumprimentou. – Você está vindo morar aqui ou está de visita?

– Estou de visita – respondeu Tuppence. – Tenho uma tia aqui. Meu marido está com ela agora. Achamos que duas pessoas juntas seria demais.

– Muito cuidadoso da sua parte – ponderou a senhora, bebendo um gole do leite, com ar apreciativo. – Será que... não, acho que está bom. Quer tomar alguma coisa? Um chá, um café? É só eu tocar a sineta. São muito prestativos aqui.

– Não, obrigada – agradeceu Tuppence. – De verdade.

– Um copo de leite, talvez. Hoje não está envenenado.

– Não, nem um copo de leite. Não vamos demorar.

– Bem, se tem certeza... mas não seria nenhum estorvo. Aqui, ninguém vê nada como estorvo. A menos que você peça algo impossível.

– Atrevo-me a dizer que a pessoa que estamos visitando às vezes pede coisas praticamente impossíveis – disse Tuppence. – É a srta. Fanshawe – acrescentou.

– Ah, a srta. Fanshawe – repetiu a velha. – Sei.

Parecia se conter, mas Tuppence logo falou, descontraída:

– Ela deve ser uma fera, imagino. Sempre foi.

– É mesmo. Eu tinha uma tia muito parecida, principalmente na velhice. Mas todo mundo aqui adora a srta. Fanshawe. É muito divertida quando quer.

– Imagino que sim – disse Tuppence. Refletiu um momento, pensando na tia Ada sob esse novo ângulo.

– Muito ácida – afirmou a senhora. – A propósito, meu nome é Lancaster. Sra. Lancaster.

– O meu é Beresford – apresentou-se Tuppence.

– Um pouco de malícia de vez em quando não faz mal a ninguém. Suas descrições dos outros hóspedes daqui e o que ela fala deles, não deveríamos rir disso, claro, mas é engraçado.

– A senhora mora aqui há muito tempo?

– Sim. Sete, oito anos. Não, deve ser mais de oito anos. – Suspirou. – Perdemos o contato com as coisas. E com as pessoas também. Todos os meus parentes vivem no exterior.

– Deve ser triste.

– Não muito. Não dou muita bola para eles. Aliás, nem os conheço direito. Tive uma doença grave, muito grave, e fiquei sozinha no mundo. Acharam melhor me colocar num lugar como este. E estou muito feliz de estar aqui. Todos são muito gentis e atenciosos. E os jardins são lindos. Reconheço que não gostaria de viver sozinha, porque fico muito confusa às vezes, sabe? Muito confusa. – Dá um tapinha na testa. – Confusa aqui. Misturo as coisas. Nem sempre me lembro do que acontece.

– Sinto muito – disse Tuppence. – Sempre temos algum problema, não?

– Algumas doenças são muito dolorosas. Duas mulheres daqui, coitadas, estão sofrendo terrivelmente. Artrite. Por isso, acho que confundir um pouco o passado, os lugares e as pessoas não é o pior, sabe? A dor não é física.

– A senhora está coberta de razão – disse Tuppence.

A porta se abriu e entrou uma moça de avental branco, trazendo uma bandeja com café e duas bolachas, que colocou ao lado de Tuppence.

– A srta. Packard imaginou que talvez a senhora quisesse uma xícara de café.

– Muito obrigada – agradeceu Tuppence.

A jovem saiu e a sra. Lancaster comentou:

– Viu? Muito atenciosos, não?

– É mesmo.

Tuppence serviu o café e começou a tomá-lo. As duas mulheres fizeram silêncio por um tempo. Tuppence ofereceu o prato de biscoitos para a sra. Lancaster, mas ela recusou.

– Obrigada, querida. Gosto de tomar leite puro.

Largou o copo vazio e recostou-se na cadeira, com os olhos semicerrados. Supondo que esse era o momento do dia em que a sra. Lancaster tirava um cochilo, Tuppence ficou calada. De repente, porém, a sra. Lancaster pareceu despertar. Abriu os olhos e fitou Tuppence.

– A senhora estava olhando a lareira – disse.

– Estava? – perguntou Tuppence, ligeiramente alarmada.

– Estava. Fiquei pensando – inclinou-se para a frente e baixou o tom de voz. – Desculpe-me, a coitadinha era sua filha?

Tuppence foi pega de surpresa. Não sabia o que dizer.

– Eu... não, acho que não – respondeu.

– Pensei que talvez tivesse vindo por esse motivo. Alguém virá algum dia. Talvez venham. E olhando a lareira do jeito que olhou. É aí que está. Atrás da lareira.

– É? – indagou Tuppence.

– Sempre na mesma hora – continuou a sra. Lancaster, falando baixo. – Sempre na mesma hora do dia. – Dirigiu o olhar para o relógio sobre a lareira. Tuppence fez o mesmo. – Onze e dez – anunciou. – Onze e dez. Sempre na mesma hora, todos os dias.

Suspirou.

– As pessoas não entendem. Eu contei o que sabia, mas ninguém acreditou!

Tuppence sentiu um alívio ao ver Tommy entrar pela porta. Levantou-se.

– Estou aqui. Vamos?

Foi até a porta e despediu-se:

– Adeus, sra. Lancaster.

Já no corredor, perguntou para Tommy:

– Como foi tudo?

– Depois que *você* saiu – respondeu Tommy –, uma maravilha.

– Acho que a perturbei bastante, não? É até animador, por um lado.

– Como assim "animador"?

– Bem, na minha idade – explicou Tuppence – e com minha aparência simples e de certa forma sem graça, é legal ser vista como uma mulher fatal e depravada.

– Boba – disse Tommy, beliscando seu braço carinhosamente. – Quem era aquela sua amiga? Parecia uma velha querida muito simpática.

– Sim, é muito querida – confirmou Tuppence. – Um encanto de velhinha, mas, infelizmente, louca.

– Louca?

– Sim. Achava que havia uma criança morta atrás da lareira ou algo parecido. Perguntou-me se era minha filha.

– Que bizarro – comentou Tommy. – Imagino que aqui deve ter gente meio doida mesmo, mas também idosos com os problemas normais da idade. Ela parecia ser legal.

– Sim, sem dúvida – disse Tuppence. – Legal e muito carinhosa. Gostaria de saber por que tem essas fantasias.

A srta. Packard apareceu de novo, subitamente.

– Tchau, sra. Beresford. Espero que tenham lhe oferecido café.

– Ofereceram sim, obrigada.

– Muito gentil da sua parte ter vindo – disse a srta. Packard, e dirigindo-se a Tommy: – Tenho certeza de que a srta. Fanshawe apreciou muito a sua visita. Lamento ela ter sido grossa com sua esposa.

– Ela pareceu ter se divertido muito – opinou Tuppence.

– Tem razão. Ela gosta de ser grosseira com as pessoas. Infelizmente, é muito boa nisso.

– Por isso pratica sempre que pode – disse Tommy.

– Vocês são muito compreensivos, os dois – elogiou a srta. Packard.

– Aquela velha com quem eu estava conversando – comentou Tuppence. – Sra. Lancaster, acho.

– Ah, sim, a sra. Lancaster. Ela é muito querida.

– Ela é... um tanto peculiar, não?

– Bem, tem suas esquisitices – explicou a srta. Packard, condescendente. – Há muita gente aqui cheia de manias. Inofensivas, claro. Mas são fantasias, coisas que acham que lhes aconteceram, ou com os outros. Procuramos não dar muita atenção, não estimular. Não damos muita importância. É apenas um exercício da imaginação, uma espécie de ilusão em que eles vivem, com seus elementos de euforia e de tristeza e tragicidade. Não importa. Graças a Deus, ninguém tem mania de perseguição. Senão seria insuportável.

– Pronto, acabou – disse Tommy, num suspiro, ao entrar no carro. – Não precisamos voltar por pelo menos seis meses.

Mas não precisaram voltar em seis meses, pois três semanas depois tia Ada morreu dormindo.

CAPÍTULO 3

Um funeral

– Funeral é algo triste, não? – comentou Tuppence.

Acabavam de voltar do funeral de tia Ada após uma longa viagem de trem ao local do enterro, um povoado em Lincolnshire onde a maior parte dos familiares de tia Ada havia sido enterrada.

– Como você esperava que fosse um funeral? – questionou Tommy. – Uma alegria descontrolada?

– Em alguns lugares é – respondeu Tuppence. – Os irlandeses, por exemplo, adoram um velório. Primeiro se entregam às lamúrias, para depois cair na bebida e numa espécie de farra. Falando em *bebida*... – acrescentou, olhando para o aparador.

Tommy foi pegar bebida e voltou com o que considerava apropriado para a ocasião: um White Lady.

– Agora sim – exclamou Tuppence.

Tirou o chapéu preto, jogou-o do outro lado da sala e tirou o sobretudo longo, também preto.

– Odeio luto – declarou. – Tem cheiro de naftalina, pela roupa que fica guardada.

– Você não precisa continuar de luto. Era só para ir ao funeral – disse Tommy.

– Sim, eu sei. Já, já vou subir e colocar uma blusa vermelha para dar uma animada. Você podia preparar outro White Lady.

– Nunca imaginei, Tuppence, que um funeral pudesse criar esse clima de festa.

– Quando eu disse que funeral era uma coisa triste – lembrou Tuppence ao voltar um pouco depois, de vestido vermelho-cereja com detalhes em rubi e diamantes – me referi a funerais como o da tia Ada, sem flores e só gente idosa. Poucas pessoas chorando. Uma velha solitária que não fará muita falta.

– Pois eu imaginava que seria muito mais fácil para você aguentar isso do que se fosse meu funeral, por exemplo.

– É aí que você se engana – disse Tuppence. – Não quero nem pensar no seu funeral, porque prefiro morrer antes de você, mas se eu tivesse que ir no seu enterro, seria uma situação limite de sofrimento. Teria que levar caixas e mais caixas de lenço.

– Pretos?

– Não tinha pensado nisso, mas é uma boa ideia. E além disso, o serviço fúnebre é algo encantador. Faz você se sentir valorizado. O verdadeiro sofrimento é real. Por pior que seja, a pessoa sai modificada. É como um exercício físico.

– Olha, Tuppence, esses seus comentários sobre minha morte e as consequências da minha ausência na sua vida me parecem de muito mau gosto. Vamos mudar de assunto?

– Concordo. Chega.

– A coitada se foi – disse Tommy –, em paz, sem sofrimento. Paremos por aí. Melhor eu resolver logo isso.

Foi até a escrivaninha e revirou alguns papéis.

– Onde eu coloquei a carta do sr. Rockbury?

– Quem é sr. Rockbury? Ah, o advogado que escreveu para você.

– Sim. Para resolver as questões da tia Ada. Acho que sou o único parente vivo dela.

– Pena que ela não tinha uma fortuna para lhe deixar de herança – disse Tuppence.

– Se tivesse, deixaria para aquele asilo de gatos – afirmou Tommy. – A herança que deixou para eles no testamento praticamente leva todo o dinheiro que sobrou. Não vai sobrar quase nada para mim. Não que eu queira ou precise.

– Ela amava tanto gatos?

– Não sei. Acho que sim. Nunca falou de gatos na minha frente. Imagino – continuou Tommy, pensativo – que ela se divertia à beça dizendo para as amigas que iam visitá-la "deixei uma lembrancinha para você no meu testamento" ou "esse broche que você adora vai ser seu um dia". No fim, ela não deixou nada para ninguém, só para os gatos.

– Aposto que se esbaldou com ideia – comentou Tuppence. – Consigo vê-la dizendo esse tipo de coisa para as amigas – pretensas amigas, claro, porque não devia gostar de ninguém. Divertia-se às custas delas. Uma peste, não, Tommy? Só que de uma forma que as pessoas gostavam. Não é qualquer um que consegue aproveitar a vida na velhice, trancado num asilo. Teremos que ir a Sunny Ridge?

– Cadê a outra carta, a da srta. Packard? Ah, está aqui. Eu tinha colocado junto com a carta do Rockbury. Sim, ela diz que tem algumas coisas que agora me pertencem. A tia Ada levou alguns móveis quando foi morar lá. E também tem os objetos de uso pessoal, roupas e coisas do gênero. Creio que alguém terá que examinar tudo. E cartas etc. Sou o executor testamentário, então eu que decido. Não vamos querer nada, né? Só uma pequena escrivaninha que sempre adorei. Do tio William, acho.

– Bom, você pode querer isso como lembrança – disse Tuppence. – Caso contrário, mandamos tudo para leilão.

– Então, você não precisa ir lá.

– Ah, eu quero ir – disse Tuppence.

– Quer? Por quê? Não vai ser chato para você?

– O quê? Mexer nas coisas dela? Claro que não. Sou bastante curiosa. Sempre me interessei por cartas e joias antigas, e acho que devemos avaliá-las com nossos próprios olhos, não simplesmente mandá-las para um leilão ou deixá-las na mão de estranhos. Não, vamos juntos e vemos se tem algo que nos interessa.

– Por que você quer tanto ir? Tem outro motivo, não tem?

– Meu Deus! – exclamou Tuppence –, é terrível ser casada com alguém que nos conhece tanto.

– Então tem mesmo outro motivo?

– Mais ou menos.

– Sem essa, Tuppence. Você nunca gostou de fuxicar as coisas dos outros.

– Esse é meu dever – declarou Tuppence, com firmeza. – Não, o único motivo é...

– Vamos, fala logo.

– Eu queria reencontrar aquela velhinha.

– Qual? Aquela que achava que havia uma criança morta atrás da lareira?

– Sim – confessou Tuppence. – Gostaria de falar com ela de novo. Queria saber o que se passava em sua cabeça quando disse aquilo. Será que era uma lembrança ou só imaginação? Quanto mais eu penso, mais me intriga. Será uma história que inventou ou de fato aconteceu algo relacionado à lareira e a uma criança morta? Por que perguntou se a criança morta era *minha* filha? Tenho cara de ter filha morta?

– Não sei que aspecto você supõe que tenha alguém nessa situação. De qualquer forma, Tuppence, é nosso dever ir. E você pode se divertir de seu jeito macabro nas horas vagas. Combinado. Vou escrever para a srta. Packard marcando o dia.

CAPÍTULO 4

O quadro da casa

Tuppence respirou fundo.

– Está igual – disse.

Ela e Tommy estavam em frente à porta de entrada de Sunny Bridge.

– Por que não estaria? – perguntou Tommy.

– Não sei. É só uma sensação que tenho, relacionada ao tempo. O tempo passa mais devagar ou mais rápido, dependendo do lugar. Voltamos a certos lugares e sentimos que o tempo voou, e que várias coisas aconteceram... e mudaram. Mas aqui... Tommy, se lembra de Ostend?

– Ostend? Passamos nossa lua de mel lá. Claro que lembro.

– E se lembra da placa? TRAMSTILLSTAND. Rimos muito. Parecia tão ridículo!

– Acho que era Knock, não Ostend.

– Não importa. Você se lembra. Nada aconteceu aqui. O tempo parou. Tudo continua na mesma. É como os fantasmas, só ao contrário.

– Não sei do que você está falando. Vamos ficar o dia todo aqui falando do tempo sem tocar a campainha? Tia Ada não está mais aqui, por exemplo. Isso mudou.

Apertou o botão.

– A única coisa que estará diferente. Minha amiga estará tomando seu leite e falando de lareiras, a sra. Fulana engolirá um dedal ou uma colher de chá, uma velhinha baixinha sairá do quarto pedindo seu achocolatado, a srta. Packard descerá as escadas e...

A porta se abre. Uma jovem vestida de avental de náilon fala:

– Sr. e sra. Beresford? A srta. Packard está esperando vocês.

A moça preparava-se para levá-los à mesma sala de visitas da outra vez quando a srta. Packard apareceu e cumprimentou-os. Parecia menos esfuziante do que de costume, mais séria, como se guardasse luto, sem exageros, mas com certo constrangimento. Sabia ser condolente na medida exata.

Setenta anos é a duração de vida consagrada pela Bíblia, e as mortes em sua instituição raramente ocorriam em prazo inferior. Constituíam uma fatalidade perfeitamente natural.

– Que bom que vocês vieram. Arrumei tudo para examinarem. Que bom que puderam vir logo, pois, para falar a verdade, já tem umas quatro pessoas na espera por uma vaga. Tenho certeza de que compreendem. Não quero apressá-los de modo algum.

– Compreendemos, sim – afirmou Tommy.

– Está tudo no quarto que a srta. Fanshawe ocupava – explicou a srta. Packard.

Abriu a porta do quarto em que haviam visto tia Ada pela última vez. O ambiente tinha aquele ar de abandono que fica quando a cama, coberta pela colcha, mostra os contornos sob os lençóis dobrados e os travesseiros primorosamente arrumados.

O armário estava aberto e as roupas encontravam-se em cima da cama, dobradas.

– O que se faz normalmente? Quer dizer, o que as pessoas fazem com roupas e coisas assim? – indagou Tuppence.

A srta. Packard, para variar, mostrou-se competente e prestimosa.

– Posso lhe dar o nome de duas ou três sociedades que receberiam com gosto essa doação. A srta. Fanshawe tinha um bom cachecol de pele e um casaco de qualidade. Imagino que a senhora não tenha um uso especial para eles. Isso se já não estiver doando para alguma instituição.

Tuppence fez sinal de não com a cabeça.

– Ela tinha algumas joias – comentou a srta. Packard. – Ficaram comigo, por motivos de segurança. Estão na gaveta direita da penteadeira. Coloquei lá um pouco antes de vocês chegarem.

– Muito obrigado – disse Tommy – por ter se preocupado.

Tuppence olhava fixo para o quadro pendurado em cima da lareira. Era uma pequena pintura a óleo de uma casa cor-de-rosa ao lado de um canal e uma pequena ponte arqueada, com um barquinho vazio na margem, embaixo da ponte. No fundo, viam-se dois álamos. O cenário era bastante atraente, mas Tommy não conseguia entender o motivo da atenção fervorosa de Tuppence.

– Que engraçado – murmurou Tuppence.

Tommy olhou-a intrigado. O que Tuppence achava engraçado, ele sabia por experiência própria após tantos anos de convivência, não era exatamente o que se pode chamar de engraçado.

– O que você quer dizer, Tuppence?

– É engraçado. Não tinha reparado nesse quadro quando vim aqui na outra vez. Mas o mais estranho é que já vi essa casa em algum lugar. Ou talvez seja apenas uma casa parecida com a que vi. Lembro muito bem. O engraçado é que não lembro nem quando nem onde.

– No mínimo reparou sem notar que estivesse reparando – disse Tommy, sentindo que seu discurso era tosco e quase tão prolixo quanto o de Tuppence repetindo a palavra "engraçado".

– *Você* reparou, Tommy, quando viemos aqui na última vez?

– Não, mas também não olhei com atenção.

– Ah, o quadro – a srta. Packard entrou na conversa. – Impossível vocês terem visto esse quadro da última vez. Estou quase certa de não estava pendurado aí na ocasião. Pertencia a uma de nossas hóspedes, e ela resolveu dá-lo de presente para sua tia. A srta. Fanshawe expressou admiração pelo quadro uma ou duas vezes, e essa senhora insistiu para que ela ficasse com ele.

– Entendo – disse Tuppence. – É, não tem como eu ter visto o quadro antes. Mas ainda assim, sinto que conheço muito bem essa casa. Você não, Tommy?

– Não – respondeu ele.

– Bom, vou deixá-los agora – disse a srta. Packard, rapidamente – Qualquer coisa que precisarem é só chamar.

Deu um sorriso e saiu do quarto, fechando a porta atrás de si.

– Não gosto muito dos dentes dessa mulher – afirmou Tuppence.

– Qual o problema?

– Ela tem dentes demais na boca. Ou eles são muito grandes. "*Para te comer melhor!*", como diria a vovozinha da Chapeuzinho Vermelho.

– Você está estranha, Tuppence.

– Estou mesmo. Sempre achei a srta. Packard muito legal, mas hoje, por algum motivo, ela me deu uma impressão sinistra. Você já sentiu isso?

– Não, nunca. Bem, que tal fazermos o que viemos fazer? Verificar os "bens" da tia Ada, como dizem os advogados. Essa é a escrivaninha que lhe falei... do tio Williams. Gosta?

– Linda! Estilo regência, pelo jeito. Que bom que os idosos que vêm para cá podem trazer seus pertences. Não faço questão das cadeiras artesanais, mas gostaria dessa mesinha. É exatamente o que precisamos para aquele cantinho perto da janela onde está aquela estante horrível.

– Ótimo! – exclamou Tommy. – Vou anotar as duas.

– E quero o quadro da lareira. É bonito, e tenho quase certeza de que já vi aquela casa em algum lugar. Vamos dar uma olhada nas joias.

Abriram a gaveta da penteadeira. Havia um conjunto de camafeus, um bracelete, brincos florentinos e um anel com pedras de diferentes cores.

– Já vi um desses antes – disse Tuppence. – Normalmente, as iniciais das pedras formam uma palavra. Às vezes *dearest**. Diamante, esmeralda, ametista. Não, *dearest* acho que não. Não podia ser mesmo. Sou incapaz de imaginar alguém dando um anel para sua tia Ada com a palavra *dearest.* Rubi, esmeralda... O difícil é saber por onde começar. Vou tentar de novo. Rubi, esmeralda, outro rubi. Não. Acho que é uma granada, uma ametista e outra pedra rosa. Deve ser um rubi e um pequeno diamante no meio. Ah, claro, é "*regard*"**. Muito legal, de verdade. Tão antiquado e sentimental.

Colocou o anel no dedo.

– A Deborah vai gostar desse anel – disse – e do jogo florentino. Ela é louca por coisas vitorianas. Como muita gente hoje. Bom, vamos ver as roupas. É a parte *mórbida*, a meu ver. Ah, este é o cachecol de pele. Parece ser muito valioso. Eu não usaria. Será que alguém aqui usaria esse cachecol? Alguém que tenha sido importante para a tia Ada, ou talvez alguma grande amiga entre as hóspedes... moradoras, digo. Reparei que são chamadas de moradoras ou hóspedes. Seria legal dar o cachecol de presente para uma pessoa assim. É zibelina legítima. Vamos falar com a srta. Packard. O resto das coisas podem ir para caridade. Então, resolvido? Vamos procurar a srta. Packard. Adeus, tia Ada – despediu-se em voz alta, olhando para a cama. – Estou contente por termos vindo aquela última vez. Pena que a senhora *não* gostou de mim, mas se essa falta de simpatia e aquelas grosserias lhe deram prazer, não a julgo. A senhora precisava se divertir mesmo. Não a esqueceremos. Sempre nos lembraremos, toda vez que olharmos para a escrivaninha do tio William.

Foram atrás da srta. Packard. Tommy explicou que mandariam buscar a escrivaninha e a mesa e que falaria com os leiloeiros da região em relação ao

---

* Amada (N.T.)

** Lembrança (N.T.)

resto dos móveis. Quanto às roupas, a srta. Packard tinha carta branca para escolher as organizações de caridade que quisesse, caso não fosse incômodo.

– Não sei se alguém gostaria de ficar com o cachecol de pele – disse Tuppence. – É um cachecol muito bom. Uma grande amiga, talvez? Ou quem sabe uma das enfermeiras que tenha sido importante para a tia Ada.

– Muito delicado da sua parte, sra. Beresford. Acho que a srta. Fanshawe não tinha uma grande amiga entre nossas moradoras, mas a sra. O'Keefe, uma das enfermeiras, cuidou bastante dela e imagino que se sentiria muito honrada com o presente.

– E tem aquele quadro em cima da lareira – lembrou Tuppence. – Eu gostaria de ficar com ele, mas talvez a dona queira-o de volta. Podíamos perguntar...

A srta. Packard interrompeu-a.

– Desculpe-me, sra. Beresford, mas não vai ser possível. Esse quadro pertencia à sra. Lancaster e ela não mora mais aqui.

– Não mora mais aqui? – perguntou Tuppence, surpresa. – A sra. Lancaster? A senhora que encontrei na última vez, de cabelo branco puxado para trás, tomando leite na sala de estar, foi embora, é isso?

– É. Foi tudo muito de repente. Uma parente dela, a sra. Johnson, levou-a faz uma semana, mais ou menos. Quando menos se esperava, voltou da África, onde passou os últimos quatro ou cinco anos. Agora ela pode cuidar da sra. Lancaster, pois ela e o marido estão comprando uma casa na Inglaterra. Não acho – disse a srta. Packard – que a sra. Lancaster quisesse realmente ir embora daqui. Ela já estava tão acostumada e se dava bem com todo mundo. Era feliz. Ficou bastante abalada, chorou muito, mas fazer o quê? Sua opinião não contava muito, claro, porque a família Johnson estava pagando sua estadia aqui. Cheguei até a levantar a questão de que ela já estava tão acostumada com o lugar que talvez fosse melhor deixá-la ficar...

– Quanto tempo a sra. Lancaster ficou aqui? – indagou Tuppence.

– Quase seis anos, acho. Sim, quase isso. É por isso que ela já se sentia em casa.

– Sim – disse Tuppence –, entendo.

Franziu a testa, olhou rapidamente para Tommy, nervosa, e por fim levantou a cabeça.

– Que pena que ela foi embora. Tive a sensação, quando conversamos, que já a conhecia. Seu rosto me parecia familiar. Depois, lembrei que já tínhamos nos visto. Ela estava com uma antiga amiga minha, a sra. Blenkinsop. Queria, ao voltar aqui para visitar a tia Ada, me certificar disso. Mas, claro, se ela foi morar com a família, as coisas mudam.

– Entendo bem, sra. Beresford. Se alguma das nossas moradoras mantém contato com alguma de suas antigas amigas ou alguém que já conhece seus parentes, faz uma grande diferença. Não me lembro de ter ouvido esse nome, Blenkinsop, mas em todo caso não creio que houvesse possibilidade de isso acontecer.

– Poderia me falar um pouco dela, de sua família e de como ela veio parar aqui?

– Não há muito o que contar. Como eu disse, há mais ou menos seis anos, recebemos uma carta da sra. Johnson perguntando sobre nossa instituição. Um dia, veio aqui pessoalmente conhecer o lugar. Disse que tinha recomendações de um amigo e queria saber as condições. Cerca de uma ou duas semanas depois, recebemos uma carta de um escritório de procuradores de Londres pedindo outras informações e informando que a sra. Johnson traria a sra. Lancaster em uma semana, caso tivéssemos vaga. Como de fato tínhamos, a sra. Johnson a trouxe para cá. Ela adorou o lugar e o quarto que lhe reservamos, mas queria saber se podia trazer alguns pertences pessoais, nos contou a sra. Johnson. Não fiz objeção, porque quando as pessoas trazem suas coisas acabam ficando muito mais felizes. Deu tudo certo. A sra. Johnson explicou que a sra. Lancaster era parente distante de seu marido, mas que se preocupavam com ela porque estavam indo para a África... Nigéria, acho, seu marido tinha conseguido um emprego lá e, ao que parecia, eles não voltariam para a Inglaterra tão cedo. Então, como não tinham casa para oferecer à sra. Lancaster, queriam colocá-la num lugar em que ela pudesse ser realmente feliz. Tinham certeza, pelo o que ouviram falar, que aqui era esse lugar. Ou seja, deu tudo certo, e a sra. Lancaster se adaptou muito bem.

– Entendo.

– Todo mundo aqui gostava muito da sra. Lancaster. Ela era um pouco... dispersa, digamos. Quer dizer, esquecida, fazia confusão, às vezes não se lembrava de nomes e endereços.

– Recebia muitas cartas? – perguntou Tuppence. – Refiro-me a correspondência e pacotes do exterior.

– Acho que a sra. Johnson, ou o sr. Johnson, lhe escreveu uma ou duas vezes da África, mas só no primeiro ano. As pessoas esquecem. Principalmente quando vão para um país novo e passam a ter uma vida diferente. Acho que eles nunca tiveram muito contato. Parecia ser uma relação distante, uma responsabilidade de família, sabe? Era isso. Todos os acertos financeiros foram feitos pelo procurador, o sr. Eccles, de um escritório muito conhecido. Aliás, tínhamos feito algumas transações por intermédio dele, de modo que já nos conhecíamos. Mas acho que a maioria dos amigos e familiares da sra. Lancaster já tinha morrido. Por isso não recebia muitas cartas, e raramente vinham visitá-la. Um homem muito elegante veio vê-la cerca de um ano depois, pelo que me lembro. Acho que não a conhecia pessoalmente, mas era amigo do sr. Johnson e também já havia trabalhado no exterior. Parece que veio só para se certificar de que estava bem.

– E depois disso – concluiu Tuppence – todo mundo se esqueceu dela.

– Infelizmente – respondeu a srta. Packard. – Triste, não? Isso é mais do que comum. Para nossa alegria, a maioria das nossas moradoras faz amizades aqui. Ficam amigas de alguém com gostos parecidos ou lembranças em comum. As coisas se ajeitam logo. Acho que quase todas esquecem boa parte do passado.

– Imagino que algumas – disse Tommy – sejam um pouco... – hesitou, procurando uma palavra – um pouco... – levou a mão à testa num movimento lento, mas afastou-a em seguida. – Não estou dizendo... – continuou.

– Entendo perfeitamente o que o senhor quer dizer – tranquilizou-o a srta. Packard. – Não recebemos pacientes com problemas mentais, mas temos o que poderíamos chamar de casos limítrofes, ou seja, pessoas bastante senis, que não conseguem se cuidar sozinhas ou que têm certas fantasias. Algumas idosas acham que são personagens históricos. Um devaneio inofensivo. Já tivemos duas Marias Antonietas aqui. Uma delas falava sempre de um tal de *Petit Trianon* e bebia muito leite, que associava ao lugar. E tivemos uma velhinha que insistia em dizer que era Madame Curie e que havia descoberto o rádio. Devorava os jornais, em especial os artigos sobre bombas atômicas ou descobertas científicas. Depois explicava que ela e o marido foram os primeiros a conduzir experimentos na área. Ilusões inofensivas que ajudam a trazer alegria para as pessoas da terceira idade e que, de um modo geral, não duram para sempre. Ninguém passa dias inteiros bancando Maria Antonieta ou até mesmo Madame Curie. Normalmente, acontece uma vez a cada quinze dias, mais ou menos. Deve ser cansativo ficar representando o tempo todo. Na maioria das vezes, os idosos sofrem mesmo é de esquecimento. Não se lembram direito da própria identidade. Ou vivem dizendo que esqueceram algo muito importante, que dariam tudo para lembrar o que era, esse tipo de coisa.

– Entendo – disse Tuppence. Hesitou por um momento e então perguntou:

– No caso da sra. Lancaster... ela se lembrava sempre de episódios relacionados apenas com a lareira da sala de estar ou era qualquer lareira?

A srta. Packard arregalou os olhos.

– Lareira? Não entendo o que a senhora quer dizer.

– Ela disse algo que não entendi. Talvez tenha feito uma associação com uma lareira ou tenha lido alguma história que a assustou.

– Possivelmente.

Tuppence comentou:

– Continuo sem saber o que fazer com o quadro que ela deu para tia Ada.

– Não precisa se preocupar, sra. Beresford. Nesse momento, ela já deve ter esquecido tudo. Não acho que ela valorizasse tanto aquele quadro. Só ficou feliz de saber que a srta. Fanshawe o admirava e teve prazer em dá-lo de presente. Tenho certeza de que ela também ficaria feliz de lhe dar o quadro, porque a senhora o admira. É um lindo quadro. Não que eu entenda de arte.

– Sabe o que vou fazer? Vou escrever para a sra. Johnson, se me der o endereço, e perguntar se tem algum problema eu ficar com ele.

– O único endereço que eu tenho é do hotel de Londres para onde elas iam... Cleveland, acho. Isso mesmo, Hotel Cleveland, George Street, W1. A sra. Johnson ia levar a sra. Lancaster para esse hotel por uns cinco dias e depois disso elas iam ficar na casa de uns parentes na Escócia, parece. No Hotel Cleveland eles devem ter algum endereço.

– Muito obrigada. E o cachecol de pele da tia Ada?

– Vou chamar a srta. O'Keefe.

Saiu do quarto.

– Você e suas sras. Blenkinsops – riu Tommy.

Tuppence tinha um ar complacente.

– Uma das minhas melhores criações! – exclamou. – Ainda bem que me lembrei dela... precisava de um nome e de repente sra. Blenkinsop me veio à cabeça. Foi tão engraçado, né?

– Já faz muito tempo. Épocas de espiões de guerra e contraespionagem.

– Saudade... *Era* divertido... morar naquela pensão, com uma nova personalidade. Comecei a acreditar de verdade que eu era a sra. Blenkinsop.

– Você teve sorte de escapar ilesa – disse Tommy. – E na minha opinião, como lhe disse uma vez, exagerou.

– Não exagerei não. Eu estava totalmente dentro do personagem. Uma mulher legal, meio ignorante e muito ocupada com os três filhos.

– É isso o que estou dizendo – reafirmou Tommy. – Um filho teria sido mais do que suficiente. Três filhos já era preocupação demais.

– Eles passaram a ser bastante reais para mim – lembrou Tuppence. – Douglas, Andrew e... Nossa, esqueci o nome do terceiro! Sei exatamente como eram e onde moravam. Falava abertamente das cartas que recebia.

– Então, isso é exagero – concluiu Tommy. – Não há o que descobrir aqui. Esqueça a sra. Blenkinsop. Depois que eu morrer, passado o período de luto, você vai parar num lar de idosos e passar metade do tempo achando que é a sra. Blenkinsop.

– Vai ser muito chato desempenhar um papel só – disse Tuppence.

– Por que você acha que as velhinhas *querem* ser Maria Antonieta, Madame Curie, essas coisas? – perguntou Tommy.

– Imagino que seja por causa do tédio. É fácil se entediar. Tenho certeza de que *você* se entediaria se não conseguisse mais andar ou se os seus dedos endurecessem a ponto de não dar mais para tricotar. Procuramos nos divertir com qualquer coisa, por exemplo, interpretando um personagem célebre para ver como nos sentimos. Entendo perfeitamente isso.

– Claro que entende – disse Tommy. – Deus ajude o asilo que a receber. Imagino você bancando a Cleópatra.

– Não vou ser uma pessoa famosa – afirmou Tuppence. – Vou ser alguém como uma copeira no castelo de Anne de Cleves, espalhando fofocas picantes que ouvi.

A porta se abriu e por ela entrou a srta. Packard em companhia de uma jovem sardenta, alta, vestida de enfermeira e com uma vasta cabeleira ruiva.

– Esta é a srta. O'Keefe... sr. e sra. Beresford. Querem falar com você. Com licença. Uma das minhas pacientes está me esperando.

Tuppence mostrou o cachecol de pele da tia Ada para a enfermeira O'Keefe, que ficou extasiada.

– Que lindo! Mas é elegante demais para mim. Vocês não querem ficar com ele?

– Na verdade, não. Fica grande em mim. Sou muito baixinha. É ideal para a sua altura. A tia Ada também era alta.

– Uma verdadeira dama! Deve ter sido uma moça muito bonita quando jovem.

– Imagino que sim – disse Tommy, sem convicção. – Mas deve ter sido difícil como paciente.

– Sim, era realmente difícil. Mas tinha muita fibra. Nada a desanimava. E também não se deixava enganar. Era incrível como sabia das coisas. Arguta que só vendo.

– Mas tinha temperamento forte.

– É verdade. Mas o tipo chorão é o que incomoda mais... com reclamações e lamúrias. A srta. Fanshawe nunca perdia o ânimo. Contava histórias fabulosas do passado... quando era menina, subiu as escadas de uma casa de campo a cavalo... era o que dizia... Será verdade?

– Olha, eu não me fiaria muito – disse Tommy.

– Nunca se sabe. As velhinhas contam cada coisa! Criminosos que identificaram... "Precisamos avisar a polícia imediatamente, senão todos correm perigo."

– Alguém estava sendo envenenado na última vez que viemos aqui, eu lembro – comentou Tuppence.

– Ah, era a sra. Lockett. Isso acontece todo dia. Mas ela não quer que chamemos a polícia. Quer o médico. É louca por médicos.

– E vimos uma senhora baixinha pedindo achocolatado...

– Era a sra. Moody. Coitada, já se foi.

– Foi embora daqui?

– Não. Trombose. Tudo muito repentino. Era uma das pessoas que se dedicava muito à sua tia. Não que a srta. Fanshawe sempre tivesse paciência com ela... falava pelos cotovelos.

– A sra. Lancaster foi embora, ouvi dizer.

– Sim, a amiga veio buscá-la. Não queria ir, coitadinha.

– Sabe algo a respeito da história que ela me contou, sobre a lareira da sala de estar?

– Ah, ela contava um monte de histórias... sobre as coisas que lhe aconteceram... e os segredos que sabia...

– Ela falou algo a respeito de uma criança... raptada ou assassinada...

– Veja só, as coisas que elas inventam! Tiram quase todas essas ideias da televisão...

– Você acha muito difícil trabalhar aqui com todos esses idosos? Deve ser cansativo.

– De forma alguma. Eu adoro idosos. Por isso decidi fazer trabalho geriátrico...

– Está aqui há muito tempo?

– Há um ano e meio – fez uma pausa. – Mas estou indo embora mês que vem.

– É mesmo? Por quê?

Pela primeira vez, pôde-se notar um certo constrangimento nos modos da enfermeira O'Keefe.

– Sabe, sra. Beresford, precisamos de uma mudança de vez em quando...

– Mas você continuará trabalhando com isso?

– Claro que sim! – respondeu, pegando o cachecol de pele. – Agradeço mais uma vez, e fico muito feliz por guardar uma recordação da srta. Fanshawe... uma verdadeira dama. Difícil de encontrar nos dias de hoje.

CAPÍTULO 5

O desaparecimento da velhinha

I

Os pertences da tia Ada chegaram no tempo previsto. A escrivaninha foi instalada e admirada. A mesinha substituiu a estante, relegada a um canto escuro do hall. Tuppence pendurou o quadro da casa rosa à beira do canal sobre a lareira do quarto, para vê-lo toda manhã enquanto tomava o chá matutino.

Sentindo a consciência ainda um pouco pesada, decidiu escrever uma carta explicando como o quadro viera parar em suas mãos, mas que se a sra. Lancaster o quisesse de volta, bastava avisar. Mandou a carta aos cuidados de Sra. Johnson, endereço: Hotel Cleveland, George Street, Londres, W1.

Não recebeu resposta. Uma semana mais tarde, a carta voltou com o dizer "Destinatário desconhecido".

– Que chato! – disse Tuppence.

– Talvez eles tenham ficado lá uma ou duas noites apenas – arriscou Tommy.

– Sim, mas é de se supor que deixassem o novo endereço.

– Você não pôs "favor encaminhar" no envelope?

– Pus. Já sei! Vou ligar e perguntar. Devem ter dado algum contato na recepção do hotel.

– Eu deixaria isso para lá, se fosse você – disse Tommy. – Por que todo esse alvoroço? Aquela senhora já deve até ter esquecido esse quadro.

– Não custa tentar.

Tuppence pegou o telefone e logo em seguida estava falando com o Hotel Cleveland.

Alguns minutos depois, reapareceu no gabinete de Tommy.

– Muito curioso, Tommy... elas nunca estiveram lá... nem sra. Johnson... nem sra. Lancaster... nunca houve reserva de quarto nesses nomes... ou qualquer indício de que tenham se hospedado ali antes.

– A srta. Packard deve ter dado o nome do hotel errado. Anotou às pressas e depois perdeu, ou não se lembrou do nome certo. Isso acontece.

– Não imaginei que isso acontecesse em Sunny Ridge. A srta. Packard é sempre tão eficiente!

– Vai ver que não reservaram com antecedência, o hotel estava lotado e elas tiveram que procurar outro lugar. Você sabe como é difícil encontrar lugar em Londres. Você *tem* mesmo que continuar remexendo nisso?

Tuppence retirou-se.

Voltou logo em seguida.

– Já sei o que vou fazer. Vou ligar para a srta. Packard e pedir o endereço dos procuradores...

– Que procuradores?

– Você não lembra que ela falou de um escritório que resolveu todos os trâmites porque os Johnsons estavam viajando?

Tommy, ocupado com o discurso que preparava para uma conferência de que participaria em pouco tempo e falando baixinho para si mesmo "*a política propícia frente a tal contingência*", perguntou:

– Como se escreve contingência, Tuppence?

– Você ouviu o que eu disse?

– Ótima ideia! Maravilha. Excelente. Faça isso...

Tuppence ia saindo, virou a cabeça e respondeu:

– C-o-n-s-i-s-t-ê-n-c-i-a.

– Impossível. Você entendeu errado.

– Sobre o que você está escrevendo?

– O trabalho que vou apresentar na I.U.A.S., e preciso de silêncio.

– Desculpe.

Tuppence saiu. Tommy seguiu escrevendo, apagando, rabiscando. Seu rosto se iluminava à medida que escrevia. A porta se abriu mais uma vez.

– Aqui está – mostrou Tuppence. – Partingdale, Harris, Lockeridge & Partingdale, 32 Lincoln Terrace, W.C.2. Tel. Holborn 051386. O sócio ativo da firma é o sr. Eccles.

Colocou uma folha de papel ao lado do cotovelo de Tommy.

– Agora é com *você.*

– Não! – exclamou Tommy, decidido.

– Sim! A tia é *sua.*

– Que história é essa de tia? A sra. Lancaster não é minha tia.

– Mas são *advogados* – Tuppence insistiu. – É tarefa de homem lidar com advogados. Eles sempre acham que as mulheres são ignorantes e não prestam atenção...

– Uma visão bastante pertinente – comentou Tommy.

– Tommy! Ajude. Você liga e eu vejo no dicionário como se escreve contingência.

Tommy olhou-a por um tempo, mas fez o que Tuppence pedia.

Voltou finalmente e disse, firme:

– Assunto *encerrado*, Tuppence.

– Conseguiu falar com o sr. Eccles?

– Na verdade, falei com o sr. Wills, que sem dúvida é o mediador da firma Partingford, Lockjaw and Harrison. Mas ele se mostrou bem informado e loquaz. Todas as cartas seguem por intermédio do Southern Counties Bank, agência Hammersmith, que se encarrega de repassar a correspondência. E lá, Tuppence, é o *fim* da linha. Entende? Os bancos reencaminham a correspondência, mas não vão passar nenhum endereço, nem para você, nem para ninguém. Eles têm um código de ética e sabem manter sigilo, como nossos maiores primeiros-ministros.

– Tudo bem, vou mandar uma carta aos cuidados do banco.

– Faça isso. E, pelo amor de Deus, *deixe-me trabalhar*. Preciso terminar aqui.

– Obrigada, querido – disse Tuppence. – Não sei o que faria sem você.

Deu-lhe um beijo na cabeça.

– Manteiga melhor não existe – completou Tommy.

II

Só na quinta-feira à noite é que Tommy perguntou de repente:

– A propósito, você recebeu resposta daquela carta que enviou para a sra. Johnson aos cuidados do banco?

– Hum... interessado? – perguntou Tuppence, irônica. – Não, não recebi.

Acrescentou, pensativa:

– E acho que não vou receber.

– Por que não?

– Você não quer realmente saber – afirmou Tuppence, friamente.

– Olha, Tuppence, sei que tenho andado um pouco distraído. É esse trabalho da I.U.A.S. Mas, graças a Deus, é só uma vez por ano.

– Começa na segunda, não é? São cinco dias?

– Quatro.

– Todos vão para uma casa ultrassecreta em algum lugar do país fazer discursos, ler artigos e treinar jovens para missões supersecretas na Europa e outros continentes. Esqueci o que quer dizer I.U.A.S. Existem tantas siglas hoje em dia...

– International Union of Associated Security.

– Uau! Meio ridículo. E no mínimo o lugar está cheio de microfones escondidos e todo mundo sabe das conversas mais íntimas um do outro.

– Muito provável – disse Tommy, com um sorriso irônico.

– E você deve gostar.

– Até gosto. Encontro vários amigos.

– Todos bem gagás a esta altura, não? E obtêm algum resultado?

– Céus, que pergunta! Não creio que ninguém possa responder com um mero sim ou não...

– E alguma daquelas pessoas é boa?

– Eu diria que sim. Algumas são bastante boas, aliás.

– O velho Josh vai estar lá?

– Sim, vai estar.

– Como ele é hoje?

– Está bastante surdo, meio cego e limitado pelo reumatismo. Ainda assim,você ficaria surpresa com as coisas que *não* lhe escapam.

– Entendi – disse Tuppence. Pensou um pouco e comentou:

– Gostaria de participar também.

Tommy tinha um ar pesaroso.

– Espero que você ache algo para fazer enquanto eu estiver fora.

– Vou achar – afirmou Tuppence, reflexiva.

Seu marido olhou-a com a vaga apreensão que ela sempre lhe causava.

– Tuppence, o que você está tramando?

– Nada ainda. Por enquanto estou só pensando.

– Em quê?

– Sunny Ridge. E numa velhinha tomando leite e falando, de um jeito meio biruta, sobre crianças mortas e lareiras. Fiquei intrigada. Decidi, naquele momento, investigar mais da próxima vez que fôssemos visitar a tia Ada. Mas não houve próxima vez, porque ela morreu. E quando voltamos a Sunny Ridge, a sra. Lancaster tinha desaparecido!

– Você quer dizer "tinha sido levada pela família". Isso não é desaparecimento. É normal.

– Foi desaparecimento! Nenhum endereço rastreável, nenhuma resposta às cartas. Foi um desaparecimento planejado. Estou cada vez mais certa disso.

– Mas...

Tuppence interrompeu Tommy:

– Escute, Tommy... suponha que aconteça um crime... tudo parece calmo e seguro... então, alguém da família vê alguma coisa ou fica sabendo de algo, uma velha tagarela que vive conversando com as pessoas, alguém que pode representar um perigo para você... O que você faria?

– Arsênico na sopa? – sugeriu Tommy, bem-humorado. – Uma pancada na cabeça? Um empurrão na escada?

– Esse seria um caso extremo. Mortes repentinas atraem atenção. Você procuraria uma forma mais simples e encontraria. Um respeitável lar para mulheres idosas. Você faria uma visita ao local, respondendo pelo nome de sr. Johnson, ou arranjaria alguém insuspeitável para fazer o trabalho no seu lugar. Os trâmites financeiros ficariam a cargo de um conhecido escritório de procuradores. Você avisa que seu parente idoso costuma ter ideias fantasiosas, como muitos outros da mesma idade, logo de cara. Ninguém acharia estranho. Se ela falasse de leite envenenado, crianças mortas atrás da lareira ou sequestro, ninguém daria muita importância. Pensariam "lá vem a sra. Fulana com seus devaneios de novo". Ninguém *desconfiaria de nada.*

– Exceto a sra. Beresford – disse Tommy.

– *Exato*! – concordou Tuppence. – *Eu* desconfiei.

– Mas por quê?

– Não sei direito – respondeu Tuppence, pausadamente. – É como nos contos de fada. *Pelo comichar do meu polegar, sei que deste lado vem vindo um malvado...* de repente, me deu medo. Sempre achei Sunny Ridge um lugar muito agradável e harmonioso, e de uma hora para a outra fiquei na dúvida... Não sei dizer de outra forma. Queria descobrir mais. E agora a pobre sra. Lancaster desapareceu. Alguém sumiu com ela.

– Mas por que fariam isso?

– A única resposta que me vem à mente é que ela estava piorando, piorando do ponto de vista deles, se lembrando de mais coisas, ou talvez tenha reconhecido alguém, ou alguém a tenha reconhecido. De repente ficou sabendo de algo que atiçou sua memória. De qualquer forma, por um motivo ou outro, se tornou uma ameaça.

– Olha, Tuppence, essa história toda está cheia de "alguéns" e "algos". Não passa de imaginação. Você não vai querer se complicar com um assunto que não é da sua conta...

– Não há nenhuma complicação – concluiu Tuppence. – Então não há com o que se preocupar.

– Esqueça Sunny Ridge.

– Não pretendo voltar lá. Já me disseram tudo o que sabiam, suponho. Acho que a sra. Lancaster estava bastante segura ali. Quero descobrir onde ela está *agora*, encontrá-la onde quer que esteja, *a tempo...* antes que algo lhe aconteça.

– O que você acha que pode acontecer com ela?

– Não gosto nem de pensar. Mas estou no caminho. Vou ser Prudence Beresford, detetive particular. Lembra quando éramos os brilhantes detetives Blunts?

– *Eu* era – corrigiu Tommy. – *Você* era a srta. Robinson, minha secretária particular.

– Não o tempo todo. De qualquer forma, é isso o que vou fazer enquanto você estiver brincando de espionagem internacional na mansão ultrassecreta. Vou me empenhar na missão "Salve a sra. Lancaster".

– E provavelmente a encontrará sã e salva.

– Tomara! Ninguém vai ficar mais feliz do que eu.

– Como é que você vai fazer?

– Como lhe disse, primeiro preciso pensar. Talvez algum tipo de anúncio. Que tal? Não, seria um erro.

– Tenha cuidado – advertiu Tommy, meio sem jeito.

Tuppence não se dignou a responder.

III

Na segunda-feira de manhã, Albert, o principal esteio da vida doméstica dos Beresford por muitos anos, desde que fora incitado a aderir às atividades anticriminosas de ambos na época em que não passava de um jovem ascensorista ruivo, deixou a bandeja do chá matinal na mesa entre as duas camas, abriu as cortinas, anunciou que o dia estava lindo e se retirou do quarto.

Tuppence bocejou, sentou-se, esfregou os olhos, serviu-se uma xícara de chá, colocou uma rodela de limão dentro e observou que o dia estava realmente lindo, ainda que num primeiro momento.

Tommy virou-se para o lado e resmungou.

– Acorda – disse Tuppence. – Você precisa ir ao tal lugar hoje, lembra?

– Ai, meu Deus – exclamou Tommy. – É mesmo.

Sentou-se também e tomou chá. Olhou com admiração o quadro em cima da lareira.

– Devo confessar, Tuppence, que esse seu quadro é muito bonito.

– É a maneira como o sol entra pela janela e o ilumina.

– Dá uma sensação de paz – descreveu Tommy.

– Queria tanto lembrar onde foi que eu vi esse cenário antes!

– Que importa? Você vai se lembrar uma hora dessas.

– Uma hora dessas não. Quero lembrar *agora.*

– Por quê?

– Por quê? É a única pista que eu tenho. Esse quadro era da sra. Lancaster...

– Mas uma coisa não tem nada a ver com a outra – disse Tommy. – Ou seja, sei que o quadro já pertenceu à sra. Lancaster, mas deve ter sido apenas mais um quadro que ela ou alguém de sua família comprou numa exposição. Talvez tenha ganhado de presente e resolveu levá-lo para Sunny Ridge porque gostava dele. Nada parece indicar que o quadro tivesse alguma relação pessoal com a sra. Lancaster. Se tivesse, não teria dado para a tia Ada.

– É a única pista que tenho – repetiu Tuppence.

– É uma casa tranquila – disse Tommy.

– Mesmo assim, acho que está vazia.

– Como assim “vazia”?

– Acho que não tem ninguém morando nela – explicou Tuppence. – Ninguém jamais vai sair dessa casa, para atravessar a ponte ou desamarrar o barco e ir embora.

– Pelo amor de Deus, Tuppence.

Tommy olhava fixo para ela.

– O que está acontecendo com você?

– Pensei isso na primeira vez que a vi – disse Tuppence. – "Que casa legal para se morar". Mas aí pensei "tenho certeza de que ninguém mora aí." Isso prova que já vi essa casa antes. Um momento! Um momento. Está vindo. Está vindo!

Tommy arregalou os olhos.

– Por uma *janela* – disse Tuppence, ofegante. – Por uma janela de carro? Não, esse seria o ângulo errado. Ao longo do canal, uma pequena ponte arqueada, as paredes rosa da casa, os dois álamos, mais de dois. Havia muito mais álamos. Ah, meu Deus, se eu tivesse como...

– Pare com isso, Tuppence.

– Vou lembrar.

– Meu Deus! – Tommy olhou para o relógio. – Preciso correr. Você e seu quadro *déjà vu*...

Pulou da cama e foi direto para o banheiro. Tuppence recostou-se nos travesseiros e fechou os olhos, tentando puxar pela memória algo que permanecia aparentemente inalcançável.

Tommy estava se servindo uma segunda xícara de chá na sala quando Tuppence apareceu, triunfante.

– Lembrei! Lembrei onde foi que eu vi aquela casa. Foi da janela de um trem.

– Onde? Quando?

– Não sei. Preciso pensar. Lembro de ter dito a mim mesma: "Algum dia vou conhecer essa casa", e tentei ver qual era o nome da estação seguinte, mas você sabe como são as estradas de ferro hoje. Derrubaram metade das estações e a estação seguinte estava toda destruída, a grama alta, sem nenhum letreiro indicando o nome do lugar.

– Cadê minha pasta? Albert!

Começou uma busca frenética.

Tommy voltou para se despedir, ofegante. Tuppence estava sentada, olhando distraída para um ovo frito.

– Tchau – disse Tommy. – E, pelo amor de Deus, Tuppence, não vai meter o nariz onde não é chamada.

– Acho – refletiu Tuppence – que vou fazer algumas viagens de trem.

Tommy parecia aliviado.

– Sim – disse, dando força. – Faça isso. Compre um carnê de passagens. Existe um esquema de viajar cerca de mil e quinhentos quilômetros por todas as ilhas britânicas a um preço bastante razoável. Seria perfeito para você, Tuppence. Você vai poder fazer quantas viagens quiser, para todos os lugares que imaginar. Assim, você se distrai até eu voltar.

– Mande lembranças para o Josh.

– Mando sim.

Acrescentou, olhando a esposa com preocupação:

– Pena que você não está vindo comigo. Não faça nenhuma besteira, tá?

– Claro que não – respondeu Tuppence.

CAPÍTULO 6

Tuppence no caminho

– Ah, meu Deus – suspirou Tuppence.

Olhou em volta, desanimada. Nunca havia se sentido tão miserável, disse a si mesma. Sabia que sentiria saudade de Tommy, claro, mas não sabia que seria um sentimento tão intenso.

Durante toda a vida de casados, nunca ficaram muito tempo separados. Já desde antes do casamento, consideravam-se "jovens aventureiros". Enfrentaram diversas dificuldades e perigos juntos, casaram-se, tiveram dois filhos. Quando o mundo começou a perder a graça para eles, estourou a Segunda Guerra Mundial, e de uma forma quase milagrosa, os dois se viram às voltas com o Serviço Secreto Britânico. Esse casal pouco ortodoxo foi recrutado pelo "sr. Carter", um sujeito calmo e indefinível, cujas palavras todo mundo parecia acatar. Viveram muitas aventuras juntos, o que, aliás, não foi planejado pelo sr. Carter. Tommy tinha sido o único recrutado. Mas Tuppence, com toda sua criatividade, bisbilhotou tanto que, quando Tommy chegou a uma hospedaria no litoral, apresentando-se como um tal de sr. Meadows, a primeira pessoa que encontrou foi uma senhora de meia-idade fingindo tricotar, que o fitou com olhos inocentes e o obrigou a cumprimentá-la como sra. Blenkinsop. Desde então, os dois trabalhavam em dupla.

"Mas desta vez", pensou Tuppence, "não posso agir assim." Não havia espionagem, criatividade ou qualquer artimanha que fosse capaz de levá-la aos recônditos da mansão ultrassecreta ou participar das complexidades da I.U.A.S. "Clube do bolinha", pensou, ressentida. Sem Tommy, o apartamento ficava vazio, o mundo era triste. "O que vai ser de mim?", pensava Tuppence.

A pergunta era puramente retórica, pois já tomara as primeiras providências para colocar seu plano em ação. Dessa vez, o assunto não envolvia trabalho de inteligência, contraespionagem, nada nesse estilo. Nada de natureza oficial. "Prudence Beresford, detetive particular, às suas ordens", disse Tuppence a si mesma.

Após um almoço rápido, a mesa da sala ficou cheia de tabelas com horários de trens, guias de viagem, mapas e alguns diários antigos que Tuppence conseguiu desenterrar.

Nos últimos três anos (não mais do que isso, com certeza), havia feito algumas viagens de trem, nas quais, através da janela de sua cabine, avistara uma casa. Mas que viagem teria sido?

Como a maioria das pessoas, os Beresford costumavam viajar de carro. Poucas vezes viajaram de trem.

Para a Escócia, claro, quando ficaram na casa da filha casada, Deborah... mas essa viagem havia sido à noite.

Para Penzance, nas férias de verão... mas Tuppence conhecia a linha de cor e salteado.

Com zelo e perseverança, elaborou uma lista detalhada de todas as viagens realizadas que poderiam corresponder ao que procurava. Um ou dois programas de regatas, uma visita a Northumberland, dois lugares prováveis em Gales, um batizado, dois casamentos, um leilão a que tinham assistido, alguns cachorrinhos que certa vez entregara, em nome de uma amiga que fazia criação e estava de cama com gripe. Marcaram num local inóspito, cujo nome ela não lembrava.

Soltou um suspiro. A solução de Tommy parecia ser a mais adequada... comprar uma espécie de bilhete circular e percorrer os trechos mais prováveis da rede ferroviária.

Num pequeno caderno, anotava tudo o que ia lembrando... flashes vagos... que poderiam ser úteis em algum momento.

Um chapéu, por exemplo... Sim, um chapéu que arremessara na prateleira da cabina. Se havia usado um chapéu... só podia ser casamento ou batizado... cachorrinhos não.

Outro flash... os sapatos que lhe apertavam os pés. Sim, com certeza. Lembrou de ter olhado a casa e tirado os sapatos, porque seus pés doíam.

Havia sido, portanto, algum evento social, na ida ou na volta. Na volta, claro, por causa da dor nos pés, de ficar tanto tempo em pé com aqueles sapatos tão elegantes. Como era o chapéu? Isso ajudaria. Um chapéu florido, de verão, ou um chapéu de veludo, para o inverno?

Tuppence estava ocupada anotando detalhes dos horários de trens de diferentes linhas quando Albert lhe perguntou se queria jantar... e o que trazer do açougue e do mercado.

– Devo estar fora nos próximos dias – comentou Tuppence. – Não precisa trazer nada. Vou viajar de trem.

– A senhora quer levar alguns sanduíches?

– Boa ideia. Pode ser de presunto.

– De queijo e ovo também? Também tem patê na despensa. Já está lá há muito tempo.

Não era uma observação muito agradável, mas Tuppence aceitou.

– Ótimo!

– Quer que lhe remeta as cartas que chegarem?

– Ainda nem sei para onde vou – avisou Tuppence.

– Tudo bem – disse Albert.

O bom em relação a Albert era que ele sempre aceitava tudo, sem necessidade de maiores explicações.

Ele se retirou e Tuppence voltou a suas maquinações. O que buscava era um evento social envolvendo um chapéu e sapatos de festa. Infelizmente, os eventos de sua lista envolviam diferentes linhas de trem... Um casamento na Southern Railway, o outro na East Anglia. O batizado fora ao norte de Bedford.

Se conseguisse lembrar um pouco mais do cenário... Tinha se sentado do lado direito do vagão. O que tinha visto *antes* do canal? Bosques? Árvores? Plantações? Uma aldeia distante?

Puxando pela memória, ergueu a cabeça com a testa franzida – Albert havia voltado. Naquele momento mal podia imaginar que a presença dele ali, à espera de sua atenção, significava uma oração atendida.

– O que foi *agora*, Albert?

– Se a senhora vai estar fora o dia todo amanhã...

– E o dia seguinte também, provavelmente.

– Eu poderia tirar folga?

– Claro.

– É Elizabeth. Está cheia de manchas no corpo. Milly acha que é sarampo.

– Meu Deus.

Milly era a mulher de Albert, e Elizabeth, sua filha mais nova.

– Milly quer que você vá para casa. Claro.

Albert morava numa casinha modesta, a um ou dois quarteirões de distância.

– Não exatamente. Ela não gosta que eu atrapalhe quando está cheia de serviço... não quer que eu estrague tudo... mas são as outras crianças... eu poderia levá-las para passear.

– Claro. Estão todos em quarentena, suponho.

– Sim. Seria melhor que todos pegassem logo, para acabar de uma vez com isso. Charlie e Jean já tiveram. De qualquer forma, posso tirar folga, não é?

Tuppence lhe disse para ficar tranquilo.

Algo se agitava e vinha emergindo... um alegre pressentimento... uma identificação: sarampo.

– Sim, sarampo. Algo a ver com sarampo.

Mas qual a relação da casa do canal com sarampo?

Claro! Anthea. Anthea era a afilhada de Tuppence, e a filha de Anthea, Jane, estava na escola, no primeiro período letivo. Era a festa de encerramento e Anthea havia ligado... seus dois filhos pequenos estavam com sarampo, ela não tinha quem ajudá-la, e Jane ficaria super chateada se não aparecesse nenhum convidado. Será que Tuppence podia...?

Tuppence aceitou, claro... não tinha nada de especial para fazer... pegaria Jane na escola, a levaria para almoçar, voltando depois para assistir às competições esportivas. Havia um trem especial para a escola.

Tudo voltou à sua mente com uma clareza assombrosa. Lembrava-se até mesmo do vestido que usara – um vestidinho de verão com centáureas estampadas!

Na ida, ficou absorvida na leitura de uma revista que trouxera, mas na volta, sem nada para ler, ficou contemplando a paisagem até que, exausta das atividades do dia e dos sapatos apertados, pegou no sono.

Quando acordou, o trem passava por um canal. O cenário era quase todo arborizado. Via-se uma ponte aqui e ali, às vezes uma estradinha, uma fazenda distante. Nenhuma aldeia.

O trem começou a desacelerar, sem nenhum motivo aparente. Devia haver uma sinaleira à frente. O fato é que o comboio foi desacelerando até parar, próximo a uma ponte, uma ponte arqueada sobre um canal, supostamente abandonado. No outro lado, perto da água, encontrava-se a casa, que logo pareceu a Tuppence uma das mais lindas que já tinha visto... tranquila, serena, iluminada pela luz dourada do sol do fim da tarde.

Não se via nenhum ser humano, nem cachorro ou outros animais domésticos. No entanto, as persianas verdes não estavam fechadas. Era habitada, com certeza, embora no momento parecesse deserta.

"Preciso saber mais sobre essa casa", pensou Tuppence. "Algum dia volto aqui e olho melhor. É exatamente o tipo de casa em que eu gostaria de morar."

O trem começou a se movimentar lentamente, aos solavancos.

"Vou ver o nome da próxima estação, para saber onde é."

Mas a estação não apareceu nunca. Era a época em que o sistema ferroviário entrou em decadência... pequenas estações foram fechadas, algumas até destruídas, a grama crescia nas plataformas. Por cerca de vinte, trinta minutos, o trem seguiu seu trajeto, sem passar por nenhum ponto reconhecível. Ao longe, no campo, Tuppence conseguiu avistar o alto de um campanário.

Chegaram a um complexo industrial... fábricas, chaminés... uma fileira de casas pré-fabricadas e depois campo aberto de novo.

Tuppence pensou com seus botões: "A casa dos meus sonhos! Talvez tenha sido sonho mesmo. Acho que dificilmente a verei de novo. Mas é uma pena. Quem sabe, um dia... talvez eu me depare com ela de novo!"

E aí apagou essa história da cabeça, até o dia em que um quadro reavivou sua memória.

E agora, graças a uma palavra pronunciada sem querer por Albert, terminava a busca.

Ou, melhor dizendo, começava.

Tuppence separou três mapas, um guia e vários outros acessórios.

Em termos gerais, já sabia a área a investigar. Assinalou a escola de Jane com uma cruz grande... o ramal da rede ferroviária que dava na linha principal de Londres... o intervalo em que havia pegado no sono.

A região visada era bastante extensa... norte de Medchester, sudeste de Market Basing (cidade pequena, mas que constituía um importante entroncamento de via férrea), provavelmente oeste de Shaleborough.

Pegaria o carro e começaria cedinho na manhã seguinte.

Levantou-se, foi até o quarto e ficou olhando para o quadro sobre a lareira.

Sim, não havia dúvida. Aquela era a casa que avistara de dentro do trem três anos antes. A casa que prometera procurar algum dia.

Esse dia havia chegado... seria o dia seguinte.

LIVRO 2

A casa do canal

CAPÍTULO 7

A bruxa boazinha

Antes de partir na manhã seguinte, Tuppence examinou cuidadosamente pela última vez o quadro pendurado no quarto, não tanto para fixar os detalhes na cabeça, mas para memorizar a posição da casa na paisagem. Dessa vez, veria o cenário da estrada, não da janela de um trem. O ângulo de visão seria bem diferente. Talvez houvesse muitas pontes arqueadas similares, outros canais abandonados, outras casas exatamente como aquela (mas recusava-se a acreditar nisso).

O quadro estava assinado, porém o nome do artista era ilegível. Só dava para ver que começava com B.

Desviando a atenção do quadro, Tuppence foi conferir o que levaria: um guia com o mapa das linhas de trem, uma seleção de mapas topográficos e alguns nomes de lugares... Medchester, Westleigh... Market Basing... Middlesham... Inchwell. Formavam o triângulo que decidira investigar. Levava também uma valise, porque teria uma viagem de três horas de carro até chegar à região escolhida, e depois disso, pensou, teria ainda um bom chão à procura de prováveis canais.

Após parar em Medchester para fazer um lanche, pegou uma estradinha paralela à linha do trem e enveredou-se pela natureza, cheia de árvores e rios.

Como na maior parte dos distritos rurais da Inglaterra, havia placas de sinalização por todos os lados, com nomes que Tuppence nunca tinha visto. Nenhum parecia levar ao lugar em questão. A estrutura viária da Inglaterra era um pouco cavilosa. A estrada se afastava do canal, e quando o carro seguia na esperança de encontrá-lo de novo, não achava nem rastro. Se tomasse a direção de Great Michelden, a próxima sinalização oferecia duas opções: Pennington Sparrow ou Farlingford. Optando pela última, de fato chegava-se ao destino, mas logo em seguida uma nova placa fazia retroceder a Medchester, ou seja, ao ponto de partida. Tuppence, aliás, nunca encontrou Great Michelden, e ficou um bom tempo perdida, sem encontrar o canal procurado. Se tivesse, pelo menos, uma ideia da aldeia que buscava, tudo seria mais fácil. Localizar canais em mapas não era fácil. De vez em quando, deparava com a estrada de ferro e se animava, avançando com otimismo na direção de Bees Hill, South Winterton e Farrell St Edmund, que outrora possuía uma estação, desativada há algum tempo. "Se pelo menos tivesse uma estrada bem marcada ao longo de algum canal ou de algum trilho, seria mais fácil", pensou.

O dia foi passando e Tuppence sentia-se cada vez mais desnorteada. Depois de um tempo, avistou uma fazenda perto de um canal, mas a estrada que levaria até lá não levava. Passava por uma colina e dava num lugar chamado Westpenfold, onde se via uma igreja abandonada.

De lá, ao seguir, desconsolada, por uma estrada de terra que parecia ser a única saída de Westpenfold, e que, segundo seu senso de direção (cada vez mais duvidoso agora), levava na direção oposta à que procurava, Tuppence deparou-se com uma bifurcação. Uma antiga placa indicava o caminho, mas faltava-lhe a parte das setas.

– E agora? Para a esquerda ou para a direita? Vai saber!

Decidiu pegar o caminho da esquerda.

A estrada era sinuosa. Uma curva e uma ladeira que subia deram num descampado, já fora do bosque fechado. De lá de cima, a estrada descia íngreme. Não muito longe dali, ouviu um assovio plangente...

– Parece um trem – disse Tuppence, com súbita esperança.

E *era*. Logo abaixo, avistou a via férrea, por cujos trilhos corria um expresso de víveres apitando aflito à medida que avançava resfolegante. Atrás, o canal, e no outro lado do canal, uma casa que Tuppence reconheceu. Por cima do canal, uma pequena ponte arqueada de tijolos rosa. A estrada dava na linha de trem, depois subia, chegava na ponte estreita, que Tuppence atravessou com muito cuidado, e continuava. A casa ficava do lado direito. Procurou a entrada. Onde seria? Um muro alto cercava a construção.

Parou o carro e andou de volta até a ponte, tentando obter uma visão melhor da casa.

A maior parte das enormes janelas estava coberta por persianas verdes. A casa parecia bastante tranquila. Naquele horário, no ocaso, o clima era de serenidade. Tudo indicava que o lugar encontrava-se vazio. Voltou ao carro e chegou mais perto. O muro, bastante alto, erguia-se à sua direita. Do lado esquerdo, apenas uma sebe separava a estrada do campos verdes.

No muro, encontrou um portão de ferro batido. Estacionou o carro e foi olhar por entre os ornamentos de ferro do portão. Na ponta dos pés, conseguiu avistar um jardim. O lugar certamente não era uma fazenda, embora talvez já tivesse sido. Devia ter campos atrás. O jardim estava bem cuidado, nada de especial, como se alguém estivesse tentando mantê-lo, sem grandes resultados.

Do portão de ferro via-se uma senda circular que levava à casa. Devia ser a porta de entrada, embora não parecesse. Era discreta, apesar de robusta... uma porta de fundos. A casa parecia diferente desse lado. Para começar, não estava vazia. Havia pessoas morando lá. Janelas abertas, cortinas esvoaçando, lixeira ao lado da porta. No outro extremo do jardim, Tuppence viu um homem alto cavando a terra, um senhor de idade, corpulento, trabalhando empenhado e sem pressa. Vista desse ângulo, a casa não tinha muita graça. Nenhum artista a escolheria como modelo. Era apenas mais uma casa de família. Tuppence hesitou. Deveria ir embora e esquecer toda aquela história? Não, não faria isso. Ainda mais depois de todo o trabalho que teve. Que horas eram? Olhou o relógio, mas o relógio tinha parado. Ouviu o som de alguém abrindo a porta. Foi espreitar pelo portão de novo.

A porta da casa se abriu e uma mulher apareceu. Deixou no chão uma garrafa de leite e depois, endireitando-se, olhou para o portão. Viu Tuppence e hesitou por um momento, mas então, aparentemente convencida, dirigiu-se ao portão de entrada. "Ora", disse Tuppence consigo mesma, "mas é uma bruxa boazinha!"

Era uma mulher de mais ou menos cinquenta anos. Seu cabelo desgrenhado agitava-se ao vento. Lembrava vagamente um quadro (de Nevinson?) de uma jovem bruxa com um cabo de vassoura. Por isso, talvez, o termo bruxa lhe viera à cabeça. Mas não havia nada de jovem ou belo naquela figura. Era uma senhora de meia-idade, com um rosto já marcado, vestida de qualquer maneira. Levava um chapéu comprido na cabeça, e seu nariz convergia para o queixo. Com essa descrição, poderia parecer sinistra, mas não era. Irradiava uma boa vontade ilimitada. "Sim", pensou Tuppence, "é exatamente *como* uma bruxa, mas uma bruxa *boazinha*. Deve praticar o que chamam de 'magia branca'."

A mulher veio até o portão, hesitante, e falou. Sua voz era agradável, com um leve sotaque do interior.

– Deseja alguma coisa? – perguntou.

– Desculpe – disse Tuppence – deve me achar mal educada de ficar espiando seu jardim assim, mas... eu estava admirando a casa.

– Não quer entrar para ver o jardim? – indagou a bruxa boazinha.

– Agradeço, mas não queria incomodar.

– Não é incômodo algum. Não tenho nada para fazer mesmo. Que tarde linda, não?

– É mesmo – concordou Tuppence.

– Pensei que estivesse perdida – disse a bruxa boazinha. – As pessoas se perdem às vezes.

– Só achei a casa muito bonita, quando desci a colina do outro lado da ponte.

– Este é o lado mais bonito – disse a mulher. – Os artistas vêm aqui pintá-la às vezes... vinham... antigamente.

– Eu sei – disse Tuppence. – Vi um quadro, em alguma exposição – acrescentou logo em seguida. – Uma casa muito parecida com essa. Talvez *fosse* a mesma.

– Bem provável. É engraçado. Um artista vem, faz um quadro, e aí todos os outros artistas querem vir também. O mesmo acontece na exposição anual. Parece que os artistas escolhem sempre o mesmo lugar para pintar. Não sei por quê. Uma montanha, um riacho, uma árvore específica, um salgueiral ou o mesmo ângulo da igreja normanda. Cinco ou seis variações do mesmo tema, a maioria bastante ruim, eu diria. Mas não entendo de arte. Por favor, entre.

– Muito gentil – disse Tuppence. – Lindo jardim! – exclamou.

– Não é dos piores. Tínhamos algumas flores e hortaliças, mas meu marido não pode fazer muito esforço, e não tenho tempo para tudo.

– Vi essa casa uma vez de dentro do trem – comentou Tuppence. – O trem diminuiu a velocidade e eu a vi. Fiquei me perguntando quando a veria de novo. Já faz muito tempo.

– E agora, de repente, está descendo o morro de carro e dá de cara com ela. É engraçado como as coisas acontecem, né?

"Graças a Deus", pensava Tuppence, "é fácil conversar com essa mulher. Nem preciso me explicar muito. Posso falar quase tudo o que me vem à cabeça."

– Gostaria de entrar e conhecer a casa? – indagou a bruxa boazinha. – Vejo que está interessada. É bem antiga, do período georgiano, parece, só que foi ampliada. O que estamos vendo é apenas metade dela.

– Entendo – disse Tuppence. – A casa é dividida em dois, então?

– Na realidade, aqui são os fundos – contou a mulher. – A frente é do outro lado, o lado que se vê da ponte. Uma divisão meio esquisita, a meu ver. Seria mais simples fazer de outra forma, direita e esquerda, não frente e fundos. Esta parte toda aqui são os fundos.

– Vocês moram aqui há muito tempo? – quis saber Tuppence.

– Há três anos. Depois que meu marido se aposentou, queríamos morar num lugarzinho tranquilo no campo, e barato. Aqui é barato por ser isolado. Está longe de tudo.

– Vi um campanário ao longe.

– Ah, é Sutton Chancellor. Fica a quatro quilômetros daqui. Fazemos parte da paróquia, claro, mas não tem nenhuma casa até chegar na aldeia, que, aliás, é muito pequena. Aceita um chá? – perguntou a bruxa boazinha. – Coloquei água para esquentar há uns dois minutos e quando olhei para fora a avistei.

Levou as duas mãos à boca e gritou:

– Amos! Amos!

O homenzarrão à distância virou a cabeça.

– Chá em dez minutos – avisou.

Ele, em resposta, acenou. A bruxa boazinha se virou, abriu a porta e fez um movimento para Tuppence entrar.

– Meu nome é Perry – disse com simpatia na voz. – Alice Perry.

– O meu é Beresford – anunciou Tuppence. – Sra. Beresford.

– Entre, sra. Beresford. A casa é sua.

Tuppence parou por um segundo. "Me sinto como João e Maria, quando a bruxa os convida para sua casa. Talvez a casa seja feita de pão de ló... Pelo menos devia ser."

Depois, olhou para Alice Perry de novo e chegou à conclusão de que não era a bruxa da casa de pão de ló de João e Maria. Alice era uma mulher absolutamente comum. Aliás, comum não. Era excessivamente cordial. "Deve saber fazer feitiços", cogitou Tuppence, "mas tenho certeza de que são feitiços do bem." Inclinou um pouco a cabeça e cruzou a soleira da porta.

O interior da casa estava bastante escuro. Os corredores eram estreitos. A sra. Perry conduziu a sra. Beresford através da cozinha até uma sala de estar. Não havia nada de especial na casa. Tuppence deduziu que constituía uma ampliação da parte principal, construída no fim da era vitoriana. Horizontalmente, era estreita. Consistia em um corredor escuro que dava para os cômodos. Uma forma muito peculiar de dividir uma casa, pensou.

– Sente-se. Vou trazer o chá – disse a sra. Perry.

– Vou ajudá-la.

– Não se preocupe. Volto rapidinho. Já está na bandeja.

Ouviu-se um apito vindo da cozinha. A chaleira, como se podia notar, havia chegado ao seu limite de tranquilidade. A sra. Perry saiu e voltou em seguida com a bandeja de chá, um prato de pães de minuto, um pote de geleia e três xícaras com pires.

– Imagino que esteja decepcionada, agora que entrou – disse a sra. Perry.

Era uma observação pertinente e muito próxima da verdade.

– De jeito nenhum – garantiu Tuppence.

– Bem, eu estaria, no seu lugar. Porque as partes não combinam, concorda? Digo, a parte da frente e a parte de trás da casa. Não combinam. Mas é uma casa confortável para morar. Não tem muitos quartos, é meio escura, mas isso faz uma grande diferença no preço.

– Quem dividiu a casa desse jeito e por quê?

– Ih, já faz tempo, pelo que eu sei. Imagino que a pessoa que fez isso achava a casa grande demais ou desproporcional. Devia querer um lugar para passar o fim de semana, ou algo do gênero. Então, ficaram com os melhores cômodos, a sala de jantar, a sala de estar, transformaram o escritório em cozinha, fizeram dois quartos e um banheiro na parte de cima, e depois levantaram uma parede, alugando a parte que antes era a cozinha, a copa e coisas assim. Fizeram uma reforma.

– Quem mora na outra parte? Alguém que só vem nos fins de semana?

– Agora não tem ninguém morando lá – respondeu a sra. Perry. – Coma outro pãozinho, querida.

– Obrigada – disse Tuppence.

– Pelo menos, ninguém apareceu aqui nos últimos dois anos. Nem sei de quem é a outra parte agora.

– Mas e quando vocês chegaram?

– Uma jovem costumava vir. Diziam que era atriz. Foi o que ouvimos falar. Mas nunca a vimos, só de relance. Costumava vir aos sábados, tarde da noite. Depois do espetáculo, acho. Ia embora domingo à noite.

– Uma mulher muito misteriosa – comentou Tuppence.

– Era exatamente o que eu achava. Ficava imaginando coisas em relação a ela. Às vezes, me parecia Greta Garbo, sempre de óculos escuros e chapéu puxado para baixo. Nossa, ainda estou com o meu chapéu.

Tirou o chapéu de bruxa da cabeça e soltou uma risada.

– É para uma peça que vamos montar no salão da paróquia em Sutton Chancellor – disse. – Uma espécie de conto de fadas para as crianças. Eu faço o papel da bruxa.

– Sei – disse Tuppence, ligeiramente surpresa. Depois, acrescentou: – Que divertido.

– Divertido, né? Sou perfeita para o papel de bruxa, não sou? – riu e mostrou o queixo. – Tenho cara de bruxa. Espero que as pessoas não pensem besteira. Podem achar que tenho mau-olhado.

– Ninguém pensaria isso – declarou Tuppence. – Tenho certeza de que é uma bruxa boazinha.

– Fico feliz que pense assim – disse a sra. Perry. – Como eu dizia, aquela atriz... não lembro o nome dela agora... srta. Marchment, acho, mas tinha algum outro nome... nem imagina as coisas que eu fantasiava a respeito dela. Quase nunca nos vimos, nem nos falamos. Às vezes acho que era apenas muito tímida e neurótica. Vinham repórteres querendo entrevistá-la, e ela nunca os recebia. Outras vezes, me ocorriam... a senhora vai dizer que é besteira... ideias bastante macabras em relação a ela. Que tinha medo de ser *reconhecida*. Talvez nem fosse atriz e estivesse sendo procurada pela polícia. Podia ser uma criminosa. É intrigante ficar pensando nisso, principalmente quando você não vê muita gente.

– Ela nunca trouxe ninguém para cá?

– Não sei direito. Essas divisórias que colocaram quando dividiram a casa em dois são bastante finas e dá para ouvir o que as pessoas falam. Acho que às vezes trazia alguém no fim de semana sim – concordou com um movimento de cabeça. – Algum homem. Por isso que deviam querer um lugar tranquilo como este.

– Um homem casado – insinuou Tuppence, entrando no reino do faz de conta.

– Sim, deveria ser um homem casado – ponderou a sra. Perry.

– Talvez fosse o próprio marido dela, e tenha escolhido este lugar isolado porque queria assassiná-la e enterrá-la no jardim.

– Mãe do céu! – exclamou a sra. Perry. – Que imaginação fértil! Eu nunca teria pensado nisso.

– *Alguém* deve saber tudo sobre ela – disse Tuppence. – Os corretores imobiliários, por exemplo.

– Imagino que sim – disse a sra. Perry. – Mas, nesse caso, eu preferiria *não* saber, se é que me entende.

– Claro que entendo – afirmou Tuppence.

– Esta casa ganhou uma atmosfera, sabe? Dá a impressão de que algo aconteceu.

– Ela não tinha faxineira?

– Difícil. Ninguém mora perto.

A porta de fora se abriu. O homem corpulento que cavava no jardim entrou. Foi até a pia e abriu a torneira para lavar as mãos. Depois, apareceu na sala de estar.

– Este é meu marido, Amos – apresentou a sra. Perry. – Amos, temos visita. Esta é a sra. Beresford.

– Olá, como vai? – cumprimentou Tuppence.

Amos Perry era um homem alto e desajeitado. Bem maior e mais forte do que Tuppence imaginava. Embora andasse devagar, era um sujeito de compleição robusta.

– Prazer em conhecê-la, sra. Beresford – respondeu ele.

Sua voz era agradável e seu sorriso, sincero, mas por um breve instante, Tuppence duvidou que "batesse bem da bola". Havia uma espécie de simplicidade atônita em seu olhar, e Tuppence também se perguntava se a sra. Perry não havia escolhido aquele lugar tranquilo para morar por causa de algum transtorno mental do marido.

– Amos adora trabalhar no jardim – comentou a sra. Perry.

Quando ele entrou, o assunto esfriou. A sra. Perry foi a que mais falou, mas sua personalidade parecia mudada. Sua voz ganhou um tom de nervosismo, e ela prestava atenção no marido. Está dando força para ele, pensou Tuppence, como uma mãe incentivando o filho inibido a falar, para exibir suas qualidades perante a visita e um pouco tensa de que ele não corresponda às expectativas. Ao terminar o chá, Tuppence se levantou e disse:

– Preciso ir. Muito obrigada, sra. Perry, pela hospitalidade.

– Quer ver o jardim antes de ir? – O sr. Perry se levantou também. – Vamos lá. *Eu* vou lhe mostrar.

Tuppence o acompanhou até o lugar em que ele estava cavando.

– Bonitas flores, não? – perguntou. – Tem umas rosas lindas aqui. Veja essa, com listras vermelhas e brancas.

– "Commandant Beaurepaire" – arriscou Tuppence.

– Aqui as chamamos de "York and Lancaster" – comentou o sr. Perry. – "A Guerra das Rosas". Cheiro bom, né?

– Muito bom.

– Melhor que as rosas-chá de hoje.

O jardim, como um todo, dava dó. As ervas daninhas não tinham sido totalmente arrancadas e as flores estavam dispostas de forma amadora.

– Cores vivas – disse o sr. Perry. – Eu gosto de cores vivas. Às vezes vem gente para ver nosso jardim – comentou. – Fiquei contente com a sua visita.

– Muito obrigada – disse Tuppence. – Seu jardim e sua casa são lindos!

– A senhora tem que ver o outro lado.

– Estão alugando ou vendendo? Sua mulher me disse que não tem ninguém morando lá agora.

– Não sabemos. Não vimos ninguém. Não tem placa e ninguém vem visitá-la.

– Deve ser uma boa casa para morar, imagino.

– Está procurando casa?

– Estou – respondeu Tuppence, mudando de ideia rapidamente. – Na verdade, estamos procurando um lugar pequeno no campo, para quando meu marido se aposentar. Isso deve acontecer no ano que vem, mas não queremos deixar tudo para a última hora.

– Aqui é bem silencioso, para quem gosta de silêncio.

– Imagino – disse Tuppence. – Posso perguntar para os corretores da região. Foi assim que vocês conseguiram essa casa?

– Vimos um anúncio no jornal e depois fomos na imobiliária.

– Onde? Em Sutton Chancellor? É a aldeia mais próxima, não?

– Sutton Chancellor? Não. A imobiliária fica em Market Basing. É a Russell & Thompson. Pode ir lá se informar.

– Sim – disse Tuppence –, vou lá. Market Basing é muito longe daqui?

– Daqui até Sutton Chancellor são mais ou menos três quilômetros. De lá até Market Basing são mais onze quilômetros, aproximadamente. Entre as duas tem uma estrada boa, mas daqui até Sutton Chancellor é tudo ruim.

– Entendi. Bom, vou indo, sr. Perry. Muito obrigada por ter me mostrado seu jardim.

– Espere um pouco.

Ele parou, cortou uma peônia enorme e, pegando Tuppence pelo casaco, enfiou a flor na lapela.

– Agora sim – disse. – Ficou lindo!

Por um momento, Tuppence sentiu pânico. Aquele homem grande e desajeitado, apesar do bom caráter, de repente a assustou. Olhava-a sorridente, para baixo, de uma forma meio louca, quase maliciosa.

– Ficou lindo em você – repetiu. – Lindo.

"Ainda bem que não sou mais uma menininha", pensou Tuppence. "Não iria gostar que ele colocasse uma flor no meu casaco." Despediu-se e foi embora depressa.

Entrou pela porta aberta para se despedir da sra. Perry, que estava na cozinha, lavando louça. Tuppence, quase que de modo automático, pegou um pano de prato e começou a secar as xícaras.

– Muito obrigada – disse. – A senhora e seu marido foram muito gentis e me receberam muito bem... *O que foi isso?*

Da parede da cozinha, ou melhor, de trás da parede, do lugar onde ficava um antigo fogão, veio um grito agudo, seguido de um grasnido e um som de arranhões.

– Deve ser uma gralha – disse a sra. Perry – que caiu na chaminé da outra casa. Sempre acontece nessa época do ano. Caiu uma na nossa semana passada. Elas fazem ninhos nas chaminés.

– Na outra casa?

– Sim. De novo.

Mais uma vez, ouviram-se o guincho e os gemidos de um pássaro aflito.

– Não tem ninguém para cuidar – disse a sra. Perry. A casa está vazia. As chaminés precisam ser limpas.

O barulho das garras debatendo-se contra os muros prosseguia.

– Pobre pássaro – comentou Tuppence.

– Eu sei. Ele não vai mais conseguir voar.

– Quer dizer que vai morrer ali?

– Sim. Como eu dizia, entrou um na nossa chaminé outro dia. Aliás, dois. Um era filhote. Deu tudo certo. Nós o soltamos e ele saiu voando. O outro morreu.

Os sons angustiantes continuavam.

– Queria poder fazer alguma coisa – lamentou-se Tuppence.

O sr. Perry apareceu na porta.

– Algum problema? – perguntou, olhando para uma e para outra.

– É um pássaro, Amos. Deve estar na chaminé da sala de estar. Está ouvindo?

– Estou. Caiu do ninho.

– Será que poderíamos ir lá? – perguntou a sra. Perry.

– Não há o que fazer. Só com o susto eles já morrem.

– Depois vai ficar aquele cheiro – disse a sra. Perry.

– O cheiro não vai chegar aqui. Vocês têm o coração mole – disse o sr. Perry, olhando para as duas –, como todas as mulheres. Podemos ir lá se vocês quiserem.

– Como, tem alguma janela aberta?

– Podemos pegá-lo pela porta.

– Que porta?

– A do quintal. A chave está lá pendurada.

O sr. Perry saiu, atravessou o quintal e abriu uma pequena porta num canto da parede. Comunicava com uma espécie de estufa, por onde havia acesso à outra parte da casa. Penduradas num prego, havia seis ou sete chaves enferrujadas.

– Esta serve – disse o sr. Perry.

Pegou a chave, enfiou-a na fechadura e, depois de muito forçar, conseguiu abri-la.

– Entrei aqui uma vez – contou –, quando ouvi um som de água. Alguém tinha esquecido de fechar a torneira direito.

Entrou e as duas mulheres o seguiram. A porta dava numa pequena sala, que continha uma prateleira cheia de vasos e uma pia.

– Uma sala de flores, claro – exclamou. – Onde as pessoas costumavam cultivar flores. Estão vendo? Um monte de vasos.

Havia outra porta na sala que não estava trancada. O sr. Perry a abriu e os três entraram. Uma passagem para outro mundo, pensou Tuppence. O corredor era todo acarpetado. Um pouco mais adiante havia uma porta entreaberta, e de lá ouviam-se sons de um pássaro em apuros. O sr. Perry empurrou a porta para sua mulher e Tuppence entrarem.

As janelas estavam fechadas, mas uma das persianas estava quebrada e entrava luz. Apesar da penumbra, dava para ver um bonito carpete no chão, verde sálvia, já meio desbotado. Uma estante de livros na parede. Não havia mesa nem cadeiras. Retiraram os móveis, com certeza, ficando as persianas e o carpete para o próximo inquilino.

A sra. Perry foi até a lareira, onde encontrou um pássaro se debatendo e piando alto de dor. Abaixou-se, pegou-o na mão e disse:

– Abre a janela, por favor, Amos.

Amos afastou a persiana para um lado, desprendeu a outra metade e forçou o trinco da vidraça. Levantou o caixilho inferior, com um rangido. Mal abriu a janela, a sra. Perry curvou-se para fora e soltou o pássaro, que caiu no gramado, arriscando-se a dar alguns passos.

– Melhor matá-lo – disse o sr. Perry. – Está muito machucado.

– Deixe um pouquinho – disse sua mulher. – Nunca se sabe. Os pássaros se recuperam muito rápido. Ficam assim paralisados por causa do susto.

De fato, pouco tempo depois, o pássaro, num esforço final, chiou mais uma vez, bateu as asas e saiu voando.

– Só espero – disse Alice Perry – que não caia na chaminé de novo. O pássaro tem espírito de contradição. Não sabe o que lhe convém. Entra num quarto e depois não consegue sair. Ai – acrescentou –, que bagunça!

Ela, Tuppence e o sr. Perry olharam para a lareira. Da chaminé havia caído uma mistura de fuligem, cascalho e tijolo quebrado. Devia estar abandonada há um bom tempo.

– Alguém tem que vir morar aqui – disse a sra. Perry, olhando ao redor.

– Alguém tem que vir aqui dar um jeito na casa – Tuppence concordou. – Um construtor precisa vir aqui e fazer alguma coisa, antes que a casa desmorone.

– É muito provável que tenha infiltração nos quartos de cima, da água que vem do telhado. Não disse? Olha o teto. Está chegando até aqui.

– Que pena – exclamou Tuppence –, estragar uma casa tão bonita. Esta sala é realmente muito bonita, não?

Ela e a sra. Perry olharam em volta, com apreciação. Construída em 1790, a casa tinha toda a graciosidade das construções daquela época. Tivera, originalmente, um papel de parede com folhas de salgueiro estampadas.

– Agora está tudo abandonado – comentou a sra. Perry.

Tuppence revirava os detritos da lareira.

– Precisa dar uma boa varrida – disse a sra. Perry.

– Para que se preocupar com uma casa que não é sua? – perguntou-lhe o marido. – Esqueça, mulher. Amanhã vai estar tudo igual.

Tuppence afastou alguns tijolos com o pé.

– Oh – exclamou com nojo.

Havia dois pássaros mortos na lareira. Pelo estado deles, deviam ter morrido há muito tempo.

– Esse foi o ninho que caiu há algumas semanas. Milagre não estar fedendo mais – disse a sra. Perry.

– O que é isso? – indagou Tuppence.

Chutou algo escondido entre os cascalhos. Inclinou-se e pegou o que estava ali.

– Não toque num pássaro morto – advertiu a sra. Perry.

– Não é um pássaro – afirmou Tuppence. – Deve ter caído alguma outra coisa da chaminé. Não acredito! – exclamou, estupefata. – Uma boneca!

Todos olharam para o brinquedo. Toda despedaçada, as roupinhas rasgadas, a cabeça desgarrada do pescoço, sem um olho, era o que sobrava de uma boneca. Tuppence ficou lá, paralisada.

– Só queria saber – disse – como é que foi parar dentro da chaminé. Que coisa extraordinária!

CAPÍTULO 8

Sutton Chancellor

Após deixar a casa do canal, Tuppence foi dirigindo devagar por uma estradinha sinuosa que, segundo lhe disseram, daria na aldeia de Sutton Chancellor. Era um caminho isolado. Não se viam casas por perto... somente cercas e trilhas lamacentas. Havia pouco tráfego... passaram apenas um trator e um caminhão com um anúncio enorme de pão. O campanário à distância parecia ter desaparecido, mas logo reapareceu bem próximo, após uma curva acentuada. Tuppence olhou para o velocímetro e viu que tinha avançado três quilômetros desde a casa do canal.

A antiga igreja era encantadora e ficava no centro de um cemitério bastante amplo, com um teixo solitário ao lado do pórtico de entrada.

Tuppence deixou o carro do lado de fora, atravessou o portão e ficou um tempo observando a igreja e o átrio. Depois, foi até a porta, de arco normando, e girou a maçaneta. Estava destrancada e entrou.

O lado de dentro era sem graça. Uma igreja antiga, sem dúvida, mas renovada na época vitoriana.Os bancos de pinho e os vitrais vermelhos e azuis estragavam todo o encanto arcaico de outrora. Uma mulher de meia-idade com um conjunto de tweed arrumava flores em vasos de metal em volta do púlpito... já havia terminado o altar. Olhou com curiosidade para Tuppence, que caminhava observando as placas memoriais nas paredes. Uma família chamada Warrender parecia ser a de maior representação ali nos primeiros anos. Todos do Priorado, Sutton Chancellor. Capitão Warrender, Major Warrender, Sarah Elizabeth Warrender, amada esposa de George Warrender. Uma nova placa registrava o nome de Julia Starke, outra amada esposa, de Philip Starke, também do Priorado, Sutton Chancellor. Ao que tudo indicava, a família Warrender havia se extinguido da face da Terra. Nenhuma placa parecia sugestiva ou particularmente interessante. Tuppence saiu da igreja e deu a volta pelo lado externo.

A parte de fora era muito mais interessante. "Gótico perpendicular e decorado", disse para si mesma, familiarizada com os termos da arquitetura eclesiástica. Não sentia o menor entusiasmo pelo começo do período perpendicular.

Era uma igreja grande e Tuppence observou que a aldeia de Sutton Chancellor devia ter sido um centro rural muito mais importante do que era agora. Deixou o carro estacionado e caminhou até o povoado. Havia uma loja, uma agência de correio e cerca de doze casas. Uma ou duas possuíam telhado de colmo. As outras eram simples e sem graça. Havia seis moradias municipais no final da rua, com um ar ligeiramente constrangido. Uma placa de metal na porta anunciava "Arthur Thomas, limpador de chaminés".

Tuppence se perguntava se algum corretor responsável prestaria seus serviços para a casa do canal, que certamente precisava. Que bobeira, pensou, não ter perguntado o nome da casa.

Voltou a passos lentos para a igreja e o carro, parando para examinar mais detidamente os arredores. O lugar lhe parecia interessante. Havia pouquíssima gente enterrada ali. A maioria das lápides era da época vitoriana ou anterior... meio apagadas pelo tempo, mas muito bonitas. Algumas eram verticais, com querubins na parte de cima e coroas de flores em volta. Ficou andando por ali, lendo os dizeres. Warrender de novo. Mary Warrender, 47 anos, Alice Warrender, 33 anos, Coronel John Warrender, morto no Afeganistão. Várias crianças da família Warrender... com os mais profundos pêsames... e muitos versos de consolo religioso. Será que ainda existia algum Warrender para contar a história? Pelo visto, não eram mais enterrados ali. Os últimos túmulos datavam de 1843. Perto do grande teixo, topou com um sacerdote de idade, parado em frente a uma fileira de lápides antigas, próximo a um muro atrás da igreja, que se endireitou para falar com ela.

– Boa tarde – cumprimentou, num tom amigável.

– Boa tarde – respondeu Tuppence, e acrescentou – Eu estava olhando a igreja.

– Destruída pela renovação vitoriana – disse o sacerdote.

Tinha uma voz agradável e um sorriso simpático. Aparentava uns setenta anos, mas Tuppence presumiu que não devia ter aquela idade, apesar do reumatismo e das pernas bambas.

– Muito dinheiro envolvido no período vitoriano – comentou com tristeza. – Barões do aço. Eram devotos, mas infelizmente não tinham senso artístico. Faltava-lhes bom gosto. Viu a ala leste? – perguntou, estremecendo.

– Vi – respondeu Tuppence. – Horrível – disse.

– Concordo. Sou o padre – comentou, sem necessidade.

– Imaginei – disse Tuppence, com educação. – O senhor está aqui há muito tempo? – perguntou.

– Há dez anos, minha cara – respondeu. – É uma boa paróquia. Os poucos frequentadores são simpáticos. Não gostam muito dos meus sermões – lamentou. – Dou o meu melhor, mas não sei fingir que sou moderno. Sente-se – disse, hospitaleiro, indicando uma pedra próxima.

Tuppence sentou-se, agradecida, e o padre tomou assento numa pedra próxima.

– Não consigo ficar em pé muito tempo – desculpou-se. – Posso ajudá-la em alguma coisa ou está só passando por aqui?

– Bem, na verdade, estou só passando – respondeu Tuppence. – Pensava em ver a igreja. Acabei me perdendo de carro.

– Sim, é muito difícil dirigir aqui. Tantas placas quebradas e o município não as mantêm como deveria. – Acrescentou: – As pessoas que vêm para estas bandas geralmente não estão querendo chegar a nenhum lugar específico. Do contrário, não sairiam das rodovias principais. Terrível – acrescentou de novo. – Principalmente, a nova estrada. Pelo menos, na *minha* opinião. O barulho, a velocidade e a imprudência na direção. Mas não ligue para o que digo. Sou um velho ranzinza. Jamais adivinharia o que estou fazendo aqui – provocou.

– Vi que o senhor está examinando algumas lápides – respondeu. – Algum ato de vandalismo? Adolescentes?

– Não. É bom estarmos atentos hoje, com tanta cabine de telefone quebrada e tudo o mais que os vândalos fazem. Coitados, não sabem o que estão fazendo, não conseguem pensar em nada mais divertido do que destruir as coisas. Triste, né? Muito triste. Não – disse –, não temos esse tipo de problema. A garotada daqui é bastante comportada, de um modo geral. Não. Estava procurando o túmulo de uma criança.

Tuppence tremeu nas bases.

– O túmulo de uma criança? – repetiu.

– Sim. Uma pessoa me escreveu. O Major Waters. Queria saber se por acaso uma criança não havia sido enterrada aqui. Fui consultar o registro paroquial, claro, mas não encontrei ninguém com esse nome. Mesmo assim, resolvi vir aqui e dar uma olhada nas lápides. A pessoa que escreveu pode ter dado o nome errado, ou talvez tenha sido engano.

– Qual era o nome da criança? – indagou Tuppence.

– Não sabia. Talvez Julia, por causa da mãe.

– Quantos anos tinha?

– Também não sabia direito. Tudo muito vago. Acho que o sujeito errou de aldeia. Não lembro de nenhum Waters morando aqui. Nunca ouvi falar desse nome.

– E a família Warrender? – indagou Tuppence, recordando-se dos nomes na igreja. – A igreja está cheia de placas em sua homenagem e vi o nome deles em várias lápides aqui.

– Ah, essa família não existe mais. Tinham um grande patrimônio, um Priorado do século XIV. Houve um incêndio... há quase cem anos já. Os Warrender que sobraram devem ter ido embora e não voltaram mais. Um rico proprietário da era vitoriana, chamado Starke, construiu uma nova casa no local. Horrível, mas aconchegante, dizem. Muito aconchegante. Com banheiros e tudo mais. Isso tudo *é* importante.

– Muito estranho – comentou Tuppence – alguém lhe escrever e perguntar sobre o túmulo de uma criança. Era algum parente?

– O pai – respondeu o padre. – Uma dessas tragédias de guerra, imagino. Um casamento que acabou quando o marido estava a serviço no exterior. A mulher, jovem, fugiu com outro homem. E havia uma criança, que o pai nem chegou a conhecer. Já seria adulta agora, se estivesse viva. Estaria com vinte anos, ou mais.

– Não passou muito tempo para continuar procurando a filha?

– Aparentemente, ele só soube que *tinha* uma filha há pouco tempo. Soube por acaso. Uma história curiosa.

– O que o levou a pensar que a filha estaria enterrada aqui?

– Parece que uma pessoa que tinha conhecido sua mulher na época da guerra lhe contou que ela estava morando em Sutton Chancellor. Acontece. Encontramos alguém, um amigo ou conhecido que não vemos há anos, e recebemos notícias que jamais ficaríamos sabendo por outro meio. Mas ela certamente não está morando aqui agora. Nunca morou ninguém com esse nome... não desde que vim para cá. Nem nas redondezas, que eu saiba. Claro, a mãe deve ter usado outro nome. Mesmo assim, o pai está pagando advogados e detetives particulares, e eles vão acabar descobrindo tudo no final. Vai levar tempo...

– *A coitadinha era sua filha?* – murmurou Tuppence.

– Perdão, minha cara, não entendi.

– Nada – disse Tuppence. – Me perguntaram outro dia: "*A coitadinha era sua filha?*". Uma pergunta bastante assustadora de se ouvir, assim, de repente. Mas não acredito que a senhora que me perguntou isso soubesse o que estava falando.

– Sei. Comigo é igual. Digo coisas sem saber exatamente o que quero dizer. Um vexame.

– Imagino que o senhor saiba tudo sobre as pessoas que moram aqui *hoje* – disse Tuppence.

– E nem são muitas pessoas. Sei sim. Por quê? Queria alguma informação?

– O senhor sabe se alguma sra. Lancaster já morou aqui?

– Lancaster? Não. Não lembro desse nome.

– E tem uma casa... eu estava dando uma volta de carro ontem, sem um destino específico, só seguindo a estrada...

– Sei. Muito boa a estrada aqui. E tem espécimes raros. Botânicos, digo. Nas cercas vivas. Ninguém pega flores nessas cercas. Não temos turistas aqui. Já encontrei alguns espécimes muito raros. Certos tipos de campânulas, por exemplo...

– Tem uma casa perto de um canal – interrompeu Tuppence, recusando-se a desviar o assunto para botânica. – Perto de uma pequena ponte arqueada, a mais ou menos três quilômetros daqui. Não sei o nome.

– Deixe-me ver. Canal, ponte arqueada... Bem, existem várias casas assim. É a fazenda Merricot.

– Mas não era uma fazenda.

– Devia ser a casa da família Perry... Amos e Alice Perry.

– Isso – confirmou Tuppence. – O sr. a sra. Perry.

– Mulher interessante, não acha? Interessante, sempre achei. Muito interessante. Rosto medieval, reparou? Vai fazer o papel de bruxa na peça que estamos montando para a escola das crianças, sabe? Ela parece uma bruxa mesmo, não parece?

– Parece – concordou Tuppence. – Uma bruxa boazinha.

– Isso mesmo, minha cara. Uma bruxa boazinha.

– Mas ele...

– Coitado – disse o padre. – Não é muito normal da cabeça, mas é inofensivo.

– Foram muito gentis. Ofereceram-me uma xícara de chá – contou Tuppence. – Mas o que eu queria saber era o *nome* da casa. Esqueci de perguntar. Eles moram apenas na metade da casa, né?

– É. No espaço que antes era a área de serviço. *Eles* chamam a casa de "Waterside", acho, embora o nome antigo fosse "Watermead". Um nome bonito.

– A quem pertence a outra parte da casa?

– Bem, a casa toda pertencia originalmente à família Bradley. Isso foi há muitos anos, pelo menos trinta, quarenta anos atrás. Mais tarde, a casa foi vendida duas vezes, e depois ficou vazia por muito tempo. Quando vim para cá, estavam usando-a como uma espécie de casa de fim de semana. Uma atriz... srta. Margrave, acho. Não vinha muito aqui. Aparecia de vez em quando. Nunca veio à igreja. Vi-a algumas vezes, à distância. Uma mulher muito bonita.

– Quem é o dono *atual*? – insistiu Tuppence.

– Não tenho a mínima ideia. Talvez ainda seja ela. A parte em que a família Perry mora é alugada.

– Reconheci a casa assim que a vi – contou Tuppence – porque tenho um quadro dela.

– Sério? Deve ser um dos quadros de Boscombe, Boscobel, não lembro o nome direito agora. Era de Cornualha. Um artista muito famoso, acho. Deve ter morrido já. Vinha muito aqui. Desenhava tudo o que via. Pintava a óleo também. Umas paisagens lindas.

– Esse quadro em especial – disse Tuppence – foi dado a uma tia minha, que morreu há mais ou menos um mês. Quem deu o quadro para ela foi uma tal de sra. Lancaster. Por isso perguntei se o senhor a conhecia.

O padre negou mais uma vez.

– Lancaster? Lancaster. Não. Não lembro desse nome. Ah! Mas tem alguém que deve saber. Nossa querida srta. Bligh. Muito ativa. Conhece a paróquia inteira. Dirige tudo. O instituto das mulheres, os escoteiros, os guias... tudo. Pergunte para *ela*. É muito ativa, muito ativa mesmo.

Suspirou. A atividade da srta. Bligh parecia preocupá-lo.

– Todos na aldeia a chamam de Nellie Bligh. Os meninos às vezes pronunciam seu nome cantando, *Nellie Bligh, Nellie Bligh.* Mas esse não é seu nome verdadeiro. Acho que é Gertrude, Geraldine, algo assim.

A srta. Bligh, a mulher de tweed que Tuppence tinha visto na igreja, aproximou-se deles num passo rápido, segurando um pequeno regador. Observou Tuppence à distância, com profunda curiosidade, aumentando o passo e começando a falar antes de chegar perto.

– Terminei meu trabalho! – exclamou, com satisfação. – Tive que correr um pouco hoje. E como corri! O senhor sabe, padre, normalmente arrumo a igreja de manhã, mas hoje tivemos uma reunião de emergência e demorou à beça. Tanta discussão! Às vezes acho que as pessoas discutem só por discutir. A sra. Partington estava especialmente implicante. Queria que debatêssemos tudo, perguntou se havíamos pesquisado suficientes orçamentos de diferentes empresas. É tudo tão barato que alguns xelins a mais ou a menos não fazem muita diferença. E a Burkenheads sempre foi muito confiável. Olhe, padre, não acho que o senhor deva se sentar nessa lápide.

– Parece-lhe desrespeito? – perguntou o padre.

– Não, não quis dizer isso *de jeito nenhum*, padre. Quis dizer, a *pedra*, com a umidade e o seu reumatismo, sabe? – olhou para Tuppence de rabo de olho, inquisitivamente.

– Deixe-me apresentá-la à srta. Bligh – disse o padre. – Esta é... – hesitou.

– Sra. Beresford – completou Tuppence.

– Ah, sim – disse a srta. Bligh. – Vi-a na igreja, não vi? Há pouco, olhando os memoriais. Eu teria puxado conversa, chamado sua atenção para alguns pontos interessantes, mas estava tão apressada para terminar meu trabalho...

– Eu deveria ter ajudado – disse Tuppence, com voz doce. – Mas não teria adiantado muito, teria? Porque vi que sabia exatamente onde colocar cada flor.

– Que nada! Muito gentil da sua parte dizer isso, mas é verdade. Sou responsável pelas flores da igreja há mais de... Até já perdi a conta de *quantos* anos. Deixamos as crianças montarem seus próprios vasos de flores para os eventos, embora não tenham a mínima ideia de como fazer, coitadinhas. Eu daria *alguma* orientação, mas a sra. Peake é contra. Uma mulher muito peculiar. Diz que estraga o espírito de iniciativa. Está hospedada aqui? – perguntou a Tuppence.

– Eu estava indo para Market Basing – respondeu Tuppence. – Talvez possa me indicar um bom hotel lá.

– Bem, imagino que vá ficar um pouco decepcionada. Market Basing é um pequeno centro de comércio. Não tem infraestrutura para o turismo. O Blue Dragon é um hotel duas estrelas, mas, para falar a verdade, acho que essas estrelas não significam *nada* às vezes. Talvez ache o The Lamb melhor. É mais silencioso. Pretende ficar muito tempo?

– Não, não – disse Tuppence – um ou dois dias apenas, só para conhecer um pouco o lugar.

– Não tem muito o que conhecer lá não. Nenhuma antiguidade, nem nada do gênero. Somos um distrito totalmente rural, voltado para a agricultura – disse o padre. – Mas tranquilo, muito tranquilo. Como lhe falei, cultivamos flores raras.

– Sim – disse Tuppence –, eu lembro, e estou louca para colher algumas espécimes nos intervalos de minha procura por imóveis – contou.

– Que legal – exclamou a srta. Bligh. – Está pensando em morar aqui?

– Bem, meu marido e eu ainda não escolhemos um lugar em especial – comentou. – E não temos pressa. Ele só vai se aposentar daqui a um ano e meio. Mas é bom já ir dando uma olhada. O que *eu* prefiro fazer, pessoalmente, é ficar em um bairro por quatro ou cinco dias, fazer uma lista dos imóveis que me interessam e depois ir visitá-los. Vir um dia de Londres para visitar apenas um imóvel é muito cansativo.

– Ah, sim, veio de carro, então?

– Vim – respondeu Tuppence. – Devo ir a uma imobiliária em Market Basing amanhã de manhã. Aqui tem lugar para ficar?

– Claro que sim. Tem a sra. Copleigh – disse a srta. Bligh. – Ela hospeda pessoas nas férias, sabe? Veranistas. Tudo muito limpo, os quartos... Claro, só oferece cama e café da manhã. Talvez uma refeição leve à noite. Mas acho que antes de julho ou agosto não hospeda ninguém.

– Eu poderia falar com ela e descobrir – sugeriu Tuppence.

– Uma mulher incrível – disse o padre. – Não para de falar um minuto. Tem língua solta!

– Nessas pequenas aldeias, a fofoca é o maior passatempo – comentou a srta. Bligh. – Vou ajudar a sra. Beresford. Posso levá-la até a sra. Copleigh para ver o que conseguimos lá.

– Muito gentil da sua parte – agradeceu Tuppence.

– Então vamos – disse a srta. Bligh, rapidamente. – Até mais, padre. Continua procurando? Triste missão. Difícil dar certo. Que pedido mais estranho!

Tuppence despediu-se do padre e disse que ficaria feliz se pudesse ajudá-lo.

– Poderia ficar horas revirando as lápides. Tenho uma visão muito boa para alguém da minha idade. É só o nome Waters que o senhor está procurando?

– Na verdade, não – respondeu o padre. – O que importa é a idade, acho. Uma criança de sete anos, mais ou menos. Uma menina. O Major Waters acha que a mulher pode ter mudado de nome, e que a filha, então, teria o nome que ela adotou. Como não sabe que nome é esse, fica mais difícil.

– Impossível, pelo que vejo – opinou a srta. Bligh. – O senhor não deveria ter aceitado esse pedido, padre. É uma monstruosidade sugerir algo desse tipo.

– O pobre sujeito está desconsolado – disse o padre. – Uma história tão triste, pelo que me contaram. Mas não vou prender vocês.

Tuppence pensou consigo mesma, ao ser ciceroneada pela srta. Bligh, que independentemente da fama de tagarela da sra. Copleigh, dificilmente conseguiria superar a srta. Bligh. A mulher era uma verdadeira torrente de afirmações rápidas e ditatoriais.

A casa da sra. Copleigh era aconchegante e espaçosa, afastada da rua, com um lindo jardim de flores na frente, a soleira da porta branquinha e a maçaneta de metal super polida. A própria sra. Copleigh pareceu a Tuppence uma personagem saída diretamente das páginas de Dickens. Baixinha e gordinha, vinha quase rolando, como uma bola. Tinha um brilho cintilante nos olhos, cabelo louro encaracolado e um ar de muito vigor. Após demonstrar certa dúvida de início... "Bem, geralmente não aceito, sabe? Não. Meu marido e eu dizemos 'veranistas'. É diferente. Quem pode, hoje faz o mesmo. São até obrigados, tenho certeza. Mas não nessa época do ano. Ah, não. Não antes de julho. Mas, se for só por alguns dias e a senhora não reparar na bagunça, talvez..."

Tuppence disse que não se incomodava, e a sra. Copleigh, depois de examiná-la de cima a baixo, sem deter o fluxo da conversa, convidou-a para subir e dar uma olhada no quarto, que daria um jeito.

Nesse momento, a srta. Bligh despediu-se delas com certo pesar, porque ainda não tinha conseguido extrair de Tuppence todas as informações que queria, como: de onde ela vinha, o que seu marido fazia, quantos anos tinha, se possuía filhos e outras questões importantes, mas precisava voltar para casa, pois ia presidir uma reunião e lhe apavorava a ideia de que alguém pudesse roubar seu lugar.

– Vai ficar bem com a sra. Copleigh – garantiu a Tuppence –, ela vai cuidar da senhora, tenho certeza. E o seu carro?

– Vou lá pegar – disse Tuppence. – A sra. Copleigh vai me dizer onde é melhor colocá-lo. Posso deixá-lo aqui do lado de fora, porque a rua não é tão estreita. O que acha?

– Meu marido arranja uma solução melhor – disse a sra. Copleigh. – Leva o carro até o campo, logo depois deste lado da rua. É melhor. Tem cobertura.

Tudo foi arrumado dessa forma, e a srta. Bligh saiu correndo para seu compromisso. A próxima questão foi sobre o jantar. Tuppence perguntou se havia algum bar na aldeia.

– Não temos nada para alguém como a senhora – disse a sra. Copleigh –, mas se ficar satisfeita com dois ovos, uma fatia de presunto, um pouco de pão e geleia caseira...

Tuppence disse que seria maravilhoso. Seu quarto era pequeno, mas agradável, com um papel de parede floral e uma cama aconchegante, tudo muito limpinho.

– Sim, é bonito esse papel de parede, srta. – disse a sra. Copleigh, que parecia determinada a conceder a Tuppence o estado de solteira. – Escolhemos esse para que os casais recém-casados viessem passar a lua de mel aqui. É romântico, sabe?

Tuppence concordou que o romantismo é muito importante.

– Os recém-casados não têm muito dinheiro para gastar hoje. Não que tivessem antigamente. A maioria está economizando para comprar uma casa ou já está gastando com a entrada. Alguns compram móveis a prestação, e não lhes sobra nada para a lua de mel. Os jovens, de um modo geral, são cuidadosos. Não saem por aí torrando dinheiro.

Desceu falando rápido. Tuppence deitou na cama para descansar um pouco depois de um dia tão cansativo. Nutria, contudo, grandes esperanças em relação à sra. Copleigh, e sentia que, quando estivesse descansada, seria capaz de conduzir a conversa a recantos muito proveitosos. Saberia, com certeza, tudo sobre a casa da ponte, quem morava lá, as pessoas de boa ou má reputação na região, os escândalos e coisas do gênero. Nunca esteve tão convencida disso, quando foi apresentada ao sr. Copleigh, um homem que mal abria a boca. Sua fala se resumia a resmungos bondosos, geralmente em resposta afirmativa. Quando discordava, era mais silencioso.

A julgar pelas aparências, gostava de deixar sua mulher falar. Passou parte do tempo absorto nos planos para o dia seguinte, dia de feira.

A situação parecia perfeita para Tuppence. Podia ser sintetizada em um lema: "Se o que busca é informação, já encontrou". A sra. Copleigh era como uma televisão. Bastava apertar um botão e ela saía falando, cheia de gestos e expressões faciais. Não só o físico assemelhava-se a uma bola de borracha. Seu rosto parecia feito do mesmo material. Quando falava, as pessoas surgiam quase como caricaturas vivas aos olhos de seu interlocutor.

Tuppence comeu ovos com bacon, pão, manteiga, elogiou a geleia caseira de amora, "minha favorita", anunciou, e fez o que pôde para absorver a enxurrada de informações a fim de anotar tudo num caderno mais tarde. Um panorama completo do passado daquela região parecia se descortinar à sua frente.

Não havia uma sequência cronológica, o que dificultava um pouco as coisas. O discurso da sra. Copleigh pulava de quinze anos atrás para há dois anos, depois para o mês anterior e, por fim, para os anos 20. Essa alternância de tempo demandava muita organização, e Tuppence se perguntava se conseguiria reter algo no final.

O primeiro botão que apertou não lhe rendeu resultado: uma referência à sra. Lancaster.

– Acho que ela é de algum lugar aqui perto – comentou Tuppence, como quem não quer nada. – Tinha um quadro... um quadro muito bonito, de um artista conhecido aqui, acho.

– Como se chamava mesmo?

– Sra. Lancaster.

– Não, não lembro de nenhum Lancaster. Lancaster. Lancaster. Um homem que sofreu um acidente de carro, lembro. Não, era o carro. O carro era um Lancaster. Não sra. Lancaster. Não era srta. Bolton não? Deve ter uns setenta anos agora. Acho que se casou com um sr. Lancaster. Saiu daqui e foi para o estrangeiro. Ouvi dizer que se casou com alguém.

– O quadro que deu para minha tia era de um tal de sr. Boscobel, algo assim – disse Tuppence. – Que delícia de geleia!

– Não coloco maçã, como a maioria das pessoas. A geleia fica melhor, dizem, mas tira todo o sabor.

– É verdade – disse Tuppence. – Concordo plenamente. Tira mesmo.

– Como era mesmo o nome? Começa com um B, mas não entendi direito.

– Boscobel, acho.

– Ah, me lembro bem do sr. Boscowan. Vejamos. Isso deve ter sido... há uns quinze anos pelo menos que ele veio para cá. Veio vários anos seguidos. Gostava do lugar. Até alugou uma casa, do granjeiro Hart, que mantinha para os empregados. Mas o pessoal do município construiu uma nova. Quatro casas novas, especialmente para os trabalhadores.

– O sr. B era artista – prosseguiu a sra. Copleigh. – Usava um paletó engraçado, de veludo cotelê, com furos nos cotovelos. E tinha camisetas verdes e amarelas. Um sujeito muito colorido. Eu gostava dos quadros dele. Uma vez fez uma exposição. Mais ou menos na época do Natal. Não, claro que não, deve ter sido um pouco depois. Muito legal. Nada de mais, entende? Apenas uma casa com algumas árvores ou duas vacas olhando pela cerca, mas com cores bonitas, discretas. Não como esses jovens de hoje em dia.

– Aparecem muitos pintores por aqui?

– Não muitos. Tem uma ou duas moças que vêm no verão e fazem alguns rabiscos, mas não acho grande coisa. Recebemos um jovem há um ano que se dizia artista. Não fazia a barba direito. Não posso dizer que gostava de seus quadros. Cores estranhas, jogadas de qualquer maneira. Não dava para reconhecer nenhuma figura. Vendeu muitos quadros. E não eram baratos, veja bem.

– Deviam custar cinco libras – disse o sr. Copleigh, entrando na conversa pela primeira vez, tão de repente que Tuppence levou um susto.

– O que meu marido quer dizer – disse a sra. Copleigh, retomando seu lugar como intérprete dele. – é que nenhum quadro devia custar mais do que cinco libras. As tintas não são tão caras. Isso é o que ele queria dizer, não é, George?

– Aham – respondeu George.

– O sr. Boscowan pintou aquela casa perto da ponte e do canal... Waterside ou Watermead, não é esse o nome? Passei por lá hoje.

– Veio por aquela estrada, então? Não é bem uma estrada, né? Muito estreita. Triste aquela casa, sempre achei. *Eu* é que não gostaria de viver ali. Muito solitária. Não acha, George?

George fez o som que expressava leve desacordo e possivelmente desprezo pela covardia feminina.

– É onde Alice Perry mora – disse a sra. Copleigh.

Tuppence largou de mão suas pesquisas sobre o sr. Boscowan para saber mais sobre a família Perry. Era sempre melhor, observou Tuppence, seguir o fluxo da sra. Copleigh, que mudava de assunto o tempo todo.

– Casal estranho *aquele* – disse a sra. Copleigh.

George soltou seu som de concordância.

– Ficam na deles. Não se misturam, como se diz por aí. E ela anda feito um espantalho, a Alice Perry.

– Louca – sentenciou o sr. Copleigh.

– Bem, não sei se diria *isso*. *Parece* louca, é verdade. Aquele cabelo todo desgrenhado. E usa casaco de homem e galochas quase o tempo todo. Diz coisas estranhas e às vezes não responde direito quando lhe fazemos uma pergunta. Mas não diria que é *louca*. Excêntrica sim.

– As pessoas gostam dela?

– Ninguém a conhece muito bem, embora já estejam ali há muitos anos. Correm vários boatos sobre ela; isso é o que não falta.

– Que tipo de boato?

Perguntas diretas eram sempre bem recebidas pela sra. Copleigh, que parecia viver para responder perguntas.

– Invoca espíritos à noite, dizem. Sentada em volta de uma mesa. E existem histórias de luzes que andam pela casa quando já está escuro. Dizem que lê um monte de livros difíceis. Com coisas desenhadas... círculos e estrelas. Na minha opinião, Amos Perry é quem não regula bem.

– É apenas bronco – disse o sr. Copleigh, compassivo.

– Talvez sim. Mas já ouvi boatos sobre ele também. Adora jardinagem, mas não sabe muito.

– Ocupam apenas metade da casa, né? – perguntou Tuppence. – A sra. Perry me convidou para entrar, muito gentilmente.

– É mesmo? Convidou? Não sei se eu teria gostado de entrar naquela casa – disse a sra. Copleigh.

– A parte deles é legal – comentou o sr. Copleigh.

– A outra parte também é legal – provocou Tuppence. – A parte que dá para o canal.

– Bom, as pessoas contam muitas histórias sobre a casa. Claro, a casa ficou abandonada por muitos anos. Dizem que tem algo estranho lá. Muitas histórias. Mas, na verdade, são histórias antigas. Não fazem parte da memória de ninguém aqui. A casa foi construída há mais de cem anos, por um fidalgo da corte. Dizem que primeiro uma bela dama a ocupou.

– A corte da rainha Vitória? – perguntou Tuppence, interessada.

– Acho que não. A antiga rainha era muito exigente. Não, acho que foi antes. Na época de um dos Georges. Esse senhor costumava visitá-la. A história é que eles tiveram uma briga e certa noite ele cortou a garganta da amante.

– Que horror! – exclamou Tuppence. – Ele foi enforcado por isso?

– Não, nada desse feitio. A história é que ele precisava se livrar do corpo e emparedou-a na lareira.

– Emparedou-a na lareira!

– De acordo com algumas versões, era freira e havia fugido do convento. Por isso tinha que ser emparedada. É o que fazem nos conventos.

– Mas não foram as freiras que a emparedaram.

– Não, não. Foi ele. Seu amante, o que a tinha matado. Fechou toda a lareira, dizem, e a tapou com uma grande chapa de ferro. De qualquer forma, a moça nunca foi vista de novo, pobre alma, com seus vestidos tão lindos. Alguns dizem, claro, que eles fugiram juntos. Que os dois foram morar na cidade ou em outro lugar. As pessoas ouviam barulhos e viam luzes na casa. Muita gente tem medo de se aproximar depois que anoitece.

– Mas o que aconteceu depois? – indagou Tuppence, sentindo que o reinado da rainha Vitória era um período demasiado remoto para o que estava buscando.

– Não sei bem se houve muita coisa mais. Um agricultor chamado Blodgick comprou a casa quando ela foi colocada à venda, acho. Também não ficou lá muito tempo. Era uma espécie de fazendeiro, diziam. Por isso gostou da casa, imagino, mas aquelas terras não lhe serviam muito. Sem saber o que fazer com elas, acabou vendendo a casa. O lugar mudou de mão muitas vezes... Os construtores chegavam e faziam reformas... novos banheiros... esse tipo de coisa. Uma família, uma vez, chegou a montar uma granja. Mas o lugar tinha fama de dar azar. Tudo isso um pouco antes da minha época. Se não me engano, o próprio sr. Boscowan pensou em comprar a casa, quando pintou aquele quadro.

– Quantos anos mais ou menos o sr. Boscowan tinha quando veio para cá?

– Uns quarenta, talvez um pouco mais. Um homem muito bonito, do seu jeito. Um pouquinho acima do peso, é verdade. Vivia de olho nas mulheres.

– Aham – concordou o sr. Copleigh, a modo de advertência.

– Bem, todos nós sabemos como são os artistas – disse a sra. Copleigh, incluindo Tuppence. – Viajam muito para a França e acabam pegando o jeito francês.

– Ele era casado?

– Na época não. Pelo menos quando veio aqui pela primeira vez. Arrastava uma asinha para o lado da sra. Charrington, mas não deu em nada. Uma menina encantadora, mas muito nova para ele. Tinha uns vinte e cinco anos, no máximo.

– Quem era sra. Charrington? – Tuppence ficou desconcertada com a apresentação de novos personagens.

"Minha nossa, o que estou fazendo aqui?", pensou de repente, invadida por uma onda de cansaço. "Estou ouvindo um monte de fofoca sobre as pessoas e imaginando coisas sobre um assassinato que nem aconteceu. *Agora entendo*... Tudo começou quando uma velhinha, de bom coração, mas meio mal da cabeça, começou a se enrolar lembrando histórias sobre um tal sr. Boscowan, ou alguém que nem ele, que lhe dera um quadro, contara sobre uma casa, as lendas, de alguém ser confinado vivo numa lareira, e ela achava que era uma criança, por algum motivo. E aqui estou, metida nessa confusão. Tommy me chamou de idiota, e tinha toda razão: sou uma idiota mesmo."

Aguardou uma pausa no fluxo contínuo de palavras da sra. Copleigh para levantar-se, dizer educadamente boa noite e subir para a cama.

Mas a sra. Copleigh seguia a mil.

– Sra. Charrington? Morou um tempo em Watermead – disse. – Com a filha. Uma senhora simpática. Viúva de um oficial do exército, acho. Não tinha dinheiro, mas o aluguel era barato. Adorava jardinagem. Não era muito boa de limpeza. Ajudei-a algumas vezes, mas era demais para mim. Tinha que ir de bicicleta, e são mais de três quilômetros. Não tinha ônibus para lá.

– Ela morou lá muito tempo?

– Uns dois ou três anos. Ficou assustada, quando surgiram os problemas. E depois, teve seus próprios problemas com a filha também. Lilian, acho que se chamava.

Tuppence tomou um gole do chá forte que reforçava a comida e resolveu esgotar o assunto da sra. Charrington antes de ir se deitar.

– Qual era o problema com a filha? O sr. Boscowan?

– Não, não foi o sr. Boscowan que a colocou em encrenca. Não acredito nisso. Foi o outro.

– Que outro? – perguntou Tuppence. – Outro homem que morava aqui?

– Acho que não morava aqui não. Devia ter conhecido em Londres. Ela foi para lá estudar balé. Balé ou pintura? O sr. Boscowan conseguiu uma escola na cidade. Slate, acho que se chamava.

– Slade? – corrigiu Tuppence.

– Pode ser. Algo assim. De qualquer maneira, começou a frequentar essa escola e acabou conhecendo o sujeito. Sua mãe não gostou muito e a proibiu de vê-lo. Não adiantou. Ela era meio tola, de certa forma. Como muitas esposas de oficiais do exército, sabe? Achavam que as filhas obedeciam. Retrógada. Tinha estado na Índia e lugares assim. Mas quando se trata de um rapaz bonito e a menina não é vigiada de perto, certamente não fará o que lhe mandarem. Não a filha da sra. Charrington. Esse rapaz vinha aqui de vez em quando, e eles se encontravam do lado de fora.

– E aí ela se meteu em confusão, é isso? – indagou Tuppence, lançando mão do famoso eufemismo, para não ofender, desse forma, o senso de decoro do sr. Copleigh.

– Deve ter sido ele sim. De qualquer forma, saltava aos olhos. Eu percebi muito antes de sua própria mãe perceber. Uma menina linda, ela. Alta. Mas não acho que fosse do tipo que resistisse muito. Sofreu um colapso. Andava por aí como uma louca, resmungando sozinha. Na minha opinião, o sujeito tratou-a muito mal. Foi embora e deixou-a quando descobriu o que estava acontecendo. Claro, mãe que é mãe teria ido falar com o cara para tentar convencê-lo de ficar, mas a sra. Charrington jamais teria coragem. De qualquer forma, entendeu a situação e levou a menina embora. Fechou a casa, e depois de um tempo, colocou à venda. Voltaram para pegar as coisas, acho, mas nunca vieram à aldeia nem disseram nada a ninguém. Não voltaram mais, nenhuma das duas. Correram alguns boatos, mas não dá para saber se tinham algum fundamento.

– As pessoas inventam muita coisa – disse o sr. Copleigh, inesperadamente.

– Sim, George. Mas nesse caso podia ser verdade. Essas coisas acontecem. E, como você disse, aquela menina não parecia bater muito bem da bola.

– O que aconteceu? – quis saber Tuppence.

– Bem, na verdade, não gosto de falar disso. Já faz muito tempo, e não quero afirmar nada que não tenha certeza. Foi a Louise, filha da sra. Badcock, que contou. Uma mentirosa aquela garota. As coisas que diz. Tudo para inventar uma boa história.

– Mas que história era essa? – insistiu Tuppence.

– Disse que essa moça Charrington matou a filha e depois se suicidou. Que a mãe ficou meio maluca pela dor e os parentes tiveram que interná-la.

Mais uma vez, a cabeça de Tuppence dava um nó. Era como se perdesse o chão. Será que a sra. Charrington era a sra. Lancaster? Talvez tenha mudado de nome, ficado meio biruta, obcecada com a morte da filha. A voz da sra. Copleigh se fazia escutar, implacável.

– Não acredito em uma palavra de tudo isso. Essa garota Badcock diria qualquer coisa. Nunca demos muita atenção para seus boatos. Tínhamos mais com o que nos preocupar. Estávamos todos assustados com as coisas que estavam acontecendo... coisas REAIS...

– Por quê? O que estava acontecendo? – perguntou Tuppence, admirada com as coisas que pareciam acometer a pacífica aldeia de Sutton Chancellor.

– A senhora deve ter lido tudo no jornal na época. Acho que foi há uns vinte anos. Com certeza leu. Assassinatos de crianças. Primeiro, uma menina de nove anos. Um dia, não voltou da escola. Toda a vizinhança saiu para procurá-la. Foi encontrada em Dingley Copse. Estrangulada. Estremeço só de pensar. Bem, essa foi a primeira. Três meses depois, mais ou menos, veio outra. Foi encontrada do outro lado de Market Basing, mas dentro do distrito, como dizem. Um homem de carro poderia ter feito isso facilmente. E depois outras. Às vezes, passava um ou dois meses sem acontecer nada. E aí aparecia mais uma. Teve uma a poucos quilômetros daqui. Quase na aldeia.

– A polícia não... ninguém descobriu quem era o assassino?

– Até que tentaram – disse a sra. Copleigh. – Prenderam um homem logo em seguida. Um sujeito do outro lado de Market Basing. Dizia que estava ajudando a polícia na investigação. Sabe o que isso significa. Acharam que haviam pegado o assassino. Prendiam um, prendiam outro, mas 24 horas depois, tinham que soltá-los, por falta de provas ou apresentação de álibis.

– Você não sabe, Liz – disse o sr. Copleigh. – Talvez soubessem muito bem quem tinha feito aquilo. Acho que eles *sabiam*. É sempre assim, ou pelo menos é isso que dizem. A polícia sabe quem é, mas não tem provas.

– Por causa das esposas – continuou a sra. Copleigh –, esposas, mães e até pais.

"A polícia não pode fazer nada, mesmo sabendo quem foi. A mãe diz 'meu filho jantou comigo aquela noite', a esposa diz que foi ao cinema com o marido e ficou o tempo todo com ele, o pai diz que passou o dia fora com o filho no campo. Não há o que fazer contra isso. A polícia pode achar que o pai, a mãe e a esposa estão mentindo, mas enquanto não vier alguém e disser que viu o cara em outro lugar, não há nada a fazer. Foi uma época terrível. Todos ficaram muito mobilizados aqui. Quando se ouvia falar que outra criança havia desaparecido, organizavam-se expedições."

– Isso mesmo – disse o sr. Copleigh.

– Saíam reunidos e faziam uma busca. Às vezes encontravam logo, outras vezes ficavam procurando semanas. Podia estar bem perto de casa, num lugar óbvio. Maníaco, imagino. Um horror – disse a sra. Copleigh, num tom de justiça –, um horror que existam homens assim. Deveriam ser fuzilados. Enforcados. E eu mesma faria isso, se me deixassem. Com qualquer homem que estupra e mata crianças. O que adianta colocá-los num sanatório e tratá-los como reis? Mais cedo ou mais tarde, dizem que o sujeito está curado e o mandam de volta para casa. Isso aconteceu em Norfolk. Minha irmã mora lá e me contou. O cara voltou para casa e dois dias depois matou outra pessoa. São loucos, esses médicos, de dizer que o cara está curado quando na verdade não está.

– E a senhora não tem a mínima ideia de quem pode ter sido? – perguntou Tuppence. – Acha mesmo que foi um estranho?

– Um estranho aqui na aldeia, mas deve ter sido alguém que morava... eu diria num raio de trinta quilômetros, mais ou menos. Não precisava ser alguém daqui.

– Você sempre achou que sim, Liz.

– É que tudo isso mexe com as pessoas – disse a sra. Copleigh. – As pessoas têm certeza de que foi alguém daqui porque sentem medo, acho. Eu costumava observar os outros. Como você, George. Ficávamos nos perguntando se não foi *determinado* sujeito, que anda meio estranho nos últimos tempos, esse tipo de coisa.

– O assassino não deve ser estranho – disse Tuppence. – Provavelmente, é igual a todo mundo.

– Sim, pode ser. Ouvi dizer que nunca se sabe, que quem faz esse tipo de coisa não tem cara de louco. Mas algumas pessoas dizem que dá para perceber um brilho diferente nos olhos deles.

– O Jeffreys era o chefe de polícia daqui na época – contou o sr. Copleigh. – Dizia sempre que tinha um bom palpite, mas não fizeram nada.

– Nunca pegaram o sujeito?

– Não. Essa história durou seis meses, quase um ano. Depois parou. E desde então nunca mais aconteceu nada por aqui. Ele deve ter ido embora, para sempre. Por isso as pessoas acham que sabem quem foi.

– Quer dizer, por causa daqueles que deixaram o distrito?

– Bem, as pessoas falam muito, sabe? Cada um tem seu palpite.

Tuppence hesitou antes de fazer a próxima pergunta, mas do jeito que a sra. Copleigh gostava de falar, sentiu que não seria nenhum problema.

– Quem *a senhora* acha que foi? – lançou.

– Bom, já faz tanto tempo que nem gostaria de comentar, mas foram mencionados alguns nomes. Gente que era objeto de boatos. Alguns julgavam que fosse o sr. Boscowan.

– Diziam isso?

– Sim. Como era artista... Os artistas são meio esquisitos, diziam. Mas não acho que tenha sido ele!

– Muitos achavam que era Amos Perry – comentou o sr. Copleigh.

– O marido da sra. Perry?

– Sim. Ele é meio estranho. Bronco. O tipo de cara que poderia ter feito aquilo.

– A família Perry morava aqui na época?

– Morava. Não em Watermead. Eles tinham uma casa a cerca de sete quilômetros de distância. A polícia ficou de olho nele, tenho certeza.

– Não conseguiram arrancar nada – contou a sra. Copleigh. – A esposa sempre o defendeu. Passava a noite em casa com ela, dizia. Todas as noites. Às vezes ia para o bar sábado à noite, mas nenhum dos assassinatos tinha acontecido num sábado à noite, de modo que não podiam incriminá-lo. Além disso, Alice Perry é o tipo de pessoa que inspira confiança quando dá seu depoimento. Não volta atrás. Não se assusta com nada. De qualquer forma, seu marido não é a pessoa procurada. Nunca achei isso. Sei que não tenho muita base, mas tenho certo pressentimento. Se tivesse que acusar alguém, acusaria o sir Philip.

– Sir Philip? – a cabeça de Tuppence deu outro nó. Mais um personagem naquela trama: sir Philip. – Quem é sir Philip? – perguntou.

– Sir Philip Starke. Mora no Solar dos Warrender. A casa era chamada de Velho Priorado na época em que os Warrender moravam lá... antes do incêndio. Dá para ver os túmulos da família Warrender no quintal da igreja e as placas memoriais nas paredes. Os Warrender sempre estiveram presentes aqui, desde o tempo do rei James.

– O sir Philip era parente dos Warrender?

– Não. Parece que fez grande fortuna ou herdou do pai. Trabalhava com aço, ou algo do tipo. Um cara estranho. As fábricas ficavam em algum lugar no norte, mas ele morava aqui. Era muito fechado. Como se diz? Re... re... re... sei lá.

– Recluso – ajudou Tuppence.

– Exatamente! Um sujeito pálido, muito magro. Adorava flores. Era botânico. Colecionava flores silvestres, dessas que ninguém olha duas vezes. Chegou a escrever um livro sobre flores, parece. Um homem muito inteligente. Sua mulher era uma boa moça, muito bonita, mas meio triste, sempre achei.

O sr. Copleigh soltou um de seus grunhidos.

– Você é doida – disse. – Achar que pode ter sido o sir Philip. Ele amava crianças. Vivia dando festas para elas.

– Eu sei. Vivia dando festas e presentes para a garotada. Fazia aquela corrida do ovo na colher... todos aqueles chás e sorvetes de creme e morango. Não tinha filhos. Costumava distribuir doces para as crianças, ou senão dava dinheiro para elas comprarem. Mas não sei. Acho que exagerava. Era um homem estranho. Algo errado aconteceu quando a mulher de repente foi embora e o abandonou.

– Quando foi isso?

– Cerca de seis meses depois que todo aquele tumulto começou. Na época, três crianças haviam sido assassinadas. Lady Starke foi embora de repente, para o sul da França, e nunca mais voltou. Não era do tipo de mulher que faria isso. Uma moça tranquila, respeitável. Ela não o abandonou por outro homem. Não. Ela não faria isso. Então, *por que* ela o deixou? Costumo dizer que é porque sabia de algo... descobriu alguma coisa.

– Ele ainda mora aqui?

– Mais ou menos. Na verdade, não. Vem uma ou duas vezes por ano, mas a casa fica fechada a maior parte do tempo, com um zelador. A srta. Bligh, da aldeia, ex-secretária dele. Ela cuida das coisas.

– E a esposa?

– Está morta, coitada. Morreu logo depois que foi para fora. Tem uma placa em sua homenagem na igreja. Deve ter sido terrível para ela. No início, talvez não tivesse certeza. Depois, começou a desconfiar do marido e acabou confirmando sua suspeita. Não deve ter aguentado e fugiu.

– As mulheres imaginam cada coisa! – exclamou o sr. Copleigh.

– Só estou dizendo que havia *alguma coisa* errada no sir Philip. Gostava demais de crianças, e acho que não no bom sentido.

– Fantasias de mulheres – sentenciou o sr. Copleigh.

A sra. Copleigh levantou-se e começou a tirar as coisas da mesa.

– Já era hora – disse o marido. – Essa senhora vai ter pesadelos se você continuar falando de coisas que aconteceram há anos e que não têm mais relação com o pessoal daqui.

– Foi muito bom ouvir – afirmou Tuppence. – Mas estou com muito sono. Vou para a cama.

– Bem, geralmente vamos cedo para a cama – disse a sra. Copleigh. – A senhora deve estar cansada após um dia tão longo.

– Estou mesmo. Morrendo de sono – bocejou. – Bom, então é isso. Boa noite e muito obrigada.

– Quer que lhe acorde amanhã de manhã com uma xícara de chá? Oito horas é cedo demais?

– Não, oito horas está bom – respondeu Tuppence. – Mas não quero dar trabalho.

– Que trabalho que nada! – exclamou a sra. Copleigh.

Tuppence se arrastou até a cama. Abriu a mala, pegou o que precisava, tirou a roupa, tomou um banho e caiu na cama. O que tinha dito à sra. Copleigh era a pura verdade. Estava morta de cansaço. Tudo o que ouvira girava agora em sua cabeça como um caleidoscópio de imagens fugidias e assustadoras. Crianças mortas... em grande quantidade. Tuppence procurava apenas uma criança morta atrás de uma lareira. A lareira devia ter alguma relação com Waterside. A boneca. Uma criança assassinada pela mãe demente, cujo frágil cérebro enlouquecera diante do abandono do amante. "Meu Deus, que linguagem dramática estou usando", pensou Tuppence. Tudo emaranhado... a cronologia toda embaralhada. Não dava para saber direito quando cada coisa aconteceu.

Adormeceu e sonhou. Uma espécie de Lady de Shalott olhava através da janela de uma casa. Som de arranhões vindo da chaminé. Ouvira-se um barulho atrás de uma grande chapa de ferro pregada ali. Batidas retinentes de martelo. Bam, bam, bam. Tuppence acordou. Era a sra. Copleigh batendo na porta. Entrou animada, colocou o chá ao lado da cama, abriu as cortinas, perguntou se havia dormido bem. "Nunca vi ninguém mais animado", pensou Tuppence, "do que a sra. Copleigh." Não deve ter tido pesadelos!

CAPÍTULO 9

Uma manhã em Market Basing

– Muito bem – disse a sra. Copleigh, saindo do quarto. – Outro dia. É o que sempre digo quando acordo.

"Outro dia?", pensou Tuppence, tomando um gole de chá preto forte. "Quem sabe não estou bancando a idiota?... Pode ser... Queria que o Tommy estivesse aqui para conversar. A noite de ontem me atordoou."

Antes de sair do quarto, fez algumas anotações em seu caderno sobre os diversos acontecimentos e nomes que ouvira, pois na noite anterior estava muito cansada. Dramas do passado, contendo sementes de verdade aqui e ali, mas na maior parte, boatos, malícia, fofoca, imaginação romântica.

"Realmente", pensou Tuppence, "estou começando a conhecer a vida amorosa de várias pessoas do século XVIII. Mas para que tudo isso? O que estou procurando? Não sei mais nada. O problema é que já me envolvi e agora não tenho como sair."

Suspeitando que seu primeiro envolvimento era com a srta. Bligh, a grande ameaça de Sutton Chancellor, Tuppence recusou todas as ofertas de ajuda e foi para Market Basing o mais rápido possível, parando apenas para falar com a própria srta. Bligh, que a abordou já dentro do carro para explicar-lhe que tinha um compromisso urgente. Quando voltaria? Tuppence desconversou. Não queria ficar para o almoço? O convite era muito gentil, mas temia que...

– Tomamos um chá, então. Espero-a às quatro e meia. – Foi uma ordem. Tuppence sorriu, assentiu com a cabeça, soltou a embreagem e acelerou.

"Possivelmente", pensou Tuppence "...se conseguisse alguma informação interessante com os corretores imobiliários de Market Basing... Nellie Bligh seria uma fonte útil de informações extras." Era o tipo de pessoa que se orgulha de saber tudo sobre todos. O problema é que estava determinada a saber tudo sobre Tuppence também. Deixe estar. À tarde, Tuppence já estaria recuperada o suficiente para valer-se de sua criatividade!

"Lembre-se da sra. Blenkinsop", disse para si mesma, virando numa esquina e encostando o carro numa cerca para evitar ser esmagada por um enorme trator que passava.

Ao chegar em Market Basing, deixou o carro num estacionamento que ficava na praça principal, entrou na agência de correio e usou uma cabine de telefone.

Albert atendeu, dizendo "alô", com voz desconfiada, como sempre.

– Olha, Albert... volto para casa amanhã. Devo estar aí no jantar... talvez um pouco mais cedo. O sr. Beresford também volta amanhã, a não ser que ele ligue... Prepare alguma coisa... frango, de repente.

– Certo, madame. Onde a senhora está...

Tuppence já havia desligado.

A vida de Market Basing parecia girar em torno daquela praça principal. Tuppence havia consultado a guia telefônica antes de sair da agência de correio e reparou que três das quatro imobiliárias do povoado ficavam ali... a quarta ficava num lugar chamado George Street.

Anotou os nomes e saiu para procurá-las.

Começou com a Lovebody & Slicker, que parecia ser a mais importante.

Uma moça com manchas no rosto a atendeu.

– Eu gostaria de informações sobre uma casa.

A moça ouviu o pedido sem grande interesse. Se Tuppence estivesse investigando um animal raro, não faria diferença.

– Não conheço – disse a moça, olhando em volta para ver se podia passar Tuppence para algum de seus colegas...

– Uma *casa* – disse Tuppence. – Vocês *são* corretores imobiliários, não são?

– Corretores e leiloeiros. O leilão de Cranberry Court vai ser na quarta, caso esteja interessada. O catálogo custa dois xelins.

– Não estou interessada em leilões. Quero informações sobre uma casa.

– Mobiliada?

– Não, sem móveis... para comprar... ou alugar.

"Manchas" se animou um pouco.

– Melhor a senhora falar com o sr. Slicker.

Tuppence concordou em falar com o sr. Slicker e logo se viu sentada numa pequena sala, em frente a um jovem em terno de mescla xadrez marrom, que começou a consultar um monte de residências que podiam interessar... murmurando comentários para si mesmo... "Mandeville Road 8... ótima construção, três quartos, cozinha americana... não, esse já foi... Amabel Lodge... lugar pitoresco, 16.000m^2... preço reduzido para venda imediata..."

Tuppence o interrompeu:

– Vi uma casa de que gostei, em Sutton Chancellor... aliás, perto de Sutton Chancellor... ao lado de um canal...

– Sutton Chancellor – o sr. Slicker ficou pensando. – Acho que não temos nenhum imóvel lá em nossos registros no momento. Qual o nome?

– Não tinha nada escrito. Acho que se chama Waterside. Rivermead... já se chamou "casa da ponte". A casa é dividida em duas partes – disse Tuppence. – Metade está alugada, mas o inquilino lá não sabia nada sobre a outra metade, que dá para o canal e que é a que me interessa. Parece estar desocupada.

O sr. Slicker disse friamente que não poderia ajudá-la, mas informou que talvez a Blodget & Burgess pudesse. Pelo tom de sua voz, insinuava que a Blodget & Burgess era inferior.

Tuppence foi diretamente à Blodget & Burgess, que ficava do outro lado da praça e que parecia muito com a Lovebody & Slicker... o mesmo tipo de anúncios de venda e leilões nas janelas sujas. A porta da frente havia sido repintada recentemente com um tom de verde bastante chamativo, como se isso fosse um mérito.

A recepção foi igualmente desanimadora, e Tuppence foi passada para o sr. Sprig, um senhor mais velho sem muita disposição aparente. Repetiu o que queria.

O sr. Sprig admitiu que sabia da existência do imóvel em questão, mas não parecia muito disposto a ajudar.

– Não está no mercado. O proprietário não quer vender.

– Quem é o proprietário?

– Realmente já não sei. Mudou tantas vezes! Houve um boato de uma ordem de compra compulsória.

– Para que uma administração local iria querer essa casa?

– Realmente, sra... – (olhou rapidamente o nome de Tuppence anotado em seu borrador) – sra. Beresford, se a senhora soubesse responder a essa pergunta, seria mais sensata do que a maioria dos incautos de hoje. Os desígnios dos conselhos municipais e das sociedades de planejamento estão sempre cercados de mistério. A parte de trás da casa sofreu alguns reparos e foi alugada a um preço baixíssimo para um tal de... Sim, sr. e sra. Perry. Quanto ao atual proprietário do imóvel, o cavalheiro em questão mora no exterior e parece ter perdido o interesse pelo lugar. Ouvi dizer que houve um pequeno problema de herança, e a casa foi administrada por executores testamentários. Surgiram algumas dificuldades legais... a lei costuma ser muito cara, sra. Beresford. Imagino que o dono ficaria feliz se a casa desmoronasse... não foi feito nenhum reparo exceto na parte em que mora a família Perry. O terreno, claro, pode valorizar no futuro... a reforma de casas abandonadas raramente é um bom negócio. Se a senhora estiver interessada num imóvel desse tipo, tenho certeza de que podemos lhe oferecer algo muito mais valioso. Se me permite a pergunta, o que a atraiu tanto naquela casa?

– Gostei do aspecto – respondeu Tuppence. – É uma casa muito bonita... vi-a pela primeira vez de dentro do trem...

– Entendo...

O sr. Sprig tentou dissimular, da melhor maneira possível, uma expressão que diria: "a insensatez das mulheres não tem limite", e disse em tom confortador:

– Eu esqueceria tudo se fosse a senhora.

– O senhor poderia escrever e perguntar aos proprietários se eles querem vender... ou se quiser me passar o endereço...

– Vamos entrar em contato com os procuradores se a senhora insiste... mas não garanto nada.

– Temos que falar com procuradores para tudo hoje, não? – Tuppence parecia tola e impaciente ao mesmo tempo. – E os procuradores são sempre lentos em tudo.

– É verdade. A lei é cheia de demoras...

– Como os bancos. Um horror!

– Bancos... – disse o sr. Sprig, um pouco assustado.

– Muitas pessoas dão um *banco* como endereço. Isso cansa também.

– É verdade... Hoje as pessoas são tão inquietas! Vivem de um lado para o outro, vão morar no exterior e tudo mais. – Abriu uma gaveta. – Tenho um imóvel aqui, Crossgates... a três quilômetros de Market Basing... em ótimas condições... lindo jardim...

Tuppence levantou-se.

– Não, obrigada.

Despediu-se do sr. Sprig com firmeza e saiu.

Passou rapidamente no terceiro estabelecimento, que parecia mais interessado em vendas de gado, granjas e fazendas, tudo em condições de abandono.

Fez uma visita final à Roberts & Wiley, na George Street... um escritório pequeno, mas ativo, todos muito solícitos... porém, indiferentes e ignorantes quanto a Sutton Chancellor, ansiosos para vender residências, algumas na planta, a valores exorbitantes... Tuppence estremeceu com a ilustração de uma. O jovem corretor, louco para vender, percebendo que poderia perder a cliente, admitiu, a contragosto, a existência de um lugar chamado Sutton Chancellor.

– A senhora disse Sutton Chancellor. Melhor ir à Blodget & Burgess, aqui na praça. Eles têm alguns imóveis nessa área, mas todos em péssimas condições... destruídos...

– Há uma casa linda lá perto, ao lado de uma ponte e um canal... vi quando passava de trem. Por que ninguém quer morar lá?

– Ah, sim: a Riverbank. Ninguém vai querer morar lá. Dizem que o lugar é mal-assombrado.

– Quer dizer que há "fantasmas" lá?

– É o que dizem... Existem muitas histórias a respeito. Barulhos estranhos à noite, gemidos. Para mim, são bichos-carpinteiros.

– Meu Deus – disse Tuppence. – O lugar me pareceu tão lindo e isolado.

– Isolado até demais, dizem alguns. Enchentes no inverno... pense nisso.

– Vejo que há muitos pontos a considerar – disse Tuppence, contrariada.

Saiu murmurando sozinha, em direção ao The Lamb and Flag, onde resolveu almoçar para ganhar forças.

"Muitos pontos a considerar... enchentes, bichos-carpinteiros, fantasmas, correntes, donos ausentes, procuradores, bancos... uma casa que ninguém quer nem gosta... menos *eu*, talvez... O que eu quero agora é COMER."

A comida no The Lamb and Flag era bem servida e apetitosa... comida farta para fazendeiros, não cardápio francês para turistas ocasionais... Sopa grossa, lombo de porco com molho de maçã, queijo Stilton... ou ameixas com creme, para quem preferisse... não foi o seu caso.

Após andar a esmo, Tuppence pegou o carro e voltou para Sutton Chancellor. Difícil dizer que aquela manhã havia sido frutífera.

Ao virar na última esquina antes de Sutton Chancellor, já avistando a igreja, Tuppence observou o padre saindo do cemitério, aparentemente cansado. Foi ao seu encontro.

– O senhor ainda está procurando aquele túmulo? – perguntou.

O padre estava com uma das mãos na altura dos rins.

– Meu Deus – disse –, minha visão não é muito boa. Grande parte das inscrições está quase apagada. Minha coluna também me atrapalha. Muitas das lápides são horizontais. Algumas vezes, quando me inclino, sinto que nunca mais vou conseguir levantar de novo, acredite.

– Eu não procuraria mais – disse Tuppence. – Se procurou no registro da paróquia, já fez tudo o que podia.

– Eu sei, mas o pobre coitado parecia tão determinado, tão sério. Tenho certeza de que é desperdício de energia. Mas senti que era meu dever. Ainda tem um trecho que não procurei, que vai da árvore até o muro... embora grande parte das lápides seja do século XVIII. Mas quero dormir com a consciência tranquila de que fiz o meu trabalho direito, sem ficar me recriminando. Amanhã continuo.

– Certo – apoiou Tuppence. – O senhor não deve fazer tanto esforço num dia só. Olha – acrescentou –, depois de tomar um chá com a srta. Bligh, eu mesma vou lá dar uma olhada. Da árvore até o muro, não é?

– Não, não posso permitir...

– Fique tranquilo. Vou gostar. Acho interessante rondar o átrio de uma igreja. As inscrições nas lápides nos dão uma ideia das pessoas que moraram aqui. Vou me divertir, de verdade. Vá para casa descansar.

– Preciso realmente preparar meu sermão de hoje à noite. A senhora me parece uma pessoa muito legal. Uma *verdadeira* amiga.

Sorriu para ela e partiu para a casa paroquial. Tuppence olhou o relógio. Dirigiu-se à residência da srta. Bligh. "Melhor terminar logo com isso", pensou. A porta da frente estava aberta e a srta. Bligh levava um prato de pães recém-tirados do forno para a sala de estar.

– Bem-vinda, querida sra. Beresford, que alegria lhe ver. O chá está quase pronto. A chaleira já está no fogo. Só preciso colocar no bule. Espero que tenha conseguido comprar tudo o que queria – disse, olhando para a sacola vazia pendurada no braço de Tuppence.

– Não dei muita sorte – disse Tuppence, com a melhor cara que podia. – Sabe como é... Às vezes não tem a cor ou o tipo exato do que procuramos. Mas sempre gosto de conhecer um lugar novo, mesmo que não tenha nada de mais.

O apito estridente da chaleira começou a demandar atenção e a srta. Bligh saiu correndo para a cozinha para atendê-la, não sem antes esbarrar num conjunto de cartas que esperavam em cima da mesa de entrada para serem enviadas.

Tuppence inclinou-se para pegá-las, reparando, antes de colocá-las de volta na mesa, que a carta de cima era endereçada a uma tal sra. Yorke, Rosetrellis Court para Senhoras Idosas, em Cumberland.

"Juro", pensou Tuppence. "Estou começando a achar que neste país só tem lar de idosos! Do jeito que as coisas andam, logo, logo, Tommy e eu estaremos morando num!"

Outro dia mesmo, um amigo, muito solícito, escrevera para recomendar um ótimo lugar em Devon... para casais... a maioria, funcionários públicos aposentados. Comida excelente, e você podia levar seus móveis e pertences pessoais.

A srta. Bligh reapareceu com o bule de chá e as duas sentaram-se.

O discurso da srta. Bligh era menos dramático e emocionante do que o da sra. Copleigh. Além disso, ela estava mais preocupada em obter informações do que em fornecer.

Tuppence comentou vagamente sobre os anos passados no serviço diplomático estrangeiro... as dificuldades da vida doméstica na Inglaterra, entrando em detalhes sobre o filho e a filha, ambos casados e com filhos, e conduziu habilmente a conversa para as múltiplas atividades da srta. Bligh em Sutton Chancellor... o instituto das mulheres, guias, os escoteiros, a união conservadora das mulheres, conferências, arte grega, fabricação de geleias, ornamentação de flores, clube de desenho, os amigos da arqueologia... a saúde do padre, a necessidade de fazer ele se cuidar, seu jeito avoado... diferenças de opinião entre frequentadores da igreja...

Tuppence elogiou os pãezinhos, agradeceu a anfitriã pela hospitalidade e levantou-se para ir embora.

– Quanta energia, srta. Bligh! – exclamou. – Não imagino como consegue fazer tudo o que faz. Devo confessar que após um dia de passeio e compras, só penso na minha cama... meia horinha só, de olho fechado... numa cama bem confortável, claro. Quero lhe agradecer por recomendar a sra. Copleigh...

– Uma mulher muito confiável, apesar de tagarela...

– Ah, eu adorei suas histórias.

– Grande parte do que fala é bobagem! A senhora vai ficar aqui muito tempo?

– Não, não. Volto para casa amanhã. Pena que não consegui nenhuma casinha. Tinha esperança de conseguir aquela casa linda perto do canal...

– Ainda bem. O lugar está em péssimo estado de conservação. Os donos desapareceram... uma desgraça!

– Não sei a quem a casa pertence. *A senhora* deve saber. Parece conhecer tudo por aqui...

– Nunca me interessei muito por aquela casa. Está sempre mudando de dono... não dá para acompanhar o andamento. A família Perry mora numa metade... E a outra metade está caindo aos pedaços.

Tuppence despediu-se mais uma vez e voltou para a "pousada" da sra. Copleigh. A casa estava silenciosa e aparentemente deserta. Subiu ao quarto, largou a sacola de compras vazia, lavou o rosto, empoou o nariz, saiu de casa na ponta dos pés, olhando para os dois lados da rua, e depois, deixando o carro onde estava, caminhou agilmente até a esquina e pegou uma trilha pelo campo na parte de trás da aldeia que ia dar na igreja.

Entrou no cemitério, tranquilo ao cair da tarde, e começou a examinar as lápides, conforme prometido. Não tinha segundas intenções para fazer aquilo. Não esperava descobrir nada ali. Foi apenas gentileza de sua parte. O velho padre era muito amável, e Tuppence queria que ele se sentisse em paz com sua consciência. Havia trazido lápis e papel, para o caso de encontrar algo que a interessasse. Presumiu que devia apenas procurar uma lápide com o nome de uma criança daquela idade. A maior parte dos túmulos ali datava de tempos mais remotos. Não eram tão interessantes, nem tão antigos para despertar curiosidade, nem havia inscrições comoventes ou ternas. Eram quase todos de pessoas relativamente idosas. Mesmo assim, ia parando, compondo quadros na imaginação. Jane Elwood faleceu no dia 6 de janeiro, aos 45 anos. William Marl, no dia 5 de janeiro, deixando muita saudade. Mary Treves, aos cinco anos de idade. Catorze de março de 1835. Antigo demais. "Em tua presença encontra-se a verdadeira alegria." Feliz Mary Treves!

Estava quase chegando ao muro. As sepulturas ali estavam abandonadas. Ninguém devia cuidar daquela parte do cemitério. Muitas das lápides haviam caído.

O muro estava rachado. Em alguns lugares, havia sido derrubado.

A parte atrás da igreja não se avistava da rua e com certeza os moleques iam ali aprontar. Tuppence inclinou-se sobre uma das lápides. A inscrição original estava gasta e ilegível, mas levantando a pedra lateralmente, Tuppence deparou-se com letras e palavras escritas à mão, numa caligrafia tosca, agora também em parte coberta de folhagem.

Com o dedo indicador, foi olhando letra por letra e conseguiu formar algumas palavras...

Quem... maltratar... uma dessas pequenas criaturas...

Mó... Mó... Mó... e abaixo... numa letra irregular de mão amadora:

Aqui jaz Lily Waters.

Tuppence prendeu a respiração... Percebeu uma sombra atrás de si, mas antes de conseguir se virar... sentiu uma pancada na nunca e caiu de bruços sobre o túmulo, mergulhando na dor e na escuridão.

LIVRO 3

A esposa desaparecida

CAPÍTULO 10

A conferência, e depois

I

– Bem, Beresford – disse o general sir Josiah Penn, K.M.G., C.B., D.S.O.*, falando com o peso de alguém que tem todas essas distinções após o nome –, o que acha de todo esse lero-lero?

Tommy entendeu por aquele comentário que o velho Josh, como era irreverentemente apelidado pelas costas, não estava impressionado com o resultado do andamento das conferências de que participavam.

– Conversa fiada não resolve – continuou sir Josiah. – Falam, falam e não dizem nada. Se alguém sugere uma medida sensata, na mesma hora quatro sabichões se levantam para protestar. Não sei por que participamos de eventos como este. Aliás, no meu caso, eu sei: não tenho nada para fazer. Se não viesse, teria que ficar em casa. Sabe o que acontece quando fico em casa? Sou importunado, Beresford. Importunado pelo porteiro, importunado pelo jardineiro. É um velho escocês que nem sequer me deixa tocar em meus próprios pêssegos. Então, venho aqui, me mexo de um lado para o outro e finjo para mim mesmo que estou desempenhando uma função importante, garantindo a segurança da pátria! Que tolice. Mas e você? Você é um homem relativamente jovem. Por que perde seu tempo num lugar como este? Ninguém vai ouvi-lo, mesmo que diga algo que valha a pena ouvir.

Tommy, ligeiramente feliz por saber que, apesar de sua idade, era considerado jovem pelo sir Josiah Penn, discordou com a cabeça. O general já

* Abreviações de condecorações da Coroa Real Britânica. K.M.G.: Knight Commander of the Order of St. Michael and St. George; C.B.: Companion of the Bath; D.S.O.: Companion of Distinguished Service Order. (N.T.)

deve ter, pensou, bem mais de oitenta anos. Está surdo, com bronquite, mas ninguém o faz de tolo.

– Nada seria feito se o senhor não viesse – afirmou Tommy.

– Também acho – disse o general. – Sou um buldogue banguela... mas ainda sei latir. Como está a sra. Beresford? Há muito tempo que não a vejo.

Tommy respondeu que Tuppence estava bem e andava sempre ativa.

– Sempre foi. Lembrava-me uma libélula às vezes. Sempre perseguindo alguma ideia aparentemente absurda, e depois descobríamos que não havia nada de absurdo. Era divertido! – comentou o general, com ar de aprovação. – Não gosto dessas senhoras de meia-idade sérias que vemos hoje. Todas têm uma Causa, com "c" maiúsculo. O mesmo vale para as moças – balançou a cabeça, contrariado. – Não são mais como antigamente. As moças da minha época eram lindas, com aqueles vestidinhos de musselina! Chapéu *cloche*. Lembra? Imagino que não. Você deveria estar na escola. Para ver o rosto, tínhamos que olhar debaixo da aba. Difícil resistir, e elas sabiam disso! Estou me lembrando agora de uma parente sua... uma tia... será? Ada. Ada Fanshawe...

– A tia Ada?

– A moça mais bonita que já conheci.

Tommy conseguiu conter a surpresa. Quem diria que a tia Ada pudesse ser considerada bonita! O velho Josh vibrava.

– Uma boneca. Alegre, leve, provocante. Lembro a última vez que a vi. Eu era subalterno, estava de partida para a Índia. Fizemos um piquenique na praia, em noite de luar. Caminhamos juntos e sentamos numa pedra, para contemplar o mar.

Tommy fitou-o com grande interesse. Reparou em seu queixo duplo, na cabeça careca, nas sobrancelhas grossas e na enorme pança. Pensou na tia Ada, o buço incipiente, o sorriso malvado, o cabelo cinza, seu olhar de malícia. O tempo, disse a si mesmo. O que o tempo não faz! Tentou visualizar um jovem soldado e uma linda garota à luz da lua. Em vão.

– Romântico – disse sir Josiah Penn, com um suspiro profundo. – Muito romântico. Eu queria pedi-la em casamento aquela noite, mas de que jeito se era apenas um subalterno com um soldo irrisório? Tínhamos que esperar cinco anos. Muito tempo de noivado para uma moça aceitar. Bem, você sabe como são as coisas. Fui para a Índia e passou-se muito tempo até eu conseguir uma licença. Trocamos correspondência por um tempo, e aí tudo desandou, como normalmente acontece. Nunca mais a vi, mas nunca consegui esquecê-la. Sempre penso nela. Lembro que quase lhe escrevi certa vez, anos depois. Fiquei sabendo que estava perto de onde eu estava morando com algumas pessoas. Pensei em vê-la, perguntar se poderia ligar. Depois pensei comigo mesmo: "Deixe de ser idiota. Hoje ela deve estar muito diferente". Um companheiro me falou dela alguns anos mais tarde. Disse que era uma das mulheres mais feias que já tinha visto na vida. Quase não acreditei no que ouvia, mas hoje, pensando melhor, vejo que talvez tenha sido bom nunca mais tê-la reencontrado. O que anda fazendo? Ainda está viva?

– Não. Morreu há mais ou menos três semanas, na verdade – respondeu Tommy.

– Sério? Hoje ela estaria com... 75, 76? Talvez um pouco mais velha.

– Tinha oitenta anos – corrigiu Tommy.

– Imagine só. A Ada cheia de vida, de cabelo preto. Onde ela morreu? Estava numa clínica de repouso ou morava com alguma companheira?... Nunca se casou, não é?

– Não – respondeu Tommy – nunca se casou. Estava num lar para idosos. Um lugar muito bom, aliás. Sunny Ridge, se chama.

– Sei, já ouvi falar. Sunny Ridge. Uma conhecida da minha irmã estava lá, acho. Uma tal de... qual era mesmo o nome? Sra. Carstairs. Conhece?

– Não. Não conheço muita gente de lá. As pessoas normalmente só visitam os próprios familiares.

– Trabalho complicado. Nunca sabemos o que dizer para os idosos.

– A tia Ada era uma pessoa difícil – disse Tommy. – Uma fera.

– Devia ser mesmo. – O general começou a rir. – Na juventude, sabia ser má quando queria.

Suspirou.

– Envelhecer é uma maldição. Uma das amigas da minha irmã tinha delírios, coitada. Dizia que tinha matado alguém.

– Nossa! – exclamou Tommy. – E matou?

– Imagino que não. Ninguém acha isso – respondeu o general, pensativo. – Mas existe a *possibilidade* de ter matado sim. Se saíssemos por aí falando esse tipo de coisa, ninguém *acreditaria*, concorda? Interessante esse raciocínio, não acha?

– Quem ela pensa que matou?

– Não sei. O marido talvez? Não sei quem ele era, nem como era. Quando a conhecemos, já era viúva. Bem – acrescentou, com um suspiro –, sinto muito em saber da morte de sua tia. Não li no jornal. Se tivesse lido, teria mandado flores ou alguma coisa, um buquê de rosas, de repente. Era isso que as moças usavam no vestido de gala. Ficava lindo. Lembro que a sua tia Ada tinha um... meio violeta. Azul-violeta, com botões de rosa. Uma vez ela me deu um. Claro que não eram de verdade. Eram de plástico. Guardei-o por muito tempo... anos. Eu sei – disse, percebendo o olhar de Tommy –, você acha engraçado, não acha? Vou lhe dizer uma coisa, meu rapaz: quando ficamos realmente velhos e gagás como eu, voltamos a ser sentimentais. Bom, melhor eu voltar logo para o último ato desse espetáculo ridículo. Lembranças à sra. T. quando chegar em casa.

No dia seguinte, no trem, Tommy repassou aquela conversa na cabeça, sorrindo sozinho, tentando, mais uma vez, imaginar sua temível tia com o ardoroso general nos tempos da juventude.

– Preciso contar isso para a Tuppence. Ela vai morrer de rir. O que será que ficou fazendo enquanto eu estava fora?

Sorriu.

II

O fiel Albert abriu a porta de entrada com um sorriso radiante de boas-vindas no rosto.

– Uma alegria revê-lo, senhor.

– Estou feliz de ter voltado – disse, largando a mala no chão. – Onde está a sra. Beresford?

– Ainda não voltou, senhor.

– Está dizendo que ela está fora?

– Há três ou quatro dias, mas estará de volta para o jantar. Ligou avisando.

– O que ela está tramando, Albert?

– Não sei dizer, senhor. Foi de carro, mas levou um monte de guias ferroviários. Pode estar em qualquer lugar.

– É verdade – disse Tommy, com convicção. – Onde Judas perdeu as botas... ou no fim do mundo. Deve ter perdido a conexão no caminho de volta. Que Deus abençoe as estradas de ferro da Inglaterra. Ligou ontem, né? Disse de onde estava ligando?

– Não disse não, senhor.

– A que horas foi isso?

– Ontem de manhã. Antes do almoço. Disse apenas que estava tudo bem. Não sabia direito a que horas chegaria, mas disse que deveria chegar antes do jantar. Pediu frango. Está bom para o senhor?

– Sim – respondeu Tommy, olhando o relógio –, mas ela vai ter que se apressar.

– Eu controlo o frango no forno – prometeu Albert.

Tommy sorriu com ironia.

– Certo – disse. – Segure-o pelo rabo. Como você está, Albert? Tudo bem em casa?

– Houve uma suspeita de sarampo... mas está tudo bem. O médico disse que é apenas alergia.

– Que bom – disse Tommy. Subiu, assoviando uma música. Entrou no banheiro, fez a barba e tomou um banho. Depois, voltou para o quarto e ficou reparando no ambiente. Apresentava aquele ar estranho de desocupação que alguns quartos dão quando seu dono não está. Uma atmosfera de frieza e hostilidade. Tudo arrumadinho. Tommy sentiu a tristeza que um cachorro fiel sentiria. Olhando em volta, parecia que Tuppence nunca havia estado ali. Nenhuma maquiagem, nenhum livro aberto no chão.

– Senhor.

Era Albert, na porta.

– Sim?

– Estou preocupado com o frango.

– Ora, o frango que vá para o inferno! – exclamou Tommy. – Você parece que não tem outra coisa na cabeça.

– Bom, preparei tudo para o jantar sair às oito, no máximo. Quero dizer, estariam à mesa a essa hora.

– Foi o que pensei – disse Tommy, consultando o relógio de pulso. – Nossa, já são oito e meia?

– Sim, senhor. E o frango...

– Bom – disse Tommy –, pode tirar o frango do forno que vou comer. Bem feito para a Tuppence. "Vou voltar antes do jantar." Sei!

– Algumas pessoas jantam tarde – disse Albert. – Uma vez fui para a Espanha e, acredite, ninguém come antes das dez da noite. Dez da noite! Um absurdo!

– Tudo bem – disse Tommy, distraído. – Por falar nisso, você não tem a mínima ideia de onde ela ficou esse tempo todo?

– A patroa? Não, senhor. Indo de um lugar para o outro, eu diria. Sua primeira ideia era ir a alguns lugares de trem, pelo que entendi. Estava pesquisando uns guias, tabelas de horários...

– Bem – disse Tommy –, cada um tem sua forma de se divertir. A dela é viajar de trem. Ainda assim, gostaria de saber onde está. Com certeza na sala de espera numa estação qualquer.

– Ela sabia que o senhor voltava para casa hoje, não sabia? – perguntou Albert. – Vai dar um jeito de chegar, sem dúvida.

Tommy percebeu que recebia apoio fiel. Ele e Albert uniam-se na desaprovação de uma mulher que, por conta da paixão por trens, não voltara para casa a tempo de dar as merecidas boas-vindas ao marido recém-chegado.

Albert saiu para livrar o frango da possível cremação no forno.

Tommy, que ia segui-lo, parou e olhou em direção à lareira. Aproximou-se lentamente e examinou o quadro pendurado na parede. Engraçado que ela tivesse tanta certeza de que já tinha visto aquela casa antes. Tommy tinha quase certeza de que *nunca* tinha visto a casa. De qualquer forma, era uma casa bastante comum. Devem existir milhares de casas iguais.

Esticou-se o máximo possível e, como não conseguiu enxergar direito, tirou o quadro da parede e levou-o para perto da lâmpada. Uma casa tranquila. Havia a assinatura de um artista. O nome começava com B, mas não dava para ler direito. Bosworth, Bouchier. Pegou uma lupa para examinar melhor. Um som alegre de sineta começou a tocar na sala. Albert adorava as sinetas suíças que Tommy e Tuppence haviam trazido uma vez de Grindelwald. Tornara-se um virtuoso naquilo. O jantar estava servido. Tommy foi para a sala. Estranho, pensou, que Tuppence ainda não tivesse voltado. Mesmo que o pneu tivesse furado, o que era provável, ela teria ligado para avisar ou para se desculpar pela demora.

"Saberia que eu ficaria preocupado", disse para si mesmo. Não, naturalmente, que algum dia *tivesse* ficado... não com Tuppence. Tuppence estava sempre bem. Albert cortou o clima.

– Espero que não tenha sofrido um acidente – falou, servindo um prato de repolho, balançando a cabeça com ar de preocupação.

– Pode levar esse prato daqui. Você sabe que detesto repolho – disse Tommy. – Por que acidente? São nove e meia ainda.

– Dirigir na estrada hoje em dia é quase suicídio – disse Albert. – Todo mundo pode sofrer acidentes.

O telefone tocou.

– É ela! – exclamou Albert.

Largou rapidamente o prato de repolho no aparador e saiu correndo da sala. Tommy levantou-se, abandonando o prato de frango, e foi atrás de Albert. Estava a ponto de dizer "deixe que eu atendo" quando Albert atendeu.

– Alô? Sim, o sr. Beresford está em casa sim. Já vou passar. – Virou o rosto para Tommy. – É o dr. Murray, para o senhor.

"Dr. Murray?", pensou Tommy por um momento. O nome parecia familiar, mas na hora não conseguiu lembrar quem era. E se Tuppence tivesse sofrido um acidente? Com um suspiro de alívio, lembrou nesse instante que dr. Murray era o médico que atendia as velhas em Sunny Ridge. Talvez fosse algo relacionado com os trâmites funerários da tia Ada. Autêntico filho de seu tempo, Tommy presumiu imediatamente que se tratava de alguma burocracia... algo que deveria ter assinado ou que o dr. Murray se esquecera de assinar.

– Alô – disse –, aqui é Beresford.

– Que bom que o encontrei em casa. O senhor deve se lembrar de mim. Tratei da sua tia, a srta. Fanshawe.

– Claro que lembro. Em que lhe posso ser útil?

– Gostaria de dar uma palavrinha com o senhor qualquer hora dessas. Poderíamos marcar um encontro na cidade, o que acha?

– Por mim, tudo bem. Sem problema. Mas... pode adiantar o assunto por telefone?

– Prefiro não. Não tem pressa. Não vou fingir que tem... mas gostaria de conversar com o senhor.

– Alguma coisa errada? – indagou Tommy, surpreso de ter se expressado daquele jeito. Por que haveria algo errado?

– Na verdade, não. Eu é que devo estar fazendo uma tempestade em copo d'água. É o mais provável. É que aconteceram mudanças curiosas em Sunny Ridge.

– Algo a ver com a sra. Lancaster? – perguntou Tommy.

– Sra. Lancaster? – o médico repetiu, surpreso. – Não, não. Ela foi embora há algum tempo. Aliás, antes da morte de sua tia.

– É que eu estive fora... acabei de voltar. Posso ligar para o senhor amanhã de manhã? Aí combinamos um encontro.

– Certo. Vou lhe dar meu telefone. Devo estar na clínica até dez da manhã.

– Más notícias? – perguntou Albert quando Tommy voltou à sala de jantar.

– Vire essa boca para lá, Albert, pelo amor de Deus! – exclamou Tommy, irritado. – Claro que não.

– Pensei que talvez a patroa...

– Ela está bem – tranquilizou Tommy. – Sempre está. Deve ter ido atrás de uma pista intrigante... Sabe como ela é. Não vou mais me preocupar. Pode levar o frango, mesmo tendo ficado no forno, está intragável. Me traga um café. Depois, vou para a cama.

– Amanhã deve chegar alguma carta. Pode ter ficado retida no correio... O senhor sabe como são nossos correios. Talvez chegue um telegrama... ou, quem sabe, ela ligue.

Mas não chegou nenhuma carta no dia seguinte... nem telegrama, nem nada.

Albert olhou para Tommy, abriu e fechou a boca várias vezes, julgando que presságios funestos de sua parte não seriam bem-vindos.

Tommy sentiu pena dele. Engoliu um último pedaço de torrada com geleia, molhou a comida com café e disse:

– Tudo bem, Albert, deixe que eu pergunto: *Onde ela está?* O que aconteceu com ela? O que vamos fazer?

– Ir à polícia, senhor?

– Não sei. Olhe... – Fez uma pausa. – Se ela sofreu um acidente... está com a carteira de motorista na bolsa e muitos outros documentos que a identificam... Os hospitais avisam logo esse tipo de coisa... ligam logo para os parentes. Não quero ser precipitado... ela... ela não gostaria. Você não tem a mínima ideia, Albert, para onde ela estava indo? Ela não disse nada? Um lugar específico, um país? Um nome?

Albert acenou que não com a cabeça.

– Como ela estava se sentindo? Feliz? Empolgada? Triste? Preocupada?

A resposta de Albert foi imediata:

– Super feliz. Estava empolgadíssima.

– Como um cão farejador – falou Tommy.

– Exatamente, senhor. O senhor sabe como ela fica.

– Atrás de alguma pista. Agora, me pergunto... – Tommy fez uma pausa reflexiva.

Algo aconteceu que fez Tuppence sair correndo tal qual um cão farejador, como Tommy dissera a Albert. No dia anterior, havia anunciado sua volta. Por que, então, não tinha voltado? Talvez, nesse exato momento, pensou Tommy, esteja em algum lugar, tão entretida em inventar mentiras para as pessoas que não conseguia pensar em mais nada!

Se estivesse no meio de uma investigação, ficaria muito aborrecida se ele fosse correndo à polícia, tremendo como um carneirinho, contar que sua mulher havia desaparecido. Chegou a ouvir o que ela diria: "Como é que você me faz uma coisa dessas! Sou *perfeitamente* capaz de me cuidar sozinha. Você já deveria saber disso a essa altura do campeonato!". (Mas seria realmente capaz?)

Nunca se sabe aonde a imaginação de Tuppence pode levá-la.

Ao *perigo*? Não havia, por enquanto, indício de perigo na história... Exceto, como mencionado anteriormente, na imaginação de Tuppence.

Se fosse à polícia dizendo que sua mulher não tinha voltado conforme anunciado, o policial ia se mostrar educado, possivelmente rindo por dentro, e perguntaria, ainda por educação, quantos amigos sua mulher tinha!

– Vou atrás dela sozinho – declarou Tommy. – Ela tem que estar *em algum lugar*. Seja norte, sul, leste ou oeste, não importa... Que vacilo não ter dito nada sobre seu paradeiro quando ligou.

– Talvez uma gangue tenha capturado a patroa – disse Albert.

– Ora, deixe de criancices, Albert! Você já está crescidinho demais para esse tipo de brincadeira!

– O que o senhor vai fazer?

– Vou para Londres – respondeu Tommy, olhando a hora. – Primeiro, vou almoçar no clube com o dr. Murray, o médico que me ligou ontem à noite, para tratar de uns assuntos relacionados à minha falecida tia. Talvez ele me dê alguma pista, afinal, tudo começou em Sunny Ridge. Vou levar também aquele quadro que está pendurado em cima da cama...

– O senhor vai levar o quadro para a Scotland Yard?

– Não – respondeu Tommy. – Vou levá-lo para Bond Street.

CAPÍTULO 11

Bond Street e o dr. Murray

I

Tommy desceu do táxi, pagou o motorista e reclinou-se para pegar um pacote mal embrulhado dentro do carro – um quadro, via-se. Carregando o objeto como podia debaixo do braço, entrou na New Athenian Galleries, uma das galerias de arte mais antigas e mais importantes de Londres.

Tommy não era um grande patrono das artes. Havia ido à New Athenian Galleries porque tinha um amigo que oficiava lá.

“Oficiava” era a única palavra que cabia, porque o ar de interesse, a voz calma, o sorriso de alegria, tudo parecia bastante eclesiástico.

Um jovem de cabelo claro saiu de onde estava e veio em sua direção, o rosto iluminado por um sorriso de reconhecimento.

– Salve, Tommy! – disse. – Quanto tempo! O que é isso debaixo do seu braço? Não vai me dizer que começou a pintar na sua idade? Muito gente começa... com resultados deploráveis.

– Acho que nunca tive muito jeito para arte – disse Tommy. – Embora deva admitir que me senti muito atraído outro dia por um pequeno livro que ensinava, de maneira simples, uma criança de cinco anos a pintar com aquarela.

– Deus me livre! Vovó Moses ao contrário.

– Para falar a verdade, Robert, preciso de sua ajuda, já que você é um grande conhecedor de quadros. Quero sua opinião.

Robert pegou habilmente o quadro das mãos de Tommy e desembrulhou-o com a destreza de alguém acostumado a embalar e desembalar obras de arte de todos os tamanhos. Colocou o quadro numa cadeira, inclinando-se para olhar de perto, e depois recuou uns seis passos. Ficou olhando para Tommy.

– Bem – disse –, qual a questão? O que você quer saber? Quer vendê-lo, é isso?

– Não – respondeu Tommy. – Não quero vendê-lo, Robert. Quero saber mais sobre ele. Para começar, quem o pintou?

– Na verdade – disse Robert –, se *tivesse* que vendê-lo, hoje seria muito fácil. Há dez anos seria um problema. Mas Boscowan está na moda de novo.

– Boscowan? – Tommy encarou-o com olhar interrogativo. – É esse o nome do artista? A primeira letra parece ser um B, mas o restante é indecifrável.

– Sim, Boscowan. Um pintor muito popular 25 anos atrás. Vendia muito. Tecnicamente, um ótimo pintor. Depois, como sempre acontece, saiu de moda. Quase não vendia mais. Agora, ressurgiu. Ele, Stitchwort e Fondella. Estão todos aí, de volta.

– Boscowan – repetiu Tommy.

– B-o-s-c-o-w-a-n – soletrou Robert, gentilmente.

– Ainda pinta?

– Não. Já morreu. Há alguns anos. Era velho. Tinha 65 anos quando morreu, acho. Um pintor bastante prolífico. Deixou uma infinidade de telas. Aliás, estamos pensando em fazer uma exposição dele aqui, dentro de quatro ou cinco meses. Acho que vai ser um bom negócio. Por que está tão interessado?

– É uma longa história – disse Tommy. – Qualquer dia desses saímos para almoçar e lhe conto tudo desde o início. É uma história longa, complexa e até idiota. Só queria saber quem era esse Boscowan e se por acaso podia me informar onde fica a casa que está pintada no quadro.

– Não sei informar. É o tipo de coisa que ele pintava. Casas bucólicas em lugares isolados, às vezes uma fazenda, com uma ou duas vaquinhas, às vezes uma carroça, ao longe. Cenas rurais. Tudo muito limpo, sem rabiscos. Algumas vezes, a superfície parece esmalte. Era uma técnica especial, e as pessoas gostavam. Grande parte das paisagens que pintava fica na França, na Normandia. Igrejas. Tenho um quadro dele aqui comigo. Espere um minuto que vou pegar para você ver.

Foi até a escada e gritou para alguém lá embaixo. Voltou logo em seguida com uma pequena tela, que apoiou em outra cadeira.

– Aí está – disse. – Igreja na Normandia.

– Sim – disse Tommy. – Dá para ver. O mesmo tipo de quadro. Minha mulher disse que ninguém nunca morou nessa casa... a do quadro que eu trouxe. Entendo agora o que ela quis dizer. Não imagino alguém indo à missa nessa igreja.

– Tem razão. Lugares tranquilos, silenciosos, sem presença humana. Ele não costumava pintar pessoas. Às vezes, encontramos uma ou outra figura humana em suas paisagens, mas é raro. De certa forma, isso dá um encanto especial a seus quadros. Uma espécie de isolamento. Como se, retirando todos os seres humanos, a paz do campo se intensificasse. Pensando bem, talvez seja por isso que o foco do público tenha se voltado de novo para ele. Muita gente, muito carro, muito barulho, muito tumulto. Já em sua obra, paz. Uma paz inabalável. Tudo entregue à natureza.

– Sim. Como ele era?

– Não o conheci pessoalmente. Não foi da minha época. Presumido, segundo dizem. Pelo jeito, achava que pintava melhor do que realmente pintava. Convencido. Muito simpático, carismático. Mulherengo.

– E você não tem ideia de onde fica esse lugar? Imagino que seja na Inglaterra.

– Acho que sim. Quer que descubra?

– Tem como?

– Talvez o melhor seja perguntar à esposa dele, viúva, aliás. Ele se casou com Emma Wing, a escultora. Muito conhecida. Não produzia muito, mas seu trabalho é muito expressivo. Você poderia procurá-la. Mora em Hampstead. Posso lhe dar o endereço. Trocamos correspondências por um bom tempo sobre essa exposição de seu marido que está programada. Incluímos também algumas peças dela, esculturas pequenas. Vou pegar o endereço para você.

Foi até a escrivaninha, pegou um bloco, escreveu algo num cartão e entregou-o para Tommy.

– Aqui está, Tommy – disse. – Não sei que mistério profundo é esse. Você sempre foi um homem de mistérios, não é? Seu quadro representa bem a obra de Boscowan. Talvez o usemos na exposição, se você permitir. Escrevo quando estiver mais perto, para lembrar.

– Você por acaso conhece alguma sra. Lancaster?

– Bem, a princípio não. É pintora ou algo do gênero?

– Não, acho que não. É apenas uma senhora de idade que está morando há alguns anos num asilo. Entra na história porque este quadro lhe pertencia antes de dá-lo de presente para uma tia minha.

– Bom, por nome não conheço. Melhor perguntar para a sra. Boscowan.

– Como ela é?

– Bem mais jovem do que ele, diria. Tem personalidade. Sim, uma personalidade e tanto. Você vai ver.

Pegou o quadro, entregou-o para alguém lá embaixo com instruções de embrulhá-lo de novo.

– Que bom que você tem tantos lacaios à sua disposição – ironizou Tommy.

Olhou em volta, observando o lugar pela primeira vez.

– Que exposição é essa de agora? – perguntou, com aversão.

– Paul Jaggerowski, um jovem eslavo, muito interessante. Dizem que produz todo o seu trabalho sob a influência de drogas... Não gosta?

Tommy fixou o olhar numa grande sacola de corda que parecia ter se emaranhado num campo verde metálico cheio de vacas deformadas.

– Para falar a verdade, não.

– Filisteu – disse Robert. – Vamos almoçar.

– Não posso. Tenho um compromisso. Marquei com um médico no clube.

– Você não está doente, está?

– Não, tenho a saúde de ferro. Minha pressão é tão boa que os médicos até se decepcionam.

– Então para que vai ver um médico?

– Ah – disse Tommy, animado. – Preciso falar sobre um cadáver. Muito obrigado pela ajuda. Tchau.

II

Tommy cumprimentou o dr. Murray com certa curiosidade. Supôs que se tratasse de alguma questão formal referente ao falecimento da tia Ada. Mas por que não adiantar o assunto de sua visita ao telefone? Não fazia ideia.

– Estou um pouco atrasado – desculpou-se o dr. Murray, apertando a mão de Tommy –, o trânsito estava péssimo e eu não sabia direito onde ficava o clube. Não conheço muito bem esta parte de Londres.

– Desculpa fazê-lo vir até aqui – disse Tommy. – Poderíamos ter marcado num lugar melhor.

– Então, está com tempo agora?

– No momento sim. Estive fora na semana passada.

– Sim, acho que alguém me falou quando liguei.

Tommy indicou uma cadeira, ofereceu algo para comer e colocou cigarros e fósforos ao lado do dr. Murray. Quando os dois homens já estavam confortavelmente instalados, o médico começou a falar.

– Tenho certeza de que aticei sua curiosidade – disse –, mas, para dizer a verdade, estamos com problemas em Sunny Ridge. É uma questão complexa que, de certa forma, não tem relação com o senhor. Não tenho o direito de importuná-lo com essa história, mas é que talvez o senhor saiba algo que possa me ajudar.

– Claro, farei o que puder. Algo relacionado à minha tia, a srta. Fanshawe?

– Não diretamente, mas ela não deixa de estar envolvida. Posso confiar no senhor, não posso, sr. Beresford?

– Claro.

– Eu estava conversando outro dia com um amigo em comum e ele me contou algumas coisas a seu respeito. Pelo que eu soube, o senhor teve uma missão bastante delicada na última guerra.

– Não diria que foi muito sério – retrucou Tommy, da maneira mais neutra possível.

– Sei bem que não é um assunto do qual se deva ficar falando.

– Hoje não mais importa. A guerra aconteceu há muito tempo. Minha mulher e eu éramos jovens.

– De qualquer maneira, o que eu quero lhe falar não tem nada a ver com isso. Mas agora sinto que posso conversar abertamente com o senhor, que posso confiar. Sei que não vai espalhar nada do que falarmos aqui, apesar de que talvez, mais tarde, tudo tenha que ser revelado.

– Um problema em Sunny Ridge, o senhor estava dizendo.

– Sim. Há pouco tempo, uma de nossas pacientes morreu. A sra. Moody. Não sei se a conheceu, ou se a sua tia já havia conversado com ela.

– Sra. Moody? – perguntou Tommy, pensativo. – Não, acho que não. Pelo menos, não que eu lembre.

– Não era das mais velhas. Tinha pouco mais de setenta anos e não sofria de nenhum tipo de moléstia grave. Uma mulher sem parentes próximos e sem ninguém para cuidá-la. Entra na categoria do que chamo de irrequieta: mulheres que se parecem cada vez mais com galinhas quando envelhecem. Cacarejam, esquecem as coisas, se metem em encrencas, se preocupam, se atrapalham todas sem o menor motivo. Não há praticamente nada de errado com elas. Enfim, não sofrem de distúrbios mentais.

– Mas não param de cacarejar – sugeriu Tommy.

– Exato. A sra. Moody cacarejava. Dava muito trabalho para as enfermeiras, apesar de ser muito querida. Costumava esquecer que havia comido e causava o maior rebuliço, dizendo que não serviram sua comida, quando na verdade havia acabado de encher a pança.

– Ah – disse Tommy, lembrando – a sra. Cacau.

– Como?

– Desculpe – disse –, é o apelido que minha mulher e eu demos para ela. Passamos pelo corredor uma vez e a vimos gritando para a enfermeira Jane que não tinham trazido seu achocolatado. Uma velhinha muito bonita e dispersa. Mas nos fez rir. Passamos a chamá-la de sra. Cacau. E aí ela morreu.

– A sua morte não me surpreendeu muito – contou o dr. Murray. – É impossível prever com exatidão quando uma senhora de idade vai morrer.

Mulheres com a saúde seriamente comprometida, que depois de um exame clínico juramos que não vão passar daquele ano, muitas vezes vivem mais dez anos. Têm tanta resistência que uma mera incapacidade física não as abala. Outras pessoas, com a saúde relativamente boa, que achamos que ainda vão viver muito tempo, um dia pegam uma bronquite ou um resfriado, não resistem e morrem. Então, como dizia, sendo médico num lar de mulheres idosas, não me surpreendo com o que se pode denominar de morte mais ou menos imprevista. Mas esse caso da sra. Moody foi diferente. Ela morreu enquanto dormia, sem nenhum sinal de doença. Não tenho como não achar inesperado. Vou usar a expressão que sempre me intrigou na peça *Macbeth*, de Shakespeare. Sempre me perguntei o que Macbeth queria dizer quando, falando de sua mulher, disse: "Ela deveria ter morrido mais tarde".

– Sim, lembro de ter me perguntado também o que Shakespeare quis dizer com isso – disse Tommy. – Não lembro de quem era a peça nem quem fazia o papel de Macbeth, mas havia uma forte indicação nessa montagem... e Macbeth atuava de maneira a intensificar isso... de que estava insinuando ao médico que Lady Macbeth precisava ser eliminada. O médico compreendeu. Foi então que Macbeth, seguro após a morte da esposa, sentindo que ela não poderia mais prejudicá-lo com suas indiscrições ou devaneios repentinos, expressou sua verdadeira afeição e dor pela morte da mulher. "Ela deveria ter morrido mais tarde."

– Exatamente – disse o dr. Murray. – É o que senti em relação à sra. Moody. Senti que ela deveria ter morrido mais tarde, não há apenas três semanas, sem motivo aparente...

Tommy não falou nada. Ficou olhando para o médico, com olhar curioso.

– Nossa profissão tem certos problemas. Se você estiver intrigado em relação à causa da morte de um paciente, só há uma forma de saber o que aconteceu: por meio de uma autópsia. Os parentes do morto não gostam muito da ideia, mas se o médico exigir uma autópsia e o resultado indicar, como é bem possível, morte por causa natural ou alguma doença sem sintoma aparente, a carreira do médico pode ser seriamente prejudicada, por conta de diagnóstico questionável...

– Deve ter sido difícil.

– Os parentes, nesse caso, eram primos distantes. Assumi a responsabilidade de conseguir o consentimento deles, assegurando que era uma questão de interesse científico. Quando um paciente morre dormindo, é recomendável investigar a causa da morte. Disfarcei um pouco, para não ficar formal demais. Felizmente, eles não estavam nem aí. Um peso a menos na consciência. Depois de realizada a autópsia, e se tudo desse certo, eu poderia emitir um atestado de óbito sem problemas. Todo mundo está sujeito a morrer do que se denomina vulgarmente insuficiência cardíaca, cujas causas podem ser as mais variadas. O coração da sra. Moody, aliás, estava bastante bem para sua idade. Ela sofria de artrite e reumatismo. Às vezes apresentava problemas no fígado, mas nada disso parecia ter relação com sua morte.

Fez uma pausa. Tommy, boquiaberto, manteve silêncio. O médico fez que sim com a cabeça.

– Isso mesmo, sr. Beresford. O senhor entendeu aonde quero chegar. A morte foi resultado de uma overdose de morfina.

– Meu Deus! – exclamou Tommy, arregalando os olhos.

– Sim. Parece incrível, mas a autópsia foi clara. A questão é: como a morfina foi administrada? Ela não tomava morfina. Não era uma paciente que sentisse dores. Restavam três possibilidades. Ela ter tomado morfina por acidente, o que é improvável. Talvez tenha pegado a morfina de outro paciente por engano, o que também é improvável... ninguém deixa um estoque de morfina nas mãos de um paciente e o asilo não admite pessoas viciadas que possam dispor de um abastecimento desse tipo. Ela pode ter se suicidado, mas acho difícil. A sra. Moody, apesar de sempre preocupada, era uma pessoa muito alegre. Não pensava em colocar um fim à própria vida, tenho certeza. A terceira possibilidade é que uma dose fatal tenha sido deliberadamente administrada para ela. Mas por quem e por quê? Naturalmente, a srta. Packard, como enfermeira-chefe registrada, tem plenos direitos de ministrar morfina e outros medicamentos, que guarda num armário trancado. Apenas em casos como ciática ou artrite reumatoide, em que a dor pode ser muito intensa, que a morfina é indicada. Esperávamos nos deparar com alguma circunstância em que a sra. Moody tivesse tomado uma quantidade exagerada de morfina sem querer ou achando que curaria a má digestão ou a insônia. Não foi o caso. Nosso próximo passo, por sugestão da srta. Packard e consentimento meu, foi olhar os registros de mortes similares em Sunny Ridge nos últimos dois anos. Não havia muitas, felizmente. Acho que sete no total, uma média baixa para pessoas dessa faixa etária. Duas mortes por bronquite, absolutamente normais, duas por resfriado, muito comum nos meses de inverno devido à baixa resistência das idosas, mais frágeis, e três outras.

Fez uma pausa e então continuou:

– Sr. Beresford, não estou muito convencido em relação a essas outras três mortes, principalmente duas. Todas perfeitamente viáveis. Nenhuma inesperada, mas eu diria *improváveis*. Mesmo depois de muito investigar, ainda não estou totalmente satisfeito. Precisamos aceitar a possibilidade de que, por mais estranho que possa parecer, alguém em Sunny Ridge, talvez por problemas mentais, seja um assassino. Um assassino completamente insuspeito.

Fez-se silêncio por um tempo. Tommy suspirou.

– Não duvido do que o senhor acaba de me contar – disse –, mas de qualquer forma, para falar a verdade, tudo isso me parece inverossímil. Essas coisas... não podem acontecer.

– Podem sim – disse o dr. Murray, com gravidade na voz –, e acontecem. Alguns casos patológicos não me deixam mentir. Uma moça começou a trabalhar com serviços domésticos. Cozinhava para várias famílias. Era uma boa moça, gentil, dedicada, cozinhava bem, gostava de seu trabalho. No entanto, cedo ou tarde, aconteciam coisas. Em geral, um prato de sanduíches. Muitas vezes, na comida do piquenique. Sem motivo aparente, alguém colocava arsênico em dois ou três sanduíches. Pelo visto, o acaso ditava quem os comeria. Não parecia um caso de envenenamento pessoal. Às vezes, não acontecia nenhuma tragédia. A mesma moça ficava três ou quatro meses num emprego sem que se registrasse o menor vestígio de doença. Aí, no emprego seguinte, três semanas depois, duas pessoas da família morriam após comer bacon no café da manhã. O fato de que tudo isso aconteceu em diferentes partes da Inglaterra e em intervalos irregulares despistou a polícia por algum tempo. A moça usava nomes diferentes em cada trabalho, claro. Há tantas mulheres de meia-idade gentis, eficientes e que cozinham bem que foi difícil descobrir quem era a moça em questão.

– Por que ela fazia isso?

– Acho que ninguém nunca conseguiu explicar. Surgiram diversas teorias, principalmente entre os psicólogos. Como era fanática religiosa, é possível que algum tipo de loucura mística a tenha impelido de cumprir uma espécie de missão divina, livrando o mundo de certas pessoas, mas não consta que lhes devotasse qualquer animosidade especial. Há também a história da mulher francesa, Jeanne Gebron, conhecida como Anjo da Misericórdia. Ficava tão chateada quando os filhos de seus vizinhos adoeciam que ia cuidar deles. Sentava-se ao lado da cama, todas as noites. Acabaram descobrindo, depois de algum tempo, que as crianças cuidadas por ela *nunca ficavam boas. Ao contrário, morriam.* E *por quê*? É verdade que perdera seu próprio filho na juventude. Dizem que prostrou-se diante da dor. Talvez tenha sido essa a causa de sua carreira criminosa. Como *seu* filho tinha morrido, os filhos das outras mulheres também deviam morrer. Ou pode ser, como sugeriram alguns, que seu filho também tenha sido uma das vítimas.

– Essas histórias me dão calafrios na espinha – disse Tommy.

– Estou pegando os exemplos mais extremos – explicou o médico. – Pode ser algo mais simples do que isso. O senhor deve se lembrar do caso Armstrong. Todos aqueles que o insultavam ou ofendiam de alguma forma – em certos casos bastava ele achar que tivesse sido insultado – eram convidados para tomar chá e morriam envenenados com sanduíches de arsênico. Uma espécie de suscetibilidade em grau avançado. Seus primeiros crimes foram, obviamente, por motivos pessoais. Herança.

"A eliminação de uma mulher para poder casar com outra. Tem também a história da enfermeira Warriner, que mantinha um lar de idosos. Os velhinhos lhe entregavam tudo o que tinham e recebiam em troca a garantia de uma vida confortável, até o dia de sua morte... dia esse que não tardava muito. Nesse caso, também se administrava morfina... Uma mulher muito simpática, mas sem escrúpulos... considerava-se, acho, uma benfeitora."

– O senhor não tem ideia, supondo que essas histórias sejam verdadeiras, de quem poderia ter sido?

– Não. Não temos nenhuma pista. Partindo do princípio de que o assassino é louco, a insanidade é algo difícil de reconhecer em algumas de suas manifestações. Será que o assassino é alguém, digamos, que não gosta de idosos, que foi prejudicado, ou pelo menos acha que foi, por alguém da terceira idade? Ou será que é alguém com princípios pessoais de misericórdia, que acha que todos com mais de sessenta anos devem ser exterminados sem dor? Poderia ser qualquer um, claro. Uma paciente? Um membro da equipe... uma enfermeira ou uma empregada? Discuti bastante esse assunto com Millicent Packard, a gerente do lugar, uma mulher muito competente, arguta, empreendedora, o tempo todo ligada nas hóspedes e na própria equipe. A srta. Packard afirma que não suspeita de ninguém e não tem nenhuma pista, e estou certo de que é verdade.

– Mas por que o senhor veio falar comigo? O que posso fazer?

– Sua tia, a srta. Fanshawe, morou lá por alguns anos... uma mulher de inteligência considerável, apesar de fingir que não. Tinha seu jeito pouco convencional de se divertir, bancando a senil. Mas era uma mulher muito lúcida. O que eu gostaria que o senhor fizesse, sr. Beresford, é tentar se lembrar... o senhor e sua esposa. Tente se lembrar de algo que a srta. Fanshawe tenha dito ou feito que possa nos dar uma pista, que ela tenha visto ou observado, que alguém tenha lhe contado, que ela mesma tenha achado estranho. As senhoras de idade costumam observar bastante, e uma mulher esperta como a srta. Fanshawe devia saber muita coisa sobre o que acontecia num lugar como Sunny Ridge. Essas idosas não têm ocupação, de modo que dispõem de todo o tempo do mundo para olhar em volta e fazer deduções... e até chegar a conclusões... que podem parecer fantasiosas, mas que muitas vezes se mostram não apenas possíveis, como reais.

Tommy balançou a cabeça em sinal negativo.

– Entendo o que o senhor diz, mas não lembro de nada parecido.

– Sua mulher não está em casa, pelo que entendi. Será que ela não se lembra de algo que o senhor não tenha reparado?

– Vou perguntar a ela... mas acho que não. – Hesitou, mas resolveu dizer: – Olha, tinha uma coisa que preocupava minha mulher... sobre uma das senhoras, a sra. Lancaster.

– Sra. Lancaster? Sei.

– Minha mulher cismou que a sra. Lancaster foi levada por alguns supostos parentes de um modo brusco demais. Na verdade, a sra. Lancaster deu um quadro de presente para a minha tia, e minha mulher se sentiu na obrigação de devolvê-lo. Portanto, decidiu entrar em contato com ela, para saber se não queria o quadro de volta.

– Uma atitude louvável.

– Só que foi muito difícil entrar em contato com a sra. Lancaster. Minha mulher tinha o endereço do hotel em que deviam estar... a sra. Lancaster e seus parentes... mas ninguém com aquele nome tinha se hospedado lá, nem feito reserva.

– Sério? Que estranho!

– Sim. Tuppence também achou. Não deixaram outro endereço em Sunny Ridge. Aliás, tentamos várias vezes falar com a sra. Lancaster ou com a sra. Johnson... acho que era esse o nome... mas não conseguimos. Um procurador, parece, pagou todas as contas e acertou tudo com a srta. Packard. Entramos em contato com ele, mas ele só deu o endereço de um banco. Os bancos – disse Tommy, ironicamente – não nos fornecem muita informação.

– Não se os seus clientes disserem para não fornecer.

– Minha mulher escreveu para a sra. Lancaster, aos cuidados do banco, e para a sra. Johnson, mas nunca recebeu resposta.

– Estranho. Mas as pessoas nem sempre respondem as cartas que recebem. Talvez tenham viajado para fora.

– Exatamente... por isso não me preocupei, mas minha mulher sim. Está convencida de que algo aconteceu com a sra. Lancaster. Aliás, enquanto eu estava fora de casa, decidiu investigar mais a fundo. Não sei muito bem o que pretendia, talvez ver o hotel com os próprios olhos, ou o banco, ou o procurador. De qualquer forma, resolveu ir atrás de mais informações.

O dr. Murray olhava-o com educação, mas com uma espécie de enfado paciente.

– Do que ela desconfiava exatamente?

– Que a sra. Lancaster estivesse correndo perigo... ou até mesmo que algo lhe tivesse acontecido.

O médico levantou as sobrancelhas.

– Sério? Eu jamais pensaria...

– Isso pode parecer uma tolice para o senhor – disse Tommy –, mas minha mulher ligou dizendo que voltaria ontem à noite... e... *ela não voltou.*

– Ela disse realmente que *estava* voltando?

– Disse. Sabia que eu estava voltando para casa, de uma conferência a que tive que comparecer. Então, ligou para avisar nosso criado, Albert, de que voltaria para o jantar.

– E o senhor acha estranho ela não ter voltado? – perguntou o dr. Murray, olhando para Tommy agora com certo interesse.

– Sim – respondeu Tommy. – *Muito* estranho. Se Tuppence tivesse se atrasado ou mudado de planos, teria ligado ou enviado um telegrama.

– E o senhor está preocupado com ela?

– Estou – admitiu Tommy.

– Humm. Já foi à polícia?

– Não – respondeu Tommy. – O que a polícia ia pensar? Não que eu tenha motivo para achar que ela esteja em apuros ou correndo perigo. Digo, se ela tivesse sofrido um acidente ou estivesse no hospital, alguém teria me ligado logo, não teria?

– Acho que sim... se ela estivesse com algum documento que a identificasse.

– Estava com a carteira de motorista. E provavelmente cartas e várias outras coisas.

O dr. Murray franziu a testa.

Tommy continuou logo:

– E agora vem o senhor e me conta todas essas histórias de Sunny Ridge... Pessoas que morreram que não deveriam ter morrido. Suponhamos que aquela senhora soubesse de alguma coisa. Talvez tenha presenciado algo ou desconfiado... e tenha começado a falar sobre aquilo. Teria que ser silenciada de alguma forma. Então, foi levada para um lugar em que não pudesse ser encontrada. Faz muito sentido...

– É estranho, muito estranho. O que o senhor pretende fazer agora?

– Vou fazer minhas próprias investigações... Falar com esses procuradores primeiro. Pode ser que eles não tenham nada a ver com o caso, mas quero conhecê-los e tirar minhas próprias conclusões.

CAPÍTULO 12

Tommy encontra um velho amigo

I

Do outro lado da rua, Tommy avaliou o escritório da Partingdale, Harris, Lockeridge & Partingdale.

Parecia uma empresa bem antiga e respeitada. A placa de metal na entrada já estava gasta, mas havia sido bem polida. Atravessou a rua, passou por aquelas portas de *saloon* e foi recebido pelo som opaco e desenfreado das máquinas de escrever.

Dirigiu-se a uma janela de mogno aberta à sua direita, onde se lia o aviso INFORMAÇÕES.

Lá dentro, via-se uma sala pequena com três mulheres datilografando e dois homens inclinados sobre as mesas copiando documentos.

A atmosfera era sufocante e cediça, com cheiro jurídico.

Uma mulher de uns 35 anos, séria, cabelo louro desbotado e *pince-nez*, levantou-se de sua máquina e veio até a janela.

– Em que posso ajudá-lo?

– Gostaria de falar com o sr. Eccles.

A mulher ficou ainda mais séria.

– O senhor tem horário marcado?

– Não. É que estou passando por Londres hoje.

– Sinto informar, mas o sr. Eccles está muito ocupado agora. Talvez outro funcionário...

– Preciso falar especificamente com o sr. Eccles. Já nos falamos por carta.

– Entendo. Poderia me dizer seu nome?

Tommy deu nome e endereço, e a moça loira foi ao telefone de sua mesa fazer uma consulta. Após uma conversa murmurada, voltou.

– O secretário vai levá-lo à sala de espera. O sr. Eccles o receberá em uns dez minutos.

Tommy foi conduzido a uma sala de espera com uma estante cheia de livros de Direito e uma mesa circular coberta de jornais financeiros. Sentou-se e ensaiou mentalmente seu método de abordagem. Perguntava-se como seria o sr. Eccles. Quando por fim o mandaram entrar e o sr. Eccles se levantou de sua mesa para recebê-lo, reparou que não tinha simpatizado com ele por algum motivo. Por que seria? Não via razão. O sr. Eccles era um homem de quarenta e poucos anos, de cabelo grisalho rareando um pouco nas têmporas. Tinha um rosto longo, triste, com expressão dura, olhos argutos e um sorriso simpático, que de vez em quando quebrava inesperadamente a melancolia natural de seu semblante.

– Sr. Beresford?

– Sim. É um assunto de pouca importância, mas minha mulher estava preocupada. Ela lhe escreveu, acho, ou talvez tenha ligado, para saber se o senhor poderia lhe dar o endereço da sra. Lancaster.

– Sra. Lancaster – repetiu o sr. Eccles, inexpressivo. Não era nem uma pergunta. Deixou apenas o nome flutuando no ar.

"Um homem cauteloso", pensou Tommy, "mas todos os advogados são cautelosos. Aliás, se fosse nosso advogado, preferiríamos que fosse cauteloso mesmo."

Continuou:

– Morava até pouco tempo atrás num lugar chamado Sunny Ridge, uma instituição... muito boa, por sinal... para mulheres idosas. A propósito, uma tia minha morava lá e vivia muito bem.

– Sim, claro, claro. Lembrei agora. Sra. Lancaster. Parece que não mora mais lá. Estou certo?

– Sim – respondeu Tommy.

– No momento não lembro direito – esticou o braço para alcançar o telefone. – Vou só refrescar minha memória...

– Posso resumir a história – disse Tommy. – Minha mulher queria o endereço da sra. Lancaster porque está com um objeto que lhe pertencia. Um quadro, para ser mais exato. A sra. Lancaster tinha dado esse quadro de presente para minha tia, a srta. Fanshawe, que morreu há pouco tempo. Ficamos com seus poucos pertences, inclusive o quadro dado pela sra. Lancaster. Minha mulher o aprecia muito, mas se sente culpada de ficar com ele. Pensa que a sra. Lancaster o valoriza e, nesse caso, acha que precisa devolvê-lo.

– Entendi – disse o sr. Eccles. – Uma pessoa muito conscienciosa, sua mulher.

– Vai saber – disse Tommy, sorrindo – como os idosos se sentem em relação a seus pertences! A sra. Lancaster pode ter ficado feliz de dar o quadro para a minha tia, por saber que o admirava, mas como minha tia morreu logo depois de ter recebido o presente, talvez fosse injusto que passasse a mãos de estranhos. Não tem nenhum título no quadro. É uma pintura de uma casa de campo. Pode muito bem ser alguma residência de família relacionada com a sra. Lancaster.

– Certo, certo – disse o sr. Eccles –, mas não acho...

Bateram na porta e um funcionário entrou com uma folha de papel, que entregou para o sr. Eccles. O advogado examinou-a.

– Ah, sim, me lembro agora. Sim, a sra... – olhou rapidamente para o cartão de Tommy em sua mesa – Beresford me ligou e trocamos algumas palavras. Recomendei a ela que entrasse em contato com o Southern Counties Bank, agência Hammersmith. É o único endereço que conheço. As cartas endereçadas para o banco, aos cuidados da sra. Richard Johnson, serão entregues à destinatária. A sra. Johnson é uma sobrinha ou prima distante da sra. Lancaster, parece. Foi ela que resolveu tudo comigo em relação à ida da sra. Lancaster para Sunny Ridge. Pediu-me para obter todas as informações sobre a instituição, porque tinha ouvido falar do lugar de passagem, através de uma amiga. Pesquisamos a fundo e chegamos à conclusão de que era fora de série. Ao que consta, a parente da sra. Johnson, a sra. Lancaster, passou lá vários anos plenamente satisfeita.

– Mas deixou o lugar de forma muito repentina – Tommy levantou a questão.

– É verdade. A sra. Johnson, parece, voltou recentemente da África, sem avisar... como muita gente, aliás! Ela e o marido moraram muitos anos no Quênia. Estavam fazendo planos e sentiram-se capazes de cuidar de sua parente idosa. Não imagino o paradeiro atual da sra. Johnson. Recebi uma carta dela, agradecendo e acertando as contas. Na carta, ela diz que se alguém precisasse falar com ela, deveria escrever aos cuidados do banco, porque ainda não tinha decidido onde ia morar com o marido. Desculpe-me, sr. Beresford, isso é tudo que eu sei.

Era um sujeito gentil, mas firme. Não demonstrava nenhum tipo de constrangimento, nem perturbação. A objetividade de sua voz era bastante definida. Depois se soltou e seus modos se atenuaram um pouco.

– Não tenho motivo para me preocupar, sr. Beresford – disse, de modo tranquilizador. – Ou melhor, a sua mulher não tem motivo para se preocupar. A sra. Lancaster já é uma senhora de idade e sua memória já não funciona como antes. Provavelmente já nem se lembra mais do quadro. Deve ter uns 75, 76 anos. Nessa idade, a pessoa se esquece com facilidade.

– O senhor a conheceu pessoalmente?

– Não. Na verdade, nunca a vi.

– Mas o senhor conhecia a sra. Johnson?

– Encontrei com ela uma vez aqui, por acaso. Ela veio me fazer uma consulta. Uma mulher muito simpática, do tipo empresária. Muito responsável nos planos que fazia. – Levantou-se e disse – Desculpe-me não poder ajudá-lo, sr. Beresford.

Uma despedida gentil, mas firme.

Tommy saiu para a rua Bloomsbury e decidiu pegar um táxi. O pacote que estava carregando, apesar de não ser pesado, tinha um tamanho relativamente incômodo. Olhou por um momento para o edifício de onde acabara de sair. Um lugar respeitável, já estabelecido. Não faltava nada ali, aparentemente nada de errado na Partingdale, Harris, Lockeridge & Partingdale, nada de errado com o sr. Eccles, nenhum sinal de temor, desânimo, vacilação ou desconforto. Nos livros, pensou Tommy de mau humor, a menção do nome da sra. Lancaster ou da sra. Johnson provocaria um sobressalto de culpa ou um olhar evasivo. Algo que revelasse que aquele nome tinha um significado especial, que nem tudo estava bem. As coisas não são assim na vida real. O sr. Eccles era apenas um homem educado demais para se exasperar com o tempo desperdiçado naquele tipo de interrogatório que Tommy acabara de lhe fazer.

Mas de qualquer forma, pensou Tommy com seus botões, *não gosto do sr. Eccles.* Lembrou vagamente do passado, de pessoas que não tinha gostado por algum motivo. Muitas vezes aqueles pressentimentos – porque não passavam pressentimentos – haviam se confirmado. Porém, talvez fosse mais simples do que isso. Quem se relaciona com muitas pessoas na vida desenvolve uma espécie de intuição, exatamente como um especialista em antiguidades que já fareja falsificação antes mesmo de passar aos testes e exames de perícia. Sabe apenas que algo está errado. O mesmo acontece com quadros, e deve acontecer com o caixa do banco, quando recebe uma nota falsa.

"Nada de errado em seu discurso", pensou Tommy, "em sua aparência, mas ainda assim..." Acenou freneticamente para um táxi, que o olhou friamente, acelerou e passou direto. "Filho da mãe", xingou por dentro.

Olhou para a rua de cima a baixo, procurando um táxi mais prestativo. Havia muitas pessoas na calçada, algumas correndo, outras passeando. Um homem fitava uma placa de metal do outro lado. Após um exame detalhado, virou-se, e Tommy levou um susto. Conhecia aquele rosto. Observou o sujeito ir até o final da rua, parar, dar meia-volta e fazer o mesmo percurso de retorno. Alguém saiu do edifício. Nesse momento, o sujeito acelerou um pouco o passo, ainda caminhando do outro lado da rua, mas acompanhando o ritmo do homem que havia saído do prédio. O homem que havia saído da Partingdale, Harris, Lockeridge & Partingdale, segundo Tommy pôde perceber enquanto se afastava rapidamente, tratava-se quase certamente do sr. Eccles. No mesmo instante, surgiu lentamente um táxi à procura de passageiros. Tommy fez sinal e o carro encostou no meio-fio. Abriu a porta e entrou.

– Para onde?

Tommy hesitou por um momento, olhando seu pacote. Já ia dar um endereço, mas mudou de ideia e disse: – 14 Lyon Street.

Quinze minutos depois, chegou a seu destino. Após pagar o táxi, tocou a campainha e pediu para falar com o sr. Ivor Smith. Ao entrar numa sala do segundo andar, foi recebido por um homem, que levantou surpreso de sua mesa em frente à janela e veio falar com ele.

– Tommy, que bom ver você. Quanto tempo! O que anda fazendo aqui? Estava passeando e resolveu visitar os velhos amigos?

– Quem dera, Ivor.

– Imagino que esteja indo para casa, voltando da conferência, certo?

– Certo.

– Aquele mesmo palavrório de sempre, suponho. Ninguém diz nada de útil e não se chega a nenhuma conclusão.

– Exatamente. Um desperdício de tempo.

– A maior parte do tempo ouvindo o velho Bogie Waddock berrando, imagino. Um chato de galocha. Piora a cada ano.

– É verdade...

Tommy sentou-se na cadeira oferecida, aceitou um cigarro e disse:

– Estava me perguntando... mero palpite... se você não saberia alguma coisa de caráter desairoso a propósito de um tal de Eccles, advogado da empresa Partingdale, Harris, Lockeridge & Partingdale.

– Muito bem – disse Ivor Smith. Levantou as sobrancelhas. Eram sobrancelhas perfeitas para levantar. A ponta, perto do nariz, subia, e a outra ponta, do lado da bochecha, descia, numa extensão impressionante. Faziam ele, frente à mais leve provocação, aparentar grande perplexidade, embora fosse apenas uma expressão comum de seu rosto.

– Algum problema com o Eccles?

– O problema – disse Tommy – é que não sei nada sobre ele.

– E você quer saber algo sobre ele.

– Sim.

– Humm. Por que você veio aqui?

– Vi o Anderson na calçada. Fazia muito tempo que não o via, mas o reconheci. Estava espionando um sujeito. Seja quem for, essa pessoa saiu do edifício em que eu estava. No prédio, há dois escritórios de advocacia e um de contabilidade. Claro que o sujeito podia estar em qualquer um dos três escritórios, ou talvez trabalhasse lá. Mas um homem andando pela rua me pareceu o Eccles. E fiquei me perguntando se por algum feliz acaso não seria ele que o Anderson estava seguindo.

– Humm – fez Ivor Smith. – Tommy, você sempre foi ótimo em adivinhar as coisas.

– Quem é Eccles?

– Não sabe? Não faz ideia?

– Não – respondeu Tommy. – Resumindo, fui falar com ele para pedir informações sobre uma senhora que saiu recentemente de um lar de idosos.

O procurador que resolveu tudo foi o sr. Eccles, com total decoro e eficiência. Eu queria o endereço atual dela e ele disse que não tinha. Talvez não tivesse mesmo, mas fiquei na dúvida. É a única pista que tenho de seu paradeiro.

– E você quer encontrá-la?

– Sim.

– Não sei se posso ajudar muito. Eccles é um advogado muito respeitável, seguro, com uma boa renda, muitos clientes respeitáveis, trabalha para a pequena nobreza rural, classes profissionais e militares aposentados – soldados, marinheiros, generais e almirantes. É o modelo de respeitabilidade. Pelo que você me diz, fazia tudo estritamente dentro das normas.

– Mas vocês estão... interessados nele – insinuou Tommy.

– Sim, estamos muito interessados no sr. James Eccles. – Suspirou. – Estamos interessados há pelo menos seis anos, e não progredimos muito.

– Muito interessante – disse Tommy. – Vou perguntar de novo. Quem *é* exatamente o sr. Eccles?

– Quer dizer, o que suspeitamos que ele tenha feito? Bem, para resumir em uma frase, suspeitamos que ele seja um dos maiores cérebros da atividade criminosa deste país.

– Atividade criminosa? – Tommy parecia surpreso.

– Sim. Sem espionagem, contraespionagem. Nada. Simplesmente atividade criminosa. Um homem, pelo que descobrimos até agora, que jamais cometeu um crime na vida. Nunca roubou nem falsificou nada, nunca desviou fundos. Não temos prova contra ele. No entanto, sempre que há algum grande roubo organizado, lá encontramos, num canto dos bastidores, o sr. Eccles levando sua vida irreprochável.

– Seis anos – disse Tommy, pensativo.

– Talvez mais do que isso. Levei um tempo para descobrir qual era o esquema. Assaltos a banco, roubo de joias privadas, tudo o que envolvia muito dinheiro. Em todos os casos, havia o mesmo padrão. Não dá para imaginar que não tenha sido a mesma mente que arquitetou tudo. Os executores dos crimes nunca tiveram que planejar nada. Iam onde lhes diziam, cumpriam ordens, não precisavam pensar. Alguém fazia essa parte por eles.

– E por que vocês suspeitam do sr. Eccles?

Ivor Smith balançou a cabeça negativamente, pensativo.

– Levaria muito tempo para contar. É um homem de muitos contatos. Gente com quem joga golfe, que utiliza seu carro, firmas de corretores da Bolsa que operam para ele. Encontramos também algumas empresas de negócios irrepreensíveis em sua ficha. As coisas estão ficando mais claras, mas sua participação nisso tudo não está tão clara, exceto que se ausenta de um modo conspícuo em certas ocasiões. Um grande assalto a banco muito bem-arquitetado (sem gastos, veja bem), com plano de fuga e tudo, e onde está o sr. Eccles quando o roubo acontece? Monte Carlo, Zurique ou talvez pescando salmão na Noruega. Pode ter certeza de que nunca será encontrado num raio de cento e cinquenta quilômetros do local do crime.

– Ainda assim vocês suspeitam dele?

– Claro. Tenho certeza, mas se vamos conseguir agarrá-lo já não sei. O homem que cavou um túnel no banco, o sujeito que nocauteou o vigia noturno, o caixa que estava lá desde o início, o gerente que passou as informações, ninguém conhece o sr. Eccles, provavelmente jamais o viram. Existe toda uma quadrilha... e ninguém conhece mais do que um elo da cadeia.

– O velho plano da célula?

– Sim, mais ou menos. Mas há um pensamento inicial. Algum dia surgirá uma oportunidade. Alguém que não devia saber de *nada* saberá *alguma coisa*. Algo simples e trivial, talvez, mas que possa servir de prova.

– Ele é casado? Tem filhos?

– Não, nunca assume riscos como esses. Mora sozinho, com caseiro, jardineiro e mordomo. Recebe as pessoas de forma bastante acolhedora, e posso jurar que todo mundo que vai à sua casa como convidado está acima de qualquer suspeita.

– E ninguém está enriquecendo?

– Uma boa questão, Thomas. Alguém *devia* estar enriquecendo. Devíamos estar *vendo* alguém enriquecendo. Mas está tudo muito bem planejado. Grandes vitórias em corridas de cavalo, investimentos em ações, coisas arriscadas que dão muito dinheiro e, aparentemente, tudo de forma legal. Existe uma quantidade absurda de dinheiro depositada no exterior, em países e cidades diferentes. Um grande esquema de fazer dinheiro... e o dinheiro sempre em movimento... indo de um lugar para outro.

– Bem – disse Tommy –, boa sorte para vocês. Espero que encontrem quem estão procurando.

– Acho que vamos encontrar mesmo, algum dia. Talvez se conseguirmos tirá-lo de sua rotina.

– Tirá-lo como?

– Com perigo – respondeu Ivor. – Fazendo-o sentir que está em perigo, que tem alguém no seu rastro. Deixando-o constrangido. Quando conseguimos isso, o sujeito é capaz de qualquer besteira. Acaba cometendo um erro. É assim que os pegamos. Mesmo os mais inteligentes, que não dão um passo em falso. Basta se amedrontar um pouquinho que já mete os pés pelas mãos. Tenho esperança. Agora, me conte sua história. Você pode saber de algo útil.

– Nada relacionado a crimes... só bobagem.

– Quero ouvir.

Tommy contou sua história sem desculpas indevidas pela trivialidade. Sabia que Ivor não era homem de desprezar bagatelas. Ao contrário, foi direto ao ponto que trouxera Tommy ali.

– E a sua mulher desapareceu, é isso?

– É atípico dela.

– Isso é sério.

– Bota sério nisso.

– Imagino. Só encontrei sua esposa uma vez. Ela é viva.

– Quando sai atrás de algo é pior do que cão farejador – disse Thomas.

– Já foi à polícia?

– Não.

– Por que não?

– Bem, primeiro porque acredito que ela esteja bem. Tuppence sempre está bem. É que ela tem a mania de correr atrás de qualquer lebre que lhe apareça pela frente. Não deve ter tido tempo de ligar.

– Humm. Não gosto nada disso. Ela está procurando uma casa, é isso? Interessante, porque entre todas as pistas que seguimos – que não nos levaram muito longe, a propósito –, nos deparamos com uma rede de corretoras imobiliárias.

– Corretoras imobiliárias? – Tommy parecia surpreso.

– Sim. Imobiliárias honestas, comuns e quase sem projeção em cidades provincianas de diferentes partes da Inglaterra, mas nenhuma muito longe de Londres. A empresa do sr. Eccles trabalha muito com agentes imobiliários. Às vezes, ele é o advogado dos compradores, e às vezes está do lado dos vendedores. Além disso, utiliza diversas imobiliárias, em nome de seus clientes. Chegamos a nos perguntar por quê. Nada disso parece muito lucrativo, sabe como é.

– Mas acham que pode significar alguma coisa ou levar a algum lugar?

– Bem, lembra do grande roubo do Banco de Londres alguns anos atrás? Havia uma casa no campo... uma casa isolada. Era o esconderijo dos ladrões. Ninguém os via muito, mas era lá que escondiam o produto do roubo. Os moradores da região começaram a desconfiar, perguntando-se quem eram aqueles indivíduos que entravam e saíam em horários tão estranhos. Vários carros chegavam no meio da noite e depois iam embora. Os habitantes da província ficam curiosos em relação à vida de seus vizinhos. Como era de se esperar, a polícia deu uma batida na casa, apreendeu parte do que havia sido roubado e prendeu três homens, inclusive um que foi reconhecido e identificado.

– E isso não os ajudou em nada?

– Na verdade, não. Os bandidos não falaram nada. Estavam bem representados, tinham bons advogados. Foram condenados a muitos anos de prisão, mas um ano e meio depois estavam em liberdade de novo. Uma fuga e tanto.

– Acho que li algo a respeito. Um sujeito desapareceu da corte penal para onde havia sido levado por dois carcereiros.

– Isso. Tudo muito bem-planejado e com muito dinheiro envolvido. Mas achamos que a pessoa responsável pelo esconderijo acabou se dando conta de que havia cometido um erro ao manter uma casa por tanto tempo, a ponto de despertar o interesse dos vizinhos. Alguém, talvez, achou melhor ter auxiliares que morassem, digamos, em cerca de *trinta* casas em *lugares diferentes*. As pessoas vêm e compram a casa, mãe e filha, por exemplo, uma viúva, ou um militar aposentado junto com a esposa. Gente pacata, de bom caráter. Fazem alguns reparos na casa, contratam um pedreiro local para dar um jeito na parte hidráulica e talvez alguma empresa em Londres para cuidar da decoração, e então, um ano e meio depois, por qualquer motivo, decidem vender a propriedade e vão morar no exterior. Algo assim. Tudo muito natural. Durante a locação, a casa talvez tenha sido usada para propósitos bastante insólitos! Mas ninguém suspeita muito. Os amigos vêm visitá-los, sem muita frequência. Só de vez em quando. Uma noite, digamos, acontece uma espécie de festa de aniversário para um casal de meia-idade ou de idosos. Um grande movimento de carros. Imagine que acontecem cinco grandes roubos em seis meses, mas o dinheiro fica passando de casa em casa ou é guardado não só em uma, mas em cinco casas diferentes em cinco lugares diferentes da região. Ainda é apenas uma suposição, meu caro Tommy, mas estamos seguindo nessa direção. Digamos que a velhinha da sua história se desfaça de um quadro de uma certa casa, e se trate de um local *significativo*. Sua mulher reconhece a casa em algum lugar e começa a investigá-la. Suponha que alguém não queira que a casa seja investigada... Tudo pode ter ligação.

– Não faz muito sentido.

– Eu sei, mas estamos vivendo em tempos absurdos... Acontecem coisas incríveis neste mundo.

II

Um tanto cansado, Tommy desceu do quarto táxi que pegava no mesmo dia e olhou em volta, avaliando o local. O táxi o havia deixado num pequeno beco sem saída, dissimulado timidamente sob uma das protuberâncias de Hampstead Heath, e que parecia ter sido exposto a "melhoramentos" artísticos. Cada casa era totalmente diferente uma da outra. Essa, em particular, consistia em um grande estúdio com claraboias e ligado a uma espécie de minúsculo conjunto de três quartos, cujo acesso era feito por uma escada verde-clara. Tommy abriu o pequeno portão, seguiu até a porta e, não encontrando nenhuma campainha, utilizou a aldrava. Como não obteve resposta, parou um momento e voltou a bater, um pouco mais forte dessa vez.

A porta se abriu tão de repente que Tommy quase caiu para trás. Uma mulher.

À primeira vista, a mais feia que já tinha visto. Rosto largo e achatado, dois olhos enormes de cores absurdamente díspares, um verde e um castanho, uma testa generosa coroada por um tufo de cabelos eriçados. Vestia um macacão roxo com manchas de argila. Tommy reparou que a mão que segurava a maçaneta era linda na estrutura.

– Oh – exclamou ela. Sua voz era profunda e muito bonita. – O que foi? Estou ocupada.

– Sra. Boscowan?

– Sim. O que deseja?

– Meu nome é Beresford. Gostaria de falar com a senhora.

– Não sei se vai dar. Precisa mesmo? O que é... é sobre algum quadro? – perguntou, olhando para o pacote embaixo do braço de Tommy.

– Sim. Sobre um quadro do seu marido.

– O senhor quer vendê-lo? Já tenho muitos quadros dele. Não quero comprar mais. Tente em uma dessas galerias. Eles estão começando a comprar quadros do meu marido agora. Mas o senhor não parece estar vendendo quadros.

– Não mesmo, não quero vender nada.

Tommy sentiu muita dificuldade em conversar com aquela mulher. Os olhos dela, apesar de diferentes um do outro, eram muito elegantes, e agora olhavam a rua por sobre o seu ombro, com ar de interesse peculiar num ponto à distância.

– Por favor – insistiu Tommy. – Deixe-me entrar. Não é fácil explicar.

– Se for pintor, não quero conversar – avisou a sra. Boscowan. – Acho os pintores chatíssimos, sempre.

– Não sou pintor.

– Não parece pintor mesmo – disse, avaliando-o de cima a baixo. – Parece mais um funcionário público – falou, em tom de desaprovação.

– Posso entrar, sra. Boscowan?

– Não sei. Espere.

Fechou a porta abruptamente. Tommy esperou. Quatro minutos depois, mais ou menos, a porta se abriu de novo.

– Tudo bem – disse ela. – Pode entrar.

Conduziu-o por uma escada estreita ao grande estúdio. Num canto, havia uma escultura e diversos instrumentos ao lado. Martelos e cinzéis. Havia também uma cabeça feita de argila. O lugar todo parecia ter sido recentemente invadido por uma gangue de bárbaros.

– Nunca tem lugar para sentar aqui – disse a sra. Boscowan.

Tirou várias coisas de cima de um banco de madeira e empurrou-o para Tommy.

– Sente-se aqui e fale.

– Muito gentil da sua parte me deixar entrar.

– Sim, mas o senhor parece tão preocupado. Está preocupado, não está, com alguma coisa?

– Estou.

– Sabia. Por quê?

– Minha mulher – respondeu Tommy, surpreendendo-se com a resposta.

– Preocupado com sua mulher? Não há nada de estranho nisso. Os homens sempre se preocupam por causa das mulheres. Qual o problema... ela foi embora com outro cara ou caiu na farra?

– Não. Nada disso.

– Está morrendo? Tem câncer?

– Não – respondeu Tommy. – Apenas não sei onde está.

– E acha que eu sei? Melhor me dizer o nome dela e contar alguma coisa se quiser que eu ajude. Não tenho certeza, veja bem – disse a sra. Boscowan – de que vou querer. Estou avisando.

– Graças a Deus – exclamou Tommy –, conversar com a senhora é mais fácil do que eu tinha imaginado.

– O que o quadro tem a ver com a história? É um quadro, não? Deve ser, pelo tamanho.

Tommy desembalou o pacote.

– É um quadro assinado pelo seu marido – disse Tommy. – Quero que a senhora me diga tudo o que souber.

– Entendo. O que exatamente quer saber?

– Quando ele foi pintado e onde.

A sra. Boscowan olhou para ele, pela primeira vez com algum interesse nos olhos.

– Bem, isso não é difícil – disse. – Posso lhe contar. Esse quadro foi pintado há uns quinze anos... Não, há muito mais tempo do que isso, imagino. É um dos seus primeiros quadros. Vinte anos, eu diria.

– A senhora sabe onde fica esse lugar?

– Sei, claro, lembro muito bem. Esse quadro é lindo. Sempre gostei dele. Essa é a ponte arqueada, com a casa. O nome do lugar é Sutton Chancellor.

Fica a uns doze quilômetros de Market Basing. A casa em si fica pertinho de Sutton Chancellor. Um lugar maravilhoso, isolado.

Foi até o quadro, inclinou-se sobre ele e o examinou de perto.

– Engraçado – disse. – Muito estranho, pensando agora.

Tommy não prestou muita atenção.

– Qual o nome da casa? – perguntou.

– Não lembro. Mudou de nome várias vezes. Não sei o que houve lá. Aconteceram algumas tragédias, parece, e então os próximos donos mudaram o nome da casa. Chamava-se "casa do canal", ou "beira do canal". Depois de um tempo, passou a se chamar "casa da ponte" e por fim Meadowside... ou Riverside.

– Quem morava lá... ou quem mora lá agora, a senhora sabe?

– Ninguém que eu conheça. Um casal tinha alugado a casa quando a vi pela primeira vez. Vinham nos fins de semana. Não eram casados, acho. A menina era bailarina. Devia ser atriz... não, acho que era bailarina mesmo. Dançava balé. Muito bonita, mas meio burra. Simples, quase necessitada. William tinha uma queda por ela, lembro.

– Ele a pintou?

– Não. Não costumava pintar retratos. Dizia que tinha vontade de desenhar certas pessoas, mas nunca desenhou muito. Sempre foi meio bobo por meninas.

– Eram eles que moravam lá quando seu marido pintou a casa?

– Acho que sim. De qualquer maneira, não o tempo todo. Só vinham nos fins de semana. Então parece que houve uma briga. Discutiram e ele a deixou... ou vice-versa. Eu não estava lá, estava trabalhando em Coventry na época. Participava de um grupo. Depois disso, acho que ficou apenas uma governanta na casa, com uma criança, filha não sei de quem. Imagino que a mulher cuidava dela. Aí, pelo que me lembro, aconteceu alguma coisa com a criança. A governanta a levou para algum lugar, ou talvez tenha morrido. Mas me diga, por que o interesse em pessoas que moraram na casa há vinte anos?

– Quero que me conte tudo o que puder sobre a casa – disse Tommy. – Minha mulher chegou a viajar para procurá-la. Disse que a tinha visto do trem em algum lugar.

– Isso mesmo – disse a sra. Boscowan –, o trilho do trem margeia o outro lado da ponte. Deve dar para ver a casa muito bem dali. – Depois perguntou: – Por que ela queria encontrar essa casa?

Tommy deu uma explicação resumida... A sra. Boscowan olhou-o desconfiada.

– O senhor não saiu de um hospício ou qualquer coisa do gênero, não, né? – perguntou. – Está de licença, como eles dizem.

– Sei que parece loucura – admitiu Tommy –, mas é sério. Minha mulher queria saber mais sobre a casa, e então planejou uma série de viagens de trem para descobrir onde a tinha visto. Imagino que tenha encontrado. Acho que foi para um lugar chamado... alguma coisa Chancellor.

– Sutton Chancellor, sim. Era um lugar bem insignificante. Claro que deve ter se desenvolvido bastante desde então. Talvez seja até uma dessas novas cidades residenciais de hoje.

– Vai saber – disse Tommy. – Ela ligou avisando que estava voltando, mas não voltou, e eu quero saber o que aconteceu com ela. Talvez tenha começado a investigar e acabou se metendo em perigo.

– Que perigo pode haver?

– Não sei – respondeu Tommy. – Nenhum de nós dois sabia. Nem cheguei a cogitar que poderia haver perigo, mas minha mulher sim.

– Intuição?

– Possivelmente. Ela é um pouco assim. Tem pressentimentos. A senhora já ouviu falar ou conheceu alguma sra. Lancaster há vinte anos ou em qualquer outra época até um mês atrás?

– Sra. Lancaster? Não, acho que não. É o tipo de nome que lembraria. Não mesmo. Qual a questão com a sra. Lancaster?

– Era a dona do quadro. Resolveu dá-lo de presente para uma tia minha. Depois, foi embora de um asilo de forma repentina, levada pelos parentes. Tentei encontrá-la, mas a tarefa é árdua.

– Quem é que tem imaginação fértil mesmo, o senhor ou a sua mulher? Acho que o senhor pensou demais e ficou um pouco perturbado, se me permite dizer.

– Sim, sim, concordo – admitiu Tommy. – Perturbado, e sem motivo nenhum. É isso o que a senhora quer dizer, não é? Acho que tem razão.

– Não – disse a sra. Boscowan, com a voz levemente alterada. – Não disse sem motivo nenhum.

Tommy olhou-a sem entender direito.

– Tem uma coisa estranha nesse quadro – continuou a sra. Boscowan. – Muito estranha. Lembro muito bem dele. Lembro da maioria dos quadros do William, embora tenha pintado muitos.

– A senhora lembra quem comprou o quadro, se é que ele foi vendido?

– Não, isso eu não lembro. Acho que foi vendido sim. William vendeu aos montes numa das exposições. Houve muita procura três ou quatro anos antes deste e mais uns dois anos depois. Foram quase todos vendidos, mas não lembro para quem. Já é querer saber demais.

– Agradeço muito por todas as informações.

– O senhor não perguntou por que eu disse que havia algo estranho nesse quadro.

– Quer dizer que esse quadro não é do seu marido... outra pessoa o pintou?

– Não, não. Esse quadro foi pintado pelo William sim. "A casa do canal", se chamava no catálogo. Mas não está como era. Está vendo, tem algo de errado no quadro.

– O que há de errado no quadro?

A sra. Boscowan esticou um dedo sujo de argila e apontou para um lugar bem abaixo da ponte sobre o canal.

– Aqui – disse. – Está vendo? Tem um barco amarrado na ponte, não tem?

– Sim – respondeu Tommy, intrigado.

– Então. Esse barco não estava aí na última vez que o vi. William nunca pintou esse barco. Na exposição, *não havia barco nenhum.*

– A senhora está me dizendo que outra pessoa sem ser o seu marido pintou o barco depois?

– Sim. Estranho, né? Por que será? Primeiro, fiquei surpresa de ver o barco aí, onde não havia barco nenhum. Depois, achei estranho o barco não ter sido pintado pelo William. *Ele* não pintou esse barco. Alguém pintou. Mas quem?

Olhou para Tommy.

– E por quê?

Tommy não tinha resposta. Olhou para a sra. Boscowan. Sua tia Ada a teria chamado de cabeça de vento, mas Tommy não a enxergava dessa maneira. Era vaga, com um jeito meio abrupto de mudar de assunto. O que dizia parecia pouco relacionado com o que dissera no minuto anterior. Era o tipo de pessoa, analisou Tommy, que guarda para si a maior parte de suas observações. Será que amara o marido, será que sentira ciúmes dele, será que o desprezara? Não dava para saber pelo seu jeito, nem pelas palavras. Teve a impressão, porém, de que aquele barquinho embaixo da ponte lhe causara desconforto. Não tinha gostado do barco ali. De repente ficou imaginando se o que ela dissera seria verdade. Será que conseguia mesmo se lembrar, depois de tantos anos, se o sr. Boscowan tinha ou não pintado um barco debaixo da ponte? Era um detalhe tão insignificante! Se tivesse visto o quadro um ano antes, ainda vá lá, mas pelo jeito havia sido há muito mais tempo do que isso. E ela ficara desconfortável. Olhou-a de novo e viu que ela estava olhando para ele, não com o olhar desafiante, apenas reflexivo, muito reflexivo.

– O que pretende fazer agora? – perguntou.

Isso era fácil. Tommy não tinha dúvidas do que faria.

– Vou voltar para casa à noite, ver se minha mulher deu notícias. Caso contrário, vou a esse lugar amanhã – disse. – Sutton Chancellor. Espero que ela esteja lá.

– Isso depende – disse a sra. Boscowan.

– Depende de quê? – perguntou Tommy, ríspido.

A sra. Boscowan franziu a testa e murmurou, aparentemente para si mesma.

– Onde será que ela está?

A sra. Boscowan, que tinha o olhar distraído, voltou a olhar para Tommy.

– Ah – disse –, sua mulher, eu queria dizer. – E acrescentou – Espero que ela esteja bem.

– Por que ela não estaria bem? Fale a verdade, sra. Boscowan. Existe algo de errado com aquele lugar, Sutton Chancellor?

– Com Sutton Chancellor? Com o lugar? – Parou para pensar. – Não, não com o *lugar*.

– Eu estava falando da casa, da casa do canal, não da aldeia.

– Ah, a casa – disse a sra. Boscowan. – Era uma boa casa, para falar a verdade. Para casais.

– Algum casal morou lá?

– Às vezes. Não com tanta frequência. Se uma casa é construída para casais, deve ser ocupada por casais.

– Não deve ser usada para outros fins.

– O senhor é rápido – disse a sra. Boscowan. – Entendeu o que eu quis dizer, não? Não podemos dar outro uso a uma casa que foi construída com um propósito. Sai tudo errado.

– O que a senhora sabe sobre as pessoas que moraram lá nos últimos anos?

– Não sei nada. Essa casa nunca foi importante para mim.

– Mas a senhora está pensando em alguma coisa, não está? Em alguém.

– Sim – respondeu a sra. Boscowan. – Tem razão. Eu estava pensando em... alguém.

– Poderia me dizer em quem estava pensando?

– Não há nada a dizer, na verdade – disse a sra. Boscowan. – Às vezes, sabe, nos perguntamos apenas por onde andará determinada pessoa, o que terá acontecido com ela ou que fim teve. Esse tipo de coisa – fez um sinal com a mão. – Aceita um arenque? – perguntou de súbito.

– Um arenque? – repetiu Tommy, surpreso.

– É que comprei uns arenques e pensei que pudesse querer comer antes de pegar o trem. A estação para Sutton Chancellor se chama Waterloo

– informou. – Antes, era necessário fazer baldeação em Market Basing. Acho que ainda é assim.

Era uma despedida. Tommy aceitou.

CAPÍTULO 13

Albert detetive

I

Tuppence piscou os olhos, com a visão bastante turva. Tentou erguer a cabeça do travesseiro, mas uma dor aguda lhe fez retroceder. Fechou os olhos, abriu-os logo em seguida e piscou de novo.

Reconheceu onde estava, com sensação de conquista. "Estou numa enfermaria de hospital", pensou. Satisfeita com seu progresso mental até o momento, tentou fazer mais deduções. Estava numa enfermaria e sua cabeça doía. Por que sua cabeça doía, por que ela estava num hospital? Não sabia ao certo. "Acidente?"

Havia enfermeiras rondando por ali. Muito natural. Fechou os olhos e procurou ser cautelosa ao pensar. Uma visão longínqua de uma pessoa idosa com roupa clerical passou pela sua mente. "Pai?", pensou Tuppence, em dúvida. "É o senhor?" Não lembrava. Achava que sim.

"Mas o que estou fazendo num hospital? Sou enfermeira, deveria estar de uniforme, do Destacamento de Ajuda Voluntária. Ai, meu Deus."

Mal terminou de pensar e uma enfermeira apareceu perto de sua cama.

– Está se sentindo melhor agora, querida? – perguntou a enfermeira com tom de falsa animação. – Que bom.

Tuppence não sabia direito se era bom. A enfermeira disse alguma coisa sobre um bom chá.

"Sou uma paciente", concluiu Tuppence com certa irritação. Permanecia deitada, vendo surgir diversos pensamentos e palavras soltas na cabeça.

– Soldados – disse. – Destacamento de Ajuda Voluntária. É isso, claro. Faço parte do Destacamento de Ajuda Voluntária.

A enfermeira trouxe chá numa caneca de hospital e ajudou Tuppence a tomá-lo. A dor na cabeça voltou.

– Destacamento de Ajuda Voluntária, é nisso que eu trabalho – exclamou Tuppence.

A enfermeira olhou-a sem entender nada.

– Minha cabeça está doendo – disse Tuppence.

– Vai melhorar logo – tranquilizou a enfermeira.

Levou a caneca, informando a uma companheira enquanto se retirava: "A paciente 14 acordou. Está um pouco tonta ainda."

– Ela falou alguma coisa?

– Disse que era VIP – respondeu a enfermeira.

Sua companheira deu um risinho indicando sua opinião a respeito de pacientes pouco importantes que se julgavam VIPs.

– Já veremos – disse. – Vamos logo, não vai ficar o dia inteiro com essa caneca.

Tuppence continuava sonolenta, enfiada nos travesseiros. Ainda não havia ultrapassado o estágio de permitir que os pensamentos lhe invadissem a cabeça de forma totalmente desorganizada.

Sentia a falta de alguém, uma pessoa que conhecia intimamente. Havia algo muito estranho naquele hospital. Não era o hospital de antes, o hospital em que trabalhara. "Estava cheio de soldados", disse para si mesma. "O pavilhão cirúrgico... eu ficava nas fileiras A e B." Abriu os olhos e examinou em volta de novo. Chegou à conclusão de que nunca havia estado ali, que aquele lugar não tinha nada a ver com casos cirúrgicos, militares ou não.

– Onde será que estou? – perguntou-se Tuppence. – Que lugar é este? – Tentou lembrar. Os únicos lugares em que conseguia pensar eram Londres e Southampton.

A outra enfermeira apareceu.

– Está se sentindo melhor? Imagino que sim – disse.

– Estou bem – disse Tuppence. – O que aconteceu?

– A senhora bateu a cabeça. Deve estar doendo, não?

– Está doendo sim – respondeu Tuppence. – Onde estou?

– Hospital de Market Basing.

Tuppence considerou a informação. Não significava nada para ela.

– Um sacerdote de idade – disse.

– Como?

– Nada não. Eu...

– Ainda não escrevemos seu nome na folha de controle – disse a enfermeira.

Estava com a caneta na mão, esperando que Tuppence dissesse seu nome.

– Meu nome?

– Sim – respondeu a enfermeira. – Para registrar – explicou, solícita.

Tuppence fez silêncio. Seu nome. Qual era seu nome? "Que bobeira", pensou, "esqueci meu nome. Mas devo ter um nome." De repente, sentiu alívio. O rosto do sacerdote iluminou-se em sua cabeça e ela respondeu, com firmeza:

– Claro. Prudence.

– P-r-u-d-e-n-c-e?

– Isso – confirmou.

– Prudence de quê?

– Cowley. C-o-w-l-e-y.

– Que bom que resolvemos essa questão – disse a enfermeira, saindo com ar de quem não se preocupava mais com aquilo.

Tuppence ficou feliz consigo mesma. Prudence Cowley. Prudence Cowley, do Destacamento de Ajuda Voluntária, seu pai era um sacerdote em alguma igreja, era tempo de guerra e... "Engraçado", pensou Tuppence, "acho que estou entendendo tudo errado. Parece que tudo aconteceu há muito tempo." Murmurou: "A coitadinha era sua filha?" Não sabia se havia acabado de dizer aquilo ou se alguém havia perguntado aquilo para ela.

A enfermeira voltou.

– Seu endereço – pediu – srta... srta. Cowley, ou será sra. Cowley? Perguntou sobre uma criança?

– A coitadinha era sua filha? Alguém me perguntou isso ou eu perguntei isso para alguém?

– Se eu fosse a senhora, dormiria um pouco agora – recomendou a enfermeira.

Saiu e levou a informação que obtivera para o setor responsável.

– Parece ter recobrado os sentidos, doutor – comentou. – Diz que se chama Prudence Cowley, mas não se lembra de seu endereço. Falou alguma coisa sobre uma criança.

– Muito bem – disse o médico, com seu ar casual de costume –, vamos lhe dar mais 24 horas. Ela está se recuperando muito bem do choque.

II

Tommy procurava desajeitado a chave quando Albert veio abrir a porta.

– E aí, ela voltou? – perguntou Tommy.

Albert fez sinal de não com a cabeça.

– Nenhuma notícia, ligação, carta, telegrama?

– Nada, senhor. Nadinha. E de ninguém mais. Eles estão se escondendo... mas estão com ela. É o que eu acho. Estão com ela.

– Que loucura é essa agora? "Eles estão com ela" – exclamou Tommy. – Essas coisas que você lê. Quem está com ela?

– O senhor sabe o que quero dizer. A gangue.

– Que gangue?

– Uma dessas gangues com canivetes automáticos, talvez. Ou uma quadrilha internacional.

– Não fale besteira – disse Tommy. – Sabe o que eu acho?

Albert ficou esperando a resposta.

– Acho que é uma falta de consideração da parte dela não dar nenhuma notícia – declarou.

– Entendo o que o senhor quer dizer – disse Albert. – Talvez seja mais fácil ver as coisas desse ângulo mesmo – acrescentou, resignado. Pegou o pacote da mão de Tommy. – Vejo que trouxe o quadro de volta.

– Sim, trouxe essa maldita tela de volta – falou Tommy. – Não serviu para nada.

– O senhor não descobriu nada com o quadro?

– Estou sendo injusto – disse Tommy. – Descobri algumas coisas sim, mas se isso vai ter alguma utilidade já não sei. O dr. Murray não ligou, imagino, nem a srta. Packard de Sunny Ridge, né? Nada.

– Ninguém ligou, exceto o verdureiro, para dizer que está com umas berinjelas maravilhosas. Ele sabe que a patroa gosta de berinjelas, e sempre avisa. Contei a ele que ela não estava no momento. – Mudando de assunto: – Preparei frango para o jantar.

– Você não consegue pensar em outro prato além de frango, não é, Albert? – disse Tommy, sem tato.

– Dessa vez preparei o chamado *galeto* – informou Albert.

– Tudo bem – disse Tommy.

O telefone tocou. Tommy pulou da cadeira e foi correndo atender.

– Alô... Alô?

Ouvia-se uma voz muito distante.

– Sr. Thomas Beresford? Ligação interurbana de Invergashly. O senhor aceita?

– Sim.

– Aguarde na linha, por favor.

Tommy aguardou. Foi se acalmando. Teve que esperar um tempo. Até que veio uma voz conhecida, firme e decidida. Era sua filha.

– Alô, paizinho?

– Deborah!

– Oi. Por que está tão ofegante? Estava correndo?

Filhas, exclamou Tommy em pensamento, sempre críticas!

– É a idade – foi a desculpa. – Como vai, Deborah?

– Vou bem. Pai, li uma notícia no jornal. Talvez tenha lido também. Fiquei querendo saber o que aconteceu. Uma notícia de um acidente, e que a pessoa estava no hospital.

– É? Acho que não li nada a respeito. Quero dizer, não reparei. Por quê?

– Não parecia tão grave. Acho que foi um acidente de carro, alguma coisa assim. Dizia que a mulher, não sei quem era... uma senhora... se identificou como Prudence Cowley, mas não sabia o endereço de casa.

– Prudence Cowley? Quer dizer...

– É. Fiquei me perguntando. Esse é o nome da mamãe, não é? Quer dizer, era.

– É.

– Sempre esqueço. Nunca a vimos como Prudence, você, eu e o Derek.

– É verdade – disse Tommy. – Não mesmo. Um tipo de nome que não associaríamos à sua mãe.

– Sim, eu sei. Achei apenas... muito estranho. Acha que pode ser algum parente?

– Acho. Onde foi o acidente?

– Parece que a mulher está no hospital de Market Basing. Queriam saber mais sobre ela. Fiquei me perguntando... sei que é besteira, deve haver várias Cowleys e várias Prudences. Mas achei melhor ligar e perguntar, para saber se a mamãe estava em casa e se está tudo bem.

– Entendo – disse Tommy. – Entendo.

– Então, pai, ela está em casa?

– Não – respondeu Tommy –, ela não está em casa, e não sei se está bem ou não.

– Como assim? – perguntou Deborah. – O que a mamãe andou aprontando? Você foi para Londres, para aquele encontro ultrassecreto jogar conversa fora com os amigos, não?

– Isso mesmo – disse Tommy. – Voltei ontem à noite.

– E quando chegou, a mamãe não estava... ou você sabia que ela não estaria? Vamos, pai, conte tudo. Você está preocupado. Sei quando fica preocupado. O que a mamãe andou fazendo? Andou tramando alguma coisa, não é? Adoraria que nessa idade ela aprendesse a sossegar o facho.

– Ela estava preocupada – contou Tommy. – Preocupada com uma coisa que havia acontecido em relação à morte de sua tia-avó Ada.

– Que tipo de coisa?

– Algo que uma das pacientes havia lhe contado na clínica de repouso. Sua mãe ficou preocupada com essa senhora. Ela começou a falar pelos cotovelos, e sua mãe achou estranho certas coisas que ela disse. Aí, quando fomos resolver a questão dos pertences da sua tia-avó, decidimos falar com a velha, mas ela havia ido embora de uma hora para a outra.

– Normal, não?

– Alguns parentes tinham ido buscá-la.

– Sim, normal – disse Deborah. – Por que a mamãe se preocupou?

– Ela cismou – continuou Tommy – que havia acontecido alguma coisa com a velha.

– Hum...

– Sem mais rodeios, como se diz, parece que ela desapareceu mesmo, tudo de forma muito natural... digo, com advogados e bancos de respaldo. Só que não conseguimos saber onde ela está.

– Você está dizendo que a mamãe foi procurá-la?

– Sim. E não voltou quando disse que ia voltar, há dois dias.

– E não deu notícia?

– Não.

– Bem que podia cuidar melhor dela, pai – disse Deborah, com severidade.

– Ninguém jamais conseguiu – disse Tommy. – Nem você, Deborah, já que tocou no assunto. Foi exatamente o que aconteceu durante a guerra, quando ela se meteu num monte de coisas que não eram da sua conta.

– Mas agora é diferente. Mamãe já está mais velha. Precisa ficar em casa e se cuidar. Devia estar entediada. Essa é a questão.

– Hospital de Market Basing, você disse?

– Melfordshire. Fica a mais ou menos uma hora, uma hora e meia de Londres, indo de trem.

– Isso – disse Tommy. – E tem uma aldeia perto de Market Basing que se chama Sutton Chancellor.

– O que isso tem a ver? – perguntou Deborah.

– É uma longa história para te contar agora – disse Tommy. – Tem a ver com um quadro de uma casa perto de uma ponte e um canal.

– Não estou ouvindo direito – disse Deborah. – O que você disse?

– Esquece – falou Tommy. – Vou ligar para o hospital de Market Basing, ver se descubro alguma coisa. Tenho o pressentimento de que é sua mãe. Quando as pessoas têm algum tipo de choque, primeiro elas lembram de acontecimentos da infância. Só depois vão se lembrando do presente. Ela voltou a usar o nome de solteira. Talvez tenha tido um acidente de carro, mas não me surpreenderia se alguém tivesse lhe dado uma pancada na cabeça. É o tipo de coisa que acontece com a sua mãe por se meter onde não é chamada. Aviso o que descobrir.

Quarenta minutos mais tarde, Tommy Beresford olhou para o relógio de pulso e suspirou de cansaço ao desligar o telefone. Albert apareceu.

– E o jantar, senhor? – perguntou. – O senhor não comeu nada até agora, e sinto informar que esqueci o frango no forno... carbonizou.

– Não quero comer nada – disse Tommy. – Prefiro tomar alguma coisa. Me traga um uísque duplo.

– Pois não, senhor – disse Albert.

Um tempo depois, levou a bebida para o canto em que Tommy havia desmoronado... uma cadeira antiga, mas confortável, reservada para uso especial.

– E agora, imagino – disse Tommy – que você queira saber de tudo.

– Para dizer a verdade, senhor – iniciou Albert, meio que se desculpando –, já sei grande parte. Como se tratava da patroa, tomei a liberdade de ouvir na extensão. Espero que o senhor não se zangue. Estou preocupado com ela.

– Não estou zangado – disse Tommy. – Na verdade, sou grato a você. Se tivesse que começar a explicar...

– Chamou todo mundo, né? O hospital, o médico e a enfermeira-chefe.

– Não preciso repetir essa história – disse Tommy.

– Hospital de Market Basing – disse Albert. – Ela nunca falou nada a respeito. Não deixou nenhum endereço, nem nada parecido.

– Ela não pretendia que fosse seu endereço algum dia – disse Tommy. – Até onde consigo deduzir, levou uma pancada na cabeça, foi levada de carro até a estrada e deixada lá, ao lado do carro, para parecer acidente. – Acrescentou: – Me chame às seis e meia, amanhã de manhã. Quero começar cedo.

– Desculpe-me pelo frango ter queimado de novo, senhor. Coloquei-o no forno para esquentar e esqueci.

– Não estou nem aí para frangos! – exclamou Tommy. – Sempre me pareceram aves idiotas, correndo de um lado para o outro e cacarejando. Enterre o corpo amanhã de manhã e organize um funeral decente.

– Ela não está às portas da morte não, né, senhor? – perguntou Albert.

– Você e sua imaginação fértil! – exclamou Tommy. – Se tivesse escutado direito, saberia que ela já recobrou os sentidos, sabe quem é – ou era –, onde está, e que eles juraram que vão segurá-la na cama até eu chegar. Ela está proibida de sair sozinha dando uma de detetive.

– Falando em detetive – disse Albert, com aquele pigarro de quem hesita em falar.

– Não quero falar sobre isso – disse Tommy. – Esqueça, Albert. Vá aprender contabilidade, jardinagem ou algo do gênero.

– Bem, é que eu estava pensando... quer dizer, como pista...

– Como assim "pista"?

– Fiquei pensando.

– É daí que surgem todos os problemas da vida. Porque pensamos.

– Pistas – repetiu Albert. – Aquele quadro, por exemplo. É uma pista, não?

Tommy reparou que Albert havia pendurado o quadro da casa na parede.

– Se esse quadro é uma pista, é uma pista para quê? – corou pela deselegância da frase que acabara de cunhar. – Ou seja, qual o sentido? Deve ter algum sentido. O que eu estava pensando – continuou Albert –, se o senhor me permite dizer...

– Pode falar, Albert.

– Estava pensado na escrivaninha.

– Escrivaninha?

– É. A escrivaninha que veio na mudança, junto com a mesinha, as duas cadeiras e as outras coisas. Bens de família, o senhor disse.

– Eram da minha tia Ada – comentou Tommy.

– Era isso que eu dizia, senhor. É o tipo de objeto em que podemos encontrar pistas. Escrivaninhas antigas.

– Talvez – disse Tommy.

– Não é da minha conta, eu sei, e sei também que não devo me intrometer, mas enquanto o senhor estava fora, não consegui não olhar.

– Olhar o quê? A escrivaninha?

– É, só para ver se havia alguma pista ali. O senhor sabe, escrivaninhas como essa costumam ter gavetas secretas.

– Sei – disse Tommy.

– Então. Deve haver uma pista, escondida, guardada na gaveta secreta.

– Faz sentido – disse Tommy. – Mas, até onde sei, minha tia Ada não tinha nenhum motivo para esconder o que quer que seja em gavetas secretas.

– Nunca se sabe. As velhinhas adoram guardar coisas. Como as gralhas-de-nuca-cinzenta ou as gralhas-do-campo, não lembro direito qual. Pode haver um testamento secreto ali ou algo escrito com tinta invisível. Algum tesouro. O lugar perfeito para se encontrar um tesouro oculto.

– Sinto desapontá-lo, Albert, mas tenho certeza de que não existe nada disso nessa escrivaninha de família, que pertenceu ao meu tio William, outro que ficou rabugento com a idade, além de ser surdo como uma porta e ter um temperamento terrível.

– O que eu pensei – continuou Albert – é que não custava nada olhar, né? A escrivaninha precisava mesmo de uma limpeza, de qualquer maneira. O senhor sabe como ficam os objetos antigos nas mãos de mulheres idosas. Não mexem muito neles... principalmente quando sofrem de reumatismo e têm dificuldade de locomoção.

Tommy parou para refletir um momento. Lembrou-se de que Tuppence e ele haviam olhado rapidamente as gavetas da escrivaninha, colocado seu conteúdo, exatamente como estava, em dois envelopes grandes e retirado alguns novelos de lã, dois casaquinhos, um cachecol de veludo preto e três fronhas das gavetas de baixo, que juntaram com as outras roupas e bugigangas para doação. Também haviam examinado os envelopes que encontraram após voltar para casa e não viram nada de extraordinário.

– Examinamos tudo, Albert – disse. – Passamos algumas noites mexendo nisso, na verdade. Encontramos uma ou duas cartas interessantes, algumas receitas de presunto cozido, outras para conservar frutas, algumas cadernetas de racionamento e outras coisas da época da guerra. Nada de especial.

– Sei – disse Albert –, mas são só papéis e coisas comuns, que as pessoas costumam guardar em escrivaninhas e gavetas. Estou falando de coisas realmente secretas. Quando eu era criança, trabalhei seis meses com um vendedor de antiguidades... a maior parte do tempo ajudando a falsificar coisas. Acabei sabendo de gavetas secretas assim. Em geral, sempre usam o mesmo tipo de esconderijo. Três ou quatro espécies conhecidas e algumas variações aqui e ali. Não acha melhor dar uma olhada? Não quis mexer em nada com o senhor ausente. Iria ficar imaginando coisas. – Olhou para Tommy com ar de cão pedinte.

– Tudo bem, Albert – disse Tommy, aceitando. – Vamos lá, imaginar coisas.

"Um móvel muito bonito", pensou Tommy, ao lado de Albert, inspecionando aquele exemplar da herança da tia Ada. "Muito bem-conservado, lindo lustre, excelente trabalho de carpintaria. Não se fazem mais carpinteiros como antigamente."

– Vá em frente, Albert – disse. – Sei que você adora isso. Mas cuidado para não forçar nada.

– Tive muito cuidado. Não fiz nenhuma racha, nem enfiei facas ou qualquer ferramenta. Primeiro, deixamos cair a tampa, prendendo essas duas chapinhas que saem, está vendo? A tampa desce por aqui e abre lugar para a mesa. Aí que sua tia Ada sentava. Bonito estojinho de madrepérola para mata-borrões da sua tia. Estava na gaveta da esquerda.

– Tem essas duas coisas – disse Tommy.

Puxou duas gavetas verticais, de pouca profundidade.

– Claro. São para guardar papéis, mas não tem nada de secretas. O lugar mais comum é o pequeno armário do meio... Geralmente, na parte de baixo, tem uma entradinha. Deslizamos a tampa e tem um lugar. Mas existem outras formas de esconder coisas. Essa escrivaninha é do tipo que tem uma espécie de vão por baixo.

– Não é um compartimento muito secreto, concorda? É só abrir...

– A questão é que aparenta não conter mais nada além daquilo que vemos. Abrimos a porta do armário e guardamos nesse compartimento o que não queremos que peguem. Mas não é só isso. Aqui, está vendo? Tem um pedacinho de madeira na frente, uma pequena saliência. Dá para puxar.

– É verdade – disse Tommy –, estou vendo. Dá para puxar.

– E encontramos um compartimento secreto aí, bem atrás do armário do meio.

– Mas não tem nada aí.

– Não – disse Albert –, infelizmente. Mas deslizando a mão pelo compartimento, tanto para a esquerda quando para a direita, encontramos duas pequenas gavetas fininhas, uma de cada lado. Tem um corte em semicírculo na parte de cima, e dá para puxar por aí. – Enquanto falava, Albert se contorcia para mostrar. – Às vezes fica preso. Um momento... está saindo.

Puxou com o dedo indicador, até a pequena gaveta aparecer na abertura. Tirou-a do móvel e colocou-a na frente de Tommy, como um cão que traz o osso para o dono.

– Espere um minuto, senhor. Tem alguma coisa aqui, algo enrolado num envelope comprido. Vamos ver do outro lado.

Trocou de mão e continuou o contorcionismo. Logo em seguida, uma segunda gaveta apareceu e foi colocada ao lado da primeira.

– Tem uma coisa aqui também – informou Albert. – Outro envelope lacrado que alguém escondeu aqui algum dia. Não tentei abrir nenhum dos dois... não faria uma coisa dessas – disse com tom de extrema honestidade. – Deixei isso para o senhor... Mas o que eu digo é que esses envelopes devem ser *pistas*...

Juntos, ele e Tommy retiraram o que havia nas gavetas empoeiradas. Tommy tirou primeiro um envelope lacrado, com um elástico enrolado na longitudinal, que arrebentou ao primeiro toque.

– Parece valioso – disse Albert.

Tommy olhou para o envelope. Estava escrito "Confidencial" na parte superior.

– Viu? "Confidencial". Isso é uma pista – insistiu Albert.

Tommy tirou o que havia dentro, metade de um papel de carta, escrito em letra cursiva meio apagada... um garrancho, a propósito. Desdobrou o papel. Albert inclinou-se sobre seu ombro, respirando alto.

– Receita de creme de salmão da sra. MacDonald – leu Tommy. – Recebida por deferência especial. Ingredientes: 1 kg de salmão, 500 ml de creme de leite, um cálice de conhaque e um pepino cru. – Tommy parou de ler. – Desculpe-me, Albert, mas essa pista vai nos levar é para a cozinha.

Albert emitiu sons de decepção e indignação.

– Tudo bem – disse Tommy. – Tem outra aqui.

O próximo envelope lacrado não parecia tão antigo quanto o outro. Havia dois sinetes de cera cinza, representando rosas silvestres.

– Bonito – disse Tommy –, bem extravagante para a tia Ada. Como preparar um bolo de carne, imagino.

Rasgou o envelope e se surpreendeu. Dez notas de cinco libras dobradas caíram de dentro.

– Legal. Fininhas – observou. – São as antigas, da época da guerra. Papel de qualidade. Hoje não devem valer mais.

– Dinheiro! – exclamou Albert. – Para que ela queria todo esse dinheiro?

– É o pé-de-meia de uma velha senhora – explicou Tommy. – A tia Ada sempre teve um pé-de-meia. Anos atrás, ela me disse que toda mulher que se preze devia ter sempre cinquenta libras em notas de cinco na bolsa, para o que chamava de emergências.

– Acho que ainda deve valer alguma coisa – opinou Albert.

– Não acho que tenham se tornado totalmente obsoletas. Talvez eles troquem no banco.

– Tem outro envelope – lembrou Albert. – O da outra gaveta.

O outro envelope era mais volumoso. Parecia ser mais importante, pelo peso e pelos três grandes lacres vermelhos afixados. Na parte da frente estava escrito com o mesmo garrancho da receita: "Na ocasião de minha morte, este envelope deverá ser remetido fechado para o meu advogado, Sr. Rockbury, da Rockbury & Tomkins, ou para meu sobrinho, Thomas Beresford. Não poderá ser aberto por pessoa não autorizada."

Havia várias folhas de papel escritas de maneira compacta. A letra era ruim, muito irregular e, em alguns trechos, ilegível. Tommy leu em voz alta, com certa dificuldade.

> *"Eu, Ada Maria Fanshawe, registro aqui alguns assuntos que vieram ao meu conhecimento e que me foram passados por pessoas que vivem na clínica de repouso Sunny Ridge. Não tenho como comprovar nada do que está escrito aqui, mas tudo leva a crer que atividades suspeitas – provavelmente criminosas – estejam ocorrendo ou tenham ocorrido na clínica. Elizabeth Moody, uma mulher boba, mas não mentirosa, declara que reconheceu aqui um criminoso conhecido. Pode ser que exista alguém administrando veneno entre nós. Da minha parte, prefiro não julgar, mas vou ficar atenta. Pretendo escrever aqui tudo o que for acontecendo. Talvez seja tudo um engano. De qualquer maneira, solicito a meu advogado ou meu sobrinho, Thomas Beresford, para fazer uma investigação mais apurada."*

– Eu falei – exclamou Albert, triunfante. – Isso é uma PISTA!

LIVRO 4

Eis a igreja, eis o campanário, ora é só abrir as portas, para ver gente lá fora

CAPÍTULO 14

Exercício de raciocínio

– Acho que o que devemos fazer é pensar – disse Tuppence.

Após um feliz reencontro no hospital, Tuppence acabou recebendo alta.

O inseparável casal comparava anotações agora no The Lamb and Flag, em Market Basing.

– Esquece essa história de pensar – disse Tommy. – Lembra do que o médico disse antes de lhe dar alta. Nada de preocupações, nada de forçar a mente, muito pouca atividade física... você precisa de repouso.

– E o que estou fazendo agora? – perguntou Tuppence. – Estou com os pés para cima e a cabeça no travesseiro, não estou? E pensar nem sempre significa forçar a mente. Não estou fazendo contas ou estudando economia. Pensar é descansar confortavelmente, deixando as antenas em alerta para o caso de captar algo interessante flutuando no ar. De qualquer maneira, não é melhor que eu pense um pouco com os pés para cima e a cabeça no travesseiro do que procurar ação de novo?

– Não quero de jeito nenhum que você procure ação – disse Tommy. – Isso está fora de cogitação. Entende? Você precisa ficar parada, Tuppence. Não vou sair do seu lado, na medida do possível, porque não confio em você.

– Tudo bem – disse Tuppence. – Fim da aula. Agora vamos pensar juntos. Esqueça o que os médicos disseram. Se você soubesse de médicos tanto quanto eu...

– Não importam os médicos – disse Tommy –, você vai fazer o que *eu* mandar.

– Combinado. Não tenho vontade mesmo de me exercitar, pode ficar tranquilo.

"A questão é que precisamos comparar anotações. Ficamos sabendo de várias coisas. Esse negócio está mais enrolado que carretel de linha."

– O que você quer dizer com "coisas"?

– Fatos. Todo o tipo de fatos. Fatos e mais fatos. E não só isso... boatos, insinuações, lendas, fofoca. A coisa toda é como uma caixinha de surpresas com diferentes embrulhos perdida em meio à serragem.

– "Serragem" é perfeito – disse Tommy.

– Não sei muito bem se você está sendo irônico ou modesto – disse Tuppence. – De qualquer forma, você concorda comigo, não concorda? Sabemos *demais* de tudo. Existem coisas certas e erradas, importantes e sem importância, tudo misturado. Não sabemos por onde começar.

– Eu sei – afirmou Tommy.

– Ótimo – disse Tuppence. – Por onde?

– Quero começar pelo fato de você ter levado uma pancada na cabeça – disse Tommy.

Tuppence pensou um momento.

– Não acho que esse seja um bom ponto de partida. Foi a última coisa que aconteceu, não a primeira.

– Para mim, é a primeira – disse Tommy. – Não quero ninguém batendo na minha mulher. E é um ponto *real*, não suposição. É um *fato*, realmente aconteceu.

– Concordo – admitiu Tuppence. – Aconteceu, e aconteceu comigo. Jamais vou esquecer. Fiquei pensando nisso... desde que recuperei a força para pensar, claro.

– Você tem alguma ideia de quem possa ter feito isso?

– Infelizmente não. Eu estava inclinada sobre um túmulo e de repente "tum"!

– Quem pode ter sido?

– Imagino que alguém de Sutton Chancellor. Mesmo assim, é improvável. Mal falei com as pessoas de lá.

– O padre?

– Não pode ter sido o padre – disse Tuppence. – Primeiro porque é um bom sujeito. Segundo porque não tem essa força toda. E terceiro porque é asmático. Eu teria ouvido sua respiração atrás de mim.

– Então, se tirarmos o padre...

– Não concorda?

– Concordo – disse Tommy. – Como lhe contei, fui falar com ele. Ele é padre aqui há anos, e todo mundo o conhece. É possível que o próprio capeta fosse capaz de encarnar o padre bondoso, mas não por mais de uma semana. Imagine dez ou doze anos.

– Bem – disse Tuppence –, o próximo suspeito então é a srta. Bligh. Nellie Bligh. Só Deus sabe por quê. Será que ela pensou que eu estava roubando uma lápide?

– Você acha que pode ter sido ela?

– Não. Claro, ela é competente. Se quisesse me seguir para ver o que eu estava fazendo e decidisse me golpear na cabeça, conseguiria. E, como o padre, ela estava lá... no local... Estava em Sutton Chancellor, entrando e saindo de casa para fazer coisas. Talvez tenha me visto nos túmulos, resolveu espiar de curiosidade, me viu examinando uma tumba, se opôs àquilo por algum motivo e decidiu me golpear com um vaso de metal ou qualquer objeto que estivesse à mão. Mas não me pergunte *por quê*. Não acho que tenha um motivo.

– Quem mais, Tuppence? A sra. Cockerell, é esse o nome?

– Sra. Copleigh – corrigiu Tuppence. – Não, a sra. Copleigh não faria isso.

– Por que você tem tanta certeza? Ela mora em Sutton Chancellor. Pode ter visto você saindo de casa e decidido segui-la.

– Claro, mas ela é muito tagarela – disse Tuppence.

– E?

– Se você tivesse conversado com ela quase uma noite inteira como eu conversei – disse Tuppence –, perceberia que alguém que fala pelos cotovelos como ela não tem como ser uma pessoa de ação! Ela jamais teria conseguido me seguir sem falar.

Tommy teve que concordar.

– Tudo bem – disse. – Você tem um bom discernimento para esse tipo de coisa, Tuppence. Cortamos a sra. Copleigh. Quem mais?

– Amos Perry – disse Tuppence. – O homem que mora na casa do canal (chamo de casa do canal, porque o lugar teve tantos outros nomes esquisitos que prefiro o nome original). O marido da bruxa boazinha. Ele é meio estranho... ingênuo e muito forte. Poderia golpear qualquer um se quisesse, e acho até que poderia querer em algumas circunstâncias, só não sei por que iria querer bater na *minha* cabeça. É uma possibilidade muito mais real do que a srta. Bligh, uma dessas mulheres caxias, que vai de paróquia em paróquia metendo o nariz onde não é chamada. Não é do tipo que chegaria ao ponto de um ataque físico, a não ser que tivesse uma razão emocional. – Acrescentou, com certo estremecimento: – Sabe, fiquei com medo do Amos Perry a primeira vez que o vi. Ele me mostrou o jardim. Senti, de repente, que eu... que eu não gostaria de ter um homem desses como inimigo. Imagine encontrá-lo numa rua deserta à noite? Senti que é um sujeito que não se irrita com frequência, mas que pode ficar violento se algo o tirar do sério.

– Certo – disse Tommy. – Amos Perry. Número um.

– E tem a mulher – disse Tuppence, devagar. – A bruxa boazinha. Ela foi legal e eu gostei dela... não gostaria que fosse ela... não acho que *tenha sido* ela, mas ela se enrola um pouco, em relação àquela casa. Esse é outro ponto, Tommy... Não sabemos o que há de tão importante nessa história toda... Comecei a me perguntar se tudo não gira em torno daquela casa... se a *casa* não é o ponto central. O quadro... Aquele quadro tem algum significado, não acha, Tommy? Deve ter.

– Sim – respondeu Tommy. – Deve ter.

– Vim aqui atrás da sra. Lancaster, mas ninguém ouviu falar dela. Fiquei me perguntando se não inverti as coisas... que a sra. Lancaster estava em perigo (ainda tenho certeza disso) *porque possuía aquele quadro.* Acho que *ela* nunca esteve em Sutton Chancellor... mas recebeu ou comprou um quadro de uma casa daqui. E esse quadro significa alguma coisa... talvez uma ameaça para alguém. A sra. Cacau... a sra. Moody... disse para a tia Ada que reconheceu alguém em Sunny Ridge... alguém envolvido em "atividades criminosas". Suponho que as atividades criminosas tenham relação com o quadro, com a casa do canal e com uma criança que talvez tenha sido assassinada lá. A tia Ada admirava o quadro da sra. Lancaster... e a sra. Lancaster lhe deu o quadro. Talvez tenha falado sobre ele... onde comprou, de quem ganhou, onde ficava a casa... A sra. Moody foi morta à sangue frio certamente porque reconheceu alguém "envolvido em atividades criminosas". Conte de novo sua conversa com o dr. Murray – pediu Tuppence. – Depois de falar sobre a sra. Cacau, ele falou sobre certos tipos de assassinos, dando exemplos reais. Um foi a enfermeira de um asilo... Lembro de ter lido sobre isso na época, mas não lembro o nome da mulher. A história é que lhe entregavam todo o dinheiro que tinham para poderem morar lá até a morte, bem-alimentados e bem-cuidados, sem preocupações financeiras. E todos *viviam* muito felizes... o problema é que morriam em menos de um ano... tranquilamente, durante o sono. No final, as pessoas desconfiaram. Ela foi julgada e condenada por homicídio... mas, sem nenhum peso na consciência, alegou que tinha feito aquilo como um ato de bondade em relação aos velhinhos.

– Isso – confirmou Tommy. – Não lembro o nome da mulher agora.

– Não importa – disse Tuppence. – E ele citou outro caso, o caso de uma mulher, empregada doméstica, cozinheira, algo assim, que trabalhava para várias famílias. Às vezes, não acontecia nada, mas outras vezes acontecia uma espécie de envenenamento em massa. Veneno na comida, ao que consta. Os sintomas indicavam isso. Algumas pessoas conseguiram se recuperar.

– Ela preparava os sanduíches para os piqueniques – lembrou Tommy. – Era uma boa pessoa, muito religiosa. Nos casos de envenenamento em massa, chegava a apresentar alguns sintomas também, provavelmente exagerando nos efeitos. Depois, ia embora e começava a trabalhar em outra parte da Inglaterra. Isso continuou por alguns anos.

– Exato. Ninguém nunca descobriu *por que* ela fazia isso. Será que era um vício, um hábito? Uma diversão? Não se sabe. Ao que tudo indica, ela não tinha nada contra as pessoas que matou. Será que não batia muito bem da bola?

– Talvez, mas parece que um psiquiatra, depois de muita análise, descobriu que tudo estava relacionado a um canário pertencente a uma família que ela conhecera muitos anos antes, na infância, que lhe causou algum tipo de choque ou trauma.

– O terceiro exemplo foi ainda mais esquisito – continuou Tommy. – Uma mulher francesa, que havia sofrido terrivelmente pela morte do marido e do filho. Diante de tanto sofrimento, passou a cuidar dos outros.

– Isso – disse Tuppence –, me lembro. O pessoal a chamava de anjo alguma coisa, o nome do povoado. *Givon*, acho que era. Ela ia na casa dos vizinhos cuidar deles quando adoeciam, principalmente crianças. Dedicava-se integralmente. A questão era que, cedo ou tarde, após uma breve recuperação, as crianças pioravam e morriam. A francesa passava horas chorando, ia para o funeral chorando, e todos diziam que não sabiam o que seria deles se não fosse tal anjo, que tinha cuidado tão bem de seu filhinho e feito tudo o que podia.

– Por que você quer falar disso tudo de novo, Tuppence?

– Porque fiquei me perguntando se o dr. Murray não tinha um motivo para mencionar esses casos.

– Você quer dizer uma conexão...

– Creio que ele relacionou três casos clássicos bastante conhecidos para ver se algum se adaptava em Sunny Ridge. De certa forma, qualquer um serviria. A srta. Packard se encaixa no primeiro, a enfermeira-chefe de um asilo.

– Você realmente implicou com essa mulher. Sempre gostei dela.

– Atrevo-me a dizer que as pessoas gostam de assassinos – disse Tuppence, com sensatez. – Como os trapaceiros e vigaristas, que sempre parecem tão honestos. Eu diria que os assassinos são sempre muito simpáticos e especialmente compassivos. Sabe como é. De qualquer forma, a srta. Packard *é* muito eficiente e tem à disposição todos os meios necessários para produzir uma morte bastante natural sem levantar suspeitas. E somente alguém como a sra. Cacau seria capaz de desconfiar dela, porque também é meio biruta e consegue entender pessoas birutas, ou talvez a tenha conhecido antes.

– Não acho que a srta. Packard se beneficiaria financeiramente da morte de suas internas.

– Não dá para saber – disse Tuppence. – Seria uma forma inteligente de agir, *não* se beneficiar de todas, só de uma ou outra, por exemplo, as ricas, mas também ter algumas mortes naturais, em que ninguém ganha nada. Por isso acho que o dr. Murray deve ter desconfiado da sra. Lancaster e dito a si mesmo "Não faz sentido". Mas não conseguiu tirar aquilo da cabeça. O segundo caso que ele mencionou se encaixa numa empregada doméstica, cozinheira ou até mesmo enfermeira. Alguém que trabalha no local, uma mulher de meia-idade, confiável, mas um tanto perturbada. Talvez guardasse rancor de algumas pacientes dali. Não dá para saber, pois acho que não conhecemos ninguém o suficiente...

– E o terceiro caso?

– O terceiro é mais difícil – admitiu Tuppence. – Alguém devoto, dedicado.

– Talvez ele tenha acrescentado esse caso de bônus – disse Tommy. – Fico me perguntando sobre aquela enfermeira irlandesa.

– A que achamos legal, a quem demos o cachecol de pele?

– Sim, aquela de quem tia Ada gostava, muito simpática. Parecia tão carinhosa com todo mundo, sofria tanto quando alguém morria. Estava muito preocupada quando conversou conosco, lembra? Você disse isso... ela estava indo embora e não nos contou por quê.

– Devia ser do tipo neurótico. As enfermeiras não devem ser sentimentais. É ruim para os pacientes. Elas devem ser frias, eficientes e inspirar confiança.

– Falou a enfermeira Beresford – disse Tommy, com um sorriso galhofeiro.

– Mas voltando ao quadro – disse Tuppence. – Precisamos nos concentrar apenas nesse quadro. Muito interessante o que você contou sobre a sra. Boscowan, do seu encontro com ela. Ela parece... parece *interessante.*

– E era mesmo – confirmou Tommy. – Uma das pessoas mais interessantes que encontramos nessa história bizarra. O tipo de pessoa que parece *saber* das coisas, mas não porque pensa. Como se ela soubesse de algo que eu não saiba, e que você também não. Mas ela sabe.

– Estranho o que ela disse sobre o barco – comentou Tuppence. – Que o quadro não tinha um barco quando foi pintado. Por que terá um barco agora?

– Vai saber – respondeu Tommy.

– Havia algum nome pintado no barco? Não lembro de ter visto nada... mas nunca olhei de perto.

– Havia. *Waterlily.*

– Um nome muito apropriado para um barco... O que isso lembra?

– Não tenho a menor ideia.

– Ela tinha certeza de que seu marido não havia pintado o barco... Talvez ele tenha pintado mais tarde.

– Ela garante que *não*... foi muito clara.

– Óbvio – lembrou Tuppence –, existe outra possibilidade da qual não falamos. Em relação à pancada que levei na cabeça, digo... a pessoa de fora... alguém talvez tenha me seguido de Market Basing para ver o que eu estava tramando. Afinal, eu estive lá fazendo perguntas, indo a várias imobiliárias, à Blodget & Burgess e às outras. Ninguém falou direito sobre a casa. Desconversavam, mostravam-se esquivos, mais esquivos do que o normal. O mesmo tipo de evasiva que recebemos quando tentamos descobrir aonde a sra. Lancaster tinha ido. Advogados e bancos, um proprietário incomunicável no exterior. O mesmo *padrão*. Mandaram seguir meu carro, para ver o que eu estava fazendo, e no momento certo, me apagaram. O que nos leva à lápide do cemitério da igreja. Por que não queriam que eu examinasse as lápides antigas? Estavam todas destruídas mesmo... Um bando de moleques, já cansados de destruir cabines telefônicas, resolveu cometer sacrilégio no pátio da igreja para se divertir.

– Você disse que havia palavras pintadas... ou gravadas de maneira tosca.

– Sim... escritas com um cinzel, imagino. Por alguém que acabou desistindo daquele trabalho. O nome... Lily Waters... e a idade... sete anos. Isso estava bem claro... e depois, outros pedaços de palavras... "Quem... maltratar essas..."... e... "Mó"...

– Parece familiar.

– Sim. Bíblico... mas escrito por alguém que não lembrava direito das palavras...

– Muito estranho...

– E por que alguém seria contra... Eu estava apenas tentando ajudar o padre... e o coitado que estava procurando a filha desaparecida... Aqui estamos... de volta ao tema da criança desaparecida... A sra. Lancaster falou de uma criança presa atrás de uma lareira, e a sra. Copleigh divagou sobre freiras confinadas, crianças assassinadas, uma mãe que havia matado a filha, um amante, uma filha ilegítima e uma suicida... Tudo histórias, boatos, lendas... que confusão! De qualquer forma, Tommy, houve um *fato*... que não era boato ou lenda...

– Qual?

– A boneca que caiu pela chaminé da casa do canal... uma boneca de criança. Estava lá há muito tempo, toda coberta de fuligem e cascalho.

– Pena que você não pegou – disse Tommy.

– Eu peguei – falou Tuppence, triunfante.

– Você trouxe a boneca com você?

– Trouxe. Aquela boneca me impressionou, sabe? Achei melhor trazê-la para examinar. Ninguém a queria. Os Perry iam jogá-la direto na lata de lixo, imagino. Estou com ela aqui.

Levantou-se do sofá, foi até a mala procurar e voltou com um pacote embrulhado em folha de jornal.

– Aqui. Dê uma olhada, Tommy.

Com certa curiosidade, Tommy desembrulhou o pacote e encontrou restos de uma boneca... pernas e braços desprendidos do corpo, pedaços de roupa que se desfaziam. O corpo era de camurça, com enchimento de serragem, mas agora já estava fininho, porque a serragem tinha saído por alguns pontos. Quando Tommy pegou a boneca na mão – e ele foi muito cuidadoso –, o corpo se desintegrou, abrindo um grande buraco por onde saiu bastante serragem junto com pequenas pedrinhas que rolaram no chão. Tommy catou-as.

– Meu Deus! – exclamou Tommy para si mesmo – Meu Deus!

– Que estranho – disse Tuppence –, está cheio de pedrinha. Será que é da chaminé? Do gesso?

– Não – disse Tommy. – Estava *dentro* da boneca.

Depois de juntar tudo, enfiou o dedo na carcaça da boneca, e saíram mais algumas pedras. Levou uma até a janela para examiná-la de perto. Tuppence o olhava, sem entender direito.

– Curioso isso de encher uma boneca com pedrinha – comentou.

– Bem, não é qualquer pedrinha – disse Tommy. – Deve haver um bom motivo para isso, imagino.

– O que você está querendo dizer?

– Dê uma olhada.

Tuppence pegou algumas pedras de sua mão, ainda sem entender.

– São apenas pedras – disse. – Algumas grandes, outras pequenas. Por que você está tão empolgado?

– Porque estou começando a entender as coisas, Tuppence. O que temos aqui não são apenas pedras, minha querida, são *diamantes*!

CAPÍTULO 15

Uma noite no vicariato

I

– Diamantes! – exclamou Tuppence, olhando para Tommy.

Desviando o olhar para as pedras que ainda segurava na mão, disse:

– Essas pedrinhas empoeiradas são *diamantes*?

Tommy confirmou.

– Está começando a fazer sentido agora, Tuppence. Está tudo relacionado. A casa do canal, o quadro. Espere até Ivor Smith saber dessa boneca. Ele já tem um buquê à sua espera, Tuppence...

– Para quê?

– Para ajudar a prender uma grande quadrilha do crime!

– Você e seu Ivor Smith! Imagino que foi lá que você passou toda a semana, me abandonando nos meus últimos dias de convalescência naquele hospital tenebroso... bem quando eu precisava de conversa e ânimo.

– Fui nos horários de visita quase todos os dias.

– Você não me contou muito.

– Aquela enfermeira mal-humorada me avisou para não a estimular muito. Mas o próprio Ivor está vindo aqui depois de amanhã, e marcamos um encontro à noite na paróquia.

– Quem vai?

– A sra. Boscowan, um dos grandes proprietários de terras local, sua amiga srta. Nellie Bligh, o padre, claro, você e eu...

– E o sr. Ivor Smith... qual o nome verdadeiro dele?

– Até onde sei é Ivor Smith mesmo.

– Você é sempre tão cauteloso – disse Tuppence, rindo de repente.

– O que há de tão engraçado?

– Queria ter visto você e Albert descobrindo gavetas secretas na escrivaninha da tia Ada.

– O crédito é todo do Albert. Deu uma aula sobre o assunto. Aprendeu tudo na infância, com um comerciante de antiguidades.

– Curioso sua tia Ada realmente deixar um documento secreto como esse, todo lacrado. Não sabia de nada, mas acreditava que havia alguém perigoso em Sunny Ridge. Imagina se ela soubesse que era a srta. Packard.

– Isso é ideia sua.

– Uma ideia muito boa para quem procura uma quadrilha do crime. Eles precisariam de um lugar como Sunny Ridge, conhecido, bem administrado, com um criminoso competente na gerência, alguém que tivesse acesso às drogas. E que aceitasse todas as mortes como naturais, influenciando um médico a acreditar que não tinham nada de mais.

– Você pensou em cada detalhe, mas o verdadeiro motivo pelo qual começou a desconfiar da srta. Packard foi que não gostou dos dentes dela.

– "Para te comer melhor" – disse Tuppence, pensativa. – Uma coisa, Tommy... Imagine que esse quadro, o quadro da casa do canal, *nunca tenha pertencido à sra. Lancaster.*

– Mas sabemos que pertenceu. – Tommy olhava fixo para Tuppence.

– Não sabemos não. Sabemos apenas o que a srta. Packard disse... Foi a srta. Packard que disse que a sra. Lancaster tinha dado o quadro de presente para a tia Ada.

– Mas por que a... – Tommy interrompeu-se.

– Talvez seja por isso que a sra. Lancaster tenha sido levada embora... para não nos dizer que o quadro não lhe pertencia e que ela não o deu para a tia Ada.

– Acho uma ideia desbaratada.

– Talvez. Mas o quadro foi pintado em Sutton Chancellor. A casa do quadro fica em Sutton Chancellor. Temos motivo para acreditar que a casa é... ou foi... esconderijo de uma associação criminosa. O sr. Eccles parece estar por trás da quadrilha. Foi o responsável por mandar a sra. Johnson levar a sra. Lancaster. Acho que a sra. Lancaster nunca esteve em Sutton Chancellor, nunca visitou a casa do canal e nunca teve um quadro da casa... ela deve ter ouvido alguém em Sunny Ridge falando a respeito do quadro... a sra. Cacau, de repente? Aí começou a falar do quadro e, como isso representava uma ameaça para alguém, teve que ser retirada de cena. Mas um dia vou encontrá-la! Pode escrever o que estou lhe dizendo, Tommy.

– A busca da sra. Tuppence Beresford.

II

– A senhora está muito bem, sra. Beresford, se me permite dizer – falou o sr. Ivor Smith.

– Estou me sentido maravilhosamente bem de novo – disse Tuppence. – Bobeira minha ter me exposto dessa forma.

– Merece uma medalha, principalmente por essa história da boneca. Como se envolve com essas coisas, não sei.

– O próprio perdigueiro – disse Tommy. – Sai farejando tudo o que vê pela frente.

– Vocês não vão me deixar de fora da reunião de hoje à noite não, né? – Tuppence levantou a questão, desconfiada.

– Claro que não. Muitas coisas se esclareceram. Vocês não imaginam como sou grato a vocês dois. Veja bem, estávamos na direção certa em relação a essa quadrilha de criminosos... responsável por uma enorme quantidade de roubos nos últimos cinco, seis anos. Como contei para o Tommy quando ele veio me perguntar se eu sabia algo a respeito do nosso esperto advogado, o sr. Eccles, já suspeitávamos dele há muito tempo, mas ele é do tipo de homem difícil de incriminar. Muito cauteloso. Advogado, né? Um trabalho legítimo com clientes legítimos. Como falei para o Tommy, um ponto importante foi essa série de casas. Casas decentes com pessoas direitas morando nelas. Moravam lá por pouco tempo e depois iam embora. Agora, graças à senhora, sra. Beresford, e sua investigação sobre chaminés e pássaros mortos, achamos uma dessas casas, a casa em que grande parte do material roubado estava escondida. Um sistema bastante inteligente, falando nisso, colocar joias e coisas do gênero em pacotes de diamante bruto, escondê-las e, no momento certo, enviá-las para fora, de avião ou barco, depois que o alarido do roubo já amainou.

– E os Perry? Eles...? Espero que não estejam envolvidos.

– Não dá para ter certeza – ponderou o sr. Smith. – Acho que a sra. Perry sabe alguma coisa, ou pelo menos já soube.

– Quer dizer que ela faz parte da quadrilha?

– Pode ser que não. Pode ser que eles a tenham como custódia.

– Como assim custódia?

– Bem, esse assunto é confidencial, mas sei que vocês não vão sair por aí espalhando. A polícia local sempre suspeitou que o marido, Amos Perry, podia ser o homem responsável pela onda de assassinatos de crianças anos antes. Ele não é normal da cabeça. A opinião médica era a de que ele *podia* muito bem ter tido uma compulsão por matar crianças. Nunca houve provas concretas, mas sua mulher talvez estivesse preocupada e quisesse arranjar álibis para o marido. Uma oportunidade perfeita para uma gangue de bandidos inescrupulosos. Eles teriam custódia, e ela entraria como moradora de parte de casa, onde manteria o bico fechado. Talvez eles realmente tivessem alguma prova decisiva contra seu marido. A senhora os conheceu... O que sentiu em relação a eles, sra. Beresford?

– Gostei *dela* – respondeu Tuppence. – Achei a sra. Perry... Bem, costumo chamá-la de bruxa bozinha, de magia branca, não negra.

– E ele?

– Ele me deu medo – comentou Tuppence. – Não o tempo todo. Em alguns momentos. Parecia grande, aterrador. Mas só às vezes. Não sabia o que me assustava, mas fiquei com medo. Acho que é porque senti, como o senhor disse, que ele não batia muito bem da cabeça.

– Tem muita gente assim – disse o sr. Smith. – E normalmente não são pessoas perigosas. Mas não dá para saber.

– O que vamos fazer na paróquia hoje à noite?

– Algumas perguntas. Ver algumas pessoas. Investigar para obter mais informações.

– O Major Waters vai estar lá? O homem que escreveu para o padre sobre a filha.

– Parece que não existe essa pessoa! Havia um caixão enterrado lá, no lugar de onde retiraram a antiga lápide... um caixão de criança, forrado de chumbo. E estava cheio de material roubado... joias e objetos de ouro de uma joalheria de St. Albans. A carta para o padre era para saber o que tinha acontecido com o túmulo. O vandalismo dos meninos da região complicou tudo.

III

– Sinto muito, minha querida – disse o padre, estendendo as mãos para Tuppence. – Sabe, fiquei tão chateado que isso tenha acontecido com a senhora, que sempre foi tão gentil comigo, que estava fazendo aquilo só para me ajudar. Fiquei muito mal, fiquei mesmo, porque foi tudo culpa minha. Eu não deveria ter deixado a senhora ir lá fuçar aquelas lápides, apesar de que realmente não temos motivo para acreditar... motivo nenhum... que algum bando de vândalos...

– Não se preocupe, padre – disse a srta. Bligh, aparecendo de repente atrás dele. – A sra. Beresford com certeza sabe que o acontecido não tem nada a ver com *o senhor*. Sem dúvida, foi muita gentileza se oferecer para ajudá-lo, mas essa história já acabou e ela já está bem de novo. Não está, sra. Beresford?

– Estou sim – respondeu Tuppence, um tanto irritada que a srta. Bligh tenha falado de sua saúde com tanta propriedade.

– Sente-se aqui. Tem uma almofada aí para colocar nas costas – informou a srta. Bligh.

– Não preciso de almofada – declarou Tuppence, recusando-se a aceitar a cadeira que a srta. Bligh lhe empurrava. Em vez disso, preferiu sentar-se numa cadeira bastante desconfortável, do outro lado da lareira.

Ouviu-se uma forte pancada na porta. Todos pularam. A srta. Bligh foi correndo atender.

– Não se preocupe, padre – disse. – Eu vou.

– Por favor.

Lá fora, falavam baixo. A srta. Bligh voltou junto com uma mulher grande de vestido brocado e, atrás dela, um sujeito muito alto e magro, de aparência cadavérica. Tuppence ficou olhando para ele. Vestia uma capa preta e seu rosto esquelético parecia de outro século. "Saiu direto de uma pintura de El Greco", pensou ela.

– Prazer em vê-los – disse o padre, e se virou. – Deixe-me apresentá-los. Sir Philip Starke, sr. e sra. Beresford. Sr. Ivor Smith. Ah! Sra. Boscowan. Não vejo a senhora há tantos anos... Sr. e sra. Beresford.

– Já conheço o sr. Beresford – informou a sra. Boscowan. Olhou para Tuppence. – Como vai? – perguntou. – Prazer em conhecê-la. Ouvi dizer que sofreu um acidente.

– É. Mas já estou bem agora.

As apresentações foram feitas e Tuppence voltou para sua cadeira. Sentiu o cansaço abater-lhe o corpo, agora com mais frequência do que antes, possivelmente por causa da pancada na cabeça. Sentada em silêncio, com os olhos semicerrados, analisava atentamente todos os presentes. Não ouvia a conversa, apenas observava. Tinha o pressentimento de que alguns personagens daquele drama... o drama em que acabou se envolvendo... estavam reunidos ali, como num palco. As peças estavam se encaixando, formando pequenos núcleos. Com a vinda de sir Philip Starke e da sra. Boscowan, era como se dois personagens até agora não revelados de repente se apresentassem. Estiveram lá o tempo todo, por assim dizer, na coxia, e agora entraram em cena. De certa forma, tomavam parte, comprometidos. Vieram aqui esta noite... "por quê?", perguntou-se Tuppence. Será que alguém os chamou? Ivor Smith? Será que ele exigiu sua presença ou simplesmente pediu que viessem? Talvez nem se conhecessem. Tuppence não parava de pensar. "Tudo começou em Sunny Ridge, mas Sunny Ridge não é o ponto principal. A questão sempre foi aqui, em Sutton Chancellor. As coisas aconteceram aqui, há muito tempo. Coisas que não tiveram nada a ver com a sra. Lancaster... mas a sra. Lancaster acabou se envolvendo, sem saber. Onde será que ela está agora?"

Tuppence estremeceu.

"Talvez", pensou, "talvez esteja *morta*..."

Se estivesse certa, disse a si mesma, teria fracassado. Havia decidido encontrar a sra. Lancaster, sentindo que ela corria perigo. Queria protegê-la.

"E se ela não estiver morta", continuou, "vou encontrá-la!"

Sutton Chancellor... Foi onde tudo começou. Algo significativo e perigoso aconteceu nesse lugar. A casa do canal fazia parte. Talvez fosse o centro, ou será que era a própria aldeia? As pessoas foram morar lá, depois partiram, fugiram, desapareceram e mais tarde reapareceram. Como sir Philip Starke.

Sem virar a cabeça, os olhos de Tuppence voltaram-se para sir Philip Starke. Não sabia nada dele, a não ser o que a sra. Copleigh mencionara em seu monólogo sobre os habitantes da região. Um homem tranquilo, instruído, especialista em botânica, dono de indústria, ou pelo menos com grande participação no setor. Um homem rico, portanto... e um homem que amava crianças. Ali estava ela, às voltas com aquele assunto de novo... crianças. A casa do canal, o pássaro na chaminé, a boneca que caiu ali e foi escondida por alguém, uma boneca cheia de diamantes no forro... produto do crime. A casa era uma das sedes de um grande empreendimento criminal. Mas aconteceram crimes mais sinistros do que roubos. A sra. Copleigh havia dito: "Sempre achei que poderia ser *ele*."

Sir Philip Starke, um assassino? Por trás das pestanas entreabertas, Tuppence o observava atentamente. Queria determinar se ele se enquadrava, de alguma forma, em sua concepção de assassino... assassino de crianças, diga-se de passagem.

Quantos anos teria, perguntou-se Tuppence. Uns setenta, no mínimo, talvez mais. Um rosto ascético e cansado. Sim, bastante ascético. Um rosto torturado. Aqueles olhos escuros, olhos de El Greco. O corpo macilento.

Tinha vindo aqui essa noite. "Por quê?", indagou-se Tuppence. Olhou para a srta. Bligh, sentada em sua cadeira, levantando-se o tempo todo para empurrar uma mesa para alguém, oferecer uma almofada, mexer na posição do cigarro ou dos fósforos. Pouco à vontade. Não parava quieta. Olhava para Philip Starke. Toda vez que relaxava, seus olhos pousavam nele.

"Devoção canina", pensou Tuppence. "Deve ter sido apaixonada por ele em algum momento. Talvez ainda seja. Não deixamos de amar alguém só porque envelhecemos. Pessoas como Derek e Deborah dizem que sim. Não conseguem imaginar ninguém apaixonado que não seja jovem. Mas, para mim, ela ainda está apaixonada por ele, perdidamente apaixonada. Não disseram... será que foi a sra. Copleigh ou o padre... que a srta. Bligh havia sido sua secretária na juventude e que ela ainda cuidava de seus negócios aqui?

"Bem", pensou Tuppence, "muito natural. É comum as secretárias se apaixonarem pelo chefe. Então, digamos que Gertude Bligh amasse Philip Starke. Seria essa uma informação importante? Será que a srta. Bligh sabia ou suspeitava que por trás da personalidade pacífica e austera de Philip Starke escondia-se um pavio horripilante de loucura? *Sempre gostou tanto de criança.*

Alguns acontecimentos são irremediáveis. Talvez fosse esse o motivo de sua aparência tão torturada.

"A não ser que sejamos patologistas, psiquiatras ou algo do gênero, não sabemos nada sobre assassinos loucos", pensou Tuppence. "*Por que* eles matam crianças? O que lhes causa esse impulso? Será que se arrependem depois? Será que aquilo os repugna, os apavora? Será que são infelizes?"

Nesse momento, Tuppence reparou que o olhar dele voltou-se para ela. Philip Starke parecia dizer alguma coisa para a srta. Bligh.

"Agora está pensando em mim", dizia seu olhar. "Sim, tem toda a razão. Sou um homem atormentado."

Descrição perfeita... ele era um homem atormentado.

Tuppence desviou o olhar para o padre. Gostava dele. Um amor de pessoa. Será que sabia alguma coisa? Talvez estivesse envolvido numa trama maligna sem saber.

As coisas aconteciam à sua volta, mas ele não tomava conhecimento, por possuir a qualidade inquietante da ingenuidade.

A sra. Boscowan? Mas sobre ela seria difícil dizer algo ao certo. Senhora de meia-idade, personalidade forte, como Tommy dissera, mas isso não parecia suficiente. Como que obedecendo a uma ordem de Tuppence, a sra. Boscowan levantou-se de repente.

– Não se importam de eu subir para tomar um banho? – indagou.

– Claro que não. – A srta. Bligh ficou de pé. – Vou lhe mostrar onde fica. Tudo bem, padre?

– Sei ir sozinha – disse a sra. Boscowan. – Não se preocupe... sra. Beresford?

Tuppence levou um pequeno susto.

– Não quer vir comigo? – perguntou-lhe a sra. Boscowan – Venha.

Tuppence foi como uma criança obediente. Não pensou isso com palavras, mas sabia que havia sido chamada, e quando a sra. Boscowan chamava, era impossível desobedecer.

Nesse momento, a sra. Boscowan passou pela porta do hall e Tuppence a seguiu. A sra. Boscowan subiu a escada... Tuppence foi atrás.

– O quarto de hóspedes fica lá em cima, no final – disse a sra. Boscowan. – Está sempre pronto. Comunica com um banheiro.

Abriu a porta no final da escada, entrou, acendeu a luz e Tuppence entrou também.

– Fico muito feliz de tê-la encontrado aqui – disse a sra. Boscowan. – Contava com isso. Estava preocupada. Seu marido lhe contou?

– Sim, me falou qualquer coisa – comentou Tuppence.

– Eu estava preocupada. – Fechou a porta, para poderem conversar em privado. – Nunca lhe pareceu – perguntou Emma Boscowan – que Sutton Chancellor é um lugar perigoso?

– Foi um lugar perigoso para mim – disse Tuppence.

– Eu sei. Ainda bem que não passou disso. Mas eu a entendo.

– A senhora sabe alguma coisa – arriscou Tuppence. – Sabe alguma coisa sobre tudo isso, não sabe?

– De certa forma, sim – respondeu Emma Boscowan – e de certa forma não. Tenho intuição, pressentimentos, sabe? Quando esses pressentimentos se mostram justificáveis, é preocupante. Essa história de quadrilha e crimes parece tão absurda. Não parece ter nenhuma relação com... – parou de falar abruptamente.

– Digo, é apenas mais uma coisa acontecendo, que sempre aconteceu, na verdade. Mas eles são muito organizados agora, como uma empresa. Não há nada de perigoso, não no aspecto criminal. Refiro-me ao *outro*. Saber onde está o perigo e a maneira de se defender dele. A senhora precisa tomar cuidado, sra. Beresford, muito cuidado. É uma dessas pessoas impulsivas, e isso não é muito seguro. Não aqui.

Tuppence falou devagar:

– Minha tia... na verdade, tia do Tommy, não minha... alguém lhe disse, na clínica onde ela morreu, que havia um assassino.

Emma concordou com a cabeça, num gesto lento.

– Houve duas mortes naquele asilo – disse Tuppence –, e o médico não sabe direito por quê.

– Foi isso que a instigou?

– Não – respondeu Tuppence –, foi antes.

– Se tiver tempo – pediu Emma Boscowan –, me conte... o mais rápido que puder, porque alguém pode nos interromper... O que aconteceu naquela clínica de repouso, lar de idosos, sei lá, que a instigou?

– Sim, posso lhe contar rapidamente – concordou Tuppence. E resumiu a história.

– Entendo – disse Emma Boscowan. – E não sabe onde essa senhora, a sra. Lancaster, está agora?

– Não.

– Acha que está morta?

– Pode ser.

– Porque sabia de alguma coisa?

– É. Ela sabia de alguma coisa. Um assassinato. Uma criança assassinada.

– Acho que se enganou quanto a isso – disse a sra. Boscowan. – Ela misturou as coisas. Sua tia, digo. Confundiu o assassinato da criança com algum outro assassinato.

– Possivelmente. Os velhos costumam se confundir. Mas *houve* um assassino de crianças aqui, não houve? Pelo menos, foi o que disse a mulher em cuja casa estive hospedada.

– Houve diversos assassinatos de criança nesta parte do país sim. Mas isso foi há muito tempo. Não sei muito bem quando. O padre não tem como saber, porque não estava aqui na época. Mas a srta. Bligh estava. Sim, ela devia estar aqui. Devia ser bem novinha naqueles tempos.

– Imagino que sim.

Perguntou:

– Ela sempre foi apaixonada pelo sir Philip Starke?

– Reparou, não? Acho que sim. Completamente apaixonada. Mais do que idolatria. Percebemos isso na primeira vez que viemos, William e eu.

– Por que vieram para cá? Vocês moraram na casa do canal?

– Não, nunca moramos lá. Ele queria pintar a casa. Pintou-a várias vezes. O que aconteceu com o quadro que seu marido me mostrou?

– Tommy levou-o de volta para casa – explicou Tuppence. – Ele me contou sobre o barco... que seu marido não o pintou... um barco chamado *Waterlily.*

– É verdade. Esse barco não foi pintado pelo meu marido. Na última vez que o vi, não havia barco nenhum. Alguém pintou depois.

– E batizou-o de *Waterlily*... e um homem que não existe, o Major *Waters*... escreveu perguntando sobre o túmulo de uma criança... uma criança chamada Lilian... mas não havia nenhuma criança enterrada lá, apenas um caixão de criança, cheio de material de um grande roubo. O barco deve ter sido uma mensagem... uma mensagem para dizer que o material do roubo estava escondido. Tudo parece estar associado com crime...

– Parece sim, mas não temos como saber ao certo o que...

Emma Boscowan interrompeu-se:

– Ela está vindo. Vá para o banheiro.

– Quem?

– Nellie Bligh. Vá correndo para o banheiro. Tranque a porta.

– Que mulher intrometida – exclamou Tuppence, obedecendo.

– Antes fosse só isso – falou a sra. Boscowan.

A srta. Bligh abriu a porta e entrou, alegre e prestativa.

– Espero que a senhora tenha encontrado tudo o que queria – disse. – Havia toalhas limpas e sabonete? A sra. Copleigh sempre vem arrumar a casa, mas preciso me certificar de que ela está fazendo as coisas direito.

A sra. Boscowan e a srta. Bligh desceram juntas. Tuppence alcançou-as na sala de visitas. Sir Philip Starke levantou-se à sua chegada, arrumou sua cadeira e sentou-se ao seu lado.

– Está bom assim, sra. Beresford?

– Sim, obrigada – agradeceu Tuppence. – Muito confortável.

– Sinto muito... – sua voz possuía um vago encanto, embora apresentasse um tom fantasmagórico, longínquo, sem ressonância e no entanto estranhamente profundo – pelo acidente. É tão triste... todos esses desastres que acontecem.

Seus olhos percorriam-lhe o rosto e ela pensou: "Está me analisando da mesma forma como fiz com ele". Olhou rapidamente para Tommy, mas viu que ele estava conversando com Emma Boscowan.

– Por que a senhora resolveu vir para Sutton Chancellor, sra. Beresford?

– Estávamos procurando uma casa de campo – respondeu Tuppence. – Meu marido estava fora, num congresso, e decidi dar uma volta pelo interior, só para ver o que havia, quanto custava, esse tipo de coisa, sabe?

– Ouvi dizer que a senhora visitou a casa perto da ponte do canal.

– Visitei. Uma vez, quando passava de trem, reparei nessa casa. Muito bonita, vista do lado de fora.

– É. Imagino, porém, que mesmo por fora precisa de uma boa reforma, no telhado e coisas assim. Não é tão bonita do outro lado, né?

– Não. Me pareceu uma forma estranha de dividir uma casa.

– Pois é – concordou Philip Starke. – Cada ideia, né?

– O senhor nunca morou lá, morou? – perguntou Tuppence.

– Não, nunca. Minha casa pegou fogo há muitos anos. Sobrou uma parte. A senhora deve ter visto. Fica acima deste vicariato, no alto da colina. Pelo menos é o que chamam de colina nesta parte do mundo. Não é nada especial. Meu pai a construiu por volta de 1890. Uma mansão imponente, com coberturas góticas, um toque de Balmoral. Nossos arquitetos atuais voltaram a admirar esse estilo, embora há quarenta anos fosse considerado horrível. Possuía tudo o que uma casa que se preze devia possuir. – Sua voz era ligeiramente irônica. – Sala de bilhar, solário, recanto para senhoras, um refeitório colossal, salão de baile, cerca de quatorze quartos. Antigamente, chegou a ter, segundo meus cálculos, uma equipe de quatorze empregados para cuidar de tudo.

– Pelo visto, o senhor nunca gostou muito dessa casa.

– Nunca mesmo. Fui uma decepção para o meu pai. Ele era um industrialista próspero e esperava que eu seguisse seus passos, o que não aconteceu. Me tratava muito bem. Me dava uma boa mesada, ou pensão... como se dizia na época... e me deixou fazer o que eu queria.

– Soube que o senhor é especialista em botânica.

– Bem, esse é um dos meus grandes passatempos. Eu costumava viajar em busca de flores silvestres, principalmente nos Bálcãs. A senhora já foi aos Bálcãs atrás de flores silvestres? É um lugar maravilhoso para isso.

– Parece muito sedutor. E depois voltava a morar aqui?

– Faz séculos que não moro mais na aldeia. Na verdade, jamais voltei a morar aqui desde que minha mulher faleceu.

– Ah – exclamou Tuppence, um pouco sem graça. – Sinto muito.

– Faz tempo. Faleceu antes da guerra. Em 1938. Uma mulher muito bonita – disse.

– Ainda guarda retratos dela em casa?

– Não, está tudo vazio. Mandei guardar toda a mobília, quadros etc. num depósito. Só ficou um quarto de dormir, um gabinete e uma sala de estar, ocupados pelo meu agente ou por mim mesmo, quando preciso vir para cá cuidar dos negócios imobiliários.

– Nunca foi vendida?

– Não. Houve rumores de que iriam incentivar o desenvolvimento agrícola. Não sei. Não que eu tenha vocação para esse tipo de trabalho. Meu pai julgava estar fundando uma espécie de domínio feudal. Eu devia sucedê-lo e meus filhos a mim. E assim por diante. – Fez uma pausa e depois acrescentou: – Mas Julia e eu nunca tivemos filhos.

– Ah – murmurou Tuppence –, entendo.

– Portanto, não me resta nada a fazer aqui. Aliás, quase nunca venho. Tudo o que precisa ser feito, Nellie Bligh faz para mim. – Dirigiu-lhe um sorriso. – Tem sido uma secretária maravilhosa. Continua tratando dos meus assuntos.

– O senhor nunca vem para cá e no entanto não pretende vender a casa? – indagou Tuppence.

– Existe um excelente motivo para isso – explicou Philip Starke.

Um leve sorriso passou-lhe pelos traços austeros.

– Talvez eu tenha herdado um pouco do espírito comercial de meu pai. A terra está aumentando enormemente de valor. Representa melhor investimento do que o dinheiro que obteria com a venda. Valoriza cada dia mais. No futuro, quem sabe, vão construir uma enorme cidade residencial nesta região.

– Aí o senhor vai ficar rico?

– Aí vou ficar ainda mais rico do que já sou – corrigiu sir Philip. – E olha que já sou bastante rico.

– O que o senhor faz na maior parte do tempo?

– Viajo e trato de negócios em Londres. Tenho uma galeria de arte lá. Estou me convertendo num vendedor de quadros. Todas essas coisas são interessantes. Ocupam o nosso tempo... até o momento em que uma mão pousa no nosso ombro e entendemos: "Chegou a hora".

– Não diga isso – pediu Tuppence. – Me dá arrepios.

– Não vejo por quê, sra. Beresford. A senhora ainda deve viver muitos anos, cheios de alegria.

– Bem, estou muito feliz no presente – retrucou. – Mas vou acabar ficando com todas as dores, achaques e problemas que afligem a velhice. Surda, cega, reumática e uma série de outras coisas.

– Provavelmente não vão lhe incomodar tanto quanto imagina. Desculpe o comentário, sem querer ser rude, mas a senhora dá a impressão de ser muito feliz com seu marido.

– Sou mesmo – afirmou Tuppence. – Acho que no fundo não existe nada que se compare a uma boa vida conjugal, né?

Mal concluiu a frase, teve vontade de desaparecer. Quando olhou para o homem à sua frente, que sofrera tantos anos e possivelmente ainda continuava pranteando a perda da esposa amada, sentiu-se ainda mais furiosa consigo mesma.

CAPÍTULO 16

A manhã seguinte

I

Foi na manhã seguinte à reunião.

Ivor Smith e Tommy pararam a conversa e olharam um para o outro, virando depois para Tuppence, que fitava a lareira, distraída.

– Aonde chegamos? – perguntou Tommy.

Com um suspiro, Tuppence voltou do lugar a que fora levada por suas cogitações e contemplou os dois.

– Para mim, continua tudo confuso ainda – disse. – A reunião de ontem à noite. Qual era o propósito? O que significou tudo aquilo? – Olhou para Ivor Smith. – Imagino que significou alguma coisa para vocês dois. Vocês sabem em que ponto estamos?

– Não iria tão longe – respondeu Ivor. – Não estamos atrás da mesma coisa, estamos?

– Realmente não – confirmou Tuppence.

Os dois homens a fitaram, perplexos.

– Muito bem – continuou Tuppence. – Sou uma mulher com uma ideia fixa. *Quero encontrar a sra. Lancaster.* Quero me certificar de que esteja sã e salva.

– Primeiro vai ter que achar a sra. Johnson – advertiu Tommy. – Você nunca vai encontrar a sra. Lancaster se não conseguir localizar a sra. Johnson.

– Sra. Johnson – repetiu Tuppence. – Sim, me pergunto... Mas acho que não estão interessados nesta parte – disse a Ivor Smith.

– Estamos interessados sim, sra. Beresford, muito interessados.

– E o sr. Eccles?

Ivor sorriu.

– Acho que em breve ele vai receber sua recompensa. No entanto, não me fiaria nisso. É um homem que destrói o próprio rastro com tanta habilidade que chegamos a duvidar de que tenha havido algum. – Acrescentou, pensativo: – Um grande administrador. Um gênio do planejamento.

– Ontem à noite – começou Tuppence e hesitou. – Posso fazer perguntas?

– Claro – respondeu Tommy. – Mas não espere respostas satisfatórias de nosso velho Ivor.

– Sir Philip Starke – começou Tuppence – Onde é que ele entra? Não tem aspecto de criminoso... a não ser que fosse do tipo que...

Parou a tempo de evitar alguma referência às conjeturas da sra. Copleigh sobre os infanticídios.

– Sir Philip Starke representa uma valiosa fonte de informações – explicou Ivor Smith. – É o maior latifundiário local... e de outras regiões da Inglaterra também.

– Em Cumberland?

Ivor Smith olhou vivamente para Tuppence.

– Cumberland? Por que a senhora menciona Cumberland? O que a senhora sabe sobre esse lugar, sra. Beresford?

– Nada – respondeu Tuppence. – Por algum motivo, me passou pela cabeça. – Franziu a testa, perplexa. – E uma rosa listrada de vermelho e branco ao lado de uma casa... uma dessas rosas antigas.

Sacudiu a cabeça.

– Sir Philip Starke é o dono da casa do canal?

– A terra é dele, como quase todas as da região.

– Sim, ele me contou ontem à noite.

– Por seu intermédio, soubemos um monte de coisas a respeito de arrendamentos e locações que estavam habilmente embaralhados em complexidades legais...

– Aqueles corretores de imóveis que fui procurar em Market Basing... Há qualquer coisa duvidosa neles ou é imaginação minha?

– Não é imaginação não. Vamos visitá-los hoje de manhã e fazer umas perguntinhas.

– Ótimo! – exclamou Tuppence.

– Estamos indo muito bem. Esclarecemos o grande roubo do correio de 1965, os assaltos em Albury Cross e o caso do trem irlandês. Localizamos boa parte do material roubado. Arrumavam bons esconderijos nessas casas. Um banheiro novo numa, dependências de serviço noutra... alguns quartos um pouco menores para caber um nicho interessante. Descobrimos muita coisa.

– Mas e as *pessoas*? – perguntou Tuppence. – Digo, as que tiveram a ideia, que comandavam o negócio... além do sr. Eccles. Deve haver outros que saibam de alguma coisa.

– Sim. Pelo menos mais dois... O dono de uma boate, convenientemente localizada perto da estrada M1. Foi apelidado de "Felizardo". Um velhaco. E uma mulher chamada Killer Kate... mas isso foi há muito tempo... uma de nossas criminosas mais interessantes. Uma menina bonita, mas de saúde mental duvidosa. Livraram-se dela... podia se converter num perigo para eles. Era um negócio rigorosamente comercial... só queriam saber de lucro... não de crimes.

– E a casa do canal era um dos esconderijos?

– Numa época, Ladymead, chamava-se. A casa teve um monte de nomes diferentes.

– Só para dificultar ainda mais as coisas, imagino – comentou Tuppence. – Ladymead. Será que tem relação com outro fato qualquer?

– Por que haveria de ter?

– Bem, na verdade não tem – respondeu Tuppence. – Só que me deixou de novo com a pulga atrás da orelha. O problema – continuou – é que já nem sei o que quero dizer. O quadro, também. Boscowan pintou a paisagem e depois alguém pintou um barco, com um nome...

– *Tiger Lily.*

– Não, *Waterlily.* E sua mulher garante que não foi o marido.

– Como é que ela sabe?

– Deve saber. Quem casa com um pintor, e ainda mais sendo artista também, deve reconhecer o estilo. Ela é bastante assustadora, a meu ver – disse Tuppence.

– Quem, a sra. Boscowan?

– É. Entende o que eu quero dizer? Enérgica. Opressiva, até.

– Talvez.

– Ela sabe de alguma coisa – continuou Tuppence –, mas não tenho certeza de que seja conscientemente, entende?

– Não – afirmou Tommy, decidido.

– Ora, estou dizendo que há uma maneira de saber as coisas. A outra é uma espécie de pressentimento.

– É o seu caso, Tuppence.

– Vocês podem dizer o que quiserem – continuou Tuppence, sem perder a linha de raciocínio. – A coisa toda gira em torno de Sutton Chancellor. De Ladymead, ou casa do canal, como preferirem. E de todas as pessoas que moraram aqui, tanto hoje quanto no passado. Certos acontecimentos datam de muito tempo atrás.

– Está falando da sra. Copleigh.

– De um modo geral – continuou Tuppence –, acho que a sra. Copleigh misturou um monte de coisas que só complicaram ainda mais a situação. Acho também que fez confusão com a ordem cronológica.

– Normal com quem mora no campo – lembrou Tommy.

– Eu sei – disse Tuppence. – Afinal de contas, fui criada num vicariato do interior. Eles marcam as datas pelos acontecimentos, não pelos anos. Não dizem "isso aconteceu em 1930" ou "aquilo foi em 1925". Dizem "isso aconteceu no ano em que o moinho pegou fogo" ou "depois que o raio derrubou o carvalho e matou o fazendeiro James" ou "no ano em que houve a epidemia de paralisia infantil". De modo que, naturalmente, as coisas de que se lembram não obedecem a uma sequência particular. Fica tudo muito difícil – concluiu. – Existem apenas alguns detalhes isolados. Claro que o problema – disse Tuppence com o ar de alguém que de repente faz uma descoberta importante –, o problema é que estou ficando velha.

– A senhora vai ser eternamente jovem – declarou Ivor, galanteador.

– Não seja bobo – retrucou Tuppence, em tom cáustico. – Estou velha porque me lembro das coisas da mesma forma que eles. Voltei a ser primitiva no meu uso da memória.

Levantou-se e caminhou pela sala.

– Que hotel mais sem graça – comentou.

Foi até o quarto de dormir e voltou contrariada.

– Não tem nenhuma Bíblia.

– Bíblia?

– É. Nos hotéis antigos, sempre tem uma Bíblia na mesa de cabeceira. Acho que é para nos salvar a qualquer hora do dia ou da noite. Pois aqui não tem.

– Quer uma?

– Até quero. Fui criada como se deve e conhecia a Bíblia muito bem, como toda filha de clérigo que se preze. Mas hoje a tendência é esquecer. Sobretudo porque não ensinam mais direito nas igrejas. Dão uma versão moderna, com fraseado correto e boa tradução, só que não parece o texto de antigamente. Enquanto vocês dois vão falar com os corretores, vou até Sutton Chancellor de carro – acrescentou.

– Para quê? Está proibida – advertiu Tommy.

– Besteira... Não vou bancar a detetive. Só quero ir à igreja e olhar a Bíblia. Se for alguma versão moderna, peço para o padre. Ele deve ter uma, não? Do tipo correto, digo. Versão Autorizada.

– Para que você quer uma Versão Autorizada?

– Quero apenas refrescar a memória em relação àquelas palavras rabiscadas no túmulo da menina... Me interessaram.

– Tudo bem... mas não confio em você, Tuppence... sabe lá se não vai se meter em confusão assim que a perder de vista.

– Palavra de honra que não vou perambular mais por cemitérios. A igreja numa manhã ensolarada e o gabinete do padre... apenas isso... o que pode ser mais inofensivo?

Tommy olhou-a com ar de dúvida e viu-se obrigado a concordar.

II

Depois de deixar o carro na entrada, Tuppence olhou com cuidado em volta antes de entrar no recinto da igreja. Agia com a desconfiança natural de quem sofrera sérios danos corporais num determinado ponto geográfico. Parecia não haver nenhum agressor emboscado atrás dos túmulos.

Entrou na igreja. Uma mulher idosa, ajoelhada, lustrava metais. Tuppence foi na ponta dos pés até o atril e pôs-se a examinar o volume colocado ali. A lustradora de metais ergueu a cabeça, com olhar de reprovação.

– Não vou roubar nada – disse Tuppence para tranquilizá-la e, fechando o livro, saiu da igreja sem fazer barulho.

Sentiu-se tentada a visitar o lugar onde haviam aberto as recentes escavações, mas prometera-se que não cederia.

"*Quem maltratar*", murmurou. "Talvez fosse isso, mas nesse caso se referia a alguém."

Percorreu de carro a curta distância até o vicariato, desceu e subiu a senda que conduzia à porta de entrada. Tocou a campainha, mas não escutou nenhum som lá dentro. "Deve estar quebrada", disse, conhecendo as campainhas de vicariato. Empurrou a porta, que se abriu.

Permaneceu imóvel no hall. Em cima da mesa, um envelope grande com selo estrangeiro, ocupava boa parte do espaço. Trazia a inscrição impressa de uma sociedade missionária da África.

"Ainda bem que não sou missionária", pensou.

Havia qualquer coisa por trás desse pensamento vago, algo relacionado a uma certa mesa de vestíbulo em algum lugar, e que devia se lembrar... Flores? Folhas? Alguma carta ou pacote?

Nesse momento, o padre apareceu pela porta da esquerda.

– Estava me procurando? Eu... Ah, é a sra. Beresford, não é?

– Sou eu sim – respondeu Tuppence. – Vim perguntar se por acaso o senhor não teria uma Bíblia.

– Bíblia – repetiu o padre, numa expressão inesperadamente dubitativa. – Uma Bíblia.

– Imaginei que tivesse – disse Tuppence.

– Claro – afirmou o padre. – Aliás, acho que tenho várias. Possuo um Testamento Grego – lembrou, esperançoso. – Mas não é isso que a senhora quer, é?

– Não. Procuro – declarou com firmeza – a Versão Autorizada.

– Nossa – exclamou o padre. – Lógico, deve haver diversos exemplares na casa. Vários, mesmo. Não usamos mais essa versão na igreja, sinto lhe dizer. Seguimos as ideias do bispo, e ele insiste muito em modernizar, para os jovens, sabe como é. Acho uma pena. Tenho tantos livros na estante que alguns ficam por trás. Mas *acho* que dá para encontrar o que a senhora quer. *Acho*. Se não conseguir, peço à srta. Bligh. Ela anda por aí, tratando dos vasos para as crianças arrumarem flores silvestres no Recanto Infantil da igreja. – Deixou Tuppence no hall e voltou a entrar na sala de onde saíra.

Tuppence não o seguiu. Permaneceu ali, franzindo a testa e pensando. Ergueu a cabeça de repente. A porta do fundo do corredor se abriu e a srta. Bligh apareceu, com um pesado vaso de metal nas mãos.

Teve um *insight*.

– Mas é claro! – exclamou –, *claro*!

– Posso ajudá-la?... Eu... ah, é a sra. Beresford.

– Sim – respondeu Tuppence, acrescentando em seguida: – E a senhora é a *sra. Johnson, não?*

O vaso pesado caiu no chão.Tuppence se abaixou para pegá-lo. Avaliou o peso com a mão.

– Arma bem pesada – comentou, largando-o. – O objeto ideal para bater na cabeça de alguém pelas costas – prosseguiu. – Foi o que a senhora fez comigo, não foi, *sra. Johnson?*

– Eu... Eu... Como disse? Eu... Eu... Eu nunca...

Mas Tuppence não precisava dizer mais nada. Tinha visto o efeito de suas palavras. Na segunda vez que mencionou o nome da sra. Johnson, a srta. Bligh se entregara de modo inconfundível. Estava trêmula e apavorada.

– Havia uma carta em cima da mesa de entrada outro dia – disse Tuppence – dirigida a uma tal de sra. Yorke, num endereço em Cumberland. Foi para onde a senhora a levou, não foi, sra. Johnson, quando tirou-a de Sunny Ridge? É lá que ela está agora. Sra. Yorke ou sra. Lancaster... usava ambos os nomes... York e Lancaster, como a rosa listrada de vermelho e branco no jardim dos Perry...

Virou-se rapidamente e saiu da casa, deixando a srta. Bligh lá, ainda apoiada no corrimão da escada, boquiaberta, de olhos arregalados. Tuppence desceu correndo ao portão, entrou no carro e partiu. Olhou de novo para a porta de entrada, mas ninguém apareceu. Passou pela igreja, a caminho de Market Basing, mas de repente mudou de ideia. Deu meia volta, percorreu o mesmo trajeto anterior e tomou a estrada à esquerda, que levava à ponte da casa do canal. Abandonou o carro, espiou pela cancela para ver se um dos Perry estava no jardim, mas não viu ninguém. Atravessou o portão e seguiu a trilha até a porta dos fundos, que também estava fechada, assim como as janelas.

Tuppence ficou chateada. Talvez Alice Perry tivesse ido a Market Basing fazer compras. Era quem mais queria encontrar. Bateu na porta, primeiro delicadamente, depois mais forte. Ninguém atendeu. Girou a maçaneta, mas a porta não abriu. Estava trancada. Ficou ali parada, sem saber o que fazer.

Precisava fazer algumas perguntas a Alice Perry. Devia estar em Sutton Chancellor. Talvez fosse melhor voltar lá. A dificuldade da casa do canal era que nunca parecia ter ninguém por perto e praticamente nenhum tráfego pela ponte. Não havia ninguém para informar onde os Perry poderiam estar naquela manhã.

CAPÍTULO 17

Sra. Lancaster

I

Tuppence estava lá parada, de cenho franzido, quando, de repente, a porta se abriu. Deu um passo para trás, assustada. A pessoa à sua frente era a última criatura deste mundo que esperava encontrar. No umbral, vestida exatamente como em Sunny Ridge, e sorrindo da mesma maneira, com aquele ar de vaga amabilidade, encontrava-se a sra. Lancaster em carne e osso.

– Oh! – exclamou Tuppence.

– Bom dia. Queria falar com a sra. Perry? – perguntou a sra. Lancaster. – É dia de feira hoje. Sorte que pude atendê-la. Não conseguia achar a chave. Creio que deve ser uma cópia, não? Mas entre, por favor. Gostaria de uma xícara de chá?

Como num sonho, Tuppence atravessou o limiar. A sra. Lancaster, com gestos corteses de hospitalidade, conduziu-a à sala de visitas.

– Tome assento – disse. – Não sei direito onde guardam xícaras e tudo mais. Cheguei há uns dois dias. Agora... deixe-me ver... Mas... claro... já nos encontramos antes, não?

– Sim – confirmou Tuppence –, quando a senhora estava em Sunny Ridge.

– Sunny Ridge, Sunny Ridge. Isso me lembra alguma coisa. Ah, claro, a nossa querida srta. Packard. Sim, um lugar muito bom.

– A senhora foi embora um pouco às pressas, não foi? – indagou Tuppence.

– As pessoas são tão autoritárias – comentou a sra. Lancaster. – Vivem nos afobando. Não nos dão tempo para *arrumar* as coisas ou *fazer as malas* direito ou *seja lá o que for*. Não por mal, claro. É evidente que eu gosto muito da nossa querida Nellie Bligh, mas é um tipo de mulher bastante dominadora. Às vezes acho – continuou a sra. Lancaster, inclinando-se para Tuppence – que não regula muito bem... – disse dando um tapa na testa. – É óbvio que isso acontece, principalmente com solteironas. Mulheres que não se casam.

Dedicadas a boas obras e tudo mais, mas que às vezes pegam uma manias esquisitas. Os clérigos sofrem à beça. Essas coitadas, às vezes, teimam em dizer que o padre lhes pediu em casamento quando na verdade isso nunca aconteceu. Coitada da Nellie. Tão sensata para certas coisas. Tem sido maravilhosa na paróquia. E me parece que sempre foi uma excelente secretária. Mesmo assim, às vezes tem umas ideias muito estranhas. Como me tirar de uma hora para a outra do ótimo Sunny Ridge e me levar para Cumberland... uma casa bastante sombria, e de repente, me trazer de volta aqui...

– A senhora está morando aqui? – perguntou Tuppence.

– Bem, se é que se pode *chamar* disso. É um arranjo muito peculiar. Cheguei há dois dias apenas.

– Antes disso, a senhora esteve em Rosetrellis Court, em Cumberland?

– Sim, acho que o nome era esse. Não é tão bonito quanto Sunny Ridge, né? Para falar a verdade, nem tive tempo de me instalar. E também não era bem administrado. O serviço não era tão bom e usavam uma marca de café bastante inferior. Mesmo assim, já estava me acostumando e cheguei a fazer umas amigas lá. Uma delas havia conhecido uma tia minha, anos atrás, na Índia. É tão bom, sabe, quando encontramos vínculos.

– Deve ser – disse Tuppence.

A sra. Lancaster continuou, animada.

– Agora, deixe-me ver, a senhora foi a Sunny Ridge, mas não para ficar. Tinha ido para visitar uma hóspede.

– A tia de meu marido – contou Tuppence –, a srta. Fanshawe.

– Claro. Estou lembrando agora. E não houve uma história a respeito de uma filhinha sua atrás da lareira?

– Não – respondeu Tuppence –, não era minha filha.

– Mas foi por esse motivo que a senhora veio aqui, não foi? Andaram tendo problemas com a chaminé daqui. Um pássaro caiu lá dentro, pelo que me contaram. Este lugar precisa de reforma. Não gosto *nem um pouco* de ficar aqui. Não, de jeito nenhum, e vou dizer para a Nellie assim que a encontrar.

– Está hospedada na casa da sra. Perry?

– Mais ou menos. Posso lhe contar um segredo?

– Claro – respondeu Tuppence –, pode confiar em mim.

– Não é realmente aqui que estou, nesta parte da casa. Esta pertence aos Perry. – Inclinou-se para frente. – Existe outra, lá em cima. Venha comigo. Vou lhe mostrar.

Tuppence se levantou. Sentia-se como num sonho doido.

– Melhor trancar a porta primeiro. É mais seguro – disse a sra. Lancaster.

Subiu na frente de Tuppence por uma escada estreita que conduzia ao andar superior. Passaram por um quarto de casal com sinais de uso –

possivelmente o quarto dos Perry – e atravessaram uma porta que comunicava com outra peça contígua. Continha um lavatório e um grande guarda-roupa de madeira. Só isso. A sra. Lancaster dirigiu-se ao armário, tateou o fundo e depois, com súbita facilidade, deslocou-o para um lado. Parecia ter rodinhas por baixo e separou-se da parede com muita rapidez. Atrás, para espanto de Tuppence, havia uma lareira. Em cima, via-se um espelho com uma pequena prateleira, onde havia pequenos pássaros de porcelana.

Para surpresa de Tuppence, a sra. Lancaster pegou o que se achava bem no meio e puxou-o com toda força. Aparentemente, o pássaro era colado, porque todos os outros estavam presos, verificou Tuppence. Mas como resultado da ação da sra. Lancaster, ouviu-se um clique, e a lareira toda se afastou da parede, girando para trás.

– Engenhoso, não? – disse a sra. Lancaster. – Foi feito há muito tempo, quando reformaram a casa. A toca do padre, era como chamavam este quarto, mas não acho que fosse realmente isso. Não, não tinha nada a ver com padres. Nunca me pareceu. Vamos entrar. Estou morando aqui agora.

Deu um novo empurrão. A parede em frente também recuou, e pouco tempo depois se encontraram numa enorme sala, maravilhosa, com janelas que se abriam sobre o canal e a colina oposta.

– Um lindo ambiente, não? – perguntou a sra. Lancaster. – Uma vista tão bonita. Sempre gostei daqui. Morei nesta casa por um tempo na juventude.

– Compreendo.

– Pena que dá azar – comentou. – Sempre disseram que esta casa tinha mau-olhado. Acho melhor – acrescentou – fechar isso de novo. Todo cuidado é pouco, né?

Estendeu a mão e empurrou a porta por onde haviam entrado. Ouviu-se um forte clique quando o mecanismo voltou ao lugar.

– Imagino – disse Tuppence – que essa foi uma das alterações que fizeram para transformar a casa num esconderijo.

– Eles fizeram um monte de alterações – disse a sra. Lancaster. – Mas sente-se. Prefere uma cadeira alta ou baixa? Eu gosto de alta, por causa do reumatismo.

– A senhora deve ter imaginado que houvesse um cadáver de criança lá – acrescentou. – Uma ideia absurda, não acha?

– Sim, talvez.

– Polícia e ladrão – comentou a sra. Lancaster, com ar indulgente. – Somos tão bobas na mocidade. Todas essas histórias. Quadrilhas... grandes assaltos... a atração é tão forte para quem é jovem. Achamos que ser a mulher de um pistoleiro é a coisa mais maravilhosa do mundo. Eu achava. Acredite – curvou-se para frente e deu um tapinha no joelho de Tuppence –, *não é verdade*. Não mesmo. Eu também achei que fosse, mas queremos mais do que isso. Não há nenhuma emoção em apenas roubar e conseguir fugir. Requer boa organização, isso sim.

– Quer dizer que a sra. Johnson ou a srta. Bligh – seja lá o nome que lhe dá...

– Bem, para mim sempre foi Nellie Bligh. Mas por um motivo ou outro – para facilitar as coisas, diz ela –, de vez em quando se intitula sra. Johnson. Só que nunca foi casada. É solteirona.

Ouviu-se um som de batidas vindo lá de baixo.

– Nossa – exclamou a sra. Lancaster –, devem ser os Perry. Não achei que fossem voltar tão cedo.

As batidas continuaram.

– Melhor abrir – sugeriu Tuppence.

– Não, querida, não vamos fazer isso – disse a sra. Lancaster. – Não tolero gente intrometida. A conversa está tão boa, não acha? Vamos ficar aqui... Ai, meu Deus, agora estão chamando embaixo da janela. Vá ver quem é.

Tuppence foi até a janela.

– É o sr. Perry – informou.

Lá de baixo, o sr. Perry começou a gritar:

– Julia! Julia!

– Que impertinência – reclamou a sra. Lancaster. – Não permito que pessoas como Amos Perry me chamem pelo nome. De jeito nenhum. Não se preocupe, querida – acrescentou – estamos bem seguras aqui. E podemos continuar conversando. Vou lhe contar tudo sobre mim... levei uma vida muito interessante... Agitada... Às vezes acho que deveria escrevê-la. Estive envolvida, sabe? Era uma desmiolada e me meti com... bem, no fundo não passava de uma quadrilha de criminosos vulgar. Não existe outro termo. Alguns eram *muito* indesejáveis. Veja bem, havia gente boa entre eles, gente de classe.

– A srta. Bligh?

– Não, não. A srta. Bligh nunca teve nada a ver com crime. Imagine, Nellie Bligh! Ela é toda certinha. Religiosa. Essas coisas. Só que existem diferentes tipos de religião, como a senhora deve saber.

– Suponho que existam várias seitas diferentes – sugeriu Tuppence.

– Sim, tem que haver, para pessoas comuns. Mas existem outras, além das comuns. Algumas pessoas especiais, que obedecem ordens específicas. Legiões de elite. Entende o que eu quero dizer, querida?

– Acho que não – respondeu Tuppence. – Não acha que devíamos deixar os Perry entrarem na própria casa? Eles estão ficando um pouco irritados...

– Não, não vamos deixar os Perry entrarem. Não até... bem, não antes de eu terminar de lhe contar tudo. Não precisa ter medo, querida. É tudo muito... muito natural, muito inofensivo. Não há nenhum tipo de dor. É como adormecer. Exatamente.

Tuppence fitou-a, depois deu um salto e correu até a porta.

– Não dá para sair por aí – advertiu a sra. Lancaster. – Precisa saber onde está o trinco. Não é onde pensa. Só eu sei. Conheço todos os segredos deste lugar. Morei aqui com os criminosos quando era jovem, até que me separei deles e consegui a salvação. Uma salvação especial. Foi o que recebi... para expiar meu pecado... A criança, sabe... Eu a matei. Eu era bailarina... não queria ter filhos... Ali, na parede... um retrato meu... de bailarina...

Tuppence olhou na direção que o dedo apontava. Na parede, havia uma pintura a óleo, de corpo inteiro, de uma menina num traje de folhas brancas, com a legenda "Waterlily".

– Waterlily foi um dos meus melhores papéis. Todos disseram.

Tuppence recuou devagar e sentou-se. Não tirava os olhos da sra. Lancaster. Algumas palavras não saíam de sua cabeça, palavras que tinha ouvido em Sunny Ridge. *"A coitadinha era sua filha?"* Na ocasião, tinha ficado assustada. Como agora. Ainda não sabia direito o que temia, mas o medo se repetia. Olhando aquele rosto benevolente, aquele sorriso sincero.

– Tive que obedecer ordens que recebera... É necessário haver agentes de destruição. Fui designada para isso. Aceitei a missão. Partem livres de pecado. Digo, as crianças. Não tinham idade suficiente para pecar. Então eu as mandava para a Glória, como me haviam ordenado. Ainda inocentes. Sem conhecer o mal. Pode ver que grande honra era ser escolhida. Ser uma das eleitas. Sempre adorei crianças. Nunca tive filhos. Isso foi muito cruel, não acha? Ao menos, parecia. Mas serviu de punição pelo que eu havia feito. Talvez saiba o que foi.

– Não – afirmou Tuppence.

– A senhora dá a impressão de saber tanto. Pensei que talvez soubesse isso também. Havia um médico. Fui procurá-lo. Tinha apenas dezessete anos na época e estava assustada. Ele falou que não teria problema tirar a criança, para ninguém ficar sabendo. Mas teve problema sim. Comecei a ter pesadelos. Sonhava que a criança estava sempre ali, me perguntando por que nunca tinha tido vida. Disse que queria companheiras. Era uma menina, sabe? Sim, tenho certeza de que era uma menina. Vinha e pedia outras crianças. Então recebi a ordem. *Eu* não podia mais ter filhos. Havia casado e achei que fosse ter, já que meu marido adorava criança, mas nunca tivemos, porque eu estava amaldiçoada. A senhora entende, não entende? Mas havia uma saída, uma forma de expiação. Para consertar o que eu tinha feito. Eu tinha cometido um crime, não tinha? A única maneira de expiar um crime é cometer outros, porque esses não seriam propriamente crimes, mas *sacrifícios*. Oferecidos a

Deus. Percebe a diferença? As crianças iam fazer companhia à minha filha. De todas as idades, mas pequenas. A ordem vinha e aí – inclinou-se para frente e tocou em Tuppence –, era uma alegria. A senhora entende, né? Era tão bom livrar aquelas crianças, para que nunca soubessem o que era pecado, como eu sabia. Não poderia contar para ninguém, claro, ninguém poderia ficar sabendo. Precisava tomar cuidado. Mas às vezes desconfiavam ou acabavam se inteirando. Aí, naturalmente... bem, quer dizer, essas pessoas também tinham que morrer, para que *eu* me salvasse. Assim, sempre me salvei. A senhora entende?

– Não... não muito.

– Mas a senhora *sabe*. Foi por isso que veio aqui, não foi? Porque sabia. Descobriu no dia em que lhe perguntei, em Sunny Ridge. Vi no seu rosto. Perguntei: "A coitadinha era sua filha?" Pensei que tivesse ido lá por ser uma das mães cuja filha eu tinha matado. Esperava que a senhora voltasse, para tomarmos um copo de leite juntas. Em geral, era leite. Às vezes, com chocolate. Quem soubesse.

Atravessou a sala a passos lentos e abriu um armário num canto da sala.

– A sra. Moody – perguntou Tuppence – foi uma?

– Ah, então sabe dela... não era uma das mães... tinha sido camareira no teatro. Me reconheceu, por isso tive que dar um fim nela. – Virando-se de repente, veio em direção à Tuppence segurando um copo de leite com um sorriso persuasivo.

– Beba – ordenou. – Beba tudo num gole só.

Tuppence ficou imóvel por um instante, depois saltou e correu à janela. Pegando uma cadeira, quebrou os vidros. Colocou a cabeça para fora e gritou:

– Socorro! Socorro!

A sra. Lancaster soltou uma gargalhada. Largou o copo de leite numa mesa, recostou-se na cadeira e ficou rindo.

– Como é burra. Quem acha que vai vir? Quem *pensa* que pode vir? Teriam que arrombar as portas, atravessar a parede, e a essa hora... Bom, não precisa ser leite. Leite é mais fácil. Leite, chocolate e até chá. Para a pequena sra. Moody, coloquei no achocolatado... ela amava.

– A morfina? Como conseguiu?

– Ora, fácil. Um homem com quem eu morei há anos... tinha câncer... o médico me deu um estoque para ele... para eu guardar... outras drogas também... Mais tarde eu disse que tinha jogado tudo fora... mas guardei, com outros remédios e sedativos... Achei que pudessem ser úteis algum dia... e foram mesmo... Ainda tenho uma parte... Nunca tomei nada disso... Não acredito que sejam eficazes. – Empurrou o copo de leite para Tuppence. – Beba, vai ser mais fácil assim. A outra forma... o problema é que não sei direito onde coloquei.

Levantou-se da cadeira e começou a andar pela sala.

– Onde *foi* que eu coloquei? Cadê? Esqueço tudo, agora que estou envelhecendo.

Tuppence soltou outro grito.

– Socorro! – mas a margem do canal continuava deserta. A sra. Lancaster andava de um lado para o outro.

– Pensei... com certeza pensei... ah, claro, está na minha bolsa de tricô.

Tuppence virou-se da janela. A sra. Lancaster vinha em sua direção.

– Que mulher idiota – resmungou –, preferir dessa forma.

Estendeu o braço esquerdo e agarrou Tuppence pelo ombro. Tirou a mão direita das costas. Empunhava uma lâmina comprida e fina de estilete. Tuppence se debatia. Pensou: "Posso detê-la com facilidade. Não passa de uma velha. Fraca. Não tem como..."

De repente, numa fria rajada de medo, lembrou: "Mas *eu* também sou velha. Não sou tão forte quanto imagino. Não tanto quanto ela. Suas mãos, sua forma de segurar, seus dedos. Talvez porque seja louca, e os loucos, sempre ouvi dizer, são fortes".

A lâmina reluzente aproximava-se. Tuppence berrou. Lá embaixo, ouviu gritos e batidas. Bateram na porta, como se alguém quisesse arrombá-la ou entrar pela janela. "Mas nunca vão conseguir entrar", pensou. "Nunca vão conseguir. A não ser que conheçam o mecanismo."

Lutou bravamente. Ainda mantinha a sra. Lancaster à certa distância. Mas a outra era maior. Uma mulher enorme e corpulenta. O rosto tinha o mesmo sorriso, mas o olhar já não aparentava benevolência. Era o olhar de quem se divertia com aquilo.

– Killer Kate – disse Tuppence.

– Sabe meu apelido? Isso mesmo, mas o purifiquei. Me tornei um anjo exterminador. É por vontade de Deus que devo matá-la. Por isso está tudo certo. Entende como é, não? Está tudo certo.

Tuppence viu-se comprimida contra o encosto de uma grande poltrona. Com um braço, a sra. Lancaster a prendia, aumentando a pressão... não dava mais para recuar. Em sua mão direita, o aço afiado do estilete se aproximava.

"Não posso entrar em pânico... Não posso entrar em pânico...", pensava. Porém logo lhe vinha outro pensamento: "*Mas o que é que eu posso fazer?*" Era inútil lutar.

Então sentiu medo... O mesmo pavor que lhe dera o primeiro pressentimento em Sunny Ridge...

"*A coitadinha era sua filha?*"

Havia sido o primeiro aviso... só que o interpretara mal... não percebera que era uma advertência.

Seus olhos observavam a aproximação do aço, mas por incrível que pareça não era o metal brilhante nem a ameaça que representava que a paralisavam de terror. Era aquele rosto... o rosto sorridente e benigno da sra. Lancaster... sorriso alegre, cheio de contentamento... uma mulher cumprindo a tarefa designada, com serena sensatez.

"Não *parece* louca", pensou Tuppence. "É isso que é assustador... Claro que não dá essa impressão, porque se julga sã. É um ser humano perfeitamente normal e razoável... é o que *pensa*... Oh, Tommy, Tommy, no que é que eu fui me meter desta vez?"

Sentiu vertigem e moleza. Os músculos se afrouxaram... em alguma parte houve um grande estrondo de vidro quebrado. Tuppence submergiu numa onda de escuridão e inconsciência.

II

– Muito bem... está voltando a si... beba isso, sra. Beresford.

Um copo pressionado contra seus lábios... resistiu como pôde... Leite envenenado... quem tinha dito isso... algo a respeito de "leite envenenado"? Não tomaria leite envenenado... Não, não era leite... um cheiro bem diferente...

Acalmou-se, abriu a boca... tomou um gole...

– Conhaque – disse, identificando o sabor.

– Isso! Continue... beba mais um pouco...

Tuppence deu outro gole. Recostou-se nas almofadas, olhando em volta. Na janela, via-se a ponta de uma escada. Em frente, uma grande quantidade de cacos de vidro no chão.

– Ouvi o vidro quebrando.

Afastou a taça de conhaque e seu olhar passou da mão e do braço para o rosto do homem que o segurava.

– El Greco – disse Tuppence.

– Como?

– Nada.

Olhou em volta.

– Onde ela está... digo, a sra. Lancaster?

– Está... descansando... no quarto ao lado...

– Compreendo. – Mas não tinha certeza se compreendia mesmo. Compreenderia melhor em seguida. No momento, só conseguia pensar em uma coisa de cada vez...

– Sir Philip Starke – disse devagar, sem saber direito. – Não é isso?

– Sim... Por que disse El Greco?

– Sofrimento.

– Não entendo.

– O quadro... Em Toledo... Ou no Prado... Achei isso há muito tempo... não, não faz tanto tempo. – Pensou um pouco... fez uma descoberta. – Noite passada. Numa reunião... No vicariato...

– Está melhorando – encorajou.

Parecia tão natural, de certa forma, estar sentada ali, naquela sala, com cacos de vidro no chão, conversando com aquele homem... de rosto obscuro...

– Cometi um erro... em Sunny Ridge. Me enganei totalmente sobre ela... Fiquei com medo na hora... Mas senti errado... Não estava com medo *dela*... Estava com medo *por* ela... Imaginei que ia lhe acontecer algo... Quis protegê-la... salvá-la... Eu... – Olhou-o com dúvida. – Entende? Ou parece besteira?

– Ninguém entende melhor do que eu... ninguém neste mundo.

Tuppence fitou-o fixamente... franzindo a testa.

– Quem... quem era ela? Digo, a sra. Lancaster... Sra. Yorke... esse nome não é verdadeiro... foi tirado de uma roseira... quem era ela... ela mesma?

Philip Starke respondeu duramente:

– *"Quem era ela? Ela mesma? A verdadeira, a autêntica. Quem era ela... com o sinal divino na testa?"* Já leu Peer Gynt, sra. Beresford?

Foi até a janela. Ficou ali um momento, olhando para fora. Depois, virou-se abruptamente.

– Era minha mulher, Deus me perdoe.

– Sua mulher? Mas ela morreu... a placa na igreja...

– Morreu no exterior... foi o boato que espalhei... E coloquei uma placa em sua memória na igreja. Ninguém gosta de fazer muitas perguntas a um viúvo sofrido. Deixei de morar lá.

– Disseram que o senhor tinha sido abandonado.

– Também era uma história aceitável.

– O senhor a levou embora quando descobriu... sobre as crianças...

– Então a senhora sabe das crianças?

– Ela me contou... inacreditável.

– Na maior parte do tempo, era bastante normal... ninguém teria desconfiado. Mas a polícia começou a suspeitar... Tive que agir... Precisava salvá-la... protegê-la... Entende... consegue entender... um pouco, pelo menos?

– Sim – respondeu Tuppence. – Entendo muito bem.

– Ela era... tão linda antes... – Sua voz falhou. – Está vendo ali? – apontou para o quadro na parede. – Waterlily... Era uma menina encantadora... sempre foi. A mãe era a última descendente da família Warrender... uma família antiga... cruzamento sanguíneo... Helena Warrender... fugiu de casa. Acabou nas mãos de um mau sujeito... um salafrário... A filha entrou para o teatro... era dançarina... Waterlily foi seu papel mais conhecido... Aí se envolveu com uma quadrilha de criminosos... para se divertir... pelo prazer do risco... Vivia se decepcionando... Quando casou comigo, tinha largado aquela vida... queria sossegar... viver tranquila... construir uma família... ter filhos. Eu era rico. Podia lhe dar tudo o que quisesse. Mas não tivemos filhos. Era uma tristeza para nós dois. Ela começou a ter obsessões de culpa... Talvez tivesse sido sempre um pouco desequilibrada... Não sei... O que importa a causa? Ela era...

Fez um gesto de desespero.

– Eu a amava... sempre a amei... não importa como era... o que fazia... Queria que ela se salvasse... que ficasse segura... não presa... prisioneira pelo resto da vida, sofrendo. E nós a mantivemos segura... por muitos e muitos anos.

– Nós?

– Nellie... a fiel Nellie Bligh. Minha querida Nellie Bligh. Foi maravilhosa... planejou e arrumou tudo. Os lares de idosos... todo conforto e luxo. E nada de tentações... *nenhuma* criança... tinham que permanecer longe... Parecia dar certo... esses asilos situados em lugares distantes... Cumberland... Gales do Norte... ninguém deveria reconhecê-la... ao menos era o que achávamos. Foi sugestão do sr. Eccles... um advogado muito arguto... cobrava caro... mas eu precisava dele.

– Chantagem? – insinuou Tuppence.

– Nunca encarei dessa forma. Era um amigo e um conselheiro...

– Quem pintou o barco no quadro, o barco chamado *Waterlily*?

– Eu. Ela adorou. Lembrava o triunfo no palco. Foi um dos quadros de Boscowan. Ela gostava dos quadros dele. Um dia, escreveu um nome em tinta preta embaixo da ponte, o nome de uma criança morta... Por isso, pintei um barco para dissimular e o intitulei *Waterlily*...

A porta na parede se abriu... A bruxa boazinha entrou.

Olhou para Tuppence e em seguida para Philip Starke.

– Tudo tranquilo de novo? – perguntou num tom casual.

– Sim – respondeu Tuppence. O legal da bruxa boazinha, observou, era que não fazia estardalhaço.

– Seu marido está lá embaixo, esperando no carro. Eu disse que vinha buscar a senhora, se a senhora quiser.

– Quero sim – disse Tuppence.

– Foi o que pensei. – Olhou em direção à porta que dava para o quarto. – Ela está... lá dentro?

– Está – respondeu Philip Starke.

A sra. Perry entrou no quarto. Tornou a sair...

– Entendo... – Olhou para ele com ar de quem não entendia.

– Ela ofereceu à sra. Beresford um copo de leite... A sra. Beresford não aceitou.

– E então ela mesma tomou?

Ele hesitou.

– Sim.

– Mais tarde ligo para o dr. Mortimer – disse a sra. Perry.

Foi ajudar Tuppence a se levantar, mas não precisou.

– Não estou ferida – informou. – Foi apenas um susto... Estou bem agora.

Ficou em pé, olhando para Philip Starke... nenhum dos dois parecia ter mais nada a dizer. A sra. Perry ficou ao lado da porta na parede.

Tuppence falou, por fim.

– Não há nada que eu possa fazer, né? – perguntou, embora não fosse bem uma pergunta.

– Só uma coisa... Foi Nellie Bligh quem lhe deu aquela pancada no cemitério outro dia.

– Imaginei – disse Tuppence.

– Ela perdeu a cabeça. Achou que a senhora fosse descobrir nosso segredo. Ela... Me arrependo amargamente de todas as exigências que lhe impus todos esses anos. É mais do que qualquer mulher pode suportar...

– Ela o amava muito, suponho – disse Tuppence. – Mas não acho que vou continuar procurando a sra. Johnson, se é isso o que o senhor queria.

– Obrigado... Fico muito agradecido.

Fez-se silêncio de novo. A sra. Perry esperava, pacientemente. Tuppence olhou em volta. Foi até a janela sem vidro e contemplou o tranquilo canal lá embaixo.

– Acho que nunca mais vou ver esta casa de novo. Estou olhando bem, para me lembrar depois.

– A senhora quer lembrar?

– Quero. Alguém me falou que era uma casa que tinha sido mal utilizada. Agora entendo o que queriam dizer.

Philip Starke fitou-a com ar interrogativo, mas não falou nada.

– Quem o mandou aqui à minha procura? – indagou Tuppence.

– Emma Boscowan.

– Eu sabia.

Foi até a bruxa boazinha e as duas desceram juntas.

Uma casa para amantes, Emma Boscowan lhe dissera. Bem, era assim que a deixava... de posse de dois apaixonados... uma morta e o outro que sofria, vivo...

Saiu ao encontro de Tommy, que a esperava no carro.

Despediu-se da bruxa boazinha e entrou.

– Tuppence – disse Tommy.

– Eu sei – retrucou Tuppence.

– Não faça mais isso – pediu Tommy. – Nunca mais.

– Não vou fazer.

– Isso é o que você está dizendo agora, mas depois faz.

– Não vou fazer mais. Estou muito velha.

Tommy ligou o motor. Partiram.

– Coitada da Nellie Bligh – comentou Tuppence.

– Por que diz isso?

– Tão perdidamente apaixonada por Philip Starke. Dedicando-se a ele por todos esses anos... tanta fidelidade canina desperdiçada.

– Bobagem! – disse Tommy. – Aposto que aproveitou cada minuto. Existem mulheres assim.

– Seu bruto sem coração – disse Tuppence.

– Aonde você quer ir... ao The Lamb and Flag, em Market Basing?

– Não – respondeu Tuppence. – Quero ir para casa. PARA CASA, Thomas. E ficar por lá.

– Amém – disse o sr. Beresford. – *E se o Albert nos receber com um frango queimado, eu o mato!*

Passageiro para Frankfurt

Tradução de Rodrigo Breunig

Para Margaret Guillaume

"A liderança, além de ser uma grande força criativa, pode ser diabólica..."

JAN SMUTS

A autora fala:

A primeira pergunta feita para uma autora, pessoalmente ou pelo correio, é:

– De onde a senhora tira as suas ideias?

É grande a tentação de responder: "Eu vou sempre à Harrods", ou "Eu as obtenho quase sempre nas Army & Navy Stores", ou, com mordacidade, "Tente na Marks & Spencer".

A opinião universal, estabelecida e arraigada, parece indicar que existe uma mágica fonte de ideias que os autores aprenderam a explorar.

A pessoa mal consegue remeter seus questionadores ao passado elisabetano, com a indagação de Skakespeare:

Diga, onde nasce a imaginação,
Na cabeça ou no coração?
Como é gerada, nutrida?
Responda, responda.

Você meramente diz com firmeza:

– Da minha própria cabeça.

Isso, é claro, não ajuda ninguém nem um pouco. Se você simpatiza com seu investidor, acaba cedendo e avança na resposta:

– Se uma ideia em particular parece atraente, se você sente que poderia fazer alguma coisa com ela, então você a joga de um lado ao outro, faz alguns truques com ela, vai desenvolvendo e aparando essa ideia, e aos poucos lhe dá uma forma. Aí, é claro, você precisa começar a escrever. Isso não é nem de longe uma boa diversão: a coisa vira trabalho duro. Uma alternativa é guardar a ideia com cuidado, deixá-la numa gaveta, para talvez usá-la depois de um ou dois anos.

Uma segunda pergunta – ou melhor, uma afirmação – será provavelmente a seguinte:

– Eu imagino que a senhora tire a maioria dos seus personagens da vida real.

Uma negativa indignada para essa sugestão monstruosa:

– Não, não tiro. Eu os invento. Eles são *meus*. Eles só podem ser os *meus* personagens... fazendo aquilo que eu quero que eles façam, sendo aquilo que eu quero que eles sejam... ganhando vida para mim, tendo às vezes suas próprias ideias, mas apenas porque eu os tornei *reais*.

Assim a autora produziu as ideias e os personagens – mas agora vem a terceira necessidade: o cenário. Os dois primeiros itens surgem de fontes internas, mas o terceiro está no lado de fora – precisa estar lá – esperando – já existindo de fato. Você não inventa o cenário – ele está lá – é real.

Você saiu, talvez, para um cruzeiro no Nilo – você se lembra de tudo – exatamente o cenário que você quer para essa história em particular. Você fez uma refeição em um café no Chelsea. Uma briga estava acontecendo – uma garota arrancou um punhado de cabelo de outra garota. Um excelente começo para o livro que você vai escrever a seguir. Você viaja no Expresso Oriente. Que divertido fazer dele o cenário de uma trama que está imaginando! Você vai tomar chá com uma amiga. Quando chega, o irmão dela fecha um livro que está lendo – ele o joga de lado e diz: "Nada mau, mas por que diabos não perguntaram a Evans?".

Então você decide imediatamente que um livro seu a ser escrito em pouco tempo terá o título *Por que não pediram a Evans?*.

Você não sabe ainda quem Evans vai ser. Não importa. Evans virá no devido tempo – o título está definido.

Então, de certa forma, você não inventa os seus cenários. Eles estão fora de você, ao seu redor, existentes – você só precisa estender a mão e escolher. Um trem, um hospital, um hotel de Londres, uma praia do Caribe, um vilarejo rural, uma festa, uma escola para meninas.

Mas uma coisa só se aplica: eles devem estar lá – existentes. Pessoas reais, lugares reais. Um lugar definido no tempo e no espaço. Se vai ser aqui e agora – como é que você obtém a informação completa – além da evidência de seus próprios olhos e ouvidos? A resposta é assustadoramente simples.

É o que a imprensa traz para você a cada dia, em seu jornal matutino, sob o título geral de "notícias". Pegue a primeira página. O que está acontecendo no mundo hoje? O que todo mundo está dizendo, pensando, fazendo? Segure um espelho para refletir o ano de 1970 na Inglaterra.

Olhe essa primeira página todos os dias por um mês, faça anotações, analise e classifique.

Todos os dias há uma morte.

Uma garota estrangulada.

Mulher idosa atacada e roubada de suas parcas economias.

Homens jovens ou meninos – atacando ou atacados.

Edifícios e cabines telefônicas quebrados e destroçados.

Tráfico de drogas.

Roubo e assalto.

Crianças desaparecidas e corpos de crianças assassinadas encontrados não muito longe de suas casas.

A Inglaterra pode ser isso? A Inglaterra é *realmente* assim? A gente sente – não – ainda não, *mas poderia ser.*

O medo desperta – o medo do que pode vir. Não tanto por causa de acontecimentos reais, mas devido às possíveis causas por trás deles. Algumas conhecidas, algumas desconhecidas, mas todas *sentidas.* E não apenas no nosso próprio país. Há parágrafos menores em outras páginas, dando notícias da Europa, da Ásia – das Américas. Notícias mundiais.

Sequestros de aviões.

Sequestros de pessoas.

Violência.

Tumultos.

Ódio.

Anarquia – tudo cada vez mais forte.

Tudo parecendo conduzir à veneração de um prazer destrutivo, cruel.

O que significa tudo isso? Uma frase elisabetana ecoa do passado, falando da Vida:

...é uma história
Contada por um idiota, cheia de som e fúria,
Significando nada.

E no entanto sabemos, por nosso próprio conhecimento, quanta bondade existe neste nosso mundo – os feitos caridosos, a bondade do coração, os atos de compaixão, a bondade de vizinho para com vizinho, as ações úteis de meninas e meninos.

Então, por que essa atmosfera fantástica de notícias diárias – de coisas que acontecem – que são *fatos* reais?

Para escrever uma história neste ano do Nosso Senhor de 1970 – você precisa entrar em acordo com o seu plano de fundo. Se o fundo é fantástico, então a história deve aceitar o seu fundo. Ela, também, deve ser uma fantasia – uma extravagância. A ambientação deve incluir os fatos fantásticos da vida diária.

Podemos conjeturar uma causa fantástica? Uma Campanha Secreta pelo Poder? Pode um desejo maníaco de destruição criar um novo mundo? Podemos ir um pouco mais longe e sugerir a libertação por meios fantásticos, que soam impossíveis?

Nada é impossível, a ciência nos ensinou isso.

Esta história é, em essência, uma fantasia. Não pretende ser nada mais.

Mas a maioria das coisas que acontecem nela estão acontecendo, ou prometendo acontecer, no mundo de hoje.

Não é uma história impossível – é apenas uma história fantástica.

LIVRO 1

Viagem interrompida

CAPÍTULO 1

Passageiro para Frankfurt

I

– Coloquem o cinto de segurança, por favor.

Os diversos passageiros no avião obedeceram lentamente. Havia um sentimento geral de que não poderiam estar chegando a Genebra ainda. Os sonolentos gemeram e bocejaram. Os mais do que sonolentos tiveram de ser suavemente despertados por uma aeromoça autoritária.

– Cinto de segurança, por favor.

A voz seca veio pelo sistema de som numa modulação autoritária. Explicou em alemão, em francês e em inglês que atravessariam um pequeno trecho com turbulência. Sir Stafford Nye abriu ao máximo a boca, bocejou e se ajeitou melhor no assento. Ele estivera sonhando com uma feliz pescaria num rio inglês.

Era um homem de 45 anos, de altura mediana, com um rosto suave, moreno e bem barbeado. Nas roupas, gostava de afetar uma aparência bizarra. Homem de excelente família, ele se sentia completamente à vontade satisfazendo esses caprichos de indumentária. Se a circunstância fazia com que seus colegas mais convencionais em vestuário estremecessem, isso era meramente uma fonte de prazer malicioso para ele. Havia nele algo de um janota do século XVIII. Ele gostava de chamar atenção.

Seu particular tipo de afetação quando viajava era uma espécie de manto de bandoleiro que certa vez ele havia comprado na Córsega. Era de um azul-púrpura muito escuro, tinha um forro vermelho e uma espécie de albornoz pendurado atrás que ele podia puxar sobre a cabeça quando quisesse, de modo a se proteger de correntes de ar.

Sir Stafford Nye havia sido uma decepção nos círculos diplomáticos. Marcado nos primeiros tempos da juventude por seus dons para grandes coisas, ele singularmente não tinha cumprido sua promessa inicial. Um peculiar e diabólico senso de humor costumava afligi-lo naquilo que deveriam ter sido os seus momentos mais sérios. Quando se detinha em consideração, Stafford descobria que sempre preferia satisfazer sua malícia delicada e endiabrada antes de entediar a si mesmo. Ele era uma figura bem conhecida na vida pública sem nunca ter alcançado eminência. Sentia-se que Stafford Nye, embora definitivamente brilhante, não era – e, presumivelmente, nunca seria – um homem confiável. Naqueles dias de política confusa e confusas relações exteriores, a confiança, especialmente se fosse para chegar a embaixador, era preferível ao brilho. Sir Stafford Nye foi relegado a mofar na prateleira, embora fosse ocasionalmente incumbido de missões propícias à arte da intriga, mas sem ser de natureza muito importante ou pública. Os jornalistas às vezes se referiam a ele como o azarão da diplomacia.

Se Sir Stafford ficara desapontado com a sua própria carreira, ninguém nunca soube. Provavelmente nem ele mesmo. Era um homem de certa vaidade, mas também gostava muito de satisfazer as suas próprias propensões por atitudes contestadoras.

Stafford Nye estava voltando agora de uma comissão de inquérito na Malásia. Ele a tinha considerado singularmente desprovida de interesse. Seus colegas haviam, em sua opinião, decidido de antemão quais seriam os resultados. Eles viram e ouviram, mas as suas visões preconcebidas não foram afetadas. Sir Stafford tinha tentado algumas sabotagens, mais por diabrura do que por qualquer convicção pronunciada. De toda forma, pensou ele, isso havia deixado as coisas mais animadas. Ele desejava que houvesse mais possibilidades de fazer esse tipo de coisa. Seus colegas integrantes da comissão tinham sido companheiros razoáveis, confiáveis e extremamente aborrecidos. Até mesmo a bem conhecida sra. Nathaniel Edge, única integrante mulher, conhecida por ficar sempre batendo na mesma tecla, não era nada boba no tocante aos fatos puros e simples. Ela via, escutava e jogava para ganhar.

Ele já a encontrara antes, por ocasião de um problema que precisava ser resolvido numa das capitais dos Bálcãs. Foi lá que Sir Stafford Nye não conseguiu se abster de embarcar em algumas sugestões interessantes. No periódico movido a escândalos *Inside News* foi insinuado que a presença de Sir Stafford Nye naquela capital dos Bálcãs estava intimamente conectada com os problemas dos Bálcãs, e que a sua missão era um segredo da maior delicadeza. Um bom amigo enviara para Sir Stafford uma cópia com a passagem relevante marcada. Sir Stafford não ficou desconcertado. Ele leu o texto com um sorriso deliciado. Divertiu-o muito refletir sobre o quanto os jornalistas ficaram ridiculamente longe da verdade nessa ocasião. Sua presença em Sófia se devera inteiramente a um interesse irrepreensível pelas mais raras flores silvestres e às urgências de uma amiga idosa sua, Lady Lucy Cleghorn, que era incansável na sua busca por essas tímidas raridades florais e que a qualquer momento poderia escalar um rochedo ou saltar alegremente num brejo caso enxergasse a menor das florzinhas – cujo comprimento de nome latino fosse inversamente proporcional ao seu tamanho.

Um pequeno grupo de entusiastas já ficara se dedicando a essa pesquisa botânica nas encostas das montanhas por cerca de dez dias quando ocorreu a Sir Stafford que era uma pena que o parágrafo não fosse verdade. Ele estava um pouco – só um pouco – cansado de flores silvestres e, por mais apegado que fosse à querida Lucy, a capacidade dela (apesar de seus sessenta e tantos anos) para subir correndo as colinas em alta velocidade, ultrapassando facilmente o ritmo dele, às vezes o irritava. Sempre logo à frente ele via o fulgurante fundilho azul-imperial das calças dela, e Lucy, embora fosse magricela o bastante no resto do corpo, era decididamente volumosa demais no traseiro, Deus é testemunha, para usar uma calça de veludo azul-imperial. Uma bela intriguinha internacional, ele havia pensado, na qual mergulhar seus dedos, para brincar um pouco...

No avião, a voz metálica do sistema de som falou de novo. Disse aos passageiros que, devido a um forte nevoeiro em Genebra, o avião seria desviado para o aeroporto de Frankfurt e prosseguiria de lá para Londres. Os passageiros para Genebra seriam reencaminhados de Frankfurt o mais breve possível. Não fazia nenhuma diferença para Sir Stafford Nye. Se houvesse nevoeiro em Londres, ele supôs que iriam redirecionar o avião para Prestwick. Stafford esperava que isso não acontecesse. Ele já estivera em Prestwick mais vezes do que o recomendável. A vida e as viagens por via aérea, ele pensou, eram de fato excessivamente chatas. Se apenas – ele não sabia – se apenas – *o quê*?

II

Fazia calor no Saguão de Trânsito de Passageiros em Frankfurt, portanto Sir Stafford Nye deslizou para trás o seu manto, permitindo ao forro carmesim que ondulasse espetacularmente em volta de seus ombros. Ele estava bebendo um copo de cerveja e ouvindo com atenção negligente os vários avisos que eram feitos.

"Voo 4387. Voando para Moscou. Voo 2381 com destino ao Egito e Calcutá."

Viagens pelo mundo todo. Como deveria ser romântico. Mas havia algo na atmosfera de um saguão de passageiros num aeroporto que esfriava o romance. O lugar era cheio demais de gente, cheio demais de coisas para comprar, cheio demais de assentos igualmente coloridos, cheio demais de plástico, cheio demais de seres humanos, cheio demais de crianças chorando. Ele tentou se lembrar de quem dissera:

Eu gostaria de amar os seres humanos;
Gostaria de amar seus rostos insanos.

Chesterton, talvez? Era sem dúvida verdadeiro. Coloque pessoas suficientes juntas e elas vão parecer tão dolorosamente iguais que mal se pode suportar. Um rosto interessante agora, pensou Sir Stafford. Que diferença isso faria. Ele olhou de maneira depreciativa para duas jovens, esplendidamente maquiadas, vestidas com o uniforme nacional do seu país – a Inglaterra, ele presumia –, de minissaias cada vez mais curtas, e para outra jovem, ainda mais bem maquiada – de fato muito atraente –, que estava usando algo que ele acreditava ser chamado de saia-calça. Ela tinha ido um pouco mais longe na estrada da moda.

Stafford não estava muito interessado por garotas de boa aparência que se pareciam todas umas com as outras. Ele gostaria de ver alguém diferente. Alguém sentou-se ao lado dele no sofá de couro sintético coberto por plástico no qual ele estava acomodado. O rosto dela chamou sua atenção de imediato. Não exatamente porque era diferente; na verdade, ele quase parecia reconhecê-lo como um rosto familiar. Ali estava alguém que ele já tinha visto antes. Sir Stafford não conseguia se lembrar de onde ou quando, mas o rosto era certamente familiar. Vinte e cinco ou vinte e seis anos, ele pensou, era possivelmente a idade. Um delicado nariz aquilino e proeminente, um volumoso cabelo preto caindo até os ombros. Ela tinha uma revista diante dos olhos, mas não a lia. A jovem estava, de fato, olhando para ele com algo que era quase ânsia. De repente, ela falou. Era uma voz de contralto profundo, quase tão profunda quanto a voz de um homem. Tinha um levíssimo sotaque estrangeiro. Ela disse:

– Posso falar com o senhor?

Ele analisou-a por um momento antes de responder. Não – não era o que se poderia pensar – aquilo não era uma cantada. Aquilo era outra coisa.

– Não vejo nenhuma razão – ele disse – para a senhorita não fazê-lo. Nós temos bastante tempo para gastar aqui, ao que parece.

– Nevoeiro – disse a mulher –, nevoeiro em Genebra, nevoeiro em Londres, talvez. Nevoeiro em toda parte. Eu não sei o que fazer.

– Ah, não deve se preocupar – disse ele, tranquilizador –, vai desembarcar em algum lugar com toda certeza. Eles são bastante eficientes, claro. Para onde está indo?

– Eu estava indo para Genebra.

– Bem, eu espero que acabe chegando lá no final.

– Eu preciso chegar lá *agora*. Se eu conseguir chegar a Genebra, vai dar tudo certo. Tem alguém que vai me encontrar lá. Ficarei segura.

– Segura?

Ele sorriu um pouco.

Ela disse:

– Segurança é uma palavra e tanto, mas não é o tipo de palavra pela qual as pessoas se mostram interessadas nos dias de hoje. Mas a segurança pode significar muito. Estar segura significa muito para mim.

Em seguida ela falou:

– Veja, se eu não puder chegar a Genebra, se eu tiver que abandonar este avião aqui, ou ir neste avião para Londres sem fazer certos arranjos, eu vou ser assassinada.

A jovem olhou para ele com vivacidade.

– Imagino que o senhor não esteja acreditando nisso.

– Receio que não.

– É a mais pura verdade. As pessoas podem ser assassinadas. Assassinatos ocorrem todos os dias.

– Quem quer matar a senhorita?

– Será que isso importa?

– Não para mim.

– O senhor pode acreditar em mim, se quiser. Eu estou falando a verdade. Eu preciso de ajuda. Ajuda para chegar a Londres com segurança.

– E por que razão me escolheria para ajudá-la?

– Porque eu acho que o senhor sabe um pouco sobre a morte. O senhor conhece a morte, talvez tenha visto a morte acontecer.

Stafford Nye olhou para ela com interesse e em seguida desviou o olhar.

– Algum outro motivo? – ele perguntou.

– Sim. Isso.

Ela estendeu sua fina mão de pele morena e tocou as dobras do manto volumoso.

– Isso – ela disse.

Pela primeira vez o interesse dele foi despertado.

– Ora, o que é que a senhorita quer dizer com isso?

– É incomum... característico. Não é o que todo mundo usa.

– É verdade. É uma das minhas extravagâncias, digamos assim...

– É uma extravagância que poderia ser útil para mim.

– Como assim?

– Eu estou lhe pedindo uma coisa. Provavelmente o senhor irá recusar, mas pode muito bem não recusar, porque eu acho que o senhor é um homem que está disposto a correr riscos. Assim como eu sou uma mulher que corre riscos.

– Eu vou ouvir qual é o seu plano – ele disse, com um leve sorriso.

– Eu quero vestir o seu manto. Eu quero o seu passaporte. Eu quero o seu bilhete de embarque para o avião. Dentro de pouco tempo, em vinte minutos mais ou menos, digamos, o voo para Londres será chamado. Vou ficar com o seu passaporte, vou usar o seu manto. E desse modo vou viajar para Londres e desembarcar com segurança.

– Quer dizer que a senhorita vai se passar por mim? Minha cara...

A jovem abriu uma bolsa. Tirou um pequeno espelho quadrado.

– Olhe – disse ela. – Olhe para mim e, em seguida, olhe para o seu próprio rosto.

Ele viu então, viu o que estivera vagamente importunando a sua mente. Sua irmã, Pamela, que morrera cerca de vinte anos antes. Os dois sempre tinham sido muito parecidos, ele e Pamela. Uma forte semelhança de família. Ela tinha um tipo de rosto ligeiramente masculino. O rosto dele talvez tivesse sido, por certo no início da vida, de um tipo um pouco efeminado. Possuíam ambos o nariz proeminente, a inclinação das sobrancelhas, o leve sorriso de canto dos lábios. Pamela tinha sido alta, mais de um metro e setenta, e ele tinha quase um metro e oitenta. Stafford olhou para a mulher que lhe oferecera o espelho.

– Existe uma semelhança fisionômica entre nós, isso é o que a senhorita quer dizer, não é? Só que, minha cara, isso não iria enganar ninguém que me conhecesse ou conhecesse a senhorita.

– É claro que não. O senhor não entende? Não é preciso. Eu estou usando calças. O senhor viajou com o capuz do seu manto puxado em volta do rosto. Tudo o que eu preciso fazer é cortar o meu cabelo, embrulhá-lo numa bola de jornal amassado e jogá-lo numa cesta de lixo. Depois, vou colocar o seu albornoz; eu tenho o seu cartão de embarque, o bilhete e o passaporte. A menos que possa existir alguém que o conheça bem nesse avião, e eu presumo que não exista, ou já teriam falado com o senhor, poderei viajar com segurança como se eu fosse o senhor. Mostrando o seu passaporte quando for necessário, mantendo o albornoz com o capuz puxado de modo que somente o nariz e os olhos e a boca sejam visíveis. Eu poderei sair com segurança quando o avião chegar ao seu destino, porque ninguém vai saber que viajei nele. Sair com segurança e desaparecer em meio à multidão da cidade de Londres.

– E eu faço o quê? – perguntou Sir Stafford, com um leve sorriso.

– Posso dar uma sugestão, se o senhor tiver coragem para encará-la.

– Sugira – disse ele. – Eu sempre gosto de ouvir sugestões.

– O senhor se levanta, se afasta e vai comprar uma revista ou um jornal, ou um presente no balcão de presentes. Deixa o seu manto pendurado aqui no assento. Quando voltar com seja lá o que for, o senhor se senta em outro lugar... digamos que na extremidade do banco ali em frente. Haverá um copo diante do senhor, este mesmo copo. Nele haverá algo que vai botar o senhor para dormir. Dormir num canto sossegado.

– O que acontece a seguir?

– O senhor terá sido presumivelmente vítima de um roubo – ela disse. – Alguém vai ter adicionado algumas gotas entorpecedoras na sua bebida e vai ter roubado a sua carteira. Algo desse tipo. O senhor declara a sua identidade, diz que o seu passaporte e seus pertences foram roubados. O senhor pode facilmente confirmar a sua identidade.

– A senhorita sabe quem eu sou? Meu nome, eu quero dizer...

– Ainda não – ela disse. – Não vi o seu passaporte ainda. Não faço a menor ideia de quem seja o senhor.

– E mesmo assim diz que posso confirmar facilmente a minha identidade.

– Eu costumo avaliar com precisão as pessoas. Sei quem é importante ou quem não é. O senhor é uma pessoa importante.

– E por que motivo eu deveria fazer isso tudo?

– Talvez para salvar a vida de uma criatura humana.

– Essa história não parece ser altamente fantasiosa?

– Sem dúvida. É muito fácil não acreditar. O senhor acredita nela?

Stafford Nye olhou para ela, pensativo.

– A senhorita sabe como está falando? Como uma linda espiã num filme de ação.

– Sim, talvez. Mas eu não sou linda.

– E também não é uma espiã?

– Eu poderia ser descrita dessa maneira, talvez. Tenho comigo certas informações. Informações que quero preservar. O senhor vai ter que confiar na minha palavra, são informações que seriam valiosas para o seu país.

– A senhorita não acha que está sendo um tanto absurda?

– Sim, acho. Se isso fosse escrito, iria parecer absurdo. Mas tantas coisas absurdas são verdadeiras, não são?

Stafford olhou para ela de novo. Era muito parecida com Pamela. Sua voz, embora fosse estrangeira na entonação, era semelhante à voz de Pamela. O que estava propondo era ridículo, absurdo, quase impossível, e provavelmente perigoso. Perigoso para ele. Infelizmente, porém, isso era o que o atraía. Ter a coragem de sugerir uma coisa dessas para ele! O que resultaria de tudo isso? Seria interessante, com toda certeza, tentar descobrir.

– O que eu ganho com isso? – ele perguntou. – Isso é o que eu gostaria de saber.

Ela olhou para ele, refletindo.

– Divertimento – ela disse. – Algo estranho em relação aos acontecimentos cotidianos. Um antídoto contra o tédio, talvez. Nós não temos muito tempo. Cabe ao senhor decidir.

– E o que acontece com o *seu* passaporte? Eu preciso comprar uma peruca, se é que eles vendem uma coisa dessas, no balcão? Preciso personificar uma mulher?

– Não. Não há qualquer necessidade para uma troca de papéis. O senhor foi roubado e drogado, mas permanece sendo a mesma pessoa. Tome uma decisão. Não há muito tempo. Os minutos estão passando bem rápido. Eu tenho que fazer a minha própria transformação.

– A senhorita venceu – ele disse. – Não se deve recusar o incomum quando nos oferecem.

– Eu esperava que o senhor pudesse ter essa reação, mas foi um lance de sorte.

Stafford Nye tirou seu passaporte do bolso. Ele o enfiou no bolso exterior do manto que estivera usando. Depois se levantou, bocejou, olhou em volta, olhou o relógio e caminhou até o balcão, onde vários produtos estavam expostos para venda. Não chegou nem mesmo a olhar para trás. Comprou um livro de bolso e manuseou alguns animaizinhos de pelúcia, um presente adequado para uma criança. Por fim escolheu um panda. Ele olhou em volta do saguão, retornou para onde estivera sentado. O manto tinha sumido e a garota também. O copo de cerveja pela metade estava em cima da mesa ainda. Este é o meu momento, ele pensou, de correr o risco. Stafford pegou o copo, afastou-se um pouco e bebeu a cerveja. Não com grande rapidez. Muito lentamente. O gosto era o mesmo que ele tinha sentido antes.

– Agora eu não sei – disse Sir Stafford. – Agora eu não sei.

Ele atravessou o saguão até um canto distante. Havia uma família um tanto barulhenta sentada ali, rindo e conversando. Ele se sentou perto deles, bocejou, deixou sua cabeça cair para trás na borda da almofada. Foi anunciado um voo partindo para Teerã. Um grande número de passageiros se levantou e foi fazer fila junto ao portão do número indicado. O saguão ainda permanecia meio cheio. Stafford abriu o seu livro de bolso. Bocejou novamente. Ele estava realmente sonolento agora, sim, ele estava muito sonolento... Ele só precisava pensar onde seria o melhor lugar para dormir. Algum lugar onde ele pudesse permanecer...

A Trans-European Airways anunciou a saída de seu avião, voo 309 para Londres.

III

Um bom grupo de passageiros se levantou para obedecer à convocação. Àquela altura, entretanto, mais passageiros haviam entrado no saguão de trânsito à espera de outros aviões. Avisos se seguiram dando conta de nevoeiro em Genebra e outros contratempos de viagem. Um homem esbelto e de estatura mediana, vestindo um manto azul escuro com o forro vermelho aparecendo e com um capuz puxado sobre uma cabeça de cabelos bem curtos, não visivelmente mais descuidada do que muitas das cabeças dos rapazes de hoje em dia, atravessou o saguão para pegar o seu lugar na fila do avião. Depois de apresentar o bilhete de embarque, ele saiu pelo portão de número 9.

Mais avisos se seguiram. Swissair voando para Zurique. BEA para Atenas e Chipre – e então um tipo diferente de aviso:

– Srta. Daphne Theodofanous, passageira para Genebra, queira por favor comparecer ao portão de embarque. O avião para Genebra foi adiado devido ao nevoeiro. Os passageiros viajarão com escala em Atenas. A aeronave está prestes a sair.

Outros avisos vieram referindo-se a passageiros para o Japão, para o Egito, para a África do Sul, linhas aéreas abrangendo o mundo todo. O sr. Sidney Cook, passageiro para a África do Sul, foi instado a comparecer ao balcão de voo, onde havia uma mensagem para ele. Daphne Theodofanous foi chamada novamente.

– Esta é a última chamada para o voo 309.

Num canto do saguão, uma menina olhava para um homem num terno escuro que dormia profundamente, sua cabeça encostada na almofada do sofá vermelho. Em sua mão ele segurava um pequeno panda de pelúcia.

A mão da menina se estendeu na direção do panda. Sua mãe disse:

– Ora, Joan, não toque nisso. O pobre cavalheiro está dormindo.

– Onde ele está indo?

– Talvez ele esteja indo para a Austrália também – disse a mãe –, como nós.

– Ele tem uma menininha que nem eu?

– Acho que sim – disse a mãe.

A menina suspirou e olhou para o panda de novo. Sir Stafford Nye continuou a dormir. Ele estava sonhando que tentava atirar num leopardo. Um animal muito perigoso, ele dizia para o guia de safári que o acompanhava.

– Um animal muito perigoso, foi o que eu sempre ouvi. Você não pode confiar num leopardo.

O sonho se transformou naquele momento, como é habitual nos sonhos, e ele estava tomando chá com sua tia-avó Matilda e tentando fazê-la ouvir. Ela estava mais surda do que nunca! Stafford não tinha ouvido nenhum dos avisos a não ser o primeiro, dirigido à srta. Daphne Theodofanous. A mãe da menininha disse:

– Eu sempre fico imaginando o que se passa, sabe, com os passageiros que não aparecem. Quase sempre, quando se vai para qualquer lugar de avião, se ouve isso. Alguém que eles não conseguem encontrar. Alguém que não tenha escutado a chamada ou algo do gênero. Eu sempre fico imaginando quem é essa pessoa e o que ela está fazendo, e *por que* ela não apareceu. Suponho que essa senhorita Não-sei-das-quantas tenha acabado de perder o seu avião. O que é que eles vão fazer com ela, então?

Ninguém foi capaz de responder a essa pergunta, porque ninguém tinha a informação adequada.

CAPÍTULO 2

Londres

O apartamento de Sir Stafford Nye era muito agradável. Tinha vista para o Green Park. Ele ligou a cafeteira e foi ver o que o correio lhe trouxera naquela manhã, mas o correio não parecia ter lhe trazido nada de muito interessante. Ele selecionou as cartas, uma conta ou duas, um recibo e cartas com carimbos bastante desinteressantes. Juntou tudo e depositou o monte na mesa, onde já se encontravam algumas correspondências acumuladas dos últimos dias. Ele logo teria de colocar as coisas em ordem, segundo supôs. Sua secretária chegaria uma hora ou outra naquela tarde.

Sir Stafford voltou à cozinha, despejou o café numa xícara e a trouxe até a mesa. Apanhou as duas ou três cartas que abrira no dia anterior quando chegara, tarde da noite. Deteve-se numa delas e sorriu um pouco enquanto a lia.

– Onze e meia – ele disse. – Um horário bastante apropriado. Não sei... Será melhor pensar bem e me preparar para Chetwynd.

Alguém deixou alguma coisa na caixa do correio. Stafford foi até a entrada e pegou o jornal matutino. Havia pouquíssimas notícias no jornal. Uma crise política, um texto com notícias do exterior que podiam ser inquietantes, mas, no seu entender, não eram. Só um jornalista extravasando e tentando fazer as coisas parecerem mais importantes do que eram. Eles precisavam dar ao público algo para ler. Uma garota tinha sido estrangulada no parque. Garotas estavam sempre sendo estranguladas. Uma por dia, ele pensou de maneira insensível. Nenhuma criança tinha sido sequestrada ou violentada naquela manhã. Essa era uma bela surpresa. Ele preparou uma torrada e bebeu seu café.

Mais tarde ele saiu do apartamento, desceu pela rua e atravessou o parque na direção de Whitehall. Estava sorrindo consigo mesmo. A vida, ele pensou, estava ótima naquela manhã. Ele começou a pensar em Chetwynd. Chetwynd era um bobalhão como poucos que já existiram. Uma boa fachada, com aspecto de importância, e uma mente belamente desconfiada. Ele se divertiria bastante conversando com Chetwynd.

Sir Stafford Nye chegou a Whitehall com sete confortáveis minutos de atraso. Isso somente ocorria por causa de sua própria importância comparada com a de Chetwynd, ele pensou. Stafford entrou na sala. Chetwynd estava sentado atrás de sua mesa e tinha um monte de papéis sobre ela e uma secretária. Ele exibia um ar de homem importantíssimo, como sempre fazia em qualquer oportunidade.

– Olá, Nye – disse Chetwynd, com um sorriso que ocupava todo o seu rosto notavelmente belo. – Contente por estar de volta? Como estava na Malásia?

– Quente – disse Stafford Nye.

– Sim. Bem, eu suponho que sempre deva ser. Você quis dizer atmosfericamente, eu imagino, e não politicamente...

– Ah, só atmosfericamente – disse Stafford Nye.

Ele aceitou um cigarro e se sentou.

– Algum resultado digno de nota?

– Ah, quase nada. Nada que alguém pudesse chamar de resultado. Já encaminhei o meu relatório. Tudo um monte de conversa furada, como de costume. Como está Lazenby?

– Ah, uma chateação como sempre. Ele não vai mudar nunca – disse Chetwynd.

– Não, isso já seria esperar demais. Eu nunca tinha trabalhado com Bascombe antes. Ele consegue ser bastante engraçado quando quer.

– Consegue? Não conheço Bascombe muito bem. É. Talvez ele consiga.

– Pois bem, pois bem. Nenhuma grande novidade, eu imagino.

– Não, nada. Nada que pudesse interessá-lo. Você não explicou direito na sua carta o motivo pelo qual queria me ver.

– Ah, só para repassar algumas coisas, nada de mais. Sabe como é, para o caso de você ter trazido alguma informação confidencial. Algo que nos exigisse alguma preparação. Questões na Câmara. Qualquer coisa do gênero.

– Ah, claro.

– Você veio por via aérea, não foi? Teve alguns problemas, pelo que eu soube.

Stafford Nye apresentou a expressão que determinara de antemão que apresentaria. Ligeiramente pesarosa, com um leve toque de aborrecimento.

– Ah, então você já soube? – ele perguntou. – Um negócio maluco.

– Sim. Sim, deve ter sido.

– Extraordinário – disse Stafford Nye – como essas coisas sempre chegam aos ouvidos da imprensa. Havia um parágrafo nas notícias de última hora nesta manhã.

– Você preferia que não tivesse saído na imprensa, eu imagino...

– Bem, isso me faz parecer um pouco idiota, não? – disse Stafford Nye. – Eu tenho que admitir. Na minha idade, ainda por cima!

– O que foi que houve, exatamente? Imaginei que o relato do jornal pudesse estar exagerando.

– Bem, acho que eles tiraram o melhor proveito possível. Você sabe como são essas viagens. Um tédio maldito. Havia nevoeiro em Genebra, por isso eles tiveram que mudar a rota do avião. Então eu tive umas duas horas de espera em Frankfurt.

– Foi quando aconteceu?

– Foi. A gente fica morto de tédio nesses aeroportos. Aviões chegando, aviões saindo. Sistema de som a todo vapor o tempo inteiro. Voo 302 saindo para Hong Kong, voo 109 indo para a Irlanda. Isso e aquilo e não sei mais o quê. Gente se levantando, gente saindo. E você só fica ali sentado, bocejando.

– O que foi que aconteceu, exatamente? – perguntou Chetwynd.

– Bem, eu tinha uma bebida na minha frente, uma pilsner, na verdade, então pensei que precisava comprar alguma coisa para ler. Já havia lido tudo que tinha comigo, aí fui até o balcão e comprei um livro de bolso. Uma história de detetive, acho que era, e também comprei um bicho de pelúcia para uma das minhas sobrinhas. Então voltei, terminei de beber a minha cerveja, abri o meu livro e peguei no sono.

– Sim, estou entendendo. Você pegou no sono.

– Bem, é uma coisa bastante natural de se fazer, não é? Suponho que eles tenham chamado o meu voo, mas, caso tenham chamado, não ouvi nada. E não ouvi nada, aparentemente, pela melhor das razões. Sou capaz de pegar no sono num aeroporto em qualquer ocasião, mas também sou capaz de ouvir um aviso que me diz respeito. Dessa vez não ouvi. Quando acordei, ou quando recobrei a consciência, seja lá como você preferir, eu estava recebendo atenção médica. Alguém, segundo tudo indicava, tinha colocado algumas gotas de "Boa noite, Cinderela" ou sei lá o que na minha bebida. Deve ter feito isso quando eu estava afastado, comprando o livro.

– Uma coisa um tanto extraordinária de acontecer, não foi? – falou Chetwynd.

– Bem, nunca acontecera comigo antes – disse Stafford Nye. – Espero que nunca aconteça de novo. Isso faz com que o sujeito se sinta um completo idiota. Além de provocar uma ressaca. Havia um médico e uma enfermeira... algo assim. De todo modo, não houve consequências graves, aparentemente. A minha carteira foi afanada com algum dinheiro dentro e o meu passaporte. Foi embaraçoso, é claro. Felizmente eu não estava com muito dinheiro. Os meus cheques de viagem estavam num bolso interno. Tem sempre uma certa burocracia e tudo mais quando você perde o passaporte. De qualquer maneira, eu tinha umas cartas e outras coisas, e a identificação não foi difícil. E no devido tempo as coisas se ajeitaram e retomei a minha viagem.

– Mesmo assim, muito aborrecido para você – disse Chetwynd. – Uma pessoa do seu status, eu quero dizer...

– Sim – disse Stafford Nye. – Não me coloca numa luz muito favorável, não é? Quer dizer, não fico parecendo tão brilhante como deveria ser uma pessoa do meu... hã... status.

A ideia pareceu diverti-lo.

– Isso costuma acontecer com alguma frequência, você tem ideia?

– Não acredito que seja um acontecimento rotineiro. Mas poderia ser. Suponho que qualquer pessoa com alguma propensão para bater carteira poderia perceber um sujeito pegando no sono e enfiar a mão dentro de um bolso, e, se o larápio for talentoso na sua profissão, ele consegue algum dinheiro ou um livro de bolso ou algo assim, sempre contando com a sorte.

– É bem embaraçoso perder um passaporte.

– É, vou precisar encaminhar outro agora. Dar um monte de explicações, suponho. Como eu falei, o negócio todo foi uma maluquice maldita. E vamos falar a verdade, Chetwynd, isso não me coloca numa posição muito agradável, claro...

– Ah, não foi culpa sua, meu caro garoto, não foi culpa sua. Poderia ter acontecido com qualquer um, absolutamente com qualquer um.

– Muito gentil da sua parte dizer isso – falou Stafford Nye, sorrindo amavelmente para ele. – Vai me servir como uma bela lição, não vai?

– Você não imagina que alguém pudesse querer o *seu* passaporte em especial?

– Eu não imaginaria isso – disse Stafford Nye. – Por que alguém iria querer o meu passaporte? A não ser que fosse o caso de alguém querendo me aborrecer, e isso me parece bem pouco provável. Ou alguém que tenha gostado da minha foto no passaporte... e isso parece ser menos provável ainda!

– Você chegou a ver alguém conhecido em... onde foi que você disse que estava... em Frankfurt?

– Não, não. Absolutamente ninguém.

– Falou com alguém?

– Ninguém em particular. Eu disse algo para uma mulher gorda e simpática que estava acompanhada por uma criancinha que ela tentava distrair. Elas vinham de Wigan, eu acho. Indo para a Austrália. Eu não me lembro de ninguém mais.

– Você tem certeza?

– Houve uma certa mulher que queria saber o que fazer para estudar arqueologia no Egito. Eu disse que não sabia nada sobre esse assunto. Falei que o melhor era ela pedir informações ao Museu Britânico. E troquei uma ou duas palavras com um homem que, se não me engano, era um antivivisseccionista. Muito apaixonado pelo assunto.

– A gente sempre sente – disse Chetwynd – que talvez exista algo *por trás* de coisas como essa.

– De quais coisas?

– Bem, coisas como essa que aconteceu com você.

– Eu não consigo imaginar o que pode existir por trás disso – disse Sir Stafford. – Eu me arrisco a dizer que os jornalistas poderiam inventar alguma história, eles são muito espertos nesse tipo de coisa. Mesmo assim, é uma maluquice. Pelo amor de Deus, vamos esquecer esse negócio. Agora que o incidente foi mencionado pela imprensa, eu suponho, todos os meus amigos vão começar a me fazer perguntas. Como vai o velho Leyland? O que é que ele anda fazendo nos últimos tempos? Leyland sempre fala um pouco demais.

Os dois homens conversaram amigavelmente por mais uns dez minutos; então Sir Stafford levantou-se e saiu.

– Tenho várias coisas para fazer nesta manhã – ele disse. – Comprar presentes para os meus parentes. O problema é que, quando você esteve na Malásia, todos os parentes esperam que você lhes traga presentes exóticos. Vou dar uma passada na Liberty. Eles têm um belo estoque de produtos orientais.

Stafford se foi com jovialidade, cumprimentando com a cabeça alguns conhecidos quando passou pelo corredor. Quando ele já tinha se afastado, Chetwynd falou pelo telefone com sua secretária.

– Pergunte ao coronel Munro se ele pode vir ao meu encontro.

O coronel Munro entrou, trazendo consigo outro homem alto de meia-idade.

– Não sei se você conhece Horsham – ele disse –, da Segurança.

– Creio que já nos vimos antes – disse Chetwynd.

– Nye acabou de sair daqui, não foi? – perguntou o coronel Munro. – Alguma novidade nessa história sobre Frankfurt? Isto é, alguma novidade à qual deveríamos prestar atenção?

– Nada de mais, ao que parece – disse Chetwynd. – Ele está um pouco desconcertado por causa do incidente. Acha que faz com que pareça um idiota. E faz mesmo, é claro.

O homem chamado Horsham assentiu com a cabeça.

– É assim que ele encara o negócio?

– Bem, ele tentou enfrentar a situação da melhor maneira possível – disse Chetwynd.

– Mesmo assim – falou Horsham –, ele não é realmente nenhum idiota...

Chetwynd deu de ombros.

– Essas coisas acontecem – ele disse.

– Eu sei – disse o coronel Munro –, sim, sim, eu sei. De qualquer forma, bem, eu sempre senti que Nye era, sob certos aspectos, um pouco imprevisível. Que sob certos aspectos, veja bem, ele poderia não ser realmente *razoável* em seus pontos de vista.

O homem chamado Horsham falou:

– Não temos nada contra ele. Absolutamente nada, até onde *nós* sabemos.

– Ah, eu não quis dizer que havia. De maneira alguma eu quis dizer que havia – falou Chetwynd. – É só que... como eu poderia dizer?... Ele nem sempre é muito sério em relação às coisas.

O sr. Horsham usava um bigode. Ele considerava útil ter um bigode, que lhe fornecia proteção quando era difícil evitar um sorriso.

– Ele não é um imbecil – disse Munro. – É inteligente, claro. Vocês não acham que... Bem, vocês não acham que poderíamos ter algum ponto minimamente duvidoso em tudo isso, acham?

– Da parte dele? Não parece.

– Você já deu uma olhada em tudo, Horsham?

– Bem, nós não tivemos muito tempo ainda. Mas até onde sabemos está tudo certo. O passaporte dele, no entanto, *foi* usado.

– Usado? De que maneira?

– Passou por Heathrow.

– Você quer dizer que alguém se fez passar por Sir Stafford Nye?

– Não, não – disse Horsham –, não exatamente. Aí já seria mais do que poderíamos esperar. Passou com outros passaportes. Não houve nenhum alarme. Ele ainda não tinha nem acordado, naquela altura, da droga ou seja lá o que foi que lhe deram. Ele ainda estava em Frankfurt.

– Mas alguém poderia ter roubado esse passaporte, ter embarcado no avião e ter entrado assim na Inglaterra?

– Sim – disse Munro –, essa é a suposição. Ou alguém pegou uma carteira com dinheiro e passaporte dentro, ou então alguém queria um passaporte e escolheu Sir Stafford Nye como a pessoa mais conveniente para roubar. Havia uma bebida na mesa; bastava colocar algumas gotinhas ali, esperar até que o homem pegasse no sono e levar o passaporte, arriscando a sorte.

– Mas de qualquer modo eles olham os passaportes. Devem ter visto que não era o homem certo – disse Chetwynd.

– Bem, deve ter ocorrido uma certa semelhança, certamente – disse Horsham. – Mas não houve nenhum aviso de que ele estivesse desaparecido, nenhuma atenção especial atraída para esse passaporte específico. Uma multidão aparece num avião que está atrasado. Um homem é razoavelmente parecido com a fotografia do seu passaporte. Basta. Um olhar rápido, passaporte devolvido, vamos em frente. De qualquer maneira, o que eles ficam analisando mesmo são os *estrangeiros* que vão chegando, não os ingleses. Cabelos escuros, olhos azuis escuros, bem barbeado, mais ou menos um metro e oitenta. Isso é tudo o que você quer ver. Ele não iria estar na lista dos estrangeiros indesejáveis ou qualquer coisa desse tipo.

– Eu sei, eu sei. Mesmo assim, se alguém quisesse apenas furtar uma carteira ou algum dinheiro, não iria usar o passaporte, iria? É arriscado demais.

– Sim – disse Horsham. – Sim, essa é a parte interessante. É claro – falou ele – que nós estamos fazendo investigações, fazendo algumas perguntas aqui e ali.

– E qual é a sua opinião pessoal?

– Eu não gostaria de dizer ainda – retrucou Horsham. – Isso leva um certo tempo... Não podemos apressar as coisas.

– São todos iguais – o coronel Munro falou quando Horsham saiu da sala. – Eles nunca nos dizem nada, esses malditos sujeitos da segurança. Se eles acham que estão no rastro de alguma coisa, não admitem de maneira alguma.

– Bem, isso é natural – disse Chetwynd –, porque eles poderiam estar errados.

Essa parecia ser uma visão tipicamente política.

– Horsham é um homem dos bons – disse Munro. – Ele é bastante considerado na sede. Dificilmente estaria errado.

CAPÍTULO 3

O homem da lavanderia

Sir Stafford Nye voltou para o seu apartamento. Uma mulher enorme saltou de dentro da cozinha com palavras de saudação.

– Estou vendo que o senhor chegou bem, no fim das contas. Esses aviões insuportáveis... A gente nunca sabe, não é mesmo?

– É bem verdade, sra. Worrit – disse Sir Stafford Nye. – Duas horas de atraso com aquele avião.

– Não é muito diferente dos carros – disse a sra. Worrit. – Eu quero dizer, a gente nunca sabe, não é mesmo, o que vai acontecer de errado com *eles*. Só que dá mais angústia, por assim dizer, estando lá em cima no ar, não é verdade? Não dá para simplesmente parar no acostamento, não é a mesma coisa, estou certa? Pois veja. Eu não viajaria em um de maneira alguma, nem que me amarrassem.

Ela prosseguiu:

– Eu encomendei umas coisas. Espero que esteja tudo certo. Ovos, manteiga, café, chá... – ela ia derramando as palavras com a loquacidade de um guia do Oriente Próximo mostrando um palácio de faraó. – Pronto – disse a sra. Worrit, fazendo uma pausa para recuperar o fôlego –, acho que isso é tudo de que o senhor vai precisar. Eu encomendei a mostarda francesa.

– Não é a mostarda Dijon, é? Eles sempre tentam vender a Dijon.

– Não sei qual é *essa*, mas é uma Esther Dragon, a mostarda de que o senhor gosta, não é?

– Isso mesmo – disse Sir Stafford. – A senhora é uma maravilha!

A sra. Worrit exibiu uma expressão satisfeita. Ela foi se refugiar na cozinha novamente, ao passo que Sir Stafford colocou a mão na maçaneta da porta do seu quarto.

– Tudo bem eu ter dado as suas roupas para o cavalheiro que veio buscar, senhor? O senhor não tinha dito nada e nem deixado mensagem ou qualquer coisa desse tipo.

– Que roupas? – perguntou Sir Stafford Nye, parando.

– Dois ternos, foi isso, foi o que o cavalheiro veio pedir. Da Twiss and Bonywork, era isso, acho que a mesma que já tinha vindo outra vez. Tivemos um pouco de problema com a lavanderia White Swan, se estou bem lembrada.

– Dois ternos? – perguntou Sir Stafford Nye. – Quais ternos?

– Bem, teve aquele que o senhor chegou da viagem usando. Imaginei que esse seria um deles. Eu não tinha muita certeza sobre o outro, mas tinha o azul com risca de giz sobre o qual o senhor não tinha deixado ordens quando saiu. Ele estava precisando mesmo ser lavado, e também tinha necessidade de um conserto no punho direito, mas não queria dar um jeito eu mesma enquanto o senhor estava fora. Eu nunca gosto de fazer isso – disse a sra. Worrit, com um ar de palpável virtude.

– Então o camarada, seja lá quem for, levou esses dois ternos?

– Espero não ter feito nada de errado, senhor.

A sra. Worrit começou a ficar preocupada.

– Não, eu não me importo com o risca de giz. Foi bom mesmo. Mas o terno com o qual cheguei em casa, bem...

– Ele é um pouco fininho, senhor, para essa época do ano, não é mesmo? Ótimo naqueles lugares quentes onde o senhor andou. E ele estava precisando mesmo de uma limpeza. O cavalheiro disse que o senhor tinha telefonado para falar sobre os ternos. Foi o que ele disse, quando veio buscar.

– Ele entrou no meu quarto para pegá-los?

– Sim, senhor. Achei que era melhor.

– Muito interessante – disse Sir Stafford. – Sim, muito interessante.

Ele foi até o seu quarto e olhou em volta. O quarto estava limpo e arrumado. A cama estava feita, a mão da sra. Worrit era aparente, o barbeador elétrico estava no carregador, as coisas no toucador se mostravam em perfeita organização.

Stafford foi até o roupeiro e observou o seu interior. Olhou as gavetas da cômoda alta junto à parede perto da janela. Não havia nada fora do lugar. Estava tudo mais organizado, inclusive, do que deveria estar. Ele havia tirado alguns objetos das malas na noite anterior, e o pouco que fizera havia sido feito de uma maneira superficial. Tinha jogado roupas de baixo e várias miudezas dentro da gaveta apropriada, mas não arrumara nada com muita ordem. Iria fazer isso pessoalmente hoje ou amanhã. Não teria esperado que a sra. Worrit o tivesse feito por ele. Esperava que ela somente mantivesse as coisas como as encontrasse. Depois, quando voltasse da rua, haveria tempo para rearranjos e reajustes em função do clima e de outras questões. Então alguém tinha procurado algo ali, alguém abrira gavetas, olhara dentro delas rapidamente, às pressas, recolocara certas coisas no lugar, em parte por causa da pressa, com maior organização e cuidado do que ele mesmo teria julgado necessário. Um trabalho rápido e cuidadoso, e depois o homem tinha ido embora com os dois ternos e uma explicação plausível. Um terno obviamente usado por Sir Stafford quando saía em viagem e um terno de tecido fino que poderia ter sido levado para o exterior e trazido para casa. Por quê?

– Porque – disse Sir Stafford consigo mesmo, pensativo – porque alguém estava procurando alguma coisa. Mas o quê? E quem? Mas também por qual motivo?

Sim, aquilo era interessante.

Ele se sentou numa poltrona e ficou pensando nesse mistério. Logo em seguida os seus olhos se desviaram até a mesa junto à cama onde estava sentado, com aspecto um tanto insolente, um pequeno panda peludo. Disso surgiu uma linha de raciocínio. Ele foi até o telefone e discou um número.

– É a senhora, tia Matilda? – ele perguntou. – Stafford falando.

– Ah, meu querido, você já está de volta. Fico tão contente. Eu li no jornal que apareceram casos de cólera na Malásia ontem, pelo menos eu acho que foi na Malásia. Eu sempre me confundo tanto com esses lugares. Espero que você venha me ver logo. Não tente fingir que você está ocupado. Você não pode estar ocupado o tempo inteiro. A gente só aceita realmente essa desculpa de magnatas, de pessoas da indústria, sabe, no meio de fusões e aquisições. Eu nunca sei o que isso tudo realmente quer dizer. Antigamente isso significava fazer o seu trabalho do modo mais adequado, mas agora tem relação com bombas atômicas e fábricas de concreto – disse tia Matilda, num tom bastante agitado. – E esses terríveis computadores que dão os nossos números todos errados, para não falar de quando deformam tudo. Sem sombra de dúvida, eles nos dificultam tanto a vida hoje em dia. Você não acreditaria nas coisas que eles fizeram com a minha conta bancária. E com o meu endereço postal também. Bem, acho que eu já vivi tempo demais.

– Não pense uma coisa dessas! Tudo bem se eu aparecer aí na semana que vem?

– Pode aparecer amanhã, se você quiser. O vigário vem para o jantar, mas posso facilmente desmarcar com ele.

– Ah, por favor, não há necessidade disso.

– Há, sim, há muita necessidade. Ele é um homem muitíssimo irritante, e quer um órgão novo, ainda por cima. O atual está funcionando muito bem. Quero dizer, o problema é com o organista, na verdade, não é com o órgão. Um músico absolutamente abominável. O vigário está com pena do organista porque ele perdeu a mãe, de quem gostava muito. Mas vamos falar a verdade, gostar da sua mãe não faz você tocar órgão muito melhor, faz? Quero dizer, você precisa encarar as coisas como elas são.

– A senhora tem toda razão. Terá que ser na semana que vem... tenho algumas coisas para resolver. Como vai Sybil?

– Querida menina! Muito travessa, mas tão engraçada.

– Eu trouxe um panda de pelúcia para ela – disse Sir Stafford Nye.

– Ora, que gentileza de sua parte, querido.

– Espero que ela goste – disse Sir Stafford, percebendo o olhar do panda e se sentindo ligeiramente nervoso.

– Bem, de qualquer maneira, ela tem modos muito educados – disse tia Matilda, no que pareceu ser uma resposta um tanto duvidosa, cujo significado Sir Stafford não chegou a estimar direito.

Tia Matilda sugeriu os horários mais prováveis dos trens para a semana seguinte, advertindo que com muita frequência eles não saíam, ou mudavam seus planos, e também ordenou que ele trouxesse um queijo Camembert e a metade de um Stilton.

– É impossível arranjar certas coisas por aqui agora. O nosso próprio merceeiro... um homem tão simpático, tão atencioso e com tanto bom gosto em relação a tudo de que a gente gostava... transformou a venda de uma hora para outra num supermercado, seis vezes maior, tudo reconstruído, cestas e carrinhos de arame para levar de um lado a outro e tentar encher com coisas que você não quer, e mães sempre perdendo os seus filhos pequenos, e chorando, e tendo crises histéricas. É muito exaustivo. Bem, estarei esperando você, meu querido garoto.

Ela desligou. O telefone tocou de novo.

– Alô? Stafford? Eric Pugh falando. Eu soube que você voltou da Malásia... Que tal um jantar hoje à noite?

– Eu gostaria muito.

– Ótimo. Limpits Club. Oito e quinze?

A sra. Worrit entrou ofegando no quarto enquanto Sir Stafford recolocava o telefone no gancho.

– Um cavalheiro lá embaixo quer ver o senhor – ela disse. – Isto é, pelo menos eu acho que é um cavalheiro. De qualquer maneira, ele disse que tinha certeza que o senhor não ia se importar.

– Qual é o nome dele?

– Horsham, senhor, como aquele lugar no caminho para Brighton.

– Horsham.

Sir Stafford Nye estava um pouco surpreso. Ele saiu de seu quarto, desceu o meio lance de escadas que levava à sala de estar principal no andar de baixo. A sra. Worrit não cometera nenhum equívoco. Era de fato Horsham, com a mesma aparência de meia hora antes, robusto, digno de confiança, queixo fendido, faces rubicundas, farto bigode cinzento e um certo ar de impassibilidade.

– Espero que o senhor não se importe – ele disse amavelmente, colocando-se de pé.

– Espera que eu não me importe com o quê? – perguntou Sir Stafford Nye.

– De me ver outra vez tão depressa. Nós nos encontramos no corredor na saída do escritório do sr. Gordon Chetwynd... o senhor não lembra?

– Não faço a menor objeção – disse Sir Stafford Nye.

Ele empurrou um maço de cigarros na mesa.

– Sente-se. Faltou alguma coisa, faltou dizer alguma coisa?

– Um homem muito aprazível, o sr. Chetwynd – disse Horsham. – Nós já conseguimos aquietá-lo, eu penso. Ele e o coronel Munro. Eles estão um pouco aborrecidos com tudo isso, claro. Sobre o senhor, eu quero dizer.

– É mesmo?

Sir Stafford Nye se sentou também. Ele sorriu, começou a fumar e ficou olhando de maneira pensativa para Henry Horsham.

– E para onde nós vamos agora? – ele perguntou.

– Eu estava justamente imaginando se poderia perguntar, se não for curiosidade demais, para onde o senhor vai agora...

– Fico encantado em informar – disse Sir Stafford. – Vou passar um tempo na casa de uma tia, Lady Matilda Cleckheaton. Se o senhor quiser, posso lhe dar o endereço.

– Eu sei onde é – disse Henry Horsham. – Bem, acho que é uma ideia excelente. Ela vai ficar contente por ver que o senhor chegou em casa são e salvo. Deve ter escapado por um triz, não?

– Isso é o que o coronel Munro e o sr. Chetwynd pensam?

– Bem, o senhor sabe como é – disse Horsham. – Sabe muito bem. Eles estão sempre num estado de alerta, os cavalheiros naquele departamento. Não têm certeza se devem confiar no senhor ou não.

– Confiar em mim? – falou Sir Stafford Nye, com uma voz ofendida. – O que está querendo dizer com isso, sr. Horsham?

O sr. Horsham não chegou a ficar desconcertado. Apenas sorriu sem jeito.

– Ouça – ele disse –, o senhor tem uma reputação de não levar as coisas muito a sério.

– Ah. Eu pensei que estivesse querendo dizer que eu era um simpatizante ou um convertido para o lado errado. Algo desse gênero.

– Ah, não, senhor, eles apenas não consideram que o senhor seja sério. Eles pensam que o senhor gosta de levar as coisas na brincadeira de vez em quando.

– Não se pode passar a vida levando a si mesmo e os outros a sério – disse Sir Stafford Nye, num tom de desagrado.

– Não. Mas o senhor correu um risco bem grande, como eu já disse antes, não correu?

– Eu estou tentando avaliar se faço alguma ideia do que o senhor está falando.

– Eu vou lhe contar. Às vezes as coisas dão errado, senhor, e nem sempre elas dão errado porque as pessoas as fizeram dar errado. Aquilo que o senhor pode chamar de mão do Todo-poderoso, ou do outro cavalheiro... aquele com um rabo, eu quero dizer.

Sir Stafford Nye pareceu achar a ideia divertida.

– O senhor está se referindo ao nevoeiro em Genebra? – ele perguntou.

– Exatamente, senhor. Havia um nevoeiro em Genebra e isso atrapalhou certos planos. Alguém ficou numa enrascada.

– Conte tudo – disse Sir Stafford Nye. – Eu realmente gostaria de saber.

– Bem, uma passageira estava faltando quando aquele seu avião saiu de Frankfurt ontem. O senhor tinha tomado a sua cerveja e estava sentado num canto, roncando tranquila e confortavelmente sozinho. Uma passageira não se apresentou e eles a chamaram e chamaram de novo. No final, é de se presumir, o avião decolou sem ela.

– Ah. E o que houve com ela?

– Seria interessante saber. Em todo caso, o seu passaporte chegou em Heathrow, mesmo que o senhor não tenha chegado.

– E onde ele está agora? Eu já deveria tê-lo comigo?

– Não. Não creio. Seria rápido demais. Um negócio confiável, aquela droga. Bastante conveniente, se eu posso dizer assim. Deixou o senhor apagado e não produziu nenhum efeito particularmente ruim.

– Aquilo me deu uma ressaca desgraçada – disse Sir Stafford.

– Ah, bem, não dá para evitar. Não nessas circunstâncias.

– O que teria acontecido – perguntou Sir Stafford –, já que o senhor parece saber de todos os detalhes de tudo, se eu tivesse recusado aceitar a proposta que talvez... vou dizer apenas talvez... tivesse sido feita para mim?

– É bem possível que isso representasse o prego no caixão de Mary Ann.

– Mary Ann? Quem é Mary Ann?

– A srta. Daphne Theodofanous.

– É o nome que eu pareço de fato ter ouvido... sendo chamado como uma viajante não localizada?

– Sim, esse era o nome com o qual ela estava viajando. Nós a chamamos de Mary Ann.

– Quem é ela? Apenas por curiosidade...

– Em sua área ela é mais ou menos a principal autoridade.

– E qual é a área dela? Ela é nossa ou deles? Se é que o senhor sabe quem são "eles"... Eu devo dizer que encontro certa dificuldade quando tento chegar a uma conclusão nesse ponto.

– Sim, não é tão fácil, não é mesmo? Com os chineses e os russos e com essa turma um tanto esquisita que está por trás de todos os tumultos dos estudantes e a Nova Máfia e aquele grupo um tanto estranho na América do Sul. E o simpático ninho dos financistas que sempre parecem ter algo escondido embaixo da manga. Não, não é fácil dizer.

– Mary Ann – falou Sir Stafford Nye, pensativo. – Parece ser um nome curioso, se o nome verdadeiro dela é Daphne Theodofanous.

– Bem, a mãe dela é grega, o pai era inglês e o avô era um cidadão austríaco.

– O que teria acontecido se eu não tivesse feito para ela um... um empréstimo de certa vestimenta?

– Ela poderia ter sido assassinada.

– Ora, ora... O senhor não está falando sério.

– Nós estamos preocupados com o aeroporto de Heathrow. Coisas aconteceram ali ultimamente, coisas que precisam de alguma explicação. Se o avião tivesse seguido via Genebra, como planejado, tudo teria corrido bem. Ela teria recebido proteção completa, tudo estava arranjado. Mas por esse outro caminho... não haveria tempo para fazer qualquer arranjo, e a gente não sabe quem é quem, hoje em dia. Todo mundo está sempre fazendo um jogo duplo, ou triplo, ou quádruplo.

– O senhor está me deixando alarmado – disse Sir Stafford Nye. – Mas ela está bem, não está? É isso o que o senhor está me contando?

– Espero que ela esteja bem. Ainda não ouvimos nada em sentido contrário.

– Se lhe servir de alguma ajuda – disse Sir Stafford –, alguém apareceu aqui hoje de manhã, enquanto eu estive fora conversando com os meus parceiros em Whitehall. O sujeito inventou que eu tinha telefonado para uma lavanderia e levou o terno que eu usei ontem e também outro terno. É claro, pode ter acontecido simplesmente que ele tenha caído de amores pelo outro terno, ou ele pode ter desenvolvido um hábito de colecionar vários trajes de cavalheiros que tenham retornado recentemente do exterior. Ou... bem, talvez o senhor tenha um "ou" para acrescentar?

– Ele poderia estar procurando por alguma coisa.

– Sim, eu creio que ele estava. Alguém andou procurando por alguma coisa. Tudo estava muito bem organizado e arrumado. Não estava do jeito que eu tinha deixado. Certo, ele estava procurando por alguma coisa. O que ele estava procurando?

– Não tenho certeza – disse Horsham, lentamente. – Gostaria de ter essa certeza. Alguma coisa está acontecendo... em algum lugar. O negócio tem pontas aparecendo, sabe, como num embrulho malfeito. A gente consegue dar uma espiada aqui e uma espiada ali. Por um momento você pensa que está acontecendo no Festival de Bayreuth e no minuto seguinte você pensa que surgem sinais numa estância sul-americana e aí descobre um indício nos Estados Unidos. Há uma porção de negócios sórdidos em diferentes lugares, algo está sendo desenvolvido. Talvez seja política, talvez seja algo muito diferente de política. Provavelmente seja dinheiro.

Ele acrescentou:

– Conhece o sr. Robinson, não? Ou o sr. Robinson o conhece, acho que ele me disse isso.

– Robinson? – ponderou Sir Stafford Nye. – Robinson. Um belo nome inglês.

Ele olhou para Horsham.

– Grandão, rosto amarelo? – ele perguntou. – Gordo? Sempre metido em assuntos financeiros? Ele também é um dos anjos mecenas, isso é o que o senhor está querendo me dizer?

– Não sei de nada sobre os anjos – disse Henry Horsham. – Ele nos tirou do buraco neste país mais de uma vez. Pessoas como o sr. Chetwynd não recorrem muito a ele. Pensam que ele é muito caro, eu imagino. Tende a ser um pouco mesquinho, o sr. Chetwynd. Um grande homem para fazer inimigos nos lugares errados.

– As pessoas costumam dizer "pobre mas honesto" – falou Sir Stafford Nye, pensativo. – Acho que poderíamos dizer de maneira diferente. Poderíamos descrever o nosso sr. Robinson como rico mas honesto. Ou talvez pudéssemos dizer: honesto mas rico – Stafford suspirou. – Eu gostaria que o senhor pudesse me dizer qual é o significado disso tudo – ele falou, num tom de lamúria. – Eu estou envolvido em alguma coisa, ao que parece, e não faço a menor ideia do que seja.

Ele olhou para Henry Horsham com uma expressão esperançosa, mas Horsham balançou a cabeça.

– Nenhum de nós sabe. Não exatamente – ele disse.

– O que eu poderia ter escondido aqui, para que alguém venha mexer e procurar?

– Francamente, eu não faço a mínima ideia, Sir Stafford.

– Bem, é uma pena, porque eu também não.

– Até onde *o senhor* sabe, o senhor não ficou com nada. Ninguém lhe deu alguma coisa para guardar, para levar a determinado lugar ou tomar conta?

– Absolutamente nada. Se o senhor está falando de Mary Ann, ela me disse que queria salvar sua vida, isso foi tudo.

– E a não ser que apareça um parágrafo nos jornais vespertinos, o senhor *salvou* a vida dela.

– Parece mais um fim de capítulo, não parece? Uma pena. A minha curiosidade está aumentando. Constato que eu gostaria muito de saber o que é que vai acontecer a seguir. Todos vocês parecem ser muito pessimistas.

– Falando francamente, nós somos. As coisas estão indo de mal a pior neste país. O senhor não fica pensando nisso?

– Eu sei o que o senhor quer dizer. Às vezes eu fico mesmo pensando...

CAPÍTULO 4

Jantar com Eric

I

– Você se importa se eu disser uma coisa, meu velho? – perguntou Eric Pugh.

Sir Stafford Nye olhou para ele. Ele conhecia Eric Pugh havia um bom número de anos. Os dois não tinham chegado a ser amigos íntimos. O velho Eric, assim pensava Sir Stafford, era na verdade um amigo chato. Eric era, por outro lado, fiel. E era o tipo de homem que, embora não fosse divertido, tinha um talento para saber das coisas. As pessoas diziam coisas para Eric e ele se lembrava do que haviam dito e arquivava suas lembranças. Algumas vezes, ele conseguia dar uma informação útil.

– Você voltou daquela conferência na Malásia, não foi?

– Sim – disse Sir Stafford.

– Alguma coisa diferente surgiu por lá?

– Só o de sempre – disse Sir Stafford.

– Ah. Eu imaginei que algo tivesse... Bem, você sabe o que quero dizer. Que algo tivesse acontecido para deixar todo mundo furioso.

– O quê? Na conferência? Não, só tivemos os acontecimentos mais dolorosamente previsíveis. Todos disseram bem aquilo que se pensava que iriam dizer, só que disseram, infelizmente, com muito mais lentidão do que se poderia ter imaginado ser possível. Não sei por que vou a essas coisas.

Eric Pugh fez uma ou duas observações um tanto tediosas sobre aquilo que os chineses estavam realmente aprontando.

– Não acho que eles estejam realmente aprontando alguma coisa – disse Sir Stafford. – Todos os rumores habituais sobre as doenças que o pobre Mao tem, e quem está fazendo intriga contra ele, e por quê.

– E quanto ao negócio árabe-israelense?

– Isso também está avançando de acordo com o plano. Isto é, o plano deles. E, de qualquer forma, o que é que isso tem a ver com a Malásia?

– Bem, eu não estava me referindo exatamente à Malásia.

– Você está parecendo a Tartaruga Falsa – disse Sir Stafford Nye. – "Sopa da noite, bela sopa." De onde vem esse pensamento sombrio?

– Bem, eu só imaginei que você... Você vai me perdoar, não vai? Quer dizer, você não fez nada para manchar o seu currículo de alguma maneira, ou fez?

– Eu? – perguntou Sir Stafford, parecendo ficar muito surpreso.

– Bem, sabe como você é, Staff. Você gosta de dar um susto nas pessoas de vez em quando, não gosta?

– Eu me comportei de maneira impecável nos últimos tempos – disse Sir Stafford. – O que foi que você andou ouvindo falar sobre mim?

– Ouvi dizer que houve certo problema com algo que aconteceu num avião no seu caminho de volta.

– Ah, é? De quem você ouviu isso?

– Bem, você sabe, eu estive com o velho Cartison.

– Um chato terrível. Sempre imaginando coisas que não aconteceram.

– Sim, eu sei. Eu sei que ele é assim. Mas ele só estava dizendo que essa ou aquela pessoa... Winterton, pelo menos... parecia pensar que você estivesse aprontando alguma coisa.

– Aprontando alguma coisa? Bem que eu gostaria – disse Sir Stafford Nye.

– Tem um certo clamor de espionagem não sei onde e ele ficou um pouco preocupado com relação a certas pessoas.

– O que eles pensam que eu sou... um outro Philby, ou algo desse tipo?

– Você sabe que é muito imprudente às vezes nas coisas que diz, nas brincadeiras que faz.

– Às vezes é muito difícil resistir – seu amigo lhe disse. – Todos esses políticos e diplomatas e o resto. São solenes demais. Eu gosto de dar uma chacoalhada na cabeça deles de vez em quando.

– O seu senso de diversão é bastante distorcido, meu garoto. Distorcido mesmo. Às vezes eu fico preocupado com você. Eles queriam lhe fazer umas perguntas sobre algo que aconteceu no voo de volta e parecem achar que você não... bem... que talvez você não tenha falado exatamente a verdade sobre a história toda.

– Ah, isso é o que eles pensam, é? Interessante. Acho que eu preciso tentar dar um jeito nisso.

– Tente não fazer nenhuma coisa precipitada.

– Eu preciso ter os meus momentos de diversão de vez em quando.

– Escute aqui, meu velho, você não vai querer arruinar a sua carreira só para satisfazer o seu senso de humor.

– Eu estou rapidamente chegando à conclusão de que não existe nada mais aborrecido do que ter uma carreira.

– Eu sei, eu sei. Você está sempre inclinado a ter esse ponto de vista, e você não avançou tanto quanto deveria. Você esteve concorrendo para Viena numa certa altura. Não gosto de vê-lo jogar tudo na lama.

– Eu estou me comportando com a máxima sobriedade, com a máxima virtude, posso lhe garantir – disse Sir Stafford. Ele acrescentou: – Alegre-se,

Eric. Você é um bom amigo, mas, realmente, eu não sou culpado por gostar de brincadeiras.

Eric balançou a cabeça em dúvida.

Aquela era uma noite bonita. Sir Stafford voltou a pé para casa pelo Green Park. Quando estava cruzando a Birdcage Walk, um carro disparou pela rua e não o pegou por uma questão de centímetros. Sir Stafford era um homem atlético. Seu salto o deixou em segurança na calçada. O carro desapareceu rua abaixo. Ele ficou pensando. Por um breve momento, foi capaz de jurar que o carro havia deliberadamente tentado atropelá-lo. Um pensamento interessante. Primeiro o seu apartamento tinha sido vasculhado, e agora ele mesmo poderia ter virado um alvo. Provavelmente uma mera coincidência. E, no entanto, no decorrer de sua vida, parte da qual tinha sido vivida em bairros e lugares um tanto bárbaros, Sir Stafford Nye estivera em contato com o perigo. Ele conhecia, por assim dizer, o toque e a sensação e o cheiro do perigo. Estava sentindo tudo isso agora. Alguém, em algum lugar, estava apontando para ele. Mas por quê? Por qual razão? Até onde sabia, ele não havia colocado o seu pescoço em risco de nenhuma maneira. Ficou pensando.

Stafford abriu a porta do apartamento e pegou a correspondência que estava no chão no lado de dentro. Nada de mais. Algumas contas e um exemplar do periódico da *Lifeboat*. Ele jogou as contas na sua escrivaninha e enfiou um dedo no invólucro da *Lifeboat*. Era uma causa com a qual contribuía ocasionalmente. Virou as páginas sem grande atenção, porque ainda estava absorvido por aquilo que estava pensando. Então, abruptamente, interrompeu o movimento dos dedos. Havia algo preso entre duas das páginas. Preso com fita adesiva. Ele olhou de perto. Era o seu passaporte, inesperado, devolvido dessa maneira. Ele o arrancou e o examinou. O último carimbo era o carimbo de chegada em Heathrow no dia anterior. Ela usara o seu passaporte, tinha chegado em segurança e escolhera esse modo para devolvê-lo. Onde ela estava agora? Ele gostaria de saber.

Stafford ficou imaginando se algum dia iria vê-la de novo. Quem era ela? Para onde ela tinha ido, e por quê? Era como esperar pelo segundo ato de uma peça. Na verdade, ele sentia que o primeiro ato nem havia sido apresentado direito ainda. O que foi que ele tinha visto? Uma antiquada peça preliminar, talvez. Uma garota que quisera ridiculamente se travestir e atuar como se fosse alguém do sexo masculino, que passara pelo controle de passaportes de Heathrow sem atrair nenhum tipo de suspeita e que agora, tendo saído do aeroporto, havia desaparecido em Londres. Não, provavelmente ele nunca mais a veria. Essa perspectiva o aborreceu. Mas por que razão, ele pensou, por que razão eu quero vê-la? Ela não era particularmente atraente, ela não era nada. Não, isso não era bem a verdade. Ela era algo, ou alguém, ou não teria conseguido induzi-lo, sem nenhuma persuasão especial, sem nenhum estímulo sexual escancarado, nada exceto um simples pedido de ajuda, a fazer o que ela queria. Um pedido de um ser humano para outro ser humano, porque, pelo menos era o que ela tinha insinuado, não precisamente com palavras, mas não obstante fora o que ela *tinha* insinuado, ela conhecia bem as pessoas e reconhecia nele um homem disposto a correr riscos para ajudar outro ser humano. E ele assumira mesmo um risco, pensou Sir Stafford Nye. Ela poderia ter colocado qualquer coisa naquele copo de cerveja. Ele poderia ter sido encontrado, se ela assim tivesse desejado, encontrado como um cadáver num assento, acomodado no canto de um saguão de partida num aeroporto. E se ela tivesse (não restavam dúvidas de que só podia ter) um bom domínio no manejo de drogas, sua morte poderia ter passado como um ataque do coração devido à altitude ou a dificuldades da pressurização... qualquer coisa desse gênero. Ah, ora, pensar nisso para quê? Não era provável que fosse voltar a vê-la, e ele estava aborrecido.

Sim, ele estava aborrecido, e não gostava de ficar aborrecido. Considerou a questão por alguns minutos. Então escreveu um anúncio para ser repetido três vezes. "Passageiro para Frankfurt. Três de novembro. Favor entrar em contato com o companheiro de viagem para Londres." Não mais do que isso. Ou ela entraria em contato ou não. Se aquilo chegasse aos olhos dela em algum momento, ela saberia quem era o responsável pelo anúncio. A jovem estivera com o seu passaporte, sabia o seu nome. Poderia procurá-lo. Ele poderia vir a ter notícias dela. Talvez não as tivesse. Provavelmente não. Se não, a pecinha preliminar seguiria sendo uma pecinha preliminar, uma pequena peça boba que recebia quem chegava ao teatro em cima da hora e os distraía enquanto não começava o verdadeiro espetáculo da noite. Muito útil nos tempos anteriores à guerra. Segundo todas as probabilidades, no entanto, ele nunca mais teria notícias dela, e uma das razões poderia ser a de que ela já tivesse concluído seja lá o que fosse que tinha vindo fazer em Londres e que agora já tivesse saído do país, voando para Genebra, ou para o Oriente Médio, ou para a Rússia, ou para a China, ou para a América do Sul, ou para os Estados Unidos. E por que motivo, pensou Sir Stafford, eu estou incluindo a América do Sul? Tem de haver uma razão. Ela não tinha mencionado a América do Sul. Ninguém tinha mencionado a América do Sul. Exceto Horsham, é verdade. E até mesmo Horsham apenas havia mencionado a América do Sul entre várias outras menções.

Na manhã seguinte, enquanto ele caminhava lentamente na direção de casa depois de entregar o seu anúncio, ao longo da via que atravessa o St. James's Park, seus olhos captaram, enxergando de maneira distraída, as flores de outono. Os crisântemos pareciam estar agora firmes e compridos com suas gemas de ouro e bronze. Seu perfume lhe chegava indistinto, um cheiro um tanto caprino, como ele sempre pensava, um cheiro que o remetia às colinas da Grécia. Ele não podia esquecer de ficar de olho na coluna dos anúncios pessoais. Ainda não. No mínimo dois ou três dias teriam de se passar até que o seu anúncio fosse publicado e até que houvesse tempo para alguém publicar outro em resposta. Ele não poderia esquecer de conferir se havia uma resposta, porque, afinal de contas, era irritante não saber... não ter a menor ideia de qual era o significado daquilo tudo.

Stafford tentou recordar não a garota do aeroporto, mas o rosto de sua irmã Pamela. Um longo tempo desde a morte de Pamela. Ele se lembrava dela. É claro que ele se lembrava dela, mas não conseguia, por algum motivo, visualizar o seu rosto. Irritava-o não ser capaz de visualizá-lo. Ele parou bem no momento em que ia atravessar uma das ruas. Não havia tráfego exceto por um carro que vinha gingando devagar com a solene postura de uma viúva rica. Um carro idoso, ele pensou. Uma limusine Daimler antiquada. Stafford encolheu os ombros. Por que ficar ali parado daquela maneira idiota, perdido em seus pensamentos?

Ele deu um passo abrupto para atravessar a rua e de repente, com um vigor surpreendente, a limusine com aspecto de viúva, como ele a definira em sua mente, acelerou. Acelerou com uma velocidade súbita e atordoante. Arrojou-se para cima dele com tamanha agilidade que ele só teve tempo de dar um salto até a calçada oposta. A limusine desapareceu como um raio, virando a curva da rua mais adiante.

– Só posso ficar imaginando – disse Sir Stafford consigo mesmo. – Agora eu só posso ficar imaginando. Será possível que *exista* alguém que não goste de mim? Alguém me seguindo, talvez, me vigiando enquanto eu volto para casa, esperando por uma oportunidade?

II

O coronel Pikeaway, com o corpanzil esparramado em sua cadeira na pequena sala em Bloomsbury onde ficava sentado das dez às cinco, com um breve intervalo para o almoço, estava cercado, como de costume, por uma atmosfera de espessa fumaça de charuto; com seus olhos fechados, apenas uma piscadela ocasional mostrava que ele estava acordado, e não adormecido. O homem raras vezes erguia a cabeça. Alguém dissera que ele parecia um cruzamento entre um antigo Buda e um enorme sapo azul, tendo talvez, como um adolescente desbocado poderia ter acrescentado, um leve toque bastardo de hipopótamo em seus antepassados.

O suave zumbido do interfone de sua mesa o despertou. Ele piscou três vezes e abriu os olhos. Estendeu à frente uma mão de aspecto bastante fatigado e levantou o fone.

– Sim? – ele disse.

Era a voz da sua secretária.

– O ministro está aqui, esperando para ver o senhor.

– Não diga – falou o coronel Pikeaway. – E que ministro é esse? O ministro batista da igreja da esquina?

– Não, não, coronel Pikeaway, é Sir George Packham.

– Uma pena – disse o coronel Pikeaway, respirando asmaticamente. – Uma pena mesmo. O reverendo McGill é muito mais divertido. Há nele um esplêndido toque de fogo do inferno.

– Devo levá-lo até o senhor, coronel Pikeaway?

– Acho que ele espera ser trazido até mim de imediato. Os subsecretários são bem mais suscetíveis de que os secretários de Estado – disse o coronel Pikeaway, num tom sombrio. – Todos esses ministros insistem em entrar e disparar reclamações para todos os lados.

Sir George Packham foi introduzido. Ele tossiu e resfolegou. A maioria das pessoas fazia o mesmo. As janelas da pequena sala estavam completamente fechadas. O coronel Pikeaway reclinou-se na cadeira, coberto dos pés à cabeça por cinzas de charuto. A atmosfera era quase insuportável, e a sala era conhecida nos círculos oficiais como a "casinha do gato".

– Ah, meu caro companheiro – disse Sir George, falando de modo vivaz e jovial, de uma maneira que não combinava com sua aparência ascética e triste. – Faz um bom tempo que não nos encontramos, creio eu.

– Sente-se, sente-se, por favor – disse Pikeaway. – Aceita um charuto?

Sir George estremeceu ligeiramente.

– Não, obrigado – ele disse –, não, muito obrigado.

Ele olhou de modo ostensivo para as janelas. O coronel Pikeaway não captou a insinuação. Sir George limpou a garganta e tossiu outra vez antes de dizer:

– Bem... acredito que Horsham tenha vindo ver você.

– Sim, Horsham veio e fez o seu discurso – disse o coronel Pikeaway, lentamente permitindo a seus olhos que se fechassem de novo.

– Penso que tenha sido o melhor procedimento. Isto é: que ele viesse aqui lhe fazer uma visita. É muitíssimo importante que as coisas não comecem a circular por aí.

– Ah – disse o coronel Pikeaway –, mas elas vão circular, não vão?

– Perdão?

– Elas vão circular – disse o coronel Pikeaway.

– Eu não sei o quanto você... hã... bem, o quanto você sabe sobre esse negócio recente.

– Nós sabemos de tudo aqui – disse o coronel Pikeaway. – É para isso que nós servimos.

– Ah... claro, claro, sem dúvida. É sobre Sir S. N., você sabe o que quero dizer?

– Passageiro para Frankfurt – disse o coronel Pikeaway.

– Um assunto muitíssimo extraordinário. Muitíssimo extraordinário. Fica-se especulando... Não há como saber, não se consegue chegar a imaginar...

O coronel Pikeaway o escutava de modo atencioso.

– O que devemos pensar? – insistiu Sir George. – Você o conhece pessoalmente?

– Já topei com ele uma ou duas vezes – disse o coronel Pikeaway.

– Não se pode deixar de especular...

O coronel Pikeaway abafou um bocejo com alguma dificuldade. Ele já estava um tanto cansado dos pensamentos, das especulações e das imaginações de Sir George. De qualquer maneira, sua opinião sobre o poder de raciocínio de Sir George não era nada boa. Um homem cauteloso, um homem que inspirava confiança na administração cautelosa de seu departamento. Não era um homem de intelecto fulgurante. Talvez, pensou o coronel Pikeaway, fosse até melhor assim. De todo modo, aqueles que pensam e especulam e não têm muita certeza de nada estão razoavelmente seguros no lugar em que Deus e os eleitores os colocaram.

– Não podemos nos esquecer – continuou Sir George – das desilusões que sofremos no passado.

O coronel Pikeaway sorriu gentilmente.

– Charleston, Conway e Courtfold – ele disse. – Confiança total, aprovação total. Todos começando com C, todos eles traidores.

– Às vezes eu fico imaginando se nós podemos confiar em alguém – disse Sir George, com tristeza na voz.

– Essa é fácil – disse o coronel Pikeaway. – Não podemos.

– Pegue o caso de Stafford Nye – disse Sir George. – Boa família, excelente família, eu conheci o pai dele, conheci o avô.

– É bem comum uma falha na terceira geração – disse o coronel Pikeaway.

O comentário não ajudou Sir George.

– Eu não consigo deixar de ficar com uma dúvida... Isto é, às vezes ele não parece ser realmente sério.

– Levei minhas duas sobrinhas para ver os castelos do Loire na minha mocidade – disse de forma inesperada o coronel Pikeaway. – Havia um homem pescando na margem do rio. Eu também tinha comigo a minha vara de pescar. Ele disse para mim: "*Vous n'êtes pas un pêcheur sérieux. Vous avez des femmes avec vous*".

– Ou seja, você pensa que Sir Stafford...

– Não, não, nunca se envolveu muito com mulheres. A ironia é o problema dele. Ele gosta de surpreender as pessoas. Ele não consegue evitar: gosta de levar a melhor sobre as pessoas.

– Bem, isso não é muito satisfatório, é?

– Por que não? – rebateu o coronel Pikeaway.

– Gostar de uma piada interna é muito melhor do que ter algum acordo com um desertor.

– Se pudéssemos sentir que ele é realmente sólido... O que você diria? A sua opinião pessoal?

– Sólido como um sino – disse o coronel Pikeaway. – Os sinos são sólidos, mas isso é diferente, não? – ele sorriu amavelmente. – Eu não me preocuparia, se fosse você – disse.

III

Sir Stafford Nye empurrou para o lado a sua xícara de café. Pegou o jornal, passando os olhos pelas manchetes, e então o abriu cuidadosamente na página que publicava os anúncios pessoais. Ele já estava acompanhando essa coluna específica por sete dias. Era frustrante, mas não surpreendente. Por que diabos ele esperava encontrar uma resposta? Seu olhar percorreu lentamente a miscelânea de peculiaridades que sempre havia tornado aquela página um tanto fascinante aos olhos dele. Os anúncios não eram estritamente pessoais. A metade ou até mesmo mais do que a metade eram apenas anúncios disfarçados ou ofertas de coisas para vender ou por comprar. Talvez devessem ter sido colocados numa seção diferente, mas tinham ido parar ali considerando que daquela maneira provavelmente saltariam aos olhos com mais facilidade. Incluíam um ou dois anúncios de caráter esperançoso.

"Homem jovem que se opõe ao trabalho pesado e que gostaria de uma vida tranquila ficaria contente em assumir um emprego que lhe fosse conveniente."

"Garota quer viajar para o Camboja. Recusa-se a cuidar de crianças."

"Arma de fogo usada em Waterloo. Aguardando ofertas."

"Casaco de pele magnífico. Precisa ser vendido imediatamente. Dona viajando para o exterior."

"Você conhece Jenny Capstan? Seus bolos são soberbos. Venha à Lizzard Street, nº 14, S.W.3."

Por um instante o dedo de Stafford Nye se deteve. Jenny Capstan. Ele gostou do nome. Existia alguma Lizzard Street? Ele supunha que sim. Nunca ouvira falar. Com um suspiro, seu dedo desceu pela coluna e quase de imediato se deteve mais uma vez.

"Passageiro para Frankfurt. Quinta-feira, 11 de novembro. Hungerford Bridge, 7h20."

Quinta-feira, 11 de novembro. Era... sim, era hoje. Sir Stafford Nye se recostou em sua cadeira e bebeu mais café. Estava excitado, empolgado. Hungerford. Hungerford Bridge. Ele se levantou e foi até a cozinha. A sra. Worrit estava cortando batatas em tiras e jogando-as dentro de uma grande tigela com água. A mulher levantou o rosto com certa surpresa.

– Quer alguma coisa, senhor?

– Sim – disse Sir Stafford Nye. – Se alguém lhe dissesse "Hungerford Bridge", aonde a senhora iria?

– Aonde eu iria? – a sra. Worrit considerou. – O senhor quer dizer: se eu quisesse ir, é isso?

– Façamos essa suposição.

– Bem, então eu acho que iria até a Hungerford Bridge, não é isso mesmo?

– A senhora quer dizer que iria para Hungerford em Berkshire?

– Onde fica isso? – perguntou a sra. Worrit.

– Treze quilômetros depois de Newbury.

– Eu já ouvi falar em Newbury. O meu velho jogou num cavalo lá no ano passado. Se deu bem.

– Então a senhora iria para Hungerford perto de Newbury?

– Não, é claro que não – disse a sra. Worrit. – Ir até lá para quê? Eu iria para a Hungerford Bridge, é claro.

– Ou seja...

– Bem, fica perto de Charing Cross. O senhor sabe onde é. A ponte sobre o Tâmisa.

– Sim – disse Sir Stafford Nye. – Sim, eu sei muito bem onde fica. Obrigado, sra. Worrit.

Tinha sido, ele sentia, como jogar cara ou coroa com uma moeda. Um anúncio num jornal matutino de Londres devia significar a Hungerford Railway Bridge em Londres. Presumivelmente, portanto, isso era o que o anúncio queria dizer, muito embora Sir Stafford Nye não pudesse absolutamente ter qualquer certeza sobre essa específica anunciante. Suas ideias, pela breve experiência que tivera com ela, eram originais. Não eram as respostas normais que alguém poderia esperar. Mesmo assim, o que mais restaria fazer? Além disso, provavelmente existiam outras Hungerfords, e era possível que elas tivessem também outras pontes, em várias partes da Inglaterra. Mas hoje, bem, hoje ele veria.

IV

Era um anoitecer frio e ventoso, com rajadas ocasionais de chuva fina e nebulosa. Sir Stafford Nye levantou a gola de sua capa de chuva e avançou com esforço. Ele não estava atravessando a Hungerford Bridge pela primeira vez, mas aquele nunca lhe parecera ser um passeio prazeroso para se fazer. Embaixo dele havia o rio, e atravessando a ponte havia uma enorme quantidade de figuras apressadas como ele. Suas capas de chuva puxadas em torno do corpo, seus chapéus abaixados e, em todos e cada um deles, o fervoroso desejo de chegar em casa e fugir do vento e da chuva o mais depressa possível. Seria muito difícil reconhecer alguém, pensou Sir Stafford Nye, naquela multidão em correria. 7h20. Não era um bom momento para marcar um encontro de qualquer tipo. Talvez fosse a Hungerford Bridge em Berkshire. De todo modo, aquilo parecia muito estranho.

Ele continuou avançando com esforço. Manteve um ritmo regular, sem ultrapassar os que estavam à frente, passando com certa dificuldade pelos que vinham no sentido oposto. Andava depressa o bastante para não ser ultrapassado pelos demais que estavam atrás, muito embora isso lhes fosse possível, caso quisessem. Uma brincadeira, talvez, pensou Stafford Nye. Não era exatamente o seu tipo de brincadeira, mas um gracejo de outra pessoa.

No entanto... não seria também um humor característico dela, ele diria. Figuras apressadas passavam por Stafford de novo, empurrando-o ligeiramente para o lado. Uma mulher com capa de chuva vinha se aproximando, caminhando com passos pesados. A mulher colidiu com ele, caindo de joelhos. Stafford Nye lhe deu ajuda para levantar.

– Tudo bem?

– Sim, obrigada.

Ela tratou de seguir em frente com pressa, mas, tendo topado com ele, sua mão molhada, pela qual ele a fizera levantar do chão, tinha escorregado algo na palma da mão dele, fechando-lhe os dedos por cima. Então ela se afastou, desaparecendo atrás dele, misturando-se com a multidão. Stafford Nye seguiu seu caminho. Não teria como alcançá-la. Ela também não queria ser alcançada. Ele avançou mais depressa, e sua mão segurava algo com firmeza. Por fim, depois de um longo tempo, como lhe pareceu, ele chegou à extremidade da ponte no lado de Surrey.

Alguns minutos depois Stafford entrou num pequeno café, sentando-se a uma mesa e pedindo um café. Então ele observou o que estava em sua mão. Era um envelope muito fino de oleado. Dentro havia um envelope branco de baixa qualidade. Ele abriu este também. O que havia em seu interior o surpreendeu. Era uma entrada.

Uma entrada para o Festival Hall na noite seguinte.

CAPÍTULO 5

Motivo wagneriano

Sir Stafford Nye se ajeitou com mais conforto no seu assento e ouviu o persistente martelar do *Nibelungo*, com o qual começava o programa.

Apesar de gostar das óperas wagnerianas, *Siegfried* não era, de maneira alguma, a sua favorita entre as óperas que compunham o *Anel*. *Rheingold* e *Götterdämmerung* eram as suas duas preferências. A música do jovem Siegfried ouvindo as canções dos pássaros por alguma estranha razão sempre o irritara em vez de enchê-lo de satisfação melódica. Talvez isso acontecesse porque ele tinha visto uma apresentação em Munique, nos seus dias de juventude, que fizera uso de um magnífico tenor com proporções infelizmente magníficas em excesso, e na época ele era jovem demais para conseguir divorciar o júbilo musical do júbilo visual de ver um jovem Siegfried que parecesse minimamente jovem. O fato de haver um tenor grandalhão rolando pelo chão num acesso de meninice o revoltara. Ele também não era particularmente afeiçoado por passarinhos e murmúrios de florestas. Não, que lhe dessem as donzelas do Reno todas as vezes, se bem que até mesmo as donzelas do Reno, naquele tempo, tinham sido caracterizadas por sólidas proporções. Mas isso não importava tanto. Arrebatado pelo melodioso fluxo da água e pela jubilosa canção impessoal, ele não permitira que uma apreciação visual tivesse importância.

De tempos em tempos, com ar despreocupado, Stafford olhava em volta. Ele pagara o seu assento com bastante antecedência. A casa estava cheia, como de costume. Veio o intervalo. Sir Stafford se levantou e olhou em volta. O assento ao seu lado continuava vazio. Alguém que já deveria ter chegado ainda não chegara. Seria essa a resposta? Ou era aquele um mero caso de exclusão porque alguém chegara tarde? Essa prática era comum ainda nas ocasiões em que se ouvia música wagneriana.

Ele saiu, deu uma volta, bebeu uma xícara de café, fumou um cigarro e retornou quando tocou a campainha. Dessa vez, enquanto se aproximava, ele viu que o assento ao lado do seu estava ocupado. Imediatamente a sua excitação retornou. Stafford chegou ao seu lugar e se sentou. Sim, tratava-se da mulher do aeroporto de Frankfurt. A jovem não olhou para ele, manteve o olhar fixo na direção do palco. O perfil de seu rosto era tão bem-talhado e puro quanto ele lembrava. A cabeça dela se voltou num movimento suave; seus olhos passaram por ele, mas sem demonstrar reconhecimento. Esse não reconhecimento era tão intencional que valia por uma palavra dita. Aquele encontro não deveria ser assumido. Não agora, de qualquer modo. As luzes começaram a diminuir. A mulher ao lado dele se voltou.

– Com licença, eu poderia dar uma olhada no seu programa? Receio ter deixado o meu cair enquanto chegava ao meu lugar.

– É claro – ele disse.

Stafford estendeu-lhe o programa e ela o pegou. Ela o abriu, estudou os itens. As luzes ficaram mais fracas ainda. Começou a segunda metade do programa, iniciando com a abertura de *Lohengrin.* Ao final ela lhe devolveu o programa, com algumas palavras de agradecimento.

– Muito obrigada. Foi bastante gentil da sua parte.

O item musical seguinte eram os murmúrios da floresta de Siegfried. Ele consultou o programa que ela lhe devolvera. Foi então que percebeu algo escrito a lápis, quase indistinto, ao pé da página. Não tentou ler a inscrição naquele momento. Na verdade, a luz não teria sido suficiente. Ele simplesmente fechou o programa e o segurou. Tinha certeza de que ele mesmo não escrevera nada ali. Nada, isto é, em seu próprio programa. Ela trouxera, ele pensou, um programa pronto, dobrado talvez em sua bolsa, já tendo escrito alguma mensagem para lhe passar. Tudo ainda parecia estar marcado por aquela mesma atmosfera de segredo, de perigo. O encontro na Hungerford Bridge e o envelope com a entrada forçado em sua mão. E agora a mulher silenciosa sentada ao seu lado. Ele a observou uma ou duas vezes com o olhar rápido e despreocupado que damos a um estranho sentado ao nosso lado. Ela se recostou no assento; seu vestido de gola alta era de um opaco crepe preto, um antigo colar de ouro envolvia o pescoço. Os cabelos escuros se mostravam bem curtos, no formato de sua cabeça. Ela não o olhou e tampouco devolveu qualquer olhar. Ele ficou especulando. Será que havia alguém, num dos assentos do Festival Hall, observando-a? Ou observando-o? Tentando ver se os dois se olhavam ou conversavam? Provavelmente havia, ou pelo menos havia uma possibilidade de algo assim. Ela respondera ao seu apelo no anúncio de jornal. Isso era suficiente para ele. Sua curiosidade se mantinha intacta, mas ao menos ele agora sabia que Daphne Theodofanous – codinome Mary Ann – estava em Londres. Existiam possibilidades futuras de saber mais sobre o que estava se passando. Mas o plano de campanha devia ser deixado para ela. Stafford precisava seguir as orientações da jovem. Assim como lhe obedecera no aeroporto, agora também lhe obedeceria, e – era preciso admitir – a vida de súbito se tornara mais interessante. Aquilo era melhor do que as tediosas conferências de sua vida política. Será que um carro tentara realmente atropelá-lo naquela noite? Ele pensava que sim. Duas tentativas – não apenas uma. É bem fácil pensar que somos alvo de um ataque, as pessoas dirigem com tamanha imprudência hoje em dia que facilmente podemos imaginar uma maldade premeditada quando na verdade não é isso. Stafford dobrou o seu programa e não olhou mais para ele. A música chegou ao fim. A mulher ao seu lado falou. Ela não virou a cabeça ou pareceu falar com ele, mas falou em voz alta, com um pequeno suspiro entre as palavras como se estivesse conversando consigo mesma ou possivelmente com o vizinho do outro lado.

– O jovem Siegfried – ela disse, e suspirou de novo.

O programa terminou com a marcha dos *Meistersinger*. Depois dos entusiasmados aplausos, as pessoas começaram a deixar os seus assentos. Ele esperou para ver se ela lhe dava alguma orientação, mas ela não deu. A jovem pegou o seu xale, saiu da fila de cadeiras e, com passos ligeiramente acelerados, avançou com as demais pessoas e desapareceu na multidão.

Stafford Nye voltou até o seu carro e foi para casa. Chegando lá, abriu o programa do Festival Hall sobre a sua escrivaninha e o examinou cuidadosamente, depois de colocar um café para coar.

O programa se revelou decepcionante, para dizer o mínimo. Não parecia conter nenhuma mensagem em seu interior. Apenas numa página, acima do índice, apareciam as marcas de lápis que ele vagamente observara. Mas não eram palavras, não eram letras e nem mesmo números. Pareciam ser meramente uma notação musical. Era como se alguém tivesse rabiscado uma frase musical com um lápis mais ou menos inadequado. Por um momento ocorreu a Stafford Nye que talvez houvesse uma mensagem secreta que ele poderia fazer aparecer com alguma aplicação de calor. Com bastante cautela e de certa forma envergonhado por sua fantasia melodramática, ele segurou o programa junto à barra do aquecedor elétrico, mas nada resultou. Com um suspiro, atirou o programa de volta na mesa. Mas se sentiu justificadamente aborrecido. Toda aquela complicação inexplicável, um encontro numa ponte ventosa e chuvosa com vista para o rio! Sentado durante um concerto ao lado de uma mulher para quem ansiava fazer pelo menos uma dúzia de perguntas... E no final? Nada! Nenhum progresso. Mesmo assim, ela *tinha* desejado encontrá-lo. Mas por quê? Se não queria falar com ele para fazer maiores combinações, por que viera então?

Seus olhos cruzaram ociosamente a sala, pousando na estante que ele reservava para diversos livros de suspense, romances policiais e um ocasional volume de ficção científica. Stafford balançou a cabeça. A ficção, ele pensou, era infinitamente superior à vida real. Cadáveres, chamadas telefônicas misteriosas, lindas espiãs estrangeiras em profusão! Entretanto, aquela específica dama elusiva talvez ainda não estivesse excluída de sua vida. Da próxima vez, segundo pensou, ele faria certos arranjos por conta própria. Dois poderiam disputar o jogo que ela estava jogando.

Sir Stafford Nye empurrou o programa para o lado, bebeu outra xícara de café e foi até a janela. Ainda estava com o programa na mão. Enquanto ficou ali parado, contemplando a rua, seus olhos recaíram no programa aberto e ele cantarolou para si mesmo, de modo quase inconsciente. Ele tinha um bom ouvido musical e foi capaz de cantarolar as notas rabiscadas com bastante facilidade. Elas lhe soaram vagamente familiares enquanto as cantarolava. Stafford aumentou um pouco a voz. O que era mesmo aquilo? Tum, tum, tum tum ti-tum. Tum. Sim, aquilo era definitivamente familiar.

Ele começou a abrir sua correspondência.

As cartas eram quase todas desinteressantes. Alguns convites, um da embaixada americana, outro de Lady Athelhampton, um espetáculo de caridade que teria presença da Realeza e para o qual se sugeria que cinco guinéus não seria um preço exorbitante por um assento. Ele os empurrou um pouco para um lado. Duvidava muito que quisesse aceitar qualquer um. Decidiu que em vez de permanecer em Londres ele partiria sem maiores delongas para ver sua tia Matilda, como prometera. Gostava muito de sua tia Matilda, embora não a visitasse com frequência. Ela morava no interior, num apartamento reformado, formado por uma série de aposentos numa das alas de um enorme solar georgiano e herdado do avô de Stafford. Ela tinha uma imensa e lindamente proporcionada sala de estar, uma pequena sala de jantar oval, uma nova cozinha montada no antigo quarto da governanta, dois quartos para hóspedes, um imenso e confortável quarto para ela com banheiro adjacente e adequados aposentos para uma paciente dama de companhia que compartilhava de sua vida diária. Os empregados remanescentes de uma fiel equipe doméstica eram bem providos e bem alojados. O resto da casa permanecia resguardado sob capas de móveis, com limpezas periódicas. Stafford Nye gostava muito do lugar, tendo passado férias ali quando menino. A casa era sempre alegre nas suas lembranças. Seu tio mais velho vivera nela com a esposa e os dois filhos. Sim, as lembranças da casa eram agradáveis. Havia dinheiro e uma razoável equipe de empregados para cuidar de tudo. Ele nunca tinha prestado muita atenção, naqueles dias, nos quadros e nos retratos. Havia exemplares de arte vitoriana em grandes dimensões ocupando os lugares de honra, superlotando as paredes, mas também havia outros mestres de uma época mais antiga. Sim, havia bons retratos na casa. Um Raeburn, dois Lawrences, um Gainsborough, um Lely, dois Vandykes um tanto duvidosos. Turners também. Alguns tiveram de ser vendidos para garantir dinheiro à família. Stafford ainda gostava, em suas visitas à tia, de circular pela casa e estudar os retratos da família.

Tia Matilda era uma grande tagarela, mas adorava suas visitas. O apego de Stafford por ela era manifestado de uma maneira inconstante, mas ele não tinha plena certeza do motivo que o levara subitamente a querer visitá-la bem naquele momento. E por que razão os retratos da família tinham entrado em sua mente? Teria sido porque existia um retrato de sua irmã Pamela com autoria de um dos artistas mais renomados de vinte anos atrás? Ele gostaria de ver aquele retrato de Pamela e analisá-lo mais de perto. Verificar se tinha sido considerável a semelhança entre sua irmã e a estranha que havia perturbado sua vida de maneira um tanto ultrajante.

Ele pegou o programa do Festival Hall novamente, com certa irritação, e começou a cantarolar as notas rabiscadas. Tum, tum, ti tum... Então a iluminação lhe veio, ele descobriu o que era. Era o motivo de Siegfried. *A trompa de Siegfried.* O motivo do jovem Siegfried. Fora isso o que a mulher dissera na noite passada. Não aparentemente para ele, não aparentemente para ninguém. Mas tinha sido a mensagem, uma mensagem que não teria significado nada para quem quer que estivesse lá, pois teria parecido referir-se à música que acabara de ser executada. E o motivo tinha sido escrito no programa em termos musicais. O jovem Siegfried. Devia significar alguma coisa. Bem, talvez acabassem surgindo novos esclarecimentos. O jovem Siegfried. Que diabos aquilo *queria* dizer? Por que e como e quando e o quê? Ridículo! Todas essas palavras de questionamento.

Stafford Nye pegou o telefone e discou para a tia Matilda.

– Mas é claro, querido Staffy, vai ser adorável ter você aqui. Pegue o trem das quatro e meia. Esse horário ainda existe, sabe, mas o trem chega aqui uma hora e meia depois. E sai de Paddington mais tarde: cinco e quinze. Isso é o que eles nos dão com os aprimoramentos nas ferrovias, eu suponho. O trem fica parando nas mais absurdas estações pelo caminho. Pois bem. Horace vai buscá-lo em King's Marston.

– Ele ainda está com a senhora?

– É claro que sim.

– Claro – disse Sir Stafford Nye.

Horace, primeiro cavalariço, depois cocheiro, sobrevivera como motorista, e aparentemente seguia sobrevivendo.

– Ele deve ter no mínimo oitenta anos – disse Sir Stafford, sorrindo consigo mesmo.

CAPÍTULO 6

Retrato de uma senhora

I

– Você está bem bonito e bronzeado, meu querido – disse tia Matilda, inspecionando-o de modo apreciativo. – Deve ter sido a Malásia, eu suponho. *Foi* na Malásia mesmo que você esteve? Ou foi no Sião ou na Tailândia? Eles trocam os nomes de todos esses lugares e a coisa realmente fica muito difícil. De qualquer maneira, não foi no Vietnã, foi? Você sabe, eu não gosto *nem um pouco* de como soa *Vietnã*. É tudo muito confuso, Vietnã do Norte e Vietnã do Sul e o Vietcongue e o Viet qualquer outra coisa e todos querendo brigar com os outros e ninguém querendo parar. Eles não são capazes de ir para Paris ou seja lá onde for de modo que se sentem em volta de mesas e conversem de maneira sensata. Você não acha que realmente, meu querido... eu andei pensando nisso e achei que seria uma bela solução... nós poderíamos fazer um monte de campos de futebol e todos eles poderiam ficar lá brigando entre si, só que com armas menos mortíferas. Nada daquele negócio sórdido queimando as palmeiras. Você sabe. Eles só iam se bater e dar socos uns nos outros e coisas assim. Eles achariam o máximo, todos achariam o máximo, e nós ainda poderíamos cobrar entradas para que as pessoas fossem vê-los nessa briga. Acho que nós não sabemos dar às pessoas aquilo que elas realmente querem.

– É uma ideia excelente, tia Matilda – disse Sir Stafford Nye enquanto beijava um rosto rosado, enrugado e agradavelmente perfumado. – E como vai a senhora, minha querida?

– Bem, eu estou velha – disse Lady Matilda Cleckheaton. – Sim, eu estou velha. É claro que você não sabe o que é ser velho. Se não é uma coisa, é outra. Reumatismo ou artrite ou um sórdido ataque de asma ou uma dor de garganta ou um tornozelo que você torceu. Sempre *alguma coisa*, sabe? Nada de muito importante. Mas não há como escapar. Por que foi que você veio me ver, querido?

Sir Stafford ficou ligeiramente desconcertado pela objetividade do questionamento.

– Eu habitualmente venho vê-la quando volto de uma viagem ao exterior.

– Você precisa se sentar numa cadeira mais próxima – disse tia Matilda. – Estou um tantinho mais surda desde que você me viu pela última vez. Você me parece estar diferente... Por que você parece diferente?

– Porque estou mais queimado de sol. A senhora mesma já disse isso.

– Bobagem, não foi isso o que eu quis dizer em absoluto. Não vá me dizer que é uma garota, finalmente.

– Uma garota?

– Bem, eu sempre senti que haveria de surgir uma um dia. O problema é que você tem um senso de humor que é excessivo.

– Ora, por que motivo a senhora pensaria isso?

– Bem, é o que as pessoas de fato pensam sobre você. Sim, pensam mesmo. O seu senso de humor é um obstáculo na sua carreira também. Você está sempre misturado com toda essa gente. Diplomatas e políticos. O que eles chamam de estadistas jovens e estadistas velhos e estadistas de meia-idade também. E todos esses partidos diferentes. Francamente, eu acho uma idiotice essa quantidade exagerada de partidos. Primeiro todas aquelas pessoas horrorosas, aqueles trabalhistas horrorosos.

Ela ergueu o seu nariz conservador e prosseguiu:

– Veja só, quando eu era menina não existia essa coisa de Partido *Trabalhista*. Ninguém saberia o que alguém quereria dizer com isso. Todos teriam dito: "Que bobagem". Pena que não tenha sido uma bobagem mesmo. E depois há os liberais, é claro, mas eles são terrivelmente tolos. E depois os tories, ou os conservadores, como eles chamam a si mesmos agora de novo.

– E qual é o problema com eles? – perguntou Stafford Nye, sorrindo ligeiramente.

– Uma quantidade excessiva de mulheres sérias. Isso tira um pouco a graça, não?

– Ah, bem, hoje em dia nenhum partido político se preocupa muito em ter graça.

– Isso mesmo – disse tia Matilda. – E aí, lógico, é nisso que as coisas não vão bem. Seria bom alegrar as coisas um pouco. Seria bom ter um pouco de diversão e você poder brincar um pouco com as pessoas, mas as pessoas, é claro, não gostam disso. Elas dizem: "*Ce n'est pas un garçon sérieux...*", como aquele homem na pescaria.

Sir Stafford Nye riu. Seus olhos vagueavam pela sala.

– O que você está olhando? – perguntou tia Matilda.

– Os seus quadros.

– Você não quer que eu venda os meus quadros, quer? Parece que todo mundo anda vendendo seus quadros hoje em dia. O velho Lord Grampion, por exemplo. Vendeu seus Turners e vendeu alguns dos seus antepassados também. E Geoffrey Gouldman. Todos aqueles adoráveis cavalos que ele tinha. Eram obras de Stubbs, não eram? Algo assim. Realmente, os preços que eles conseguem! Mas eu não quero vender os meus quadros. Eu gosto deles. Os que estão nesta sala, na maioria, têm um interesse verdadeiro para mim porque são antepassados. Eu sei que ninguém mais quer saber de antepassados hoje em dia, mas, ora, eu sou antiquada. Gosto de antepassados. Dos meus antepassados, quero dizer. Para qual deles você está olhando? Pamela?

– Sim. Eu andei pensando nela outro dia.

– É impressionante o quanto vocês dois são parecidos. Quero dizer, não é bem como se vocês fossem gêmeos, muito embora todos digam que gêmeos de sexos diferentes, mesmo que sejam gêmeos, não podem ser idênticos... você entende o que eu quero dizer.

– Então Shakespeare deve ter cometido um engano com Viola e Sebastião.

– Bem, irmãos e irmãs comuns podem ser parecidos, não podem? Você e Pamela sempre foram muito parecidos... em termos de aparência, quero dizer.

– E não em outro aspecto? A senhora não acha que nós éramos iguais em personalidade?

– Não, nem um pouco. Essa é a parte engraçada. Mas é claro que você e Pamela possuem o que eu chamo de rosto da família. Não o rosto dos Nye. Estou me referindo ao rosto dos Baldwen-White.

Sir Stafford Nye nunca tinha sido totalmente capaz de competir com sua tia-avó quando a conversa descambava numa questão de genealogia.

– Eu sempre achei que você e Pamela tinham puxado Alexa – ela continuou.

– Alexa era quem?

– Sua trisavó... acho que tataravó. Húngara. Uma condessa ou baronesa húngara, não sei direito. O seu tataravô se apaixonou por ela quando estava em Viena na embaixada. Sim. Húngara. Ela era húngara mesmo. Muito esportiva também. Eles são muito esportivos, sabe, os húngaros. Ela caçava com cães, montava magnificamente.

– Ela está na galeria dos retratos?

– Está no primeiro patamar. Logo depois das escadas, um pouco à direita.

– Preciso olhar o retrato dela quando eu for dormir.

– Por que você não vai vê-lo agora? Aí você volta e nós conversarmos sobre ela.

– Pode ser, se a senhora quiser.

Sir Stafford Nye sorriu para ela.

Ele saiu da sala e subiu a escadaria num instante. Sim, ela tinha um olho vivo, a velha Matilda. Esse era o rosto. Esse era o rosto que ele vira e do qual se lembrava. Não se lembrava por sua semelhança consigo, nem mesmo por sua semelhança com Pamela, mas por uma semelhança ainda mais acentuada com esse retrato. Uma garota bonita trazida para casa pelo trisavô embaixador, ou até tataravô. Tia Matilda nunca ficava satisfeita com a antiguidade dos antepassados. Ela devia ter mais ou menos vinte anos. Ela viera para cá e era muito espirituosa e montava cavalos magnificamente e dançava de maneira divina e vários homens haviam se apaixonado por ela. Mas ela tinha sido fiel, era o que todos sempre diziam, ao tataravô, um integrante muito respeitável e sério do serviço diplomático. Ela o acompanhara em visitas a embaixadas estrangeiras e voltara para cá e tivera filhos – três ou quatro, ele acreditava. Através de uma dessas crianças a herança do rosto dela, de seu nariz, da curva de seu pescoço, havia passado para ele e para sua irmã Pamela. Sir Stafford Nye ficou imaginando se aquela jovem que dopara sua cerveja e o forçara a emprestar o manto e que dissera estar correndo perigo de vida a menos que ele fizesse o que ela pedia não poderia ser de alguma forma uma prima distante num quinto ou sexto grau, uma descendente dessa mulher retratada na parede que ele estava observando. Bem, poderia ser esse o caso. Talvez elas tivessem a mesma nacionalidade. Ela se sentara tão empertigada na ópera, como era harmônico o seu perfil, o nariz fino, aquilino e ligeiramente arqueado. E a atmosfera que pairava em volta dela.

II

– Encontrou o retrato? – perguntou Lady Matilda quando seu sobrinho voltou até a sala de visitas branca, como costumava ser chamada sua sala de estar. – Um rosto interessante, não é mesmo?

– Sim, e muito bonito, também.

– É muito melhor ser interessante do que ser bonito. Mas você não esteve na Hungria ou na Áustria, esteve? Você não iria encontrar uma mulher parecida com ela na Malásia. Ela não estaria sentada junto de uma mesa, fazendo pequenas anotações ou corrigindo discursos ou coisas assim. Ela era uma criatura selvagem, segundo todos os relatos. Maneiras adoráveis e tudo mais. Só que selvagem. Selvagem como uma ave selvagem. Não sabia o que significava o perigo.

– Como a senhora sabe tanto sobre ela?

– Ah, reconheço que eu não fui contemporânea dela, só nasci vários anos depois de sua morte. Mesmo assim, sempre tive muito interesse por ela. Ela era aventureira, sabe? Muito aventureira. Histórias muito esquisitas eram contadas sobre ela, sobre coisas nas quais ela se metia.

– E como é que o meu tataravô reagia diante disso?

– Imagino que tenha morrido de preocupação – disse Lady Matilda. – Dizem que ele tinha grande devoção pela esposa, no entanto. Por falar nisto, Staffy, você alguma vez leu *O prisioneiro de Zenda*?

– *O prisioneiro de Zenda*? Me soa bastante familiar.

– Bem, é claro que é familiar, é um livro.

– Sim, sim, eu entendi que é um livro.

– Você não deve saber muito a respeito dele, eu imagino. Não é do seu tempo. Mas quando eu era menina... essa era a primeira amostra de romance que a gente ganhava. Nada de cantores pop ou Beatles. Somente um livro romântico. Nós não tínhamos autorização para ler romances quando eu era jovem. Não de manhã, pelo menos. Só podíamos lê-los no período da tarde.

– Que regras extraordinárias – disse Sir Stafford. – Por que motivo era errado ler romances de manhã e não à tarde?

– Bem, nas manhãs, veja, todo mundo esperava que as meninas estivessem fazendo alguma coisa útil. Você sabe, arrumando as flores ou limpando as molduras de prata das fotografias. Coisas que meninas como nós faziam. Estudando um pouco com a preceptora... essas coisas. À tarde nós tínhamos autorização para sentar e ler livros de histórias, e *O prisioneiro de Zenda* era geralmente um dos primeiros que nos caía nas mãos.

– Uma história muito bonita e admirável, não era? Parece que eu me lembro de algo a respeito. Talvez eu tenha lido mesmo. Tudo muito puro, eu suponho. Não era ousado demais?

– Certamente que não. Nós não tínhamos livros ousados. Tínhamos livros românticos. *O prisioneiro de Zenda* era muito romântico. Todas as garotas se apaixonavam, geralmente, pelo herói, Rudolf Rassendyll.

– Parece que eu me lembro desse nome também. Um pouco floreado, não?

– Bem, eu ainda penso que era um nome muito romântico. Eu devia ter doze anos. Você me fez lembrar do livro, sabe? Quando subiu a escada e foi olhar o retrato. A princesa Flávia – acrescentou Lady Matilda.

Stafford Nye estava sorrindo para ela.

– A senhora está parecendo jovem e corada e muito sentimental – ele disse.

– Bem, é assim que eu estou me sentindo. As garotas não são mais capazes de se sentir assim hoje em dia. Elas ficam desmaiando por amor, ou desfalecem quando alguém toca violão ou canta numa voz muito espalhafatosa, mas não são sentimentais. Mas eu não era apaixonada por Rudolf Rassendyll. Eu era apaixonada pelo outro... pelo sósia dele.

– Ele tinha um sósia?

– Ah, sim, um rei. O rei da Ruritânia.

– Ah, é claro, agora eu me lembro. É daí que vem a palavra Ruritânia... não é raro ouvir essa palavra. Sim, acho que eu de fato li esse livro. O rei da

Ruritânia, e Rudolf Rassendyll era o substituto do rei e se apaixonou pela princesa Flávia, de quem o rei estava oficialmente noivo.

Lady Matilda soltou mais alguns suspiros profundos.

– Sim, Rudolf Rassendyll tinha herdado seus cabelos ruivos de uma antepassada, e numa determinada parte do livro ele faz uma reverência diante do retrato e diz alguma coisa sobre a... não consigo me lembrar do nome agora... a condessa Amelia ou algo assim, de quem ele herdara sua aparência e tudo mais. Então olhei para você e me lembrei de Rudolf Rassendyll e você saiu e foi olhar o retrato de alguém que podia ter sido uma antepassada sua para ver se ela se parecia com alguém. De modo que você está metido num romance de algum tipo, não está?

– Por que raios a senhora pensa isso?

– Bem, não existem muitos padrões diferentes na vida, ora. A gente reconhece os padrões na medida em que eles vão aparecendo. É como um livro de tricô. Mais ou menos uns 65 tipos diferentes de pontos fantasia. Bem, a gente reconhece um ponto particular quando põe os olhos nele. O seu ponto neste momento, eu diria, é a aventura romântica – ela suspirou. – Mas você não vai me contar nada, eu suponho.

– Não há nada para contar – disse Sir Stafford.

– Você sempre foi um mentiroso talentosíssimo. Bem, não importa. Traga sua amiga para me ver uma hora dessas. Isso é tudo de que eu gostaria, antes que os médicos consigam me matar com mais algum tipo novo de antibiótico que tenham acabado de descobrir. As diferentes cores das pílulas que eu já tive que tomar a essa altura! Você não acreditaria.

– Não sei por que motivo a senhora diz "ela"...

– Não sabe? Ah, pois bem, eu reconheço uma "ela" quando uma me cruza o caminho. Existe alguma "ela" se esquivando na sua vida. O que me deixa intrigada é como você a encontrou. Na Malásia, na mesa de conferências? Filha de embaixador ou filha de ministro? Uma secretária bonita na piscina da embaixada? Não, nenhuma probabilidade parece se encaixar... No navio voltando para casa? Não, vocês não usam mais navios hoje em dia. No avião, talvez.

– A senhora está chegando mais perto – Sir Stafford Nye não conseguiu deixar de dizer.

– Ah! – arremeteu Lady Matilda. – Aeromoça?

Ele balançou a cabeça.

– Pois bem. Guarde o seu segredo. Eu hei de descobrir, não se preocupe. Sempre tive um ótimo faro para coisas que acontecem com você. Para coisas em geral também. É claro que eu estou por fora de tudo hoje em dia, mas eu me encontro com os meus velhos camaradas de tempos em tempos e é bastante fácil, fique sabendo, obter uma ou outra dica da parte deles. As pessoas estão preocupadas. Em toda parte... elas estão preocupadas.

– A senhora quer dizer que existe uma espécie de descontentamento geral... um distúrbio?

– Não, eu não quis dizer isso em absoluto. Eu quero dizer que os altos escalões estão preocupados. Os nossos horríveis governos estão preocupados. O estimado e sonolento Ministério das Relações Exteriores está preocupado. Temos coisas que estão acontecendo, coisas que não deveriam existir. Agitação.

– Agitações estudantis?

– Ah, as agitações estudantis são apenas uma das flores dessa árvore. E ela está florescendo em todos os cantos e em todos os países, ou pelo menos é o que parece. Eu tenho uma ótima garota que vem aqui e lê os jornais para mim de manhã. Eu mesma não consigo mais ler com proveito. Ela tem uma ótima voz. Escreve as cartas para mim e lê trechos dos jornais e é uma garota boa e amável. Ela lê as coisas que eu quero saber, não as coisas que pensa que são adequadas para mim. Sim, todos estão preocupados, até onde eu consigo entender, e isso, fique sabendo, veio mais ou menos de um amigo muito antigo meu.

– Um dos seus velhos camaradas militares?

– Ele é major-general, se é isso que você quer dizer, se aposentou muitos anos atrás mas ainda está por dentro de tudo. A juventude é o que você pode denominar como a ponta de lança de tudo. Mas não é isso o que é tão preocupante. Eles... quem quer que sejam *eles*... trabalham através da juventude. Da juventude de todos os países. A juventude incitada. A juventude cantando suas palavras de ordem, palavras de ordem que soam como emocionantes embora eles nem sempre saibam o que querem dizer. É tão fácil começar uma revolução. É algo natural aos olhos da juventude. Todos os jovens sempre se rebelaram. Você se rebela, você sai por aí derrubando tudo, você quer que o mundo seja diferente do que é. Mas você também está cego. Existem vendas nos olhos dos jovens. Eles não conseguem ver para onde estão sendo levados pela situação. O que virá depois? O que há na frente deles? E quem é que está por trás deles, os incitando? Isso é o que é assustador nessa questão. Você sabe, tem alguém que vai mostrando a cenoura para fazer o burro avançar e ao mesmo tempo tem alguém por trás incitando o burro com uma vara.

– A senhora tem algumas fantasias extraordinárias.

– Não são apenas ideias fantasiosas, meu caro garoto. Isso era o que as pessoas diziam sobre Hitler. Hitler e a juventude de Hitler. Mas foi uma preparação longa e cuidadosa. Foi uma guerra planejada em detalhes. Era uma quinta-coluna sendo plantada em diferentes países, já esperando os super-homens. Os super-homens seriam a flor da nação alemã. Isso eles pensavam e nisso eles acreditavam apaixonadamente. Talvez alguém esteja acreditando em algo parecido com isso agora. É um credo que eles estarão dispostos a aceitar... se lhes for oferecido de maneira inteligente o bastante.

– De quem a senhora está falando? Está se referindo aos chineses ou aos russos? A senhora está querendo dizer o quê?

– Eu não sei. Não faço a menor ideia. Mas existe alguma coisa em algum lugar, um sistema que segue essa mesma linha. O padrão outra vez, veja. O padrão! Os russos? Atolados no comunismo, eu diria que eles são considerados antiquados. Os chineses? Acho que se perderam no caminho. Uma dose excessiva de camarada Mao, talvez. Eu não sei quem são essas pessoas que estão fazendo o planejamento. Como eu já disse antes, é o porquê e o onde e o quando e o *quem*.

– Muito interessante.

– É tão assustadora, essa mesma ideia que sempre retorna. A história se repetindo. O jovem herói, o super-homem dourado que todos precisam seguir.

Ela fez uma pausa e depois falou:

– A mesma ideia, não é mesmo? O jovem Siegfried.

CAPÍTULO 7

Conselhos da tia-avó Matilda

A tia-avó Matilda ficou olhando para ele. Ela tinha um olhar sagaz e muito penetrante. Stafford Nye já tinha percebido isso antes. Ele o percebeu em especial naquele momento.

– Então você já ouviu esse termo antes – ela disse. – Estou vendo.

– O que ele quer dizer?

– Você não sabe? – ela ergueu suas sobrancelhas.

– Juro pela minha vida – disse Sir Stafford, como se fosse uma criança.

– Sim, a gente costumava dizer isso, não era mesmo? – disse Lady Matilda. – Você está realmente falando sério?

– Não sei nada sobre isso.

– Mas já ouviu o termo antes.

– Sim. Alguém me disse.

– Alguma pessoa importante?

– Pode ser que sim. Imagino que poderia ser importante. O que a senhora quer dizer com "alguma pessoa importante"?

– Bem, você esteve envolvido em várias missões governamentais nos últimos tempos, não? Você representou este infeliz e pobre país da melhor maneira possível, o que, suponho, não deve ter sido muito melhor do que vários outros poderiam fazer, sentando-se em volta de uma mesa e conversando. Não sei se alguma coisa saiu disso tudo.

– Provavelmente não – disse Stafford Nye. – Afinal de contas, a gente não fica otimista quando entra nessas coisas.

– Cada um deve fazer o seu melhor – disse Lady Matilda, num tom de correção.

– Um princípio muito cristão. Hoje em dia, se a pessoa faz o seu pior, muitas vezes ela consegue se sair um tanto melhor. O que quer dizer tudo isso, tia Matilda?

– Não creio que *eu* saiba – disse a tia.

– Bem, a senhora sabe de certas coisas com muita frequência.

– Não exatamente. Eu apenas apanho as coisas aqui e ali.

– Sim?

– Ainda me restaram alguns velhos amigos. Amigos que estão por dentro das coisas. É claro, quase todos eles estão ou praticamente surdos como uma porta ou meio cegos ou um pouco desfalcados no arquivo das memórias, ou então incapazes de andar direito. Mas algo ainda funciona. Algo, digamos assim, aqui em cima – ela bateu no topo de sua cabeça branca e perfeitamente penteada. – Há uma tremenda dose de alarme e de desânimo por aí. Mais do que o habitual. Essa é uma das coisas que eu percebi.

– Não é sempre assim?

– Sim, sim, mas agora é um pouco mais do que isso. Algo ativo em vez de passivo, como poderíamos dizer. Desde muito tempo, como eu venho percebendo na perspectiva de fora, e você, sem dúvida, na perspectiva de dentro, nós estamos sentindo que as coisas estão bagunçadas. Uma bagunça bastante ruim. Mas agora nós chegamos a um ponto em que sentimos que talvez algo possa ter sido feito em relação à bagunça. Há um elemento de perigo nela. Alguma coisa está acontecendo... algo está sendo fermentado. Não apenas num único país. Em diversos países. Eles recrutaram um exército particular e o perigo em torno disso é que é um exército de jovens. E é o tipo de gente que se dispõe a ir para qualquer lugar, a fazer qualquer coisa, a infelizmente acreditar em tudo, e, contanto que lhes prometam uma certa quantidade de derrubadas, de demolição, de sabotagem das engrenagens, aí eles pensam que a causa só pode ser boa e que o mundo será um lugar diferente. Eles não são criativos, esse é o problema... são apenas destrutivos. Os jovens criativos escrevem poemas, escrevem livros, provavelmente compõem música e pintam quadros como sempre fizeram. Eles vão ficar bem... Mas uma vez que as pessoas aprendem a gostar da destruição pela destruição em si, aí a liderança maligna obtém a sua oportunidade.

– A senhora diz "eles" . A quem a senhora está se referindo?

– Bem que eu gostaria de saber – disse Lady Matilda. – Sim, bem que eu gostaria de saber. Gostaria muito. Se ouvir qualquer coisa de útil eu conto para você. Então você poderá fazer algo a respeito.

– Infelizmente, *eu* não tenho ninguém para contar, quero dizer, ninguém para passar adiante.

– Sim, não passe adiante para qualquer um. Não podemos confiar nas pessoas. Não passe adiante para nenhum daqueles idiotas do governo ou qualquer pessoa que tenha conexão com o governo ou tenha esperança de participar do governo quando o grupo atual sair. Os políticos não têm tempo de olhar para o mundo no qual estão vivendo. Eles enxergam o país no qual vivem como uma vasta plataforma eleitoral. Isso é mais do que suficiente para eles por enquanto. Eles fazem coisas que, segundo honestamente acreditam, vão tornar a situação melhor, e depois ficam surpresos quando não conseguiram melhorar a situação porque aquela não é a situação que as pessoas queriam ter. E não podemos deixar de chegar à conclusão de que os políticos sentem que têm uma espécie de direito divino para contar mentiras em nome de uma boa causa. Não faz tanto tempo assim que o sr. Baldwin fez o seu famoso comentário: "Se eu tivesse falado a verdade, teria perdido a eleição". Os primeiros-ministros ainda pensam assim. De vez em quando nós ganhamos um grande homem, graças a Deus. Mas é raro.

– Bem, o que a senhora sugere que seja feito?

– Você está pedindo o meu conselho? O meu? Você sabe quantos anos eu tenho?

– A senhora está chegando perto dos noventa – sugeriu seu sobrinho.

– Não sou assim tão velha – disse Lady Matilda, ligeiramente ofendida. – Eu pareço ter quase noventa, meu querido garoto?

– Não, minha querida. A senhora parece ter a tranquila idade de 66 anos.

– Assim fica melhor – disse Lady Matilda. – Não é nem um pouco verdade. Mas é melhor. Se eu conseguir um palpite de qualquer tipo da parte de algum dos meus queridos almirantes ou de um velho general ou até mesmo de um marechal do ar... eles ouvem muitas coisas por aí, você sabe... eles ainda têm camaradas e os velhos rapazes se juntam e conversam. E assim a informação circula. O boca a boca sempre existiu e sempre vai existir, por mais idosas que as pessoas sejam. O jovem Siegfried. Só precisamos de uma pista para saber o que quer dizer isso... não sei se ele é uma pessoa ou uma senha ou o nome de um clube ou um novo messias ou um cantor pop. Mas esse termo encobre *alguma coisa.* E há o tema musical, também. Eu quase já me esqueci dos meus dias wagnerianos – e sua voz envelhecida grasnou uma melodia parcialmente reconhecível. – O chamado da trompa de Siegfried, não é isso? Arranje para nós uma flauta, pode ser? Uma flauta simples mesmo. Não uma daquelas flautas transversas que você sopra de lado... Estou me referindo àquela que as crianças aprendem a tocar na escola. A flauta doce. Eu fui outro dia numa palestra promovida pelo nosso vigário. Bem interessante. Traçando a história da flauta doce, dos tipos de flautas que existiram desde a era elisabetana em diante. Algumas grandes, outras pequenas, todos os diferentes sons e notas. Muito interessante. Interessante de ouvir em dois sentidos. As flautas em si. Algumas delas produzem ruídos adoráveis. E a história. Sim. Bem, o que é que eu estava dizendo?

– A senhora me pediu para arranjar um desses instrumentos, pelo que eu entendi.

– Sim. Arranje uma flauta e aprenda a soprar o chamado da trompa de Siegfried. Você é musical, você sempre foi. Consegue fazer isso, não?

– Bom, esse parece ser um papel muito pequeno para desempenhar na salvação do mundo, mas ouso dizer que consigo dar um jeito.

– E tenha o seu papel preparado. Porque, veja – ela bateu na mesa com a caixa de seus óculos –, você poderá querer impressionar as pessoas erradas uma hora dessas. Poderia ser útil. Elas o receberiam de braços abertos e aí você poderia descobrir alguma coisa.

– A senhora certamente tem ideias mirabolantes – disse Sir Stafford, com admiração.

– O que mais se pode ter com a minha idade? – perguntou sua tia-avó. – Você não pode sair por aí. Não pode interagir com as pessoas, não pode praticar jardinagem. Tudo que você *pode* fazer é sentar na sua poltrona e ter ideias. Lembre-se disso quando tiver quarenta anos a mais.

– Uma das observações que a senhora fez me interessou.

– Só uma? – perguntou Lady Matilda. – É uma parcela bastante pequena, considerando-se que eu falei por tanto tempo. O que foi?

– A senhora sugeriu que eu poderia ser capaz de impressionar as pessoas erradas com a minha flauta... a senhora quis dizer isso mesmo?

– Bem, é uma maneira de agir, não é? As pessoas certas não importam. Mas as pessoas erradas... Bem, nós precisamos descobrir as coisas, não? Nós precisamos nos infiltrar. Bem como um inseto fazendo vigília na parede – ela disse, com ar pensativo.

– Então eu deveria ficar imóvel na parede durante a noite?

– Bem, esse tipo de coisa, sim. Tivemos insetos intrometidos aqui na ala leste da casa certa vez. Foi muito caro dar um jeito neles. Eu me atrevo a dizer que seria também muito caro dar um jeito no mundo.

– Na verdade, um pouco mais caro do que isso – disse Stafford Nye.

– Não tem importância – disse Lady Matilda. – As pessoas nunca dão importância se você quer gastar uma grande quantidade de dinheiro. Isso as impressiona. É quando você quer fazer as coisas de maneira econômica que elas se negam a participar do jogo. Neste país, eu digo. Nós somos as mesmas pessoas que sempre fomos.

– O que a senhora quer dizer com isso?

– Nós somos capazes de fazer grandes realizações. Nós fomos bons em administrar um império. Não fomos bons em *manter* um império funcionando, mas, pensando bem, não precisávamos mais de um império. E reconhecemos isso. Difícil demais conservá-lo. Robbie me fez ver isso – acrescentou ela.

– Robbie?

O nome era vagamente familiar.

– Robbie Shoreham. Robert Shoreham. É um amigo meu bem antigo. Paralisado no lado esquerdo todo. Mas ele ainda consegue falar e tem um aparelho auditivo razoavelmente bom.

– Além de ser um dos físicos mais famosos do mundo – disse Sir Stafford. – Então ele também é um dos seus velhos camaradas?

– Conheço Robbie desde que ele era um menino – disse Lady Matilda. – Suponho que lhe cause surpresa que nós sejamos amigos, tenhamos muito em comum e gostemos de nos encontrar para conversar...

– Bem, eu nunca teria pensado...

– Que tivéssemos tanto assunto para conversar? É verdade que eu nunca me dei bem com a matemática. Felizmente, quando eu era pequena, as meninas nem precisavam tentar. A matemática chegou com facilidade para Robbie quando ele tinha uns quatro anos de idade, eu acredito. Hoje em dia dizem que isso é bastante natural. Ele tem assuntos de sobra para conversar. Gostava de mim porque eu era frívola e o fazia rir. E eu sou uma boa ouvinte também. E, realmente, ele diz coisas muito interessantes às vezes.

– É de se supor – Stafford Nye disse com secura.

– Ora, não seja esnobe. Molière se casou com sua empregada, não se casou? E obteve com isso um grande sucesso... se *for* mesmo Molière, eu quero dizer. Se um homem tem um cérebro privilegiado ele não vai realmente querer uma mulher que tenha também um cérebro privilegiado para conversar. Isso seria exaustivo. Ele vai preferir muito antes uma encantadora bobinha que consiga fazê-lo rir. Eu não tinha uma aparência tão ruim na minha juventude – disse Lady Matilda, complacente. – Sei que eu não tenho nenhuma distinção acadêmica, que eu não sou nem um pouco intelectual. Mas Robert sempre diz que eu tenho uma bela quantidade de bom senso e de inteligência.

– A senhora é uma pessoa encantadora – disse Sir Stafford Nye. – Eu gosto muito de vê-la e vou partir tendo em mente todas as coisas que a senhora me disse. Há muito mais coisas, eu imagino, que a senhora poderia me contar, mas obviamente não vai.

– Só quando chegar o momento certo – disse Lady Matilda –, mas eu sempre vou zelar pelos seus interesses. Me deixe informada sobre o que você anda fazendo de tempos em tempos. Você vai jantar na embaixada americana na semana que vem, não é?

– Como a senhora sabia disso? Eu fui convidado.

– E aceitou o convite, pelo que eu sei.

– Bem, isso diz respeito ao cumprimento do dever – e Stafford Nye olhou para ela com curiosidade. – Como a senhora consegue se manter tão bem informada?

– Ah, Milly me contou.

– Milly?

– Milly Jean Cortman. A esposa do embaixador americano. Uma criatura muitíssimo atraente, fique sabendo. Pequena e com feições um tanto perfeitas.

– Ah, a senhora quer dizer Mildred Cortman.

– Ela foi batizada como Mildred mas preferiu Milly Jean. Eu estive conversando com ela ao telefone sobre uma certa matinê de caridade... Ela é o que nós costumávamos chamar de uma Vênus de bolso.

– Um termo muitíssimo atraente – disse Stafford Nye.

CAPÍTULO 8

Um jantar de embaixada

I

Quando a sra. Cortman veio recebê-lo com a mão estendida, Stafford Nye lembrou-se do termo que sua tia-avó havia usado. Milly Jean Cortman era uma mulher entre os trinta e cinco e os quarenta anos. Tinha feições delicadas, grandes olhos de um azul cinzento e uma cabeça de formato perfeito com cabelos azulados e cinzentos tingidos num tom particularmente atraente que lhe caía muito bem numa perfeição de penteado. Ela era muito popular em Londres. Seu marido, Sam Cortman, era um homem pesado e grande, ligeiramente enfadonho. Ele sentia muito orgulho de sua esposa e, no que lhe dizia respeito, era um desses falantes lentos e enfáticos demais. As pessoas acabavam ocasionalmente dispersando suas atenções quando ele elucidava, durante algum tempo, uma questão que mal precisava ser exposta.

– De volta da Malásia, é isso, Sir Stafford? Deve ter sido bem interessante ir até lá, muito embora não seja a época do ano que eu teria escolhido. Mas tenho certeza de que estamos todos muito alegres com a sua volta. Deixe-me ver agora... O senhor conhece Lady Aldborough e Sir John, e Herr von Roken, Frau von Roken. O sr. e a sra. Staggenham.

Todos eles eram pessoas conhecidas por Stafford Nye em maior ou menor grau. Havia um holandês e sua esposa que ele ainda não conhecia, visto que tinham acabado de assumir suas nomeações. Os Staggenham eram o ministro da Seguridade Social e sua esposa. Um casal particularmente desinteressante, ele sempre pensara.

– E a condessa Renata Zerkowski. Creio que ela me afirmou já ter encontrado antes o senhor.

– Deve ter sido mais ou menos um ano atrás. Quando estive pela última vez na Inglaterra – disse a condessa.

E ali estava ela, a passageira de Frankfurt outra vez. Controlada, à vontade, lindamente vestida num azul cinzento leve com um toque de chinchila. Seus cabelos presos no alto (uma peruca?) e uma cruz de rubi de desenho antigo em volta do pescoço.

– Signor Gasparo, conde Reitner, sr. e sra. Arbuthnot.

Cerca de 26 ao todo. No jantar, Stafford Nye sentou-se entre a tenebrosa sra. Staggenham e a Signora Gasparo. Renata Zerkowski se sentou exatamente na frente dele.

Um jantar de embaixada. Um jantar como tantos outros aos quais ele costumava comparecer, oferecendo em grande medida o mesmo tipo de convidados. Vários membros do corpo diplomático, ministros assistentes, um ou dois industriais, um punhado de figuras da sociedade, geralmente incluídas porque eram boas de conversa ou porque eram pessoas agradáveis e interessantes para encontrar, embora uma ou duas, pensou Stafford Nye, uma ou duas talvez fossem diferentes. Mesmo enquanto esteve ocupado mantendo uma conversa com a Signora Gasparo, uma pessoa encantadora com a qual conversar, uma tagarela, ligeiramente galanteadora, mesmo nessa situação a sua mente se detinha no mesmo ponto no qual seus olhos também se detinham vez por outra, embora o movimento destes últimos não fosse muito perceptível. Julgando por esse movimento ao longo da mesa de jantar, não se diria que ele estava angariando conclusões em sua própria mente. Ele fora convidado a comparecer. Por quê? Por qualquer razão, ou por nenhuma razão em particular. Porque seu nome tinha aparecido automaticamente na lista que os secretários produziam de tempos em tempos com asteriscos naqueles que deveriam ser convidados no evento seguinte. Ou como um homem extra ou uma mulher extra requisitados para o equilíbrio da mesa. Ele sempre tinha sido requisitado quando um extra era necessário. "Ah, sim", diria uma anfitriã diplomática, "Stafford Nye nos serve de maneira esplêndida. Você o colocará perto de Madame Não Sei Quem, ou de Lady Outra Qualquer."

Talvez ele tivesse sido convidado a marcar presença por nenhuma outra razão além dessa. E mesmo assim ele ficou especulando. Stafford Nye sabia por experiência própria que existiam outras razões. E assim os seus olhos, com sua veloz amabilidade social e seu ar de não estar realmente olhando para nada em particular, se mantiveram ocupados.

Entre aqueles convidados havia talvez alguém que por alguma razão importava, era relevante. Alguém que tinha sido convidado não para marcar presença, pelo contrário, alguém que havia merecido uma seleção de outros convivas chamados para marcar presença em volta dele – ou dela... Alguém que importava. Stafford Nye ficou especulando... especulando quem poderia ser essa pessoa.

Cortman sabia, é claro. Milly Jean, talvez. Nunca se sabe com essas esposas. Algumas delas eram melhores diplomatas do que os seus maridos. Algumas só poderiam ser avaliadas por seu charme, sua adaptabilidade, sua prontidão em agradar, sua falta de curiosidade. Outras ainda, ele pensou pesarosamente consigo mesmo, no que dizia respeito aos interesses dos maridos, eram desastrosas. Anfitriãs que, embora pudessem ter trazido dinheiro ou prestígio para um casamento diplomático, eram no entanto capazes de a qualquer momento dizer ou fazer a coisa errada, de criar uma situação desafortunada. Para que o evento fosse protegido de algo assim, seria necessário um convidado, ou até mesmo dois ou três, numa posição que poderíamos chamar de apagador de incêndios profissional.

Será que o jantar dessa noite valia por algo mais do que um acontecimento social? Seu olhar rápido e perscrutador, por essa altura, já tinha dado uma volta na mesa identificando uma ou duas pessoas que até ali ele não registrara completamente. Um homem de negócios americano. Agradável, mas não socialmente brilhante. Um professor de uma das universidades do centro-oeste. Um casal, o marido alemão, a mulher predominantemente – quase agressivamente – americana. Uma mulher, acima de tudo, belíssima. Sensual, muitíssimo atraente, Sir Stafford pensou. Será que um deles era importante? Iniciais flutuaram na sua cabeça. FBI. CIA. O homem de negócios talvez um homem da CIA, presente ali com alguma finalidade. As coisas eram assim hoje em dia. Não eram mais como costumavam ser. Como era mesmo a fórmula? O Grande Irmão está vigiando você. Pois bem, a coisa ia mais longe agora. O Primo Transatlântico está vigiando você. As Altas Finanças da Europa Central estão vigiando você. Um embaraço diplomático foi trazido aqui para que *você* o vigie. Isso mesmo. Muitas vezes havia diversas coisas por trás de tudo hoje em dia. Mas seria essa somente mais uma fórmula, somente mais uma moda? Poderia isso de fato significar algo mais profundo ainda, algo vital, algo real? Como as pessoas falavam sobre os acontecimentos europeus hoje em dia? O Mercado Comum. Bem, isso era razoável o bastante, isso tinha relação com o comércio, com a economia, com as inter-relações entre os países.

Esse era o palco a ser montado. Mas atrás do palco... Nos bastidores. Esperando pela deixa. Pronto para soprar a fala caso isso fosse necessário. O que estava acontecendo? O que estava acontecendo no grande mundo e por trás do grande mundo? Ele ficou especulando.

Algumas coisas ele sabia, algumas coisas ele tentava adivinhar, e sobre outras coisas, ele pensou consigo mesmo, "eu não sei nada e ninguém quer que eu saiba nada".

Seus olhos pousaram por um momento em sua vis-à-vis, o queixo dela erguido, sua boca suavemente curvada num sorriso educado, e os dois olhares se encontraram. Aqueles olhos não lhe diziam nada, o sorriso não lhe dizia nada. Que diabos ela estava fazendo ali? Ela estava em seu elemento, ela se encaixava, conhecia bem aquele mundo. Sim, ali ela estava em casa. Ele poderia descobrir sem muita dificuldade, segundo pensou, onde ela figurava no mundo diplomático, mas será que isso lhe revelaria qual era realmente o lugar dela?

A jovem usando calças que de súbito falara com ele em Frankfurt exibira um rosto ávido e inteligente. Aquela era, por acaso, a mulher verdadeira? Ou seria essa casual conhecida social a verdadeira mulher? Será que uma dessas personalidades era um personagem? E, se fosse isso mesmo, qual delas era o personagem? E também poderiam existir mais do que apenas duas personalidades. Stafford Nye continuou especulando. Ele queria descobrir.

Ou o fato de ele ter sido convidado tinha sido pura coincidência? Milly Jean estava se levantando. As outras damas se levantaram com ela. Então, de repente, foi ouvido um clamor inesperado. Um clamor que vinha do lado de fora da casa. Gritos. Berros. O ruído de vidro quebrado numa janela. Gritos. Sons – certamente tiros de pistola. A Signora Gasparo falou, agarrando-se no braço de Stafford Nye:

– Não, de novo! – ela exclamou. – *Dio*! De novo esses terríveis estudantes. É a mesma coisa no nosso país. Por que eles atacam embaixadas? Eles lutam, resistem à polícia... saem marchando, gritando coisas imbecis, se deitam nas ruas. *Si, si.* Acontece a mesma coisa em Roma... em Milão... essa mesma peste, em todos os cantos da Europa. Por que eles não ficam satisfeitos nunca, esses jovens? O que eles querem?

Stafford Nye sorveu seu conhaque prestando atenção no forte sotaque do sr. Charles Staggenham, que pontificava sem se preocupar com qualquer concisão. A comoção diminuíra. Segundo parecia, a polícia colocara para correr alguns dos coléricos. Era uma dessas ocorrências que no passado poderiam ter sido consideradas extraordinárias e até mesmo alarmantes, mas que agora eram tomadas como acontecimentos corriqueiros.

– Uma força policial maior. É disso que nós precisamos. Uma força policial maior. Isso é mais do que os camaradas conseguem suportar. É a mesma coisa por todos os lados, segundo dizem. Estive conversando com Herr Lurwitz outro dia. Eles têm os problemas deles, os franceses também. Não tanto nos países escandinavos. O que querem todos eles, apenas problemas? Eu garanto, se eu pudesse fazer do meu jeito...

Stafford Nye direcionou sua mente para outro assunto, ao mesmo tempo que mantinha um fingimento lisonjeador, enquanto Charles Staggenham explicava justamente como seria o jeito dele, algo que, de todo modo, qualquer um poderia ter previsto de antemão.

– Gritando sobre o Vietnã e tudo mais. O que sabe qualquer um deles sobre o Vietnã? Nenhum deles já esteve lá, não é mesmo?

– Eu diria que é muito improvável – disse Sir Stafford Nye.

– Um homem estava me contando no início da noite que eles tiveram problemas e tanto na Califórnia. Nas universidades... Se nós tivéssemos uma política sensata...

Logo em seguida os homens juntaram-se às damas na sala de visitas. Stafford Nye, movendo-se com a graça ociosa, com o ar de completa falta de propósito que ele considerava tão útil, sentou-se ao lado de uma mulher falante de cabelos dourados que ele conhecia moderadamente bem e que, seria possível garantir, raramente dizia alguma coisa na qual valesse a pena prestar atenção no tocante a ideias ou espirituosidade, mas que possuía conhecimentos pormenorizados sobre todas as criaturas pertencentes ao seu círculo de amizades. Stafford Nye não fez nenhuma pergunta direta, mas dentro de pouco tempo, sem que a dama sequer percebesse os meios pelos quais ele guiara o rumo da conversação, ele se viu ouvindo algumas observações sobre a condessa Renata Zerkowski.

– Ela ainda é muito bonita, não acha? Não aparece aqui com grande frequência nos últimos tempos. Na maior parte do tempo em Nova York, sabe, ou naquela ilha maravilhosa. O senhor decerto conhece o lugar ao qual me refiro. Não é Minorca. Uma das outras ilhas no Mediterrâneo. A irmã dela é casada com aquele rei do sabão, ao menos eu acho que é um rei do sabão. Não o grego. Ele é sueco, eu creio. Nadando em dinheiro. E além disso, é claro, ela passa muito tempo num certo castelo nas Dolomitas... ou perto de Munique... Ela gosta muito de música, sempre gostou. Ela disse que vocês dois já tinham se encontrado antes, não?

– Sim. Um ou dois anos atrás, eu creio.

– Ah, sim, suponho que tenha sido na ocasião em que ela esteve antes na Inglaterra. Dizem que ela estava metida no negócio da Tchecoslováquia. Ou será que foi no problema da Polônia? Minha nossa, é tão difícil, não é mesmo? Quero dizer, todos esses nomes. Eles têm tantos zês e tantos kas. Muitíssimo peculiares e difíceis de soletrar. Ela é muito letrada. Arranja petições para que as pessoas assinem com a finalidade de conseguir asilo para escritores aqui, ou seja lá o que for. Não que alguém dê realmente muita atenção. Quero dizer, no que mais se pode pensar hoje em dia, a não ser em como pagar de alguma maneira os seus próprios impostos? As ajudas de custos para viagens tornam as coisas um pouco melhores, mas não muito. Quero dizer, você precisa arranjar o dinheiro, não é mesmo, antes de poder levá-lo para o exterior. Eu não sei como alguém consegue ter dinheiro neste momento, mas há um monte de dinheiro por aí. Ah, sim, há um monte de dinheiro por aí.

Ela olhou de maneira complacente a sua mão esquerda, onde havia dois anéis solitários, um de diamante e o outro de esmeralda, o que parecia provar conclusivamente que uma considerável quantidade de dinheiro tinha sido gasta com ela pelo menos.

A noite foi se aproximando do fim. Ele estava sabendo bem pouco mais a respeito de sua passageira de Frankfurt do que já soubera antes. Sabia que ela tinha uma fachada, uma fachada que lhe parecia ter inúmeras facetas, se é que alguém pode usar juntas essas duas palavras aliterativas. Ela se interessava por música. Bem, ele a encontrara no Festival Hall, não encontrara? Gostava de esportes ao ar livre. Parentes ricos que possuíam ilhas no Mediterrâneo. Inclinação por apoiar caridades literárias. Alguém que de fato tinha boas conexões, era bem relacionada, tinha ingresso no campo social. Aparentemente não era muito politizada, sendo filiada de modo discreto, talvez, a determinado grupo. Alguém que se deslocava de residência em residência e de país em país. Transitando entre os ricos, entre os talentosos, em meio ao mundo literário.

Stafford Nye pensou em espionagem por um minuto ou dois. Parecia ser a resposta mais provável. E no entanto essa resposta não o deixava de todo satisfeito.

A noite foi avançando. Chegou, afinal, a vez dele de ser acolhido pela anfitriã. Milly Jean era muito eficiente em sua função.

– Eu estava morrendo de vontade de conversar com o senhor faz séculos. Queria ouvir alguma coisa sobre a Malásia. Sou tão ignorante no que diz respeito a todos esses lugares da Ásia, eu os confundo. Diga-me, o que foi que aconteceu por lá? Algo interessante ou foi tudo terrivelmente aborrecido?

– Tenho certeza de que a senhora consegue adivinhar a resposta.

– Bem, eu imagino que tenha sido bastante aborrecido. Mas talvez o senhor não tenha permissão para dizer isso.

– Ah, sim, posso pensar e dizer justamente isso. Não era realmente o meu passatempo favorito.

– Mas então por que o senhor foi?

– Ah, bem, sempre tenho grande apreço por viajar, gosto de ver países novos.

– O senhor é uma pessoa muito intrigante de diversas maneiras. Na verdade, é claro, a vida diplomática é muito aborrecida como um todo, não é? *Eu* não deveria dizer isso. Só estou dizendo para o senhor.

Olhos muito azuis. Azuis como campânulas num bosque. Eles se abriram um pouco mais e as sobrancelhas pretas acima desciam suavemente nos cantos exteriores, ao passo que os cantos interiores subiam um pouco. Isso fazia com que o seu rosto lembrasse um belíssimo gato persa. Stafford Nye ficou especulando como Milly Jean seria na realidade. Sua voz macia tinha um traço sulista. A pequena cabeça de formato adorável, seu perfil com a perfeição de uma moeda – como ela seria na realidade? Nenhuma tola, ele pensou. Alguém que podia usar suas armas sociais quando necessário, que podia ser charmosa quando desejava, que podia se retrair e se tornar enigmática. Se quisesse conseguir alguma coisa de alguém, teria destreza para consegui-la. Ele notou a intensidade do olhar que Milly Jean lhe dirigia naquele instante. Será que ela queria alguma coisa dele? Ele não sabia. Não julgava que pudesse ser possível. Ela perguntou:

– Já esteve com o sr. Staggenham?

– Já. Conversei com ele na mesa de jantar. Eu ainda não o conhecia.

– Dizem que ele é muito importante – falou Milly Jean. – Ele é o presidente do PBF, o senhor deve saber.

– A gente deveria saber todas essas coisas – disse Sir Stafford Nye. – PBF e DCV. LYH. E todo esse universo de iniciais.

– Detestável – disse Milly Jean. – Detestável. Todas essas iniciais, nenhuma personalidade, não há mais *pessoas*. Só iniciais. Que mundo detestável! É nisso que às vezes eu penso. Que mundo detestável. Eu queria que ele fosse diferente, muito, muito diferente...

Será que ela queria isso mesmo? Por um momento Stafford Nye pensou que talvez ela quisesse. Interessante...

II

Grosvenor Square era o retrato da quietude. Havia estilhaços de vidro quebrado nas calçadas ainda. Havia inclusive ovos, tomates esmagados e fragmentos brilhantes de metal. Mas no alto as estrelas pairavam em paz. Um carro atrás do outro se aproximava da porta da embaixada para pegar os convidados que voltavam para casa. A polícia estava lá, nos cantos da praça, mas sem ostentação. Tudo estava sob controle. Um dos políticos convidados, preparando-se para sair, falou com um dos policiais. Ele voltou e murmurou:

– Nem tantas prisões. Oito. Estarão na Bow Street pela manhã. Mais ou menos o grupo de sempre. Petronella esteve aqui, é claro, e Stephen e o seu bando. Pois bem. Seria de se pensar que um dia desses eles cansariam.

– O senhor não mora muito longe daqui, não é mesmo? – falou uma voz no ouvido de Sir Stafford Nye, uma voz profunda de contralto. – Eu posso levá-lo no meu caminho para casa.

– Não, não. Eu posso muito bem caminhar. São apenas uns dez minutos.

– Não me vai dar nenhum trabalho, eu lhe garanto – disse a condessa Zerkowski, acrescentando em seguida: – Eu estou no St. James's Tower.

O St. James's Tower era um dos mais novos hotéis da cidade.

– É muita gentileza de sua parte.

Um carro alugado luxuoso e grande a esperava. O chofer abriu a porta, a condessa Zerkowski entrou e Sir Stafford a seguiu. Foi ela quem informou para o chofer o endereço de Sir Stafford Nye. O carro partiu.

– Então você sabe onde eu moro? – ele perguntou.

– Por que não saberia?

Ele tentou adivinhar o que significava aquela resposta.

– Sim, por que não saberia mesmo... – ele disse. – Você sabe tanto, não sabe?

Stafford Nye acrescentou:

– Foi gentil de sua parte devolver o meu passaporte.

– Eu pensei que isso poderia livrá-lo de certas inconveniências. Seria mais simples se você o queimasse. Já devem ter emitido um novo, eu presumo...

– Você presumiu corretamente.

– O seu manto de bandoleiro pode ser encontrado na gaveta de baixo da sua cômoda alta. Foi posto lá hoje à noite. Pensei que comprar outro talvez não o deixasse satisfeito, e, na verdade, achar um parecido poderia ser impossível.

– Ele vai ter mais valor para mim agora, depois de ter passado por certas... aventuras – disse Stafford Nye. Ele acrescentou: – O manto se prestou ao propósito.

O carro seguia roncando pela noite.

A condessa Zerkowski disse:

– Sim, o manto se prestou ao propósito, uma vez que eu estou aqui... viva.

Sir Stafford Nye não disse nada. Ele presumia, estando certo ou não, que a jovem queria que ele lhe fizesse perguntas, que a pressionasse para saber mais sobre aquilo que ela estivera fazendo, sobre o destino do qual escapara. A jovem queria que ele demonstrasse curiosidade, mas Sir Stafford Nye não faria isso. Não exibir curiosidade era inclusive uma diversão naquele momento. Ele a ouviu soltar um riso contido. E no entanto imaginou, para sua surpresa, que se tratava de um riso contente, um riso de satisfação, e não um riso de impasse.

– Você gostou do jantar? – ela perguntou.

– Uma boa recepção, eu creio, mas Milly Jean sempre oferece boas recepções.

– Você a conhece bem, então?

– Eu a conheci quando ela não passava de uma garota em Nova York, antes de se casar. É uma Vênus de bolso.

A condessa olhou para ele com ligeira surpresa.

– Essa é a sua definição para ela?

– Para dizer a verdade, não. Uma parente minha, uma senhora de idade, foi quem me disse isso.

– Sim, não é uma descrição que a gente costuma ouvir a respeito de uma mulher hoje em dia. Cai nela, eu creio, como uma luva. Mas...

– Mas o quê?

– Vênus é sedutora, não é? Ela também é ambiciosa?

– Você acha que Milly Jean é ambiciosa?

– Ah, acho sim. Acima de tudo.

– E você acha que ser a esposa do embaixador na corte de St. James não é suficiente para satisfazer uma ambição?

– Claro que não – disse a condessa. – Isso é só o começo.

Stafford Nye não respondeu. Ele estava olhando para fora pela janela do carro. Começou a falar alguma coisa mas logo se conteve. Notou o olhar rápido que ela lhe dirigiu, mas ela também ficou calada. Foi somente quando eles estavam passando sobre uma ponte por cima do Tâmisa que ele disse:

– Então você não está me dando uma carona para casa e não está voltando para o St. James's Tower. Nós estamos atravessando o Tâmisa. Já nos encontramos assim uma vez, atravessando uma ponte. Para onde você está me levando?

– Você se importa?

– Creio que sim.

– Sim, estou vendo que você se importa.

– Bem, é óbvio que você está seguindo de boa vontade os costumes atuais. Os sequestros estão na moda hoje em dia, não? Você me sequestrou. Por quê?

– Porque, a exemplo da outra vez, eu estou precisando de você. – Ela acrescentou: – E outros estão precisando de você.

– Não diga.

– E isso não é do seu agrado.

– Teria me agradado mais se alguém tivesse me convidado.

– Se eu tivesse convidado, você viria?

– Talvez sim, talvez não.

– Sinto muito.

– Sente mesmo?

Eles avançaram em silêncio pela noite. Não era um percurso de carro por uma região isolada, eles estavam numa estrada principal. De vez em quando os faróis revelavam um nome ou uma sinalização, de modo que Stafford Nye via claramente o sentido da rota. Atravessaram Surrey e os primeiros trechos residenciais de Sussex. Ocasionalmente eles pareciam tomar um desvio ou uma estrada secundária que não era o caminho mais direto, mas nem mesmo disso ele conseguia ter certeza. Ele quase perguntou para sua companheira se aquela tática era empregada porque eles poderiam estar sendo seguidos desde Londres. Mas Stafford Nye determinara com bastante firmeza que manteria sua política de silêncio. Era ela quem deveria falar, era ela quem deveria fornecer as informações. Ele a considerou, mesmo com as informações adicionais que conseguira obter, uma figura enigmática.

Eles estavam andando de carro pelo campo depois de um jantar formal em Londres. Estavam, ele tinha quase certeza, num dos tipos mais caros de carros alugados. Isso era algo planejado de antemão. Razoável, sem nada de duvidoso ou inesperado. Logo, Stafford Nye imaginou, ele descobriria para onde estavam indo. Ou melhor: a não ser que estivessem seguindo rumo ao litoral. Isso também era possível, ele pensou. Haslemere, ele viu numa placa. Agora eles estavam contornando Godalming. Tudo muito simples e às claras. A rica região campestre dos subúrbios abastados. Bosques agradáveis, residências bonitas. Eles entraram em mais alguns desvios e então, enquanto o carro finalmente diminuía sua velocidade, pareceram estar chegando ao destino. Portões. Uma pequena e branca casa de guarda junto ao portões. Subindo uma alameda, rododendros bem-cuidados de ambos os lados. Após uma curva, se aproximaram da entrada de uma casa.

– Estilo Tudor da Bolsa de Valores – Sir Stafford Nye murmurou por entre os dentes.

Sua companheira virou a cabeça de maneira intrigada.

– Foi só um comentário – disse Stafford Nye. – Não dê atenção. Constato que agora estamos chegando ao destino que você escolheu...

– E você não admira muito a aparência do lugar.

– O terreno parece ser bem-cuidado – disse Sir Stafford, seguindo a luz dos faróis enquanto o carro ia fazendo a curva. – Custa dinheiro conservar um lugar como este em boa ordem. Eu diria que é uma casa confortável para morar.

– Confortável mas não bonita. O homem que mora nela prefere o conforto à beleza, devo dizer.

– Talvez sabiamente – disse Sir Stafford. – E no entanto, de certo modo, ele é um grande apreciador da beleza, de certos tipos de beleza.

Eles estacionaram diante do alpendre bem iluminado. Sir Stafford desceu do carro e ofertou um braço para ajudar sua companheira. O chofer havia subido os degraus e apertado a campainha. Ele encarou a mulher com ar inquiridor enquanto ela se aproximava pelos degraus.

– Não vai mais necessitar de mim essa noite, minha senhora?

– Não. Por enquanto é só. Nós telefonaremos de manhã.

– Boa noite. Boa noite, senhor.

Passos do lado de dentro se fizeram ouvir e a porta foi aberta. Sir Stafford tinha esperado alguma espécie de mordomo, mas em vez disso apareceu uma copeira alta como um granadeiro. Cabelos grisalhos, lábios apertados, tremendamente confiável e competente, ele pensou. Uma qualidade inestimável e difícil de encontrar nos dias de hoje. Digna de confiança, capaz de agir com ferocidade.

– Receio que estejamos um pouco atrasados – disse Renata.

– O patrão está na biblioteca. Ele pediu que a senhora e o cavalheiro fossem encontrá-lo lá quando chegassem.

CAPÍTULO 9

A casa perto de Godalming

Ela foi subindo a ampla escadaria e os dois a seguiram. Sim, pensou Stafford Nye, uma casa muito confortável. Papel de parede Jaime I, uma escadaria de carvalho esculpido muitíssimo feiosa, mas pisos agradável. Quadros muito bem escolhidos, mas sem nenhum interesse artístico em particular. A casa de um homem rico, ele pensou. Não um homem de mau gosto – um homem de gostos convencionais. Um tapete grosso de primeira qualidade com agradável textura cor de ameixa.

No primeiro andar, a copeira com altura de granadeiro se dirigiu até a primeira porta. Abriu-a e recuou um passo para deixá-los entrar, mas não anunciou os nomes. A condessa entrou primeiro e Sir Stafford Nye a seguiu. Ele ouviu a porta sendo fechada com suavidade atrás de si.

Havia quatro pessoas na sala. Sentado atrás de uma grande escrivaninha toda coberta por papéis, documentos, um ou dois mapas abertos e presumivelmente outros papéis que eram motivo de discussão, estava um homem gordo, enorme, com um rosto muito amarelo. Era um rosto que Sir Stafford Nye já tinha visto antes, embora no momento não conseguisse ligar um nome a ele. Era um homem que ele só conhecera de maneira casual... Contudo, sabia que o conhecera numa ocasião importante. Ele deveria saber, sim, definitivamente ele deveria saber. Mas por quê... por que não lhe vinha o nome?

Com ligeira dificuldade, a figura sentada junto à escrivaninha se colocou de pé. Ele apertou a mão estendida da condessa.

– Você chegou – ele disse. – Esplêndido.

– Sim. Permita-me apresentá-lo, embora eu ache que o senhor já o conhece. Sir Stafford Nye, sr. Robinson.

É claro. Na mente de Sir Stafford Nye, algo estalou como uma máquina fotográfica. Isso se encaixava, também, com um outro nome. Pikeaway. Dizer que ele sabia tudo sobre o sr. Robinson não era verdade. Ele sabia sobre o sr. Robinson tudo aquilo que o sr. Robinson permitia que se soubesse. O seu nome, até onde todos sabiam, *era* Robinson, embora pudesse ser qualquer nome de origem estrangeira. Ninguém jamais havia sugerido algo desse tipo. O reconhecimento vinha também de sua aparência pessoal. A testa alta, os olhos escuros e melancólicos, a grande boca generosa e os impressionantes dentes brancos – dentes postiços, presumivelmente, mas de todo modo dentes sobre os quais seria possível dizer, como na história de Chapeuzinho Vermelho, "para te comer melhor, minha netinha!".

Ele sabia também o que o sr. Robinson representava. Uma simples palavra o descrevia. O sr. Robinson era o representante do Dinheiro com um D maiúsculo. O dinheiro em todos os seus aspectos. Dinheiro internacional, dinheiro do mundo inteiro, financiamento privado, movimentos bancários, o dinheiro de uma forma diferente daquela na qual uma pessoa comum olhava para ele. Ninguém pensaria que ele pudesse ser um homem muito rico. Sem dúvida ele era um homem muito rico, mas esse não era o detalhe mais importante. Ele era um dos administradores do dinheiro, pertencente ao grande clã dos banqueiros. Seus gostos pessoais poderiam inclusive ser simples, mas Sir Stafford duvidava que fossem. Um razoável padrão de conforto, até mesmo de luxo, seria o modo de vida do sr. Robinson. Mas não mais do que isso. Então, por trás de todos aqueles negócios misteriosos, havia o poder do dinheiro.

– Eu ouvi falar do senhor um ou dois dias atrás – disse o sr. Robinson enquanto os dois apertavam as mãos –, pelo nosso amigo Pikeaway.

Isso se encaixava, pensou Stafford Nye, porque agora ele lembrava que na única ocasião em que havia encontrado o sr. Robinson o coronel Pikeaway estivera presente. Horsham, ele lembrava, falara sobre o sr. Robinson. Então havia Mary Ann (ou seria a condessa Zerkowski?) e o coronel Pikeaway sentado em sua própria sala repleta de fumaça com os olhos semicerrados ou se preparando para dormir ou tendo pouco antes acordado, e havia o sr. Robinson com seu rosto amplo e amarelado, e portanto havia dinheiro em jogo em algum lugar, e o olhar de Stafford Nye passou pelas três outras pessoas presentes na sala porque queria ver se sabia quem eram e aquilo que representavam, ou se seria capaz de adivinhar.

Em pelo menos dois casos ele não precisou adivinhar. O homem que estava sentado na imponente poltrona alta perto da lareira, um sujeito idoso emoldurado pela poltrona como a moldura de um quadro poderia tê-lo emoldurado, era um rosto que havia sido bastante conhecido em toda a Inglaterra. Na verdade, ainda *era* bastante conhecido, embora raramente fosse visto nos dias de hoje. Um homem doente, um inválido, um homem que fazia aparições muito fugazes, as quais, segundo diziam, cobravam-lhe um alto preço físico em dores e dificuldades. Lord Altamount. Um rosto fino e emaciado, um nariz saliente, cabelos grisalhos que haviam recuado um pouco na testa e depois corriam para trás numa espessa juba cinzenta; orelhas um tanto proeminentes, que os cartunistas da época tinham usado, e um olhar profundo e penetrante que não tanto observava quanto sondava. Sondava profundamente aquilo que ele agora observava. No momento ele estava observando Sir Stafford Nye. Ele estendeu a mão quando Stafford Nye se aproximou.

– Não consigo me levantar – disse Lord Altamount. Sua voz era fraca, a voz de um velho, uma voz longínqua. – As minhas costas não deixam. O senhor acabou de voltar da Malásia, não foi, Stafford Nye?

– Sim.

– Valeu a pena ir? Imagino que não tenha valido a pena na sua opinião. O senhor provavelmente está certo também. Entretanto, somos obrigados a ter essas excrescências na vida, essas filigranas ornamentais que adornam as mentiras diplomáticas da melhor espécie. Fico contente que o senhor tenha vindo aqui ou tenha sido trazido aqui esta noite. Foi por ação de Mary Ann, eu suponho.

Então é assim que ele a chama e isso é o que pensa sobre ela, Stafford Nye pensou consigo mesmo. Era como Horsham a chamara. Ela estava inserida no grupo deles, sem nenhuma dúvida. Quanto a Altamount, ele representava... hoje em dia ele representava o quê? Stafford Nye ficou pensando consigo mesmo. Ele ainda defende a Inglaterra e vai defendê-la até ser enterrado na Abadia de Westminster ou num mausoléu no campo ou seja lá o lugar que escolher. Ele *foi* a Inglaterra, e ele conhece a Inglaterra, e eu diria que ele conhece o valor de cada político e de cada funcionário do governo na Inglaterra muitíssimo bem, mesmo que nunca tenha falado com eles.

Lord Altamount disse:

– Este é o nosso colega Sir James Kleek.

Stafford Nye não conhecia Kleek. Julgava que jamais ouvira falar dele. Um sujeito inquieto e agitado. Olhares argutos e desconfiados que nunca paravam por muito tempo em lugar nenhum. Ele dava mostras da avidez contida de um cão de caça esperando a palavra de ordem. Pronto para sair correndo ao menor olhar de seu mestre.

Mas quem era o mestre? Altamount ou Robinson?

Os olhos de Stafford Nye passaram para o quarto homem. Ele tinha se levantado da poltrona onde estivera sentado perto da porta. Bigode farto, sobrancelhas erguidas, observador, reservado, conseguindo de certa maneira permanecer familiar e ao mesmo tempo quase irreconhecível.

– Então é você – disse Sir Stafford Nye. – Como vai, Horsham?

– Muito contente por vê-lo aqui, Sir Stafford.

Uma reunião bastante representativa, pensou Stafford Nye, com um rápido olhar em volta.

Eles tinham posicionado uma cadeira para Renata não longe da lareira e de Lord Altamount. Ela estendera uma mão – sua mão esquerda, ele notou – e Lord Altamount a tomara entre as suas, segurando-a por um minuto para então soltá-la. Ele disse:

– Você correu riscos, criança, você costuma correr riscos demais.

Olhando para ele, Renata disse:

– Foi o senhor quem me ensinou isso, e essa é a única maneira de viver.

Lord Altamount voltou sua cabeça na direção de Sir Stafford Nye.

– Não fui eu quem ensinou você a escolher o seu homem. Você tem um talento natural para isso.

Olhando para Stafford Nye, ele falou:

– Eu conheço a sua tia-avó, ou talvez tia-bisavó...

– Tia-avó Matilda – Stafford Nye disse imediatamente.

– Sim. Essa mesma. Uma das *tours de force* vitorianas dos anos 1890. Ela mesma deve estar chegando perto dos noventa agora.

Ele continuou:

– Eu não a vejo com muita frequência. Uma ou duas vezes por ano, talvez. Mas sempre fico impressionado... aquela pura vitalidade que sobrevive às forças do corpo dela. Eles possuem o segredo disso, esses vitorianos indomáveis e alguns eduardianos também.

Sir James Kleek disse:

– Posso pegar uma bebida para o senhor, Nye? Gostaria de beber o quê?

– Gim-tônica, se possível.

A condessa recusou com um pequeno aceno de cabeça.

James Kleek trouxe a bebida para Nye e a colocou na mesa, perto do sr. Robinson. Stafford Nye não iria falar primeiro. Os olhos escuros atrás da escrivaninha perderam a melancolia por um momento. Havia neles uma cintilação bastante súbita.

– Alguma pergunta? – ele quis saber.

– Inúmeras – disse Sir Stafford Nye. – Não seria melhor termos as explicações antes e as perguntas depois?

– É o que o senhor prefere?

– Isso poderia simplificar as coisas.

– Bem, podemos começar com uma simples declaração dos fatos. O senhor pode ou não ter sido convidado para vir aqui. Se não foi, os fatos poderão doer um pouco.

– Ele sempre prefere ser convidado – disse a condessa. – Foi o que ele me falou.

– Naturalmente – disse o sr. Robinson.

– Eu fui sequestrado – disse Stafford Nye. – Está muito na moda, eu sei. Um dos nossos métodos mais modernos.

Ele manteve no seu tom um traço ligeiramente divertido.

– E isso propicia, seguramente, uma pergunta de sua parte – disse o sr. Robinson.

– Apenas duas sílabas: por quê?

– Justamente. Por quê? Eu admiro a sua economia de palavras. Este é um comitê privado... um comitê de inquérito. Um inquérito de implicação mundial.

– Parece interessante – disse Sir Stafford Nye.

– É mais do que interessante. É pungente e imediato. Quatro diferentes modos de vida estão representados nesta sala hoje à noite – disse Lord Altamount. – Nós representamos ramos diferentes. Eu me aposentei da participação ativa nos negócios deste país, mas sou ainda uma autoridade como consultor. Fui consultado e convidado para presidir este particular inquérito no tocante ao que está ocorrendo no mundo neste específico ano do nosso Senhor, porque alguma coisa *está* acontecendo. O nosso James, aqui, tem a sua própria tarefa especial. Ele é o meu braço direito. Ele é também o nosso porta-voz. Explique a situação em termos gerais, Jamie, para o nosso Sir Stafford.

Pareceu a Stafford Nye que o cão perdigueiro estremeceu. Finalmente! Finalmente eu posso falar e avançar com isso! Ele se inclinou um pouco em sua cadeira.

– Quando coisas acontecem no mundo, é preciso procurar por uma causa para elas. Os sinais exteriores são sempre fáceis de ver, mas eles não são... ou pelo menos assim o nosso presidente – ele fez uma mesura para Lord Altamount – e o sr. Robinson e o sr. Horsham acreditam... não são importantes. Tem sido sempre da mesma maneira. Pegue uma força da natureza, uma grande queda d'água lhe dará uma potência de turbina. Pegue a descoberta do urânio a partir da uraninita e isso lhe dará, no devido tempo, uma potência nuclear com a qual nunca tínhamos sonhado e que não sabíamos existir. Uma vez que você encontrou carvão e minerais, eles lhe deram transportes, potência, energia. Sempre existem forças em funcionamento que geram certas coisas. Mas atrás de cada uma delas existe alguém que *controla tudo.* É preciso encontrar quem está controlando as forças que lentamente vão ganhando ascendência em praticamente todos os países da Europa, e mais longe ainda em localidades da Ásia. Possivelmente não tanto na África, mas a mesma coisa nos continentes americanos, tanto do norte quanto do sul. Você precisa olhar por todos os lados as coisas que estão acontecendo e descobrir qual é a força motriz que faz com que elas aconteçam. Uma coisa que produz acontecimentos é o *dinheiro.*

Ele acenou com a cabeça na direção do sr. Robinson.

– O sr. Robinson sabe mais sobre dinheiro do que qualquer outra pessoa no mundo, eu suponho.

– É bem simples – disse o sr. Robinson. – Temos grandes movimentos em andamento. Tem de haver dinheiro por trás deles. Nós precisamos descobrir de onde esse dinheiro está vindo. Quem está operando com ele? De onde ele é tirado? Para onde está sendo enviado? Por quê? É bem verdade o que James afirma: eu sei quase tudo sobre dinheiro! Mais do que qualquer outro homem vivo pode saber atualmente. Depois temos aquilo que poderíamos chamar de propensão. É uma palavra que usamos bastante hoje em dia! Propensões ou tendências... são inúmeras palavras que todos usam. Elas não querem dizer exatamente a mesma coisa, mas estão relacionadas umas com as outras. Uma tendência de rebelião, digamos assim, está dando sinais. Olhe para trás ao longo da história. Você irá encontrá-la voltando várias e várias vezes, repetindo-se como uma tabela periódica, repetindo um padrão. Um desejo de rebelião, os meios de rebelião, a forma que a rebelião assume. Não é algo específico de nenhum país específico. Se a tendência surge num país, surgirá em outros países em maior ou menor grau. É isso o que o senhor quer dizer, não é? – ele se virou um pouco para Lord Altamount. – Foi mais ou menos dessa maneira que o senhor expôs a questão para mim.

– Sim, você está colocando as coisas muito bem, James.

– É um padrão, um padrão que surge e que parece ser inevitável. Você pode reconhecê-lo onde o encontra. Houve um período em que a ânsia pelas Cruzadas varreu os países. Por toda a Europa as pessoas embarcavam em navios, elas partiam para libertar a Terra Santa. Tudo muito claro, um padrão perfeitamente visível de um determinado comportamento. Mas *por que* elas partiam? Esse é o interesse da história. Ver onde esses desejos e padrões aparecem. Não é sempre uma resposta materialista também. Todos os tipos de coisas podem causar uma rebelião, um desejo de liberdade, liberdade de expressão, liberdade de culto religioso, outra vez uma série de padrões proximamente relacionados. Isso levava as pessoas a escolher a emigração para outros países, levava à formação de novas religiões, com grande frequência tão repletas de tiranias quanto as que haviam deixado para trás. Mas em tudo isso, se você olhar com atenção suficiente, se você fizer investigações suficientes, você poderá ver o que foi que deflagrou a origem desses e de muitos outros... vou usar a mesma palavra... padrões. De certo modo é como uma doença viral. O vírus pode ser levado pelo mundo inteiro, atravessando mares, subindo montanhas. Pode avançar e infectar. Ele aparentemente se dissemina sem ter sido colocado em movimento. Mas ninguém pode ter certeza, nem mesmo agora, de que isso tenha sido sempre verdade. Pode ser que existam causas. Causas que fizeram com que as coisas acontecessem. Podemos dar alguns passos além. Existem *pessoas*. Uma pessoa... dez pessoas... algumas centenas de pessoas que são capazes de representar e colocar em movimento uma causa. Então não é para o *processo final* que precisamos olhar. É para as primeiras pessoas que colocaram a causa em movimento. Você tem os seus cruzados, você tem os seus entusiastas religiosos, você tem os seus desejos de liberdade, você tem todos os outros padrões, mas é preciso recuar ainda mais. Recuar mais até o interior profundo. Visões, sonhos. O profeta Joel sabia disso quando escreveu: "Os seus homens velhos sonharão sonhos, os seus homens jovens verão visões". E, dessas duas coisas, qual é a mais poderosa? Os sonhos não são destrutivos. Mas as visões podem abrir novos mundos... e as visões também podem destruir os mundos que já existem...

James Kleek voltou-se de súbito para Lord Altamount.

– Não sei se isso tem alguma ligação – ele disse –, mas certa vez o senhor me contou uma história sobre alguém na embaixada em Berlim. Uma mulher.

– Ah, aquilo? Sim, achei interessante na época. Sim, tem algo a ver com isso que nós estamos discutindo agora. Uma das esposas da embaixada, uma mulher astuta, inteligente, bem-educada, estava muito ansiosa para ir pessoalmente ouvir o Führer falar. Eu estou falando, é claro, da época que precedeu imediatamente a guerra de 1939. Ela estava curiosa para saber quais eram os poderes da oratória. Por que razão todos ficavam tão impressionados? E então a mulher foi, voltou e disse: "É extraordinário. Eu não acreditaria sem ter estado lá. É claro que eu não entendo alemão muito bem, mas fiquei arrebatada também. E agora eu entendo por que todos ficam. Quer dizer, as ideias dele eram maravilhosas... Elas nos inflamavam. As coisas que ele disse! Quer dizer, você simplesmente sentia que não *havia* outra maneira de pensar, que todo um mundo novo aconteceria se as pessoas o seguissem. Ah, eu não consigo explicar direito. Vou escrever tudo o que eu consigo lembrar e depois eu trago para o senhor ver. O senhor vai entender melhor do que se eu simplesmente tentar descrever o efeito que aquilo tinha". Eu disse para ela que se tratava de uma ideia muito boa. Ela me procurou no dia seguinte e disse: "Não sei se o senhor vai acreditar nisso. Eu comecei a escrever as coisas que eu tinha ouvido, as coisas que Hitler tinha dito. O que elas *significavam*... mas... foi assustador... *não havia absolutamente nada para escrever, eu não parecia ser capaz de me lembrar de uma única frase estimulante ou empolgante.* Tenho algumas das palavras, mas elas não parecem querer dizer as mesmas coisas depois que as escrevi. Elas simplesmente... ah, elas simplesmente não significam *nada*. Eu não entendo". Isso nos mostra um dos grandes perigos dos quais não nos lembramos sempre. *Mas esse perigo existe.* Existem pessoas capazes de comunicar para outras um entusiasmo contagiante, uma espécie de visão de vida e de fazer acontecer. Elas conseguem fazer isso embora não seja realmente com o que elas *dizem*, não são as *palavras que você ouve*, não é nem mesmo a ideia descrita. É algo mais. É o poder magnético que raríssimos homens possuem de começar alguma coisa, de produzir e criar uma visão. Talvez por seu magnetismo pessoal, um tom de voz, talvez alguma emanação que saia direto da *carne*. Eu não sei, *mas isso existe.* Essas pessoas têm poder. Os grandes pregadores religiosos tinham esse poder, assim como um espírito maligno também tem. A crença pode ser criada num certo movimento, em certas coisas por fazer, coisas que resultarão num novo céu e numa nova terra, e as pessoas acreditarão e trabalharão nisso e lutarão por isso e até mesmo morrerão por isso.

Ele baixou a voz, dizendo:

– Jan Smuts tem uma frase para isso. Ele disse que a liderança, além de uma grande força criativa, pode ser *diabólica*.

Stafford Nye se mexeu em sua cadeira.

– Eu entendo o que o senhor quer dizer. É interessante o que o senhor diz. Consigo até admitir que possa ser verdade.

– Mas o senhor acha que é algo exagerado, claro.

– Não creio que eu ache isso – disse Stafford Nye. – As coisas que soam exageradas não são, com grande frequência, exageradas. São apenas coisas que você nunca ouviu ou nunca pensou antes. E portanto elas nos chegam de maneira tão pouco familiar que dificilmente podemos fazer outra coisa com elas exceto aceitá-las. A propósito, posso fazer uma simples pergunta? O que é que alguém *pode* fazer a respeito delas?

– Se você topou com a suspeita de que esse tipo de coisa está acontecendo, você precisa investigar – disse Lord Altamount. – Você tem de seguir o exemplo do mangusto de Kipling: vá descobrir. Descubra de onde vem o dinheiro e de onde as ideias estão vindo, e de onde, por assim dizer, de onde vem a *maquinaria*. Quem está operando a maquinaria? Existe um chefe do estado-maior, assim como existe um comandante em chefe. Isso é o que estamos tentando fazer. Gostaríamos que o senhor ajudasse.

Essa foi uma das raras ocasiões de sua vida em que Sir Stafford Nye foi apanhado de surpresa. Por mais que ele tivesse experimentado sensações estranhas em outras ocasiões, sempre conseguira ocultar o fato. Mas dessa vez era diferente. Ele olhou para cada um dos homens presentes na sala. Para o sr. Robinson, seu rosto amarelo e impassível exibindo uma boca cheia de dentes; para Sir James Kleek, um orador um tanto precipitado, segundo Sir Stafford havia considerado, mas mesmo assim com alguma utilidade – o cachorro do chefe, ele o denominou em seu íntimo. Olhou para Lord Altamount, o topo da poltrona alta emoldurando sua cabeça. A luz não era muito forte na sala, e dava ao homem o aspecto de um santo num nicho de alguma catedral. Ascético. Século XIV. Um grande homem. Sim, Altamount tinha sido um dos grandes homens do passado. Stafford Nye não tinha nenhuma dúvida quanto a isso, mas agora ele já era um homem muito velho. Daí, ele supôs, a necessidade de Sir James Kleek e a confiança nele por parte de Lord Altamount. Olhou além deles para a criatura fria e enigmática que o trouxera ali, a condessa Renata Zerkowski, ou então Mary Ann, ou então Daphne Theodofanous. O rosto dela não lhe revelava nada. Ela não estava nem mesmo olhando para ele. Seus olhos pousaram por fim no sr. Henry Horsham, da Segurança.

Com leve surpresa, observou que Henry Horsham sorria para ele.

– Mas olhe só – disse Stafford Nye, deixando de lado qualquer linguagem formal e falando bem como se fosse o estudante de dezoito anos que um dia ele tinha sido. – Onde é que eu entro nessa história? O que é que *eu* sei? Francamente, não tenho nenhuma distinção na minha própria profissão, os senhores sabem disso. Não me levam muito a sério no Ministério. Nunca levaram.

– Nós sabemos disso – disse Lord Altamount.

Tinha chegado a vez do sorriso de Sir James Kleek, e ele sorriu.

– Tanto melhor, talvez – ele disse, e acrescentou em tom de desculpa quando Lord Altamount lhe franziu o cenho: – Perdão, senhor.

– Este é um comitê de investigação – disse o sr. Robinson. – Não entra em discussão se o senhor fez algo no passado, ou qual poderá ser a opinião dos outros a seu respeito. O que nós estamos fazendo é recrutar um comitê para investigar. Não somos muitos, no momento, formando este comitê. Convidamos o senhor a participar porque julgamos que o senhor possua certas qualidades que poderão ajudar na investigação.

Stafford Nye girou sua cabeça na direção do homem da Segurança.

– O que você me diz, Horsham? – ele indagou. – Não consigo acreditar que você concordaria com isso.

– Por que não? – disse Henry Horsham.

– É mesmo? Quais são as minhas "qualidades", como vocês dizem? Nem eu mesmo, francamente, consigo acreditar nelas.

– Você não é um adorador de heróis – disse Horsham. – É por isso. Você é o tipo de sujeito que consegue enxergar através do embuste. Você leva em conta as avaliações de alguém ou do mundo inteiro sobre qualquer coisa. Você leva em conta as suas próprias avaliações.

Ce n'est pas un garçon sérieux. As palavras flutuaram pela mente de Sir Stafford Nye. Uma razão curiosa pela qual ele era escolhido para um trabalho difícil e exigente.

– Eu preciso avisar – disse ele – que o meu principal defeito, um defeito que frequentemente apontam em mim e que já me custou vários bons empregos, é, creio eu, bastante conhecido. Não sou, eu diria, um sujeito suficientemente sério para um trabalho importante como esse.

– Acredite ou não – disse Horsham –, essa é uma das razões pelas quais eles querem você. Eu estou certo, meu senhor? – ele olhou para Lord Altamount.

– Serviço público! – disse Lord Altamount. – Permita-me que eu diga: muitas vezes uma das mais sérias desvantagens da vida pública é quando alguém numa posição pública se leva demasiadamente a sério. Nós sentimos que o senhor não se levará. De qualquer modo – disse ele –, Mary Ann pensa assim.

Sir Stafford Nye girou sua cabeça. Então eis aqui ela, deixando de ser uma condessa. Ela se tornara Mary Ann novamente.

– Você não vai se importar se eu perguntar – ele falou –, mas quem é você de verdade? Eu quero dizer, você é uma condessa verdadeira?

– Absolutamente. *Geboren*, como dizem os alemães. Meu pai era um homem de linhagem distinta, um bom esportista, um esplêndido atirador, e tinha um castelo muito romântico mas um tanto dilapidado na Bavária. Ainda está lá, o castelo. No tocante a isso, eu tenho conexões com uma vasta porção do mundo europeu que ainda é profundamente esnobe quando a questão é a ascendência. Uma condessa empobrecida e maltrapilha pega um dos melhores lugares da mesa enquanto uma americana rica com uma fabulosa fortuna em dólares no banco fica esperando sua vez.

– E quanto a Daphne Theodofanous? Onde é que ela entra?

– Um nome útil para um passaporte. A minha mãe era grega.

– E Mary Ann?

Era quase o primeiro sorriso que Stafford Nye via no rosto dela. Os olhos dela se fixaram primeiro em Lord Altamount e depois no sr. Robinson.

– Talvez – ela disse – porque eu seja uma espécie de faz-tudo, indo a muitos lugares, procurando coisas, levando coisas de um país para outro, varrendo para baixo do tapete, faço qualquer coisa, vou para qualquer lugar, dou um jeito nos problemas – ela olhou novamente para Lord Altamount. – Não estou certa, tio Ned?

– Mais do que certa, minha querida. Mary Ann você é e sempre será para nós.

– Você estava levando alguma coisa naquele avião? Quer dizer, levando alguma coisa importante de um país para outro?

– Sim. Sabiam que eu estava levando algo. Se você não tivesse atuado em meu socorro, se não tivesse bebido uma cerveja possivelmente envenenada e não tivesse entregado o seu manto de bandoleiro de cores brilhantes para o meu disfarce, bem, acidentes acontecem às vezes. Eu não teria chegado aqui.

– O que é que você estava levando... ou eu não devo perguntar? Existem coisas que eu nunca saberei?

– Existe um monte de coisas que você não saberá nunca. Existe um monte de coisas que você não terá permissão de perguntar. Acho que essa pergunta eu posso responder. Uma resposta nua e crua. Se eu tiver permissão.

Mais uma vez ela olhou para Lord Altamount.

– Eu confio no seu julgamento – disse Lord Altamount. – Vá em frente.

– Entregue a informação confidencial para ele – disse o irreverente James Kleek.

O sr. Horsham falou:

– Suponho que você precisa saber. *Eu* não lhe contaria, mas é que eu sou da Segurança. Vá em frente, Mary Ann.

– Uma frase. *Eu estava levando uma certidão de nascimento. Isso é tudo.* Não vou contar mais nada e não vai adiantar você fazer mais perguntas.

Stafford Nye passou os olhos pela assembleia.

– Certo. Vou participar. Fico lisonjeado com o convite. Para onde nós vamos agora?

– Você e eu – disse Renata – vamos sair daqui amanhã. Vamos ao continente. Talvez você tenha lido, ou tenha tomado conhecimento, que há um festival de música sendo realizado na Bavária. É um evento bem recente que só começou a ser promovido nos últimos dois anos. Tem um nome alemão bastante formidável que quer dizer "A Companhia dos Cantores Juvenis" e é financiado pelos governos de diversos países. Ele se coloca em oposição aos festivais e às produções tradicionais de Bayreuth. Grande parte das músicas apresentadas é moderna... novos jovens compositores ganham a oportunidade de ter suas composições ouvidas. Ao mesmo tempo em que é tido em alta conta por alguns, é repudiado e desprezado com todas as forças por outros.

– Sim – disse Stafford Nye –, eu já li algo a respeito. Nós vamos comparecer?

– Já temos assentos reservados para duas das performances.

– Esse festival tem algum significado especial na nossa investigação?

– Não – disse Renata. – Ele funciona mais como algo que você poderia chamar de entrada e saída de conveniência. Nós vamos até lá por uma razão ostensiva e verdadeira, e vamos sair de lá para o nosso próximo passo no devido momento.

Ele olhou em volta.

– Instruções? Vou receber orientações de procedimento? Vou ser informado de antemão?

– Não no sentido desses termos. Você está partindo numa viagem de exploração. Vai aprender certas coisas com o passar do tempo. Você irá com seu próprio nome, sabendo apenas o que sabe no momento. Você irá como um amante da música, como um diplomata ligeiramente desapontado que talvez tivesse acalentado a esperança de algum posto em seu próprio país que não lhe foi concedido. Fora isso, não vai saber de nada. É mais seguro assim.

– Mas esse é o sumário de atividades no momento? Alemanha, Bavária, Áustria, o Tirol... essa parte do mundo?

– Esse é um dos centros de interesse.

– Não é o único?

– Não, não é nem mesmo o principal. Existem outros pontos no globo, todos variando em importância e interesse. Quanta importância cada um deles tem é o que nós precisamos descobrir.

– E eu não sei, ou nem devo ser informado, de nada sobre esses outros centros?

– Apenas de forma superficial. Um deles, que nós consideramos o mais importante de todos, tem seu quartel-general na América do Sul; existem dois com quartéis-generais nos Estados Unidos da América, um na Califórnia e o outro em Baltimore. Existe um na Suécia, existe um na Itália. Neste último as coisas vêm se tornando muito ativas de seis meses para cá. Portugal e Espanha também têm pequenos centros. Paris, é claro. E temos outros pontos interessantes que mal estão entrando na "linha de montagem", por assim dizer. De momento, não estão completamente desenvolvidos.

– Você quer dizer a Malásia ou o Vietnã?

– Não. Não, tudo isso já ficou no passado. Foi um bom grito de arregimentação, um chamado à violência e à indignação estudantil e muitas outras coisas. O que está sendo promovido, você precisa compreender, é a crescente organização da juventude em todos os lugares contra as atuais formas de governo, contra os costumes de seus pais e contra, muitas vezes, as religiões nas quais todos foram criados. Há um culto insidioso da permissividade, há um culto crescente da violência. Violência não como um meio de ganhar dinheiro, mas violência por amor à violência. Essa particularidade é ressaltada, e as razões para ela são, no entender das pessoas interessadas, uma das coisas mais importantes, algo da máxima relevância.

– A permissividade, ela é importante?

– É só um modo de vida, nada mais. Ela serve para certos abusos mas não indevidamente.

– E quanto às drogas?

– O culto às drogas vem sendo deliberadamente intensificado e fomentado. Vastas somas de dinheiro têm sido amealhadas dessa maneira, mas isso não é, ou pelo menos é o que nós pensamos, inteiramente acionado por motivos monetários.

Todos olharam para o sr. Robinson, que lentamente balançou a cabeça.

– Não – ele disse –, isso é o que *parece*. Existem pessoas que estão sendo presas e levadas à justiça. Traficantes de drogas são perseguidos. Mas há mais do que apenas a loucura das drogas por trás de tudo isso. A loucura das drogas é um meio, e um meio maligno, para fazer dinheiro. Mas a explicação não fica nisso.

– Mas quem... – Stafford Nye interrompeu sua pergunta.

– Quem e o que e por que e onde? As quatro perguntas fundamentais. Essa é a sua missão, Sir Stafford – disse o sr. Robinson. – Isso é o que o senhor precisa descobrir. O senhor e Mary Ann. Não vai ser fácil, e uma das coisas mais difíceis do mundo, tenha isso em mente, é guardar segredo.

Stafford Nye olhou com interesse o rosto gordo e amarelado do sr. Robinson. Talvez o segredo da dominação do sr. Robinson no mundo financeiro fosse apenas esse. Seu segredo era que ele guardava o seu segredo. A boca do sr. Robinson exibiu seu sorriso de novo. Os dentes enormes cintilaram.

– Se você sabe de alguma coisa – disse ele –, será sempre uma grande tentação mostrar que sabe; falar sobre o assunto, em outras palavras. Não é que queira passar adiante informações, não é que lhe tenham oferecido algum pagamento para passar essas informações. É que você quer mostrar o quanto você é importante. Sim, é simples assim. Na verdade – disse o sr. Robinson, e ele semicerrou seus olhos –, tudo neste mundo é muito, *muito* simples. Isso é o que as pessoas não entendem.

A condessa se levantou e Stafford Nye seguiu seu exemplo.

– Espero que vocês durmam bem e fiquem confortáveis – disse o sr. Robinson. – Esta casa, creio eu, é moderadamente confortável.

Stafford Nye murmurou que tinha bastante certeza disso, e nesse ponto ele logo pôde comprovar ter tido bastante razão. Ele deitou a cabeça no travesseiro e pegou no sono imediatamente.

LIVRO 2

Jornada rumo a Siegfried

CAPÍTULO 10

A mulher no *Schloss*

I

Eles saíram do Teatro da Juventude, no festival, para o ar refrescante da noite. Abaixo deles, num declive do terreno, havia um restaurante iluminado. Ao lado da colina podia ser visto outro, um pouco menor. Os restaurantes variavam em pequena medida nos preços, embora nenhum deles fosse barato. Renata usava um vestido de baile de veludo preto; Sir Stafford Nye estava de gravata branca e traje a rigor completo.

– Uma plateia muito distinta – Stafford Nye murmurou para sua companheira. – Dinheiro abundante por aqui. Uma plateia jovem, de um modo geral. Não seria de se esperar que eles pudessem bancar tudo isso.

– Ah! Isso pode ser resolvido... *é* resolvido.

– Um subsídio para a elite da juventude? Esse tipo de coisa?

– Sim.

Os dois caminharam até o restaurante no lado alto da colina.

– Eles nos dão uma hora para fazer a refeição. É isso?

– Tecnicamente, é uma hora. Na verdade uma hora e quinze.

– Aquela plateia – disse Stafford Nye –, na maioria... quase todos eles, eu diria, são verdadeiros amantes de música.

– Quase todos eles, sim. Isso é importante.

– O que você quer dizer com "importante"?

– Que o entusiasmo deveria ser genuíno. Em ambos os lados da balança – ela acrescentou.

– O que você quis dizer exatamente com isso?

– Aqueles que praticam e organizam a violência precisam amar a violência, precisam desejá-la, precisam ansiar por ela. A estampa do êxtase em cada movimento, talhando, machucando, destruindo. E é a mesma coisa com a música. Os ouvidos devem apreciar cada momento da harmonia e da beleza. Não pode haver nenhum fingimento nesse jogo.

– Você pode dobrar os papéis? Está querendo dizer que se pode combinar a violência *e* o amor pela música ou pela arte?

– Nem sempre é fácil, eu acho, mas sim. Há muitas pessoas que podem. É mais seguro, na verdade, quando eles não precisam combinar os papéis.

– É melhor seguir o caminho mais simples, como diria o nosso gordo amigo sr. Robinson? Deixe os amantes da música amarem a música, deixe os praticantes da violência amarem a violência. É isso o que você quer dizer?

– Acho que sim.

– Eu estou me divertindo muito com tudo isso. Os dois dias que nós passamos aqui, as duas noites de música que nós pudemos desfrutar. Não gostei de todas as músicas porque não sou, talvez, suficientemente moderno no meu gosto. Estou achando as roupas muito interessantes.

– Você está falando da produção de palco?

– Não, não, estava falando da plateia, de fato. Você e eu, os quadradões, os antiquados. Você, condessa, no seu vestido social, eu de casaca e gravata branca. Não é um traje muito confortável, nunca foi. E então os outros, as sedas e os veludos, as camisas plissadas dos homens, verdadeiras rendas, eu percebi, muitas vezes... e a pelúcia e os cabelos e o luxo de *avant garde*, o luxo do século XVIII ou, quase poderíamos dizer, da era elisabetana ou dos quadros de Van Dyck.

– Sim, você está certo.

– Não me sinto nem um pouco mais perto, no entanto, do *significado* de tudo isso. Eu não *aprendi* nada. Não descobri nada.

– Você não deve ser impaciente. Este é um espetáculo rico, apoiado, solicitado, talvez exigido pela juventude e patrocinado por...

– Por quem?

– Nós não sabemos ainda. Saberemos.

– Fico muito contente por você ter tanta certeza.

Os dois entraram no restaurante e se sentaram. A comida era boa, embora não fosse de nenhuma maneira refinada ou exuberante. Uma ou duas vezes eles foram abordados por um conhecido ou amigo. Duas pessoas que reconheceram Sir Stafford Nye demonstraram prazer e surpresa por vê-lo. Renata tinha um círculo maior de amizades, visto que ela conhecia mais estrangeiros – mulheres bem-vestidas, um ou dois homens, principalmente alemães e austríacos, pensou Stafford Nye, um ou dois americanos. Apenas algumas poucas palavras despropositadas. De onde as pessoas vieram ou para onde iam, crítica ou apreciação da oferta musical. Ninguém perdeu muito tempo, já que o intervalo para comer não fora muito grande.

Eles voltaram aos seus assentos para as duas últimas apresentações musicais. Um poema sinfônico, *Desintegração em júbilo*, de um jovem compositor, Solukonov, e depois a solene grandeza da *Marcha dos Meistersinger*.

Saíram outra vez no ar da noite. O carro que estava à disposição dos dois todos os dias os esperava para levá-los de volta ao pequeno porém exclusivo hotel na rua do vilarejo. Stafford Nye deu boa-noite para Renata. Ela lhe falou com voz baixa:

– Quatro da manhã. Esteja pronto.

Ela foi direto até seu quarto e fechou a porta, e Stafford Nye foi até o dele.

O leve raspar de dedos em sua porta veio precisamente três minutos antes das quatro horas da manhã. Ele abriu a porta e se apresentou pronto.

– O carro está esperando – ela disse. – Venha.

II

Eles almoçaram numa pequena pousada de montanha. O tempo estava bom, e as montanhas, magníficas. Ocasionalmente, Stafford Nye se perguntava que diabos estava fazendo ali. Ele compreendia cada vez menos a sua companheira de viagem. Ela falava pouco. Stafford Nye se viu observando o perfil de Mary Ann. Para onde ela o estava levando? Qual era sua verdadeira motivação? Por fim, quando o sol estava quase se pondo, ele disse:

– Para onde nós estamos indo? Posso perguntar?

– Você pode perguntar, sim.

– Mas você não vai responder?

– Eu poderia responder. Poderia lhe contar certas coisas, mas será que elas significariam algo? Ao que me parece, se você chegar ao lugar para onde estamos indo sem que eu o prepare com explicações (que não podem, pela natureza das coisas, significar algo), as suas primeiras impressões terão mais força e significação.

Ele olhou sua companheira, pensativo. Ela estava usando um casaco de tweed enfeitado com peliça, roupas elegantes para viagem, estrangeiras na fabricação e no corte.

– Mary Ann – ele disse, pensativo.

Havia uma pergunta contida na fala.

– Não – ela disse –, não neste momento.

– Ah. Você ainda é a condessa Zerkowski.

– Neste momento eu ainda sou a condessa Zerkowski.

– Você está na sua região natal?

– Mais ou menos. Passei a minha infância nesta parte do mundo. Durante um período bem estendido, todos os anos, nós costumávamos vir aqui, no outono, para ficar num *Schloss* a não muitos quilômetros daqui.

Ele sorriu e disse, pensativo:

– Que bela palavra. *Schloss*. Soa como algo tão sólido.

– Os Schlösser não se mostram muito sólidos hoje em dia. Estão quase todos desintegrados.

– Esta é a região de Hitler, não é? Nós não estamos muito longe de Berchtesgaden, estamos?

– Fica naquela direção, a nordeste.

– Os seus parentes, os seus amigos... eles aceitavam Hitler, acreditavam nele? Talvez eu não devesse fazer perguntas como essas.

– Não gostavam dele nem de tudo o que ele representava. Mas diziam "*Heil* Hitler". Eram aquiescentes com aquilo que acontecia em seu país. O que mais eles poderiam fazer? O que mais qualquer pessoa poderia fazer naquela época?

– Nós estamos indo para as Dolomitas, não estamos?

– Tem alguma importância onde estamos ou o rumo que estamos tomando?

– Bem, esta é uma viagem de exploração, não é?

– Sim, mas a exploração não é geográfica. Estamos indo ver uma personalidade.

– Você me faz sentir – Stafford Nye olhou a paisagem das montanhas volumosas subindo até o céu – como se estivéssemos indo visitar o famoso Velho da Montanha.

– O Mestre dos Assassinos, você quer dizer, que mantinha os seus seguidores drogados para que eles morressem por ele de plena boa vontade, para que matassem, sabendo que eles mesmos também seriam assassinados, mas acreditando, também, que isso iria transferi-los imediatamente para o Paraíso Muçulmano... lindas mulheres, haxixe e sonhos eróticos... uma felicidade perfeita e interminável.

Ela parou por um minuto e então continuou:

– Oradores com poderes enfeitiçantes! Suponho que eles sempre tenham estado por aí, ao longo das eras. Pessoas que fazem com que você acredite nelas de modo que você fique disposto a morrer por elas. Não apenas assassinos. Os cristãos também morriam.

– Os mártires sagrados? Lord Altamount?

– Por que você menciona Lord Altamount?

– Eu o vi dessa maneira... de repente... naquela noite. Esculpido em pedra... numa catedral do século XIII, quem sabe.

– Um de nós talvez tenha que morrer. Talvez mais – ela interrompeu o que estava prestes a dizer. – Há uma outra coisa em que eu penso às vezes. Um verso do Novo Testamento... Lucas, eu creio. Cristo na Última Ceia dizendo a seus seguidores: "Vocês são meus companheiros e meus amigos, *todavia um de vocês é um demônio*". Então, segundo todas as probabilidades, um de *nós* é um demônio.

– Você acha que isso é possível?

– É quase certo. Uma pessoa que conhecemos e na qual depositamos confiança, mas que vai dormir à noite não sonhando com martírio, e sim com trinta moedas de prata, e que acorda sentindo o peso delas na palma de sua mão.

– O amor pelo dinheiro?

– Ambição é a melhor definição. Como reconhecer um demônio? Como a gente poderia *saber*? Um demônio se destacaria na multidão, seria excitante... ele se anunciaria... exerceria liderança.

Ela ficou em silêncio por um momento e depois disse com uma voz pensativa:

– Eu tinha uma amiga no serviço diplomático que me contou certa vez como ela dissera para uma mulher alemã o quanto tinha ficado comovida com a representação da Paixão de Cristo em Oberammergau. Mas a mulher alemã respondeu com desdém: "Vocês não entendem. *Nós*, alemães, não precisamos de Jesus Cristo! Nós temos o nosso Adolf Hitler aqui conosco. Ele é maior do que qualquer Jesus que já existiu". Ela era uma mulher simpática e um tanto comum. Mas era assim que ela se sentia. As pessoas sentiam isso em massa. Hitler era um orador com poderes enfeitiçantes. Ele falava e todos prestavam atenção... e aceitavam o sadismo, as câmaras de gás, as torturas da Gestapo.

Ela encolheu os ombros e depois disse, com sua voz normal:

– Mesmo assim, é esquisito que você tenha dito isso justamente agora.

– Eu disse o quê?

– Sobre o Velho da Montanha. O Chefe dos Assassinos.

– Você está me dizendo que *existe* mesmo um Velho da Montanha por aqui?

– Não. Não um Velho da Montanha, mas poderia existir uma Velha da Montanha.

– Uma Velha da Montanha. Como ela é?

– Você vai ver hoje à noite.

– O que nós vamos fazer hoje à noite?

– Frequentar a sociedade – disse Renata.

– Parece que você não é mais Mary Ann faz um longo tempo.

– Você vai precisar esperar até que estejamos outra vez num avião.

– Suponho que deva ser bastante ruim no aspecto moral – disse Stafford Nye, pensativamente – viver bem alto no mundo.

– Você está falando socialmente?

– Não. Geograficamente. Se você vive num castelo no topo de uma montanha, com uma vista para o mundo lá embaixo, bem, isso faz com que você acabe desprezando as pessoas comuns, não faz? Você está no topo, você é o que há de mais grandioso. Isso era o que Hitler sentia em Berchtesgaden, isso é o que muitas pessoas talvez sintam quando escalam montanhas e olham para os seus semelhantes nos vales abaixo.

– Você precisa ser cauteloso hoje à noite – Renata o advertiu. – A situação será delicada.

– Alguma instrução?

– Você é um homem descontente. Um homem que se posiciona contra as instituições, contra o mundo convencional. Você é um rebelde, mas um rebelde secreto. Consegue fazer isso?

– Posso tentar.

O cenário se tornara mais selvagem. O grande carro fazia curvas e desvios subindo as estradas, passando por vilarejos nas montanhas, às vezes proporcionando um desconcertante panorama longínquo com luzes brilhando num rio, com campanários de igrejas se exibindo à distância.

– Para onde estamos indo, Mary Ann?

– Para um ninho de águia.

A estrada fez uma última curva e começou a serpentear por uma floresta. Stafford Nye julgou ter vislumbrado aqui e ali cervos ou animais de algum tipo. Ocasionalmente, também, apareciam homens com casacos de couro e armas. Vigias, pensou. E então, afinal, eles começaram a ver um enorme *Schloss* que se erguia diante de um penhasco. Uma parte do castelo, ele pensou, estava um tanto arruinada, ainda que a maior parte tivesse sido restaurada e reconstruída. Ele era ao mesmo tempo maciço e magnífico, mas não havia nada de novo nele ou na mensagem que ele transmitia. O castelo representava o poder do passado, um poder exercido em eras remotas.

– Este era originalmente o grão-ducado de Liechtenstolz. O *Schloss* foi construído pelo grão-duque Ludwig em 1790 – disse Renata.

– Quem mora nele agora? O atual grão-duque?

– Não. Todos eles já sumiram faz muito tempo. Varridos do mapa.

– E quem mora nele agora, então?

– Alguém que exerce o poder – disse Renata.

– Dinheiro?

– Sim. Muito.

– Por acaso nós vamos encontrar o sr. Robinson tendo chegado antes por via aérea para nos receber?

– A última pessoa que você vai encontrar por aqui será o sr. Robinson, eu posso lhe garantir.

– Uma pena – disse Stafford Nye. – Eu gostei do sr. Robinson. Ele é uma figura e tanto, não? Quem é ele na realidade? Qual é a nacionalidade dele?

– Não creio que alguém já tenha tomado conhecimento. Cada um me conta uma história diferente. Algumas pessoas dizem que ele é turco, outras que é armênio, outras que é holandês, outras que ele não passa de um inglês. Alguns dizem que a mãe dele era uma escrava circassiana, uma grã-duquesa russa, uma begume indiana e assim por diante. Ninguém sabe. Uma pessoa me disse que a mãe dele era uma certa srta. McLellan da Escócia. Acho que isso é tão provável como qualquer outra coisa.

Eles tinham estacionado embaixo de um grande pórtico. Dois criados de libré desceram pelos degraus. Suas reverências foram ostensivas enquanto saudavam os hóspedes. A bagagem foi retirada; eles haviam trazido uma bagagem considerável. Stafford Nye especulara, no começo, sobre o motivo pelo qual lhe disseram para trazer tanta coisa, mas agora ele estava começando a entender que de tempos em tempos isso era necessário. Haveria, ele pensou, uma necessidade especial naquela noite. Stafford Nye fez algumas observações de questionamento e sua companheira lhe confirmou esse fato.

Os dois se encontraram antes do jantar, convocados pelo som de um grande gongo retumbante. Parado no saguão, Stafford Nye esperou que ela se juntasse a ele descendo as escadas. Renata estava usando um vestido de gala nessa noite, um veludo vermelho escuro muitíssimo elegante, rubis em volta do pescoço e uma tiara de rubis na cabeça. Um criado se apresentou e os conduziu. Abrindo uma porta, ele anunciou:

– A *gräfin* Zerkowski, Sir Stafford Nye.

"Aqui vamos nós, espero que estejamos bem nos nossos papéis", Stafford Nye pensou consigo mesmo.

Ele olhou de maneira satisfeita os botões de safira e diamante na parte da frente de sua camisa. Um instante depois, ele prendeu a respiração num sobressalto atônito. Fosse o que fosse que ele tinha esperado ver, nada se comparava com aquilo. Era uma sala enorme, em estilo rococó, poltronas e sofás e reposteiros dos mais finos brocados e veludos. Nas paredes havia quadros que ele não conseguiu reconhecer na totalidade num primeiro momento, mas entre os quais notou imediatamente – porque tinha grande apreço por pintura – decerto um Cézanne, um Matisse, possivelmente um Renoir. Quadros de valor inestimável.

Sentada numa imensa poltrona, sugestiva de um trono, estava uma mulher enorme. Uma baleia, pensou Stafford Nye; realmente não havia outra palavra para descrevê-la. Uma mulher grande, volumosa, gordurosa, chafurdando em gordura. Um queixo duplo, triplo, quase quádruplo. Ela usava um rígido vestido de cetim laranja. Na sua cabeça podia ser vista uma tiara de pedras preciosas, elaborada como uma coroa. Suas mãos, repousadas nos braços de brocado do assento, eram também enormes. Mãos grandes, volumosas, gordas, com dedos grandes, volumosos, gordos e disformes.

Em cada dedo, ele notou, havia um anel solitário. E em cada anel, ele pensou, havia uma solitária pedra genuína. Um rubi, uma esmeralda, uma safira, um diamante, uma pedra verde-clara que ele não conhecia, um crisópraso, talvez, uma pedra amarela que, se não fosse um topázio, era um diamante amarelo. A mulher era horrível, Stafford Nye pensou. Ela chafurdava em sua gordura. Seu rosto era uma massa de gordura enorme, branca, enrugada e pegajosa. Fincados no rosto, como se fossem duas groselhas num imenso bolo de groselha, apareciam dois pequenos olhos pretos. Olhos muito astutos, contemplando o mundo, apreciando o mundo, apreciando o novo visitante, não apreciando Renata, ele pensou. Renata ela conhecia. Renata estava ali cumprindo ordens, por compromisso, não importava como você quisesse definir. Renata recebera ordens para que *ele* fosse trazido até ali. Stafford Nye tentou imaginar por quê. Não conseguia realmente adivinhar o motivo, mas tinha bastante certeza. *Ele* estava sendo apreciado, *ele* estava sendo avaliado. Seria ele o que a mulher queria? Seria ele... sim, ele podia definir a questão assim... seria ele aquilo que a cliente havia solicitado?

"Precisarei ter plena certeza de saber o que a mulher de fato quer", ele pensou. "Precisarei fazer o meu melhor, caso contrário..." Caso contrário ele quase conseguia imaginar que ela poderia levantar uma mão gorda e cheia de anéis e dizer para um dos musculosos e altos lacaios: "Peguem-no e joguem-no das ameias". É ridículo, pensou Stafford Nye. Essas coisas não podem acontecer hoje em dia. Onde eu estou? Em que espécie de desfile, baile de máscaras ou espetáculo teatral eu estou tomando parte?

– Você chegou com pontualidade absoluta, minha criança.

Era uma voz rouca e asmática que um dia talvez tivera, ele pensou, certo tom de força, possivelmente até mesmo de beleza. Agora já não havia mais nada. Renata se aproximou, fez uma ligeira reverência. Pegou a mão gorda e deu nela um beijo cortês.

– Permita-me apresentar Sir Stafford Nye. A *gräfin* Charlotte von Waldsausen.

A mão gorda foi estendida na direção dele. Stafford Nye se inclinou por cima dela no estilo estrangeiro. Então ela disse algo que o surpreendeu:

– Eu conheço a sua tia-avó.

Ele exibiu uma expressão atônita e viu de imediato que a condessa Von Waldsausen se divertira com isso, mas viu também que ela esperava que ele ficasse surpreso. Ela riu, um riso esquisito e irritante. Nem um pouco atraente.

– Digamos que eu a conhecia. Já se passaram muitos anos desde que a vi pela última vez. Estivemos juntas na Suíça, em Lausanne, quando éramos garotas. Matilda. Lady Matilda Baldwen-White.

– Que maravilhosa novidade eu levarei comigo para casa – disse Stafford Nye.

– Ela é mais velha do que eu. Está com boa saúde?

– Considerando a idade dela, está com ótima saúde. Mora no interior, muito sossegada. Tem artrite, reumatismo.

– Ah, sim, todas as moléstias da idade avançada. Ela deveria tomar injeções de procaína. Isso é o que os médicos fazem aqui nesta altitude. É bastante satisfatório. Ela sabe que o senhor veio me visitar?

– Imagino que ela não faça a menor ideia – disse Sir Stafford Nye. – Ela sabia somente que eu iria para o festival de música moderna.

– Do qual o senhor deve ter gostado, eu espero?

– Ah, tremendamente. É um belo teatro de ópera para festivais, não é?

– Um dos melhores. Ah! Ele faz com que a velha casa de ópera de Bayreuth pareça um teatro de colégio! O senhor sabe quanto custou construir o prédio?

Ela mencionou uma soma de milhões de marcos. O valor quase deixou Stafford Nye sem fôlego, mas ele não tinha nenhuma necessidade de esconder seu espanto. A condessa Von Waldsausen ficou contente com o efeito que aquilo lhe causara.

– Com dinheiro – ela disse –, se a pessoa sabe, se a pessoa tem habilidade, se ela tem critério, o que é que o dinheiro não pode fazer? Pode proporcionar o melhor.

Ele disse as duas últimas palavras com vívido prazer, com uma espécie de estalar dos lábios que Stafford Nye considerou ao mesmo tempo desagradável e ligeiramente sinistro.

– Posso constatar isso aqui – ele disse, olhando as paredes.

– O senhor gosta de arte? Sim, estou vendo que gosta. Ali, na parede leste, está o melhor Cézanne do mundo hoje. Alguns dizem que o... ah, esqueci o nome no momento, aquele que está no Metropolitan em Nova York... é melhor. Não é verdade. O melhor Matisse, o melhor Cézanne, os melhores dessa grandiosa escola de arte estão aqui. Aqui no meu ninho de águia nas montanhas.

– É maravilhoso – disse Stafford Nye. – De fato maravilhoso.

Bebidas foram distribuídas. A Velha da Montanha, Sir Stafford notou, não bebia nada. Era possível, ele pensou, que ela temesse correr quaisquer riscos com a sua pressão arterial em função de seu vasto peso.

– E onde o senhor conheceu essa criança? – perguntou o Dragão da Montanha.

Seria uma armadilha? Ele não sabia, mas tomou sua decisão.

– Na embaixada americana, em Londres.

– Ah, sim, foi o que eu ouvi. E como está... ah, esqueci o nome dela agora... ah, sim, Milly Jean, a nossa herdeira sulista? Uma mulher atraente, o senhor não achou?

– Muitíssimo encantadora. Ela faz grande sucesso em Londres.

– E o enfadonho Sam Cortman, o embaixador dos Estados Unidos?

– Um homem muito razoável, eu tenho certeza – disse Stafford Nye, polidamente.

Ela soltou um risinho.

– Ah, o senhor tem bastante tato, não tem? Pois é, ele se vira bem o suficiente. Faz o que lhe pedem como qualquer bom político. E é prazeroso ser embaixador em Londres. Ela, Milly Jean, poderia fazer isso por ele. Ah, ela poderia conseguir uma embaixada para o marido em qualquer lugar do mundo, com aquela bolsa bem abastecida que ela tem. O pai dela é dono de metade do petróleo do Texas, possui terras, minas de ouro, tudo. Um homem grosseiro e de uma feiura singular... E que aparência ela tem? Uma pequena e delicada aristocrata. Não é espalhafatosa, não parece rica. Isso é muito esperto da parte dela, não é?

– Às vezes isso não apresenta nenhuma dificuldade – disse Sir Stafford Nye.

– E o senhor? O senhor não é rico?

– Bem que eu gostaria de ser.

– O Ministério das Relações Exteriores hoje em dia não é, digamos assim, muito compensador?

– Ah, bem, eu não diria dessa forma... Afinal de contas, a gente viaja para muitos lugares, encontra pessoas divertidas, vê o mundo, vê um pouco do que está acontecendo.

– Um pouco, sim. Mas não tudo.

– Isso seria muito difícil.

– Algum dia o senhor desejou ver aquilo que... como poderei dizer... aquilo que acontece nos bastidores da vida?

– Às vezes se pode ter uma ideia.

Stafford Nye imprimira um tom indiferente em sua voz.

– Já ouvi dizer que isso é verdade quanto ao senhor, que o senhor às vezes tem ideias sobre as coisas. Não são ideias convencionais, imagino?

– Houve épocas nas quais eu acabei me sentindo como se fosse o menino mau da família – Stafford Nye falou e riu.

A velha Charlotte soltou mais um riso.

– O senhor não se importa de admitir certas coisas de quando em quando, não é?

– Fingir para quê? As pessoas sempre percebem o que você está escondendo.

Ela olhou para ele.

– O que quer da vida, meu jovem?

Stafford Nye encolheu os ombros. Aqui, novamente, ele tinha de desempenhar seu papel no escuro.

– Nada – ele disse.

– Ora, ora, o senhor quer que eu acredite nisso?

– Sim, a senhora pode acreditar. Eu não sou ambicioso. Por acaso eu pareço ambicioso?

– Não, admito que não.

– Só peço alguma diversão, viver confortavelmente, comer, beber com moderação, ter amigos que me divirtam.

A velha senhora se inclinou à frente. Seus olhos se arregalaram e fecharam três ou quatro vezes. Então ela falou com uma voz um tanto diferente. Era uma nota quase de assobio.

– O senhor consegue odiar? O senhor é capaz de odiar?

– Odiar é uma perda de tempo.

– Entendi. Entendi. Não aparecem traços de descontentamento no seu rosto. Isso é bem verdade. Mesmo assim, creio que o senhor está disposto a seguir um determinado caminho que o levará para determinado lugar, e o senhor o percorrerá sorrindo, como se não se importasse, mas mesmo assim, no fim das contas, se o senhor encontrar os conselheiros certos, os ajudantes certos, obter o que deseja, se for capaz de desejar.

– Quanto a isso – disse Stafford Nye –, quem não é? – e ele balançou a cabeça para ela bem devagar. – A senhora enxerga demais – ele disse. – A senhora vê coisas demais.

Lacaios abriram a porta.

– O jantar está servido.

Os procedimentos foram adequadamente formais. Eles estavam, na verdade, um tanto envolvidos por um toque de realeza. As grandes portas na extremidade da sala foram escancaradas, deixando revelar uma sala de jantar cerimonial iluminada em vasto brilho, com um teto pintado e três enormes candelabros. Duas mulheres de meia-idade se aproximaram da *gräfin*, uma de cada lado. Estavam usando vestidos de gala, seus cabelos grisalhos mostravam-se cuidadosamente arranjados em coque no alto de suas cabeças, cada uma exibindo um broche de diamantes. Para Sir Stafford Nye, elas transmitiam um vago ar de carcereiras. Elas não eram, ele pensou, tanto guardas de segurança quanto talvez enfermeiras de alta classe, responsáveis por cuidar da saúde, da toalete e de outros detalhes íntimos da existência da *gräfin* Charlotte. Depois de respeitosas reverências, cada uma passou um braço por entre o ombro e o cotovelo da mulher sentada. Com a facilidade da longa experiência, ajudadas pelo esforço que era obviamente o máximo que ela podia fazer, as duas a colocaram de pé de uma maneira digna.

– Nós vamos jantar agora – disse Charlotte.

Com suas duas atendentes, ela seguiu na frente. De pé, Charlotte parecia mais ainda uma massa de geleia oscilante, mas mesmo assim parecia formidável. Não se poderia classificá-la, na mente, como apenas uma mulher gorda e velha. Ela era alguém, sabia ser alguém, pretendia ser alguém. Stafford Nye e Renata foram seguindo as três.

Quando entraram pelos portais da sala de jantar, ele sentiu como se aquele fosse mais um salão de banquete do que uma sala de jantar. Havia homens de uma guarda pessoal ali. Jovens altos, louros e bonitos. Vestiam uma espécie de uniforme. Quando Charlotte entrou, houve um estrépito enquanto todos sacavam suas espadas ao mesmo tempo. Eles cruzaram as espadas no alto para formar uma passagem, e Charlotte, firmando seu passo, avançou ao longo dessa passagem, libertada por suas atendentes e fazendo seu progresso solo até uma vasta poltrona esculpida com ornamentos de ouro e estofada com brocado dourado junto à cabeceira da comprida mesa. Parecia mais uma procissão de casamento, Stafford Nye pensou. Um matrimônio naval ou militar. Naquele caso, por certo, algo militar, estritamente militar – mas faltava um noivo.

Eles eram todos jovens de físico poderoso. Nenhum deles, ele pensou, tinha mais do que trinta anos. Tinham boa aparência, sua saúde era evidente. Não sorriam, eram totalmente sérios, eram – ele procurou pela palavra certa – sim, dedicados. Talvez não fosse tanto uma procissão militar quanto uma procissão religiosa. Os serviçais apareceram, serviçais antiquados pertencentes, pensou ele, ao passado do *Schloss*, a um tempo anterior à guerra de 1939. Parecia uma superprodução de alguma peça sobre um período histórico. E reinando sobre tudo, sentada numa poltrona ou num trono ou seja lá como se queira chamar aquilo, não estava uma rainha ou imperatriz, e sim uma mulher velha, notável principalmente por seu excesso de peso e por sua feiura intensa e extraordinária. Quem era ela? O que estava fazendo ali? Por quê?

Por que todo aquele baile de máscaras, essa guarda pessoal, uma guarda pessoal de segurança talvez? Outros convivas chegaram à mesa. Eles se curvaram perante a monstruosidade que presidia no trono e tomaram os seus lugares. Usavam trajes de gala normais. Não houve nenhuma apresentação.

Stafford Nye, depois de longos anos avaliando as pessoas, analisou-os. Tipos diferentes. Tipos variadíssimos. Advogados, ele tinha certeza. Diversos advogados. Possivelmente contadores e financistas; um ou dois oficiais do exército à paisana. Eles faziam parte da casa, Stafford Nye pensou, mas também faziam lembrar o sentido feudal da expressão sobre aqueles que se sentavam "depois do sal", nos piores lugares da mesa.

A comida chegou. Uma imensa cabeça de javali em geleia de carne, caça, um refrescante sorvete de limão, um magnífico edifício de confeitaria – um superlativo mil-folhas que parecia ser dotado de uma inacreditável riqueza de doçura.

A vasta mulher comeu, comeu com enorme avidez, com ânsia faminta, apreciando o alimento. Do lado de fora veio um novo som. O som do poderoso motor de um grande carro esporte. O carro passou pelas janelas num raio branco. Houve um grito dentro da sala, vindo da guarda pessoal. Um grito estridente de "*Heil*! *Heil*! *Heil* Franz!".

A guarda de jovens se deslocou com a facilidade de uma manobra militar conhecida de cor. Todos haviam se colocado de pé. Somente a velha se manteve sentada, imóvel, sua cabeça erguida no alto, em seu estrado. E agora, assim pensou Stafford Nye, uma nova excitação percorreu a sala.

Os outros convivas, ou os outros membros da casa, fossem lá o que eles fossem, desapareceram de uma forma que chegou a fazer com que Stafford pensasse em lagartos escapando por brechas numa parede. Os rapazes de cabelos dourados formaram uma nova composição, suas espadas voaram para o alto, eles saudaram sua benfeitora, ela baixou a cabeça em reconhecimento, as espadas foram embainhadas e eles deram meia-volta, permissão concedida, para sair marchando pela porta do salão. Os olhos de Charlotte os seguiram, depois pousaram em Renata e então em Stafford Nye.

– O que o senhor pensa deles? – ela perguntou. – Meus meninos, meu regimento jovem, minhas crianças. Sim, minhas crianças. O senhor tem alguma palavra que possa descrevê-los?

– Acho que sim – disse Stafford Nye. – Magníficos. – Ele falava com ela como quem se dirigia a uma rainha. – Magníficos, minha senhora.

– Ah! – ela curvou sua cabeça e sorriu, as rugas se multiplicando em todo o seu rosto; essa expressão lhe dava uma perfeita semelhança a um crocodilo.

Uma mulher terrível, ele pensou, uma mulher terrível, difícil, dramática. Aquilo tudo estava mesmo acontecendo? Stafford Nye não conseguia acreditar. O que mais poderia ser aquilo, a não ser outra casa de festivais na qual uma produção era apresentada?

As portas foram abertas de novo com estrépito. O bando de jovens super-homens louros marchou salão adentro. Dessa vez eles não brandiam as espadas; em vez disso, cantavam. Cantavam com incomum beleza de tom e de voz.

Depois de anos a fio de música pop, Stafford Nye sentiu um prazer incrédulo. Vozes treinadas, aquelas. Não eram berros roucos. Vozes treinadas por mestres da arte da canção. Cantores não autorizados a forçar as cordas vocais, a sair do tom. Eles poderiam ser os novos Heróis de um Novo Mundo, mas o que cantavam não era música nova. Era uma música que ele já tinha ouvido antes. Um arranjo do *Preislied*, devia haver alguma orquestra escondida em algum lugar, ele pensou, numa galeria por cima do salão. Era um arranjo ou uma adaptação de diversos temas wagnerianos. Passava do *Preislied* para os distantes ecos da música do Reno.

O Corpo de Elite formou novamente uma via dupla para esperar alguém. Não foi a velha imperatriz dessa vez. Ela permaneceu sentada em seu estrado, esperando quem quer que estivesse chegando.

E afinal ele chegou. A música mudou quando ele entrou, sendo agora marcada pelo motivo que Stafford Nye conhecia de cor naquela altura. A melodia do Jovem Siegfried. O chamado de trompa de Siegfried, elevando ao céu sua juventude e seu triunfo, seu comando sobre um novo mundo que o jovem Siegfried vinha conquistar.

Pelo vão da porta, marchando por entre as fileiras daqueles que eram claramente seus seguidores, entrou um dos jovens mais bonitos que Stafford Nye já vira. Cabelos dourados, olhos azuis, perfeitamente bem proporcionado, como que produzido pelo mágico gesto de uma vara de condão, ele vinha de um mundo mítico. Mito, heróis, ressurreição, renascimento, estava tudo ali. Sua beleza, sua força, sua incrível segurança e arrogância.

Ele avançou a passos largos pelas fileiras duplas de sua guarda e parou diante da medonha montanha de feminilidade sentada no trono; colocou um joelho no chão, levou a mão dela aos lábios e então, levantando-se de novo, estendeu um braço em saudação e emitiu o grito que Stafford já ouvira dos outros: "*Heil*!". Seu alemão não era muito claro, mas Stafford Nye julgou ter distinguido as sílabas "*Heil* à grande mãe!".

Em seguida o belo herói olhou de um lado para o outro. Houve um ligeiro reconhecimento de Renata, ainda que desinteressado, mas, quando seu olhar encontrou Stafford Nye, houve um definido interesse de apreciação. Cautela, pensou Stafford Nye. Cautela! Ele precisava desempenhar o seu papel agora. Interpretar o papel que era esperado dele. Porém... que diabo de papel seria esse? O que ele estava fazendo ali? O que ele ou a garota deveriam estar fazendo ali? Eles tinham vindo por quê?

O herói falou.

– Pois bem – ele disse –, nós temos convidados! – E acrescentou, sorrindo com a arrogância de um jovem que sabe ser imensamente superior a qualquer outra pessoa no mundo: – Bem-vindos, convidados, bem-vindos ambos.

De algum lugar nas profundezas do *Schloss* um grande sino começou a soar. Não havia nada de fúnebre em seu toque, mas havia um ar disciplinador. A sensação de um mosteiro sendo convocado para a santa missa.

– Precisamos ir dormir agora – disse a velha Charlotte. – Dormir. Nós vamos nos encontrar de novo às onze da manhã.

Ela olhou para Renata e Sir Stafford Nye.

– Vocês serão conduzidos até seus quartos. Espero que durmam bem.

Era a dispensa real.

Stafford Nye viu o braço de Renata ser lançado para cima na saudação fascista, mas o braço não foi dirigido a Charlotte, e sim ao garoto de cabelos dourados. Pensou ter ouvido Renata dizendo: "*Heil* Franz Joseph". Copiou o gesto e também disse "*Heil*!".

Charlotte dirigiu-se a eles:

– Vocês gostariam de, amanhã, começar o dia com uma cavalgada pela floresta?

– Não consigo imaginar nada melhor – disse Stafford Nye.

– E você, minha criança?

– Sim, eu também.

– Está ótimo, então. Tudo será providenciado. Boa noite a ambos. Fico contente por recebê-los aqui. Franz Joseph... me dê o seu braço. Venha comigo até o boudoir chinês. Temos muito para discutir, e você terá de sair a tempo amanhã de manhã.

Os criados escoltaram Renata e Stafford Nye até os seus aposentos. Nye hesitou por um momento no limiar da porta. Seria possível que eles trocassem uma ou duas palavras agora? Decidiu que não. Enquanto eles estivessem cercados pelas paredes do castelo, seria bom proceder com cautela. Nunca se sabe... cada quarto podia muito bem ter microfones ocultos.

Mais cedo ou mais tarde, no entanto, ele *tinha* de fazer perguntas. Certas coisas despertavam uma nova e sinistra apreensão em sua mente. Ele estava sendo persuadido, induzido a alguma coisa. Mas a quê? E por ação de quem?

Os quartos eram bonitos, mas opressivos. Os ricos reposteiros de cetim e veludo, alguns deles antigos, exalavam um leve perfume de decadência, temperado por especiarias. Stafford ficou imaginando quantas vezes Renata já se hospedara naquele castelo.

CAPÍTULO 11

Os adoráveis jovens

No dia seguinte, depois de tomar o café da manhã numa pequena sala no andar de baixo, ele encontrou Renata, que já o esperava. Os cavalos estavam diante da porta.

Ambos haviam trazido roupas de montaria. Tudo de que eles possivelmente poderiam precisar parecia ter sido antecipado com inteligência.

Eles montaram e foram saindo pela pequena estrada do castelo. Renata conversou com o cavalariço durante algum tempo.

– Ele perguntou se nós gostaríamos que ele nos acompanhasse, mas eu disse que não. Conheço as trilhas aqui da região bastante bem.

– Estou vendo. Você já esteve aqui antes?

– Não com muita frequência nos últimos anos. Na minha infância eu conhecia este lugar muito bem.

Stafford lançou para Renata um olhar penetrante. Ela não devolveu o olhar. Enquanto a jovem ia cavalgando a seu lado, ele observou seu perfil – o nariz fino e aquilino, a cabeça posicionada orgulhosamente no pescoço esbelto. Ela sabia montar um cavalo muito bem, percebia-se.

Contudo, havia uma sensação de desconforto em sua mente naquela manhã. Ele não sabia bem por quê...

Seu pensamento recuou até o saguão do aeroporto. A mulher que se aproximara para ficar ao lado dele. O copo de Pilsner na mesa... Não havia nada naquilo que não devesse ter acontecido – nem naquele momento e nem depois. Um risco que ele aceitara. Por que motivo, então, agora que tudo aquilo terminara, a situação provocava tamanho desconforto?

Eles andaram a meio-galope por algum tempo depois de um trote lento por entre as árvores. Uma belíssima propriedade, belíssimas matas. Na distância ele viu alguns animais de chifre. Um paraíso para um caçador, um paraíso para o jeito antigo de viver, um paraíso que continha... o quê? Uma serpente? Como era no início... com o Paraíso vinha uma serpente. Stafford puxou as rédeas e os cavalos voltaram a trote lento. Ele e Renata estavam sozinhos – nada de microfones, nada de paredes com ouvidos... Chegara o momento de fazer perguntas.

– Quem é ela? – ele perguntou com urgência. – Ela é o quê?

– É fácil responder. Tão fácil que quase não é possível acreditar.

– Pois então? – ele insistiu.

– Ela é petróleo. Cobre. Minas de ouro na África do Sul. Armamentos na Suécia. Depósitos de urânio no norte. Desenvolvimento nuclear, vastas extensões de cobalto. Ela é todas essas coisas.

– E no entanto eu nunca tinha ouvido falar sobre ela, não sabia seu nome, não sabia...

– Ela não quis que as pessoas soubessem.

– Mas alguém consegue manter isso em segredo?

– Com muita facilidade, se você tem a quantidade suficiente de cobre e petróleo e depósitos nucleares e armamentos e o resto todo. O dinheiro pode propagandear, mas o dinheiro também pode manter segredos, pode abafar as coisas.

– Mas quem é ela na *realidade*?

– O avô dela era americano. Ele era principalmente ferrovias, eu acho. Possivelmente porcos em Chicago naqueles tempos. É como voltar na história para descobrir. Ele se casou com uma alemã. Você já ouviu falar dela, eu imagino. Grande Belinda era o apelido que lhe davam. Armamentos, navios, toda a riqueza industrial da Europa. Ela herdou tudo do pai.

– Entre os dois, uma fortuna inacreditável – disse Sir Stafford Nye. – E assim... o poder. É isso o que você está me contando?

– Sim. Ela não herdou apenas as coisas, sabe? Também ganhou dinheiro por conta própria. Herdou o cérebro do pai, era uma grande financista por seus próprios méritos. Tudo o que ela tocava se multiplicava. Resultavam somas inacreditáveis de dinheiro, e ela investia tudo. Seguindo conselhos, seguindo o julgamento de outras pessoas, mas no fim sempre usando o seu próprio critério. E sempre prosperando. Sempre ampliando sua fortuna, que acabou se tornando fabulosa demais para ser possível. Dinheiro gera dinheiro.

– Sim, eu consigo entender. A riqueza *sempre* aumenta quando existe uma superabundância dela. Mas... o que *ela* queria? O que *ela* conseguiu?

– Você acabou de dizer. Poder.

– E ela mora aqui? Ou ela...

– Ela visita a América e a Suécia. Sim, ela faz algumas viagens, mas não muitas. É aqui que ela prefere ficar, no centro de uma teia, como uma imensa aranha controlando todos os fios. Os fios das finanças. Outros fios também.

– Quando você diz outros fios...

– As artes. Música, pintura, escritores. Seres humanos... jovens seres humanos.

– Sim. Dá para perceber. Aqueles quadros, uma coleção maravilhosa.

– Há galerias inteiras nos andares superiores do *Schloss*. Há Rembrandts e Giottos e Rafaéis e há caixas de joias... algumas das mais maravilhosas joias do mundo.

– Tudo pertencendo a uma única velha gorda e repulsiva. Ela não está satisfeita?

– Ainda não, mas está bem a caminho disso.

– Para onde ela está indo, o que ela quer?

– Ela adora a juventude. Essa é a sua forma de poder. Controlar a juventude. O mundo está cheio de jovens rebeldes neste momento. Isso tem sido incentivado. Filosofia moderna, pensamento moderno, escritores e outros que ela financia e controla.

– Mas como ela... – Stafford Nye se interrompeu.

– Não posso dizer porque eu não sei. É uma ramificação enorme. Ela está por trás de tudo num certo sentido, sustenta caridades um tanto curiosas, fervorosos filantropos e idealistas, levanta inúmeras bolsas para estudantes e artistas e escritores.

– E no entanto você diz que não está...

– Não, ainda não está completo. É uma grande sublevação que está sendo planejada. Há uma crença nisso, no novo céu e na nova terra. É o que já foi prometido antes por líderes ao longo de milhares de anos. Prometido por religiões, prometido por aqueles que apoiam os messias, prometido por aqueles que voltam para pregar a lei, como o Buda. Prometido pelos políticos. O básico céu de fácil acesso no qual acreditavam os Assassinos, e que o Mestre dos Assassinos prometia para seus seguidores e, no ponto de vista deles, lhes dava.

– Ela está por trás das drogas também?

– Claro. Sem convicção, é claro. Somente um meio para ter as pessoas curvadas à vontade dela. É uma maneira, também, de destruir pessoas. Os fracos. Aqueles que ela pensa que não servem, muito embora tenham sido uma promessa. Ela mesma nunca tomaria drogas... ela é forte. Mas as drogas destroem as pessoas fracas com mais facilidade e mais naturalidade do que qualquer outra coisa.

– E a força? E o que dizer da força? Não se pode fazer tudo com a propaganda.

– Não, é claro que não. A propaganda é o primeiro estágio e por trás dela existem montanhas de armamentos. Armas que vão para países sob condições precárias e depois seguem para outros lugares. Tanques e canhões e armas nucleares que são remetidos à África e aos Mares do Sul e à América do Sul. Na América do Sul há uma grande preparação. Forças compostas por homens e mulheres jovens fazendo exercícios e treinamentos. Enormes afluxos de armas... meios para guerra química...

– É um pesadelo! Como você sabe de tudo isso, Renata?

– Em parte porque me contaram, por informações recebidas, em parte porque a minha atuação foi fundamental para provar alguns dos fatos.

– Mas *você*. Você e *ela*?

– Há sempre alguma coisa idiota por trás de todos os grandes e vastos projetos – e Renata riu de repente. – Certa vez, veja só, ela se apaixonou pelo meu avô. Uma história tola. Ele morava aqui nesta parte do mundo. Ele tinha um castelo a uns dois quilômetros daqui.

– Ele era um homem de gênio?

– Nem um pouco. Apenas um ótimo caçador. Bonito, dissoluto e atraente aos olhos das mulheres. E assim, por causa disso, ela é num certo sentido a minha protetora. E eu sou uma de suas convertidas ou escravas! Eu trabalho para ela. Encontro pessoas para ela. Levo a cabo suas ordens em diferentes partes do mundo.

– É mesmo?

– O que você quer dizer com isso?

– Estou tentando entender – disse Sir Stafford Nye.

Ele estava de fato tentando entender. Stafford olhou para Renata e pensou de novo no aeroporto. Ele estava trabalhando *para* Renata, ele estava trabalhando *com* Renata. Ela o trouxera para o *Schloss*. Quem mandara que ela o trouxesse? A grande e asquerosa Charlotte no meio de sua teia de aranha? Ele tinha adquirido uma reputação, uma reputação de ser instável em certos quadrantes diplomáticos. Podia talvez ser útil para essas pessoas, mas útil de uma maneira irrisória e um tanto humilhante. E ele pensou de súbito, numa espécie de névoa com pontos de interrogação: "Renata??? Eu assumi um risco com ela no aeroporto de Frankfurt. Mas eu estava certo. Tudo correu de modo seguro. Nada me aconteceu. Mas mesmo assim", ele pensou, "quem é ela? *O que* é ela? Eu não sei. Não posso ter *certeza*. Ninguém pode, no mundo de hoje, ter certeza em relação a *ninguém*. Absolutamente ninguém. Talvez tenham mandado que ela me pegasse. Que me pegasse e me tivesse preso nas mãos, e sendo assim aquela história em Frankfurt poderia ter sido astutamente planejada. A situação se encaixava bem no meu gosto pelo risco, e eu acabaria sentindo segurança em relação a ela. Eu acabaria confiando nela".

– Vamos andar a meio-galope de novo – ela disse. – Já cavalgamos a trote lento por tempo demais.

– Eu não lhe perguntei o que *você* é nisso tudo.

– Eu acato ordens.

– De quem?

– Existe uma oposição. Sempre existe uma oposição. Existem pessoas que alimentam suspeitas sobre o que está acontecendo, sobre como o mundo será levado a sofrer uma transformação, ou sobre como isso vai acontecer com dinheiro, riqueza, armamentos, idealismo, grandes e poderosas palavras de incitamento. Existem pessoas que dizem que isso *não* vai acontecer.

– E você está do lado delas?

– Eu digo que sim.

– O que você quer dar a entender com isso, Renata?

Ela falou:

– *Eu digo que sim.*

Ele falou:

– Aquele jovem ontem à noite...

– Franz Joseph?

– Esse é o nome dele?

– É o nome pelo qual ele é conhecido.

– Mas ele tem outro nome, não tem?

– Você acha isso?

– Ele é o jovem Siegfried, não é?

– Você o viu dessa maneira? Você percebeu que isso é o que ele era, o que ele representa?

– Creio que sim. Juventude. Juventude heroica. Juventude ariana, é preciso que haja uma juventude ariana nesta parte do mundo. Ainda existe esse ponto de vista. Uma super-raça, o super-homem. Eles precisam ser de origem ariana.

– Ah, claro, isso perdurou desde os tempos de Hitler. Nem sempre vem muito à tona, e em outros lugares pelo mundo todo não há tanta ênfase. A América do Sul, posso afirmar, é um dos mais fortes redutos. E o Peru e a África do Sul também.

– O que faz o jovem Siegfried? O que é que ele faz além de desfilar sua beleza e beijar a mão de sua protetora?

– Ah, ele é um orador e tanto. Ele fala e os seus seguidores o seguiriam até a morte.

– Isso é verdade?

– Ele acredita nisso.

– E você?

– Acho que eu poderia acreditar.

Ela acrescentou:

– A oratória é uma coisa bem assustadora, sabe? O que uma voz consegue fazer, o que palavras conseguem fazer, e palavras não particularmente convincentes, ainda por cima. A *maneira* com que elas são ditas. A voz dele é como um soar de campainha, e as mulheres choram e gritam e desmaiam quando ele lhes dirige a palavra... você vai ver por conta própria. Você viu a guarda pessoal de Charlotte ontem à noite, todos os guardas vestidos a rigor... as pessoas de fato adoram se vestir bem nos dias de hoje. Você poderá vê-los no mundo inteiro em seus próprios trajes especiais escolhidos com carinho, diferentes em lugares diferentes, alguns com longos cabelos e barbas, e as garotas com camisolas brancas ondulantes, falando sobre paz e beleza, e o mundo maravilhoso que é o mundo dos jovens, que será deles quando tiverem destruído a contento o velho mundo. O País dos Jovens original ficava a oeste do Mar da Irlanda, não ficava? Um lugar muito simples, um País dos Jovens diferente desse que estamos planejando agora... Eram areias prateadas, raios de sol e canções nas ondas... Mas agora nós queremos Anarquia, quebrar e destruir tudo. Somente a Anarquia poderá beneficiar aqueles que marcham pelo novo mundo. É assustador, e também é maravilhoso... por causa de sua violência, porque é obtido com dor e sofrimento...

– Então é assim que você vê o mundo hoje?

– Às vezes.

– E o que é que *eu* devo fazer a seguir?

– Venha com a sua guia. Eu sou a sua guia. Como Virgílio com Dante, vou levar você às profundezas do inferno, vou lhe mostrar os filmes sádicos em parte copiados da velha SS, mostrar-lhe a crueldade e a dor e a violência venerada. E vou lhe mostrar os grandes sonhos do paraíso na paz e na beleza. Você não vai saber qual é qual e o que é o quê. Mas vai ter que se decidir.

– Devo confiar em você, Renata?

– Essa vai ser a sua escolha. Você pode fugir correndo de mim se quiser, ou você pode ficar comigo e ver o novo mundo. O novo mundo que está sendo fabricado.

– Que papelão – Sir Stafford Nye disse violentamente.

Renata olhou para ele de modo intrigado.

– Como Alice no País das Maravilhas. As cartas, as cartas de papel todas subindo no ar. Voando por todos os lados. Reis e Rainhas e Valetes. Todos os tipos de coisas.

– Você quer dizer... Você quer dizer exatamente o quê?

– Quero dizer que não é real. É faz de conta. Toda essa maldita coisa é faz de conta.

– Em certo sentido, sim.

– Todos vestidos a rigor e interpretando papéis, apresentando um espetáculo. Eu estou chegando mais perto do significado das coisas, não estou?

– De certa maneira sim, e de certa maneira não...

– Tem uma coisa que eu gostaria de perguntar a você porque é um mistério para mim. A grande Charlotte ordenou que você me levasse até ela...

por quê? O que ela sabia a meu respeito? Que utilidade essa mulher pensou que eu teria para ela?

– Eu não sei muito bem... possivelmente uma espécie de eminência parda... trabalhando por trás de uma fachada. Isso cairia muito bem em você.

– Mas ela não sabe absolutamente nada sobre mim!

– Ah, isso! – e de repente Renata começou a dar gargalhadas. – É tão ridículo, sem dúvida... a mesma bobagem de sempre mais uma vez.

– Não estou entendendo, Renata.

– Não... porque é tão simples. O sr. Robinson entenderia.

– Você poderia, por gentileza, explicar o que você está falando?

– É o mesmo negócio de sempre: "Não é o que você é. É quem você conhece". A sua tia-avó Matilda e a Grande Charlotte estudaram na mesma escola...

– Você está dizendo mesmo que...

– Quando meninas.

Ele encarou sua companheira. Então jogou a cabeça para trás e riu alto.

CAPÍTULO 12

Bobo da corte

Os dois deixaram o *Schloss* ao meio-dia, dando adeus à anfitriã. Depois eles desceram de carro pela estrada serpenteante, com o *Schloss* nas alturas atrás deles, e chegaram afinal, após muitas horas de percurso, a um reduto nas Dolomitas – um anfiteatro nas montanhas onde eram promovidos encontros, concertos e reuniões dos vários Grupos da Juventude.

Renata o trouxera até ali, sua guia, e de seu assento na rocha nua ele observara os acontecimentos e ouvira tudo. Stafford Nye agora entendia um pouco melhor aquilo que ela dissera horas antes. Essa grande aglomeração humana, animada como todas as aglomerações humanas podem se tornar quando são chamadas por um líder religioso evangelista na Madison Square, em Nova York, ou nas sombras de uma igreja galesa, ou na massa de torcedores de um jogo de futebol, ou nas grandes manifestações que marchavam para atacar embaixadas e a polícia e as universidades e todo o resto.

Ela o trouxera até ali para lhe mostrar o significado daquela frase isolada: "O jovem Siegfried".

Franz Joseph, se esse era realmente o seu nome, havia discursado para a multidão. Sua voz, subindo, baixando, com sua curiosa qualidade estimulante, seu apelo emocional, havia dominado aquela multidão suspirante, quase gemente, formada por homens e mulheres jovens. Cada palavra que ele havia proferido parecera ser prenhe de significado, revelara um apelo inacreditável. A multidão respondera como uma orquestra. A voz de Franz Joseph atuara como a batuta do regente. E, no entanto, o que dissera mesmo aquele garoto? Qual tinha sido a mensagem do jovem Siegfried? Não havia palavras que ele conseguisse lembrar quando tudo chegou ao fim, mas ele sabia que se sentira comovido, que lhe tinham sido prometidas coisas, que ele havia sido levado ao entusiasmo. E agora tudo acabara. A multidão se aglomerara em volta da plataforma rochosa, bradando, gritando. Algumas das garotas haviam berrado com entusiasmo. Algumas delas haviam desmaiado. "Que mundo estranho nós temos hoje", ele pensou. Tudo sendo usado o tempo inteiro para provocar emoção. Disciplina? Restrição? Nenhuma dessas coisas tinha qualquer valor agora. Nada importava exceto *sentir*.

"Que espécie de mundo", pensou Stafford Nye, "poderia sair disso?"

Sua guia o tocara no braço, e os dois haviam se desemaranhado da multidão. Eles tinham encontrado seu carro e o motorista os levara, avançando por estradas com as quais estava evidentemente bem familiarizado, até uma cidade e uma pousada na encosta de uma montanha onde havia quartos reservados para eles.

Os dois logo saíram a pé da pousada e subiram uma encosta de montanha por um caminho frequentemente percorrido até que chegaram a um assento. Ficaram ali sentados por alguns momentos em silêncio. Foi então que Stafford Nye disse de novo:

– Que papelão.

Por mais ou menos cinco minutos os dois permaneceram sentados, contemplando o vale, e então Renata falou:

– E então?

– Você está me perguntando o quê?

– O que você pensa, até aqui, sobre tudo que mostrei?

– Não estou convencido – disse Stafford Nye.

Ela deu um suspiro, um suspiro profundo e inesperado.

– Era o que eu vinha esperando que você dissesse.

– Nada daquilo é verdade, certo? É um gigantesco espetáculo. Um espetáculo montado por um produtor... todo um grupo de produtores, talvez. Aquela mulher monstruosa paga o produtor. Nós não vimos o produtor. O que nós vimos hoje foi a estrela do espetáculo.

– Qual é a sua opinião sobre ele?

– Ele também não é real – disse Stafford Nye. – Ele é só um ator. Um ator de primeira categoria, produzido de maneira soberba.

Um som o surpreendeu. Era Renata rindo. Ela se levantou de seu assento; parecia estar de súbito excitada, feliz, e ao mesmo tempo tinha um ar levemente irônico.

– Eu sabia – ela disse. – Eu sabia que você iria ver. Eu sabia que você sentiria onde estava pisando. Você sempre soube tudo sobre cada pequeno acontecimento ao seu redor na vida, não é verdade? Você sempre reconheceu as farsas, você sempre soube como as pessoas e as coisas realmente eram. Não há necessidade de ir a Stratford e ver peças shakespearianas para saber qual é o papel que lhe coube... os reis e os homens importantes precisam ter um bobo... o bobo da corte que diz a verdade para o rei e usa o bom senso, e faz graça com todas as coisas que estão enganando as outras pessoas.

– Então é isso o que eu sou? Um bobo da corte?

– Você mesmo não consegue perceber isso? Isso é o que nós queremos. É disso que precisamos. "Papelão", você disse. "Cartolina." Um espetáculo grandioso, bem produzido, esplêndido! E como você está certo! Mas as pessoas são enganadas. Elas acham que algo é maravilhoso, ou acham que algo é diabólico, ou acham que algo é terrivelmente importante. Claro que não é... só que... só que é preciso descobrir justamente como *mostrar* às pessoas... que a coisa toda, tudo, é simplesmente *ridículo*. Nada mais do que *ridículo*. Isso é o que eu e você vamos fazer.

– A sua ideia, por acaso, é que no fim a gente acabe desmascarando tudo isso?

– Isso parece ser incrivelmente improvável, eu concordo. Mas você sabe: uma vez que as pessoas são levadas a descobrir que algo não é real, que estão somente lhes passando a perna numa manobra gigantesca, bem...

– Você está propondo pregar um evangelho do bom senso?

– Claro que não – disse Renata. – Ninguém iria dar ouvidos a isso, é ou não é?

– Não no presente momento.

– Não. Nós precisaremos lhes fornecer evidências... fatos... a verdade...

– Nós temos essas coisas?

– Sim. O que eu trouxe de volta comigo via Frankfurt... o que você me ajudou a trazer em segurança para a Inglaterra...

– Eu não estou entendendo...

– Ainda não. Você saberá mais adiante. Por enquanto nós temos um papel para interpretar. Estamos prontos e dispostos, ofegando de ânsia por sermos doutrinados. Nós veneramos a juventude. Somos seguidores e crentes do jovem Siegfried.

– *Você* é capaz de se sair bem nisso, sem dúvida. Não tenho tanta certeza quanto a mim. Nunca tive muito sucesso enquanto adorador de qualquer coisa. O bobo da corte não se dá bem nisso. Ele é o grande desmascarador. Ninguém vai gostar muito disso no presente momento, não é mesmo?

– Claro que não. Não. Você não pode deixar esse seu lado aflorar. Exceto, claro, quando falar sobre os seus mestres e superiores, políticos e diplomatas, Ministério das Relações Exteriores, as instituições, todas as outras coisas. Aí você pode se mostrar amargurado, malicioso, espirituoso, ligeiramente cruel.

– Eu ainda não percebo a minha função na cruzada mundial.

– É uma função muito antiga, uma que todos apreciam e entendem. Algo para você. É a sua inserção. Você não foi apreciado no passado, mas o jovem Siegfried e tudo que ele representa estenderão a promessa de recompensa para você. Porque você pode lhe fornecer todas as informações confidenciais que ele quer ter sobre o seu próprio país, ele vai prometer a você posições de poder nesse país nos bons tempos que virão.

– Você está insinuando que este é um movimento mundial. Isso é verdade?

– Claro que é. Bem como um desses furacões, sabe, que ganham nomes. Flora ou Pequena Annie. Eles vêm do sul ou do norte ou do leste ou do oeste, mas surgem do nada e destroem tudo. Isso é o que todos querem. Na Europa e na Ásia e na América. Talvez África, embora lá não vá ser gerado muito entusiasmo. Eles são bastante novatos no tocante a poder e tramoias e assim por diante. Ah, sim, com toda certeza é um movimento mundial. Organizado pela juventude e por toda a intensa vitalidade da juventude. Eles não têm conhecimentos e não têm experiência, mas têm visão e vitalidade, e são amparados pelo dinheiro. Rios e rios de dinheiro sendo injetados. Houve materialismo demais, então pedimos algo diferente, e ganhamos. Mas como isso é baseado em ódio, não tem como chegar a lugar algum. Não tem como sair do chão. Você não se lembra de 1919? Todo mundo falando aos quatro ventos, com uma expressão arrebatada, que o comunismo era a resposta para tudo? A doutrina marxista iria produzir um novo céu aproximado de uma nova terra. Tantas ideias incontáveis pairando por todos os lados. Mas então, veja bem, quem você tem para colocar em prática essas ideias? No fim das contas, você só tem os mesmos seres humanos que sempre teve. Você pode criar um terceiro mundo agora, ou assim todos pensam, mas o terceiro mundo vai dispor das mesmas pessoas que existem no primeiro mundo ou no segundo mundo ou seja lá o nome que se queira dar. E quando você tem os mesmos seres humanos organizando as coisas, eles decerto vão organizar tudo da mesma maneira. Basta olhar a história.

– Por acaso alguém se importa em olhar a história hoje em dia?

– Não. Eles preferem olhar para um futuro imprevisível. Houve um tempo em que a ciência prometia ser a resposta para tudo. Crenças freudianas e sexo irreprimido seriam a próxima resposta para a infelicidade humana. Não mais existiriam pessoas com transtornos mentais. Se alguém tivesse dito que as instituições mentais ficariam ainda mais cheias como resultado da eliminação das repressões, ninguém teria acreditado.

Stafford Nye a interrompeu:

– Quero saber uma coisa – disse Sir Stafford Nye.

– O que é?

– Para onde nós vamos agora?

– América do Sul. Possivelmente Paquistão ou Índia no caminho. E certamente precisamos ir para os Estados Unidos. Tem muita coisa interessante acontecendo por lá. Em especial na Califórnia...

– Universidades? – Sir Stafford suspirou. – Qualquer um fica logo cansado com as universidades. Elas se repetem tanto.

Eles ficaram em silêncio por alguns minutos. A luz estava esmaecendo, mas um cume de montanha se mostrava num vermelho suave.

Stafford Nye disse, com um tom nostálgico:

– Se nós pudéssemos ter um pouco mais de música *agora*... neste momento... você sabe o que eu pediria?

– Mais Wagner? Ou você se libertou das amarras de Wagner?

– Não, você está completamente certa: mais Wagner. Eu gostaria de ter Hans Sachs sentado embaixo de seu sabugueiro, dizendo sobre o mundo: "Loucos, loucos, todos loucos...".

– Sim, isso expressa bem. É uma música adorável, também. Mas *nós* não estamos loucos. Nós somos lúcidos.

– Eminentemente lúcidos – disse Stafford Nye. – Essa vai ser a dificuldade. Há mais uma coisa que eu quero saber.

– Pois não?

– Talvez você não vá querer me contar. Mas eu *preciso* saber. Nós vamos desfrutar de um pouco de diversão com esse negócio louco que estamos tentando?

– É claro que vamos. Por que não?

– Loucos, loucos, todos loucos... mas vamos nos divertir bastante com tudo. As nossas vidas serão longas, Mary Ann?

– Provavelmente não – disse Renata.

– Esse é o espírito. Estou com você, minha camarada e minha guia. Ganharemos um mundo melhor como resultado de nossos esforços?

– Eu não diria isso, mas poderemos obter um mundo mais bondoso. O mundo está cheio de crenças sem bondade no momento.

– Isso é bom o bastante – disse Stafford Nye. – Vamos em frente!

LIVRO 3

Em casa e no exterior

CAPÍTULO 13

Conferência em Paris

Numa sala em Paris encontravam-se cinco homens sentados. Era uma sala que já recebera reuniões históricas antes. Um belo número delas. Essa reunião era, de muitas formas, diferente, mas prometia ser não menos histórica.

Monsieur Grosjean presidia o encontro. Ele era um homem preocupado fazendo seu melhor para progredir em meio a tudo com facilidade e modos sedutores que muitas vezes o tinham ajudado no passado. Ele não sentia que seus modos o estivessem ajudando muito hoje. Signor Vitelli chegara da Itália por via aérea uma hora antes. Seus gestos eram febris, seus modos se mostravam desequilibrados.

– Isso ultrapassa qualquer coisa – ele estava dizendo –, ultrapassa qualquer coisa que se pudesse ter imaginado.

– Esses estudantes – disse Monsieur Grosjean. Não estamos todos nós sofrendo?

– É mais do que os estudantes. Isso vai além dos estudantes. Podemos comparar isso com o quê? Um enxame de abelhas. Uma calamidade da natureza intensificada. Intensificada além de qualquer coisa que se pudesse ter imaginado. Eles marcham. Eles têm metralhadoras. Sabe-se lá onde eles adquiriram aviões. Eles propõem tomar conta por inteiro do norte da Itália. Mas isso é loucura! São crianças... nada mais. E no entanto têm bombas, explosivos. Na cidade de Milão, excedem o número dos policiais. O que podemos fazer, eu lhe pergunto? Os militares? O exército também está rebelado. Eles dizem que estão com *les jeunes*. Dizem que não há esperança para o mundo exceto através da anarquia. Falam em algo que chamam de "terceiro mundo", mas isso não pode simplesmente acontecer.

Monsieur Grosjean suspirou.

– É muito popular entre os jovens – ele disse –, a anarquia. Uma crença na anarquia. Sabemos disso desde os tempos da Argélia, a partir de todos os transtornos com os quais o nosso país e o nosso império colonial sofreram. E o que podemos fazer? Os militares? No fim das contas eles apoiam os estudantes.

– Os estudantes, ah, os estudantes – disse Monsieur Poissonier.

Ele era um membro do governo francês para quem a palavra "estudante" era um anátema. Se lhe tivessem perguntado, ele teria admitido uma preferência pela gripe asiática ou até mesmo por um surto de peste bubônica. Qualquer uma dessas desgraças era preferível, em sua mente, às atividades dos estudantes. Um mundo sem estudantes! Era com isso que Monsieur Poissonier por vezes sonhava. Eram bons sonhos. Não ocorriam com frequência, no entanto.

– Quanto aos magistrados – disse Monsieur Grosjean –, o que foi que aconteceu com as nossas autoridades judiciais? A polícia... sim, a polícia é leal ainda, mas no judiciário eles se recusam a impor sentenças, não no caso de jovens que são levados a julgamento diante deles, jovens que destruíram propriedade, propriedade do governo, propriedade privada... todo tipo de propriedade. E qualquer um gostaria de saber: por que não? Andei fazendo investigações nos últimos tempos. A Préfecture me sugeriu certas coisas. Uma melhoria é necessária, eles dizem, no padrão de vida das autoridades judiciárias, especialmente nas áreas de província.

– Ora, ora – disse Monsieur Poissonier –, você precisa ter cuidado com o que sugere.

– *Ma foi*, por que eu deveria ser cuidadoso? As coisas precisam ser expostas à luz do dia. Já tivemos fraudes antes, fraudes gigantescas, e agora temos dinheiro circulando por aí. Dinheiro, e nós não sabemos de onde ele vem, mas a Préfecture me disse, e eu acredito, que eles estão começando a ter uma ideia de para onde o dinheiro está *indo*. Vamos ficar contemplando, podemos contemplar um estado corrupto subsidiado por alguma fonte externa?

– Na Itália também – disse Signor Vitelli –, na Itália, ah, eu poderia lhes dizer certas coisas. Sim, eu poderia lhes contar qual é a nossa suspeita. Mas quem, quem está corrompendo o nosso mundo? Um grupo de industriais, um grupo de magnatas? Como seria possível algo assim?

– Esse negócio precisa parar – disse Monsieur Grosjean. – Uma atitude precisa ser tomada. Ação militar. Ação da Força Aérea. Esses anarquistas, esses saqueadores, eles vêm de todas as classes. É preciso acabar com isso.

– O controle com gás lacrimogêneo tem tido um razoável sucesso – disse Monsieur Poissonier, com certa dúvida.

– O gás lacrimogêneo não é suficiente – disse Monsieur Grosjean. – O mesmo resultado seria obtido se colocássemos os estudantes descascando montes de cebolas. Lágrimas jorrariam de seus olhos. É preciso mais do que isso.

Monsieur Poissonier falou, com voz chocada:

– Você não está sugerindo o uso de armas nucleares...

– Armas nucleares? *Quel blague*! O que podemos fazer com armas nucleares? O que seria do solo da França, o que seria do ar da França se nós usássemos armas nucleares? Podemos destruir a Rússia, sabemos disso. Também sabemos que a Rússia pode nos destruir.

– Você não está sugerindo que grupos de estudantes em marcha, em manifestações, poderiam destruir as nossas forças de autoridade...

– É exatamente o que eu estou sugerindo. Recebi um aviso sobre tais coisas. Sobre estocagem de armas, várias formas de guerra química e outras coisas. Recebi relatórios de alguns dos nossos eminentes cientistas. Segredos são conhecidos. Depósitos... mantidos em segredo... armamentos de guerra foram roubados. O que vai acontecer a seguir, eu lhes pergunto? O que vai acontecer a seguir?

A pergunta foi respondida inesperadamente e com mais rapidez do que Monsieur Grosjean poderia ter calculado. A porta se abriu e o secretário principal se aproximou de seu chefe, o rosto revelando urgente preocupação. Monsieur Grosjean olhou para ele com desagrado.

– Eu não disse que não queria ser interrompido?

– Sim, de fato, Monsieur le Président, mas a situação é um tanto inusitada – ele se curvou na direção do ouvido de seu patrão. – O marechal está aqui. Ele está pedindo para entrar.

– O marechal? Você quer dizer...

O secretário assentiu com a cabeça vigorosamente, diversas vezes, para confirmar que era isso mesmo. Monsieur Poissonier olhou para o seu colega com perplexidade.

– Ele está pedindo admissão. Não aceitará uma recusa.

Os outros dois homens na sala olharam primeiro para Grosjean e depois para o agitado italiano.

– Não seria melhor – disse Monsieur Coin, o ministro dos Assuntos Internos – se...

Ele parou no "se", quando a porta mais uma vez foi aberta e um homem entrou a passos largos. Um homem muito conhecido. Um homem cuja palavra não apenas tinha sido lei, mas estivera inclusive acima da lei na nação francesa durante muitos anos no passado. Vê-lo naquele momento foi uma surpresa indesejável para aqueles que estavam ali sentados.

– Ah, eu os saúdo, meus caros colegas – disse o marechal. – Venho para ajudá-los. Nosso país está em perigo. Precisamos agir, agir imediatamente! Venho me colocar à disposição de vocês! Assumo toda a responsabilidade pela atuação nesta crise. Pode haver perigo. Eu sei que há, mas a honra está acima do perigo. A salvação da França está acima do perigo. Eles marcham rumo a nós agora. Uma vasta horda de estudantes, de criminosos que foram libertados das cadeias, alguns deles tendo cometido crimes de homicídio. Homens que cometeram incêndio criminoso. Eles gritam nomes. Cantam. Bradam o nome de seus professores, de seus filósofos, daqueles que os lideraram nesse caminho de insurreição. Aqueles que ocasionarão a perdição da França a menos que alguma coisa seja feita. Os senhores ficam aqui sentados, deploram a situação. É preciso fazer mais do que isso. Mandei chamar dois regimentos. Alertei a Força Aérea, telegramas cifrados especiais foram mandados para os nossos vizinhos aliados, para os meus amigos na Alemanha, porque agora ela é nossa aliada nesta crise! Os tumultos precisam ser eliminados. Rebelião! Insurreição! Perigo para homens, mulheres e crianças, para propriedades. Avançarei agora para suprimir a insurreição, para falar com eles como um pai, como um líder. Esses estudantes, esses criminosos inclusive, eles são meus filhos. Eles são a juventude da França. Parto para falar com eles sobre isso. Eles haverão de me ouvir, governos serão revistos, seus estudos poderão ser retomados sob seus próprios auspícios. As subvenções que eles tinham eram insuficientes, suas vidas haviam sido privadas de beleza, de liderança. Estou indo até eles para prometer tudo isso. Falo em meu próprio nome. Falarei também em nome dos senhores, em nome do governo. Os senhores fizeram o melhor que podiam, atuaram tão bem quanto poderiam, mas precisamos de uma liderança mais forte. A *minha* liderança. Estou indo agora. Tenho listas de outros telegramas cifrados que terão de ser enviados. Determinados repressores nucleares que podem ser usados em locais pouco frequentados podem ser acionados numa determinada forma modificada e, embora talvez provoquem terror na multidão, nós sabemos que não há neles nenhum perigo real. Pensei em tudo. Meu plano terá prosseguimento. Venham, meus leais amigos, me acompanhem.

– Marechal, nós não podemos permitir... o senhor não pode se colocar em perigo. Nós precisamos...

– Não vou ouvir nada do que os senhores queiram dizer. Eu me entrego à minha perdição, ao meu destino.

O marechal se deslocou a passos largos no rumo da porta.

– A minha equipe está lá fora. Os meus seguranças escolhidos. Parto agora para falar com esses jovens rebeldes, essa jovem flor de beleza e terror, para lhes dizer no que consistem os seus deveres.

Ele desapareceu pela porta com a grandeza de um ator principal interpretando o seu papel favorito.

– *Bon Dieu*, ele está falando sério! – disse Monsieur Poissonier.

– Ele vai arriscar sua vida – disse Signor Vitelli. – Quem sabe? Ele tem bravura, é um homem de muita bravura. Isso é valente, sim, mas o que acontecerá com ele? Com o ânimo que *les jeunes* têm agora, eles podem matá-lo.

Um suspiro de prazer escapou dos lábios de Monsieur Poissonier. Poderia ser verdade, ele pensou. Sim, poderia ser verdade.

– É possível – ele disse. – Sim, podem matá-lo.

– Ninguém deseja isso, é claro – Monsieur Grosjean disse com cuidado.

Monsieur Grosjean de fato desejava isso. Ele o esperava, embora um pessimismo natural o levasse a constatar, quando pensava melhor, que as coisas raramente terminavam como gostaríamos. Na verdade, uma perspectiva muito mais tenebrosa o confrontava. Era bem possível, no âmbito das tradições do passado do marechal, que de uma forma ou de outra ele conseguisse induzir um grande amontoado de estudantes eufóricos e sanguinários a escutar o que ele dizia, confiar em suas promessas e insistir em restaurá-lo ao poder que uma vez ele possuíra. Era o tipo de coisa que acontecera uma ou duas vezes na carreira do marechal. Seu magnetismo pessoal era tamanho que certos políticos, no passado, tinham sido derrotados por ele quando menos esperavam.

– Nós precisamos detê-lo! – ele exclamou.

– Sim, sim – disse Signor Vitelli –, o mundo não pode perdê-lo.

– Chego a ter medo – disse Monsieur Poissonier. – Ele tem amigos demais na Alemanha, contatos demais, e vocês sabem que em questões militares eles se mexem bem rápido na Alemanha. Pode ser que aproveitem com ânsia essa oportunidade.

– *Bon Dieu, bon Dieu* – disse Monsieur Grosjean, enxugando sua testa. – O que faremos? O que podemos fazer? Que barulho é esse? Estou ouvindo rifles, não estou?

– Não, não – disse Monsieur Poissonier, de modo tranquilizador. – São as bandejas de café da cantina que você está ouvindo.

– Há uma citação que eu poderia usar – disse Monsieur Grosjean, que era um grande amante do drama –, se ao menos eu conseguisse me lembrar. Uma citação de Shakespeare: "Porventura ninguém me livrará desse"...

– ..."padre turbulento" – disse Monsieur Poissonier. – Sobre Becket.

– Um louco como o marechal é pior do que um padre. Um padre deveria pelo menos ser inofensivo, se bem que até Sua Santidade o papa recebeu uma delegação de estudantes ainda ontem. Ele os *abençoou*. Ele os chamou de seus filhos.

– Um gesto cristão, porém – disse Monsieur Coin, com alguma dúvida.

– É possível ir longe demais até mesmo com gestos cristãos – disse Monsieur Grosjean.

CAPÍTULO 14

Conferência em Londres

Na sala de reuniões da Downing Street, número 10, o primeiro-ministro, sr. Cedric Lazenby, estava sentado à cabeceira da mesa e observava o seu gabinete reunido sem qualquer prazer perceptível. A expressão em seu rosto era definitivamente sombria, o que, de certa forma, proporcionava-lhe algum alívio. O primeiro-ministro estava começando a pensar que era somente na privacidade da sua sala de reuniões que ele conseguia relaxar seu rosto numa expressão infeliz, abandonando a feição que apresentava costumeiramente ao mundo, uma feição de sábio e contente otimismo que lhe servira tão bem nas várias crises da vida política.

Olhou em volta para Gordon Chetwynd, com sua testa franzida, para Sir George Packham, que estava obviamente preocupado, pensando e especulando como de hábito, para a impassividade militar do coronel Munro, para o marechal da Aeronáutica Kenwood, um homem de lábios apertados que não se dava o trabalho de ocultar a sua profunda desconfiança em relação aos políticos. Havia também o almirante Blunt, um homem enorme, formidável, que tamborilava com os dedos na mesa e ficava esperando que sua vez chegasse.

– A situação não está nada boa – o marechal da Aeronáutica estava dizendo. – É preciso admitir. Quatro dos nossos aviões foram sequestrados no decorrer da última semana. Levaram os aviões para Milão. Tiraram os passageiros e levaram os aviões para outro lugar. África, na verdade. Eles tinham pilotos esperando lá. Homens negros.

– O Poder Negro – disse o coronel Munro, pensativo.

– Ou quem sabe o Poder Vermelho? – sugeriu Lazenby. – Eu sinto, vejam bem, que todas as nossas dificuldades talvez derivem da doutrinação russa. Se alguém conseguisse entrar em contato com os russos... Eu realmente acho que uma visita pessoal de alto nível...

– Fique onde está, primeiro-ministro – disse o almirante Blunt. – Não queira se meter com os russos de novo. Tudo o que *eles* querem, de momento, é ficar fora de toda essa bagunça. Eles não tiveram tantos problemas por lá, com seus estudantes, quanto a maioria de nós teve. A preocupação toda deles é ficar de olho nos chineses para ver o que vão fazer a seguir.

– Eu realmente acho que a influência pessoal...

– Você trate de ficar aqui e de cuidar do seu próprio país – disse o almirante Blunt; agindo de acordo com seu nome, e, como costume, ele falava abruptamente.*

---

* *Bluntly*: "abruptamente". (N.T.)

– Não seria melhor que tomássemos conhecimento... que obtivéssemos um relatório adequado do que de fato está se passando?

Gordon Chetwynd olhou para o coronel Munro.

– Vocês querem fatos? Pois bem. São todos bastante impalatáveis. Presumo que vocês queiram não tanto pormenores do que anda acontecendo aqui, mas sobretudo a situação mundial em geral.

– Isso mesmo.

– Bem, na França o marechal ainda está hospitalizado. Duas balas no braço. O diabo correndo solto nos círculos políticos. Grandes áreas do país estão dominadas pelo que eles chamam de tropas do Poder da Juventude.

– Você quer dizer que eles têm armas? – falou Gordon Chetwynd, com uma voz horrorizada.

– Eles têm uma quantidade infernal – disse o coronel. – Eu não sei, na verdade, de onde eles conseguiram todos esse armamentos. Existem algumas ideias quanto a isso. Uma grande remessa saiu da Suécia rumo à África Ocidental.

– O que isso tem a ver com o nosso problema? – perguntou o sr. Lazenby. – Quem se importa? Eles que acumulem quantas armas quiserem na África Ocidental. Por mim eles podem continuar atirando uns nos outros.

– Bem, nós temos algo um pouco curioso em relação a isso, conforme os relatórios do serviço de inteligência. Eis aqui uma lista dos armamentos que foram enviados para a África Ocidental. O detalhe interessante é que eles foram enviados para lá, mas depois foram enviados para outro lugar de novo. As armas foram recebidas, a entrega foi registrada, o pagamento pode ou não ter sido feito, mas elas foram enviadas para fora do país de novo antes que cinco dias tivessem passado.

– Mas qual é a ideia com isso?

– A ideia parece ser – disse Munro – que elas nunca foram realmente destinadas à África Ocidental. Pagamentos foram realizados e elas foram enviadas para outro lugar. É possível que tenham seguido da África para o Oriente Próximo. Para o Golfo Pérsico, para a Grécia e a Turquia. Além disso, um conjunto de aviões foi mandado para o Egito. Do Egito eles foram para a Índia, da Índia eles foram para a Rússia.

– Pensei que tivessem sido enviados *da* Rússia.

– ...E da Rússia eles foram para Praga. A coisa toda é uma loucura.

– Eu não entendo – disse Sir George. – A gente fica imaginando...

– Em algum lugar parece existir uma organização central que dirige os suprimentos de várias coisas. Aviões, armamentos, bombas, tanto explosivas quanto aquelas que são usadas em guerra bacteriológica. Todas essas remessas estão se movendo em direções inesperadas. Elas são entregues através de várias rotas obscuras para locais conflagrados, e usadas por líderes e regimentos do... se vocês quiserem usar esse nome... Poder da Juventude. Elas vão parar principalmente nas mãos dos líderes de jovens movimentos de guerrilha, anarquistas assumidos que pregam anarquia e aceitam (embora seja duvidoso que jamais paguem pelo suprimento) os mais modernos modelos.

– Você quer dizer que estamos nos defrontando como algo como uma guerra em escala mundial?

Cedric Lazenby estava chocado.

O homem manso com rosto asiático que se sentava no lugar mais distante da mesa, e que ainda não falara, levantou a cabeça com seu sorriso mongol e disse:

– É nisso que somos agora forçados a acreditar. As nossas observações nos indicam que...

Lazenby o interrompeu.

– Vocês terão que parar de observar. A ONU terá que pegar em armas por conta própria e acabar com isso tudo.

O rosto calmo permaneceu impassível.

– Isso seria contrário aos nossos princípios – ele disse.

O coronel Munro levantou a voz e prosseguiu com seu resumo:

– Há lutas em determinadas partes de diversos países. O sudeste da Ásia declarou independência faz muito tempo e existem quatro ou cinco diferentes divisões de poder na América do Sul, em Cuba, no Peru, na Guatemala e assim por diante. Quanto aos Estados Unidos, vocês sabem que Washington foi quase reduzida a cinzas... o oeste está dominado pelas forças armadas do Poder da Juventude... Chicago está sob lei marcial. Vocês souberam sobre Sam Cortman? Morto a tiros na noite passada nos degraus da nossa embaixada americana.

– Ele tinha ficado de comparecer aqui hoje – disse Lazenby. – Iria nos dar suas opiniões sobre a situação.

– Não acho que isso teria ajudado muito – disse o coronel Munro. – Um ótimo sujeito, mas dificilmente um homem ativo.

– Mas quem está *por trás* de tudo isso? – a voz de Lazenby subiu, com irritação. – Podem ser os russos, é claro... – ele pareceu esperançoso; ainda se via voando para Moscou.

O coronel Munro balançou a cabeça.

– Duvido – ele disse.

– Um apelo pessoal – disse Lazenby, seu rosto iluminado com esperança. – Uma esfera inteiramente nova de influência. Os chineses?

– Tampouco os chineses – disse o coronel Munro. – Mas todos sabem que há um grande renascimento do neofascismo na Alemanha.

– Você não acha, realmente, que os alemães poderiam de alguma forma...

– Não creio que estejam por trás disso tudo necessariamente, mas quando você diz "de alguma forma"... sim, eu acho que de alguma forma eles poderiam, com grande facilidade. Já fizeram antes, não é mesmo? Prepararam tudo anos antes, planejaram, tudo pronto, esperando pela palavra JÁ. Bons planejadores, ótimos planejadores. Excelente trabalho de equipe. Eu os admiro, até. Não consigo evitar.

– Mas a Alemanha parecia estar tão pacífica e bem administrada...

– Sim, é claro que está, até certo ponto. Mas veja bem, a América do Sul está lotada de alemães, de neofascistas, e eles têm uma grande Federação da Juventude por lá. Eles se autodenominaram superarianos, ou algo desse tipo. Um pouco da prática antiga ainda, suásticas e saudações, e alguém liderando e sendo chamado de jovem Wotan ou jovem Siegfried ou algo assim. Um monte de bobagens arianas.

Houve uma batida na porta e a secretária entrou.

– O professor Eckstein está aqui, senhor.

– Seria bom deixarmos ele entrar – disse Cedric Lazenby. – Afinal de contas, se alguém pode nos dizer como andam as nossas mais recentes pesquisas sobre armamentos, ele é o homem indicado. Pode ser que tenhamos algo na manga para terminar o quanto antes com todo esse absurdo.

Além de ser um viajante profissional para o exterior na função de pacificador, o sr. Lazenby tinha um incurável espírito otimista que raramente era justificado pelos resultados.

– Uma boa arma secreta nos serviria bem – disse o marechal da Aeronáutica, esperançoso.

O professor Eckstein, apesar de ser considerado por muitos o mais qualificado cientista britânico, quando se olhava para ele pela primeira vez a impressão era a de estar olhando para o menos importante de todos os homens. Ele era um sujeito de baixa estatura, com costeletas compridas e curvadas e uma tosse asmática. Tinha os modos de alguém ansioso para se desculpar pelo fato de existir. Ele fez ruídos como "ah", "raaam" ou "hmmm", assoou o nariz, tossiu asmaticamente de novo e deu apertos de mão tímidos enquanto era apresentado aos presentes. Alguns o professor já conhecia, e esses ele cumprimentou com nervosos acenos de cabeça. Ele se sentou na cadeira indicada e olhou em volta com certa indecisão. Levou a mão à boca e começou a roer as unhas.

– Os chefes de todas as áreas estão aqui – disse Sir George Packham. – Estamos muito ansiosos para saber qual é a sua opinião sobre o que pode ser feito.

– Ah – disse o professor Eckstein –, feito? Sim, sim, feito?

Houve um silêncio.

– O mundo está se encaminhando a passos rápidos para um estado de anarquia – disse Sir George.

– Parece que sim, não é? Pelo menos é o que eu leio no jornal. Não que eu acredite. Na verdade, os jornalistas inventam cada coisa. Nunca há nenhuma precisão no que eles afirmam.

– Eu soube que o senhor fez algumas descobertas muitíssimo importantes recentemente, professor – disse Cedric Lazenby, num tom incentivador.

– Ah, sim, nós fizemos sim. De fato fizemos – e o professor Eckstein se animou um pouco. – Arrumamos um monte de material violento para guerra química. Se algum dia quisermos. Guerra bacteriológica, material biológico, gás liberado pelas saídas normais de gás, poluição do ar e envenenamento dos reservatórios de água. Bem, se os senhores quiserem, acho que poderíamos matar metade da população da Inglaterra numa janela de uns três dias – ele esfregou as mãos. – Isso é o que os senhores querem?

– Não, não, de jeito nenhum. Minha nossa, é claro que não – o sr. Lazenby parecia estar horrorizado.

– Bem, esse é o meu ponto. Não é uma questão de não termos armas letais o bastante. Temos até demais. Tudo o que temos é letal *demais*. A dificuldade seria conseguir deixar alguém vivo, inclusive nós mesmos. Hein? Todas as pessoas do nível mais alto, claro. Bem... *nós*, por exemplo.

Ele deu uma risadinha feliz e ofegante.

– Mas isso não é o que nós *queremos* – o sr. Lazenby insistiu.

– Não é uma questão daquilo que os senhores *querem*, é uma questão daquilo que nós *temos*. Tudo o que nós temos é terrivelmente letal. Se os senhores quisessem todos abaixo dos trinta anos varridos do mapa, acho que conseguiriam. Vejam bem, os senhores teriam que pegar junto uma bela quantidade de velhos. É difícil separar um lote do outro, claro. Pessoalmente, eu seria contra. Nós temos um ótimo pessoal de pesquisa, gente jovem. Sanguinários, mas espertos.

– O que foi que deu errado no mundo? – perguntou Kenwood de súbito.

– Esse é o ponto – disse o professor Eckstein. – Nós não sabemos. Nós não sabemos aqui onde estamos, apesar de tudo que *de fato* sabemos sobre isso e aquilo. Sabemos um pouco mais sobre a lua hoje em dia, sabemos muito sobre biologia, somos capazes de transplantar corações e fígados; cérebros também, em breve, eu espero, se bem que eu não sei como *esse* transplante vai funcionar. Mas nós não sabemos quem está fazendo isso. Alguém está fazendo, claro. É uma espécie de poderosa manipulação nos bastidores. Sim, sem dúvida, o negócio vem sendo cultivado de diversas maneiras. Redes de crime, redes de drogas, todo esse tipo de coisa. Um grupo poderoso dirigido por alguns bons e astutos cérebros nos bastidores. Nós já tivemos isso acontecendo neste ou naquele país, ocasionalmente numa escala europeia. Mas está indo um pouco mais longe agora, no outro lado do globo... no Hemisfério Sul. É capaz de chegar até o Círculo Antártico ao fim da nossa conversa.

Ele pareceu ficar satisfeito com seu diagnóstico.

– Pessoas de má-fé...

– Bem, é possível dizer dessa maneira. Má-fé somente por má-fé ou má-fé em nome do dinheiro e do poder. Difícil, claro, chegar ao *centro* disso tudo. Nem mesmo os pobres recrutas sabem. Eles querem violência e gostam de violência. Eles não gostam do mundo, não gostam da nossa atitude materialista. Não gostam de grande parte dos nossos métodos sórdidos para ganhar dinheiro, não gostam de grande parte das nossas trapaças. Não gostam de ver pobreza. Querem um mundo melhor. Bem, você *poderia* criar um mundo melhor, talvez, se pensasse nisso com muita dedicação. Mas o problema é o seguinte: se insistir em tirar algo primeiro, precisa colocar algo de volta no lugar. A natureza não aceita o vácuo... um ditado velho, mas verdadeiro. Ora bolas, é como um transplante de coração. Você tira um coração, mas precisa colocar outro ali. Outro que funcione. E você tem que achar um coração decente para colocar ali *antes* de tirar o coração defeituoso que a pessoa tem no momento. Para falar a verdade, eu acho que seria melhor se muitas dessas coisas fossem completamente deixadas de lado, mas ninguém me daria ouvidos, eu suponho. E, de qualquer maneira, essa não é a minha especialidade.

– Um gás? – sugeriu o coronel Munro.

O rosto do professor Eckstein se iluminou.

– Ah, nós temos uma coleção disponível de todos os tipos de *gases*. Vejam bem, alguns deles são razoavelmente inofensivos. Suaves repressores, digamos assim. Temos todos *desses*.

Ele exibia o sorriso largo de um satisfeito vendedor de ferragens.

– Armas nucleares? – sugeriu o sr. Lazenby.

– Não brinquem com *isso*! Os senhores não vão querer uma Inglaterra radioativa, ou um continente radioativo, com esse propósito...

– Portanto, o senhor não pode nos ajudar – disse o coronel Munro.

– Não até que alguém descubra um pouco mais sobre tudo isso – disse o professor Eckstein. – Bem, eu sinto muito. Mas devo deixar bem claro que a maioria das coisas nas quais estamos trabalhando hoje em dia é *perigosa* – ele enfatizou a palavra. – Realmente *perigosa*.

Ele olhou para todos ansiosamente, como um tio nervoso poderia olhar para um grupo de crianças às quais foi permitido brincar com uma caixa de fósforos e que poderiam muito facilmente botar fogo na casa.

– Bem, muito obrigado, professor Eckstein – disse o sr. Lazenby; seu tom não pareceu particularmente agradecido.

O professor, deduzindo corretamente que estava liberado, sorriu para todos e saiu às pressas da sala.

O sr. Lazenby mal esperou que a porta se fechasse para ventilar seus sentimentos.

– Todos iguais, esses cientistas – ele disse com amargura. – Nunca uma saída prática. Nunca nos trazem nenhuma solução sensata. Tudo o que conseguem fazer é dividir o átomo... para então nos dizer que *nós* não devemos mexer com isso!

– Isso não tem a mínima importância – disse o almirante Blunt, outra vez abruptamente. – O que *nós* queremos é algo singelo e doméstico como uma espécie de herbicida seletivo que iria... – ele parou de forma brusca. – Mas que diabo...?

– Sim, almirante? – disse o primeiro-ministro, com polidez.

– Nada... isso apenas me trouxe à mente alguma coisa. Não consigo lembrar o que é...

O primeiro-ministro suspirou.

– Mais algum especialista científico esperando na porta? – perguntou Gordon Chetwynd, consultando de forma esperançosa o seu relógio de pulso.

– O velho Pikeaway está aqui, eu acredito – disse Lazenby. – Ele tem um quadro, ou desenho, um mapa ou algo assim que ele quer nos mostrar...

– É sobre o quê?

– Não sei. Parecem ser umas bolhas – disse Lazenby, de modo vago.

– Bolhas? Por que bolhas?

– Não faço ideia. Bem – ele suspirou –, será bom nós darmos uma olhada.

– Horsham também está aqui...

– Pode ser que ele tenha algo novo para nos contar – disse Chetwynd.

O coronel Pikeaway adentrou o recinto. Ele carregava um fardo enrolado que, com ajuda de Horsham, foi desenrolado e, com alguma dificuldade, arrumado de forma que os homens sentados em volta da mesa pudessem observá-lo.

– Não está exatamente desenhado em escala ainda, mas lhes dá uma ideia aproximada – disse o coronel Pikeaway.

– Qual é o significado disso, se é que tem algum?

– Bolhas? – murmurou Sir George; uma ideia lhe veio à mente. – É um gás? Um novo gás?

– É melhor que você explique, Horsham – disse Pikeaway. – Você conhece a ideia geral.

– Só sei o que me disseram. É um diagrama simples de uma associação de controle mundial.

– Por parte de quem?

– Por grupos que possuem ou controlam as fontes de poder... as matérias-primas do poder.

– E as letras do alfabeto?

– Representam uma pessoa ou um codinome para um grupo especial. São círculos intersecados que a essa altura cobrem o globo. O círculo marcado com o “A” representa os armamentos. Alguém ou algum grupo tem o controle dos armamentos. Todos os tipos de armamentos. Explosivos, espingardas, rifles. Pelo mundo todo, armamentos estão sendo produzidos de acordo com o plano, despachados ostensivamente para nações subdesenvolvidas, nações atrasadas, nações em guerra. Mas eles não permanecem nos locais para onde são mandados. Ganham nova rota quase imediatamente. Para guerras de guerrilha no continente sul-americano... para tumultos e lutas nos Estados Unidos... para depósitos do Poder Negro... para diversos países na Europa.

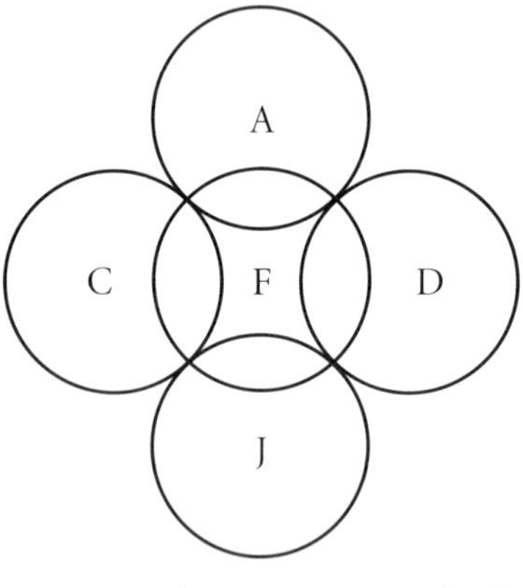

– O “D” representa as drogas; uma rede de fornecedores as distribuiu a partir de vários depósitos e estoques. Todos os tipos de drogas, das variedades mais inofensivas até as verdadeiras assassinas. O quartel-general das drogas parece ser o Levante, passando por Turquia, Paquistão, Índia e Ásia Central.

– Eles ganham dinheiro com esse tráfico?

– Enormes somas de dinheiro. Mas é mais do que apenas uma associação de traficantes. Há um aspecto mais sinistro. As drogas estão sendo usadas para acabar com os mais fracos entre os jovens, digamos assim, para torná-los completos escravos. Escravos de modo que eles não consigam viver e existir ou fazer serviços para os seus empregadores sem um suprimento de drogas.

Kenwood assobiou.

– O quadro é péssimo, não é? O senhor não faz a menor ideia de quem são esses traficantes?

– Alguns deles, sim. Mas só os peixes pequenos. Não os verdadeiros controladores. Os quartéis-generais ficam, até onde podemos julgar, na Ásia Central e no Levante. As drogas são despachadas de lá em pneus de carro, em cimento, em concreto, em todos os tipos de maquinismos e aparelhos. Elas são distribuídas pelo mundo inteiro e passam como mercadoria comum nos locais para onde são destinadas. O "F" significa financiamento. Dinheiro! Uma teia de aranha monetária está no centro de tudo. É preciso recorrer ao sr. Robinson para ficar sabendo sobre o dinheiro. De acordo com um memorando aqui, o dinheiro está saindo em grande medida da América e há também um quartel-general na Bavária. Há uma vasta reserva na África do Sul de ouro e diamantes. A maior parte do dinheiro está indo para a América do Sul. Um dos principais controladores, se eu posso definir assim, é uma mulher muito poderosa e talentosa. Ela está velha agora: deve estar perto da morte. Mas ainda é forte e ativa. Seu nome era Charlotte Krapp. Seu pai era dono dos vastos estaleiros Krapp na Alemanha. Ela mesma era um gênio financeiro e operava em Wall Street. Acumulou fortunas em cima de fortunas com investimentos em todas as partes do mundo. É dona dos transportes, é dona das máquinas, é dona dos interesses industriais. Todas essas coisas. Ela mora num imenso castelo na Bavária; de lá, coordena um derrame de dinheiro para diferentes partes do globo. O "C" representa a ciência, o novo conhecimento em termos de guerra química e biológica. Vários jovens cientistas desertaram... Há um núcleo deles nos Estados Unidos, nós acreditamos, consagrado e dedicado à causa da anarquia.

– Lutando pela anarquia? Uma contradição em termos. Pode haver tal coisa?

– Você acredita em anarquia quando é jovem. Você quer um novo mundo, e antes de mais nada precisa derrubar o mundo velho, bem como derruba uma casa antes de construir uma nova para substituí-la. Mas se você não sabe para onde está indo, se você não sabe para onde o estão atraindo, ou inclusive o empurrando, como será o novo mundo, e onde estarão os crentes quando ganharem o que querem? Alguns deles escravos, alguns deles cegos pelo ódio, outros por violência e sadismo, impulsos tanto pregados quanto praticados. Alguns deles (e que Deus os ajude) ainda idealistas, ainda acreditando como as pessoas acreditavam na França, na época da Revolução Francesa, que aquela revolução traria prosperidade, paz, felicidade, contentamento para o povo.

– E o que *nós* estamos fazendo em relação a tudo isso? O que estamos propondo que se faça em relação a isso? – era o almirante Blunt quem falava.

– O que estamos fazendo em relação a isso? Tudo o que podemos. Eu lhes garanto, a todos os senhores aqui presentes, estamos fazendo tudo o que podemos. Temos pessoas trabalhando para nós em todos os países. Temos agentes, investigadores, gente que recolhe informações e as traz para nós...

A REDE

F – Grande Charlotte – Bavária

A – Eric Olafsson – Suécia, industrial, armamentos

D – Supostamente conhecido pelo nome de Demetrius – Esmirna, drogas

C – Dr. Sarolensky – Colorado, EUA, físico-químico. Suspeita somente

J – Uma mulher. Codinome Juanita. Supostamente perigosa. Nenhuma pista de seu nome verdadeiro.

– O que é muito necessário – disse o coronel Pikeaway. – Primeiro nós precisamos *saber*... saber quem é quem, quem está conosco e quem está contra nós. E depois disso precisamos ver o que pode ser feito, se é que algo pode ser feito.

– O nosso nome para esse diagrama é A Rede. Eis aqui uma lista daquilo que nós sabemos sobre os líderes da Rede. Os pontos de interrogação significam que nós sabemos apenas os nomes pelos quais eles são conhecidos, ou, ainda, que apenas suspeitamos que sejam as pessoas que queremos.

CAPÍTULO 15

Tia Matilda vai a uma cura

I

– Uma cura de algum tipo, eu pensei... – arriscou Lady Matilda.

– Uma cura? – repetiu o dr. Donaldson.

Ele pareceu ligeiramente intrigado por um momento, perdendo o seu ar de onisciência médica, o que, é claro, assim Lady Matilda refletiu, era uma das ligeiras desvantagens relacionadas ao fato de ser atendida por um médico jovem em vez do espécime mais velho com o qual a pessoa esteve acostumada durante vários anos.

– Era assim que nós costumávamos chamar isso – Lady Matilda explicou. – Nos meus tempos de moça, sabe, a gente ia para uma Cura. Marienbad, Carlsbad, Baden-Baden, todo o resto. Outro dia eu li no jornal sobre esse novo lugar. Bem novo e moderno. Segundo dizem, cheio de novas ideias e coisas assim. Não que eu seja uma vendida em relação a novas ideias, mas eu realmente não teria medo delas. Quero dizer, elas provavelmente seriam as mesmas coisas sendo repetidas. Água com gosto de ovo podre e a última novidade em dieta e caminhar para obter a Cura, ou as Águas, ou seja lá como chamem agora, numa hora um tanto inconveniente da manhã. E eu imagino que eles lhe façam massagens ou algo assim. Costumavam ser algas marinhas. Mas esse lugar fica em algum ponto nas montanhas. Bavária ou Áustria ou outro lugar parecido. Então não suponho que sejam algas marinhas. Musgo peludo, talvez... isso parece nome de cachorro. E talvez um agradável copo de água mineral acompanhando a água sulfurosa com gosto de ovo. Edifícios soberbos, pelo que eu sei. A única coisa que deixa uma pessoa nervosa, nos dias de hoje, é que eles parecem nunca colocar corrimãos em nenhum desses prédios modernos e estilosos. Lances de escada de mármore e tudo mais, mas nada em que a gente possa se segurar.

– Acho que sei qual é o lugar que a senhora tem em mente – disse o dr. Donaldson. – Tem sido bastante divulgado na imprensa.

– Bem, você sabe como a gente é, com a minha idade – disse Lady Matilda. – A gente gosta de experimentar coisas novas. Realmente, acho que isso só serve para divertir. Não faz com que você realmente sinta que a sua saúde melhorou. Mesmo assim, você não acha que poderia ser uma boa ideia, dr. Donaldson?

O dr. Donaldson olhou para ela. Ele não era tão jovem como Lady Matilda o retratara em sua mente. Ele mal estava se aproximando dos quarenta, e era um homem gentil, de tato, disposto a fazer as vontades de seus pacientes idosos até onde considerasse desejável, sem qualquer perigo efetivo de que eles tentassem algo obviamente inadequado.

– Tenho certeza de que não lhe faria nenhum mal – ele disse. – Poderia ser uma ótima ideia. É claro que uma viagem é um pouco cansativa, muito embora seja possível voar para os lugares com muita rapidez e facilidade hoje em dia.

– Com rapidez, sim. Com facilidade, não – disse Lady Matilda. – Rampas e escadas rolantes e entrar e sair dos ônibus do aeroporto para o avião, e do avião para outro aeroporto e do aeroporto para outro ônibus. Tudo isso, não é mesmo? Mas fiquei sabendo que as pessoas podem obter cadeiras de rodas nos aeroportos.

– É claro que sim. Excelente ideia. Se a senhora prometer fazer isso e não pensar que pode ficar andando por todos os cantos...

– Eu sei, eu sei – disse sua paciente, interrompendo-o. – Você me entende. Você é mesmo um homem muito compreensivo. Toda pessoa tem seu orgulho, não é mesmo, e enquanto a gente ainda consegue claudicar por aí com uma bengala ou um pequeno apoio, a gente não vai querer parecer absolutamente uma pessoa debilitada ou acamada ou algo assim. Seria mais fácil se eu fosse um homem – ela devaneou. – Quero dizer, poderia amarrar a perna toda com uma daquelas enormes ataduras e coisas acolchoadas como se sofresse de gota. Quero dizer, gota não é grande problema para o sexo masculino. Ninguém os vê com maus olhos por causa disso. Alguns dos amigos mais antigos poderão pensar que eles andaram exagerando um pouco no vinho do porto, porque esta costumava ser a ideia, embora eu acredite que não seja nem um pouco verdadeiro. O vinho do porto *não* provoca gota. Sim, uma cadeira de rodas, e eu poderia voar para Munique ou um lugar parecido. Daria para arranjar um carro ou algo assim na outra ponta.

– A senhora vai levar a srta. Leatheran junto, é claro.

– Amy? Ah, é claro. Eu não conseguiria me virar sem ela. De todo modo, você acha que isso não me faria nenhum mal?

– Acho que poderia lhe fazer um tremendo bem.

– Você é *realmente* um homem muito gentil.

Lady Matilda lhe deu a piscadela de olhos com a qual ele agora estava ficando familiarizado.

– Você acha que vai me divertir e me deixar animada ir para um lugar novo e ver alguns novos rostos, e é claro que está totalmente certo. Mas eu gostaria de pensar que estou indo em busca de uma Cura, embora eu realmente não tenha nada que precise ser curado. Nada, não é mesmo? Quero dizer, exceto a idade avançada. Infelizmente a idade avançada não pode ser curada, ela somente avança mais ainda, não é isso?

– O importante é o seguinte: a senhora vai se divertir? Bem, eu creio que vai. A propósito: quando se sentir cansada fazendo alguma coisa, pare de fazê-la.

– Vou beber copos de água se a água tiver gosto de ovo podre. Não porque eu goste ou porque eu francamente ache que me faça algum bem. Mas dá uma espécie de sentimento mortificante. É como as mulheres velhas no nosso vilarejo costumavam ser. Elas sempre queriam um remédio bom e forte, com cor preta ou púrpura ou rosa, e um sabor acentuado de hortelã. Elas pensavam que isso lhes fazia muito mais bem do que uma inofensiva pílula ou um frasco comum que apenas parecia estar cheio de água comum sem nenhuma cor exótica.

– A senhora sabe bastante sobre a natureza humana – disse o dr. Donaldson.

– Você é muito gentil comigo – disse Lady Matilda. – Fico agradecida. Amy!

– Sim, Lady Matilda?

– Pegue um atlas para mim, por favor. Não me lembro bem da Bavária e dos países em volta.

– Vejamos. Um atlas. Deve haver algum na biblioteca, eu suponho. Decerto nós temos alguns atlas velhos por aí, datando de 1920 ou algo aproximado, eu suponho.

– Eu estava imaginando algo um pouco mais moderno.

– Atlas – disse Amy, numa profunda reflexão.

– Se não tivermos, você pode comprar um e me trazer amanhã de manhã. Será bastante difícil porque todos os nomes são diferentes, os países são diferentes, e eu não saberei onde estou. Mas você vai ter que me ajudar com isso. Encontre para mim uma grande lente de aumento, pode ser? Tenho a impressão de que eu estava lendo na cama com uma, outro dia, e ela provavelmente deslizou entre a cama e a parede.

Suas solicitações tomaram um certo tempo até que fossem cumpridas, mas o atlas, a lente de aumento e um atlas mais antigo para comparação foram afinal apresentados e Amy, boa mulher que era, Lady Matilda pensou, foi extremamente prestativa.

– Sim, aqui está. O nome ainda parece ser Monbrügge ou algo assim. Fica no Tirol ou na Bavária. Tudo parece ter mudado de lugar, ganhando nomes diferentes...

II

Lady Matilda olhou em volta de seu quarto na Gasthaus. Era bem decorado. Era caríssimo. Combinava conforto com uma aparência de tamanha austeridade que poderia levar o habitante a ser atraído por um ascético programa de exercícios, por uma dieta e possivelmente por sessões de massagem. A mobília, ela pensou, era muito interessante. Todos os gostos eram atendidos. Havia uma enorme escritura gótica emoldurada na parede. O alemão de Lady Matilda já não era tão bom como havia sido em sua infância, mas o texto tratava, ela pensou, da dourada e encantadora ideia de um retorno à juventude. Não apenas a juventude tinha o mundo em suas mãos como também os velhos estavam sendo gentilmente doutrinados a sentir que eles mesmos poderiam desfrutar de um segundo florescimento dourado.

Aqui havia caridosos auxílios para capacitar um indivíduo a seguir a doutrina de qualquer um dos muitos caminhos de vida que atraíam diferentes categorias de pessoas. (Sempre presumindo que elas tinham dinheiro suficiente para pagar por isso.) Num lado da cama havia uma Bíblia dos Gideões igual àquelas que Lady Matilda, quando em viagem nos Estados Unidos, tantas vezes tinha visto junto à cama. Ela pegou a Bíblia com um ar de aprovação, abriu as páginas ao acaso e pousou o dedo num versículo em particular. Lady Matilda o leu, balançando a cabeça num assentimento satisfeito, e fez uma breve anotação num caderno que estava na mesinha de cabeceira. Ela fizera isso com grande frequência no decorrer de sua vida – era o seu modo de obter orientação divina num curto prazo.

Já fui jovem e agora sou velho, no entanto não vi os justos desamparados.

Ela fez investigações adicionais pelo quarto. Posicionado à mão, mas não aparente demais, havia um *Almanaque de Gotha*, modestamente situado numa divisão inferior da mesinha de cabeceira. Um livro muitíssimo valioso para aqueles que desejassem se familiarizar com os estratos mais altos da sociedade, recuando centenas de anos no passado, e que ainda era observado e percebido e conferido por pessoas de linhagem aristocrática ou interessadas pelo assunto. Vai ser bem útil, ela pensou, terei muito para ler.

Perto da escrivaninha, junto ao fogão de porcelana de época, havia edições em brochura de certas pregações e dogmas dos modernos profetas do mundo. Aqueles que agora ou recentemente vinham gritando no deserto estavam aqui para ser estudados e aprovados por jovens seguidores com halos de cabelo, estranhas vestimentas e corações fervorosos. Marcuse, Guevara, Lévi-Strauss, Fanon.

Para o caso de desenvolver quaisquer conversações com a juventude dourada, seria melhor ela ler um pouco daquilo também.

Naquele momento houve uma tímida batida na porta. A porta se abriu um pouco e o rosto da fiel Amy apareceu no canto. Amy, Lady Matilda pensou de repente, iria parecer exatamente uma ovelha quando fosse dez anos mais velha. Uma ovelha boa, fiel e carinhosa. No momento, Lady Matilda ficava feliz por constatar, ela ainda era como uma ovelhinha rechonchuda, muito agradável, com vistosos cabelos encaracolados, com olhos pensativos e afetuosos, capaz de emitir carinhosos "bés" em vez de balidos.

– Espero que a senhora tenha dormido bem.

– Sim, minha querida, minha noite de sono foi excelente. Você conseguiu aquela coisa?

Amy sempre sabia o que ela queria. Entregou o pedido nas mãos de sua patroa.

– Ah, o programa da minha dieta. Muito bem.

Lady Matilda o leu com atenção e disse:

– É tão inacreditavelmente sem graça! Como é essa água que eles esperam que a pessoa beba?

– O gosto não é lá muito bom.

– Pois é, imaginei que não fosse. Volte daqui a meia hora. Quero que você mande uma carta.

Movendo para o lado a bandeja do seu café da manhã, ela se deslocou até a escrivaninha. Pensou por alguns minutos e então escreveu sua carta.

– Vai surtir efeito – ela murmurou.

– Perdão, Lady Matilda, o que foi que a senhora disse?

– Eu estava escrevendo para aquela velha amiga que mencionei a você.

– Aquela que a senhora nunca mais viu nos últimos cinquenta ou sessenta anos?

Lady Matilda assentiu com a cabeça.

– Eu de fato espero... – Amy falou num tom acanhado. – Quero dizer... eu... faz tanto tempo. As pessoas têm memórias curtas hoje em dia. Eu de fato espero que ela se lembre bem da senhora e de tudo.

– Claro que ela vai se lembrar – disse Lady Matilda. – As pessoas que você não esquece são as pessoas que conheceu quando tinha entre dez e vinte anos de idade. Elas grudam na sua mente para sempre. Você se lembra dos chapéus que elas usavam, do jeito que elas tinham de rir, e você se lembra de seus defeitos e de suas boas qualidades e de tudo a respeito delas. Ora, no caso daquelas que eu conheci vinte anos atrás, digamos assim, eu simplesmente não consigo lembrar quem são. Não lembro quando elas são mencionadas para mim, e nem mesmo quando as vejo. Ah, sim, ela vai se lembrar de *mim*. E de tudo com relação a Lausanne. Trate de mandar esta carta. Preciso fazer um pouco de lição de casa.

Ela pegou o *Almanaque de Gotha* e voltou para a cama, onde se dedicou a um sério estudo de itens que poderiam vir a ser úteis. Algumas relações familiares e vários outros parentescos de caráter proveitoso. Quem tinha casado com quem, quem havia morado onde, quais infortúnios haviam acometido outros. Não que a pessoa que ela tinha em mente fosse passível de ser encontrada no *Almanaque de Gotha*. Mas ela morava em certa parte do mundo, tinha ido para lá deliberadamente para morar num *Schloss* pertencente a antepassados de origem nobre, e absorvera o respeito e a adulação local como se estivesse acima de todos em importância aristocrática. De um nascimento nobre, mesmo que manchado por pobreza, ela mesma, como Lady Matilda sabia muito bem, não poderia se vangloriar de maneira alguma. Ela tivera de compensar com dinheiro. Oceanos de dinheiro. Inacreditáveis somas de dinheiro.

Lady Matilda Cleckheaton tinha certeza de que no seu próprio caso, como filha de um oitavo duque, ela seria merecedora de alguma festividade. Café, talvez, e deliciosos bolos de creme.

III

Lady Matilda Cleckheaton fez sua entrada num dos grandes salões de recepção do *Schloss*. Ela fizera uma viagem de carro de 25 quilômetros. Vestira-se com algum cuidado, tendo enfrentado, no entanto, a desaprovação de Amy. Amy raras vezes oferecia conselhos, mas sentia-se tão ansiosa por garantir o sucesso de sua superiora no misterioso empreendimento atual que se arriscara, dessa vez, numa censura moderada.

– A senhora não acha que o seu vestido vermelho está um pouco *desgastado*? Entende o meu ponto? Estou me referindo às partes embaixo dos braços, e, bem, dá para ver dois ou três remendos muito chamativos...

– Eu sei, minha querida, eu sei. É um vestido esfarrapado, mas não deixa de ser um modelo de Patou. É velho mas custou caríssimo. Não estou tentando parecer rica ou extravagante. Sou uma integrante empobrecida de uma família aristocrática. Qualquer pessoa com menos de cinquenta anos, sem dúvida, me desprezaria. Mas a minha anfitriã está vivendo e viveu por alguns anos numa parte do mundo onde os ricos são mantidos esperando pela refeição enquanto a anfitriã fará questão de servir uma mulher idosa e esfarrapada de ascendência impecável. Tradições de família são coisas que a gente não perde facilmente. Elas continuam absorvidas mesmo quando se vai para uma nova vizinhança. Na minha mala, a propósito, você encontrará um boá de plumas.

– A senhora vai usar um boá de plumas?

– Sim, vou. De plumas de avestruz.

– Minha nossa, ele deve ter não sei quantos anos de idade.

– Vários anos, mas eu o guardei com o maior cuidado. Você vai ver, Charlotte reconhecerá o que é. Ela pensará que uma das melhores famílias da Inglaterra foi rebaixada a ter de usar roupas velhas guardadas com o maior cuidado ao longo de anos. E eu vou usar a minha pele de foca também. Essa está um pouco desgastada, mas era um casaco tão magnífico em seu tempo...

Assim arrumada, Lady Matilda foi em frente. Amy foi junto como uma acompanhante bem arrumada, mas apenas discretamente elegante.

Matilda Cleckheaton estava preparada para o que viu. Uma baleia, como Stafford lhe dissera. Uma baleia chafurdante, uma velha medonha sentada numa sala cercada por quadros que valiam uma fortuna. Levantando-se com alguma dificuldade de uma poltrona semelhante a trono que poderia ter figurado num palco representando o palácio de algum magnífico príncipe de qualquer era da Idade Média para baixo.

– Matilda!

– Charlotte!

– Ah! Depois de todos esses anos. Como parece estranho!

As duas trocaram palavras de saudação e de prazer, falando um pouco em alemão e um pouco em inglês. O alemão de Lady Matilda era ligeiramente defeituoso. Charlotte falava um alemão excelente, e também um excelente inglês, muito embora com um sotaque gutural bastante acentuado, e, por vezes, com sotaque americano. Ela era realmente, Lady Matilda pensou, esplendidamente medonha. Por um momento, sentiu certa ternura quase remontando ao passado, ainda que, como refletiu no momento seguinte, Charlotte tivesse sido uma garota muitíssimo detestável. Ninguém de fato havia gostado dela, e ela mesma certamente não sentira qualquer afeição pelos outros. Mas existe um laço muito forte, digam o que quiserem, nas memórias dos velhos dias da escola. Se Charlotte gostara dela ou não, Lady Matilda não sabia. Mas Charlotte, ela lembrava, certamente – como costumavam dizer naquele tempo – a bajulara. Ela tivera pretensões, possivelmente, de se hospedar num castelo ducal inglês. O pai de Lady Matilda, embora pertencesse à mais louvável das linhagens, tinha sido um dos menos endinheirados entre todos os duques da Inglaterra. Seus bens só haviam se mantido graças à esposa rica com a qual se casara e a quem tratara com a máxima cortesia, e a qual gostava de importuná-lo sempre que possível. Lady Matilda tivera a sorte de ser filha dele pelo segundo casamento. Sua mãe tinha sido uma pessoa extremamente agradável e também uma atriz de muito sucesso, capaz de representar o seu papel de parecer uma duquesa com maior talento do que qualquer duquesa verdadeira.

Elas trocaram reminiscências sobre o passado, sobre as torturas que tinham infligido em alguns de seus professores, sobre os casamentos felizes e infelizes que haviam ocorrido a determinadas colegas. Matilda fez algumas menções a certas alianças e famílias extraídas das páginas do *Almanaque de Gotha* – "Mas é claro que deve ter sido um casamento terrível para Elsa. Ela era uma Bourbon de Parma, não era? Sim, sim, a gente sabe qual costuma ser o resultado. Lamentável".

Trouxeram o café, um café delicioso, baixelas com mil-folhas e deliciosos bolos de creme.

– Eu não deveria tocar em nada disso – exclamou Lady Matilda. – Não devia mesmo! O meu médico é muitíssimo severo. Ele disse que eu deveria me limitar exclusivamente à Cura enquanto estivesse aqui. No entanto, pensando melhor, este é um dia de festa, não é? Da renovação da juventude. Isso é o que mais me interessa. O meu sobrinho-neto que a visitou não faz muito tempo... esqueci quem o trouxe aqui, a condessa... ah, começava com Z, não consigo lembrar o nome...

– A condessa Renata Zerkowski...

– Ah, esse era o nome, sim. Uma jovem muito encantadora, eu acredito. E ela o trouxe aqui para visitá-la. Foi muitíssimo gentil da parte dela. Ele ficou tão impressionado. Impressionado, também, com todas as suas lindas posses. Com o seu modo de vida e, de fato, com as coisas maravilhosas que ouvira falar a seu respeito. Como você tem um movimento inteiro de... ah, eu não saberia usar o termo apropriado. Uma Galáxia da Juventude. Uma juventude dourada, linda. Eles se aglomeram ao seu redor. Eles a idolatram. Que vida maravilhosa você deve ter. Não que eu pudesse suportar uma vida semelhante. Preciso viver bem sossegadamente. Artrite reumatoide. E também as dificuldades financeiras. A dificuldade para manter a casa da família. Ah, bem, você sabe como é para nós na Inglaterra... os nossos problemas de impostos.

– Eu me lembro daquele sobrinho seu, sim. Um homem agradável, muito agradável. Serviço diplomático, é isso?

– Isso. Mas é... bem, você sabe, não consigo sentir que o talento dele esteja sendo reconhecido da maneira devida. Ele não fala muito. Não se queixa, mas sente que... bem, sente que não tem sido valorizado como deveria. Os poderes constituídos, aqueles que estão no comando atualmente, o que é que eles são?

– *Canaille!* – disse a Grande Charlotte.

– Intelectuais sem nenhum *savoir faire* na vida. Cinquenta anos atrás teria sido diferente – disse Lady Matilda –, mas hoje em dia o progresso dele não é incentivado como deveria ser. Eu lhe direi até mesmo, de modo confidencial, é claro, que desconfiaram dele. Suspeitam que ele tenha... como eu diria?... um lado rebelde, tendências revolucionárias. E, no entanto, seria preciso perceber o que o futuro reserva para um homem capaz de adotar ideias mais avançadas.

– Você quer dizer que ele não nutre, como vocês costumam dizer na Inglaterra, grande simpatia pelas instituições?

– Fale baixo, não devemos dizer essas coisas. Pelo menos *eu* não devo – disse Lady Matilda.

– Você me interessou – disse Charlotte.

Matilda Cleckheaton suspirou.

– Coloque na conta, se quiser, de uma velha parente afeiçoada. Staffy sempre foi meu favorito. Ele tem charme e espirituosidade. Penso também que tem ideias. Ele tem sonhos quando ao futuro, um futuro que deveria ser bastante diferente disso que nós temos agora. O nosso país, ai de nós, encontra-se politicamente num péssimo estado. Stafford pareceu ter ficado muito impressionado com coisas que você lhe contou ou mostrou. Você fez tanto pela música, pelo que eu soube. O que é mais necessário para nós, não posso deixar de sentir, é o ideal da super-raça.

– É necessário e possível que tenhamos uma super-raça. Adolf Hitler teve a ideia certa – disse Charlotte. – Um homem sem nenhuma importância em si mesmo, mas ele tinha elementos artísticos em seu caráter. E sem dúvida tinha o poder da liderança.

– Ah, sim. Liderança, é disso que nós precisamos.

– Vocês tiveram os aliados errados na última guerra, minha querida. Se a Inglaterra e a Alemanha tivessem caminhado lado a lado, se tivessem acalentado os mesmos ideais, de juventude, de força, duas nações arianas com os ideais corretos... Imagine até onde o seu país e o meu poderiam ter chegado hoje! No entanto, talvez até esse seja um ponto de vista muito estreito. De certa forma os comunistas e os outros nos ensinaram uma lição. "Trabalhadores do mundo, uni-vos?" Mas isso é ter visões restritas demais. Os trabalhadores são somente a nossa matéria-prima. O correto é "Líderes do mundo, uni-vos!". Jovens com o dom da liderança, jovens com sangue nobre. E nós precisamos começar não com homens de meia-idade apegados a seus costumes, repetindo-se como um disco arranhado na vitrola. Precisamos procurar entre a população estudantil os jovens de coração valente, com grandes ideias, dispostos a marchar, dispostos a morrer, mas também dispostos a matar. Matar sem qualquer remorso... porque é certo que sem agressividade, sem violência, sem ataque, não pode haver vitória. Preciso lhe mostrar uma coisa...

Com uma boa dose de esforço ela conseguiu se colocar de pé. Lady Matilda seguiu seu exemplo, acentuando um pouco sua dificuldade, que não chegava a ser tão grande quanto fazia crer.

– Foi em maio de 1940 – disse Charlotte –, quando a Juventude Hitlerista progrediu para o seu segundo estágio. Quando Himmler obteve de Hitler um decreto. O decreto da famosa SS. Ela foi formada em nome da destruição dos povos orientais, dos escravos, dos designados escravos do mundo. Abrindo espaço à raça dominante alemã. O instrumento executivo da SS entrou em funcionamento.

Sua voz perdeu um pouco a força e manifestou, por um momento, uma espécie de reverência religiosa.

Lady Matilda quase se persignou por engano.

– A Ordem da Caveira – disse a Grande Charlotte.

Ela avançou lenta e penosamente pela sala e apontou para o ponto na parede onde estava pendurada, emoldurada em dourado e encimada por um crânio, a Ordem da Caveira.

– Você vê? É o meu bem mais precioso. Fica aqui na minha parede. Os jovens do meu bando dourado, quando me visitam, saúdam a ordem. E nos nossos arquivos no castelo existem fólios de suas crônicas. Algumas delas são apenas leituras para pessoas de estômago forte, mas é preciso aprender a aceitar essas coisas. As mortes nas câmaras de gás, as celas de tortura, os julgamentos de Nuremberg falam maldosamente de todas essas coisas. Mas era uma grande tradição. Força através da dor. Eles eram treinados jovens, aqueles meninos, de modo que não vacilassem ou voltassem atrás ou sofressem qualquer espécie de fraqueza. Até mesmo Lenin, pregando a sua doutrina marxista, declarou "Abaixo a fraqueza!". Foi uma de suas primeiras regras para criar um Estado perfeito. Mas nós fomos estreitos demais. Quisemos confinar o nosso sonho apenas à raça dominante alemã. Mas existem outras raças. Elas também podem atingir a supremacia através do sofrimento e da violência e através da considerada prática da anarquia. Precisamos derrubar, derrubar todas as instituições fracas. Derrubar as formas mais humilhantes de religião. Existe uma religião de força, a velha religião do povo viking. E nós temos um líder, jovem ainda, ganhando poder a cada dia que passa. O que foi que disse um grande homem? Me dê as ferramentas e eu farei o trabalho. Algo parecido. O nosso líder já tem as ferramentas. E ele terá mais ferramentas. Terá os aviões, as bombas, meios para uma guerra química. Terá os homens para lutar. Terá os transportes. Terá embarcações e petróleo. Terá o que poderíamos chamar de uma evocação do gênio de Aladim. Você esfrega a lâmpada e o gênio aparece. Está tudo nas nossas mãos. Os meios de produção, os meios de riqueza e o nosso jovem líder, um líder tanto por nascença quanto por caráter. Ele tem tudo isso.

Ela bufou e tossiu.

– Deixe-me ajudá-la.

Lady Matilda lhe deu auxílio para que voltasse ao assento. Charlotte arquejou um pouco enquanto se sentava.

– É triste ser velha, mas eu hei de viver o bastante. O bastante para testemunhar o triunfo de um novo mundo, de uma nova criação. Isso é o que você quer para o seu sobrinho. Darei um jeito nisso. Poder em seu próprio país, isso é o que ele quer, não é? Você estaria disposta a encorajar a ponta de lança lá?

– Tive alguma influência no passado. Mas agora... – Lady Matilda balançou a cabeça com tristeza. – Tudo isso já passou.

– Vai voltar, minha querida – disse sua amiga. – Você fez a coisa certa vindo me procurar. Eu tenho uma certa influência.

– É uma grande causa – disse Lady Matilda. Ela suspirou e murmurou: – O jovem Siegfried.

IV

– Espero que a senhora tenha gostado de encontrar a sua velha amiga – disse Amy, enquanto elas se dirigiam de volta à Gasthaus.

– Se você tivesse ouvido todas as bobagens que eu falei, não acreditaria – disse Lady Matilda Cleckheaton.

CAPÍTULO 16

Pikeaway fala

— As notícias da França são muito ruins – disse o coronel Pikeaway, espanando uma nuvem de cinzas de charuto do seu casaco. – Ouvi Winston Churchill dizendo isso na última guerra. Ali estava um homem capaz de se expressar com palavras simples e usando somente as necessárias. Era impressionante. Nos dizia o que precisávamos saber. Bem, passou-se muito tempo desde então, mas eu repito: as notícias da França são muito ruins.

Ele tossiu, bufou e espanou mais algumas cinzas.

– As notícias da Itália são muito ruins – ele disse. – As notícias da Rússia, eu imagino, poderiam ser muito ruins se eles deixassem vazar grande coisa. Eles também têm problemas por lá. Bandos de estudantes marchando nas ruas, vitrinas de lojas estilhaçadas, embaixadas atacadas. As notícias do Egito são muito ruins. As notícias de Jerusalém são muito ruins. As notícias da Síria são muito ruins. Tudo isso é mais ou menos normal, então não precisamos nos preocupar demais. As notícias da Argentina são o que eu chamaria de peculiares. Muito peculiares mesmo. Argentina, Brasil, Cuba, estão todos unidos. Estão se chamando de Estados Federativos da Juventude Dourada, ou algo parecido. Eles têm um exército também. Devidamente treinado, devidamente armado, devidamente comandado. Eles têm aviões, têm bombas, têm sabe Deus o quê. E quase todos sabem o que fazer com isso tudo, o que torna bem pior a situação. Há um grupo que canta também, aparentemente. Canções pop, velhas canções folclóricas locais e hinos militares antigos. Eles procedem como o Exército da Salvação costumava proceder. Não estou querendo cometer uma blasfêmia, não estou menosprezando o Exército da Salvação. Eles sempre fizeram um ótimo trabalho. E as garotas... lindas de morrer com suas boinas.

Pikeaway continuou:

– Ouvi falar que algo nessa linha está se desenvolvendo nos países civilizados, começando *conosco*. Alguns de nós ainda podem ser chamados de civilizados, eu suponho? Outro dia um dos nossos políticos, eu recordo, disse que nós éramos uma nação esplêndida, principalmente porque éramos tolerantes, fazíamos manifestações, quebrávamos coisas, batíamos em qualquer um se não tivéssemos nada melhor para fazer, nos livrávamos do nosso bom estado de espírito com exibições de violência e da nossa pureza moral tirando a maior parte das roupas. Eu não sei se ele tinha ideia do que estava falando... os políticos raramente têm ideia do que falam... mas conseguem soar eloquentes. É por isso que eles são políticos.

Ele fez uma pausa e olhou para o homem com quem estava falando.

– É perturbador... tristemente perturbador – disse Sir George Packham. – A pessoa mal consegue acreditar... uma preocupação... se pudéssemos apenas... Essas são todas as notícias que você tem? – ele perguntou, num tom de lamúria.

– Isso não basta? É difícil satisfazê-lo. A anarquia mundial avançando a passos rápidos... isso é o que nós temos. Um pouco hesitante ainda... não de todo estabelecida, mas muito perto disso... muito perto mesmo.

– Mas certamente podemos tomar medidas contra tudo isso...

– Não é tão fácil quanto você imagina. O gás lacrimogêneo termina com o tumulto por um momento e dá uma folga para a polícia. E naturalmente nós temos um belo material de armas bacteriológicas, bombas nucleares e todas essas trucagens... O que você acha que aconteceria se nós começássemos a usar tudo isso? Um massacre em massa de todos os garotos e garotas manifestantes, dos mercados frequentados pelas donas de casa, dos velhos aposentados em suas casas, de uma boa parcela dos nossos pomposos políticos enquanto eles nos dizem que nunca estivemos tão bem, e além disso eu e você... Haha!

– E de qualquer forma – acrescentou o coronel Pikeaway –, se você está só atrás de notícias, ouvi dizer que recebeu notícias quentes quando chegou hoje. Algo ultrassecreto da Alemanha, Herr Heinrich Spiess em pessoa.

– De que maneira você soube disso? Supõe-se que seja estritamente...

– Nós sabemos de tudo aqui – disse o coronel Pikeaway, usando a sua frase predileta: – É para isso que nós servimos.

– Trazendo também um doutor domesticado, pelo que eu sei... – ele acrescentou.

– Sim, um certo dr. Reichardt, um cientista de primeiro nível, eu presumo...

– Não. Um médico... manicômios...

– Minha nossa... Um psicólogo?

– Provavelmente. Os responsáveis pelos manicômios costumam ser psicólogos. Com alguma sorte, ele terá sido trazido aqui para examinar as cabeças de alguns dos nossos jovens agitadores. Bem recheadas elas estão com filosofia alemã, filosofia do Poder Negro, filosofia de escritores franceses mortos e assim por diante. Possivelmente vão deixá-lo examinar algumas das cabeças dos luminares que presidem as nossas cortes judiciais aqui dizendo que precisamos ter muito cuidado para não fazer algo que prejudique o ego de um jovem porque ele *poderia* ter de ganhar a vida. Ficaríamos bem mais seguros se os mandassem todos recorrer à Assistência Social para que fossem sustentados e então eles poderiam voltar para os seus quartos, não fazendo trabalho nenhum e se divertindo com mais leituras de filosofia. No entanto, eu estou desatualizado. Eu sei disso. Você não precisa me dizer.

– É preciso levar em conta as novas formas de pensamento – disse Sir George Packham. – A pessoa sente, quero dizer...espera... bem, é difícil de dizer...

– Deve ser muito preocupante para você – disse o coronel Pikeaway. – Considerar difícil dizer as coisas.

O telefone tocou. Ele atendeu e depois o passou para Sir George.

– Sim? – falou Sir George. – Sim? Ah, sim. Sim. Eu concordo. Eu suponho... Não... não... no Ministério não. Não. Em particular, você dizer. Bem, suponho que seria melhor usarmos... hã... – Sir George olhou em volta da sala cautelosamente.

– Não há escutas nesta sala – disse amavelmente o coronel Pikeaway.

– A palavra de código é Danúbio Azul – Sir George Packham disse com um sussurro alto e rouco. – Sim, sim. Levarei Pikeaway comigo. Ah, sim, é claro. Sim, sim. Abrir para ele. Sim, dizer que você faz questão de que ele participe, mas lembrar que o nosso encontro tem que ser estritamente confidencial.

– Não podemos levar o meu carro, então – disse Pikeaway. – É conhecido demais.

– Henry Horsham está vindo nos pegar no Volkswagen.

– Ótimo – disse o coronel Pikeaway. – Interessante, sabe, isso tudo.

– Você não acha que... – Sir George falou e hesitou.

– Não acho o quê?

– Eu quis dizer que... bem, eu... quero dizer, você não se importaria se eu sugerisse... uma escova de roupa?

– Ah, isso.

O coronel Pikeaway bateu de leve no ombro e uma nuvem de cinzas de charuto subiu no ar, fazendo com que Sir George se asfixiasse.

– Nanny! – o coronel Pikeaway gritou, socando um interfone em sua mesa.

Uma mulher de meia-idade entrou com uma escova de roupa, aparecendo com a presteza de um gênio evocado pela lâmpada de Aladim.

– Prenda a respiração, por favor, Sir George – ela disse. – Isso poderá ser um pouco pungente...

Ela deixou a porta aberta e ele se retirou enquanto ela escovava o coronel Pikeaway, que tossiu e reclamou:

– Que maldita importunação essas pessoas. Sempre querendo que você se arrume como um boneco.

– Eu não descreveria bem assim a sua aparência, coronel. O senhor deveria estar acostumado, por essa altura, com o meu auxílio na sua limpeza. E o senhor sabe que o secretário de Assuntos Internos sofre de asma.

– Bem, a culpa é dele. Não tomou o cuidado adequado para tirar a poluição das ruas de Londres. Pronto, Sir George, vamos ouvir o que o nosso amigo alemão veio nos dizer. Parece ser um assunto um tanto urgente.

CAPÍTULO 17

Herr Heinrich Spiess

Herr Heinrich Spiess era um homem preocupado. Ele não tentava esconder esse fato. Reconhecia, de fato, sem ocultar nada, que a situação em função da qual aqueles cinco homens se reuniam para discutir era muito séria. Ao mesmo tempo, trazia consigo um senso de confiança que tinha sido o seu principal recurso quando lidara com as recentes dificuldades da vida política na Alemanha. Era um homem firme, um homem sensato, um homem capaz de trazer bom senso a todas as reuniões das quais participasse. Não passava nenhuma impressão de ser um homem brilhante, e até mesmo isso inspirava confiança. Políticos brilhantes haviam sido os responsáveis por cerca de dois terços das crises nacionais em mais de um país. O outro terço de problemas tinha sido causado por políticos incapazes de esconder, embora legalmente eleitos em governos democráticos, incapazes de esconder sua dramática pobreza de raciocínio, de bom senso e, na verdade, de quaisquer qualidades mentais perceptíveis.

– Esta não é de forma alguma uma visita oficial, os senhores compreendem – disse o chanceler.

– Ah, sem sombra de dúvida.

– Uma certa informação chegou ao meu conhecimento e eu julguei ser essencial que ela fosse compartilhada. Ela lança uma luz bastante interessante em certos acontecimentos que tanto nos intrigaram quanto nos perturbaram. Este é o dr. Reichardt.

Foram feitas as apresentações. O dr. Reichardt era um homem corpulento e de aparência tranquila com o hábito de dizer "*Ach, so*" de tempos em tempos.

– O dr. Reichardt é responsável por um grande estabelecimento nos arredores de Karlsruhe. Ele trata de pacientes com distúrbios mentais lá. Creio que estarei certo se disser que o senhor trata entre quinhentos e seiscentos pacientes, não é mesmo?

– *Ach, so* – disse o dr. Reichardt.

– Presumo que o senhor trate várias formas diferentes de doença mental...

– *Ach, so.* Na clínica há diferentes formas de doença mental, mas, mesmo assim, tenho um interesse especial e trato quase exclusivamente de um tipo particular deste tipo de doença.

Ele enveredou pelo alemão e Herr Spiess logo apresentou uma breve tradução para o caso de alguns de seus colegas ingleses não conseguirem entender. Isso era tanto necessário quanto atencioso. Dois deles entendiam em parte, um definitivamente não entendia e os outros dois estavam verdadeiramente intrigados.

– O dr. Reichardt obteve – explicou Herr Spiess – o maior dos sucessos em seu tratamento daquilo que eu, na condição de leigo, descrevo como megalomania. A crença de que você é alguém que não é. A ideia de ser mais importante do que você é. Ideias que, se você tem mania de perseguição...

– *Ach*, não! – exclamou o dr. Reichardt – Mania de perseguição, *não*, disso eu não trato. Não há nenhuma mania de perseguição na minha clínica. Não no grupo pelo qual estou especialmente interessado. Pelo contrário, eles acalentam as ilusões que têm porque desejam ser felizes. E eles são felizes, e eu posso mantê-los felizes. Mas se eu os curar, vejam bem, eles não serão felizes. Portanto, preciso encontrar uma cura que lhes restaure a sanidade, mas mantendo a felicidade ao mesmo tempo. Nós chamamos esse particular estado de espírito...

Ele pronunciou uma palavra longa, de ao menos oito sílabas, que soava ferozmente germânica.

– Para os propósitos dos nossos amigos ingleses, continuarei a usar o termo "megalomania", embora eu saiba – Herr Spiess continuou um tanto apressadamente – que esse não é o termo que o senhor usa hoje em dia, dr. Reichardt. Então, como eu ia dizendo, o senhor tem seiscentos pacientes na sua clínica.

– E num determinado momento, o momento ao qual vou referir, eu tinha oitocentos.

– Oitocentos!

– Foi interessante... muitíssimo interessante!

– O senhor tem essas pessoas... para começar do princípio...

– Nós temos Deus Todo-poderoso – explicou o dr. Reichardt. – O senhores compreendem?

O sr. Lazenby pareceu ficar ligeiramente assombrado.

– Ah... hã... sim... hã... sim. Muito interessante, eu tenho certeza.

– Temos um ou outro rapaz, é claro, pensando que é Jesus Cristo. Mas Jesus não é tão popular como o Todo-poderoso. E depois temos os outros. Eu tive, na época que vou mencionar, 24 Adolf Hitlers. Isso, os senhores precisam compreender, era na época em que Hitler estava vivo. Sim, 24 ou 25 Adolf Hitlers... – ele consultou um pequeno caderno de anotações que tirou do bolso. – Fiz algumas anotações aqui, sim. Quinze Napoleões. Napoleão é sempre popular, dez Mussolinis, cinco reencarnações de Júlio César e vários outros casos, muito curiosos e muito interessantes. Mas não vou cansá-los com esses neste momento. Não sendo especialmente qualificados no sentido médico, isso não teria nenhum interesse para os senhores. Chegaremos ao incidente que importa.

O dr. Reichardt falou de novo sem se estender tanto, e Herr Spiess continuou a traduzir.

– Certo dia se apresentou a ele um oficial do governo. Tido em alta consideração naquela época (isso foi durante a guerra, tenham em mente) pelo governo que estava no poder. Vou chamá-lo por enquanto de Martin B. Os senhores saberão a quem eu me refiro. Ele trouxe consigo o seu chefe. Na verdade, trouxe consigo... bem, podemos falar sem evasivas... o próprio Führer.

– *Ach, so* – disse o dr. Reichardt. – Foi uma grande honra, os senhores entendem, que ele tivesse vindo fazer uma inspeção – prosseguiu o doutor. – Ele foi muito afável, *mein* Führer. Contou-me que ouvira relatórios muito bons sobre os meus sucessos. Disse que vinham ocorrendo problemas ultimamente. Casos no exército. No exército, mais de uma vez, haviam aparecido homens acreditando que eram Napoleão, às vezes acreditando que eram determinados marechais de Napoleão, e, por vezes, os senhores compreendem, comportando-se de acordo com a ilusão, distribuindo ordens militares e causando por isso dificuldades militares. Eu teria ficado feliz em lhe passar qualquer conhecimento profissional que lhe pudesse ser útil, mas Martin B., que o acompanhava, disse que isso não seria necessário. O nosso grande Führer, no entanto – falou o dr. Reichardt, olhando para Herr Spiess com ligeiro desconforto –, não queria ser importunado com tais detalhes. Ele me disse que sem dúvida seria melhor se homens medicamente qualificados, com alguma experiência em neurologia, viessem fazer uma consulta. O que ele queria era... ach, bem... ele queria dar uma olhada, e eu logo descobri o que ele realmente tinha interesse por ver. Eu não deveria ter ficado surpreso. Ah, não, porque, vejam, era um sintoma que a pessoa reconhece. A tensão de sua vida já estava começando a dar sinais no caso do Führer.

– Suponho que naquela altura ele estivesse começando a pensar que era Deus Todo-poderoso – disse o coronel Pikeaway de forma inesperada, soltando um riso.

O dr. Reichardt pareceu ficar chocado.

– Ele me pediu para informá-lo de certas coisas. Disse que Martin B. lhe contara que eu tinha de fato um grande número de pacientes pensando, não era preciso falar com rodeios, que eram pessoalmente Adolf Hitler. Expliquei-lhe que aquilo não era incomum, que naturalmente, com o respeito e a veneração que dedicavam a Hitler, era bastante natural que o grande desejo de ser como ele acabasse por fazer com que se identificassem com ele. Fiquei um pouco ansioso ao mencionar isso, mas fiquei encantado ao constatar que ele expressava sinais de satisfação. Ele tomava aquilo, fico grato ao dizer, como um elogio, aquele apaixonado desejo de buscar uma identificação com ele. Depois o Führer perguntou se poderia encontrar um número representativo de pacientes que tivessem essa particular aflição. Debatemos um pouco. Martin B. pareceu estar em dúvida, mas me levou até um canto e me assegurou que Herr Hitler de fato queria ter essa experiência. O que ele próprio estava ansioso por assegurar era que Herr Hitler não topasse... bem, em suma, que Herr Hitler não fosse submetido a nenhum risco. Se alguns daqueles autodenominados Hitlers, acreditando apaixonadamente em si mesmos, tivessem certas inclinações violentas ou perigosas... Eu lhe garanti que ele não precisava ter nenhuma preocupação. Sugeri que eu selecionasse um grupo dos mais amáveis entre os nossos Führers e os reunisse para o encontro. Herr B. insistiu que o Führer estava muito ansioso por entrevistá-los e se misturar com eles sem que eu o acompanhasse. Os pacientes, ele disse, não se comportariam naturalmente caso vissem o diretor do estabelecimento ali, e como não havia nenhum perigo... Eu lhe garanti mais uma vez que não havia nenhum perigo. Eu disse, no entanto, que ficaria contente se Herr B. lhe fizesse companhia. Não houve dificuldade quanto a isso. Foi tudo arranjado. Mensagens foram enviadas aos Führers para que se reunissem numa sala e esperassem um visitante muito distinto que estava ansioso para trocar ideias com eles. *Ach, so.* Martin B. e o Führer foram apresentados ao grupo. Eu me retirei, fechando a porta, e fiquei conversando com os dois ajudantes de ordens que os acompanhavam. O Führer, eu disse, parecia encontrar-se num estado particularmente aflito. Ele vinha tendo, sem dúvida, inúmeros problemas. Nós estávamos, devo dizer, bem perto do fim da guerra, quando as coisas, para ser franco, estavam indo muito mal. O próprio Führer, eles me disseram, andava muito transtornado, mas estava convencido de que poderia encerrar a guerra de modo triunfante se as ideias que ele continuamente apresentava para o seu estado-maior fossem levadas em frente e prontamente aceitas.

– O Führer, eu presumo – disse Sir George Packham –, estava naquela altura... quero dizer... sem dúvida ele estava num estado que...

– Não precisamos enfatizar esses pontos – disse Herr Spiess. – Ele estava completamente fora de si. Tinham de assumir autoridade em nome dele em vários pontos. Mas tudo isso os senhores decerto sabem muito bem com as investigações que fizeram no meu país.

– Lembro que nos julgamentos de Nuremberg...

– Não há necessidade de fazer referências aos julgamentos de Nuremberg, tenho certeza – disse o sr. Lazenby, decisivo. – Isso tudo já ficou bem para trás. Aguardamos um grande futuro no Mercado Comum com ajuda do seu governo, com o governo de Monsieur Grosjean e os seus outros colegas europeus. O passado é o passado.

– Isso mesmo – disse Herr Spiess –, e é do passado que agora falamos. Martin B. e Herr Hitler permaneceram pouquíssimo tempo na sala de reunião. Saíram depois de sete minutos. Herr B. expressou-se ao dr. Reichardt como muito satisfeito com a experiência. O carro deles estava esperando e Herr B. e Herr Hitler precisavam seguir imediatamente para outro compromisso. Saíram com muita pressa.

Houve um silêncio.

– E então? – perguntou o coronel Pikeaway. – Algo aconteceu? Ou já tinha acontecido?

– O comportamento de um de nossos pacientes Hitlers parecia estranho – disse o dr. Reichardt. – Era um homem que tinha particular semelhança com Herr Hitler, o que sempre lhe dera uma confiança especial em sua personificação. Ele agora insistia com mais veemência do que nunca que ele *era* o Führer, que ele precisava partir imediatamente para Berlim, que ele precisava presidir um Conselho do Estado-Maior. De fato, o homem se comportava sem nenhum sinal da ligeira melhora que demonstrara em sua condição. Parecia tão transformado que eu realmente não consegui compreender aquela mudança ocorrendo tão de repente. Fiquei aliviado, na verdade, quando dois dias depois seus parentes vieram levá-lo para casa, para um futuro tratamento particular.

– E o senhor o deixou partir – falou Herr Spiess.

– Naturalmente o deixei partir. Eles tinham um médico responsável com eles, ele era um paciente voluntário, sem atestado, e portanto tinha esse direito. E assim ele se foi.

– Não vejo... – começou Sir George Packham.

– Herr Spiess tem uma teoria...

– Não é uma teoria – disse Spiess. – O que eu estou lhes contando é fato. Os russos esconderam tal fato, nós escondemos tal fato. Abundantes evidências e provas apareceram. Hitler, o nosso Führer, *permaneceu no hospício por sua própria vontade* naquele dia e um homem com a mais acentuada semelhança em relação ao Hitler verdadeiro partiu com Martin B. Foi o corpo desse paciente que foi depois encontrado no bunker. Não vou falar com rodeios. Não precisamos entrar em detalhes desnecessários.

– Todos nós precisamos saber a verdade – disse Lazenby.

– O verdadeiro Führer foi mandado de forma clandestina, por uma rota planejada de antemão, para a Argentina, e lá viveu por alguns anos. Teve um filho na Argentina com uma linda moça ariana de boa família. Alguns afirmam que ela era inglesa. A condição mental de Hitler piorou e ele morreu louco, acreditando que comandava seus exércitos no campo de batalha. Foi o único plano possível pelo qual ele poderia ter escapado da Alemanha. Ele o aceitou.

– E o senhor quer dizer que durante todos esse anos nada vazou a respeito disso, nada veio à tona?

– Houve rumores, sempre existem rumores. Se o senhor lembrar, diziam que uma das filhas do czar russo escapara do massacre total de sua família.

– Mas isso era... – George Packham parou. – Falso. Completamente falso.

– Foi provado como falso por um grupo de pessoas. Foi aceito por outro grupo de pessoas, sendo que os dois grupos a tinham conhecido. Aquela Anastásia era de fato Anastásia, ou aquela Anastásia, grã-duquesa da Rússia, era na verdade apenas uma camponesa. Qual das histórias era verdadeira? Rumores! Quanto mais tempo duram, tanto menos as pessoas acreditam neles, exceto aquelas com mentes românticas, que seguem acreditando. Com muita frequência surgiram rumores de que Hitler estava vivo, não morto. Não há alguém que jamais tenha dito com certeza ter examinado seu cadáver. Os russos o declararam. Não apresentaram provas, entretanto.

– O senhor realmente pretende afirmar... Dr. Reichardt, *o senhor* confirma essa história extraordinária?

– *Ach* – disse o dr. Reichardt. – Os senhores me perguntam, mas eu lhes contei qual foi a minha parte. Certamente foi Martin B. quem veio ao meu sanatório. Foi Martin B. quem trouxe consigo o Führer. Foi Martin B. quem o tratou como Führer, quem falou com ele com a deferência típica de alguém que se dirige ao Führer. Quanto a mim, já convivi com centenas de Führers, Napoleões, Júlios Césares. Os senhores precisam entender que os Hitlers que viveram no meu sanatório se pareciam, poderiam ter sido, quase todos *poderiam* ter sido Adolf Hitler. *Eles* nunca poderiam ter acreditado em si mesmos com a paixão, com a veemência com a qual sabiam que eram Hitler, a menos que possuíssem uma básica semelhança, com maquiagem, roupas, contínua representação e interpretação do papel. Eu até ali não tivera nenhum encontro pessoal com Herr Adolf Hitler. Era possível ver retratos dele nos jornais, qualquer um sabia como era o aspecto do nosso grande gênio, mas nós só víamos as imagens que ele queria que fossem exibidas. Então ele veio, ele era o Führer, Martin B., um homem com autoridade mais do que confiável nessa questão, disse que ele era o Führer. Não, eu não tive nenhuma dúvida. Cumpri ordens. Herr Hitler queria entrar sozinho numa sala para encontrar uma seleção de seus... como dizer?... de suas cópias de gesso. Ele entrou. Ele saiu. Uma troca de roupas poderia ter sido feita, roupas não muito diferentes em todo caso. Quem saiu foi ele mesmo ou um dos autodenominados Hitlers? Retirado às pressas por Martin B. e levado embora enquanto o homem verdadeiro poderia ter ficado para trás, poderia ter gostado de desempenhar seu papel, poderia ter sabido que dessa maneira e apenas dessa maneira ele conseguiria fugir do país que a qualquer momento poderia se render. Hitler já estava perturbado, mentalmente afetado por fúria e raiva... as ordens que ele dava, as mensagens disparatadas e fantásticas que mandava para o seu pessoal, aquilo que deviam fazer, aquilo que deviam dizer, as coisas impossíveis que tinham de empreender, já não eram, como antes, obedecidas de imediato. Ele já conseguia sentir que não mais dispunha do supremo comando. Mas tinha um ou dois homens fiéis e estes tinham um plano para ele, para tirá-lo do país, da Europa, e mandá-lo a um lugar onde ele poderia mobilizar a seu redor, num continente diferente, seus seguidores nazistas, os jovens que acreditavam nele com tanta paixão. A suástica nasceria de novo lá. Ele desempenhou o seu papel. Sem dúvida gostou disso. Sim, isso seria condizente com um homem cuja razão já cambaleava. Ele mostraria para esses outros que conseguia interpretar o papel de Adolf Hitler melhor do que eles. Ele ria sozinho ocasionalmente, e os meus médicos, os meus enfermeiros observavam e percebiam alguma ligeira mudança. Um paciente que parecia estar mentalmente perturbado com intensidade incomum, talvez. Ora, não havia grande problema nisso. Aquilo sempre acontecia. Com os Napoleões, com os Júlios Césares, com todos eles. Em determinados dias, como um leigo poderia dizer, eles se mostravam mais loucos do que o habitual. É só assim que eu posso relatar. Agora, então, cabe a Herr Spiess falar.

– Fantástico! – disse o secretário de Assuntos Internos.

– Sim, fantástico – disse Herr Spiess, com paciência –, mas coisas fantásticas podem acontecer, não é mesmo? Na história, na vida real, por mais fantásticas que sejam.

– E ninguém suspeitou, ninguém soube?

– Foi muito bem planejado. Foi bem planejado, bem pensado. A rota de fuga estava pronta, os exatos detalhes não são claramente conhecidos, mas dá para fazer uma bela recapitulação deles. Algumas das pessoas envolvidas, que passaram certa personalidade de um lugar para outro sob diferentes disfarces, sob diferentes nomes, algumas dessas pessoas, quando nós fizemos investigações retrospectivas, constatamos que elas não viveram por tanto tempo quanto deveriam ter vivido.

– Para o caso de que eles entregassem o segredo ou falassem demais?

– A SS tratou de cuidar disso. Ricas recompensas, louvores, promessas de altas posições no futuro e então... a morte é uma solução muito mais fácil. E a SS estava acostumada com a morte. Eles conheciam as diferentes formas de morte, sabiam como se desfazer de corpos... Sim, posso lhes dizer, as investigações nesse âmbito já vêm sendo feitas há um bom tempo. O conhecimento nos chegou aos poucos, e nós fizemos investigações, documentos foram obtidos e a verdade veio à tona. Adolf Hitler certamente chegou à América do Sul. Dizem que uma cerimônia de casamento foi realizada... que uma criança nasceu. A criança foi marcada no pé com o sinal da suástica. Marcada nos primeiros dias de vida. Falei com agentes respeitáveis nos quais posso acreditar. Eles viram esse pé marcado na América do Sul. Lá essa criança foi criada, cuidadosamente tutelada, protegida, preparada... preparada como o Dalai Lama poderia ter sido preparado para o seu grande destino. Pois essa foi a ideia por trás dos jovens fanáticos, a ideia era maior do que a ideia com a qual haviam começado. Isso não foi meramente um ressurgimento dos novos nazistas, da nova super-raça alemã. Foi isso, sim, mas foi também inúmeras outras coisas. Os jovens de várias outras nações, a super-raça dos homens jovens de quase todos os países da Europa, se uniriam, se juntariam nas fileiras do anarquismo, para destruir o velho mundo, esse mundo materialista, para introduzir um grande novo bando de irmãos matadores, assassinos, violentos. Voltados primeiro à destruição e depois à tomada do poder. E agora eles tinham o seu líder. Um líder com o sangue certo em suas veias e um líder que, mesmo tendo crescido sem grande semelhança com seu pai morto, era... não, *é*... um belo e louro garoto nórdico, com aparência presumivelmente herdada de sua mãe. Um garoto dourado. Um garoto que o mundo inteiro poderia aceitar. Os alemães e os austríacos primeiro porque esse era o grande fundamento de sua fé, de sua música, o jovem Siegfried. Então ele cresceu como o jovem Siegfried que os comandaria, que levaria todos eles rumo à terra prometida. Não a terra prometida dos judeus, que eles desprezavam, para onde Moisés levou seus seguidores. Os judeus já estavam embaixo da terra, mortos ou assassinados nas câmaras de gás. Essa seria uma terra só deles, uma terra conquistada por sua própria intrepidez. Os países da Europa seriam unidos com os países da América do Sul. Lá eles já tinham sua ponta de lança, seus anarquistas, seus profetas, seus Guevaras, os Castros, as guerrilhas, seus seguidores, um longo e árduo treinamento em crueldade e tortura e violência e morte e depois a vida gloriosa. Liberdade! Na condição de Regentes do Novo Mundo. Os designados conquistadores.

– Uma bobagem absurda – disse o sr. Lazenby. – Assim que se der um fim a tudo isso... a coisa toda vai entrar em colapso. Tudo isso é bastante ridículo. O que eles podem fazer?

As palavras de Cedric Lazenby eram meramente rabugentas. Herr Spiess balançou sua pesada e sábia cabeça.

– O senhor pode perguntar. E eu lhe dou a resposta, que é: *eles não sabem*. Eles não sabem para onde estão indo. Não sabem o que será feito com eles.

– Ou seja, eles não são os verdadeiros líderes?

– Eles são os jovens heróis em marcha, progredindo com passos firmes no caminho da glória, nos trampolins da violência, da dor, do ódio. Eles agora têm seus seguidores não apenas na América do Sul e na Europa. O culto se deslocou para o norte. Nos Estados Unidos, lá também os jovens fazem tumultos, eles marcham, seguem o estandarte do jovem Siegfried. Aprendem a idolatrar os procedimentos dele, aprendem a matar, a gostar da dor, aprendem as regras da Caveira, as regras de Himmler. Ora, eles estão sendo treinados. Estão sendo secretamente doutrinados. Não sabem a razão pela qual estão sendo treinados. Mas nós sabemos, ao menos alguns de nós. E os senhores? Neste país?

– Quatro ou cinco de nós – disse o coronel Pikeaway.

– Na Rússia eles sabem, na América eles começaram a tomar conhecimento. Eles sabem que existem os seguidores do jovem herói, Siegfried, com base nas lendas escandinavas, e que um jovem Siegfried é o líder. Que essa é a nova religião deles. A religião do garoto glorioso, do triunfo dourado da juventude. Nele os velhos deuses nórdicos renasceram.

– Mas é claro que essa – disse Herr Spiess, deixando sua voz descer a um tom mais trivial –, é claro que essa não é a simples e prosaica verdade. Existem algumas poderosas personalidades por trás de tudo. Homens malignos com cérebros de primeira categoria. Uma pessoa importantíssima no financiamento, grande industrial, alguém que controla minas, petróleo, reservas de urânio, que manda em cientistas do mais alto nível, e estes são homens, um comitê de homens, que em si mesmos não parecem particularmente interessantes ou extraordinários, mas não obstante controlam muita coisa. Controlam as fontes de energia, e controlam, com recursos especiais, os jovens que matam e os jovens que são escravos. Controlando as drogas eles obtêm escravos. Escravos em todos os países que, pouco a pouco, progridem das drogas leves para as drogas pesadas e se tornam então de todo subservientes, de todo dependentes de homens que eles nem mesmo conhecem, mas que secretamente os dominam no corpo e na alma. Sua necessidade ávida por uma droga específica os transforma em escravos, e, no devido tempo, esses escravos revelam não ter nenhuma utilidade por causa de sua dependência das drogas, eles só serão capazes de ficar parados, apáticos, sonhando doces sonhos, e aí eles serão abandonados para morrer, ou inclusive terão sua morte facilitada. Eles não herdarão o reino no qual acreditam. Estranhas religiões estão sendo deliberadamente apresentadas a eles. Os deuses dos tempos antigos disfarçados.

– E o sexo desregrado também desempenha sua parte, eu suponho?

– O sexo pode se autodestruir. Nos velhos tempos romanos os homens que se afundavam no vício, que abusavam do sexo, que dedicavam todos os minutos ao sexo até ficar entediados e cansados de tanto sexo, por vezes fugiam dele e partiam para o deserto e se tornavam anacoretas ao modo de são Simeão Estilita. O sexo acaba se exaurindo. Ele funciona por certo tempo, mas não consegue controlar a sua vida como as drogas conseguem. As drogas e o sadismo e o amor pelo poder e pelo ódio. Um desejo de sentir dor pelo apego à dor. Os prazeres de infligir a dor. Eles estão ensinando a si mesmos os prazeres do mal. Uma vez que os prazeres do mal tomam conta de você, você não consegue voltar atrás.

– Meu caro chanceler... eu realmente não posso acreditar no senhor... quero dizer, bem... se existem essas tendências, elas precisam ser eliminadas com adoção de medidas incisivas. Quero dizer, não podemos... de fato não podemos lavar as mãos diante desse tipo de coisa. É preciso assumir uma posição firme... uma posição firme.

– Cale a boca, George.

O sr. Lazenby tirou seu cachimbo do bolso, observou-o e voltou a guardá-lo.

– O melhor plano, eu creio – ele prosseguiu, sua *idée fixe* reafirmando-se –, seria eu pegar um voo para a Rússia. Entendo que... bem, que esses fatos são conhecidos pelos russos.

– Eles sabem o bastante – disse Herr Spiess. – O quanto eles admitirão que sabem – ele encolheu os ombros –, isso é difícil dizer. Nunca é fácil fazer com que os russos falem às claras. Eles têm os seus próprios problemas na fronteira chinesa. Talvez acreditem menos do que nós no estado bastante avançado ao qual chegou o movimento.

– Eu faria dessa uma missão especial.

– Eu ficaria aqui se fosse você, Cedric.

A voz calma de Lord Altamount vinha da cadeira onde, fatigado, ele se recostava.

– Nós precisamos de você aqui, Cedric – ele disse, com um traço de suave autoridade em sua voz. – Você encabeça o nosso governo... Precisa permanecer aqui. Temos agentes treinados... os nossos próprios emissários que são qualificados para missões no exterior.

– Agentes? – Sir George Packham questionou, em dúvida. – O que podem os agentes fazer a essa altura? Precisamos de um relatório de... Ah, Horsham, aí está você, eu não tinha percebido a sua presença. Diga-nos, quais são os agentes que nós temos? E até que ponto eles podem contribuir?

– Temos alguns agentes ótimos – Henry Horsham disse com tranquilidade. – Eles nos trazem informações. Herr Spiess também nos trouxe informações. Informações que os agentes *dele* obtiveram para *ele*. O problema é... sempre foi (basta ler sobre a última guerra)... que *ninguém quer acreditar nas notícias que os agentes trazem.*

– Por certo o serviço de inteligência...

– Ninguém quer aceitar que os agentes *são* inteligentes! Mas eles são, ora. Eles são altamente treinados e os seus relatórios, em nove de cada dez vezes, são *verdadeiros*. O que acontece então? Os altos escalões se recusam a acreditar, não querem acreditar, vão além e se recusam a tomar qualquer tipo de medida.

– Realmente, meu caro Horsham, eu não consigo...

Horsham se virou para o alemão.

– Mesmo no seu país, senhor, por acaso isso não aconteceu? Relatórios verdadeiros foram apresentados mas nem sempre geraram alguma medida. *As pessoas não querem saber... quando a verdade é impalatável.*

– Sou obrigado a concordar... isso pode acontecer por vezes... não com muita frequência, eu garanto. Mas sim, às vezes...

O sr. Lazenby mexia de novo em seu cachimbo.

– Não vamos ficar discutindo sobre informações. É uma questão de lidar... de agir a partir das informações de que dispomos. Essa não é uma mera crise nacional. É uma crise internacional. Decisões precisam ser tomadas no nível mais alto... precisamos agir. Munro, a polícia precisa ser reforçada com o exército... ações militares devem ser empregadas. Herr Spiess, o senhor sempre teve uma grande nação militar; as rebeliões devem ser esmagadas pelas forças armadas antes que fiquem fora de controle. O senhor concordaria com essa política, tenho certeza...

– Com a política, sim. Mas as insurreições já estão nesse estágio que o senhor classifica como "fora de controle". Eles têm ferramentas, rifles, metralhadoras, explosivos, granadas, bombas, materiais químicos e gases...

– Mas com as nossas armas nucleares... uma mera ameaça de guerra nuclear e...

– Não estamos lidando com escolares descontentes. Com esse Exército da Juventude colaboram cientistas... jovens biólogos, químicos, físicos. Começar... ou provocar uma guerra nuclear na Europa... – Herr Spiess balançou a cabeça. – Nós já tivemos uma tentativa de envenenar o fornecimento de água em Colônia... tifoide.

– A situação como um todo é inacreditável – Cedric Lazenby olhou em volta, esperançoso. – Chetwynd? Munro? Blunt?

Para certo espanto de Lazenby, o almirante Blunt foi o único a responder.

– Não sei onde entra o almirantado... Essa não é bem a nossa praia. Eu lhe dou um conselho, Cedric: se você quer fazer a melhor coisa por si mesmo, pegue o seu cachimbo e um grande estoque de tabaco e se afaste tanto quanto possível do alcance de qualquer guerra nuclear em que você esteja pensando. Vá acampar na Antártida ou em algum lugar onde a radioatividade levará um longo tempo para alcançá-lo. O professor Eckstein nos advertiu, não é mesmo? E ele sabe do que está falando.

CAPÍTULO 18

O pós-escrito de Pikeaway

A reunião se desfez nesse ponto. Dividiu-se num rearranjo definido.

O chanceler alemão, o primeiro-ministro, Sir George Packham, Gordon Chetwynd e o dr. Reichardt saíram para almoçar na Downing Street.

O almirante Blunt, o coronel Munro, o coronel Pikeaway e Henry Horsham permaneceram para fazer seus comentários com mais liberdade de expressão do que teriam permitido a si mesmos caso tivessem permanecido os VIPs.

As primeiras observações foram um tanto desconexas.

– Graças a Deus levaram George Packham com eles – disse o coronel Pikeaway. – Preocupação, inquietação, espanto, conjeturas... isso me deixa abatido às vezes.

– Você deveria ter ido com eles, almirante – disse o coronel Munro. – Não consigo ver Gordon Chetwynd ou George Packham sendo capazes de impedir o nosso Cedric de ir fazer uma conferência de alto nível com os russos, os chineses, os etíopes, os argentinos, ou em qualquer outro lugar para onde ele se deixe levar por sua fantasia.

– Tenho mais o que fazer – disse o almirante, ríspido. – Tenho que ir para o interior, vou ver uma velha amiga minha.

Ele olhou com alguma curiosidade para o coronel Pikeaway.

– Esse negócio sobre Hitler foi realmente uma surpresa para você, Pikeaway?

O coronel Pikeaway sacudiu a cabeça.

– Não foi, na verdade. Nós tomamos conhecimento de tudo sobre os rumores do nosso Adolf aparecendo na América do Sul e mantendo a suástica ativa por anos. Uma história com cinquenta por cento de chance de ser verdadeira. Quem quer que fosse o camarada, um louco, um impostor com dons teatrais ou o homem mesmo, ele bateu as botas bem depressa. Histórias sórdidas nesse aspecto também... ele não era um grande trunfo para os seus apoiadores.

– *De quem era o corpo no bunker?* Essa é ainda uma boa discussão – falou Blunt. – Nunca houve nenhuma identificação definida. Os russos cuidaram disso.

Ele se levantou, cumprimentou os demais com a cabeça e foi até a porta.

Munro afirmou, pensativo:

– Suponho que o dr. Reichardt saiba da verdade... mas ele quis bancar o desconfiado.

– E quanto ao chanceler? – perguntou Horsham.

– Um homem sensato – grunhiu o almirante, virando a cabeça de onde estava, no vão da porta. – Ele estava organizando o seu país do jeito que queria quando esse negócio da juventude começou a brincar com o mundo civilizado. Uma pena!

Ele olhou com astúcia para o coronel Munro.

– E quanto ao Prodígio dos Cabelos Dourados? O filho de Hitler. Sabe tudo sobre ele?

– Não precisamos nos preocupar – disse de forma inesperada o coronel Pikeaway.

O almirante soltou a maçaneta da porta, voltou e se sentou.

– Só acredito vendo – disse o coronel Pikeaway. – Hitler nunca teve um filho.

– Você não pode ter certeza disso.

– Nós *temos* certeza. Franz Joseph, o jovem Siegfried, o Líder idolatrado, é uma fraude das mais ordinárias, um impostor asqueroso. É filho de um carpinteiro argentino e de uma loura bonita, uma cantora de ópera com ínfima origem alemã; herdou a beleza e a voz sonora de sua mãe. Foi cuidadosamente escolhido para o papel que deveria interpretar, preparado para o estrelato. Tinha sido ator na adolescência... marcaram seu pé com a suástica... uma história inventada para ele, cheia de detalhes românticos. Foi tratado como um dedicado Dalai Lama.

– E você tem prova disso?

– Documentação completa – sorriu o coronel Pikeaway. – Uma das minhas melhores agentes conseguiu tudo. Depoimentos juramentados, cópias fotostáticas, declaração assinada, incluindo uma da mãe, evidência médica quanto à data da cicatriz, cópia da certidão de nascimento original de Karl Aguileros... evidência assinada de sua identidade com o dito Franz Joseph. Os truques todos. A minha agente se safou com a documentação bem a tempo. Estavam atrás dela; ela por pouco não foi apanhada, mas teve um lance de sorte em Frankfurt.

– E onde estão esses documentos agora?

– Num lugar seguro. Esperando pelo momento certo para um espetacular desmascaramento de um impostor de primeira...

– O governo sabe disso? O primeiro-ministro?

– Eu nunca conto tudo que sei aos políticos... não até que eu não possa mais evitar, ou até que eu tenha certeza de que eles farão a coisa certa.

– Você *é* um demônio, Pikeaway – disse o coronel Munro.

– Alguém precisa ser – falou com tristeza o coronel Pikeaway.

CAPÍTULO 19

Sir Stafford Nye recebe visitas

Sir Stafford Nye estava entretendo convidados. Eram convidados que ele nunca encontrara antes, exceto no caso de um, que ele conhecia de vista bastante bem. Eram homens jovens e bonitos, sérios e inteligentes; foi o que ele julgou. Os cabelos eram arrumados num estilo meticuloso, as roupas eram bem cortadas mas não antiquadas em demasia. Olhando para os jovens, Stafford Nye não tinha como negar que gostava da aparência deles. Ao mesmo tempo, tentava imaginar o que queriam dele. Um dos jovens, ele sabia, era o filho de um rei do petróleo. Outro, desde que saíra da universidade, havia se interessado por política; seu tio possuía uma rede de restaurantes. O terceiro convidado era um jovem de sobrancelhas grossas que se mantinha de cenho franzido e em quem uma perpétua suspeita parecia ser a segunda natureza.

– É muita bondade de sua parte nos permitir visitá-lo, Sir Stafford – disse o rapaz que parecia ser o líder louro dos três.

Sua voz era muito agradável. Seu nome era Clifford Bent.

– Este é Roderick Ketelly e este é Jim Brewster. Estamos todos ansiosos em relação ao futuro. Posso dizer assim?

– Acho que a resposta para isso seria: não estamos todos? – falou Stafford Nye.

– Não gostamos do rumo que as coisas estão tomando – disse Clifford Bent. – Rebelião, anarquia, tudo isso. Ora, enquanto filosofia tudo bem. Para ser franco, dá para dizer que todos nós, ao que parece, sempre passamos por uma fase assim, mas de fato acabamos saindo do outro lado. Queremos que as pessoas sejam capazes de seguir carreiras acadêmicas sem que estas sejam interrompidas. Queremos uma boa quantidade de manifestações, mas não manifestações de vandalismo e violência. Queremos manifestações inteligentes. E o que nós queremos, bem francamente, ou assim eu penso, é um novo partido político. Jim Brewster, aqui, tem dedicado todas as suas atenções para planos e ideias inteiramente novos a respeito de organizações sindicais. Tentaram silenciá-lo e fazê-lo desistir, mas ele prosseguiu com as discussões, não foi, Jim?

– Uns idiotas desnorteados, quase todos eles – disse Jim Brewster.

– Nós queremos uma política séria e sensata para a juventude, um método de governo mais econômico. Queremos ideias diferentes na educação, mas nada fantástico ou pretensioso demais. E vamos querer, se ganharmos assentos, e se afinal formos capazes de formar um governo (e não vejo por que não seríamos), colocar essas ideias em ação. Há muita gente no nosso movimento. Representamos a juventude tanto quanto a facção violenta. Defendemos a moderação e pretendemos ter um governo sensato, com uma redução no número de membros do Parlamento, e nós estamos anotando, estamos procurando por homens que já estejam na política não importando quais sejam suas específicas inclinações, contanto que sejam, na nossa avaliação, homens de bom senso. Viemos aqui para ver se conseguimos fazer o senhor se interessar por nossas metas. No momento elas ainda estão em estágio de formação, mas já sabemos quais são os homens que queremos. Posso dizer que não queremos os que temos atualmente e que não queremos os que poderiam ser colocados no lugar. Quanto ao terceiro partido, ele parece ter perdido suas forças na corrida, embora existam bem poucas boas pessoas ali que sofram agora na condição de minoria, mas creio que elas adotariam o nosso modo de pensar. Queremos despertar o interesse do senhor. Queremos, um dia desses, talvez não tão distante quanto o senhor poderia pensar... queremos alguém que entenda e estabeleça uma política externa adequada e exitosa. O resto do mundo está afundando numa bagunça pior do que a nossa. Washington está arrasada. A Europa tem contínuas ações militares, manifestações, destruição de aeroportos. Bem, eu não preciso lhe passar um noticiário dos últimos seis meses, mas a nossa meta não é tanto colocar o mundo de pé outra vez quanto colocar a Inglaterra de pé outra vez. Com os homens certos para fazer isso. Queremos homens jovens, inúmeros jovens, e nós temos inúmeros jovens que não são revolucionários, que não são anarquistas, que estarão dispostos a tentar fazer com que o país progrida de maneira proveitosa. E queremos alguns dos homens mais velhos... não me refiro a homens de sessenta e poucos anos, eu me refiro a homens de quarenta ou cinquenta... e viemos procurar o senhor porque, bem, ouvimos coisas a seu respeito. Conhecemos as suas qualidades e o senhor é o tipo de homem que nós queremos.

– Vocês se julgam sensatos? – perguntou Stafford Nye.

– Bem, nós pensamos que sim.

O segundo jovem soltou um pequeno riso.

– Esperamos que o senhor concorde conosco nesse ponto.

– Não sei se concordo. Vocês estão falando aqui nesta sala com bastante liberdade.

– É a sua sala de estar.

– Sim, sim, é o meu apartamento, é a minha sala de estar. Mas isso que vocês estão dizendo, e de fato o que vocês podem estar prestes a dizer, poderia não ser muito sensato. Tanto para vocês quanto para mim.

– Ah! Creio que entendo aonde o senhor quer chegar.

– Vocês estão me oferecendo alguma coisa. Um modo de vida, uma nova carreira, e vocês estão sugerindo um rompimento de certos laços. Vocês estão sugerindo uma forma de deslealdade.

– Nós não estamos sugerindo que o senhor se torne um desertor para qualquer outro país, se é isso o que o senhor quer dizer.

– Não, não, este não é um convite à Rússia ou um convite à China ou um convite para qualquer outro lugar mencionado no passado, mas creio que seja um convite relacionado a certos interesses estrangeiros. – Ele prosseguiu: – Voltei recentemente do exterior. Uma viagem muito interessante. Passei as últimas três semanas na América do Sul. Há algo que eu gostaria de lhes contar. Notei, desde que voltei à Inglaterra, que tenha sido seguido.

– Seguido? Não pode ter imaginado isso?

– Não, não acho que eu tenha imaginado. Esse é o tipo de coisa que eu aprendi a perceber no decorrer da minha carreira. Já estive em certos lugares bem longínquos e, digamos assim, interessantes no mundo. Vocês optaram por me visitar para me sondar quanto a uma proposta. Poderia ter sido mais seguro, porém, se tivéssemos nos encontrado em outro lugar.

Ele se levantou, abriu a porta do banheiro e abriu a torneira.

– Dos filmes que eu costumava ver anos atrás... – ele disse. – Se você quisesse disfarçar a sua conversa quando uma sala tinha escutas, você abria torneiras. Não tenho dúvida de que eu sou um tanto antiquado e de que existem métodos mais eficazes para lidar com essas coisas agora. De todo modo, porém, talvez nós possamos falar um pouco mais claramente agora, embora eu considere ainda que deveríamos ter cuidado. A América do Sul – ele continuou – é uma parte muito interessante do mundo. A Federação dos Países Sul-Americanos (eles já tiveram o nome de Ouro Espanhol), composta agora por Cuba, Argentina, Brasil, Peru, um ou dois outros que ainda não estão definidos e firmados, mas que estão nesse caminho. Sim. Muito interessante.

– E qual é o seu ponto de vista nessa questão? – perguntou o desconfiado Jim Brewster. – O que o senhor tem a dizer sobre isso tudo?

– Continuarei sendo cauteloso – disse Sir Stafford. – Vocês poderão confiar mais em mim se eu não falar de modo imprudente. Mas acho que isso poderá ser feito com bastante proveito depois que eu fechar a torneira do banheiro.

– Feche a torneira, Jim – disse Cliff Bent.

Jim arreganhou os dentes de súbito e obedeceu.

Stafford Nye abriu uma gaveta da mesa e tirou dali uma flauta doce.

– Não tenho muita prática no instrumento ainda – ele disse.

Ele levou a flauta aos lábios e começou a tocar uma melodia. Jim Brewster voltou, carrancudo.

– O que é isso? Um maldito concerto que nós vamos apresentar?

– Cale a boca – falou Cliff Bent. – Você não passa de um ignorante, não sabe nada sobre música.

Stafford Nye sorriu.

– Vocês compartilham do meu gosto pela música de Wagner, eu vejo – ele disse. – Estive no Festival da Juventude este ano e os concertos me agradaram muito.

Mais uma vez ele repetiu a melodia.

– Não é uma melodia que eu conheça – disse Jim Brewster. – Poderia ser a Internacional ou a *Bandeira vermelha* ou *Deus salve o rei* ou a *Yankee Doodle* ou *A bandeira estrelada*. Que diabos é isso?

– É um motivo de uma ópera – disse Ketelly. – E cale a boca. Nós sabemos tudo que queremos saber.

– O chamado da trompa de um jovem Herói – disse Stafford Nye.

Ele ergueu a mão num gesto rápido, o gesto do passado que significava "*Heil* Hitler". Ele murmurou com suavidade:

– O novo Siegfried.

Os três se levantaram.

– O senhor tem toda a razão – disse Clifford Bent. – Todos nós precisamos, eu creio, ser muito cautelosos.

Eles apertaram as mãos.

– Ficamos contentes por saber que o senhor estará conosco. Uma das coisas de que este país vai precisar em seu futuro... no seu grande futuro, eu espero... é um ministro das Relações Exteriores de primeira categoria.

Eles saíram da sala. Stafford Nye os observou pela porta ligeiramente aberta enquanto eles entravam no elevador e desciam.

Stafford esboçou um sorriso curioso, fechou a porta, passou os olhos pelo relógio na parede e se sentou numa poltrona – para esperar...

Sua mente recuou até o dia (fazia uma semana) no qual ele e Mary Ann haviam se separado no Aeroporto Kennedy. Eles tinham parado por um momento, os dois com dificuldade para falar. Stafford Nye rompera o silêncio.

– Você acha que algum dia nós vamos nos encontrar de novo? Fico imaginando...

– Existe alguma razão para isso não acontecer?

– Todas as razões, eu diria.

Ela olhou para Stafford e logo desviou o olhar.

– Essas despedidas precisam acontecer. Faz... faz parte do trabalho.

– O trabalho! É sempre o trabalho com você, não é?

– Tem que ser.

– Você é uma profissional. Eu sou só um amador. Você é... – ele parou de súbito. – Você é o quê? Quem é você? Eu realmente não sei... ou sei?

– Não.

Stafford olhou para ela naquele momento. Pensou ver tristeza em seu rosto. Algo que era quase dor.

– Então eu só posso... tentar imaginar. Você acha que eu deveria confiar em você?

– Não, isso não. Isso é uma das coisas que eu aprendi, que a vida me ensinou. Não há ninguém em quem você possa confiar. Lembre-se disso... sempre.

– Então esse é o seu mundo? Um mundo de desconfiança, de medo, de perigo.

– Quero ficar viva. Eu estou viva.

– Eu sei.

– E quero que *você* fique vivo.

– Eu acreditei em você... em Frankfurt...

– Você assumiu um risco.

– Era um risco que valia a pena correr. Você sabe disso tão bem quanto eu.

– Você quer dizer porque...

– Porque nós ficamos juntos. E agora... esse é o meu voo sendo chamado. Esse companheirismo nosso, que começou num aeroporto, vai terminar aqui, em outro aeroporto? Para onde você vai? Vai fazer o quê?

– Fazer o que eu preciso fazer. Vou para Baltimore, para Washington, para o Texas. Para fazer o que me pediram.

– E eu? Não me pediram nada. Devo voltar para Londres, ficar lá... e fazer o quê?

– Esperar.

– Esperar o quê?

– As propostas que quase certamente serão feitas para você.

– E o que eu devo fazer em relação a elas?

Mary Ann sorriu para ele, o sorriso repentino e alegre que ele conhecia tão bem.

– Aí você toca de ouvido. Você vai saber como proceder melhor do que ninguém. Você gostará das pessoas que vão se aproximar de você. Elas serão bem selecionadas. É importante, muito importante, que saibamos quem são elas.

– Preciso ir. Adeus, Mary Ann.

– *Auf Wiedersehen.*

No apartamento de Londres o telefone tocou. Num momento singularmente apropriado, Stafford Nye pensou, sendo despertado de suas memórias bem naquele momento da despedida. "*Auf Wiedersehen*", ele murmurou enquanto levantava para ir pegar o telefone, "que assim seja".

Falou uma voz cujo tom enferrujado era de todo inconfundível.

– Stafford Nye?

Ele deu a resposta requerida:

– Não há fumaça sem fogo.

– O meu médico diz que deveria parar de fumar. Pobre coitado – disse o coronel Pikeaway –, ele é que deveria parar com essa esperança. Alguma novidade?

– Sem dúvida. Trinta moedas de prata. Isto é: prometidas.

– Malditos imundos!

– Sim, sim, fique calmo.

– E o que foi que você disse?

– Toquei uma melodia para eles. O motivo da trompa de Siegfried. Segui o conselho de uma tia idosa. O efeito foi muito bom.

– Parece loucura para mim!

– Você conhece uma canção chamada *Juanita*? Preciso aprender essa também, para o caso de precisar.

– Você sabe quem é Juanita?

– Acho que sim.

– Hmm, fico pensando... soubemos dela pela última vez em Baltimore.

– E a sua garota grega, Daphne Theodofanous? Por onde ela deve andar agora?

– Sentada num aeroporto em algum ponto da Europa esperando por você, provavelmente – disse o coronel Pikeaway.

– Os aeroportos europeus parecem estar quase todos fechados porque foram explodidos ou mais ou menos danificados. Fogo, inferno, diabruras.

Meninos e meninas, venham brincar;
O dia findou, mas brilha o luar.
Saiam de casa, não durmam agora,
Matem as outras crianças lá fora.

– A Cruzada das Crianças *à la mode.*

– Não que eu saiba realmente muito a respeito. Só conheço a cruzada da qual Ricardo Coração de Leão participou. Mas de certo modo esse negócio todo é bem parecido com a Cruzada das Crianças. Começando com idealismo, começando com ideias sobre o mundo cristão libertando a cidade sagrada dos pagãos, e terminando com morte, morte e mais morte. Praticamente todas as crianças morreram. Ou foram vendidas como escravas. Isso vai terminar da mesma maneira, a menos que consigamos achar um jeito de salvá-las...

CAPÍTULO 20

O almirante visita uma velha amiga

– Pensei que vocês estivessem mortas aqui – disse o almirante Blunt, indignado.

Sua observação era dirigida não ao mordomo que ele gostaria de ter visto abrindo aquela porta da frente, mas à jovem mulher cujo sobrenome ele nunca conseguia lembrar e cujo primeiro nome era Amy.

– Telefonei para vocês no mínimo quatro vezes na semana passada. Tinham ido para o exterior, é o que me disseram.

– Nós estávamos no exterior. Acabamos de voltar.

– Matilda não deveria sair fazendo estripulias no exterior. Não com a idade que ela tem. Ela vai acabar morrendo de pressão alta ou de insuficiência cardíaca ou de algo parecido num desses aviões modernos. Dando piruetas, cheios de explosivos colocados neles por árabes ou israelenses ou sabe-se lá quem. Nem um pouco seguro hoje em dia.

– O médico dela recomendou a viagem.

– Ora, todos nós sabemos como são os médicos.

– E ela realmente voltou com os ânimos em alta.

– Por onde ela andou, então?

– Ah, passando por uma Cura. Na Alemanha ou... nunca consigo lembrar direito se é Alemanha ou Áustria. Aquele estabelecimento novo, Golden Gasthaus.

– Ah, sim, eu sei qual é. Custa os olhos da cara, não?

– Bem, dizem que produz resultados notáveis.

– Provavelmente é só uma maneira diferente de matar a pessoa mais rápido – disse o almirante Blunt. – E a senhorita, gostou do lugar?

– Bem, na verdade não gostei tanto assim. A paisagem era muito bonita, mas...

Uma voz imperiosa soou do andar de cima.

– Amy. Amy! O que é que você está fazendo, conversando aí na entrada esse tempo todo? Traga o almirante Blunt aqui para cima. Estou esperando por ele.

– Andando à toa pelo mundo – disse o almirante Blunt, depois de ter cumprimentado sua velha amiga. – É assim que você vai se matar um dia desses. Anote o que eu estou dizendo...

– Não, não vou, não. Não há dificuldade alguma em viajar nos tempos atuais.

– Correndo por todos esses aeroportos, rampas, escadas, ônibus.

– Nada disso. Eu tinha uma cadeira de rodas.

– Um ou dois anos atrás, quando a encontrei, você disse que não queria nem ouvir falar numa coisa dessas. Você disse que era orgulhosa demais para admitir que precisava de uma.

– Bem, eu tive que deixar o meu orgulho de lado de uns tempos para cá, Philip. Venha, sente-se aqui, me diga por que você quis me visitar com tanta insistência de uma hora para a outra. Você me abandonou completamente no ano passado.

– Ora, eu não andei muito bem. Além disso, andei tratando de algumas coisas. Você sabe como é. Quando eles pedem o seu conselho e não têm a menor intenção de segui-lo. Não conseguem deixar a Marinha em paz. Estão sempre querendo nos fazer perder tempo, os desgraçados.

– Você me parece estar bastante bem – disse Lady Matilda.

– Você também não está nada mal, minha querida. Tem um belo brilho nos olhos.

– Estou mais surda desde o nosso último encontro. Você vai ter que falar mais alto.

– Certo. Vou falar mais alto.

– O que você quer, gim-tônica, uísque ou rum?

– Você parece ter uma grande coleção de bebidas fortes. Se tanto faz para você, vou querer um gim-tônica.

Amy se levantou e saiu da sala.

– E quando ela trouxer a bebida – disse o almirante –, livre-se dela de novo, pode ser? Quero conversar com você. Isto é, conversar com você em particular.

Drinques trazidos, Lady Matilda fez um gesto de dispensa com a mão e Amy se foi com um ar de quem está procedendo por sua própria vontade, não pela vontade de sua empregadora. Ela era uma jovem de muito tato.

– Boa garota – disse o almirante. – Ótima garota.

– Foi por isso que você pediu que eu me livrasse dela e a mandasse fechar a porta? Para Amy não ouvir você dizendo algo simpático sobre ela?

– Não. Eu queria consultar você.

– Sobre o quê? A sua saúde, ou onde conseguir bons criados, ou o que plantar no seu jardim?

– Quero fazer uma consulta muito séria com você. Pensei que você talvez conseguisse se lembrar de algo para mim.

– Querido Philip, é tocante que você chegue a pensar que eu possa me lembrar de *alguma coisa*. Todo ano a minha memória piora. Cheguei à conclusão de que a gente só se lembra do que chamamos de "amigos da juventude". Somos capazes de recordar até mesmo horrendas garotas com as quais frequentamos a escola, por mais que não queiramos. Foi onde eu estive agora, na verdade.

– Onde você esteve? Visitando escolas?

– Não, não, não, fui ver uma velha colega de escola que eu não vira por trinta... quarenta... cinquenta... esse tipo de tempo.

– Como ela estava?

– Imensamente gorda e ainda mais sórdida e horrenda do que a garota da qual eu me lembrava.

– Você tem gostos muito esquisitos, devo dizer, Matilda.

– Bem, vá em frente, me diga. Diga o que você quer que eu lembre.

– Estive pensando se você se lembrava de outro amigo seu. Robert Shoreham.

– Robbie Shoreham? Claro que eu lembro.

– O cientista. Cientista de primeira.

– Lógico. Ele não era o tipo de homem que a gente consegue esquecer. Mas como ele foi parar na sua cabeça?

– Necessidade pública.

– Engraçado você dizer isso – falou Lady Matilda. – Eu também pensei a mesma coisa outro dia.

– Você pensou o quê?

– Que o mundo precisava dele. Ou de alguém como ele... se é que existe alguém como ele.

– Não existe. Agora ouça, Matilda. As pessoas conversam bastante com você. Contam coisas para você. Eu mesmo lhe contei coisas.

– Nunca entendi por quê. Você não acredita que eu seja capaz de compreender ou de descrever o que você me conta. E esse foi o caso ainda mais com Robbie do que com você.

– Eu não lhe conto segredos navais.

– Bem, ele não me contou segredos científicos. Ou melhor: somente de uma forma superficial.

– Sim, mas ele costumava conversar com você sobre esses segredos, não?

– Bem, ele gostava de dizer coisas que me assombravam às vezes.

– Muito bem, então aqui vai: eu quero saber se ele alguma vez falou a você, nos tempos em que conseguia falar ainda, pobre coitado, sobre algo chamado Projeto B.

– Projeto B – Matilda Cleckheaton considerou, pensativa. – Isso me soa vagamente familiar – ela disse. – Ele costumava falar sobre um Projeto Isso ou Aquilo às vezes, ou Operação Isso ou Aquilo. Mas você precisa entender que nada daquilo jamais teve qualquer *sentido* para mim, e ele sabia que não tinha. Mas ele gostava... ah, como dizer?... gostava de me assombrar mesmo, sabe? Meio que descrevendo algo como um mágico poderia descrever seu ato de tirar três coelhos de uma cartola sem que você saiba como ele fez isso. Projeto B? Sim, isso foi muito tempo atrás... Ele ficou excitadíssimo durante um tempo. Eu costumava falar para ele às vezes: "Como anda o Projeto B?".

– Eu sei, seu sei, você sempre foi uma mulher de tato. Sempre consegue lembrar o que as pessoas estão fazendo ou quais seus interesses. E mesmo que não entendesse coisa alguma você demonstraria interesse. Eu lhe descrevi um novo tipo de armamento naval certa vez e você deve ter ficado morta de tédio. Mas você ficou ouvindo com grande atenção, como se aquilo fosse algo que você tivesse esperado ouvir a vida inteira.

– Você me diz que eu sempre fui uma mulher de tato e uma boa ouvinte como se eu não tivesse um cérebro muito privilegiado.

– Bem, eu quero ouvir um pouco mais o que Robbie disse sobre o Projeto B.

– Ele disse... bem, é muito difícil lembrar agora. Ele o mencionou depois de falar sobre certa operação que costumavam fazer no cérebro das pessoas. Nas pessoas que eram terrivelmente melancólicas e que ficavam pensando em suicídio, pessoas tão inquietas e neurastênicas que acabavam tendo pavorosos complexos de ansiedade. Coisas desse gênero, o tipo de coisa que as pessoas costumavam comentar fazendo relação com Freud. E Robbie disse que os efeitos colaterais eram impraticáveis. Isto é, as pessoas ficavam muito felizes e meigas e dóceis e não se preocupavam mais com nada, não queriam mais se matar, mas elas... bem, elas não se preocupavam o *bastante* e por isso acabavam sendo atropeladas e milhares de coisas parecidas porque não se davam conta de nenhum perigo e não percebiam nada. Estou fazendo uma explicação ruim, mas você me entende. E de todo modo, Robbie disse, esse seria o problema, ele pensava, com o Projeto B.

– Por acaso ele fez uma descrição um pouco mais detalhada do que isso?

– Robbie disse que eu tinha colocado a ideia na cabeça dele – falou Matilda Cleckheaton, de modo inesperado.

– O quê? Você está querendo dizer que um cientista, um cientista do mais alto nível como Robbie, de fato lhe disse que você tinha colocado algo em sua mente? Você não sabe coisa alguma sobre ciência.

– É claro que não. Mas eu costumava tentar colocar um pouco de bom senso na mente das pessoas. Quero dizer, falando sério, as pessoas que importam são as pessoas que pensaram em coisas simples como as perfurações nos selos postais, ou alguém como Adam, ou qualquer que fosse o nome dele... não... MacAdam, na América, que colocou aquele troço preto nas estradas de modo que os fazendeiros conseguissem transportar todas as suas colheitas das fazendas até a costa e obter mais lucro. Quero dizer, eles fazem mais bem dos que todos os cientistas ultrapoderosos. Os cientistas só sabem pensar em coisas para destruir a gente. Bem, esse era o tipo de coisa que eu dizia para Robbie. De uma maneira afável, é claro, como uma espécie de brincadeira. Ele estava justamente me contando que alguns feitos esplêndidos tinham sido realizados no mundo científico em termos de guerra bacteriológica e experimentos com biologia e o que se pode fazer com bebês em gestação se atuar logo no início. E também alguns gases peculiarmente sórdidos e desagradáveis, e dizendo como as pessoas eram tolas por protestar contra bombas nucleares porque elas eram na verdade uma caridade quando comparadas a certas outras coisas que tinham sido inventadas desde então. E então eu falei que seria muito mais produtivo se Robbie, ou alguém esperto como Robbie, conseguisse pensar em algo realmente sensato. E ele olhou para mim com aquela sua típica cintilação nos olhos e disse: "Bem, o que seria, na sua opinião, algo sensato?". E eu falei: "Bem, em vez de inventar todas essas guerras bacteriológicas e esses gases sórdidos e tudo mais, por que você não inventa simplesmente algo que torne as pessoas felizes?". Eu disse que não poderia ser uma invenção tão mais difícil. Eu falei: "Você mencionou essa operação na qual, acho que você disse, eles tiravam um pouco da frente do cérebro ou talvez a parte de trás do cérebro. De qualquer maneira, resultava uma grande diferença no temperamento das pessoas. Elas ficavam bem diferentes. Não se inquietavam mais e não queriam mais cometer suicídio". "Mas", eu disse, "bem, se você consegue mudar as pessoas assim apenas tirando um pouco de osso ou músculo ou nervo ou consertando uma glândula ou inserindo uma glândula", eu disse, "se você consegue fazer toda essa diferença nos temperamentos das pessoas, por que não poderia inventar algo que torne as pessoas agradáveis ou somente sonolentas, talvez? Digamos que você tivesse algo, não um remédio para dormir, mas só algo que deixasse a pessoa sentar numa poltrona para ter um belo sonho. Vinte e quatro horas ou algo assim e só ser acordada para comer de vez em quando." Eu disse que essa seria uma ideia muito melhor.

– E isso é o que era o Projeto B?

– Bem, é claro que ele nunca me contou o que era exatamente. Mas estava empolgado com uma ideia e disse que eu tinha colocado essa ideia na cabeça dele, então devia ser algo muito agradável que eu colocara na cabeça dele, não? Quero dizer, eu não tinha sugerido nada sobre maneiras mais sórdidas de matar pessoas e eu não queria que as pessoas nem mesmo... ora... nem mesmo chorassem, como no caso do gás lacrimogêneo ou algo parecido. Talvez que rissem... sim, eu acredito ter mencionado um gás hilariante. Eu disse, ora, quando você vai extrair um dente eles lhe dão três cheiradas daquilo e você ri, ora, certamente, certamente você poderia inventar algo que fosse tão útil quanto isso mas que durasse um pouco mais. Porque eu creio que o gás hilariante só dure uns quinze segundos, não é mesmo? Sei que o meu irmão foi extrair um dente uma vez. A cadeira do dentista ficava bem perto da janela e o meu irmão riu tanto, quando estava inconsciente, que ele esticou a perna e a enfiou pela janela do dentista e o vidro todo caiu na rua, o dentista ficou bastante aborrecido.

– As suas histórias sempre têm umas ilustrações malucas – disse o almirante. – De qualquer maneira, foi nisso que Robbie Shoreham escolheu investir com base no seu conselho.

– Bem, eu não sei exatamente o que foi. Quero dizer, não acho que tenha sido algo para dormir ou rir. De todo modo, foi algo. Não era de fato Projeto B. Tinha outro nome.

– Que tipo de nome?

– Bem, acho que ele chegou a mencioná-lo uma ou duas vezes. O nome que ele tinha dado. Bem parecido com Benger's Food* – disse tia Matilda, considerando a questão com um ar pensativo.

– Algum auxiliar para a digestão?

– Não acho que tivesse qualquer coisa que ver com digestão. Na verdade, acho que era algo que você cheirava ou algo assim, talvez fosse uma glândula. Nós conversávamos sobre tantas coisas que você nunca sabia direito qual era o tema dele num determinado momento. Benger's Food. Ben... Ben... começava com Ben. E havia uma palavra agradável associada.

– Isso é tudo que você consegue lembrar?

– Acho que sim. Quero dizer, essa foi só uma conversa que nós tivemos uma vez, e então, um longo tempo depois, ele me disse que eu tinha colocado algo em sua cabeça para o Projeto Ben alguma coisa. E depois disso, ocasionalmente, se eu me lembrasse, eu perguntava se ele ainda estava trabalhando no Projeto Ben, e então às vezes ele ficava muito exasperado e dizia que não, ele tinha topado com um empecilho e estava deixando tudo de lado agora porque o negócio estava em... em... bem, as oito palavras seguintes eram puro jargão e eu não conseguiria me lembrar delas e você não as entenderia se eu as repetisse. Mas no fim, eu acho... minha nossa, já se passaram uns oito ou nove anos... no fim ele veio um dia e falou: "Você se lembra do Projeto Ben?". Eu disse: "É claro que eu me lembro. Você ainda está trabalhando nele?". E Robbie disse que não, ele estava determinado a deixar tudo de lado. Eu falei que lamentava. Lamentava que ele tivesse desistido, e ele disse: "Bem, não é que eu não esteja conseguindo o que eu quero. Eu sei agora que seria *possível* conseguir. Sei onde eu errei. Sei precisamente o que era o empecilho, sei precisamente como desfazer esse empecilho. Lisa está trabalhando nisso comigo. Sim, poderia dar certo. Exigiria experimentos com certas coisas, mas poderia dar certo." "Bem", eu lhe disse, "qual é a sua inquietação?" E ele falou: "É que eu não sei o que isso realmente faria com as pessoas". Eu disse algo sobre ele estar com medo de que aquilo matasse pessoas ou as mutilasse para sempre ou algo do tipo. "Não", ele disse, "não é isso". Ele disse que era... ah, claro, agora eu me lembro. O nome que ele tinha dado era Projeto Benvo. Sim. E era porque tinha algo a ver com a *benevolência*.

– Benevolência! – repetiu o almirante, com enorme surpresa. – Benevolência? Você quer dizer caridade?

* Um suplemento alimentar. (N.T.)

– Não, não, não. Acho que ele simplesmente queria dizer que você poderia tornar as pessoas benevolentes. Fazer com que se *sentissem* benevolentes.

– Paz e boa vontade entre os homens?

– Bem, ele não chegou a usar esses termos.

– Não, isso é reservado aos líderes religiosos. Eles pregam isso e se nós agíssemos de acordo com suas pregações o mundo seria muito feliz. Mas Robbie, eu deduzo, não estava pregando. Ele propunha fazer algo em seu laboratório para produzir esse resultado através de meios puramente físicos.

– Era por aí. E ele disse que nunca se pode saber quando as coisas *serão* benéficas para as pessoas e quando não serão. Elas serão de uma certa maneira e não serão de outra. E ele falou umas coisas sobre... ah, penicilina e sulfonamidas e transplantes de coração e coisas como pílulas para mulheres, embora não tivéssemos "A Pílula" ainda. Mas, você sabe, coisas que parecem boas, e elas são remédios prodigiosos ou gases prodigiosos ou qualquer outro prodígio, e aí algo faz com que elas tanto possam dar errado quanto certo, e aí você deseja que elas não tivessem sido sequer consideradas. Bem, esse era o tipo de coisa que ele estava querendo sugerir. Era tudo bastante difícil de entender. Eu falei: "Você quer dizer que não quer correr o risco?". E ele disse: "Você está totalmente certa. Eu não quero correr o risco. E esse é o problema, porque, veja bem, eu não tenho a menor ideia de qual será o risco. Isso é o que acontece com os cientistas, pobres coitados que somos. Assumimos riscos e os riscos não estão naquilo que descobrimos, estão no que será feito com a nossa descoberta pelas pessoas às quais teremos que contar tudo". Eu disse: "Agora você está falando de novo sobre armamentos nucleares e bombas atômicas". E ele falou: "Ah, o diabo que leve as armas nucleares e as bombas atômicas. Nós fomos muito além". "Mas se você vai fazer com que as pessoas fiquem simpáticas e benevolentes", eu disse, "está preocupado com o quê?" E ele disse: "Você não *entende*, Matilda. Você nunca vai entender. Os meus colegas cientistas, segundo todas as probabilidades, não entenderiam também. E nenhum político jamais entenderia. E assim eu tenho um risco grande demais para correr. De qualquer modo, seria preciso pensar por um longo tempo". "Mas", eu falei, "você conseguiria trazer as pessoas de volta, bem como ocorre com o gás hilariante, não é mesmo? Quero dizer, você poderia tornar as pessoas benevolentes apenas por um breve período e depois elas ficariam boas de novo... ou ruins de novo... depende do seu ponto de vista, eu diria." E ele disse: "Não. Isso será permanente. Mais do que permanente, porque afeta o..."; e ele começou a usar jargão de novo. Longas palavras e números, você sabe. Fórmulas, ou transformações moleculares... algo assim. Devia, eu imagino, ser algo semelhante ao que fazem com quem tem cretinismo. Você sabe, para que deixem de ter cretinismo, como que lhes dando ou tirando a tireoide. Esqueci como é. Algo do gênero. Bem, imagino que exista uma bela glândula escondida em algum canto, e, se você tirá-la ou sufocá-la ou fizer algo drástico com ela... mas aí as pessoas ficam permanentemente...

– *Benevolentes* em definitivo? Você tem certeza de que essa é a palavra certa? Benevolência?

– Sim. É por isso que o projeto se chamava *Benvo*.

– Mas o que foi que os colegas de Robbie pensaram sobre o recuo dele?

– Não creio que muitos estivessem por dentro. Lisa Não Sei Quem, a garota austríaca, ela trabalhava com Robbie no projeto. E havia um jovem chamado Leadenthal ou outro nome parecido, mas ele morreu de tuberculose. E Robbie inclusive falava como se as outras pessoas que trabalhavam com ele fossem meros assistentes que não sabiam exatamente o que ele estava fazendo ou tentando fazer. Estou vendo aonde você quer chegar – disse Matilda de súbito. – Não acho que ele tenha jamais contado a alguém, de fato. Quero dizer, acho que ele destruiu suas fórmulas ou anotações ou seja lá o que fossem e desistiu da ideia toda. E então ele teve o derrame, ficou doente, e agora, pobre coitado, não consegue falar direito. Está paralisado num dos lados. Mas consegue ouvir bem. Ouve música. Essa é toda a vida dele agora.

– A vida dele está acabada, você acha?

– Ele não vê nem mesmo os amigos. Acho que vê-los é doloroso para ele. Ele sempre inventa alguma desculpa.

– Mas ele está vivo – disse o almirante Blunt. – Ele ainda está vivo. Você tem o endereço dele?

– Sim, no meu caderno de endereços, em algum canto. Ele ainda está no mesmo lugar. Algum ponto do norte da Escócia. Mas... ah, entenda, por favor... Robbie foi um homem tão maravilhoso. Ele não é mais. Está quase morto. Para todos os propósitos.

– Sempre há uma esperança – disse o almirante Blunt. – E uma crença. Fé.

– E benevolência, eu suponho – disse Lady Matilda.

CAPÍTULO 21

Projeto Benvo

O professor John Gottlieb, sentado em sua cadeira, encarava de modo bastante fixo a bela jovem sentada à sua frente. Ele coçou a orelha com um gesto de macaco que era característico de sua postura. Ele se parecia muito com um macaco, de qualquer forma. Um queixo prógnato, uma comprida cabeça de linhas exatas para contrastar e um corpo pequeno e encarquilhado.

– Não é todos os dias – disse o professor Gottlieb – que uma jovem dama me traz uma carta do presidente dos Estados Unidos. Entretanto – ele disse com jovialidade –, os presidentes nem sempre sabem ao certo o que estão fazendo. Qual é o propósito disso tudo? Deduzo que a senhorita esteja investida da mais alta autoridade.

– Vim lhe perguntar o que o senhor sabe ou pode me contar sobre algo chamado Projeto Benvo.

– A senhorita é realmente a condessa Renata Zerkowski?

– Tecnicamente, possivelmente, eu sou. Costumo ser mais chamada de Mary Ann.

– Sim, foi o que me disseram. E a senhorita quer saber sobre o Projeto Benvo. Bem, existe algo com esse nome, mas já está morto e enterrado, e o homem que o criou também, eu imagino.

– O senhor se refere ao professor Shoreham.

– Isso mesmo. Robert Shoreham. Um dos grandes gênios do nosso tempo. Einstein, Niels Bohr e alguns outros. Mas Robert Shoreham não durou tanto quanto deveria ter durado. Uma grande perda para a ciência. O que é mesmo que Shakespeare diz de Lady Macbeth? "*Ela deveria ter morrido doravante.*"

– Ele não está morto – disse Mary Ann.

– Ah. Tem certeza disso? Não temos notícias dele faz muito tempo.

– Ele é inválido. Vive no norte da Escócia. Está paralítico, não consegue falar direito, não consegue caminhar direito. Fica sentado na maior parte do tempo, ouvindo música.

– Sim, posso imaginar. Bem, fico contente. Se ele consegue fazer isso, não estará triste demais. Em todos os outros sentidos, isso é um inferno e tanto para um homem brilhante que não é mais brilhante. Que está, por assim dizer, morto numa cadeira de rodas.

– *Houve* algo chamado Projeto Benvo?

– Sim, ele estava muito entusiasmado.

– Ele conversou com o senhor a respeito?

– Ele conversava com alguns de nós nos primeiros tempos. A senhorita não é cientista, eu suponho.

– Não, eu...

– A senhorita é só uma agente, eu suponho. Espero que esteja do lado certo. Ainda temos uma esperança por milagres hoje em dia, mas não acho que a senhorita possa obter alguma coisa com o Projeto Benvo.

– Por que não? O senhor disse que ele trabalhou no projeto. Teria sido uma grande invenção, não teria? Ou descoberta, ou seja lá como vocês chamam essas coisas.

– Sim, teria sido uma das maiores descobertas do nosso tempo. Simplesmente não sei o que deu errado. Já aconteceu antes. Algo avança com boas perspectivas mas nos últimos estágios, de alguma forma, a equação não fecha. A coisa desmorona. Não gera o resultado esperado e você desiste de tudo, em desespero. Ou então faz o mesmo que Shoreham.

– Ele fez o quê?

– Ele destruiu tudo. Cada pedacinho. Me disse isso pessoalmente. Queimou todas as fórmulas, todos os documentos, todos os dados. Três semanas depois ele teve o derrame. Sinto muito. Ou seja, não posso ajudá-la. Eu nunca soube de quaisquer detalhes do projeto, nada exceto a ideia geral. Não me lembro nem mesmo da ideia, a não ser por uma coisa. Benvo significava "benevolência".

CAPÍTULO 22

Juanita

Lord Altamount estava ditando.

A voz que antes tinha sido forte e dominante agora estava reduzida a uma suavidade que ainda possuía um inesperado apelo especial. Parecia vir delicadamente das sombras do passado para ser comovente num nível emocional que um tom mais dominante não teria sido.

James Kleek anotava as palavras à medida que eram ditas, fazendo pausas aqui e ali quando surgia um momento de hesitação, tolerando a demora e esperando com gentileza.

– O idealismo – disse Lord Altamount – pode assomar e de fato geralmente assoma quando instigado por um natural antagonismo à injustiça. Trata-se de uma natural repulsa ao crasso materialismo. O natural idealismo da juventude é alimentado cada vez mais por um desejo de destruir essas duas fases da vida moderna, a injustiça e o crasso materialismo. O desejo de destruir o que é maligno por vezes acarreta o amor à destruição apenas em nome da destruição. Pode levar ao prazer da violência e à inflição da dor. Tudo isso pode ser nutrido e fortalecido de fora por pessoas dotadas de uma natural capacidade de liderança. O idealismo original surge num estágio pré-adulto. Ele deveria e poderia levar a um desejo por um novo mundo. Deveria também levar a um amor por todos os seres humanos, à boa vontade em relação aos outros. Mas aqueles que aprenderam a amar a violência pela violência jamais se tornarão adultos. Ficarão fixados em seu próprio desenvolvimento retardado e assim permanecerão durante a vida toda.

O interfone tocou. Lord Altamount fez um gesto e James Kleek atendeu.

– O sr. Robinson está aqui.

– Ah, sim. Ele pode entrar. Podemos continuar com isso mais tarde.

James Kleek se levantou, deixando de lado o caderno de anotações e o lápis.

O sr. Robinson entrou. James Kleek aproximou dele uma cadeira que tivesse proporções suficientes para receber suas formas sem desconforto. O sr. Robinson sorriu seu agradecimento e acomodou-se ao lado de Lord Altamount.

– Pois bem – falou Lord Altamount. – Tem algo novo para nós. Diagramas? Círculos? Bolhas?

Ele parecia estar levemente bem-humorado.

– Não exatamente – disse o sr. Robinson, imperturbável –, é mais como delinear o curso de um rio...

– Um rio? – repetiu Lord Altamount. – Que tipo de rio?

– Um rio de dinheiro – disse o sr. Robinson, na voz ligeiramente apologética que ele costumava usar quando lidava com a sua especialidade. – Na verdade é bem como um rio, o dinheiro... saindo de algum lugar e definitivamente indo para determinado lugar. De fato muito interessante... isto é, se você tiver interesse por essas coisas... Perceba, o dinheiro conta a sua própria história...

James Kleek exibiu uma expressão de quem parecia não perceber, mas Altamount disse:

– Eu entendo. Prossiga...

– O dinheiro está jorrando da Escandinávia... da Bavária... dos Estados Unidos... do sudeste da Ásia... alimentado por tributários menores no caminho...

– E vai para onde?

– Principalmente para a América do Sul... atendendo às demandas do agora seguramente bem estabelecido Quartel-General da Juventude Militante...

– E representando quatro ou cinco dos círculos entrelaçados que você nos mostrou... Armamentos, Drogas, Mísseis de Guerra Científica e Química, bem como Finanças?

– Sim, acreditamos saber agora, de um modo bastante preciso, quem controla esses vários grupos...

– E quanto ao círculo J, Juanita? – perguntou James Kleek.

– Por enquanto não podemos ter certeza.

– James tem certas ideias em relação a isso – disse Lord Altamount. – Espero que ele esteja errado... sim, tenho essa esperança. A letra J inicial é interessante. Ela representa o quê? Justiça? Julgamento?

– Uma dedicada assassina – disse James Kleek. – A fêmea da espécie é mais mortal do que o macho.

– Existem precedentes históricos – admitiu Altamount. – Jael servindo manteiga num prato senhorial para Sísera... e depois cravando o prego em sua cabeça. Judite executando Holofernes e sendo aplaudida por seus conterrâneos. Sim, pode haver algo aí.

– Então você acha que sabe quem é Juanita, é isso? – falou o sr. Robinson. – Interessante.

– Bem, talvez eu esteja errado, senhor, mas ocorreram coisas que me fizeram pensar...

– Sim – disse o sr. Robinson. – Todos nós tivemos de pensar, não é mesmo? Melhor dizer quem você pensa que é, James.

– A condessa Renata Zerkowski.

– O que faz com que você coloque o alvo nela?

– Os lugares pelos quais ela andou, as pessoas com as quais manteve contato. Têm ocorrido coincidências demais no jeito em que ela andou aparecendo em diferentes lugares e tudo mais. Ela esteve na Bavária. Andou visitando a Grande Charlotte por lá. E o que é mais: levou Stafford Nye junto. Acho que isso é significativo...

– Você acha que os dois estão nisso juntos? – perguntou Altamount.

– Não gostaria de dizer isso. Não sei o bastante sobre ele, mas... – James fez uma pausa.

– Sim – disse Lord Altamount –, surgiram dúvidas a respeito dele. Suspeitaram dele desde o começo.

– Henry Horsham?

– Henry Horsham é um, talvez. O coronel Pikeaway não tem certeza, eu imagino. Ele esteve sob observação. Provavelmente sabe também. Ele não é nenhum idiota.

– Mais um deles – disse James Kleek, exasperado. – Extraordinário como nós conseguimos criar essa gente, como confiamos neles, lhes contamos os nossos segredos, permitimos que saibam o que estamos fazendo, ficamos dizendo: "Se há uma pessoa na qual eu tenho total confiança é... ah, McLean, ou Burgess, ou Philby, ou qualquer um da turma". E agora... Stafford Nye.

– Stafford Nye, doutrinado por Renata, codinome Juanita – disse o sr. Robinson.

– Houve aquele negócio curioso no aeroporto de Frankfurt – disse Kleek –, e houve a visita a Charlotte. Stafford Nye, pelo que eu sei, desde então esteve na América do Sul com ela. E quanto a Renata... nós sabemos onde ela está agora?

– Ouso dizer que o sr. Robinson sabe – disse Lord Altamount. – Sabe, sr. Robinson?

– Ela está nos Estados Unidos. Eu soube que, depois de permanecer com amigos em Washington ou nas proximidades, ela esteve em Chicago, depois na Califórnia, e que ela saiu de Austin para visitar um cientista importante. Foi o que eu soube por último.

– O que ela está fazendo lá?

– Presumimos – disse o sr. Robinson, com sua voz calma – que ela está tentando obter informações.

– Que informações?

O sr. Robinson suspirou.

– É o que qualquer um gostaria de saber. Presumimos que é a mesma informação que *nós* estamos ansiosos por obter, e que ela está fazendo essa investigação em nosso benefício. Mas a gente nunca sabe... pode ser que seja para o outro lado.

Ele se virou e encarou Lord Altamount.

– Hoje à noite, ao que parece, o senhor está indo para a Escócia. É isso mesmo?

– Exato.

– Não concordo que ele vá, senhor – disse James Kleek, depois virando um rosto ansioso para o seu empregador. – O senhor não andou muito bem nos últimos tempos. Será uma viagem muito cansativa, qualquer que seja o meio. Pelo ar ou por trem. O senhor não pode deixar para Munro e Horsham?

– Na minha idade, é perda de tempo tomar cuidado – disse Lord Altamount. – Se eu puder ser útil, gostarei de morrer gastando a sola do meu sapato, como diz o ditado.

Ele sorriu para o sr. Robinson.

– Será bom você ir conosco, Robinson.

CAPÍTULO 23

Viagem à Escócia

I

O líder de esquadra tentava imaginar qual era o motivo daquilo. Ele estava acostumado a ser parcialmente deixado à margem. Era coisa da Segurança, ele supunha. Para não correr riscos. Ele já tinha feito aquele tipo de ação mais de uma vez. Levar um avião com pessoas para um lugar incomum, com passageiros incomuns, tomando cuidado para não fazer nenhuma pergunta exceto as que fossem de uma natureza inteiramente factual. Ele conhecia alguns dos passageiros naquele voo, mas não todos. Lord Altamount ele reconhecia. Um homem doente, um homem muito doente, ele pensou, um homem que, julgava ele, mantinha-se vivo por pura força de vontade. O homem de olhar vivo e vigilante com ele era o seu cão de guarda especial, presumivelmente. Cuidando não tanto de sua segurança quanto de seu bem-estar. Um cão fiel que ficava o tempo todo a seu lado. Ele tinha consigo fortificantes, estimulantes, todos os truques da medicina. O líder de esquadra especulou por que não havia também um médico em companhia do velho. Teria sido uma precaução a mais. O velho parecia uma caveira. Uma caveira nobre. Algo feito de mármore num museu. Henry Horsham o líder de esquadra conhecia bem. Ele conhecia vários da turma da Segurança. E o coronel Munro, parecendo ligeiramente menos feroz do que de costume, um tanto mais preocupado. Não muito feliz de um modo geral. Havia também um homem enorme de rosto amarelado. Poderia ser estrangeiro. Asiático? O que ele estava fazendo, indo de avião para o norte da Escócia? O líder de esquadra se dirigiu com deferência para o coronel Munro:

– Tudo pronto, senhor? O carro está aqui esperando.

– Qual é a distância exata?

– Vinte e sete quilômetros, senhor, estrada acidentada mas não tão ruim assim. Há mantas de viagem no carro.

– Você sabe as ordens? Repita, por favor, se puder, Andrews.

O líder de esquadra repetiu as ordens e o coronel assentiu com satisfação. Quando o carro finalmente se afastou, o líder de esquadra o observou à distância, perguntando a si mesmo por que raios aquelas pessoas específicas estavam ali naquela viagem pelos morros desertos rumo a um venerável e antigo castelo onde um homem doente vivia em reclusão sem amigos ou visitantes no correr dos dias. Horsham sabia, ele supunha. Horsham devia saber um monte de coisas estranhas. Ah, ora, por certo Horsham não lhe contaria nada.

O carro foi conduzido com cautela e competência. Entrou afinal num caminho de cascalho e parou diante do pórtico. Era um edifício com torres de pedra maciça. Luzes pendiam de ambos os lados da grande porta. A porta se abriu antes que houvesse qualquer necessidade de tocar uma campainha ou solicitar admissão.

Uma mulher escocesa com mais de sessenta anos, dotada de um rosto severo e azedo, ficou parada no vão da porta. O chofer ajudou os ocupantes do carro a descer.

James Kleek e Horsham ajudaram Lord Altamount a sair e o apoiaram na subida dos degraus. A escocesa deu um passo para o lado e lhe fez uma respeitosa mesura. Ela disse:

– Boa noite, vossa senhoria. O patrão está esperando. Ele sabe que os senhores chegaram. Temos quartos preparados e fogos acesos para os senhores em todos.

Outra figura tinha surgido no saguão. Uma mulher alta e esguia com entre cinquenta e sessenta anos, ainda bonita. Seu cabelo preto era partido no meio; ela tinha testa alta, nariz aquilino e pele bronzeada.

– Eis aqui a srta. Neumann, que vai acompanhá-los – disse a mulher escocesa.

– Obrigada, Janet – disse a srta. Neumann. – Certifique-se de que as lareiras sejam mantidas acesas nos quartos.

– Farei isso.

Lord Altamount apertou-lhe a mão.

– Boa noite, srta. Neumann.

– Boa noite, Lord Altamount. Espero que o senhor não esteja cansado demais por causa da viagem.

– Tivemos um voo muito bom. Este é o coronel Munro, srta. Neumann. Estes são o sr. Robinson, Sir James Kleek e o sr. Horsham, do Departamento de Segurança.

– Eu me recordo do sr. Horsham de alguns anos atrás, eu creio.

– Eu não tinha esquecido – disse Henry Horsham. – Foi na Fundação Leveson. A senhorita já era, eu creio, secretária do professor Shoreham naquela época...

– Primeiro eu fui assistente dele no laboratório, e depois sua secretária. Ainda sou, até onde ele precisa, sua secretária. Ele também precisa ter uma enfermeira morando aqui de modo mais ou menos permanente. É preciso haver mudanças de tempos em tempos... a srta. Ellis, que está conosco agora, substituiu a srta. Bude apenas dois dias atrás. Sugeri que ela ficasse bem próxima da sala na qual nós mesmos estaremos. Pensei que os senhores fossem preferir privacidade, mas que ela não deveria estar longe do nosso alcance caso precisássemos dela.

– A saúde do professor está muito mal? – perguntou o coronel Munro.

– Ele não sofre de fato – disse a srta. Neumann –, mas os senhores precisam estar preparados, isto é, caso não tenham visto o professor por um longo tempo. Ele é só o vestígio de um homem.

– Apenas mais um momento, antes que a senhorita nos leve até ele. Seus processos mentais não estão esgotados demais? Ele consegue entender o que lhe dizem?

– Sem dúvida, ele consegue entender perfeitamente, mas, visto que está semiparalisado, ele não consegue falar com grande clareza, embora isso possa variar, e é incapaz de andar sem ajuda. Seu cérebro, na minha opinião, está ótimo como sempre esteve. A única diferença é que ele se cansa com muita facilidade agora. Bem, os senhores vão querer beber alguma coisa primeiro?

– Não – disse Lord Altamount. – Não, não quero esperar. O assunto que nos trouxe aqui é muito urgente, então se a senhorita puder nos levar até ele agora... ele está nos esperando?

– Está, sim – disse Lisa Neumann.

Ela tomou a frente subindo um lance de escadas, seguindo por um corredor e abrindo a porta para uma sala de tamanho mediano. Havia tapeçarias na parede, e cabeças de cervos olhavam do alto para eles; o lugar tinha sido um pavilhão de caça. Pouco havia mudado na mobília e na decoração. Havia um grande toca-discos num dos cantos do aposento.

O homem alto estava sentado numa poltrona junto ao fogo. Sua cabeça tremia um pouco, bem como a sua mão esquerda. A pele do rosto estava decaída num dos lados. Sem fazer rodeios, só seria possível descrevê-lo de uma maneira: uma ruína. Um homem que já tinha sido alto, vigoroso, forte. Ele tinha a fronte esbelta, olhos profundos e queixo rugoso e determinado. Os olhos, por baixo das sobrancelhas grossas, eram inteligentes. Ele disse algo. Sua voz não era fraca, produzia sons bastante claros mas nem sempre reconhecíveis. A faculdade da fala lhe fugira só em parte; ele era ainda inteligível.

Lisa Neumann parou ao lado dele, observando seus lábios, para que pudesse interpretar o que ele dizia caso fosse necessário.

– O professor Shoreham os saúda. Ele está muito contente por vê-los aqui, Lord Altamount, coronel Munro, Sir James Kleek, sr. Robinson e sr. Horsham. Ele me pede que eu lhes diga que sua audição está razoavelmente boa. Qualquer coisa que os senhores lhe disserem ele terá condições de ouvir. Se houver alguma dificuldade eu poderei ajudar. O que ele quiser lhes dizer ele terá condições de transmitir por mim. Se ele ficar cansado demais para articular palavras, eu consigo ler seus lábios, e nós também conversamos numa linguagem de sinais aperfeiçoada se houver qualquer dificuldade.

– Eu tentarei – disse o coronel Munro – não desperdiçar o seu tempo, para que se canse tão pouco quanto possível, professor Shoreham.

O homem na poltrona curvou sua cabeça em reconhecimento às palavras.

– Algumas perguntas eu posso fazer à srta. Neumann.

A mão de Shoreham foi estendida num gesto débil em direção à mulher a seu lado. Sons saíram de seus lábios, mais uma vez não entendidos pelos demais, mas ela os traduziu rapidamente.

– Ele diz que confia em mim para transcrever qualquer coisa que os senhores queiram dizer para ele, ou eu para os senhores.

– O senhor, creio eu, já recebeu uma carta minha – disse o coronel Munro.

– Correto – disse a srta. Neumann. – O professor Shoreham recebeu a sua carta e tem conhecimento do conteúdo.

A enfermeira abriu a porta numa pequena fresta – mas não entrou. Ela falou num sussurro baixo:

– Tem algo que eu possa fazer ou arranjar, srta. Neumann? Para algum dos hóspedes ou para o professor Shoreham?

– Acho que não há nada, obrigada, srta. Ellis. Eu ficaria contente, no entanto, se a senhorita pudesse permanecer na sala de estar logo ali no corredor, para o caso de precisarmos de algo.

– Certamente, eu entendo.

Ela se afastou, fechando a porta devagar.

– Não queremos perder tempo – disse o coronel Munro. – Sem dúvida o professor Shoreham se mantém inteirado dos acontecimentos recentes.

– Completamente inteirado – disse a srta. Neumann –, até onde vai seu interesse.

– Ele acompanha os avanços científicos e coisas do tipo?

Robert Shoreham balançou a cabeça de um lado ao outro. Ele mesmo respondeu:

– Tudo isso acabou para mim.

– Mas o senhor tem noção, por cima, do estado no qual se encontra o mundo? O sucesso daquilo que chamam de Revolução da Juventude. A tomada do poder por forças jovens altamente aparelhadas.

A srta. Neumann disse:

– Ele se mantém inteirado de tudo o que está acontecendo... isto é, no sentido político.

– O mundo de hoje está entregue à violência, à dor, a dogmas revolucionários, a uma estranha e inacreditável filosofia do controle por uma minoria anárquica.

Uma leve expressão de impaciência passou pelo rosto macilento.

– Ele sabe disso tudo – disse o sr. Robinson, manifestando-se de modo inesperado. – Não é preciso repassar tudo isso mais uma vez. Ele é um homem que sabe de tudo.

Ele perguntou:

– O senhor se lembra do almirante Blunt?

Outra vez a cabeça foi curvada. Algo semelhante a um sorriso se mostrou nos lábios retorcidos.

– O almirante Blunt se lembra de um certo trabalho científico que o senhor fez num determinado projeto... o senhor chama de "projetos" essas coisas? Projeto Benvo.

Eles notaram a expressão alarmada que surgiu nos olhos do professor.

– Projeto Benvo – disse a srta. Neumann. – O senhor está recuando bastante, sr. Robinson, para recordar isso.

– Foi um projeto *seu*, não foi? – perguntou o sr. Robinson.

– Sim, foi um projeto dele.

A srta. Neumann agora falava por ele com maior facilidade, de maneira natural.

– Não podemos usar armas nucleares, não podemos usar explosivos ou gás ou química, mas o *seu* projeto, o Projeto Benvo, nós *poderíamos* usar.

Houve um silêncio e ninguém falou nada. E então mais uma vez os sons esquisitos e distorcidos saíram dos lábios do professor Shoreham.

– Ele diz, é claro – falou a srta. Neumann –, que o Benvo *poderia* ser usado com sucesso nas circunstâncias em que nos encontramos...

O homem na poltrona tinha se virado para ela e lhe dizia alguma coisa.

– Ele quer que eu lhes explique – disse a srta. Neumann. – O Projeto B, depois chamado de Projeto Benvo, foi algo em que ele trabalhou por muitos anos, mas que afinal deixou de lado por razões pessoais.

– Foi porque ele fracassou em fazer com que o projeto se materializasse?

– Não, ele não fracassou – disse Lisa Neumann. – Nós não fracassamos. Eu trabalhei com ele nesse projeto. Ele o deixou de lado por certas razões, mas não fracassou. Ele obteve sucesso. Estava no caminho certo, fez desenvolvimentos e testes em várias experiências de laboratório, e o experimento funcionou.

Ela se virou de novo para o professor Shoreham, fez alguns gestos com a mão, tocando os lábios, a orelha e a boca numa estranha espécie de código de sinais.

– Perguntei se ele quer que eu explique o que faz exatamente o Projeto Benvo.

– Gostaríamos muito que a senhorita explicasse.

– E ele quer saber como foi que os senhores ficaram sabendo do projeto.

– Nós ficamos sabendo – disse o coronel Munro – através de uma velha amiga sua, professor Shoreham. Não foi com o almirante Blunt, ele não conseguia se lembrar de grande coisa, mas com a outra pessoa com quem o senhor tinha falado a respeito, Lady Matilda Cleckheaton.

De novo a srta. Neumann se virou para o professor e observou seus lábios. Ela sorriu de leve.

– Ele diz que achava que Matilda tivesse morrido muito tempo atrás.

– Ela está vivíssima. Foi ela quem quis que nós soubéssemos sobre essa descoberta do professor Shoreham.

– O professor Shoreham vai lhes falar sobre os pontos principais do que os senhores quiserem saber, mas faz questão de adverti-los de que esse conhecimento será um tanto inútil. Documentos, fórmulas, cálculos e provas dessa descoberta foram todos destruídos. Mas, visto que a única maneira de satisfazer as suas perguntas é lhes explicar o esboço geral do Projeto Benvo, eu posso lhes dizer com bastante clareza no que ele consiste. Os senhores conhecem os usos e os propósitos do gás lacrimogêneo usado pela polícia no controle de multidões em tumultos, manifestações violentas e assim por diante. O gás induz um acesso de choro, lágrimas dolorosas e inflamação dos seios paranasais.

– E se trata de algo do mesmo tipo?

– Não, não é nem um pouco do mesmo tipo, mas pode ter o mesmo propósito. Veio à mente dos cientistas que seria possível transformar não apenas as principais reações e sensações de um homem, mas também suas características mentais. Você pode transformar o caráter de um homem. As qualidades de um afrodisíaco são bem conhecidas. Ele leva a um aumento do desejo sexual, e existem vários medicamentos ou gases ou operações glandulares... Qualquer uma dessas coisas pode levar a uma mudança no seu vigor mental, a um acréscimo de energia, como por alterações na glândula tireoide, e o professor Shoreham quer lhes dizer que existe um certo processo... Ele não vai lhes dizer se é glandular ou um gás que pode ser fabricado, mas existe algo que pode transformar um homem em sua perspectiva perante a vida, em sua reação às pessoas e à vida em geral. Ele pode estar num estado de fúria homicida, ele pode ser patologicamente violento, e no entanto, por influência do Projeto Benvo, ele se transforma em algo, ou melhor, em *alguém* muito diferente. Ele se torna... e só existe uma palavra para isso, eu creio, uma palavra incorporada no nome... ele se torna *benevolente*. Ele quer beneficiar os outros. Transpira bondade. Tem horror de causar dor ou infligir violência. O Benvo pode ser aplicado numa grande área, pode afetar centenas, milhares de pessoas caso seja fabricado em quantidades grandes o suficiente e distribuído com sucesso.

– Quanto tempo ele dura? – perguntou o coronel Munro. – Vinte e quatro horas? Mais?

– O senhor não compreendeu – disse a srta. Neumann. – Ele é *permanente.*

– Permanente? Você mudou a natureza de um homem, você alterou um componente, um componente físico, é claro, de seu ser, produzindo o efeito de uma mudança permanente em sua natureza. Não pode voltar atrás? Você não pode fazê-lo voltar a ser o que era. Isso tem de ser aceito como uma mudança permanente?

– Sim. Foi, talvez, antes de tudo uma descoberta de interesse médico no início, mas o professor Shoreham concebera o projeto como um repressor para ser usado em guerras, em revoltas em massa, distúrbios, revoluções, anarquia. Não pensou nele em termos meramente médicos. O invento não produz felicidade no sujeito, apenas um grande desejo de que os outros sejam felizes. É um efeito, ele diz, que todas as pessoas sentem em suas vidas num determinado momento. Elas sentem um grande desejo de fazer alguém, uma pessoa ou muitas pessoas... de deixá-las confortáveis, felizes, com boa saúde, todas essas coisas. E uma vez que as pessoas podem e de fato sentem essas coisas, existe, nós acreditamos, um componente que controla esse desejo em seus corpos, e se você colocar esse componente em operação ele poderá continuar operando de forma perpétua.

– Maravilhoso – disse o sr. Robinson.

Ele falou num tom mais pensativo do que entusiasmado.

– Maravilhoso. Que coisa para se descobrir. Que coisa para conseguir colocar em ação... mas por quê?

A cabeça recostada no espaldar da poltrona se virou lentamente na direção do sr. Robinson. A srta. Neumann disse:

– Ele diz que o senhor entende melhor do que os outros.

– Mas é a resposta! – falou James Kleek. – É a *exata* resposta! É maravilhoso.

Seu rosto estava cheio de excitação entusiasmada.

A srta. Neumann estava balançando a cabeça.

– O Projeto Benvo – ela disse – não está à venda e não é um presente. Ele foi abandonado.

– A senhorita está nos dizendo que a resposta é não? – perguntou o coronel Munro, incrédulo.

– Sim. O professor Shoreham diz que a resposta é não. Ele decidiu que o projeto era contrário...

Ela fez uma pausa e se voltou para o homem na poltrona. Ele fez gestos pitorescos com a cabeça, com uma das mãos, e alguns sons guturais saíram de sua boca. Ela esperou e então falou:

– O próprio professor lhes dirá, ele ficou com medo. Medo do que a ciência fez em seus tempos de triunfo. As coisas que ela descobriu e soube, as coisas que ela inventou e deu para o mundo. Os medicamentos prodigiosos que nem sempre foram prodigiosos, a penicilina que salvou vidas e a penicilina que tirou vidas, os transplantes de coração que trouxeram desilusões e o desapontamento de uma morte que não era esperada. Ele viveu no período da fissão nuclear; novas armas que massacraram. As tragédias da radioatividade; as poluições que as novas descobertas industriais trouxeram. Ele ficou com medo do que a ciência poderia fazer, caso fosse usada indiscriminadamente.

– Mas isso é um benefício. Um benefício para todos – exclamou Munro.

– Muitas coisas já foram benéficas. Sempre saudadas como grandes benefícios para a humanidade, como grandes prodígios. E aí surgem os efeitos colaterais, e, pior do que isso, o fato de que por vezes elas traziam não benefícios, mas desastres. E assim ele decidiu que desistiria. Ele afirma – a srta. Neumann começou a ler um papel que tinha nas mãos enquanto, a seu lado, o professor Shoreham assentia sua concordância na poltrona – o seguinte:

Estou satisfeito por ter feito aquilo que me propus a fazer, por ter realizado a minha descoberta. Mas decidi não colocá-la em circulação. Ela precisava ser destruída. E portanto ela foi destruída. E portanto a resposta aos senhores é não. Não há benevolência em estoque. Poderia ter havido no passado, mas agora todas as fórmulas, todo o conhecimento técnico, as minhas anotações e o meu registro dos procedimentos necessários desapareceram – reduzidos a cinzas – eu destruí a minha criação.

II

Robert Shoreham fez um grande esforço para enunciar uma fala rouca e difícil.

– Eu destruí a minha criação e ninguém neste mundo sabe como eu cheguei a ela. Um homem me ajudou, mas ele está morto. Ele morreu de tuberculose um ano após o nosso sucesso. Os senhores precisam ir embora. Não posso ajudá-los.

– Mas esse seu conhecimento significa que o senhor poderia ter salvado o mundo!

O homem na poltrona fez um ruído curioso. Era uma risada. A risada de um homem aleijado.

– Salvar o mundo. Salvar o mundo! Que frase! Isso é o que os seus jovens pensam que estão fazendo! Avançam com violência e ódio para salvar o mundo. Mas não sabem como! Terão de fazer *por si mesmos*, com seus próprios corações, com suas próprias mentes. Não podemos lhes fornecer um modo artificial de fazê-lo. Não. Uma bondade artificial? Nada disso. Não seria *real*. Não *significaria* nada. Seria contrário à natureza. – Shoreham disse lentamente: – *Contra* Deus.

As duas últimas palavras saíram de forma inesperada, enunciadas com clareza.

Ele olhou em volta para os seus ouvintes. Era como se lhes implorasse compreensão e ao mesmo tempo não tivesse nenhuma esperança efetiva disso.

– Eu tinha o direito de destruir o que criara...

– Duvido muito – disse o sr. Robinson. – Conhecimento é conhecimento. Aquilo que o senhor fez nascer, dando-lhe vida, não deveria destruir.

– O senhor tem o direito de opinar... mas os fatos o senhor terá de aceitar.

– Não – o sr. Robinson emitiu a palavra com força.

Lisa Neumann se virou para ele com raiva.

– O que o senhor quer dizer com "Não"?

Os olhos dela soltavam faíscas. Uma mulher bonita, pensou o sr. Robinson. Uma mulher que amara Robert Shoreham a vida toda, provavelmente. Ela o amara, havia trabalhado com ele e agora estava vivendo a seu lado, prestando serviços a ele com seu intelecto, dando-lhe devoção em sua forma mais pura, sem piedade.

– Há coisas que aprendemos no decorrer de uma vida – disse o sr. Robinson. – Não creio que a minha vida será longa. Eu carrego um peso grande demais, só para começar. – Ele suspirou ao olhar para o seu corpanzil. – Mas de fato sei algumas coisas. Estou com a razão, Shoreham. O senhor também terá de admitir que eu estou com a razão. O senhor é um homem honesto. Não teria destruído o seu trabalho. Não teria conseguido se forçar a fazer isso. Ainda deve tê-lo em algum lugar, trancado, escondido, não nesta casa, provavelmente. Aposto, e eu estou apenas tentando adivinhar, que está guardado em algum lugar num cofre ou num banco. Ela também sabe disso. O senhor confia nela. A srta. Neumann é a única pessoa no mundo em quem o senhor confia.

Shoreham disse, e dessa vez sua voz era quase perfeitamente compreensível:

– Quem é *o senhor*? Quem diabos é o senhor?

– Sou apenas um homem que entende de dinheiro – disse o sr. Robinson – e das coisas que se ramificam a partir do dinheiro. Pessoas e suas idiossincrasias e suas práticas na vida. Se o senhor quisesse, poderia colocar as mãos novamente no trabalho que deixou de lado. Não estou dizendo que o senhor poderia fazer o mesmo trabalho agora, mas acho que ele está todo lá, em algum lugar. O senhor nos disse quais são os seus pontos de vista, e eu não diria que eles são todos errados – falou o sr. Robinson. – Possivelmente o senhor está certo. Benefícios à humanidade são coisas traiçoeiras com as quais lidar. O pobre Beveridge, liberdade em relação à necessidade, liberdade em relação ao medo, liberdade em relação a fosse o que fosse, ele pensou que estava fazendo um paraíso na terra dizendo aquilo e planejando e executando. Mas não resultou um paraíso na terra, e eu não acredito que o seu Benvo ou qualquer que seja o nome que o senhor lhe deu (parece uma comida industrializada) tampouco vá criar um paraíso na terra. A benevolência tem os seus perigos como tudo mais. O que ela fará é nos poupar de muito sofrimento, dor, anarquia, violência, escravidão às drogas. Sim, ela pode impedir um monte de coisas ruins, e *poderia* impedir algo importante. Poderia... apenas *poderia*... fazer uma diferença na vida das pessoas. Jovens. Esse seu Benvolo... agora eu o fiz parecer um produto de limpeza... irá tornar as pessoas benevolentes, e eu admito que talvez elas se tornem também condescendentes, acomodadas e satisfeitas consigo mesmas, mas há uma pequena chance também de que, se você mudar a natureza das pessoas à força e elas tiverem de continuar tendo essa natureza até que morram, uma ou duas delas... não muitas... poderão descobrir que possuíam uma vocação natural, na humildade e não no orgulho, para aquilo que estavam sendo forçadas a fazer. Realmente mudá-las, eu quero dizer, antes que morram. Que não sejam capazes de perder um hábito que adquiriram.

O coronel Munro disse:

– Não entendo um pingo do que você está falando!

A srta. Neumann disse:

– Ele está falando bobagem. Os senhores precisam aceitar a resposta do professor Shoreham. Ele faz o que quiser com suas descobertas. Os senhores não podem coagi-lo.

– Não – disse Lord Altamount. – Nós não vamos coagi-lo ou torturá-lo, Robert, ou forçá-lo a revelar os seus esconderijos. Você fará o que considera correto. Todos estão de acordo.

– Edward? – falou Robert Shoreham.

Sua voz falhou ligeiramente de novo, suas mãos se movimentaram numa gesticulação, e a srta. Neumann traduziu de pronto.

– Edward? Ele diz que o senhor é Edward Altamount...

Shoreham falou mais uma vez e ela pegou as palavras.

– Ele lhe pergunta, Lord Altamount, se o senhor definitivamente, com a sua inteligência e do fundo do coração, está lhe pedindo para passar o Projeto Benvo à sua responsabilidade. Ele afirma... – ela fez uma pausa, observando, escutando – ele afirma que o senhor é o único homem na vida pública no qual sempre confiou. Se for o *seu* desejo...

James Kleek se pôs de pé num movimento repentino. Ansioso, veloz como um raio, ele parou ao lado da cadeira de Lord Altamount.

– Deixe-me ajudá-lo, senhor. O senhor está passando mal. Não está bem. Por favor, afaste-se um pouco, srta. Neumann. Eu... eu preciso cuidar dele. Eu... eu tenho os remédios dele comigo. Eu sei o que fazer...

James Kleek colocou a mão no bolso e sacou uma seringa hipodérmica.

– A menos que ele tome isto logo, será tarde demais...

Ele pegara o braço de Lord Altamount, enrolando a sua manga, apertando a carne entre os dedos, e estava prestes a inserir a agulha.

Mas alguém mais se mexeu. Horsham estava do outro lado da sala e empurrou o coronel Munro de lado; sua mão segurou a mão de James Kleek e arrancou a seringa hipodérmica. Kleek lutou o mais que pôde, mas Horsham era forte demais para ele. E Munro também já estava ao lado deles.

– Então foi *você*, James Kleek – ele disse. – Foi você o traidor, o discípulo fiel que não era um discípulo fiel.

A srta. Neumann tinha corrido até a porta, escancarando-a e chamando:

– Enfermeira! Venha depressa. Venha.

A enfermeira apareceu. Lançou um rápido olhar na direção do professor Shoreham, mas ele fez um gesto de contestação e apontou para o outro lado da sala, onde Horsham e Munro ainda seguravam Kleek, que se debatia. A mão da enfermeira desceu até o bolso de seu uniforme.

Shoreham balbuciou:

– É Altamount. Um ataque cardíaco.

– Ataque cardíaco uma ova – rugiu Munro. – Tentativa de homicídio.

Ele parou.

– Segure o camarada – ele disse para Horsham, voando para o outro lado da sala. – Sra. Cortman? Desde quando ingressou na profissão de enfermeira? Nós a perdemos bastante de vista desde que a senhora escapuliu em Baltimore.

Milly Jean ainda tentava tirar algo do bolso. Então sua mão retornou com uma pequena pistola automática. Ela olhou de relance para Shoreham, mas Munro bloqueou sua visão, e Lisa Neumann ficou parada na frente da poltrona de Shoreham.

James Kleek gritou:

– Pegue Altamount, Juanita, rápido, pegue Altamount!

O braço de Milly Jean se ergueu num átimo e ela disparou.

James Kleek disse:

– Que belo tiro!

Lord Altamount tivera uma educação clássica. Ele murmurou com voz fraca, olhando para James Kleek:

– Jamie? *Et tu Brute*? – e desfaleceu contra o espaldar de sua cadeira.

III

O dr. McCulloch olhou em volta, um pouco incerto quanto ao que diria ou faria em seguida. A noite tinha sido uma experiência um tanto incomum para ele.

Lisa Neumann se aproximou do doutor e pôs um copo a seu lado.

– Um grogue quente – ela disse.

– Eu sempre soube que você era uma mulher entre mil, Lisa – ele deu um gole no grogue com prazer. – Preciso dizer que eu gostaria de saber o que houve... mas deduzo que tudo seja tão sigiloso que ninguém vai me contar nada.

– O professor... ele está bem, não está?

– O professor? – ele olhou com gentileza para o rosto ansioso de Lisa. – Ele está ótimo. Se você quer saber, isso fez maravilhas para ele.

– Eu pensei que talvez o choque...

– Eu estou bastante bem – disse Shoreham. – Era de um tratamento de choque que eu estava precisando. Eu me sinto... como dizer?... *vivo* outra vez.

Ele parecia estar surpreso. McCulloch disse para Lisa:

– Notou como a voz dele está bem mais forte? A apatia é o pior inimigo nesses casos... o que ele quer é trabalhar novamente... o estímulo de um trabalho mental. A música é excelente... manteve o professor apaziguado e o ensinou a apreciar a vida de uma maneira branda. Mas ele é de fato um homem de grande potência intelectual... está sentindo falta da atividade mental que era a essência da vida para ele. Faça com que ele comece tudo de novo, se você puder.

Ele fez um gesto encorajador com a cabeça enquanto Lisa o olhava com um ar desconfiado.

– Eu acho, dr. McCulloch – disse o coronel Munro –, que nós lhe devemos algumas explicações sobre o que aconteceu nesta noite, muito embora, como supõe o senhor, os poderes constituídos por certo exigirão uma política de sigilo. A morte de Lord Altamount... – ele hesitou.

– A bala não o matou realmente – disse o médico. – A morte se deveu ao choque. Aquela injeção hipodérmica teria surtido o efeito... estricnina. O jovem...

– Eu tirei a injeção dele bem a tempo – disse Horsham.

– Ele foi a raposa no galinheiro o tempo todo? – perguntou o médico.

– Sim... visto com confiança e afeição por mais de sete anos. O filho de um dos mais antigos amigos de Lord Altamount...

– Acontece. E a dama... cúmplice dele, estou correto?

– Sim. Ela conseguiu o posto aqui com credenciais falsas. Também é procurada pela polícia por assassinato.

– Assassinato?

– Sim. Pelo assassinato de seu marido, Sam Cortman, o embaixador americano. Ela atirou nele nos degraus da embaixada e depois contou uma bela história sobre certos jovens, mascarados, atacando Cortman.

– Por que foi que a mulher acabou com ele? Razões políticas ou pessoais?

– Ele descobriu algumas das atividades dela, nós pensamos.

– Eu diria que ele suspeitou de infidelidade – disse Horsham – e em vez disso descobriu um vespeiro de espionagem e conspiração, com a mulher dele comandando o espetáculo. Não soube como lidar com a situação. Um camarada simpático, mas meio lento nas ideias... e ela teve o bom senso de agir depressa. Incrível como ela demonstrou pesar na cerimônia em memória dele...

– Memória... – disse o professor Shoreham.

Todos, ligeiramente sobressaltados, voltaram-se para ele.

– É uma palavra difícil de dizer, memória... mas é o que eu quero. Lisa, nós dois teremos de voltar ao trabalho.

– Mas, Robert...

– Eu estou vivo de novo. Pergunte ao doutor se eu deveria viver os meus dias sossegado.

Lisa dirigiu um olhar interrogativo para o dr. McCulloch.

– Se o senhor procurar o sossego, vai encurtar a sua vida e afundar de novo na apatia...

– Viu só? – falou Shoreham. – Está na mo-moda... nos círculos médicos hoje em dia. Fazer o sujeito... mesmo que ele esteja... às... portas da morte... continuar trabalhando...

O sr. McCulloch riu e se levantou.

– Isso não chega a estar errado. Vou mandar algumas pílulas para ajudar.

– Não vou tomar pílula nenhuma.

– Claro que vai.

Diante da porta o médico parou.

– Eu só gostaria de saber... como foi que a polícia apareceu tão depressa?

– O líder de esquadra Andrews – disse Munro – cuidou de tudo. Chegou na hora certa. Nós sabíamos que a mulher estava por perto em algum lugar, mas não tínhamos ideia de que ela já estava na casa.

– Bem... estou indo. Tudo isso que me contaram é verdade? Parece que eu vou acordar a qualquer minuto, tendo pegado no sono no meio do filme de ação mais recente. Espiões, assassinatos, traidores, espionagem, cientistas...

Ele saiu.

Houve um silêncio.

O professor Shoreham disse lenta e cuidadosamente:

– De volta ao trabalho...

Lisa disse, como as mulheres sempre disseram:

– Você precisa ter *cuidado*, Robert...

– Não... não preciso ter cuidado. O tempo pode ser curto.

Shoreham falou de novo:

– Memória...

– O *que* você quer dizer? Você já disse isso antes.

– Em memória. Sim. De Edward. O memorial dele! Eu sempre pensei que ele tinha um rosto de mártir.

Shoreham parecia estar perdido em seus pensamentos.

– Eu gostaria de encontrar Gottlieb. Talvez ele esteja morto. Bom homem com quem trabalhar. Com ele e com você, Lisa... tire o negócio do banco...

– O professor Gottlieb está vivo... na Fundação Baker, em Austin, Texas – disse o sr. Robinson.

– Você está pensando em fazer o quê? – perguntou Lisa.

– O Benvo, é claro! Um memorial para Edward Altamount. Ele morreu por isso, não foi? Ninguém deveria morrer em vão.

EPÍLOGO

Sir Stafford Nye escreveu uma mensagem telegráfica pela terceira vez.

ZP 354XB 91 DEP S.Y.

TOMEI PROVIDÊNCIAS PARA CERIMÔNIA DE CASAMENTO SER REALIZADA QUINTA-FEIRA SEMANA QUE VEM EM ST CHRISTOPHERS IN THE VALE STAUNTON SUL 2.30 PM PONTO SERVIÇO NORMAL IGREJA ANGLICANA SE DESEJAR C.R. OU GREGO ORTODOXO FAVOR TELEGRAFAR INSTRUÇÕES PONTO ONDE VOCÊ ESTÁ E QUE NOME QUER USAR PARA CERIMÔNIA DE CASAMENTO PONTO MINHA SOBRINHA TRAVESSA CINCO ANOS DE IDADE MUITO DESOBEDIENTE QUER SER

DAMA DE HONRA UMA DOCE MENINA DE FATO NOME SYBIL PONTO LUA DE MEL LOCAL POIS ACHO QUE JÁ VIAJAMOS BASTANTE ULTIMAMENTE PONTO ASSINADO PASSAGEIRO PARA FRANKFURT.

PARA STAFFORD NYE BXY42698
ACEITO SYBIL COMO DAMA DE HONRA SUGIRO TIA AVÓ MATILDA COMO MATRONA DE HONRA PONTO TAMBÉM ACEITO PROPOSTA DE CASAMENTO EMBORA NÃO OFICIALMENTE FEITA PONTO I. A. ESTÁ ÓTIMO TAMBÉM PREPARATIVOS LUA DE MEL PONTO INSISTO PANDA DEVERÁ TAMBÉM ESTAR PRESENTE PONTO NÃO ADIANTA DIZER ONDE ESTOU POIS NÃO ESTAREI QUANDO ISTO LHE CHEGAR PONTO ASSINADO MARY ANN.

– Estou bem? – perguntou Stafford Nye, nervoso, virando a cabeça para olhar no espelho.

Ele estava experimentando o seu traje de casamento.

– Não está pior do que qualquer outro noivo – disse Lady Matilda. – Eles ficam sempre nervosos. Bem ao contrário das noivas, que costumam ficar exultantes de uma maneira bastante espalhafatosa.

– E se ela não aparecer?

– Ela vai aparecer.

– Eu me sinto... eu me sinto... um tanto esquisito no íntimo.

– É porque você insistiu em repetir aquele patê de foie gras. É somente o típico nervosismo dos noivos. Não se preocupe tanto, Staffy. Você estará ótimo na noite... Isto é, você estará ótimo quando chegar na igreja...

– Isso me faz lembrar...

– Não diga que esqueceu de comprar o anel...

– Não, não, é só que eu esqueci de lhe dizer que tenho um presente para a senhora, tia Matilda.

– É muito gentil de sua parte, meu menino.

– A senhora disse que o organista tinha saído...

– Sim, graças a Deus.

– Eu lhe trouxe um novo organista.

– Ora, Staffy, que ideia extraordinária! Onde você o arranjou?

– Na Bavária... ele canta como um anjo.

– Não precisamos que ele cante. Ele vai ter que tocar órgão.

– Ele toca órgão também, é um músico muito talentoso.

– Por que ele quis sair da Bavária e vir à Inglaterra?

– A mãe dele morreu.

– Minha nossa, foi o que aconteceu com o nosso organista. Parece que as mães dos organistas têm uma saúde muito delicada. Ele vai precisar de cuidados maternos? Eu não sou muito boa nisso.

– Eu me atrevo a dizer que alguns cuidados de vó ou bisavó serão suficientes.

A porta foi aberta de repente; uma criança angelical, num pijama cor-de-rosa pontilhado com botões de rosa, fez uma entrada dramática – e disse em tons melodiosos, como quem espera uma saudação arrebatada:

– Sou eu.

– Sybil, por que você não está na cama?

– As coisas não estão muito agradáveis no meu quarto...

– Isso significa que você foi uma menina travessa e que a babá não está contente com você. O que foi que você fez?

Sybil olhou para o teto e começou a dar risadinhas.

– Foi uma lagarta, daquelas peludas. Eu coloquei a lagarta em cima dela e ela desceu por *aqui*.

O dedo de Sybil indicou um ponto no meio de seu peito que o linguajar da costura chama de "decote".

– Não me admira que a babá tenha ficado zangada... argh! – disse Lady Matilda.

A babá entrou naquele momento e falou que a srta. Sybil estava agitada demais, que ela não queria fazer a sua oração e tampouco se deitar.

Sybil se esgueirou para junto de Lady Matilda.

– Eu quero fazer a minha oração com você, Tilda...

– Muito bem... mas depois você vai direto para a cama.

– Sim, Tilda!

Sybil ficou de joelhos, juntou as mãos e proferiu vários ruídos peculiares que pareciam ser uma necessária preliminar de abordagem ao Todo-poderoso em oração. Ela suspirou, gemeu, resmungou, emitiu um resfôlego encatarrado final e se lançou:

– Por favor, Deus, abençoe papai e mamãe em Singapura, e tia Tilda, e tio Staffy, e Amy e a cozinheira e Ellen, e Thomas, e todos os cachorros, e o meu pônei Grizzle, e Margaret e Diana, minhas melhores amigas, e Joan, a última das minhas amigas, e faça de mim uma boa menina em nome de Jesus, amém. E por favor, Deus, faça da babá uma pessoa legal.

Sybil se levantou, trocou olhares com a babá na certeza de ter obtido uma vitória, deu boa-noite e desapareceu.

– Alguém deve ter falado com ela sobre o Benvo – disse Lady Matilda. – A propósito, Staffy, quem vai ser o seu padrinho?

– Eu tinha esquecido completamente... Eu preciso ter um padrinho?

– É de praxe.

Sir Stafford Nye pegou um pequeno animal peludo.

– O panda será o meu padrinho. Sybil vai gostar, Mary Ann vai gostar... E por que não? O panda esteve envolvido desde o começo... desde Frankfurt...

Portal do destino

Tradução de Henrique Guerra

Para Hannibal e seu dono

Damasco tem quatro portões imponentes (...)
Portal do Destino, Portão do Deserto, Caverna do Desastre,
Fortaleza do Medo (...)
Se for passar, ó caravana, não passe cantando.
Por acaso já ouviu
No silêncio dos pássaros mortos, um pio
Ecoando?

Excerto de *Gates of Damascus*,
de James Elroy Flecker

LIVRO 1

CAPÍTULO 1

Sobre livros principalmente

– Livros! – exclamou Tuppence numa explosão de mau gênio.

– O que você disse? – indagou Tommy.

Tuppence lançou o olhar na direção dele.

– Eu disse "livros" – respondeu ela.

– Entendo – falou Thomas Beresford.

Tuppence começava o trabalho de esvaziar três caixas grandes repletas de livros.

– É incrível – comentou Tuppence.

– O espaço que eles tomam?

– Sim.

– Está tentando colocar todos na estante?

– Sei lá o que estou tentando – retrucou Tuppence. – Isso que é mais esquisito. A gente nunca sabe bem o que quer. Puxa vida! – suspirou ela.

– É mesmo? – estranhou o marido. – Eu jurava que essa característica não tinha nada a ver com você. O seu problema é sempre saber *muito bem* o que quer.

– O fato – continuou Tuppence – é que estamos envelhecendo e, sejamos realistas, começando a nos sentir um pouco reumáticos... Ainda mais quando é preciso esticar o corpo, guardar livros e baixar coisas da estante. Ou se ajoelhar para espiar algo nas prateleiras de baixo e sentir dificuldade para se erguer de novo.

– Isso mais parece – disse Tommy – um levantamento de nossas inaptidões físicas. É disso que você está falando?

– Que nada. Estou falando sobre como é encantador termos comprado uma casa nova e encontrado um lugar bem do jeitinho que a gente queria para morar, a casa de nossos sonhos... com pequenas alterações, é claro.

– Derrubar uma ou outra parede – disse Tommy – e construir o que você gosta de chamar de "avarandado", e o empreiteiro, de "galeria externa". Para mim é varanda mesmo.

– E então vai ficar perfeita – afirmou Tuppence.

– Quando acabar me avise! – ironizou Tommy.

– Pode brincar, mas, quando tudo estiver pronto, vai ficar encantado com o quanto sua mulher é engenhosa e artística.

– Tudo bem – concordou Tommy. – Já decorei o que devo dizer.

– Não precisa decorar – rebateu Tuppence. – As palavras vão sair de sua boca ao natural.

– O que isso tem a ver com livros? – quis saber Tommy.

– Bem, trouxemos umas três caixas de livros conosco. Vendemos os que não nos interessavam. Só trouxemos aqueles que a gente não poderia mesmo deixar para trás. E então a família beltrana (não consigo lembrar o nome agora, mas o pessoal que nos vendeu esta casa) não queria levar junto a maioria das coisas. Perguntaram se a gente não gostaria de fazer uma oferta, inclusive para os livros, e viemos dar uma olhada...

– E fizemos algumas ofertas – completou Tommy.

– Sim. Mas não tantas como eles imaginavam. A mobília e a decoração eram horríveis demais. Felizmente não ficamos com aquilo, mas quando vi a coleção de livros... Tinha uns especiais para crianças, sabe, na sala de estar... e um ou outro dos meus velhos prediletos. Ou melhor, vários dos meus prediletos. Então fiquei pensando. Como seria divertido ficar com eles! Você se lembra da história de Andrócles e o leão? Li aos oito anos de idade. Andrew Lang.*

– Não me diga, Tuppence! Aos oito anos já era esperta o suficiente para ler?

– Sim – disse Tuppence. – Com cinco anos eu já lia. Todo mundo lia cedo naquela época. A gente aprendia sem se dar conta. Um adulto lia para nós em voz alta. Se a gente gostava da história, cuidava a posição em que o livro era guardado na estante e pegava de novo para dar uma olhada. Então descobria que estava lendo também, sem se importar com aprender a soletrar ou coisa do tipo. Mais tarde isso não me ajudou muito – reconheceu –, afinal de contas, ortografia não é o meu forte. Mas teria sido ótimo, é a sensação que eu tenho, se alguém tivesse me ensinado a soletrar corretamente lá quando eu tinha uns quatro anos de idade. Meu pai preferia me ensinar a somar, subtrair e multiplicar. Ele dizia que a tabuada era a coisa mais útil para aprender na vida, e me ensinou também a dividir com divisor de dois ou mais algarismos.

– Que inteligente ele era!

* Escritor escocês (1844-1912) de contos folclóricos e contos de fadas. (N.T.)

– Não sei se a inteligência era o seu forte – ponderou Tuppence –, mas era uma pessoa muito boa.

– Não estamos fugindo do assunto?

– Estamos, sim – disse Tuppence. – Como eu ia dizendo, estou pensando em reler "Andrócles e o leão"... se não estou enganada, pertencia àquela série sobre animais escrita por Andrew Lang... Ah, eu adorava. Também tinha aquele sobre "um dia em minha vida em Eton", de autoria de um menino que estudava em Eton.* Não sei por que me deu vontade de ler aquilo, mas eu li. E se tornou um dos meus livros favoritos. E tinha também histórias inspiradas nos clássicos, sem falar nos da sra. Molesworth**, como *O relógio de cuco* e *Sítio dos quatro ventos...*

– Está bem – interrompeu Tommy. – Não precisa fazer a lista completa dos triunfos literários da sua infância.

– Hoje em dia – retomou Tuppence – ninguém encontra mais esses livros. De vez em quando aparecem novas edições, mas cheias de mudanças e com ilustrações diferentes. Sem brincadeira, um dia desses não consegui reconhecer *Alice no País das Maravilhas.* Parecia tudo tão estranho. Mas outros a gente ainda acha. Os da sra. Molesworth, os de antigos contos de fadas (o livro rosa, o livro azul e o livro amarelo)*** e muitos infantojuvenis que eu amava. Uma pilha de títulos de Stanley Weyman**** e coisas do tipo. Há uma porção deles aqui, abandonados.

– Está bem – cedeu Tommy. – Você caiu na tentação. Sentiu que a compra era boa até à vista!

– Sim, pelo menos... Como assim, "até a vista"?

– Até *à* vista! Eu quis dizer que você achou que era uma boa compra, mesmo com o pagamento à vista – explicou Tommy.

– Ah, bom... Pensei que ia sair da sala e estava se despedindo de mim.

– Não, em absoluto – retorquiu Tommy. – O papo está interessante.

– É, foi barato mesmo. E aqui estão eles no meio de nossos próprios livros. Só que agora ficamos com uma coleção imensa. A estante não vai dar nem para começo de conversa. Não vai sobrar espaço no seu gabinete?

– Não – respondeu Tommy. – Vai faltar espaço até para os meus.

– Ai, ai! – exclamou Tuppence. – Como somos previsíveis. Será que vamos ter que construir uma sala extra?

---

* *Day of my life, or, Everyday Experiences at Eton* (1877), de George Nugent-Bankes. (N.T.)

** Mary Louisa Molesworth (1839-1921), escritora escocesa de literatura infantil. (N.T.)

*** Obras que integram a coleção conhecida como Andrew Lang Coloured Fairy Books. (N.T.)

**** Stanley John Weyman (1855-1928), escritor inglês considerado o "Príncipe do romance". (N.T.)

– Nem pensar – sentenciou Tommy. – A ordem é economizar. Falamos nisso anteontem mesmo. Não lembra?

– Isso foi anteontem – redarguiu Tuppence. – As coisas mudam rápido. Já sei o que vou fazer. Vou colocar nestas prateleiras todos os livros dos quais eu não poderia me separar, e então damos uma olhadinha nos outros... Deve existir algum hospital infantil na região, ou pelo menos algum estabelecimento onde os livros serão úteis.

– Não é melhor vendê-los? – sugeriu Tommy.

– Não é o tipo de livro que as pessoas teriam interesse em comprar. Não temos nenhuma raridade ou coisa parecida.

– Nunca se sabe – argumentou Tommy. – Quem sabe um volume fora de catálogo não é o objeto de desejo de algum livreiro?

– Nesse meio-tempo, é claro – considerou Tuppence –, temos que colocá-los na estante, folheá-los um por um, sabe como é... para conferir se não é um livro cobiçado ou inesquecível. Estou tentando deixá-los mais ou menos... digamos, mais ou menos classificados. Aventuras, contos de fadas, infantis e aquelas histórias escolares com crianças ricas, ao estilo de L. T. Meade.* E também alguns dos livros que costumávamos ler para Débora quando ela era pequena. Todo mundo adorava *O ursinho Pooh*!** Mas de *A galinhola cinza* eu não gostava muito.

– Parece cansada – observou Tommy. – Que tal um intervalo?

– Talvez – respondeu Tuppence –, mas antes quero acabar este lado da sala. Só terminar de guardar os livros aqui...

– Se é assim, deixe que eu ajudo – ofereceu-se Tommy.

Ele se aproximou, esvaziou uma caixa de livros no chão, juntou uma pilha, levou até a estante e empurrou-os na prateleira.

– Vou dispor pelo tamanho. Dá um aspecto mais organizado.

– Ah, eu não chamaria isso de bem-organizado – disse Tuppence.

– Bem-organizado o suficiente para a coisa andar. Em outra hora podemos retomar isso e deixar tudo perfeito. Vamos classificá-los num dia de chuva, quando não tivermos nada melhor para fazer.

– O problema é que sempre temos algo melhor para fazer.

– Muito bem, aqui couberam mais sete. Agora só resta aquele canto ali em cima. Quer me alcançar aquela cadeira? As pernas são firmes? Consigo colocar alguns na prateleira de cima.

Com certo cuidado, subiu na cadeira. Tuppence lhe alcançou uma pilha de livros. Ele os inseriu com cuidado na prateleira superior. O desastre

---

* Pseudônimo da irlandesa Elizabeth Thomasina Meade (1854-1914), autora de *A World of Girls: The Story of a School.* (N.T.)

** Clássico infantil escrito pelo inglês Alan Alexander Milne (1882-1956). (N.T.)

só aconteceu com os últimos três, que despencaram no chão e, por muito pouco, não acertaram Tuppence.

– Essa foi por pouco! – ela exclamou.

– Não tenho culpa. Você me alcançou muitos ao mesmo tempo.

– Puxa, ficou uma beleza! – admirou-se Tuppence, recuando um pouco. – Agora é só colocar esses na segunda prateleira de baixo para cima para encerrarmos esta caixa. É um bom começo. Nesta manhã estou organizando os que compramos. Podemos garimpar tesouros.

– Tesouros – repetiu Tommy.

– Preciosidades de valor inestimável.

– E o que vamos fazer então? Vender?

– Acho que sim – ponderou Tuppence. – Mas é claro que nós também poderíamos guardar só para mostrar às pessoas. Não para se exibir, se é que você me entende, mas apenas para dizer: "Temos aqui alguns bons achados".

– Livros de estimação, há tempos esquecidos?

– Mais do que isso. Algo desconcertante, surpreendente, capaz de fazer a diferença em nossas vidas.

– Ah, Tuppence! – exclamou Tommy. – Que imaginação fértil a sua! É bem mais fácil encontrarmos um desastre absoluto.

– Bobagem – retrucou Tuppence. – É preciso esperança. É a coisa mais importante na vida. Esperança. Esqueceu? Esperança não me falta.

– Nem precisa dizer – suspirou Tommy. – Não raro eu lamento isso.

CAPÍTULO 2

A flecha negra

A sra. Beresford repôs *O relógio de cuco* na lacuna da terceira prateleira de baixo para cima, junto com os demais livros da sra. Molesworth. Tuppence puxou *O quarto da tapeçaria* e, pensativa, segurou o volume nas mãos. Ou era melhor começar pelo *Sítio dos quatro ventos*? Não se lembrava de *Sítio dos quatro ventos* tão bem quanto se lembrava de *O relógio de cuco* e *O quarto da tapeçaria*. Os dedos vaguearam pela estante... Logo Tommy estaria de volta.

O serviço progredia devagar. Sem dúvida ela estava dispersiva. Se pelo menos não perdesse tempo folheando os livros prediletos da sua infância. Aprazível, mas tomava tempo demais. Quando Tommy chegasse à noitinha e perguntasse como iam as coisas, ela responderia "Tudo bem", sem esquecer de uma boa dose de tato e finesse para evitar que ele subisse as escadas e conferisse com os próprios olhos se o serviço nas prateleiras progredia. A mudança não acabava nunca. Fazer mudanças sempre foi bem mais demorado do que se imagina. E que gente irritante. Eletricistas, por exemplo. Descontentes com o serviço realizado na última vez, arrancavam, com um sorriso estampado no rosto, partes enormes do assoalho, criando mais e mais armadilhas, só para a desprevenida dona de casa pisar em falso e ser amparada bem a tempo pelo eletricista invisível que rastejava às apalpadelas sob o piso.

Enquanto folheava o livro, Tuppence lembrou da conversa com o marido.

– Às vezes – suspirou Tuppence – sinto saudades de Bartons Acre.

– Lembre-se da sala de jantar – retorquiu Tommy –, lembre-se do sótão e lembre-se do que aconteceu com a garagem. Quase destruiu o carro.

– Era só ter consertado – ponderou Tuppence.

– Não – redarguiu Tommy. – Seria necessário praticamente reconstruir tudo. A alternativa era nos mudarmos. Um dia esta casa vai se tornar um lar aconchegante. Tenho certeza disso. Sobra espaço para fazer tudo que desejarmos.

– Quando você fala em espaço – retrucou Tuppence –, quer dizer lugar para um monte de tralhas.

– Concordo plenamente – disse Tommy. – Sempre guardamos mais coisas do que o necessário.

Naquela altura, Tuppence perguntou a si mesma: "será que algum dia aquele casarão se tornaria um lar?" O que antes parecia simples agora se tornava complicado. Em parte, é claro, devido àquela montanha de livros.

"As meninas de hoje", falou Tuppence com seus botões, "não aprendem a ler tão cedo nem com tanta facilidade. Hoje tem criança de quatro, cinco, seis anos que não consegue ler. Só vão aprender aos dez ou onze anos. Não sei explicar por que era tão fácil para nós. Toda a turma sabia ler. Eu, meu vizinho Martin, Jennifer do outro lado da rua, Cyril e Winifred. Todo mundo. Não que fôssemos capazes de soletrar com perfeição, mas conseguíamos ler qualquer coisa que quiséssemos. Continuo sem saber como aprendemos. Pedindo às pessoas, imagino. Os dizeres dos cartazes, as pílulas de Carter... Nós costumávamos ler tudo sobre elas nos outdoors ao longo da ferrovia, perto de Londres. Eu sempre me perguntava qual era afinal a serventia delas. Minha nossa! É melhor retomar o trabalho."

Organizou mais alguns livros. Três quartos de hora se passaram com ela absorta primeiro em *Alice no País do Espelho*, depois com *A História desconhece*, de Charlotte Yonge*, sobre o cativeiro de Maria da Escócia. As mãos de Tuppence deslizaram sobre a capa do volume grosso e esfarrapado de *A corrente de margaridas*, da mesma autora.

* Prolífica romancista inglesa (1823-1901). (N.T.)

– Preciso reler isto – murmurou Tuppence. – Faz um século que eu li. Era fascinante torcer para Norman ser crismado. Lembro da Ethel, e... como era mesmo o nome do lugar? Coxwell ou coisa que o valha. E a mundana Flora. Por que naquela época rotulavam as pessoas de "mundanas"? E hoje? Somos todos mundanos ou não?

– A senhora chamou?

– Não – disse Tuppence, relanceando o olhar ao leal colaborador Albert, que acabara de aparecer na soleira da porta.

– Pensei ter ouvido a sineta.

– Ela tocou sozinha quando eu subi na cadeira para pegar um livro – explicou Tuppence.

– Quer que eu apanhe para a senhora?

– Quero sim – aproveitou Tuppence. – Daqui a pouco levo um tombo dessas cadeiras. Elas têm as pernas bambas e escorregam bastante.

– Algum em especial?

– Falta quase toda a terceira prateleira de cima para baixo.

Albert subiu na cadeira e foi baixando os volumes, batendo para sacudir a poeira acumulada. Tuppence os amparava com enlevo.

– Imagine só! Tinha me esquecido da maioria. *A história do amuleto* e também *Os caçadores de tesouros.** Adoro estes. Não os coloque de volta na prateleira ainda, Albert. Quero reler primeiro. O que temos aqui? *O cocar vermelho*. Revolução Francesa... romance histórico. Gênero empolgante! E olhe só: *O poder de Richelieu*. Outro do Stanley Weyman. Outros e mais outros. Eu li isso quando tinha dez ou onze anos. Só falta encontrarmos *O prisioneiro de Zenda*!** – Soltou um suspiro de imenso prazer. – *O prisioneiro de Zenda*. Isso que chamo de introdução à novela romântica. A saga da princesa Flávia. O rei da Ruritânia. E o mocinho Rudolph Rassendyll, então? Impossível não sonhar com ele à noite.

Albert baixou outra mancheia de livros.

– O que temos aqui? – perguntou Tuppence. – *A ilha do tesouro*. Já li mais de uma vez, sem falar que vi pelo menos duas adaptações para o cinema. Esses filmes nunca me convencem. Olhe só... *Raptado*! Sempre gostei deste.

Albert se esticou e exagerou na quantidade de livros da braçada. Tuppence recebeu *Catriona* na cabeça.

– Sinto muito, senhora.

– Tudo bem – disse Tuppence –, não foi nada. *Catriona*. Sim. Mais algum do Robert Louis Stevenson*** aí em cima?

---

* Obras de Edith Nesbit (1858-1924), escritora e poetisa inglesa de histórias infantis. (N.T.)

** Romance do londrino Anthony Hope (1863-1933). (N.T.)

*** Escritor escocês (1850-1894), autor de *O médico e o monstro* e *O clube dos suicidas*. (N.T.)

Albert entregou os livros com mais cuidado. Tuppence soltou uma exclamação de incomensurável deleite:

– *A flecha negra*! Ora, ora! *A flecha negra*! Um dos primeiros livros a cair na minha mão e eu ler todinho. Você não deve ter lido este, Albert. Afinal, nem era nascido, não é? Agora deixe-me pensar. *A flecha negra*. Sim, é claro, aquele retrato na parede com olhos (de verdade) espiando através dos olhos do retrato. Emocionante. Espetacular. *A flecha negra*. Qual era o enredo? Tudo girava em torno... Ah, sim! "O gato, o rato e Lovell, o nosso cão. Governavam a Inglaterra no reinado do porcão."* É isso. O porco era ninguém menos que Ricardo III. Mas hoje em dia está na moda escrever livros enaltecendo o rei incrível que ele era. Longe de ser um canalha. Mas eu não acredito nisso. Muito menos Shakespeare. Afinal de contas, Ricardo avisa logo no começo da peça *Ricardo III*: "Estou decidido a agir como um canalha".** *A flecha negra*.

– Mais algum?

– Não, obrigada, Albert. Estou meio cansada para continuar.

– Ah, o patrão ligou avisando que vai chegar meia hora atrasado.

– Não tem importância – disse Tuppence.

Sentou-se, abriu *A flecha negra* e mergulhou na leitura.

– Nossa, é sensacional! Esqueci quase tudo. Vai ser ótimo reler. Só lembro que a história era empolgante.

A casa caiu no silêncio. Albert voltou à cozinha. Tuppence apoiou as costas na poltrona e nem viu o tempo passar. Aninhada na poltrona um tanto surrada, a sra. Beresford buscou os prazeres do passado na leitura atenta de *A flecha negra*, de Robert Louis Stevenson.

Na cozinha, Albert também não viu o tempo passar, entretido ao redor do fogão. Um carro estacionou. Albert saiu pela porta lateral.

– Quer que eu guarde o carro na garagem, senhor?

– Não – disse Tommy. – Pode deixar. Você está ocupado com a janta. Estou muito atrasado?

– Não, senhor. Dentro do horário previsto. Um pouco antes até.

Tommy guardou o veículo na garagem e então entrou na cozinha, esfregando as mãos.

– Que frio está lá fora. Cadê Tuppence?

– Lá em cima com os livros.

– O quê?! Ainda às voltas com aqueles famigerados livros?

– Sim. Hoje ela continuou o serviço e passou boa parte do tempo lendo.

---

* Ricardo III era chamado de *hog* (porco grande), pois tinha javalis no brasão de armas. (N.T.)

** Tradução de Beatriz Viégas-Faria (*Ricardo III*, L&PM, 2006, cena 1, ato I). (N.T.)

– Tédio – resmungou Tommy. – Qual o cardápio, Albert?

– Filé de linguado ao limão. Logo ficará pronto.

– Ótimo. Uns quinze minutos? Vou aproveitar e tomar um banho.

No sótão, afundada na poltrona um tanto puída, absorta na leitura de *A flecha negra*, Tuppence enrugou a testa levemente. Ela se deparara com um fato curioso. A partir da página... 64 ou 65? Deu uma olhadela rápida para conferir. Apareciam palavras sublinhadas. Tuppence passou um quarto de hora estudando o fenômeno. Não entendia por que as palavras haviam sido sublinhadas. Não formavam sequência lógica nem citações. Só trechos pinçados isoladamente e sublinhados em tinta vermelha. Leu baixinho:

– "Matcham não conteve um grito abafado. 'Lady!' Dick pulou de surpresa, escorregando o arpéu e a aljava entre os dedos. Mas para os companheiros, esse era o sinal esperado. Todos se puseram de pé ao mesmo tempo, prestes a sacar espadas e adagas das bainhas. Ellis ergueu a mão. Seus olhos brilharam."

Tuppence balançou a cabeça. Não fazia sentido.

Foi até a mesa em que deixava o material de escrever, escolheu umas folhas recém-enviadas pela gráfica para os Beresford selecionarem o papel de carta a ser estampado com o novo endereço: The Laurels.*

– Nome bobo – disse Tuppence –, mas se mudarmos o nome as cartas acabam extraviadas.

Copiou as palavras. Então notou algo que antes não notara.

– Isso muda tudo – comentou Tuppence.

Rabiscou letras no papel.

– Então você está aí – disse Tommy de súbito. – O jantar está quase pronto. Como vão os livros?

– Curioso – disse Tuppence. – Incrivelmente curioso.

– O quê?

– Encontrei esta edição de *A flecha negra*, de Stevenson, e me deu vontade de reler. Tudo ia bem quando de repente... As páginas ficaram estranhas, com uma porção de palavras sublinhadas em tinta vermelha.

– Ora, tem gente que faz isso – arguiu Tommy. – Não digo com tinta vermelha, mas é comum sublinhar uma citação para se lembrar depois.

– Mas não é isso – respondeu Tuppence. – São letras.

– Como assim, letras?

– Venha cá – pediu Tuppence.

Tommy aproximou-se, sentou no braço da poltrona e leu:

– "Matcham grito Lady aljava dedos companheiros espadas adagas bainhas." Que maluquice é essa?

* Os Loureiros. (N.T.)

– Primeiro também pensei isso. Mas não é maluquice, Tommy.

A sineta soou lá embaixo.

– A ceia está pronta.

– Antes escute. Não chega a ser urgente, mas é extraordinário.

– Qual é a invenção mirabolante desta vez? – perguntou Tommy.

– Não é invenção coisa nenhuma. Preste atenção: em "Matcham", a letra M e a letra A estão sublinhadas. Depois outras palavras foram escolhidas propositalmente e, penso eu, sublinhadas com o objetivo de marcar letras específicas. As próximas são o R em "grito" e o "Y" em "Lady". Depois o J de "aljava", o "O" em "dedos", o "R" de "companheiros", o "D" em "espadas", o "A" de "adagas" e o "N" em "bainhas".

– Pelo amor de Deus, pare! – rogou Tommy.

– Só um minuto – pediu Tuppence. – Percebe agora por que eu anotei estas letras? Não vê que, se pegarmos estas letras em sequência, elas formam uma palavra? M-A-R-Y. Quatro letras sublinhadas.

– E isso forma o quê?

– Mary.

– Certo – disse Tommy. – Uma menina chamada Mary. Uma criança de natureza inventiva avisando que o livro é dela. As pessoas escrevem seus nomes nos livros e nas coisas.

– Mary – disse Tuppence. – E as próximas letras sublinhadas formam a palavra J-O-R-D-A-N.

– Não disse? Mary Jordan – falou Tommy. – Perfeitamente normal. Agora sabe o nome e o sobrenome da menina. Mary Jordan.

– Aí é que está: o livro não pertencia a ela. No começo do livro, está escrito "Alexander" em caligrafia infantil. Alexander Parkinson.

– E que importância tem isso?

– Muita importância – disse Tuppence.

– Vamos logo, estou faminto – apressou-a Tommy.

– São apenas quatro páginas – disse Tuppence. – Letras pinçadas em locais aleatórios ao longo das páginas. Não seguem uma lógica. As palavras em si não têm importância... só as letras. Então observe. Temos M-a-r-y J-o--r-d-a-n. Até aí tudo bem. Sabe quais as duas palavras seguintes? N-ã-o (não) e m-o-r-e-u. Claro, era para ser "morreu", mas pelo jeito a pessoa engoliu um dos erres. Três palavras completam a frase: d-e m-o-r-t-e n-a-t-u-r-a-l. Que frase forma? "Mary Jordan não morreu de morte natural". Que tal? – indagou Tuppence. – E não é só isso. Tem mais duas sentenças: "Foi um de nós. Acho que sei quem foi". E termina. Fim das palavras sublinhadas. Empolgante, não acha?

– Olhe aqui, Tuppence – ponderou Tommy –, não está pensando em levar isso a sério, está?

– Como assim, levar isso a sério?

– Criar uma névoa de mistério.

– Ora, é um mistério para mim – retrucou Tuppence. – "Mary Jordan não morreu de morte natural. Foi um de nós. Acho que sei quem foi". Ah, Tommy, há de concordar comigo que isso é bem intrigante.

CAPÍTULO 3

Visita ao cemitério

– Tuppence! – chamou Tommy ao entrar em casa.

Não houve resposta. Com certa contrariedade e muita pressa, ele subiu a escadaria e enveredou pelo corredor do segundo piso. Na correria, quase enfiou o pé num buraco do assoalho. A reação foi imediata.

– Eletricista relaxado! – praguejou.

Dias antes houve um problema igual. Os eletricistas chegaram numa simpática mistura de otimismo e eficiência e começaram a trabalhar.

– Agora está quase pronto, tem pouca coisa a fazer – afirmaram. – Voltaremos hoje à tarde.

Mas a promessa não se cumpriu, o que não chegou a surpreender Tommy. Estava acostumado à tendência geral da mão de obra da construção civil, desde eletricistas até instaladores de gás e afins. Vinham, esbanjavam eficiência, faziam comentários otimistas, iam embora buscar alguma coisa. E não voltavam. A pessoa ligava para o telefone deixado, quase sempre um número errado. Se porventura o número estava certo, a pessoa desejada nunca estava disponível no setor, seja lá qual fosse. Tudo o que se tinha a fazer era tomar cuidado para não torcer o tornozelo, despencar num buraco e se ferir de um jeito ou de outro. Calejado pela vida, ele sabia se cuidar, mas Tuppence... Ela era o tipo de pessoa que corria o constante risco de se queimar com a água fervente da chaleira ou na chapa quente do fogão. Seu maior receio era que ela se machucasse. E onde teria se enfiado agora? Chamou de novo.

– Tuppence! Tuppence!

Ele se preocupava com ela. Não saía de casa sem lhe dar uma última palavra de sabedoria; ela, por sua vez, jurava de pés juntos que seguiria os conselhos à risca. Não, ela não sairia. A não ser, é claro, para comprar manteiga. Afinal, isso não tem nada de perigoso, ou tem?

– Isso pode ser perigoso se a compradora de manteiga for *você* – respondeu Tommy.

– Ah – defendeu-se Tuppence –, não seja idiota.

– Não estou sendo idiota – justificou Tommy. – Só estou sendo um marido prudente e cuidadoso, tomando conta da minha propriedade favorita. Mas ainda não sei bem por quê...

– Porque – completou Tuppence –, além de encantadora e bonita, sou uma companhia agradável e cuido muito bem de meu maridinho.

– Talvez – provocou Tommy. – Mas, se quiser, eu posso lhe dar uma lista alternativa.

– Melhor não. Algo me diz que não gostaria de ouvi-la – respondeu Tuppence. – Você tem várias mágoas recolhidas. Mas não se preocupe. Tudo vai acabar bem. Quando voltar é só me chamar.

Mas agora onde estava Tuppence?

– A diabinha – disse Tommy. – Saiu sabe-se lá para onde.

Galgou novo lance de escadas até a saleta onde a havia encontrado na outra vez. Folheando outro livro infantil, imaginou ele. De novo empolgada com palavras tolas que uma criança tola sublinhara em tinta vermelha. No rastro de Mary Jordan, seja lá quem fosse ela. Mary Jordan, que não tivera morte natural. Era inegável que aquilo atiçara um pouco a curiosidade dele. Fazia bastante tempo, presumia, que a família que lhes vendera a casa se chamava Jones. Mas os Jones foram donos da casa por apenas três ou quatro anos. Portanto, a criança do livro de Robert Louis Stevenson deveria ser de um período anterior. No sótão dos livros, nenhum livro fora da estante e nem sinal de Tuppence.

– Onde será que ela se meteu? – perguntou Thomas.

Desceu a escadaria chamando várias vezes. Sem resposta. Examinou o cabideiro no hall. Faltava a capa de chuva de Tuppence. Onde ela teria ido? E onde estava Hannibal? Tommy modificou o tom da voz e chamou:

– Hannibal! Hannibal! Níbal... meu filho! Cadê você?

E nada de Hannibal.

"Pelo menos levou Hannibal junto com ela", pensou Tommy.

Ele não conseguia chegar a uma conclusão se isso era pior ou melhor. Hannibal certamente não deixaria algo de ruim acontecer a Tuppence. A questão era: Hannibal não causaria problemas a outras pessoas? Cordial ao fazer visitas, ao recebê-las seu comportamento era outro. Sempre que alguém aparecia para visitar os Beresford, encontrava em Hannibal um anfitrião desconfiado. Ficava de prontidão para toda e qualquer eventualidade, para latir ou morder conforme avaliasse necessário. Mas que diabo, onde todo mundo se meteu?

Saiu andando pela rua: nem sombra de um cachorrinho preto ao lado de uma senhora de estatura mediana com capa de chuva vermelha. Por fim, retornou para casa com um muxoxo nos lábios.

Foi recebido por um aroma para lá de apetitoso. Rumou rápido até a cozinha. À frente do fogão, Tuppence virou-se e abriu um sorriso de boas-vindas.

– Como sempre, atrasado – comentou, mexendo a panela de ferro com uma colher de pau. – Está saindo um refogado de carne. Cheirinho bom, não é? Experimentei umas coisinhas bem diferentes dessa vez. Uns temperos verdes da horta. Pelo menos pareciam temperos.

– Temperos verdes – disse Tommy – ou folhas de beladona? Ou folhas de erva-dedal camufladas de verduras inofensivas! Onde você estava?

– Levei Hannibal para passear.

Hannibal, neste momento, deu o ar de sua graça. Correu na direção de Tommy numa volúpia de boas-vindas que quase o derrubou no chão. Hannibal era um cachorrinho preto, de pelo lustroso, com atraentes manchas castanhas nas nádegas e nas bochechas. Manchester terrier do mais puro pedigree, ele se considerava mais sofisticado e aristocrata do que todos os outros cães que encontrava.

– Puxa vida, Tuppence! Andei até agora atrás de você. O tempo não está agradável para passeios.

– É. Tem uma garoinha chata. Ai... fiquei cansada.

– Aonde foi? Dar uma olhada nas lojas?

– Não, hoje as lojas fecham cedo. Nada disso: fui ao cemitério.

– Mórbido – disse Tommy. – O que foi fazer no cemitério, afinal?

– Olhar as lápides.

– Mais mórbido ainda – endossou Tommy. – Hannibal se divertiu?

– Tive de colocá-lo na guia. Um sacristão não parava de sair da igreja olhando de atravessado para Hannibal... É melhor prevenir do que remediar. Hannibal talvez não fosse com a cara dele, e eu não quero preconceito conosco logo na chegada.

– O que foi procurar no cemitério?

– Ah, ver que espécie de gente está enterrada lá. Muita gente, por sinal. Lotado! Pelo jeito é um cemitério bem antigo. Tem vários túmulos do século XVII e alguns ainda mais velhos. Tem sepultura que não dá para ler a data direito, de tão antiga. Os dizeres estão apagados.

– Continuo sem entender por que você quis ir ao cemitério.

– Estava investigando – explicou Tuppence.

– Investigando o quê?

– Se tinha algum Jordan enterrado lá.

– Minha nossa – disse Tommy. – Não tirou isso da cabeça ainda?

– Afinal de contas, de morte natural ou não, Mary Jordan morreu. Então deve estar enterrada no cemitério, não é mesmo?

– A menos – provocou Tommy – que tenha sido enterrada no jardim.

– Não acho isso plausível – avaliou Tuppence. – Esse menino, Alexander, se achava muito esperto... Mas vamos supor que ele tenha sido a única pessoa a descobrir a verdade. Ou seja, ela apenas morreu, foi enterrada e ninguém...

– Ninguém suspeitou de crime – sugeriu Tommy.

– Mais ou menos. Envenenada, golpeada na cabeça, empurrada num penhasco, atropelada... Existem várias maneiras de se planejar um crime.

– Aposto que sim – disse Tommy. – Pelo menos uma coisa boa você tem: o bom coração. Não colocaria nenhum desses planos em prática por mero divertimento.

– Mas não tinha nenhuma Mary Jordan no cemitério. Não tinha nenhum Jordan.

– Que decepcionante para você – concluiu Tommy. – A comida não está pronta? Estou morrendo de fome. O cheirinho está bom.

– Está no ponto – avisou Tuppence. – Vá lavar as mãos que vou servir.

CAPÍTULO 4

Muitos Parkinson

– Muitos Parkinson – retomou Tuppence durante a refeição. – Bem antigos. Uma coleção incrível. Parkinson de todas as idades. Velhos, jovens, casais. Parkinson pra caramba! E outras famílias como Cape e Griffin. E dois sobrenomes engraçados: Underwood e Overwood.

– Tive um amigo chamado George Underwood – comentou Tommy.

– Eu já conhecia o sobrenome Underwood. Mas Overwood eu nunca tinha ouvido falar.

– Homem ou mulher? – indagou Thomas, com certo interesse.

– Mulher. Rose Overwood.

– Rose Overwood – pronunciou Tommy, escutando o som do nome. – Não me soa bem, não sei por quê. – E acrescentou: – Depois do almoço preciso ligar para os eletricistas. Tome cuidado, Tuppence, para não cair naquele buraco da escada.

– Das duas, uma: morro de morte morrida ou matada.

– Ou de curiosidade – completou Tommy. – A curiosidade matou o gato.

– Não está nem um pouco curioso? – perguntou Tuppence.

– Não vejo nenhuma razão convincente para estar curioso. O que temos de sobremesa?

– Torta de melaço.

– Tenho de reconhecer, Tuppence: a comida estava deliciosa!

– Que bom que gostou – disse Tuppence.

– Que pacote é aquele na porta dos fundos? É o vinho que encomendamos?

– Não – respondeu Tuppence –, são bulbos.

– Bulbos? – indagou Tommy.

– Tulipas – esclareceu Tuppence. – Preciso falar com o velho Isaac sobre elas.

– Onde vai plantá-las?

– Acho que ao longo do caminho central do jardim.

– O coitado é tão velho que dá a impressão de que pode cair morto a qualquer minuto.

– Aí que você se engana – discordou Tuppence. – Isaac tem uma resistência fenomenal. Sabe, descobri que os jardineiros são assim. Ótimos jardineiros chegam à flor da idade na casa dos oitenta. Se aparecer um jovem forte e corpulento dizendo: "Sempre quis ser jardineiro", pode ter certeza que ele não presta. A única coisa que sabe fazer é passar o rastelo nas folhas de vez em quando. Não importa o que a gente pede a eles, a resposta é sempre a mesma: não é a época boa. E como nunca sabemos qual é a época certa para fazer as coisas (pelo menos eu não sei), então, já viu. Eles sempre acabam enrolando a gente. Mas Isaac é fantástico. Ele sabe tudo. – Tuppence acrescentou: – Encomendei também alguns açafrões. Será que vieram junto no pacote? Vou lá dar uma olhada. Ele ficou de vir hoje e tirar todas as minhas dúvidas.

– Certo – falou Tommy. – Daqui a pouco saio para encontrar vocês.

Tuppence e Isaac tiveram uma reunião agradável. Desembrulharam as tulipas e entabularam discussões sobre as melhores alternativas. Primeiro, as tulipas precoces, que regozijam os corações a partir dos fins de fevereiro. Depois, a ideia de plantar as lindas tulipas papagaio, de pétalas ondulantes e bicolores. Por fim, as tulipas da espécie conhecida por Tuppence como *viridiflora*: de uma beleza extraordinária, com longos pecíolos de maio até meados de junho. Para realçar a atraente cor verde-pastel, combinaram de plantá-la em separado, num pacato canteiro do jardim, onde pudesse ser colhida e compor arranjos florais para a sala de estar, e também na trilha do portão da frente até a casa, onde despertaria a inveja dos visitantes ou até mesmo aguçaria a sensibilidade artística dos entregadores de carnes e mantimentos.

Às quatro da tarde, Tuppence encheu um bule marrom com chá bem forte e dispôs sobre a mesa da cozinha, junto a uma tigela de cubos de açúcar e uma jarra de leite. Convidou Isaac para entrar e recuperar as forças antes de ir embora e, em seguida, foi atrás de Tommy.

"Ele deve estar dormindo em algum lugar", pensou Tuppence com seus botões enquanto procurava pelos cômodos da casa. Ficou contente ao ver uma cabeça saliente na plataforma entre os lances de escada sobressaindo de um sinistro poço no chão.

– Tudo certinho agora, madame – garantiu o eletricista. – Não tem mais perigo. Tudo novo em folha.

Ele avisou que o serviço continuaria em outro ponto da casa na manhã seguinte.

– Espero que vocês venham mesmo – disse Tuppence. E acrescentou: – Por acaso não viu o sr. Beresford por aí?

– Ah, o seu marido? Sim. Lá em cima no sótão. Deixando coisas cair. Bem pesadas. Acho que livros.

– Livros! – surpreendeu-se Tuppence. – Quem diria!

O eletricista sumiu de novo no seu mundo subterrâneo particular, e Tuppence subiu ao sótão convertido em biblioteca especializada em livros infantis.

Tommy estava sentado em cima de uma escadinha de três degraus. Vários livros estavam no chão ao redor, e havia lacunas consideráveis nas prateleiras.

– Então você está aí! – exclamou Tuppence. – Fingiu que não estava nem um pouco interessado. Andou olhando uma porção de livros, não? Bagunçou tudo o que eu tinha arrumado com todo o capricho.

– Vai me desculpar – falou Tommy –, mas pensei que não faria mal nenhum eu dar uma olhada.

– Algum outro livro com coisas sublinhadas em tinta vermelha?

– Não. Nada.

– Que desagradável – disse Tuppence.

– A meu ver é culpa de Alexander, nosso mestre Alexander Parkinson – disse Tommy.

– Tem razão – concordou Tuppence. – Um dos numerosos Parkinson.

– Deve ter sido um menino meio preguiçoso. Não que não dê trabalho ficar sublinhando tudo aquilo, mas não há mais informações sobre Mary Jordan – disse Tommy.

– Perguntei ao velho Isaac. Ele conhece muitas pessoas por aqui. Não lembrou de nenhum Jordan.

– O que você vai inventar com aquele abajur de bronze lá embaixo, perto da porta? – quis saber Tommy, descendo da escada.

– Vou levar na Feira do Elefante Branco – afirmou Tuppence.

– Por quê?

– Ah, sempre achei aquele negócio uma tolice completa. Compramos numa dessas viagens ao exterior, não foi?

– Devíamos estar meio birutas. Você nunca gostou. Sempre disse que odiava. Por mim, tudo bem. Sem falar que pesa uma tonelada.

– Mas a srta. Sanderson ficou encantada quando eu disse que eles podiam ficar com ele. Ela se ofereceu para apanhar aqui, mas eu disse que levaria de carro. É hoje que me livro desse trambolho.

– Se quiser, eu posso levar.

– Não, pode deixar que eu mesma resolvo isso.

– Certo – disse Tommy. – Quem sabe vou junto para ajudar a carregar?

– Ah, não vai ser difícil achar um voluntário para carregá-lo para mim – considerou Tuppence.

– Não vá fazer esforço físico.

– Pode deixar – prometeu Tuppence.

– Tem outra razão para querer ir, não tem?

– Só pensei que seria bom bater um papo com o pessoal – falou Tuppence.

– Eu nunca sei o que você está aprontando, Tuppence, mas pelo brilho no olhar sei *quando* está aprontando.

– Leve Hannibal para passear – sugeriu Tuppence. – Não posso levá-lo na Feira do Elefante Branco. Não quero ter que separar dois cães engalfinhados.

– Certo. Que tal um passeio, Hannibal?

Hannibal, como era seu hábito, de imediato respondeu que sim. Era impossível não entender as afirmativas e as negativas do cãozinho. Chacoalhava o corpo, balançava o rabo, erguia e baixava alternadamente as patas dianteiras e esfregava com força a cabeça na perna de Tommy.

– Isso mesmo! – parecia dizer o cãozinho. – É para isso que você existe, meu escravo querido. Vamos fazer um passeio encantador. Quero farejar muitos cheiros!

– Vamos lá – disse Tommy. – Vou levar a guia junto. Vê se não corre para o meio da rua como na última vez. Um caminhão quase o atropelou.

Hannibal levantou um olhar com a expressão: "Sou um cachorro bonzinho e obediente". Por mais enganador que fosse o olhar, em geral convencia até mesmo as pessoas acostumadas a lidar com Hannibal.

Tommy colocou o abajur de bronze no carro, não sem reclamar do peso. Tuppence zarpou. Quando o carro dobrou a esquina, Tommy enganchou a guia na coleira de Hannibal e começou a descer a rua. Então dobrou na ruela da igreja e tirou a guia, pois naquele trecho era pouco o movimento de veículos. Hannibal agradeceu o privilégio rosnando e farejando vários tufos de grama junto ao muro da calçada. Se pudesse usar a linguagem humana, teria dito algo como: "Aqui passou um canzarrão. Aquele pastor alemão asqueroso que me mordeu, só pode. Não vou com a cara dele. Não perde por esperar!" Rosnou baixinho. "Ah! Que refrescância! Que delícia! Por aqui andou uma cachorrinha bonita. Preciso conhecê-la! Será que mora longe? Tomara que more nesta casa..."

– Saia já deste portão – ordenou Tommy. – Não vá entrar na propriedade alheia.

Hannibal fingiu não escutar.

– Hannibal!

Hannibal redobrou a velocidade e deu a volta por trás da casa, a caminho da cozinha.

– Hannibal! – esbravejou Tommy. – Não está me escutando?

– É comigo, Dono? – disse Hannibal. – Me chamando? Ah, sim, é claro.

Hannibal escutou um forte latido no interior da cozinha, fugiu apressado e grudou nos calcanhares de Tommy.

– Bom menino – elogiou o dono.

– Sou um bom menino, não sou? – perguntou Hannibal. – Sempre de prontidão! Se precisar de mim, estou a menos de um passo de distância, pronto para defendê-lo!

Chegaram a um portão lateral que dava para o cemitério da igreja. Hannibal, não se sabe como, tinha o incrível talento de mudar de tamanho ao bel prazer. Quando bem entendia, trocava a forma um tanto espadaúda, meio roliça, para se transformar num fiapinho negro. E assim conseguiu se esgueirar por entre as barras do portão com facilidade.

– Volte aqui, Hannibal! – chamou Tommy. – É proibida a entrada de cães no cemitério da igreja.

A resposta de Hannibal a isso, se houvesse, teria sido: "Já estou no cemitério da igreja, Dono". Pulava contente nas aleias do cemitério com a aparência de um cão recém-largado num jardim especialmente prazeroso.

– Cachorro terrível! – gritou Tommy.

Abriu o portão, entrou e correu no encalço de Hannibal com a guia na mão. A esta altura, Hannibal alcançava o canto mais distante do adro e sem cerimônia tentava acessar a igreja pela fresta da porta. Tommy, porém, alcançou-o a tempo e o colocou na guia. Hannibal ergueu um olhar de inocência, como se fosse exatamente aquilo o que ele queria.

– Colocando a guia em mim, não é? – disse, abanando o rabo. – Legal! Isso tem lá seu prestígio. Prova que sou um cachorro de valor.

Já que não parecia haver ninguém para se opor a que ele caminhasse no cemitério na companhia de Hannibal, adequadamente preso a uma confiável guia, Tommy perambulou no local, checando talvez as investigações de Tuppence do outro dia.

Primeiro observou a laje apagada de uma sepultura, nas proximidades de uma portinhola de acesso à igreja. "Era", pensou ele, "uma das mais antigas". Havia várias delas ali, a maioria datando do século XIX. Uma lápide, entretanto, chamou a atenção de Tommy.

– Estranho – disse ele. – Pra lá de estranho.

Hannibal levantou o olhar. Não entendeu aquele trecho da conversa do dono. Nada naquele túmulo parecia capaz de despertar o interesse canino. Sentou-se e mirou o dono com olhos indagadores.

CAPÍTULO 5

Feira do Elefante Branco

I

Para sua agradável surpresa, Tuppence descobriu que o abajur de bronze, que tanta repulsa causava a ela e a Tommy, foi recebido com calorosas boas vindas.

– Quanta bondade, sra. Beresford! Trazer algo tão bonito! Muito interessante. Deve ter comprado numa de suas viagens ao estrangeiro.

– Sim, compramos no Egito – informou Tuppence.

A esta altura ela estava em dúvida. Comprara o item há oito ou dez anos. "Poderia ter sido em Damasco", meditou ela, "mas igualmente poderia ter sido em Bagdá ou até mesmo em Teerã". "Mas", raciocinou, "o Egito aparecia mais seguido na mídia"; portanto, seria bem mais interessante. Além disso, o objeto parecia egípcio. Era óbvio que, mesmo comprado em outro país, datava de um período influenciado pela manufatura egípcia.

– É grande demais – disse ela – para nossa casa, então pensei...

– É perfeito para fazermos uma rifa – sugeriu a srta. Little.

Srta. Little era, digamos assim, a encarregada. A "sabe-tudo da paróquia" estava sempre por dentro de tudo o que acontecia no vilarejo. De pequena, não tinha nada: era uma mulher de carnes fartas. Ninguém a chamava pelo nome Dorothy, mas sim pelo apelido, "Dotty".

– Espero ver a senhora na feira, certo, sra. Beresford?

Tuppence assegurou que ia aparecer.

– Mal posso esperar para fazer minhas compras – tagarelou ela.

– Ah, fico tão contente com isso!

– Acho excelente a ideia do Elefante Branco – elogiou Tuppence. – É a pura verdade, não é? É bem isso: o que para uma pessoa é um elefante branco para outra é uma pérola inestimável.

– Ai, *temos* de contar isso ao pastor – afirmou a angulosa srta. Price-Ridley, abrindo um sorriso. – Aposto que ele vai se divertir bastante.

– Essa bacia de papel machê, por exemplo – falou Tuppence, erguendo o troféu mencionado.

– É mesmo? Será que alguém vai querer comprar isto?

– Eu mesma vou comprar se ainda estiver à venda quando eu vir amanhã – garantiu Tuppence.

– Mas hoje em dia tem cada tigela de plástico bonita...

– Não sou muito chegada a plástico – explicou Tuppence. – Puxa, é bonita mesmo esta bacia de papel machê! Do tipo que cabe muita coisa, um monte de porcelana junta sem quebrar. E tem também um abridor de latas antigo, modelo com cabeça de touro, que não se vê mais hoje em dia.

– Ah, mas dá mão de obra. Não acha melhor abridor elétrico?

Conversações nessa linha prosseguiram durante um curto período, e então Tuppence indagou se podia contribuir com algum serviço.

– Ah, querida sra. Beresford, quem sabe a senhora não quer arrumar a tenda das raridades? Aposto que a senhora tem talento artístico.

– Talento artístico, que nada – disse Tuppence –, mas vai ser um prazer arrumar a tenda. Apenas me avisem se eu fizer algo errado – acrescentou.

– Ah, é tão bom ajuda extra. Está sendo um prazer enorme conhecê-la, também. Já baixou a poeira da mudança? Estão bem-acomodados?

– A esta altura, já devíamos estar – afirmou Tuppence –, mas ainda temos um longo caminho pela frente. Não é fácil lidar com eletricistas, marceneiros e quejandos. Nunca vão até o fim do serviço.

Surgiu um debate, com as pessoas próximas a ela, queixando-se dos eletricistas e dos instaladores de gás.

– A turma do gás é a pior – sentenciou a srta. Little com firmeza. – Eles vêm lá de Lower Stamford. Os eletricistas vêm de Wellbank.

Com a chegada do pastor para dizer algumas palavras de incentivo e ânimo aos voluntários, o assunto mudou. Ele declarou estar muito feliz por conhecer a nova ovelha do rebanho, a sra. Beresford.

– Sabemos tudo sobre a senhora – afirmou. – E sobre seu marido. Outro dia tive uma conversa interessante a seu respeito. Que vida mais animada vocês tiveram. Melhor não entrar em detalhes, não é mesmo? Missão na Segunda Guerra. Atuação fabulosa do casal.

– Ah, conta, pastor – rogou uma das senhoras, afastando-se do estande onde organizava potes de geleia.

– Não posso. Pediram sigilo absoluto – disse o pastor. – Acho que ontem vi a senhora caminhando no cemitério da igreja, sra. Beresford.

– Estive olhando a igreja – confirmou Tuppence. – O senhor tem vitrais encantadores.

– Sim, fabricados no século XIV. Pelo menos aquele da nave norte. Mas, é claro, a maioria é vitoriana.

– Passeando no cemitério – disse Tuppence, aproveitando a deixa –, notei como a família Parkinson era numerosa por aqui.

– Bem observado. Nestas bandas sempre existiram grandes contingentes da família Parkinson. Claro, eu mesmo não me lembro de nenhum deles. Mas conheço alguém que se lembra. Não é, sra. Lupton?

– Sim – respondeu ela. – Lembro-me de quando a velha sra. Parkinson era viva... *a* sra. Parkinson, que vivia no solar. Que pessoa maravilhosa!

– E vi também alguns Somer, além dos Chatterton.

– Ah, pelo jeito está se enfronhando na geografia histórica local.

– Acho que ouvi falar numa tal de Jordan... Annie ou Mary Jordan, não conhecem?

Tuppence correu o olhar entre os presentes de modo inquiridor. O nome Jordan não pareceu despertar qualquer interesse especial.

– Alguém tinha uma cozinheira chamada Jordan. Acho que a sra. Blackwell. Susan Jordan, se não me engano. Que eu me lembre, ela ficou só um semestre. O trabalho dela não era lá dos melhores.

– Isso faz muito tempo?

– Não, oito ou dez anos atrás. Não mais do que isso.

– Hoje mora algum Parkinson na cidade?

– Não, faz tempo que foram embora. Um deles se casou com uma prima e foi morar no Quênia.

– Fico pensando – prosseguiu Tuppence, dando um jeito de grudar na sra. Lupton, cujas atividades, ela sabia, incluíam o hospital de crianças local – se a senhora não gostaria de uma doação de livros infantis. Todos bem antigos, é bom que se diga. Parte de um lote que arrematamos junto com a mobília da casa.

– É muita bondade sua, sra. Beresford, tenho certeza. Mas sabe, já temos livros muito bons, que nos foram doados. Edições modernas para as crianças de hoje. É uma pena submetê-los à leitura de livros antiquados.

– Pensa isso mesmo? – indagou Tuppence. – Eu adorava os livros que eu tinha quando criança. Alguns eram da minha avó quando ela era criança. Justamente desses que eu gostava mais. Nunca vou esquecer a leitura de *A ilha do tesouro*. Nem do *Sítio dos quatro ventos*, da sra. Molesworth. E os de Stanley Weyman.

Percorreu o ambiente com olhos curiosos e então, resignada, checou a hora no relógio de pulso, exclamou como era tarde e despediu-se.

II

Tuppence chegou em casa, guardou o carro na garagem e rodeou a casa para entrar pela porta da frente. A porta estava aberta, então ela entrou. Albert veio da cozinha e curvou o corpo para saudá-la.

– Aceita um chazinho? A senhora parece cansada.

– Não, obrigada – disse Tuppence. – Já tomei chá na quermesse. Bolo ótimo, mas o pão doce deixava a desejar.

– É difícil acertar o pão doce. Pão doce é quase tão difícil quanto rosquinha. Ah – suspirou –, que delícia as rosquinhas de Milly!

– Insuperáveis – concordou Tuppence.

Milly era a esposa de Albert, falecida há alguns anos. Na opinião de Tuppence, Milly era boa no preparo de torta de melaço, mas nunca acertara a mão com as rosquinhas.

– É difícil acertar as rosquinhas – afirmou Tuppence –, eu mesma nunca consegui acertar.

– É um dom.

– Onde está o sr. Beresford? Saiu?

– Lá em cima. Na biblioteca. A saleta dos livros. Sei lá como a senhora chama. Para mim é o sótão.

– O que está fazendo lá? – quis saber Tuppence, levemente surpresa.

– Folheando os livros, acho. Arrumando a estante, dando o acabamento, como se diz.

– É surpreendente – disse Tuppence. – Ele não tem sido muito gentil conosco em relação àqueles livros.

– Cavalheiros – comentou Albert – são assim, não é mesmo? Preferem livros importantes, sobre tópicos científicos e concretos.

– Vou subir e expulsá-lo de lá – decidiu Tuppence. – Que fim levou Hannibal?

– Lá em cima com o dono, acho.

Naquele instante, Hannibal deu sinal de vida. Primeiro latiu com a fúria feroz necessária a um bom cão de guarda, mas logo chegou à conclusão correta de que quem chegara era a querida dona e não alguém para roubar as colheres de chá ou assaltar a casa. Desceu as escadas gingando, a língua rosa de fora e o rabo balançando.

– Ah – disse Tuppence –, feliz ao ver a mamãe?

Hannibal disse estar felicíssimo ao ver a mãe. Pulou em cima dela com tanto ímpeto que quase a derrubou no chão.

– Calma – pediu Tuppence. – Não está querendo me matar, não é?

Hannibal deixou claro que a única coisa que ele queria era lambê-la, afinal ele a amava tanto.

– Onde está o seu dono? Onde está o papai? Lá em cima?

Hannibal entendeu. Subiu um lance de escada, virou a cabeça por cima do ombro e esperou Tuppence o seguir.

– Quem diria! – falou Tuppence ao entrar, um pouco ofegante, na sala dos livros, e ver Tommy montado na escada, tirando e recolocando livros na estante. – O que está fazendo? Não ia levar Hannibal para passear?

– Fomos passear – disse Tommy. – No cemitério da igreja.

– Por que cargas d'água levou Hannibal ao cemitério da igreja? Não gostam de cachorros por lá.

– Estava na guia – amenizou Tommy. – Em todo caso, eu não o levei. Ele que me levou. Tive a impressão de que ele gostou do cemitério.

– Espero que não vire uma obsessão – desejou Tuppence. – Sabe como Hannibal é. Sempre gosta de adotar uma rotina. Se ele adotar a rotina de ir ao cemitério da igreja todo santo dia, será complicado para nós.

– Ele está sendo muito esperto nessa situação – comentou Tommy.

– Esperto ou teimoso? – indagou Tuppence.

Hannibal virou a cabeça, aproximou-se e esfregou o nariz contra a barriga da perna dela.

– Ele está dizendo – avisou Tommy – que é um cãozinho muito esperto. Mais esperto do que nós dois juntos.

– E o que você quer dizer com isso? – indagou Tuppence.

– Divertiu-se por lá? – perguntou Tommy, mudando de assunto.

– Dizer que eu me diverti seria um exagero – falou Tuppence. – O pessoal foi muito amável comigo. Em breve não vou confundir tanto as pessoas como ainda confundo. Como é difícil no começo! Todo mundo tem o mesmo jeito e veste o mesmo tipo de roupa. À primeira vista, a gente não consegue distinguir quem é quem. A menos que sejam muito bonitos ou muito feios. E isso não é comum em cidades pequenas, não é verdade?

– Estou lhe dizendo – repetiu Tommy – que Hannibal e eu temos sido incrivelmente espertos.

– Ué, não era só Hannibal que tinha sido esperto?

Tommy estendeu a mão e pegou um livro da prateleira.

– *Raptado* – observou. – Ah, sim! Outro Robert Louis Stevenson. Alguém era fã de carteirinha do Robert Louis Stevenson. *A flecha negra*, *Raptado*, *Catriona* e mais dois, se não me engano. A maioria, presentes da avó para o netinho favorito, Alexander Parkinson. E um da tia generosa.

– E o que tem isso? – indagou Tuppence.

– Tem que eu encontrei o túmulo dele – revelou Tommy.

– Encontrou o quê?

– Na verdade foi Hannibal. Bem no canto, contra uma daquelas portinholas que dão para a igreja. Suponho que seja a porta secundária da sacristia. Apagado e mal cuidado, mas está lá. Morreu aos catorze anos. Alexander Richard Parkinson. Hannibal farejou ao redor. Eu o afastei e consegui ler a inscrição meio desgastada.

– Catorze anos... – refletiu Tuppence. – Pobre menino.

– Sim – concordou Tommy –, é triste e...

– Tem algo que você não disse ainda – afirmou Tuppence. – Não estou entendendo.

– Estive pensando, sabe. Acho que me passou o vírus, Tuppence. Isso é o que você tem de pior. Quando encasqueta num assunto, não mergulha sozinha; dá um jeito de deixar outra pessoa interessada.

– Não entendi aonde você quer chegar – reconheceu Tuppence.

– Estive pensando se não é uma questão de causa e efeito.

– Como assim, Tommy?

– Estive pensando em Alexander Parkinson, que se deu o trabalho, embora tenha se divertido ao fazê-lo, de bolar uma espécie de código ou mensagem secreta num livro. "Mary Jordan não morreu de morte natural." E se for verdade? E se Mary Jordan, seja lá quem ela fosse, foi mesmo assassinada? Não percebe? Então talvez a próxima coisa a acontecer tenha sido a morte de Alexander Parkinson.

– Não quer dizer... não pensa que...

– Fiquei me perguntando... – disse Tommy. – Fiquei intrigado com a idade... catorze anos. Não tinha menção alguma sobre a causa da morte. Se bem que uma informação dessas não seria colocada na lápide. Apenas o texto: "Em Tua presença, a plenitude da alegria". Algo do tipo. Mas... ele pode ter morrido porque sabia de algo perigoso, algo que podia comprometer alguém. E por isso... acabou morto.

– Quer dizer, assassinado? Está imaginando coisas – falou Tuppence.

– Foi você quem começou. A imaginar coisas e a ficar se perguntando. Não tem muita diferença, não é?

– Podemos continuar a imaginar – falou Tuppence –, mas não vamos conseguir encontrar nada. Já se passaram muitos e muitos anos.

Os dois se entreolharam.

– Mais ou menos na época em que investigávamos o caso de Jane Finn – lembrou Tommy.

Os dois trocaram olhares de novo; suas mentes mergulharam no passado.

CAPÍTULO 6

Problemas

I

Fazer uma mudança de domicílio muitas vezes parece uma satisfação prazerosa. Mas nem sempre as coisas acontecem conforme o planejado.

Contatos precisam ser renovados e ajustados com eletricistas, empreiteiros, marceneiros, pintores, aplicadores de papel de parede, fornecedores (de geladeiras, fogões e eletrodomésticos), estofadores, fabricantes de cortinas, instaladores de cortinas, colocadores de linóleo no piso, comerciantes de tapetes. Todos os dias surgem não apenas as tarefas agendadas como também de quatro a doze "chamadas extras", esperadas com ansiedade ou já praticamente esquecidas.

Mas havia momentos em que Tuppence, com suspiros de alívio, declarava vitória em diferentes campos.

– A cozinha está quase perfeita – afirmou. – Só falta encontrar uma vasilha adequada para farinha.

– E que importância tem isso? – questionou Tommy.

– Muita, ora. Quase sempre compramos farinha em pacotes de um quilo e meio, que não cabem nos recipientes que temos. São delicadinhos demais, sabe? Bobinhos. Enfeitados com rosas e girassóis... Mas em nenhum cabe mais de meio quilo.

De vez em quando, Tuppence tecia outras considerações.

– The Laurels. Nome estúpido para uma casa. Não entendo por que é chamada de The Laurels. Não tem loureiro nenhum por aqui. Bem que poderia se chamar The Plane Trees. Olmos são muito bonitos – afirmou Tuppence.

– Me disseram que antes de ser The Laurels era chamada de Long Scofield – informou Tommy.

– Esse nome também não significa nada – falou Tuppence. – Scofield? Que diabos quer dizer isso? E quem morava na casa na época?

– Acho que os Waddington.

– Eu me confundo toda – disse Tuppence. – Os Waddington e depois os Jones, o pessoal que nos vendeu a casa. E antes deles, os Blackmore? E, mais antigamente, os Parkinson. Muitos Parkinson. A cada dia topo com outro Parkinson.

– Como assim?

– Acho que é porque estou sempre perguntando – disse Tuppence. – Se eu descobrisse algo sobre os Parkinson, avançaríamos na solução de nosso... problema.

– Hoje em dia, parece que todo mundo gosta de usar essa palavra para tudo. O problema de Mary Jordan, não é isso?

– Não é só isso. Há o problema de Mary Jordan, mas deve haver um monte de outros problemas. Mary Jordan não morreu de morte natural, e então a mensagem continuava dizendo: "Foi um de nós". Pois bem, isso significa alguém da família Parkinson ou apenas alguém que morava na casa? Digamos que houvesse dois ou três Parkinson, alguns Parkinson mais velhos e pessoas com sobrenomes diferentes, tias dos Parkinson ou sobrinhas e sobrinhos dos Parkinson, e quem sabe pelo menos uma faxineira, uma camareira, uma cozinheira e talvez uma governanta, e talvez uma moça *au pair*...* Pensando bem, faz muito tempo para ser uma moça *au pair*... Mas "um de nós" pode significar um monte de coisa. As residências eram mais cheias na época do que hoje. Mary Jordan poderia ter sido faxineira, camareira ou até mesmo cozinheira. E por que alguém queria vê-la morta, e de morte não natural? Alguém deve ter desejado a sua morte, caso contrário a morte teria sido natural, não teria? Depois de amanhã vou em outra reuniãozinha social – disse Tuppence.

– Ultimamente é só o que você tem feito.

– É uma ótima maneira de conhecer os vizinhos e todas as pessoas que vivem nessa cidadezinha. Afinal de contas, isso aqui é praticamente uma aldeia. E as pessoas não param de falar das velhas tias e de outras pessoas conhecidas. Vou ver o que descubro com a sra. Griffin. Está na cara que é uma figura importante nas redondezas. Não erraria por muito se dissesse que ela governa todo mundo com mão de ferro, sabe? Ela põe medo no pastor, no médico, na enfermeira que visita a domicílio e em quem mais cruzar o caminho dela.

– Será que a enfermeira não ajudaria?

– Não creio. Ela está morta. Pelo menos, a da época dos Parkinson está morta, e faz pouco que a atual chegou. Parece não ter interesse no local. Não creio que tenha conhecido um Parkinson.

– Por mim – afirmou Tommy desesperado –, podíamos esquecer de *todos* os Parkinson.

* Moça que mora um tempo em família estrangeira para aprender o idioma e trabalhar como babá. (N.T.)

– Pensa que isso seria o fim de nossos problemas?

– Puxa vida! – exclamou Tommy. – Problemas de novo?

– É culpa da Beatrice – falou Tuppence.

– Beatrice?

– Que sempre fala em problemas. Na verdade, era Elizabeth. A diarista que tivemos antes de Beatrice. Ela sempre chegava para mim e dizia: "Madame, posso falar um minutinho com a senhora? Sabe, estou com um problema." Então Beatrice começou a vir nas quintas-feiras e pegou a mania, imagino. Passou a ter problemas também. É só um jeito de dizer as coisas... Mas você sempre chama de problema.

– Está bem – concordou Tommy. – Digamos que seja isso. Você tem um problema... Eu tenho um problema... Nós dois temos problemas!

Ele suspirou e saiu.

Tuppence desceu as escadas devagar, meneando a cabeça. Hannibal foi ao encontro dela esperançoso, abanando o rabo e gingando na ânsia de receber alguma atenção.

– Não, Hannibal – falou Tuppence. – Já passeou hoje. Já teve seu passeio matinal.

Hannibal deu a entender que ela estava redondamente enganada, ele não havia sido levado para passear, não.

– Entre os cães que eu conheço, você é o que pior mente – afirmou Tuppence. – Já passeou com o papai.

Hannibal fez uma segunda tentativa, que consistiu em se empenhar para mostrar por variadas atitudes que qualquer cão tem direito a um segundo passeio. Basta o dono ser capaz de enxergar as coisas por aquele prisma. Sem sucesso, desceu as escadas. Começou a latir alto e a fazer toda e qualquer menção de estar prestes a dar uma forte mordida na moça de cabelo desgrenhado que brandia um Hoover.* Ele odiava o Hoover e era contra Tuppence ficar conversando muito tempo com Beatrice.

– Ai, não deixa ele me morder – pediu Beatrice.

– Cão que ladra não morde – falou Tuppence. – Só finge que morde.

– Um dia, quando menos esperar, ele vai me morder – previu Beatrice. – Dona Tuppence, será que eu podia falar um instantinho com a senhora?

– Ah – disse Tuppence. – Já sei...

– Sim, madame. Estou com um problema.

– Bem como eu pensei – disse Tuppence. – Que espécie de problema? A propósito, conhece alguma família local ou alguém que tenha vivido aqui com o sobrenome Jordan?

* Marca de aspiradores de pó e enceradeiras. (N.T.)

– Jordan? Deixe-me ver. Hum... não tenho certeza. É claro, tinha os Johnson... e... sim, um dos guardas era Johnson. E um dos carteiros também. George Johnson. Meu amigo – falou Beatrice, dando uma risadinha.

– Nunca ouviu falar da Mary Jordan que morreu?

Beatrice fez uma expressão perplexa, balançou a cabeça e retornou ao ataque.

– Posso contar meu problema, madame?

– Sim, o problema.

– Espero que a senhora não se incomode de eu ficar perguntando isso, dona Tuppence, mas estou numa sinuca, sabe, e não gosto...

– Seja breve – disse Tuppence. – Preciso sair para a reunião da quermesse.

– Ah, sim. Na casa da sra. Barber, não é?

– Isso mesmo – disse Tuppence. – Mas qual o problema afinal?

– É um casaco, sabe. E que casaco mais bonito! Sempre namorava ele na vitrine da Simmonds, até que um dia pedi para experimentar. Ficou tão bem em mim, pelo menos eu achei. Tinha uma mancha pertinho da bainha, mas quase nem dava para notar. De modo que...

– Sim – incentivou Tuppence –, e então?

– Aquilo explicava por que o preço era tão baixo, sabe. Então comprei. E me pareceu um bom negócio para ambas as partes. Mas, quando cheguei em casa, encontrei uma etiqueta no forro. Em vez de 3,70 libras estava marcado 6,00 libras! Bem, dona Tuppence, jamais tinha me acontecido uma coisa dessas, fiquei sem saber o que fazer. Voltei na loja e levei o casaco comigo... Achei melhor levar de volta e explicar, sabe, que eu não queria pagar um valor inferior ao devido. Daí sabe a moça que me vendeu (uma moça muito querida, o nome dela é Gladys, não lembro o sobrenome)? Ela ficou muito nervosa, muito mesmo. E eu disse: "Bem, não tem problema, eu pago a diferença". Mas ela respondeu: "Não, não pode fazer isso, porque já foi tudo contabilizado". Entende?

– Acho que sim – respondeu Tuppence.

– E então ela falou: "Se fizer isso, vai me deixar numa enrascada".

– Por que a deixaria numa enrascada?

– Pois é. Também fiquei encucada com isso. Afinal, me venderam o casaco com preço mais baixo, mas eu trouxe o casaco de volta. Não consegui entender por que isso a colocaria numa enrascada. Ela disse que, se houve negligência e acabaram cobrando o preço errado, com certeza ela seria colocada no olho da rua.

– Duvido muito – falou Tuppence. – Você agiu certo. Não vejo que outra coisa poderia ter feito.

– Mas então foi isso, sabe. Ela fez tanto estardalhaço, começou a chorar e a perder o controle, então levei o casaco para casa outra vez. Agora fiquei sem saber se trapaceei a loja ou se... Ai, não sei o que fazer.

– Acho – iniciou Tuppence – que estou ficando velha. Não sei mais como proceder hoje em dia. É tudo tão esquisito nas lojas. Preços esquisitos, tudo difícil. Mas se eu fosse você e quisesse pagar um valor extra, talvez a melhor solução fosse dar o dinheiro para a fulaninha... a tal Gladys. Ela pode colocar o dinheiro no caixa ou passar a um superior.

– Já pensei nessa possibilidade, mas não vou me sentir bem fazendo isso, sabe. E se ela embolsa a grana? Ela pode ficar com o dinheiro, e ninguém vai ficar sabendo, porque eu ganhei um desconto que na verdade não foi registrado. Então seria Gladys a roubar o dinheiro, não seria? Não sei se confio nela a esse ponto. Meu Senhor Bom Jesus.

– Sim – falou Tuppence –, a vida é muito complicada, não é? Sinto muito, Beatrice, mas nesse caso quem tem que tomar uma decisão é você. Se não consegue confiar em sua amiga...

– Ah, mas ela não é minha amiga de verdade. Só costumo fazer compras lá. E ela sempre é simpática comigo. Não é exatamente uma amiga, sabe. Parece que ela teve uns probleminhas no último lugar em que trabalhou. Dizem que embolsou o dinheiro de um produto que vendeu.

– Bem, nesse caso – disse Tuppence, já um pouco inquieta –, eu não faria nada.

A firmeza de sua entonação foi tanta que Hannibal foi solidário. Latiu alto para Beatrice e arremeteu contra Hoover, considerado por ele um de seus mais sérios inimigos.

– Não confio nesse Hoover – falou Hannibal. – Bem que eu gostaria de cravar os dentes nele.

– Ah, se acalme, Hannibal. Pare de latir. Não vá morder nada nem ninguém – recomendou Tuppence. – Vou chegar bem atrasada.

Saiu de casa com pressa.

II

– Problemas – murmurou Tuppence, enquanto descia a colina pela Estrada do Pomar. Como em outras ocasiões, desfrutou o percurso imaginando se por acaso um dia existira um pomar numa daquelas casas. Hoje em dia parecia tão improvável...

A acolhida de sra. Barber foi calorosa. De imediato ofereceu uma bandeja com bombas de dar água na boca.

– Que bombas deliciosas – disse Tuppence. – Comprou-as na Betterby's?

Betterby's era a confeitaria local.

– Que nada! Foi minha tia que fez. Ela é fantástica, sabe. Prepara coisas maravilhosas.

– Bombas são bem difíceis de fazer – afirmou Tuppence. – Eu nunca consegui.

– Precisa um tipo especial de farinha. Nisso reside o segredo.

As senhoras tomaram café e falaram sobre as peculiaridades de certos tipos de comida caseira.

– A srta. Bolland falou na senhora um dia desses, sra. Beresford.

– É mesmo? – indagou Tuppence. – Bolland?

– Ela mora perto da casa do pastor. A família dela mora ali há um bom tempo. Contou coisas da época em que ela era criança. Ela adorava as groselheiras maravilhosas do jardim. E as ameixeiras rainhas-cláudias também. Hoje é praticamente impossível enxergar uma rainha-cláudia verdadeira. Só se vê ameixeiras comuns, nem de longe tão saborosas.

A conversa das senhoras rumou para o assunto das frutas que perderam o sabor de outrora, o sabor da infância.

– Meu tio-avô tinha pés de rainha-cláudia – interveio Tuppence.

– Ah, sim. Não é aquele cônego de Anchester? O cônego Henderson também morou lá uma época, com a irmã dele, se não me engano. Que coisa mais triste. Um dia ela estava comendo bolo de cominho, sabe, e uma semente entrou no caminho errado. Num piscar de olhos, ela se engasgou, se engasgou, se engasgou e pimba! Que coisa mais triste, não é? – comentou a sra. Barber. – Triste mesmo. Um primo meu também morreu engasgado – continuou ela. – Um pedaço de cordeiro. É muito fácil de acontecer, sabe. Tem gente inclusive que morre de tanto soluçar. Não conseguem parar o ataque de soluços. Vai ver não conhecem a rima: "Açúcar, miolo de pão, gelo moído e limão/ Coçar o céu da boca com cotonete de algodão/ Tomar um bom susto de prender a respiração!" Mas tem que declamar num só fôlego!

CAPÍTULO 7

Mais problemas

– Posso falar um minutinho com a senhora?

– Ai, meu santo – disse Tuppence. – Mais problemas?

Vinha do sótão, descendo as escadas, batendo o pó da roupa. Trajava o seu melhor conjunto de casaco e saia; pensava em colocar um chapéu de pena e sair para o chá na casa da nova amiga, conhecida na feira do Elefante Branco. O momento parecia inoportuno para escutar as desventuras de Beatrice.

– Não chega a ser um problema. Só uma coisinha que talvez a senhora goste de saber.

– Ah – falou Tuppence, ainda com o pressentimento de que poderia ser outro problema disfarçado. Desceu os degraus com cuidado. – Estou meio apressada, tenho um chá para ir.

– Só queria falar uma coisa sobre a moça que a senhora me perguntou. Mary Jordan, não era? Só que o pessoal achou que era Mary Johnson. Tinha uma Belinda Johnson que trabalhava no correio, mas isso foi há muito tempo.

– Sim – concordou Tuppence. – E também tinha um policial chamado Johnson, já me disseram.

– Bem, em todo caso, essa minha amiga (a Gwenda) trabalha naquela loja que fica junto ao correio e vende envelopes, cartões e badulaques, sem falar nos bibelôs de porcelana na época do Natal...

– Sei – cortou Tuppence –, o nome é Mrs. Garrison's ou algo parecido.

– Sim, mas hoje a loja não é mais da sra. Garrison. Bem, minha amiga Gwenda achou que a senhora ia gostar de saber. Parece que ela ouviu falar numa Mary Jordan que morou aqui há muito tempo. Muito tempo mesmo. Morou aqui nesta casa, quero dizer.

– Aqui em The Laurels?

– Bem, na época não tinha esse nome. Gwenda ficou sabendo de algo sobre ela. Algo que talvez fosse de seu interesse. Uma história bem triste até. Morreu numa espécie de acidente.

– Quer dizer que ela estava morando nesta casa quando morreu? Ela era da família?

– Não. A família se chamava Parker, um nome assim. Aqui morava um monte de Parker, Parker ou Parkinson... Ela só estava hospedada aqui. Acho que a sra. Griffin sabe essa história. Conhece a sra. Griffin?

– Ah, muito pouco – disse Tuppence. – Por coincidência, é na casa dela o chá de hoje à tarde. Falei com ela no outro dia na feira, quando fomos apresentadas.

– É bem velha, mais até do que aparenta, mas dizem que tem uma memória excelente. Acho que um dos meninos dos Parkinson era afilhado dela.

– Como ele se chamava?

– Alec, se não me engano. Um nome parecido. Alec ou Alex.

– O que aconteceu com ele? Cresceu... foi embora... tornou-se soldado, marinheiro ou coisa do tipo?

– Ah, não. Ele morreu. Acho que está enterrado no cemitério local. Morreu de uma doença daquelas, acho, que as pessoas não conheciam muito. Uma daquelas doenças com nome de gente.

– Quer dizer uma doença com nome próprio?

– Mal de Hodgkin ou coisa do tipo. Não, não era esse, mas outro parecido. Não sei como é, mas dizem que o sangue da gente muda de cor. Hoje em dia parece que tiram o sangue da pessoa e fazem uma transfusão com sangue bom, ou coisa parecida. Mas até mesmo assim a pessoa quase sempre acaba morrendo, dizem. A menina da sra. Billings (aquela da confeitaria) morreu disso aos sete anos. Dizem que mata gente bem jovem.

– Leucemia?

– Bem que achei que a senhora sabia. Sim, era esse o nome, tenho certeza. Mas eles falam que um dia vão achar a cura, sabe. Assim como hoje o pessoal toma vacina e outros remédios contra tifo e o diabo a quatro.

– Muito interessante – disse Tuppence. – Pobre menino.

– Ah, ele nem era tão pequeno. Já estava na escola. Devia ter treze ou catorze anos.

– Bem – insistiu Tuppence –, é tudo muito triste. – Fez uma pausa e então disse: – Minha nossa, estou atrasada. Preciso me apressar.

– Aposto que a sra. Griffin vai saber de algo. Não digo coisas acontecidas com ela, mas, como mora aqui desde criança, já escutou muitas histórias sobre as famílias antigas. Algumas histórias escabrosas. Escandalosas! Claro, isso na época que o pessoal chama de eduardiana ou vitoriana. Não sei qual. A senhora deve saber. Acho que é vitoriana, porque a velha rainha era viva. É, deve de ser vitoriana mesmo. Outros dizem que é da época eduardiana, o "círculo da Marlborough House". Isso que eu chamo de alta sociedade!

– Sim – concordou Tuppence –, sim. Alta sociedade.

– E escândalos – disse Beatrice, com certo fervor.

– Uma boa dose de escândalos – reforçou Tuppence.

– Meninas fazendo o que não deviam – disse Beatrice, relutante a se despedir da patroa no bom da conversa.

– Não – discordou Tuppence. – As meninas levavam vidas muito... puras e austeras. Casavam cedo e, em geral, entravam na nobreza.

– Puxa! – exclamou Beatrice. – Que bom para elas. Roupa bonita, turfe, danças e bailes.

– Sim – falou Tuppence –, baile é o que não faltava.

– Uma vez uma amiga me contou que a vó dela trabalhou de empregada numa daquelas casas sofisticadas, sabe, que recebiam a nobreza, e o príncipe de Gales (aquele mesmo que depois se tornou Eduardo VII) estava lá e foi tão simpático... Atencioso com os empregados e com todo mundo. E, quando ela foi embora, levou o sabonete que ele tinha usado para lavar as mãos e guardou sempre com ela. Mostrava para a gente quando éramos crianças.

– Que emocionante – comentou Tuppence. – Devem ter sido tempos inesquecíveis. Talvez ele tenha se hospedado aqui em The Laurels.

– Não, nunca ouvi falar nisso, e eu teria ouvido. Não, aqui só os Parkinson. Nem condessa, nem marquesa, nem lorde, nem dama. A principal atividade dos Parkinson era o comércio. Gente muito rica e tudo o mais, mas não há nada de empolgante no comércio, não é?

– Depende – ponderou Tuppence. E acrescentou: – É melhor eu...

– É melhor a senhora ir andando, senão vai se atrasar, madame.

– Sim. Bem, muito obrigada. É melhor colocar um chapéu. Meu cabelo ficou todo desarrumado.

– Também! A senhora roçou a cabeça naquele canto onde ficam as teias de aranha. Vou lá limpar para a senhora não fazer isso de novo.

Tuppence desceu correndo as escadas.

"Alexander correu nestes degraus", pensou ela. "Muitas vezes. E ele sabia que tinha sido 'um deles'. Isso me deixa intrigada. Mais intrigada do que nunca."

CAPÍTULO 8

Sra. Griffin

– Que bom que vocês vieram morar aqui, sra. Beresford – disse a sra. Griffin enquanto servia o chá. – Açúcar? Leite?

Empurrou para frente um prato, e Tuppence escolheu um sanduíche.

– Quando a gente mora no interior, é essencial ter bons vizinhos, com interesses comuns. Já tinha visitado a nossa região?

– Não – respondeu Tuppence –, nunca. Recebemos oferta de muitas casas diferentes... Os corretores de imóveis enviavam detalhes sobre elas. Claro, a maioria era pavorosa. Uma das casas se chamava Plena do Encanto do Velho Mundo.

– Sei – anuiu a sra. Griffin. – Sei muito bem. Em geral, "encanto do velho mundo" significa que a pessoa precisa trocar o telhado e que o mofo está tomando conta do forro. E "completamente modernizado"... bem, a gente sabe o que isso significa. Um monte de engenhocas que ninguém quer. E a vista das janelas é horrível, só uma fileira de casas asquerosas. Mas The Laurels é uma casa encantadora. A senhora deve ter feito uma boa reforma, não é?

– Muitas pessoas diferentes devem ter morado lá – jogou a isca Tuppence.

– Ah, sim. Ninguém parece ficar muito tempo em lugar nenhum hoje em dia, não é mesmo? Os Cuthbertson moraram lá depois dos Redland, antes deles os Seymour. E depois deles os Jones.

– Por que será que se chama The Laurels? – perguntou Tuppence.

– Ah, bem, esse era o tipo de nome que as pessoas gostavam de dar às casas. Claro, se você retroceder o suficiente, talvez até a época dos Parkinson, acho que *existiam* loureiros. Provavelmente um caminho sinuoso, sabe, serpenteando no meio de uma alameda de louros, incluindo aqueles rajados. Nunca gostei de louros-rajados.

– Nem eu. Eu concordo com a senhora, não gosto deles também – afirmou Tuppence. E acrescentou: – Parece que a família Parkinson era numerosa...

– Ah, sim. Acho que foram eles que ficaram mais tempo na casa.

– Parece que ninguém sabe muita coisa sobre eles.

– Bem, querida, faz muito tempo. E depois de... bem, acho que depois do... ocorrido, eles ficaram meio melindrados. Não é de se surpreender que tenham vendido a propriedade.

– Tinha reputação ruim? – arriscou Tuppence. – As pessoas achavam a casa insalubre?

– Não a casa. As pessoas. Mas claro... a... desgraça, vamos dizer assim, aconteceu durante a Primeira Guerra. Ninguém pôde acreditar. Minha avó sempre tocava nesse assunto. Algo a ver com segredos navais... projetos de um novo submarino. Parece que a moça que morava com os Parkinson estava envolvida no caso.

– O nome dela era Mary Jordan? – indagou Tuppence.

– Sim, a senhora tem toda a razão. Depois suspeitaram que esse não era o seu nome verdadeiro. Alguém já suspeitava dela há um bom tempo. O garoto Alexander. Bom garoto. Inteligente como só ele.

LIVRO 2

CAPÍTULO 1

Há bastante tempo

Na tarde garoenta, Tuppence escolhia cartões de aniversário no correio quase vazio. As pessoas largavam as cartas na caixa postal que havia do lado de fora ou compravam selos com pressa. Depois, em geral, partiam sem demora ao aconchego do lar. Não era uma daquelas tardes de lojas cheias. "Na verdade", pensou Tuppence, "escolhera a dedo aquele dia em especial".

Gwenda, a quem reconhecera facilmente com base na descrição feita por Beatrice, demonstrara satisfação em atendê-la. A moça cuidava da lojinha que ficava dentro do correio. Uma senhora grisalha era responsável pelos negócios postais de sua majestade, a rainha. Por sua vez, Gwenda, uma jovem que falava pelos cotovelos e que sempre se interessava pelas pessoas recém-chegadas no vilarejo, sentia-se em casa em meio a cartões de Natal, de Dia dos Namorados, aniversário, cartões-postais humorísticos, artigos de papelaria, material de escritório, vários tipos de chocolate e inúmeros artigos de porcelana para uso doméstico. Em pouco tempo, ela e Tuppence estavam amigas.

– É ótimo saber que tem morador novo em Princes Lodge!

– Até onde eu sei, sempre se chamou The Laurels.

– Ah, não. Teve outros nomes. Por aqui, as casas mudam de nome com frequência. O pessoal gosta de mudar o nome das casas.

– Sim, pelo jeito gostam – concordou Tuppence pensativa. – Inclusive chegamos a cogitar um ou dois nomes. A propósito, Beatrice me contou que você conheceu uma jovem chamada Mary Jordan que morou lá.

– Não a conheci, mas ouvi falar nela. Foi na guerra, não na última. Naquela anterior em que usaram zepelins.

– Lembro dos zepelins – disse Tuppence.

– Foi em 1915 ou 1916 que eles sobrevoaram Londres, não é?

– Uma vez eu estava na Loja do Exército e da Marinha com uma tia--avó e soou um alarme.

– Eles sobrevoavam a cidade à noite, não é mesmo? Deve ter sido bem assustador.

– Nem tanto – disse Tuppence. – O pessoal ficava até bastante animado. Não era nem de longe tão assustador quanto os bombardeios da Segunda Guerra. Era nítida a sensação de que as bombas seguiam os habitantes. Sempre caía uma bomba por perto!

– A senhora passava as noites nos abrigos do metrô? Uma amiga minha morava em Londres na época. Ela dormia todas as noites no metrô. Na Warren Street, se não me engano. Todo mundo tinha seu abrigo subterrâneo preferido.

– Ainda bem que eu não estava em Londres na última guerra – contou Tuppence. – Não teria gostado de passar todas as noites no metrô.

– Bem, essa amiga minha, a Jenny, adorava. Dizia que era sempre muito divertido. A pessoa tinha o lugar certo no abrigo. Era o cantinho da pessoa sempre, a pessoa dormia ali, podia levar comes e bebes, confraternizar e conversar. A função varava a madrugada. Maravilhoso, sabe. Até o raiar do dia. No fim da guerra, quando teve que dormir em casa outra vez, ela não aguentou. Parecia tão sem graça!

– Mas, em 1914 – recordou Tuppence –, não havia aviões bombardeiros. Só os zepelins.

Estava na cara que Gwenda perdera o interesse pelos zepelins.

– Mas e Mary Jordan? – voltou ao assunto Tuppence. – Beatrice comentou que você sabia coisas sobre ela.

– Na verdade não... só mencionaram o nome dela algumas vezes, mas isso já faz décadas. Minha vó contava que Mary Jordan tinha uma linda cabeleira dourada. Origem alemã... uma daquelas solteironas, ou "frauleins", como eram chamadas. Cuidava das crianças, era uma espécie de babá ou governanta. Trabalhou numa família ligada à Marinha em algum lugar... na Escócia, se não estou enganada. E depois veio parar aqui. Trabalhava na casa dos Parks... ou Perkins. Tirava um dia de folga por semana. Ia até Londres, e era para lá que levava as coisas, seja lá o que fosse.

– Que tipo de coisas? – quis saber Tuppence.

– Não sei... Ninguém falava muito nisso. Coisas que ela roubava, imagino.

– Ela foi flagrada roubando?

– Acho que não. Estavam começando a suspeitar, mas ela adoeceu e morreu antes disso.

– De que foi que ela morreu? Foi aqui mesmo? Deve ter sido levada a um hospital.

– Não... na época não tinha hospital na região. Praticamente não existia assistência social naquela época. Alguém comentou comigo que foi um erro estúpido da cozinheira. Foi colher espinafre e trouxe por engano folhas de erva-dedal. Ou talvez tivesse ido colher alface... Não, acho que foi outra coisa. Outros disseram que tinha sido beladona mas eu não acreditei *nisso* nem um minuto! Afinal, todo mundo conhece beladona, não é verdade? E, além do mais, a beladona é um arbusto que dá frutos, por isso, era mais fácil a cozinheira pegar folhas de erva-dedal por engano na horta. A erva-dedal é a *Digitalis* ou um nome desses que lembra dedo. Todas as partes da planta têm uma substância mortal... digoxina ou coisa parecida. O doutor veio e fez o que pôde, mas acho que foi tarde demais.

– Tinha muita gente na casa quando isso aconteceu?

– Ah, tinha bastante gente... A casa sempre estava com hóspedes, pelo que dizem, sem falar na criançada e nas pessoas passando o fim de semana, além da babá, da governanta e das turmas de amigos. Mas a senhora não pense que eu fiquei sabendo dessas coisas do nada. Foi a minha vó quem me contou. E o velho sr. Bodlicott também comenta de vez em quando. Você sabe, o velho jardineiro aqui do vilarejo. Ele trabalhava lá e foi acusado de ter colhido as folhas erradas, mas não foi *ele* quem colheu. Foi alguém que saiu da casa querendo ajudar, colheu as verduras na horta e levou para a cozinha. Espinafre, alface e outras verduras... Acho que se enganaram porque não entendiam muito de horta. Disseram no inquérito que *qualquer um* poderia ter cometido aquele erro, pois o espinafre e a azedinha-da-horta estavam plantados perto da digi-e-tal, sabe, então eles devem ter colhido um feixe de folhas de cada uma das plantas e misturado sem querer. Coisa triste. A vó contava que a moça era linda, o cabelo dourado e tudo o mais.

– E ela ia a Londres todas as semanas? Devia ter um dia de folga.

– Sim. Tinha amigos lá. Ela era estrangeira... As más línguas comentavam que era espiã germânica.

– E ela era?

– Quem vai saber? Os homens ficavam atraídos por ela, ao que parece. Os oficiais da Marinha e aqueles do acampamento militar em Shelton também. Tinha admiradores por lá, sabe. No acampamento militar.

– Ela era espiã mesmo?

– Acho que não. Quero dizer, minha vó disse que as pessoas *comentavam*. Não foi na última guerra. Foi muito tempo antes.

– Engraçado como é fácil confundir uma guerra com outra – falou Tuppence. – Conheci um velho que jurava que o amigo dele tinha participado da Batalha de Waterloo.

– Imagine só. Bem antes de 1914. Antigamente, as pessoas tinham mesmo babás estrangeiras... *Mamoselles* ou *frauleins*, seja lá o que for uma "fraulein". Minha vó disse que Mary Jordan era um amor com as crianças. Todo mundo a adorava.

– Isso aconteceu quando ela morava em The Laurels?

– Não era esse nome na época, pelo menos acho que não. Ela morava com os Parkinson ou com os Perkin, algo parecido – afirmou Gwenda. – Aquilo que hoje a gente chama de moça *au pair*. Ela veio daquela cidade onde inventaram a empada, sabe, de onde a Fortnum & Mason importa empadas caras para festas. Meio alemã e meio francesa, pelo que me disseram.

– Estrasburgo? – sugeriu Tuppence.

– Essa mesma. Ela gostava de pintar quadros. Pintou uma das minhas tias-avós. O retrato a fez parecer muito velha, dizia a tia Fanny. Retratou também um dos garotos da família Parkinson. A velha sra. Griffin ainda tem o quadro. O menino Parkinson descobriu alguma coisa sobre ela, acho... Esse mesmo que ela pintou no quadro, quero dizer. Afilhado da sra. Griffin, se não estou enganada.

– Por acaso o nome dele não era Alexander Parkinson?

– Esse mesmo. Aquele enterrado perto da igreja.

CAPÍTULO 2

Apresentação a Matilde, Truelove e KK

Na manhã seguinte, Tuppence saiu à procura daquele popular personagem do vilarejo conhecido em geral como velho Isaac, ou, em ocasiões formais, se alguém lembrasse, sr. Bodlicott. Isaac Bodlicott era um dos personagens "folclóricos" da cidadezinha. Era folclórico por causa da idade – alegava ter noventa anos (mas poucas pessoas acreditavam) – e pelo talento de fazer consertos dos mais variados. Se os esforços para chamar o encanador fossem infrutíferos, era só recorrer ao velho Isaac Bodlicott. Qualificado ou não para realizar os consertos que fazia, ele adquirira experiência ao longo dos muitos anos de sua vida em toda sorte de contratempos nas instalações sanitárias e elétricas, na banheira e nos aquecedores de água. O valor que cobrava era mais em conta, se comparado a um profissional realmente habilitado, e, em geral, os consertos eram surpreendentemente bem-sucedidos. Fazia serviços de carpintaria, trocava fechaduras, pendurava quadros (de maneira, às vezes, meio torta) e consertava molas de poltronas estragadas. A principal desvantagem dos préstimos do sr. Bodlicott era o hábito de tagarelar enquanto ajustava a dentadura, o que tornava sua fala pouco inteligível. Suas lembranças sobre os moradores de tempos antigos do vilarejo pareciam ilimitadas. Como um todo, era difícil avaliar o quanto essas lembranças eram confiáveis. O sr. Bodlicott não perdia a oportunidade de contar em detalhes uma das boas histórias dos velhos tempos. Dava asas à imaginação assim como à memória, sem mudar a entonação.

– A senhora ia ficar surpresa, e como ia, se eu contasse tudo o que eu sei dessa história. Surpresa mesmo. Todos pensavam que sabiam tudo, mas estavam enganados. Redondamente enganados. Foi a irmã mais velha! Foi sim. Parecia tão boazinha... O cachorro do açougueiro que levantou a lebre. Seguiu ela direitinho até em casa, acredita? Sim. Só que não era a casa dela, sabe. Mas enfim, eu poderia falar um monte sobre *isso*. E então tinha a velha sra. Atkins. Ninguém sabia que ela guardava um revólver em casa, mas eu sabia. Fiquei sabendo quando fui chamado para consertar a cômoda alta – é assim que o pessoal chama aqueles armários na altura do peito, não é? Sim. Cômoda alta. Pois muito bem, lá estava ela, com seus 75 anos, e, naquela gaveta, a gaveta da cômoda alta que eu fui consertar (tive de trocar as dobradiças e a fechadura), estava o revólver. Enrolado junto com um par de sapatos femininos. Número 34. Ou seria 33? Cetim branco. Pezinhos delicados. Sapatos de casamento da tataravó, ela me disse. Talvez. Mas tem gente que diz que a dona Atkins comprou aqueles sapatinhos numa loja de antiguidades. Quem garante? O certo é que tinha um revólver embrulhado junto. Pois é. O pessoal dizia que o filho dela trouxe da viagem. Da viagem ao leste da África, quero dizer. Foi caçar elefantes ou búfalos por lá. E quando voltou para casa trouxe o revólver junto. E a senhora sabe o que a velha fazia? O filho a ensinou a atirar. Ela ficava sentada, de revólver na mão, cuidando pela janela quem subia pelo caminho. Daí ela atirava nos dois lados dos incautos, que ficavam atarantados e davam no pé. Ela não deixava ninguém se aproximar para incomodar os passarinhos. Muito chegada nos passarinhos. Para a senhora ver, nos passarinhos ela nunca atirava. De jeito nenhum faria uma coisa dessas. Depois tinha aqueles causos sobre a sra. Letherby. Quase acabou no tribunal. Cleptomaníaca! A ladina roubava nas lojas. Podre de rica.

Depois de convencer o sr. Bodlicott a substituir a claraboia do banheiro, Tuppence ficou imaginando se conseguiria direcionar a conversa para quaisquer recordações que ajudassem Tommy e ela a resolverem o mistério do ocultamento, naquela casa, de um interessante tesouro ou segredo, cuja natureza eles ainda não conheciam.

Por sua vez, o velho Isaac Bodlicott não escondia o contentamento por realizar os consertos para os novos inquilinos. Um dos prazeres de sua vida era conhecer melhor o pessoal recém-chegado. Um dos principais acontecimentos em seu cotidiano era encontrar pessoas que ainda não tinham tido uma amostra de suas espetaculares lembranças e reminiscências. Aqueles já habituados com elas não o encorajavam a repetir aquelas histórias. Mas plateia nova... era sempre uma coisa agradável, assim como disponibilizar o seu maravilhoso leque de serviços em prol da comunidade. Entregar-se ao prazer de uma narrativa era um deleite para ele.

– Que sorte a do velho Joe. Poderia ter lanhado toda a cara.

– É verdade.

– Tem mais cacos de vidro ali no chão, dona. É melhor varrer.

– Sei – disse Tuppence –, ainda não deu tempo.

– Ah, mas com caco de vidro é melhor não facilitar. A senhora sabe como é vidro. Um caco pode fazer um estrago enorme. A pessoa pode inclusive morrer disso, se chega a cortar uma veia. Lembro do que aconteceu com a srta. Lavinia Shotacomb. A senhora nem acredita...

Tuppence não se interessou em ouvir de novo a história da trágica morte da septuagenária surda e quase cega. Já escutara o caso por outras pessoas do vilarejo.

– Imagino – cortou Tuppence, impedindo que Isaac mergulhasse em suas lembranças sobre Lavinia Shotacomb – que o senhor saiba bastante coisa das pessoas que viviam aqui antigamente e de todas as coisas fantásticas que aconteceram.

– Ah, pois é. Não sou tão jovem, sabe. Passei dos 85. Firme e forte rumo aos noventa. Mas a memória está sempre em dia, graças a Deus. Tem coisa que a gente não esquece. De jeito nenhum. Por mais que o tempo passe, algo faz a gente se lembrar, trazendo tudinho de volta. Cada coisa que eu posso contar... a senhora nem sonha.

– É mesmo incrível, não é? Só de pensar tudo que o senhor sabe de tantas pessoas fora do comum – afirmou Tuppence.

– Pois é, tem cada história, sabe? Não ponho a mão no fogo por ninguém! Tem gente que esconde a verdadeira identidade. Às vezes esconde segredos que ninguém imagina.

– Espiões – ponderou Tuppence – ou criminosos.

Olhou para ele com esperança... O velho Isaac curvou-se e apanhou um caco de vidro.

– Não disse? – indagou. – A senhora ia gostar de cravar *isto* na sola do pé?

Tuppence começou a sentir que a reposição de uma claraboia não renderia muito no objetivo de provocar as lembranças de Isaac sobre casos empolgantes do passado. Ela comentou que a pequena estufa contígua à parede da casa, perto da janela da sala de jantar, estava precisando de uns reparos e um pesado investimento na substituição dos vidros. Valia a pena consertar ou seria melhor desmanchar? Isaac pareceu contente em ter um novo problema para resolver. Desceram as escadas e contornaram a casa até chegar à construção mencionada.

– Ah, a senhora quer dizer essa daí, não é?

Tuppence disse que sim.

– Ka-Ka – falou Isaac.

Intrigada, Tuppence o encarou. KK? Aquelas duas letras não significavam nada para ela.

– Como é?

– Eu disse KK. Assim que o pessoal chamava a estufa na época da velha sra. Lottie Jones.

– Ah, e por que ela chamava a estufa de KK?

– Sei lá. Acho que o pessoal gostava de dar uma espécie de apelido para lugares como este... Não é muito grande. Casas maiores têm estufas de verdade. Sabe, onde se cultivam potes de avencas.

– Sim – falou Tuppence, evocando com facilidade as próprias lembranças sobre o assunto.

– Se quiser pode chamar de casa de vegetação ou jardim de inverno. Mas esta aqui a velha sra. Lottie Jones chamava de KK. Sei lá por quê.

– Ela usava para cultivar avencas?

– Não era usada para isso, não. Era usada mais como depósito para os brinquedos das crianças. Falando nos brinquedos, imagino que ainda estejam aí dentro se ninguém os levou. Puxa, está quase desabando, não é? Só deram uma tapeada e colocaram um telhadinho. Acho que ninguém mais vai querer usar. O pessoal enfiava aí os brinquedos estragados, cadeiras de jardim e coisas do tipo. Mas, sabe, na época eles já tinham o cavalo de balanço e o Truelove no cantinho lá do fundo.

– Podemos entrar para dar uma olhada? – perguntou Tuppence, tentando espiar por uma parte da vidraça um pouco mais clara. – Pelo jeito tem uma porção de coisa estranha aí dentro.

– Primeiro temos que achar a chave – respondeu Isaac. – Imagino que esteja pendurada no lugar de sempre.

– Qual lugar de sempre?

– Ali no galpãozinho.

Eles seguiram por uma trilha nos fundos da casa. O galpãozinho quase não merecia o título de galpãozinho. Isaac empurrou a porta com o pé, removeu pedaços de galhos de árvores, chutou algumas maçãs podres e, tirando um velho capacho pendurado na parede, revelou três ou quatro chaves enferrujadas penduradas num prego.

– O molho de chaves do velho Lindop – informou. – O último jardineiro que morou aqui. Fazia cestos de vime, se aposentou e virou jardineiro. Mas não era bom nem no artesanato nem no jardim. A senhora quer entrar em KK...?

– Ah, sim – respondeu Tuppence esperançosa. – Gostaria de conhecer KK. Como se soletra?

– Como se soletra o quê?

– Quero dizer, KK. Só duas letras?

– Acho que não. Acho que era algo diferente. Duas palavras estrangeiras. Se não estou enganado, K-A-I e então outro K-A-I. Kay-Kay ou Kye-Kye. Acho que era uma palavra japonesa.

– Alguma família japonesa morou aqui antigamente?

– Ah, não. Pelo menos eu nunca ouvi falar.

Um pouco de óleo, que Isaac localizou e aplicou com bastante rapidez, teve efeito maravilhoso na mais enferrujada das chaves. Inserida na fechadura e virada com um rangido, abriu a porta. Tuppence e seu guia penetraram no ambiente.

– Não disse? – falou Isaac, sem demonstrar qualquer orgulho especial em relação aos objetos ali dentro. – Só quinquilharia, não é?

– Aquele cavalo ali é muito bonito! – elogiou Tuppence.

– Aquela é a Matirde – contou Isaac.

– Matilde? – indagou Tuppence duvidosa.

– Que seja. Um desses nomes femininos. Rainha alguma coisa. Disseram que era o nome da mulher de Guilherme, o Conquistador, mas acho que era lorota. Veio dos States. Quem trouxe foi o padrinho de uma das crianças.

– Uma das...

– Uma das crianças da família Bassington, se não me engano. Antes da outra turma. Sei lá. Calculo que esteja toda enferrujada a esta altura.

Mesmo um pouco deteriorada, Matilde não deixava de ser uma égua maravilhosa. O comprimento era bem o de qualquer cavalo ou égua de verdade. Poucos fios na outrora volumosa crina. Uma orelha quebrada. Algum dia sua cor fora cinza. As pernas dianteiras se projetavam para frente e as pernas traseiras para trás; a cola era fina.

– Não funciona como os cavalos de balanço que a gente vê por aí – explicou Isaac. – A senhora sabe, não é, em geral vão para cima e para baixo, para cima e para baixo, para frente e para trás. Mas este aqui, não sabe... meio que pula! Primeiro as pernas da frente, e depois as pernas traseiras. Um balanço bem diferente. Deixa ver se eu subo nela para mostrar para a senhora...

– Tome cuidado – pediu Tuppence. – Não vá se machucar com pregos e cuide para não levar um tombo.

– Tsc! Já andei nela cinquenta ou sessenta anos atrás. Continua bem firme, sabe. Não está se desmanchando ainda.

Num movimento acrobático repentino e inesperado, ele montou no lombo de Matilde. O cavalo balançou para frente e então para trás.

– Tem molejo, não tem?

– Sim, tem molejo – concordou Tuppence.

– Ah, a criançada adorava isso, sabe. A srta. Jenny brincava todo dia.

– Quem era a srta. Jenny?

– Ah, ela era a mais velha, sabe. Foi o padrinho dela quem mandou este presente para ela. Também mandou o Truelove – acrescentou.

Tuppence o encarou com curiosidade. A observação não parecia se aplicar a qualquer outro conteúdo de Kay-Kay.

– É assim que o chamavam, sabe. Aquele cavalinho com charrete lá no fundo. A srta. Pamela descia a encosta em cima dele. Menina terrível de arteira! A srta. Pamela puxava ele até o topo da encosta, então subia, colocava os pés ali... onde era para ser os pedais mas não funcionam, e começava a descer, usando os pés como freios. Por sinal quase sempre ela amortecia a descida num daqueles pinheirinhos chilenos.

– Não parece nem um pouco agradável – comentou Tuppence – amortecer a descida num pinheiro chileno...

– Pois é, às vezes ela conseguia parar um pouco antes. Menina terrível. Descia um monte de vezes... Uma vez desceu quatro vezes seguidas. Eu vinha seguido cuidar do canteiro de heléboros-brancos e das moitas de capim-dos-pampas e ficava cuidando ela descer. Eu não falava com ela, porque ela não gostava de falar com a gente. Só queria saber de continuar o que estava fazendo, ou com o que pensava que estava fazendo.

– O que ela pensava que estava fazendo? – indagou Tuppence, começando subitamente a se interessar mais pela srta. Pamela do que pela srta. Jenny.

– Bem, não sei direito. Às vezes dizia que era uma princesa, sabe, fugindo... Maria, rainha da, como é mesmo? Irlanda ou Escócia?

– Maria, rainha da Escócia – sugeriu Tuppence.

– Sim, isso mesmo. Fugindo de um castelo. "Lock alguma coisa" era o nome do castelo. Não uma fechadura, um lago.*

– Ah, sim. E Pamela pensava que era Maria da Escócia fugindo dos inimigos?

– Isso mesmo. Indo para a Inglaterra falar com a rainha Elizabeth. Mas ela não era flor que se cheire.

* Jogo de palavras entre *lock* (fechadura) e *loch* (denominação dos lagos na Escócia). Maria I da Escócia esteve presa em um castelo situado no meio do Loch Leven. (N.T.)

– Bem – começou Tuppence, disfarçando a decepção –, é tudo muito interessante mesmo. Que família o senhor diz que era essa?

– Ah, eles eram os Lister.

– Já ouviu falar numa Mary Jordan?

– Ah, sei de quem a senhora fala. Não, isso foi um pouco antes da minha época, acho. Quer dizer a espiã alemã, não é?

– Todo mundo parece saber algo sobre ela por aqui – comentou Tuppence.

– Sim. Eles a chamavam de "frau-linha" ou algo parecido com o nome de uma ferrovia.

– Parece mesmo – afirmou Tuppence.

De repente, Isaac caiu na risada.

– Ah, ah – riu-se ele. – Se ela fosse uma linha ferroviária, não seria lá muito reta, não é? – E deu nova risada.

– Que piada engraçada – falou Tuppence compreensiva.

Isaac riu outra vez.

– Já está na hora – disse ele – de a senhora pensar em plantar umas verduras, não acha? Se quiser que suas favas cresçam na melhor época, a senhora devia plantar agora e depois preparar o solo para as ervilhas. E que tal uma variedade de alface prematura? Que tal Tom Thumb? Variedade maravilhosa de alface! Pequenininha, mas crespa como nenhuma outra.

– O senhor deve ter feito muito trabalho de jardinagem por aqui. Não digo só nesta casa, mas em vários lugares.

– Ah, sim, já fiz muito biscate por aí, sabe. Eu tinha o costume de visitar as casas me oferecendo. Algumas tinham jardineiros relaxados, e eu aproveitava e vinha de vez em quando para dar uma mãozinha. Uma vez aconteceu um acidente aqui, sabe. Uma confusão com as verduras. Antes de meu tempo... mas eu fiquei sabendo.

– Algo a ver com as folhas de erva-dedal, não é? – indagou Tuppence.

– Ah, pelo jeito a senhora já ouviu falar no assunto. Isso também faz muito tempo, não sabe. Sim, várias pessoas ficaram doentes. Uma delas morreu. Pelo menos foi o que me disseram. Sei apenas de ouvir falar. Um velho amigo meu me contou.

– Acho que foi a *fraulein* – afirmou Tuppence.

– O quê? Foi a "frau-linha" que morreu? Essa é nova para mim.

– Bem, talvez eu esteja errada – ponderou Tuppence. – Vamos supor que eu leve o Truelove – falou ela –, ou seja lá como for o nome daquilo, e o coloque no topo da colina onde aquela menina, a Pamela, ia... Se é que a colina ainda existe.

– Ora, é claro que a colina ainda existe. O que a senhora pensa? É pura grama ainda, mas tenha cuidado. Não sei até que ponto a ferrugem tomou conta do Truelove. Não quer que limpe e lubrifique primeiro?

– Boa ideia! – disse Tuppence. – E depois o senhor pode fazer uma lista de verduras para começarmos a cultivar.

– Pode deixar. Mas vou cuidar para que a horta não tenha erva-dedal junto com espinafre! Eu não ia gostar nada de escutar que aconteceu algo com a senhora, logo agora que está de casa nova. Um lugar bonito, ainda mais para quem tem grana para fazer umas melhorias.

– Muito obrigada – respondeu Tuppence.

– E pode deixar também que eu dou uma revisada no Truelove para que ele não quebre com a senhora em cima. É bem velhinho, mas a senhora ia ficar surpresa de como as coisas antigas funcionam. Outro dia fui visitar um primo meu e ele apareceu com uma bicicleta velha. Ninguém ia imaginar que aquele negócio funcionava... Fazia quarenta anos que ninguém pedalava nela. Mas, com um pouquinho de óleo, andou que é uma maravilha. Um pouco de óleo é um santo remédio!

CAPÍTULO 3

Seis coisas impossíveis antes do café da manhã

I

– Que diabos?! – exclamou Tommy.

No retorno ao lar, ele estava acostumado a encontrar Tuppence em locais improváveis, mas, dessa vez, ficou mais perplexo do que de costume.

Não havia vestígios dela no interior da casa. Lá fora, o suave tamborilar da chuva não cessava. Será que ela estava entretida no jardim? Saiu para confirmar a hipótese. Foi então que observou:

– Que diabos?!

– Olá, Tommy! – saudou Tuppence. – Voltou mais cedo hoje.

– Que negócio é este?

– Truelove?

– O que você disse?

– Eu disse Truelove – explicou Tuppence. – É o nome dele.

– Vai tentar dar um passeio nele? É muito pequeno para você.

– Claro que sim. É uma espécie de brinquedo infantil... como os triciclos ou as bicicletas com rodinhas.

– Ele não *anda* de verdade, não é? – quis saber Tommy.

– Não exatamente – respondeu Tuppence. – Mas a gente leva até em cima da colina e então... A descer todo santo ajuda, e é só aproveitar o declive.

– E se esborrachar na chegada. Não é isso?

– Nem um pouco – discordou Tuppence. – É só ir freando com os pés. Quer uma demonstração?

– Melhor não – pediu Tommy. – A chuva está engrossando. Só queria saber por que está fazendo isso. É assim tão divertido?

– Na verdade assusta um pouco – falou Tuppence. Mas sabe, eu só queria descobrir e...

– E resolveu perguntar para esta árvore? Que árvore é esta, afinal? Um pinheiro chileno, não é?

– Exato – confirmou Tuppence. – Como sabe?

– Claro que eu sei – disse Tommy. – Sei o outro nome dela, também.

– E eu também – falou Tuppence.

Os dois se entreolharam.

– Agora me esqueci – reconheceu Tommy. – Termina com "cária"...

– Algo parecido com isso – completou Tuppence. – Isso já é o suficiente, não acha?

– O que está fazendo no meio de uma coisa espinhosa dessas?

– Ora, pelo simples fato de que quando você chega ao sopé da colina, se não dá tempo de parar, o jeito é amortecer numa dessas não-sei-o-quê-cárias...

– Não seria urticária? Não, isso tem a ver com urtiga – falou Tommy. – Enfim, gosto não se discute.

– Eu só estava fazendo uma investigaçãozinha sobre aquele problema mais recente.

– Problema seu ou meu?

– Não sei – disse Tuppence. – Espero que nosso.

– Não outro dos problemas de Beatrice ou coisa parecida?

– Ah, não. Fiquei imaginando que outras coisas poderiam estar escondidas nesta casa, então descobri um monte de brinquedos jogados numa esquisita espécie de estufa há muito, muito tempo. Entre eles, esta criatura e também Matilde, um cavalo de balanço com buraco na barriga.

– Buraco na barriga?

– Sim. As crianças enfiavam coisas dentro... Folhas sujas, papéis avulsos e retalhos de flanela usados na limpeza dos móveis.

– Vamos entrar – falou Tommy.

II

– Bem, Tommy – iniciou Tuppence, esticando as pernas junto ao calorzinho agradável da lareira da sala, que acendera para receber o esposo –, conte as novidades. Foi ver a tal exposição na Galeria do Hotel Ritz?

– Não deu tempo.

– Como assim? Pensei que tinha ido justamente para isso.

– Nem sempre a gente consegue fazer as coisas como planeja.

– Deve ter ido a algum lugar e feito *alguma coisa* – falou Tuppence.

– Descobri uma nova alternativa para estacionar o carro.

– Isso é sempre útil – falou Tuppence. – Onde fica?

– Perto de Hounslow.

– O que cargas d'água foi fazer em Hounslow?

– Na verdade não fui a Hounslow. Tem uma espécie de estacionamento lá. Então peguei o metrô.

– Para Londres?

– Sim. Pareceu-me o modo mais fácil.

– Está com jeito de quem tem culpa no cartório – sugeriu Tuppence. – Não vai me dizer que eu tenho uma concorrente em Hounslow?

– Não – garantiu Tommy. – Vai ficar contente ao saber o que eu andei fazendo.

– Ah, comprou um presente para mim?

– Não vamos exagerar – disse Tommy. – Mesmo porque nunca sei o que você quer.

– Às vezes acerta em cheio os palpites – falou Tuppence esperançosa. – O que andou fazendo, Tommy? Por que devo ficar contente?

– Porque eu também – explicou Tommy – estou fazendo minhas pesquisas.

– Todo mundo faz pesquisa hoje em dia – comentou Tuppence. – Adolescentes, sobrinhos e sobrinhas, filhos e filhas, todo mundo pesquisa. Não sei bem o que pesquisam hoje em dia, mas, seja lá o que for, nunca chegam a uma conclusão. Só pesquisam, gastam um bom tempo, ficam satisfeitos consigo, mas tenho minhas dúvidas se dá algum resultado.

– Como a Betty, a nossa filha adotiva, que foi para a África Oriental – lembrou Tommy. – Soube alguma notícia dela?

– Sim, ela está adorando... Adora pesquisar as famílias africanas e escrever artigos sobre elas.

– E as famílias apreciam o interesse dela?

– Não – afirmou Tuppence. – Na paróquia de meu pai, eu me lembro, ninguém gostava dos forasteiros... Os abelhudos, como eram chamados.

– Tem razão – concordou Tommy. – Isso salienta as dificuldades da minha pesquisa ou tentativa de pesquisa.

– Que pesquisa? Não sobre cortadores de grama, espero.

– Não tenho a mínima ideia do que cortadores de grama têm a ver com a história.

– Ué – disse Tuppence –, não é você quem vive olhando catálogos e mais catálogos? Está louco para comprar um cortador de grama.

– Aqui em casa o tipo de pesquisa é outro... Tem a ver com história... crimes e mistérios acontecidos há pelo menos sessenta ou setenta anos.

– Em todo caso, vamos lá. Conte um pouco mais sobre suas pesquisas, Tommy.

– Fui a Londres – contou ele – e fiz a coisa andar.

– Ah, uma pesquisa em andamento? – indagou Tuppence. – Faço a mesma coisa por aqui. Só que nossos métodos são diferentes. E remetem a tempos mais antigos.

– Está começando a se interessar mesmo pelo problema de Mary Jordan? Essa é a expressão que você utiliza ultimamente – disse Tommy. – Está tomando forma, não é? O mistério ou o problema de Mary Jordan.

– Por sinal, um nome tão comum. Se ela era mesmo alemã, talvez o nome não seja verdadeiro – ponderou Tuppence. – O pessoal dizia que ela era espiã germânica, mas poderia ter sido inglesa, imagino eu.

– Essa história de espiã germânica é pura lenda.

– Continue, Tommy. Não está contando nada.

– Bem, eu ativei certas... certas... certas...

– Chega de certas – pediu Tuppence. – Não estou entendendo nada.

– Às vezes é difícil de explicar as coisas – falou Tommy. – Mas existem certas maneiras de se fazer uma investigação.

– Sobre o passado?

– Sim. É possível descobrir informações concretas sem cavalgar brinquedos antigos, interrogar velhotas, jogar verde para colher maduro com um velho jardineiro que confunde tudo e atazanar as moças do correio para ver se elas lembram do que as tias-bisavós disseram um dia.

– Cada atividade dessas ajudou um bocadinho – defendeu-se Tuppence.

– E a minha também vai ajudar – previu Tommy.

– Então tem feito investigações? A quem dirigiu suas perguntas?

– Não é bem assim, mas você deve se lembrar, Tuppence, que numa época de minha vida estive em contato com pessoas que realmente sabem como lidar com esse tipo de coisa. Existem pessoas a quem você paga uma quantia para que façam a pesquisa para você nos meios e locais apropriados, de forma que os resultados obtidos são bem confiáveis.

– Que tipo de coisas? Que tipo de locais?

– Ora, muitas coisas. Para começo de conversa, pode-se mandar alguém pesquisar óbitos, nascimentos e casamentos.

– Ah, mandou alguém a Somerset House?* Lá é possível investigar óbitos e casamentos?

– E nascimentos... Mas não precisa ir pessoalmente, é só contratar alguém para ir em seu lugar. E descobrir quando alguém morreu, ler o testamento de alguém, checar os casamentos das igrejas ou verificar certidões de nascimento. Tudo isso pode ser investigado.

– Está gastando muito? – quis saber Tuppence. – O combinado era economizar depois das despesas da mudança.

– Levando em conta o seu interesse na solução desse problema, considero que é dinheiro bem investido.

– E então, descobriu alguma coisa?

– Não assim tão rápido. É preciso esperar até a pesquisa ficar pronta. Se eles conseguirem obter as respostas...

– Quer dizer então que alguém vai aparecer e nos dizer que Mary Jordan nasceu num lugarejo como Little Sheffield-on-the-Wold? E depois você vai até lá investigar mais? É por aí a coisa?

– Mais ou menos. Existem resultados do censo, atestados de óbitos com a causa da morte. Tem muita coisa que a gente pode descobrir.

– Parece interessante – reconheceu Tuppence –, o que já é alguma coisa.

– Sem falar nos arquivos dos jornais que o público pode acessar e pesquisar.

– Notícias... sobre assassinatos ou julgamentos?

– Não necessariamente. O importante é manter conexões com pessoas específicas. Pessoas por dentro das coisas... a quem se pode recorrer, fazer umas perguntinhas, reatar velhos laços. Como na época em que tocamos aquele escritório de detetive particular em Londres.** Existem pessoas capazes de fornecer informações ou de nos dizer onde consegui-las. As coisas dependem um pouquinho de quem você conhece.

– Isso é a pura verdade – anuiu Tuppence. – Aprendi isso na pele.

– Nossos métodos são diferentes – falou Tommy. – Não quero dizer que os meus sejam melhores. Nunca vou esquecer o dia em que apareci de repente naquela estalagem Sans Souci. A primeira coisa com que me deparo é você sentada tricotando e dizendo chamar-se sra. Blenkensop.***

---

* Palácio londrino que abrigou o Registro Geral desde 1837 até a década de 1970. (N.T.)

** Alusão a *Sócios no crime* (1929), segunda aventura de Tommy e Tuppence. (N.T.)

*** Referência a *M ou N?* (1941), terceira aventura de Tommy e Tuppence. (N.T.)

– Pois é. Tudo porque *não* contratei ninguém para fazer o trabalho em meu lugar. Quer fazer bem feito, faça você mesmo – falou Tuppence.

– É – disse Tommy –, você fingiu que saiu e ficou escutando na salinha ao lado a minha interessante conversa com o homem do serviço secreto. Ficou sabendo exatamente para onde eu deveria ir e o que eu ia fazer. Então deu um jeito de chegar lá primeiro. Escutar às escondidas. Sem tirar nem pôr. Coisa mais vergonhosa.

– Com resultados bem satisfatórios – disse Tuppence.

– Sim – falou Tommy. – Você tem uma espécie de intuição para o sucesso. Ele vem a você ao natural.

– Um dia vamos descobrir tudo o que aconteceu aqui, só que faz tanto tempo... Não sai de minha cabeça que algo muito importante se esconde aqui, algo a ver com esta casa ou com o pessoal que morou nela... Mas ainda não entendo como. Enfim, já sei qual o nosso próximo passo.

– O quê? – quis saber Tommy.

– Acreditar em seis coisas impossíveis antes do café da manhã*, é claro – esclareceu Tuppence. – Agora são quinze para as onze, e quero ir dormir. Estou cansada, sonolenta e toda suja de tanto brincar com essas coisas velhas e enferrujadas. Imagino que ainda existam outras coisas naquele lugar chamado... Por sinal, por que será que se chama Kay-Kay?

– Não sei. Como é que se soletra?

– Acho que é k-a-i. Não apenas K-K.

– Assim soa mais misterioso?

– Soa japonês – falou Tuppence em dúvida.

– Nada a ver. Parece mais um prato. Um tipo de arroz, talvez.

– Vou para cama, mas antes vou tomar um bom banho e dar um jeito de tirar as teias de aranha dos cabelos – falou Tuppence.

– Lembre-se – disse Tommy –, seis coisas impossíveis antes do café da manhã.

– Aposto que o supero nesse aspecto – disse Tuppence.

– Às vezes você é imprevisível – alfinetou Tommy.

– Mas quase sempre quem tem razão é *você* – retorquiu Tuppence. – E isso é muito irritante. Enfim, a vida é um teste contínuo. Quem é que vive dizendo isso?

– Não importa – falou Tommy. – Vá tirar a sujeira dos tempos de antanho. Isaac é um bom jardineiro?

* Em *Alice no País do Espelho*, Alice diz que não acredita em coisas impossíveis. A Rainha Branca responde que na infância já pensou em "seis coisas impossíveis antes do café da manhã". (N.T.)

– Pelo menos pensa que é – respondeu Tuppence. – Acho que podemos dar uma chance a ele...

– Infelizmente não sabemos quase nada sobre jardinagem. Mas esse é outro problema.

CAPÍTULO 4

Expedição a bordo de Truelove; Oxford e Cambridge

I

"Seis coisas impossíveis antes do café da manhã... Pois sim!", pensou Tuppence enquanto tomava a xícara de café e avaliava a possibilidade de comer o ovo frito remanescente no aparador, no meio de dois rins de aparência tentadora. "O café da manhã é mais útil do que pensar em coisas impossíveis. Tommy que se aventure atrás delas. Investigação, pois sim! Tenho lá minhas dúvidas se ele vai descobrir alguma coisa."

Serviu-se do ovo frito e dos rins.

"Que bom", continuou Tuppence, "ter opções diferentes no café da manhã."

Por um bom tempo, ela se contentara com uma xícara de café e um suco de laranja ou de toranja. Eficiente para perder peso, esse tipo de café da manhã não era o que se podia chamar de saboroso. Pela força dos contrastes, pratos quentes sobre o aparador animavam os sucos digestivos.

"Isso", refletiu Tuppence, "é o que os Parkinson deviam tomar no café da manhã. Ovos estrelados com bacon e talvez...", vasculhou na memória cenas de antigos romances, "faisão desfiado, servido frio no aparador. Que delícia! Ah, eu me lembro, parecia delicioso. As crianças ficavam em segundo plano. Só sobravam as pernas para elas. Se bem que pernas de gamo são excelentes para mordiscar." Abocanhou o último pedaço de rim e parou de murmurar consigo.

Ao mesmo tempo, barulhos singulares entraram pelo vão da porta.

– Estranho – disse Tuppence. – Parece uma orquestra desafinada.

Calou-se de novo, uma fatia de pão torrado na mão, e levantou o olhar quando Albert entrou na sala.

– O que está acontecendo, Albert? – quis saber Tuppence. – Não me diga que os operários estão tocando harmônio...

– É o técnico que veio ver o piano – disse Albert.

– Ver o piano? Para quê?

– Para afiná-lo. A senhora que me pediu para chamar um afinador.

– Ora, ora! – exclamou Tuppence. – Já providenciou? Como você é competente, Albert.

O olhar de Albert transbordou de satisfação. Ele *sabia* da extrema competência com que providenciava os pedidos extras do casal Beresford.

– Ele disse que estava na hora – afirmou.

– Imagino que sim – comentou Tuppence.

Terminou a xícara de café e passou à sala de estar. Um rapaz mexia no piano de cauda, que revelava ao mundo as suas entranhas.

– Bom dia, madame – saudou o rapaz.

– Bom dia – respondeu Tuppence. – Que bom que pôde vir logo.

– Ah, ele estava precisando ser afinado, e como.

– Sei disso – falou Tuppence. – Sabe, acabamos de nos mudar. E se tem coisa que não faz bem a um piano é ficar sendo transportado para lá e para cá. Se bem que fazia um bom tempo que não o afinávamos mesmo.

– Logo percebi – confirmou o rapaz.

Pressionou três cordas diferentes, uma após a outra, tocou duas notas alegres numa tecla branca e duas notas melancólicas em Lá menor.

– Belo instrumento, madame, se me permite observar.

– É um Erard – informou Tuppence.

– Não é fácil conseguir um piano desses hoje em dia.

– Ele já teve seus percalços – comentou Tuppence. – Superou os bombardeios em Londres. Nossa casa lá foi atingida. Felizmente não estávamos em casa, e os danos no piano foram superficiais.

– Sim. Os mecanismos estão em boa condição. Não precisam de nenhum reparo maior.

A conversação seguiu agradável. O rapaz tocou os primeiros compassos de um prelúdio de Chopin e desembocou numa interpretação de "O Danúbio azul". Por fim anunciou que o trabalho estava encerrado.

– É melhor eu aparecer de vez em quando – alertou. – Seria bom daqui a um tempinho experimentar o piano de novo. A gente nunca sabe quando pode... não sei bem como me expressar... pisar na bola. Sabe como é, um pequeno detalhe que a gente não percebe na primeira vez.

Os dois se separaram com manifestações mútuas de apreço sobre música em geral e sobre música para piano em especial, e com as saudações educadas de duas pessoas que concordavam bastante quanto à alegria que a música proporcionava a suas vidas.

– Imagino o trabalhão que deu para arrumar esta casa – falou ele olhando ao redor.

– Ela ficou um tempo vazia antes de nos mudarmos.

– Ah, sim. Mudou de dono muitas vezes.

– Tem uma história e tanto, não é? – perguntou Tuppence. – Muita gente morou aqui no passado, e aconteceu cada coisa esquisita!

– Ah, sim, a senhora deve estar falando do que aconteceu muito tempo atrás. Não sei se foi na última guerra ou na anterior.

– Segredos navais – arriscou Tuppence.

– A gente escuta o que pessoal fala, mas eu mesmo não sei de nada.

– Bem antes de seu tempo – falou Tuppence, apreciando o jovem semblante do rapaz.

Após ele sair, sentou-se ao piano.

– Vou tocar "Gota de chuva no telhado" – disse Tuppence, que lembrara da peça de Chopin ao escutar o afinador executando um dos outros prelúdios do compositor. Deslizou os dedos nas teclas, fazendo o acompanhamento para uma canção, primeiro cantando com os lábios fechados e depois murmurando as palavras também.

Aonde meu amor foi passear?
Meu amor percorre que caminhos?
Na mata ecoa o canto dos passarinhos
Quando será que meu amor vai voltar?

– Estou tocando a nota errada – falou Tuppence –, mas pelo menos o piano está bom outra vez. Ah, como é divertido tocar o piano de novo. Aonde meu amor foi passear? – cantarolou. – Quando será que meu amor... Meu Truelove? – disse Tuppence pensativa. – Amor... Truelove? Quem sabe não é um sinal? É melhor eu sair e passear com o Truelove.

Ela calçou as botinas, vestiu um blusão e saiu para o jardim. Truelove havia sido empurrado não de volta a seu antigo lar em KK, mas para dentro do estábulo vazio. Tuppence o tirou para fora, puxou-o até o topo da colina gramada, passou um pano que trouxera para remover o mais grosso das teias da aranha grudadas em vários pontos, acomodou-se na charretinha de Truelove, colocou os pés nos pedais e o induziu a pôr-se em movimento, tão bem quanto suas condições lhe permitiam.

– Agora, Truelove – disse ela –, vamos descer a colina! Sem correr muito.

Levantou os pés dos pedais e os posicionou de modo a conseguir usá-los como freios, se necessário.

Truelove não parecia inclinado a ganhar muita velocidade, embora seu único esforço fosse deixar a força da gravidade agir colina abaixo. Porém, o declive acentuou de repente. Truelove acelerou o galope, Tuppence usou os pés como freios com mais energia. Os dois foram parar dentro de um jovem pinheiro chileno no sopé da colina, em uma posição bem mais desconfortável do que de costume.

– Que dolorido – falou Tuppence, desemaranhando-se do meio dos galhos.

Tendo se desvencilhado das grimpas da araucária chilena, Tuppence limpou a roupa e olhou ao redor. Chegara num trecho de arbustos fechados que abraçava o lado oposto da colina. Arbustos de azaleias e hortênsias. "Na primavera", pensou Tuppence, "seria lindo de ver". Mas naquele instante não tinha beleza especial. Apenas um bosque cerrado de arbustos. Entretanto, ela notou uma antiga trilha que penetrava no meio das moitas. O mato ficava cada vez mais fechado, mas dava para distinguir a direção da trilha. Tuppence quebrou uns galhos, forçou passagem por entre os arbustos e contornou a colina. A trilha começou a serpentear colina acima. Era evidente que há muito tempo ninguém passava por ali.

– Onde será que vai dar isso? – murmurou Tuppence. – Deve ter um destino.

"Talvez", pensou ela quando a trilha deu duas curvas sinuosas em zigue-zague, "tenha sido isso que Alice no País das Maravilhas quis dizer ao se referir a uma trilha que de repente se sacode e muda de direção". Os arbustos rarearam e surgiram loureiros, talvez os que haviam dado nome à propriedade. Uma trilha pedregosa, íngreme e estreita serpenteava morro acima por entre os pés de louros. Terminou abruptamente em quatro degraus cobertos de musgos. Os degraus levavam a um nicho outrora feito de metal, agora substituído por garrafas. Um santuário. Nele, um pedestal com uma escultura de pedra bastante deteriorada. Um menino de cesta na cabeça. Tuppence teve a impressão de que já vira algo parecido.

– Isso liga um local a uma data – falou ela. – Bem parecido com o que a tia Sarah tinha no jardim. Por sinal, um jardim com vários loureiros.

Suas memórias a remeteram até tia Sarah, a quem visitara em ocasiões esporádicas na infância. Lembrou das brincadeiras que faziam lá, como aquele jogo chamado River Horses. Para brincar de River Horses era preciso levar o bambolê junto. Tuppence, é bom que se diga, tinha seis anos na época. O bambolê representava os cavalos. Cavalos brancos crinudos de caudas graciosas. Com os cavalos, Tuppence atravessava em sua imaginação um relvado alto e espesso, alcançava um canteiro forrado de capim-dos-pampas, balançando as inflorescências plumosas ao vento, e subia por um caminho semelhante até chegar a um quiosquezinho no meio das faias, onde havia a escultura de um menino inclinado com cesta na cabeça. Tuppence, quando cavalgava os corcéis triunfantes até lá, sempre levava um presente para colocar na cesta; então dizia que era uma oferenda e fazia um pedido. E quase sempre o pedido se tornava realidade.

– Mas – lembrou-se Tuppence, sentando-se no último degrau da escada –, na verdade eu trapaceava. Eu pedia algo que eu sabia que era quase certo que ia acontecer. Então eu tinha a sensação de que meu pedido se realizava. Era mesmo *mágico*! Uma oferenda apropriada para um deus do passado. Mas não era um deus de verdade e sim um menininho gordinho. Ah... como era divertido todo aquele faz de conta!

Suspirou, retornou pela trilha e tomou o caminho da misteriosamente denominada KK.

KK parecia estar na mesma bagunça de sempre. Matilde tinha uma aparência desamparada e desprezada, mas duas outras coisas chamaram a atenção de Tuppence: banquinhos com as figuras de cisnes brancos na volta, feitos de porcelana. Um azul-escuro e o outro azul-celeste.

– Claro – disse Tuppence –, já vi esses bancos quando era menina. Decorando os avarandados. Uma tia minha, se não me engano, tinha dois. A gente os chamava de Oxford e Cambridge. Iguaizinhos a estes. Patos... Ou melhor, *cisnes*. Com essa mesma coisa estranha no assento, um buraco em S. A gente enfiava coisas dentro. Vou pedir para Isaac levar os banquinhos para fora e dar uma boa lavada neles. Então, quando o tempo melhorar, vou colocá-los na "varanda", como diz o Tommy, ou na "galeria", como o empreiteiro insiste em chamar. Acho mais bonito "avarandado".

Deu meia-volta rápido rumo à porta, tropeçou em Matilde e...

– Ai, não! – exclamou Tuppence. – Que foi que eu fiz dessa vez?

Tinha chutado o banquinho de porcelana, que rolara no chão e se quebrara em pedaços.

– Ai, meu Deus – choramingou Tuppence –, é o fim de Oxford. Vou ter que me contentar com Cambridge. Não vai dar para colar Oxford. Os pedaços são muito irregulares.

Suspirou e ficou se perguntando o que Tommy estaria fazendo.

II

Tommy compartilhava lembranças com velhos amigos.

– O mundo anda cada vez mais bizarro – comentou o coronel Atkinson. – Ouvi falar que você e a sua esposa, como é o nome dela, Prudence (mas você a chama pelo apelido, Tuppence, isso mesmo), pois então, ouvi falar que foram morar no litoral. Num lugarejo perto de Hollowquay. Por que resolveram morar lá? Algo em especial?

– Encontramos uma casa barata – explicou Tommy.

– Ah, isso sempre é uma sorte, não é? Qual o nome dela? Precisa me deixar seu endereço.

– Estamos pensando em chamá-la de Cedar Lodge, porque tem um cedro magnífico lá. O nome original era The Laurels, mas carrega uma aura meio vitoriana, não é?

– The Laurels... The Laurels, em Hollowquay. Quer saber o que penso? O que anda aprontando, hein?

Tommy mirou aquele velho rosto ornado por um espesso bigode branco.

– Está metido em algo, não está? – indagou o coronel Atkinson. – Trabalhando para o governo de novo?

– Ah, estou muito velho para isso – respondeu Tommy. – Não me envolvo mais com isso desde que me aposentei.

– Não sei se acredito, não. Talvez seja uma resposta padrão. Talvez tenham lhe pedido para dizer isso. Afinal de contas, ainda falta descobrir muita coisa sobre aquele negócio todo.

– Que negócio? – perguntou Tommy.

– Ora, não leu ou ouviu falar sobre o assunto? O escândalo Cardington. Sabe, surgiu depois daquela história... das tais cartas... e do caso do submarino Emlyn Johnson.

– Lembro vagamente – disse Tommy.

– Não era o submarino em si, mas foi isso que chamou atenção para o caso. Aquelas cartas entregavam o jogo, politicamente falando. Sim. Cartas. Quem conseguisse colocar as mãos nelas teria feito um estrago. Teria atraído a atenção para pessoas tidas na época como as mais confiáveis dentro do governo. Impressionante como essas coisas acontecem, não é? Você sabe! Traidores infiltrados, sempre confiáveis, sempre sujeitos excelentes, sempre acima de qualquer suspeita... e todo o tempo... Bem, pouca coisa veio à tona. – Piscou para Tommy. – Quem sabe não enviaram vocês para dar uma olhada?

– Uma olhada em quê? – quis saber Tommy.

– Na casa. Não foi The Laurels que você disse? Às vezes, o pessoal brincava com The Laurels. O pessoal da segurança foi até lá e deu uma boa investigada, com o resto da turma. Pensavam que iam encontrar alguma prova útil na casa. Uma das hipóteses era de que as cartas tinham sido enviadas ao continente (à Itália para ser mais exato) pouco antes do alerta. Mas outra linha de investigação defendia que ainda estavam escondidas naquela região. O tipo de lugar repleto de porões, pedras soltas e recantos variados. Tommy, meu garoto, confesse que está de volta à caça!

– Garanto que hoje não faço mais nenhuma atividade oficial.

– Era isso que a gente pensava quando você estava naquele outro lugar. No começo da última guerra. Quando perseguiu e capturou aquele sujeito alemão. Aquele e a mulher com livros de cantigas infantis. Sim. Trabalhinho para lá de inteligente, aquele. E agora escalaram você para seguir outro rastro!

– Tolice – retrucou Tommy. – Não perca tempo enfiando essas ideias na cabeça. Não passo de um velhote aposentado agora.

– Não passa de uma raposa velha. Melhor que a maioria desses novatos. Sim. Fica aí sentado com esse olhar inocente... Mas vou parar com o interrogatório. Seria indelicadeza pedir que revele segredos estatais, não é mesmo? Mas peça a sua esposa para tomar cuidado. Sabe que ela sempre se arrisca demais. Escapou por um triz no caso do M ou N.

– Tuppence – afirmou Tommy – só está interessada na história do lugar, sabe. Quem morou, onde morou... Nas fotos das famílias antigas que um dia habitaram a casa, essas coisas. E na reforma do jardim. São nossos interesses básicos hoje em dia. Jardins e catálogos de tulipas.

– Só vou acreditar nisso se transcorrer um ano sem nada empolgante acontecer. Mas eu conheço você, Beresford, e conheço a nossa sra. Beresford também. Os dois formam uma bela dupla, e aposto que vão descobrir algo. Uma coisa é certa: se aqueles papéis um dia vierem à tona, o efeito no front político será devastador. Muita gente não vai gostar. Não mesmo. Gente vista hoje como pilares da retidão! Mas muitos analistas os consideram perigosos. Não se esqueça. Até os mais inofensivos têm conexões com gente muito perigosa. Então tenha cuidado e faça sua esposa ter cuidado também.

– Puxa – disse Tommy –, essas suas ideias estão me deixando entusiasmado.

– Vá se entusiasmando, mas tome conta da sra. Tuppence. Sou admirador dela, sempre foi uma boa moça.

– Moça é meio exagerado – avaliou Tommy.

– Ora, não fale assim de sua mulher. Não pegue esse hábito. Mulher como aquela é uma em um milhão. Tenho pena da pessoa que ela estiver investigando. Aposto que hoje ela está agindo.

– Acho que não. Deve ter ido tomar chá na casa de alguma velhinha.

– Hum... Velhinhas às vezes fornecem informações úteis. E crianças de cinco anos de idade também. Às vezes de onde você menos espera surge uma verdade sobre a qual ninguém sonha. Ficaria pasmo se soubesse...

– Sei que ficaria, coronel.

– Mas não devemos contar segredos – disse o coronel Atkinson, balançando a cabeça.

III

A caminho de casa, Tommy grudou o nariz no vidro da janela do trem e admirou a veloz paisagem rural. "Fico pensando...", disse ele com seus botões, "... aquele velhote em geral está por dentro das coisas. Bem informado. Mas o que poderia haver lá que possa ser de interesse *hoje*? Ficou tudo no passado... *não poderia* haver nada importante antes daquela guerra. Nada que importasse hoje em dia." E então mergulhou em pensamentos, que lhe pareciam estar *atrás* de sua mente em vez de *dentro* dela. Novas ideias dominavam o mundo... ideias de mercado comum. Em algum lugar, havia netos e sobrinhos, novas gerações... membros mais jovens das famílias tradicionais, com força, influência e poder na sociedade apenas porque haviam nascido na família certa. Se, por acaso do destino, não fossem leais, *poderiam* ser aliciados, poderiam acreditar em novas crenças ou em velhas crenças revividas, seja lá como se queira pensar no assunto. A Inglaterra vivia uma conjuntura engraçada, uma conjuntura diferente. Ou sempre estivera na mesma conjuntura? Sempre uma camada de lama sob a superfície lisa. Perto dos seixos, perto das conchas, no fundo do mar, as águas são turvas. Em algum lugar, algo vagaroso se move. Algo a ser encontrado e eliminado. Mas não numa província como Hollowquay. Hollowquay estava fora de moda, se é que um dia estivera na moda. Aldeia de pescadores que evoluiu e teve seu auge como uma espécie de Riviera inglesa, agora era um mero resort de verão lotado apenas na alta temporada. Hoje, a maioria prefere viajar ao estrangeiro.

IV

– E então? – indagou Tuppence ao se erguer da mesa de jantar naquela noite e encaminhar-se à sala contígua para tomar café. – Foi divertido ou não foi? Como vão os velhos amigos?

– Cada vez mais velhos – disse Tommy. – E que tal o chá na sua amiga?

– Veio o afinador de piano – informou Tuppence. – Choveu à tarde, então não fui vê-la. Uma pena, a velha deve saber coisas bem interessantes.

– Meu amigo sabia – revelou Tommy. – Fiquei bem surpreso até. O que pensa mesmo deste lugar, Tuppence?

– Desta casa?

– Não da casa, da aldeia. Hollowquay.

– É um lugar pacato.

– Como assim, pacato?

– Gosto dessa palavra. As pessoas costumam ignorá-la, não sei por quê. Um lugar pacato é um lugar onde as coisas não acontecem, e a gente nem quer que elas aconteçam. Ficamos felizes por elas não acontecerem.

– Ah, isso é por causa de nossa idade.

– Não é por causa disso. É bom saber que *existem* lugares onde as coisas não acontecem. Mas confesso que hoje algo quase aconteceu.

– Como assim, quase aconteceu? Andou fazendo alguma bobagem, Tuppence?

– Claro que não.

– Então o que quer dizer?

– Sabe a cúpula de vidro no telhado da estufa, aquela que balançou um pouco aquele dia? Pois é, veio abaixo. Por um triz não caiu na minha cabeça. Eu poderia ter virado picadinho.

– Parece bem inteira – falou Tommy, olhando para ela.

– Tive sorte. Mas ainda assim, me fez pular de susto.

– Agora vamos ter que chamar o velho rapazinho que costuma vir aqui fazer biscates, como é mesmo o nome dele? Isaac, não é? Precisamos chamá-lo e pedir para ele dar uma conferida nos outros vidros... Afinal, não queremos que você passe desta para melhor, não é, Tuppence?

– Quem compra uma casa velha sempre corre o risco de encontrar algo errado com ela.

– Acha que tem algo errado com esta casa, Tuppence?

– O que diabos quer dizer com errado com esta casa?

– É que hoje fiquei sabendo de uma coisa esquisita sobre ela.

– Coisa esquisita... sobre esta casa?

– Sim.

– Vai me desculpar, Tommy, parece impossível – duvidou Tuppence.

– Por que impossível? Só porque ela aparenta ser pacata e inocente? Bem pintadinha e reformada?

– Não. Bem pintadinha, reformada e inocente, tudo isso é por nossa conta. Parecia estragada e desleixada quando a compramos.

– Por isso saiu barata.

– Está meio lacônico, Tommy – disse Tuppence. – O que se passa?

– Bem, foi o Monty, o velho galã bigodudo, sabe?

– Ah, o galã. Mandou lembranças carinhosas para mim?

– Claro. Recomendou que se cuidasse e que eu cuidasse de você.

– Ele sempre diz isso. Mas não vejo por que deva me cuidar por aqui.

– Ora, parece o tipo de lugar em que é bom se cuidar.

– Quer ser mais claro, Tommy?

– Tuppence, o que pensaria se eu dissesse que ele sugeriu, ou insinuou, como queira, que estávamos aqui não de chuteiras penduradas, mas como agentes na ativa, que estávamos outra vez, como nos tempos de M ou N, a trabalho, enviados em nome da segurança e da ordem, para descobrir alguma coisa, para descobrir o que há de errado neste lugar?

– Não sei se é você quem está sonhando ou o velho bigodudo, se foi ele quem insinuou isso.

– Pois foi ele. Parecia pensar mesmo que estamos aqui numa espécie de missão, para descobrir alguma coisa.

– Descobrir alguma coisa? Que tipo de coisa?

– Alguma coisa escondida nesta casa.

– Alguma coisa escondida nesta casa! Tommy, quem está maluco, você ou ele?

– Cheguei a pensar que ele estava mesmo maluco, mas não tenho certeza.

– O que pode ser encontrado nesta casa?

– Sei lá, algo que alguém escondeu um dia.

– Um tesouro? Joias da coroa russa no porão?

– Não um tesouro. Algo perigoso para alguém.

– Curioso – falou Tuppence.

– Por quê? Achou alguma coisa?

– Claro que não. Mas parece que houve um escândalo neste lugar há um tempão. Ninguém se lembra de verdade, mas é o tipo de coisa que as vovós contam, e os empregados fofocam. Beatrice tem uma amiga que sabe algo do assunto. E tem a ver com Mary Jordan. Muito sigiloso.

– Está imaginando coisas, Tuppence? Retrocedeu aos dias gloriosos de nossa juventude, à época em que alguém entregou uma encomenda secreta a uma moça a bordo do *Lusitania*, aos dias em que respirávamos aventuras e seguíamos o rastro do enigmático sr. Brown?*

– Minha nossa, Tommy, isso faz muito tempo! Nossa alcunha era os Jovens Aventureiros. Agora nem parece que foi real, parece?

– É, não parece. Nem um pouquinho. Mas foi real, sim. E como foi. Assim como tem um monte de coisa real em que a gente não consegue acreditar. Deve ter sido há pelo menos sessenta ou setenta anos.

– O que Monty disse mesmo?

– Cartas ou documentos – explicou Tommy – capazes de criar um grande motim político. Um poderoso que não merecia o cargo. Cartas, documentos, coisas enfim que o deixariam com as calças na mão se viessem à tona um dia. Toda sorte de intrigas, coisa muito antiga.

– Na época de Mary Jordan? Que estranho – ponderou Tuppence. – Tommy, tem certeza que não dormiu no trem e sonhou com tudo isso?

– Talvez – respondeu Tommy. – É mesmo estranho.

---

* Menção à primeira aventura dos Beresford, *O inimigo secreto* (1922). (N.T.)

– Por outro lado – disse Tuppence –, bem que a gente poderia dar uma olhadinha, já que estamos morando aqui.

Ela correu o olhar pela sala.

– Nunca imaginei que havia algo escondido por aqui. E você, Tommy?

– Não parece o tipo de casa que alguém escolheria para esconder algo. Várias famílias já moraram na casa depois daquela época.

– Sim. Família após família, até onde eu sei. Eu suponho que algo poderia estar escondido no sótão ou no porão, ou ainda enterrado embaixo do piso do quiosque. Vai ser bem divertido! – animou-se Tuppence. – Quando não tivermos nada melhor para fazer, e nossas costas estiverem doloridas de tanto plantar tulipas, a gente pode dar uma procurada por aí. Só para pôr os miolos para funcionar, sabe. Partir da pergunta: Se eu quisesse esconder algo, que lugar escolheria para que ninguém conseguisse achar?

– Não acho que exista algo incógnito aqui – falou Tommy. – Não com jardineiros e pessoas, sabe, sempre bisbilhotando, e com diferentes famílias morando aqui, corretores de imóveis e tudo mais.

– Nunca se sabe. Pode estar até dentro de um bule de chá.

Tuppence levantou-se, foi até a cornija da lareira, subiu num banquinho e pegou um bule de chá chinês. Levantou a tampa e deu uma espiada.

– Nada aqui – falou ela.

– Lugar impróprio – desdenhou Tommy.

– Pensa – quis saber Tuppence, com uma voz esperançosa – que alguém tentou acabar comigo e afrouxou a claraboia de vidro da estufa para ela cair em cima de mim?

– Acho difícil – disse Tommy. – Mais provável que o objetivo fosse eliminar o velho Isaac.

– Que decepcionante – falou Tuppence. – Seria boa a sensação de ter escapado por um triz.

– Bem, é melhor você se cuidar. Eu também vou cuidar de você.

– Sempre me trata como criança – reclamou Tuppence.

– Não deixa de ser um cavalheirismo de minha parte – falou Tommy. – Deveria ficar satisfeita por ter um marido dedicado.

– Não tentaram atirar em *você* nem descarrilar o trem ou coisa parecida, tentaram? – indagou Tuppence.

– Não – respondeu Tommy. – Mas é melhor checar os freios do carro antes de sair na próxima vez. Ah, tudo isso é bobagem – acrescentou ele.

– Claro que é – concordou Tuppence. – Pura bobagem. Por outro lado...

– Por outro lado o quê?

– Só de pensar numa coisa dessas já é meio divertido.

– Pensa que Alexander foi assassinado porque sabia de alguma coisa? – perguntou Tommy.

– Ele sabia algo sobre quem matou Mary Jordan. "Foi um de nós..." – O rosto de Tuppence se iluminou. – Nós – falou ela com ênfase. – Temos que descobrir a quem Alexander se referia ao dizer "nós". Temos que desvendar um crime. Voltar ao passado e solucioná-lo... descobrir onde aconteceu e por que aconteceu. Nunca antes enfrentamos desafio igual.

CAPÍTULO 5

Métodos de investigação

– Afinal por onde andava, Tuppence? – questionou o marido ao retornar para casa no dia seguinte.

– Por último estive no porão – respondeu Tuppence.

– Dá para notar – observou Tommy. – O seu cabelo está cheio de teias de aranha.

– Ora, não poderia ser diferente. No porão, teia de aranha é o que não falta. Afora isso – falou Tuppence –, só uns frascos de *bay rum.* *

– *Bay rum*? – indagou Tommy. – Interessante.

– Mesmo? – respondeu Tuppence. – Alguém consegue beber aquilo? Não me parece nem um pouco palatável.

– Acho – disse Tommy – que o pessoal usava como tônico capilar. Quero dizer homens, não mulheres.

– Tem razão – disse Tuppence. – Lembro de um tio meu que aplicava. Um amigo dele trazia da América.

– É mesmo? Que interessante – disse Tommy.

– Não acho – desdenhou Tuppence. – Não nos ajuda em nada, pelo menos. Não é possível esconder nada num frasco desses.

– Então é assim que você passa o seu tempo.

– É preciso começar por algum lugar – falou Tuppence. – Se o que seu amigo disse é verdade, algo *pode* estar escondido nesta casa, mesmo sendo difícil imaginar onde está ou o que é. Afinal, quando você vende uma casa, morre ou se muda, a casa é então esvaziada, não é mesmo? Os herdeiros tiram a mobília e a vendem, ou, se a mobília fica, o *próximo morador* a vende. Por isso, pela lógica, as coisas que sobraram na casa até hoje não pertencem a moradores antigos e sim aos mais recentes.

* Destilado das folhas e frutos de *Pimenta racemosa*, planta do Caribe. (N.T.)

– Mas então por que alguém ia querer nos ferir ou tentar nos expulsar daqui? Isso só faria sentido se houvesse algo que não querem que a gente descubra.

– Essa é a *sua* teoria – falou Tuppence. – Pode não ser verdade. Em todo caso, o dia não foi totalmente perdido. Encontrei algumas *coisinhas*.

– Tem a ver com Mary Jordan?

– Não em especial. O porão, como disse, não é uma fonte muita boa. Velharias fotográficas, uma lâmpada de quarto escuro que se usava antigamente, de vidro vermelho, e os frascos de loção. Mas nenhum ladrilho com a aparência de ter sido removido para esconder algo embaixo. Alguns baús estragados e duas malas antigas, tudo coisa sem muita utilidade. É só dar um chute que se desmancham. Fracasso quase total.

– Que frustrante – disse Tommy.

– Para falar a verdade, no fim *encontrei* umas coisinhas interessantes. Então falei com meus botões (é sempre bom falar com os seus botões!)... Pensando bem, antes de contar, é melhor subir e tirar as teias de aranha.

– Faça isso – concordou Tommy. – Ficará mais agradável aos olhos.

– Se quer um sentimento puro como o de Darby e Joan* – falou Tuppence –, deve sempre me achar provocante, não importa a idade.

– Tuppence, minha queridinha – falou Tommy –, para meus olhos você é provocante até demais. E, com esse cachinho fofo de teia de aranha enfeitando a orelha esquerda, fica ainda mais atraente. Parece aquele cachinho dos retratos da imperatriz Eugênia, sabe, descendo pelo pescoço. Com a diferença de que nos cachinhos da imperatriz não tinha uma aranha.

– Aranha? – gritou Tuppence passando a mão no cabelo.

Ela subiu e mais tarde voltou à presença de Tommy. Uma taça a esperava. Olhou para ela desconfiada.

– Não vai querer que *eu* beba o *bay rum*, vai?

– Nem eu quero.

– Bem – reiniciou Tuppence –, se eu puder continuar com o que estava falando...

– Por favor, continue – pediu Tommy. – Vai continuar de qualquer jeito, mas quero ter a sensação de que foi porque eu a incentivei.

– Como eu ia dizendo, falei com meus botões: "Se eu fosse esconder algo nesta casa para ninguém achar, que tipo de lugar escolheria?"

– Nada mais lógico – ponderou Tommy.

– E então pensei: "que lugares existem por aqui onde é possível esconder coisas?" Um deles é a barriga de Matilde.

---

* Na Inglaterra, "Darby e Joan" é o protótipo de uma união harmônica e duradoura. (N.T.)

– Como é? – disse Tommy.

– A barriga de Matilde. O cavalo de balanço. Eu contei a você sobre o cavalo de balanço. É americano.

– Quanta coisa veio da América – concluiu Tommy. – O rum também, pelo que você disse.

– O cavalo de balanço tem um buraco na barriga. Foi o velho Isaac que me contou. Um buraco na barriga com uma porção de papéis esquisitos dentro. Nada de atrativo. Mas é um bom esconderijo, não acha?

– É possível.

– E o Truelove, é claro. Examinei Truelove de novo. Ele tem um assento impermeável todo estragado, mas ali não tinha nada. E também não achei pertences pessoais de ninguém, é claro. Então pus a cabeça para funcionar de novo. Afinal de contas, ainda faltava a estante cheia de livros. As pessoas escondem coisas nos livros. E não chegamos a terminar a biblioteca lá em cima, não é?

– Achei que tínhamos terminado – comentou Tommy com esperança.

– Ainda não. Falta a prateleira de baixo.

– Mas essa não precisa ser mexida. Pelo menos não é necessário pegar uma escada e ficar baixando os livros.

– Pois é. Então subi no sótão, sentei no chão e examinei a prateleira inferior. A maioria dos livros era de sermões. Escritos em outras épocas por um pastor metodista. Nada de estimulante. Daí eu derrubei todos os volumes da prateleira no chão e, então, descobri um buraco camuflado embaixo dos livros. Não dá para saber quando foi feito. Sei que alguém abriu um buraco e empurrou lá para dentro tudo que é coisa. Até um livro meio rasgado, grande, de capa parda. Puxei para dar uma olhada. Nunca se sabe, não é? E o que você pensa que era?

– Não tenho a mínima ideia. A primeira edição de *Robinson Crusoé*?

– Não. Um livro de aniversário.

– Um livro de aniversário?! E o que vem a ser isso?

– O pessoal fazia antigamente. É bem velho. Da época dos Parkinson, acho. Ou até mesmo antes. Bem dilapidado e rasgado. Nada que valha a pena guardar, e não acredito que alguém tenha dado importância a ele. Mas é *bem* antigo mesmo, e *é possível* achar algo nele, penso eu.

– Entendo. Quer dizer que alguém pode ter guardado algo no meio das páginas.

– Sim. Mas ninguém fez isso, é claro. Nada assim tão simples. De todo modo, vou continuar procurando com bastante cuidado. Ainda não o examinei com a atenção necessária. Pode ter nomes interessantes nele.

– Imagino que sim – falou Tommy, sem esconder o ceticismo.

– Esse item foi o único com que me deparei no setor de livros. Não tinha mais nada na prateleira de baixo. Então, é claro, só faltava examinar os armários.

– E o resto da mobília? – indagou Tommy. – Gavetas secretas.

– Não, Tommy, está vendo tudo errado. Toda a mobília da casa agora é *nossa*. A casa estava vazia quando trouxemos a mudança. A única coisa que encontramos aqui de tempos antigos é aquela confusão toda na estufa KK, todos aqueles brinquedos e bancos de jardim velhos e enferrujados. Não existe na casa algo que se possa chamar mesmo de mobília antiga. Seja lá quem morou aqui ultimamente levou as coisas ou senão pôs à venda. Depois dos Parkinson várias famílias moraram aqui, então é difícil ter ficado algo daquela época. Mas, por incrível que pareça, *encontrei* uma coisa que pode ser útil.

– O quê?

– Cardápios de porcelana.*

– Cardápios de porcelana?

– Sim, naquele velho armário em que não tínhamos entrado ainda. Aquele ao lado da despensa, que tinham perdido a chave. Pois bem, achei a chave numa caixa velha. Lá fora, na KK. Coloquei um pouco de óleo na chave e consegui abrir a porta do armário. Não tinha nada nele. Só um armário sujo com uns cacos de porcelana dentro. Vestígios das últimas pessoas que estiveram aqui. Mas, jogado na prateleira de cima, tinha um montinho de cardápios de porcelana vitoriana, que o pessoal usava nas festas. De dar água na boca, as coisas que eles comiam... Refeições fascinantes. Depois do jantar eu leio para você. De dar água na boca! Duas sopas, uma leve e outra mais substanciosa e, a seguir, dois tipos de peixe. Isso tudo antes das *entrées*! Então você tinha uma salada ou coisa que o valha. E daí vinha a carne e daí... não tenho bem certeza o que vinha depois. Torta de sorvete! E para encerrar, salada de lagosta! Dá para acreditar?

– Chega, Tuppence – pediu Tommy –, não aguento mais.

– Para mim é interessante. São coisas antigas. Bem antigas!

– E o que pretende extrair de todas essas descobertas?

– O único item promissor é o livro de aniversário. Nele há menção sobre uma pessoa chamada Winifred Morrison.

– E...?

– E Winifred Morrison, pelo que sei, era o nome de solteira da velha sra. Griffin, aquela que fui visitar esses dias na hora do chá. Ela é uma das moradoras mais antigas da aldeia e se lembra ou ficou sabendo de fatos das gerações passadas. Quem sabe ela não lembra ou ouviu falar de alguns dos outros nomes do livro de aniversário?

---

* Peças de porcelana em que se escrevia o cardápio com lápis cinza. (N.T.)

– Quem sabe – falou Tommy com ar de dúvida. – Ainda acho que...

– O que você acha? – quis saber Tuppence.

– Não sei bem o que acho – finalizou Tommy. – Vamos para a cama e dormir. Não acha que é melhor deixarmos de lado toda essa história? Que diferença faz descobrir quem matou Mary Jordan?

– Não *quer* descobrir?

– Não, não quero – garantiu Tommy. – Pelo menos... ah, desisto. Conseguiu me enredar também, eu admito.

– E *você* não descobriu nada? – indagou Tuppence.

– Hoje não deu tempo. Mas consegui novas fontes de informações. Contratei a mulher de quem lhe falei, aquela especializada em pesquisas... Está investigando pistas.

– Então – disse Tuppence – ainda há esperança. Pode até ser uma tolice, mas que é divertido, ah, isso é.

– Não tenho certeza se vai ser tão divertido quanto você pensa – considerou Tommy.

– Isso não importa – retorquiu Tuppence. – O que importa é que estou fazendo o meu melhor.

– Não tente fazer o melhor sozinha – recomendou Tommy. – É justamente isso que me deixa tão preocupado... Nem sempre estou por perto.

CAPÍTULO 6

Sr. Robinson

I

– O que será que Tuppence está fazendo agora? – perguntou Tommy num suspiro.

– Vai me desculpar, não escutei bem o que o senhor disse.

Tommy virou a cabeça e observou a srta. Collodon com mais calma. Magra e macilenta. O cabelo grisalho se recuperava de uma tintura oxigenada cujo objetivo (não alcançado) era rejuvenescer o aspecto. Mais recentemente, testara várias tonalidades artísticas (cinza, fumaça, névoa, azul-metálico e outras colorações sedutoras) adequadas a uma senhora passando dos sessenta anos, dedicada ao ofício da pesquisa. O semblante estampava superioridade ascética e autoconfiança suprema.

– Não foi nada, srta. Collodon – disse Tommy. – Só uma coisa em que estava pensando. Mais nada.

"O que será", pensou Thomas, tomando o cuidado de não verbalizar, "que ela está inventando hoje? Tolices, aposto. Quase se suicidando colina abaixo naquele fantástico e obsoleto brinquedo que ainda vai se desintegrar todo com ela em cima. Vai acabar quebrando algum osso. A bacia, por exemplo, é um risco sério hoje em dia, embora eu não saiba por que ela fica tão vulnerável com o tempo." Tuppence, pensou ele, naquele instante estava aprontando alguma das suas tolices ou bobagens. Na melhor das hipóteses, não seria tolice nem bobagem, mas algo *bem* perigoso. Como era difícil manter Tuppence longe do perigo! Lembrou de incidentes do passado. Um poema lhe veio à mente e declamou em voz alta:

Portal do destino (...)
Se for passar, ó caravana, não passe cantando.
Por acaso já ouviu
No silêncio dos pássaros mortos, um pio
Ecoando?

Para a surpresa de Tommy, a srta. Collodon respondeu de imediato:

– Flecker – disse ela. – Flecker. E continua assim: "Portão do Deserto, Caverna do Desastre, Fortaleza do Medo..."

Tommy a encarou, então se deu conta: a srta. Collodon pensou que era uma charada poética. Já estava pronta para pesquisar a obra e outras informações sobre o poeta citado. O problema com a srta. Collodon era a amplidão do campo de pesquisa.

– Só estava pensando em minha esposa – desculpou-se Tommy.

– Ah – disse a srta. Collodon.

Mirou Tommy com uma expressão nova no olhar. Problemas conjugais, ela deduziu. O próximo passo seria oferecer o endereço de um escritório de consultoria matrimonial onde Tommy pudesse harmonizar as questiúnculas do casamento.

Tommy apressou-se a dizer:

– A senhora conseguiu descobrir algo sobre aquele pormenor de que lhe falei anteontem?

– Ah, sim. Foi moleza. Somerset House sabe ser útil quando o assunto é pesquisa. Sabe, não tem nada especial, mas consegui dados sobre certos nascimentos, casamentos e mortes.

– De quem? De todas as Marys Jordan?

– Jordan, sim. Uma delas é Mary, a outra é Maria, e tem uma Polly. E Molly também. Não sei se tem a que o senhor quer. Quer ver os dados?

Ela lhe entregou uma folhinha datilografada.

– Ah, obrigado. Muito obrigado.

– Consegui os endereços também. Aqueles que o senhor me pediu. Só falta o endereço do major Dalrymple. Hoje em dia as pessoas mudam de endereço com frequência. Mas daqui a uns dois dias consigo essa informação. Este é o endereço atual do dr. Heseltine. Mora em Surbiton.

– Muito obrigado – disse Tommy. – Posso começar com ele.

– Mais alguma investigação?

– Tenho aqui uma lista de meia dúzia de pessoas. Talvez não sejam da sua alçada.

– O meu trabalho – explicou a srta. Collodon, com total segurança – é tornar as coisas da minha alçada. É fácil descobrir o que se quer descobrir. Sei que é uma forma tola de se expressar, mas explica as coisas, sabe. Eu me lembro... Ah, faz um tempão, quando comecei a trabalhar nisso e descobri o escritório de consultoria Selfridge. Você pode fazer as perguntas mais espantosas, sobre as coisas mais espantosas, e eles sempre são capazes de dizer algo ou indicar onde obter as respostas com rapidez. Mas claro que hoje é diferente. A maioria das investigações acontece quando a pessoa quer cometer suicídio e está com problemas psicológicos. Teleaconselhamento. E questões jurídicas sobre testamentos, além de um monte de fontes extraordinárias para escritores. E cargos no exterior e problemas de imigração. Meu campo de ação é bem amplo.

– Tenho certeza que sim – falou Tommy.

– E ajudo alcoólatras também. Existem muitas associações especializadas nisso. Umas bem melhores que as outras. Tenho uma lista e tanto... bem abrangente... de instituições confiáveis...

– Vou me lembrar disso – disse Tommy – se um dia eu estiver precisando. Vai depender de até onde vou conseguir chegar hoje.

– Ah, mas o senhor não apresenta nenhum sinal de alcoolismo.

– Nem nariz vermelho? – perguntou Tommy.

– É pior nas mulheres – vaticinou a srta. Collodon. – Mais difícil, sabe, de livrá-las do vício, como se diz. Os homens têm lá suas recaídas, mas não tão fortes. Falando sério, as mulheres numa hora estão muito felizes tomando limonada e tudo o mais; de repente, numa bela noite, no meio de uma festa... vai tudo por água abaixo.

Em seguida, consultou o relógio.

– Minha nossa, tenho que ir andando. Tenho um compromisso na Upper Grosvenor Street.

– Por enquanto – disse Tommy –, muito obrigado por tudo.

Abriu a porta com polidez, ajudou a srta. Collodon a vestir o casaco, despediu-se, voltou à sala e disse:

– Esta noite não posso me esquecer de contar a novidade a Tuppence! A pesquisadora pensou que eu tenho uma esposa alcoólatra e que meu casamento está acabando. Era só o que faltava!

II

O que faltava era um encontro num restaurante de preços módicos na vizinhança de Tottenham Court Road.

– Ora, veja só – disse um senhor de idade, saltando num pulo da cadeira onde estivera esperando – se não é o Tom Cabeça de Cenoura! Não o teria reconhecido.

– É bem possível que não – concordou Tommy. – Não sobrou muito cabelo cor de cenoura para contar a história. Agora é o Tom versão grisalha.

– Ah, não é só você. Como vai de saúde?

– Igual, como de costume. Um fio prestes a rebentar. Cada vez mais perto da decomposição.

– Há quanto tempo não nos víamos? Dois, oito, onze anos?

– Não precisa exagerar – falou Tommy. – Nos encontramos naquele jantar lá no Maltese Cats outono passado, não lembra?

– É mesmo. Pena que quebrou. Sempre pensei que quebraria. Lugar chique, mas a comida era uma droga. O que tem feito, rapaz? Ainda nos meandros da espionagem moderna?

– Que nada – disse Tommy –, não tenho mais nada a ver com espionagem.

– Meu bom Deus, que desperdício de talento!

– E você, Suíça-de-carneiro?

– Ah, já estou velho demais para servir meu país dessa maneira.

– Muita espionagem em andamento?

– Como sempre. Mas hoje as missões ficam a cargo da meninada brilhante, que sai da universidade com diploma na mão, louca por emprego. Por onde tem andado? Enviei um cartão no Natal. Pra falar a verdade, só enviei em janeiro. Voltou com o carimbo "Destino ignorado".

– Sim. Estamos morando no litoral. Hollowquay.

– Hollowquay? Esse lugarejo me atiça uma lembrança. Algo da sua especialidade aconteceu por lá, não foi?

– Não na minha época – explicou Tommy. – Só fiquei sabendo dessa história depois que cheguei lá. Lendas de mais de sessenta anos.

– Um submarino, não? Projetos de submarinos vendidos para alguém. Esqueci para quem. Talvez japoneses ou russos... ou outros mais. Sei que um dos lugares de encontro com agentes inimigos era o Regent's Park. Em geral, um funcionário subalterno da embaixada. Nada de espiãs excitantes como nos livros de ficção.

– Tenho umas perguntinhas a lhe fazer, Suíça-de-carneiro.

– Ah, é mesmo? Fique à vontade. Não que eu tenha algo para contar, minha vida é bem tediosa. Margery... lembra dela?

– Claro que lembro de Margery. Quase fui ao seu casamento.

– Sei. Mas pegou o trem errado, até onde me lembro. O trem ia para a Escócia e não para Southall. Não perdeu muita coisa.

– O casamento não saiu?

– Ah, sim, o casamento saiu, mas por um motivo ou outro, acabou não funcionando. Não durou mais que um ano e meio. Ela casou de novo. Eu não, mas vou bem, obrigado. Moro em Little Pollon. Lá tem um campo de golfe bem ajeitado. Minha irmã mora comigo. Ela é uma viúva bem de vida, e nos damos muito bem. É um pouco surda, de modo que não escuta o que eu falo, a menos que eu grite um pouquinho.

– Você disse que já ouviu falar de Hollowquay. Algo relacionado com espionagem?

– Pra falar a verdade, meu velho, faz tanto tempo que não lembro muita coisa. Sei que causou o maior tumulto na época. Excelente jovem oficial da Marinha, acima de qualquer suspeita, inglês da gema, confiável até embaixo d'água. Mas, no frigir dos ovos, nada disso. Trabalhava para... hum, não me lembro agora para quem ele trabalhava. Os alemães, suponho. Antes da guerra de 1914. Acho que era isso.

– Não tinha uma mulher ligada ao caso? – perguntou Tommy.

– Se não me engano sim... Uma tal de Mary Jordan. Mas não tenho certeza quanto a esse detalhe. Saiu nos jornais, e acho que era esposa dele... digo, do oficial da Marinha acima de qualquer suspeita. A mulher dele entrou em contato com os russos e... não, isso aconteceu bem depois. A gente mistura as coisas... É tudo tão parecido. A esposa pensou que ele não ganhava dinheiro suficiente, o que equivale a dizer, imagino, que *ela* não ganhava dinheiro suficiente. E então... Mas por que desenterrar toda essa velha história? Que interesse pode ter após tanto tempo? Já que o assunto é coisa antiga, lembro de sua atuação naquele caso do *Lusitania*, o navio que naufragou, não é? Foi você ou sua mulher quem resolveu o caso?

– Nós dois – contou Tommy. – Isso já faz tanto tempo...

– Tinha uma jovem na história, não tinha? Jane Fish ou coisa semelhante. Ou era Jane Whale?

– Jane Finn – disse Tommy.

– Onde ela está agora?

– Casou com um americano.

– Ah, entendo. Tudo perfeito. No fim das contas, a conversa sempre recai nos amigos e no que aconteceu com eles. Quando descobrimos que estão mortos, ficamos incrivelmente surpresos. Afinal, não passava por nossa cabeça que pudessem estar mortos. Mas quando descobrimos que nossos amigos estão vivos, isso acaba nos surpreendendo ainda mais. Complicado este mundo.

Tommy concordou e, nesse meio-tempo, o garçom se aproximou. Qual o pedido... A conversa então passou a ser gastronômica.

III

À tarde, Tommy compareceu a outro encontro, por indicação do amigo. Desta vez, com um homem triste e grisalho enfurnado num escritório, aborrecido por perder tempo com Tommy.

– Não poderia afirmar com certeza. Claro que sei meio por cima do que você está falando... O caso foi muito comentado na época, causou uma grande convulsão política, mas, na verdade, não tenho informações sobre esse tipo de coisa, sabe. Não. Essas coisas não duram, não é verdade? A gente esquece tão logo a imprensa arruma outro escândalo picante.

Discorreu com brevidade sobre situações instigantes em que algo insuspeito de repente viera à tona devido a um fato especial. Então disse:

– Sei de alguém que pode ajudá-lo. Está aqui o endereço. Já marquei uma hora. Sujeito legal. Sabe de tudo. Ele é o melhor, sem dúvida. Padrinho da minha filha. Por isso, é sempre tão simpático comigo e sempre quebra meus galhos quando está ao alcance dele. Perguntei se ele poderia lhe atender. Contei que você precisava de informações de cúpula, expliquei que você era um bom amigo, e ele disse que já ouviu falar em você. "Claro que ele pode vir." Às 15h45, se não me engano. O endereço é este. Um escritório no centro financeiro. Já o conhece?

– Acho que não – falou Tommy, olhando o nome no cartão com o endereço. – Não.

– Quem olha para ele nem imagina o quanto ele sabe. Grande e amarelo.

– Grande e amarelo – ecoou Tommy.

A informação não ajudava muito.

– Ele é o melhor – afirmou o amigo grisalho de Tommy. – Sem dúvida o melhor. Não deixe de ir lá. Pelo menos ele vai ser capaz de lhe dizer *algo*. Boa sorte, amigo velho.

IV

Tommy localizou com sucesso o mencionado escritório no centro financeiro. Um homem beirando os quarenta anos de idade o encarou com cara de poucos amigos. Teve a sensação de que o homem suspeitou de várias coisas: de que Tommy carregava uma bomba escondida, preparava um sequestro ou estava prestes a render todos os funcionários com um revólver. A sensação deixou Tommy bastante inquieto.

– Tem hora com o sr. Robinson? Qual horário, o senhor disse? Ah, 15h45. – Ele consultou uma agenda. – Sr. Thomas Beresford, não é mesmo?

– Sim – confirmou Tommy.

– Ah, por gentileza, assine aqui.

Tommy assinou onde indicado.

– Johnson!

Um jovem de seus 23 anos, de aparência nervosa, surgiu como um fantasma detrás de uma repartição de vidro.

– Pois não, senhor?

– Leve o sr. Beresford até o quarto andar, no escritório do sr. Robinson.

– Pois não, senhor.

Levou Tommy ao elevador, o tipo de elevador que parece ter ideias próprias de como lidar com as pessoas que entram nele. As portas se abriram. Tommy entrou; as portas se fecharam bruscamente, quase esmagando suas costas.

– Tarde gelada – puxou papo Johnson, em atitude amigável para alguém que claramente se aproximava do poderoso chefão.

– Como sempre – respondeu Tommy.

– Uns dizem que é a poluição, outros que é todo aquele gás sendo drenado do Mar do Norte – comentou Johnson.

– Essa eu não tinha ouvido falar – surpreendeu-se Tommy.

– Mas acho que não tem nada a ver – sentenciou Johnson.

Passaram pelo segundo e pelo terceiro, chegando, enfim, ao quarto andar. Tommy escapou outra vez por um triz das portas que se fechavam, e Johnson o guiou por um corredor até chegar a uma porta. Bateu, alguém mandou entrar, ele abriu a porta, introduziu Tommy no recinto e anunciou:

– O sr. Beresford, senhor. Com hora marcada.

Saiu e fechou a porta atrás de si. Tommy deu alguns passos. Uma escrivaninha colossal dominava o ambiente. Sentado atrás dela, um colosso de muitos quilogramas e o dobro de centímetros. Como havia sido descrito: grande e amarelo. Tommy não adivinhou sua nacionalidade. Poderia ser qualquer uma. Dava a impressão de ser estrangeiro. Alemão? Austríaco? Talvez japonês. Mas bem podia ser inglês.

– Ah, sr. Beresford.

O sr. Robinson levantou-se para um aperto de mãos.

– Sinto muito por tomar seu valioso tempo – iniciou Tommy.

Teve a impressão de que o conhecia de algum lugar ou de que alguém já lhe apontara o sr. Robinson. O certo é que na ocasião anterior, seja lá qual tenha sido ela, ficara evidente que o sr. Robinson era importante, e Tommy se comportara com timidez. E agora se dava conta (ou melhor, estava na cara) que o sr. Robinson continuava importante.

– O senhor quer informações, pelo que soube. O seu amigo, como é o nome dele?, já introduziu o assunto.

– Talvez eu não devesse lhe incomodar com esse assunto. Não é relevante. Foi só...

– Só uma ideia?

– Em parte ideia de minha mulher.

– Ouvi falar de sua mulher. E do senhor também. Deixe-me ver, a última missão foi o caso M ou N, não foi? Hum... Lembro sim. De todos os fatos e detalhes. Capturaram aquele tal comandante, não foi? Aquele supostamente da Marinha Britânica, mas na verdade um huno de alto escalão. Continuo os chamando de hunos de vez em quando, sabe. Se bem que agora tudo mudou com o mercado comum. É como se todo mundo fosse junto ao jardim de infância, por assim dizer. Eu sei. Fez um bom trabalho. Um trabalho excelente. E sua mulher também. Eu que o diga. Todos aqueles livros infantis... Lembro. "Gansinho, tolinho...": não foi essa canção de ninar que revelou o segredo? "Perdeu-se no caminho? Sobe e desce a escada toda hora, e no quarto de minha senhora?"

– E pensar que o senhor se lembra disso – falou Tommy com grande respeito.

– Sei como é. A gente se surpreende quando alguém se lembra das coisas. Lembrei agora mesmo. É tão bobo, não é? Ninguém jamais suspeitaria de algo por trás, não é mesmo?

– Valeu a pena o esforço.

– Mas e agora, qual o problema?

– Nada, não – falou Tommy. – É só...

– Vamos lá, conte-me sem floreios. Não tenha medo. Só conte a história. Sente-se. Tire o peso das pernas. Não sabe (se não sabe, vai saber daqui a alguns anos) que é importante relaxar os pés?

– Sou velho o suficiente para saber – reconheceu Tommy. – Não vou demorar muito para esticar as canelas.

– Não fale assim. Vou lhe contar uma coisa: depois que a gente ultrapassa certa idade podemos viver praticamente para sempre. Mas então me conte, de que se trata?

– Resumindo – disse Tommy –, minha mulher e eu nos mudamos e passamos por toda aquela função de entrar numa casa nova...

– Sei bem como é – disse o sr. Robinson. – Eletricistas embaixo do assoalho... Fazem buracos e caímos dentro deles. E...

– A família que nos vendeu a casa nos vendeu um lote de livros. Uma coleção de livros infantis. Henty* e coisas do tipo.

– Henty fez parte de minha infância.

– Num livro que minha esposa estava lendo, encontramos letras sublinhadas. Quando colocadas em sequência, formavam uma frase. E... o senhor vai achar uma grande tolice o que vou dizer agora...

– Isso é alvissareiro – incentivou o sr. Robinson. – Se parece tolice, daí mesmo que eu gosto de ficar sabendo.

– Dizia: "Mary Jordan não morreu de morte natural. Foi um de nós. Acho que sei quem foi."

– Muito interessante – falou o sr. Robinson. – Eu nunca me deparei com algo parecido antes. Então era isso que dizia? Mary Jordan não teve morte natural. E quem foi que escreveu? Alguma pista?

– Tudo indica que um menino em idade escolar. Parkinson, o nome da família. Moraram na casa e ele era um dos Parkinson, ao que parece. Alexander Parkinson. Pelo menos tem alguém com esse nome enterrado no cemitério da igreja.

– Parkinson – repetiu o sr. Robinson. – Espere um pouco. Deixe-me pensar. Parkinson... Às vezes sabemos que um nome tem conexão com o caso, mas nem sempre lembramos direito.

– E ficamos curiosos para descobrir quem foi Mary Jordan.

– Que não morreu de morte natural. Bem a praia de vocês. Mas parece estranho mesmo. O que descobriram sobre ela?

– Nada de nada – disse Tommy. – Ninguém se lembra muito nem fala muito dela. Uma pessoa disse que ela era o que hoje chamamos de moça *au pair*, uma babá ou coisa que o valha. Ninguém lembra direito. Uma *mamoselle* ou uma *fraunlein*. É difícil conseguir informações, sabe.

– E ela morreu... de que mesmo?

– Alguém trouxe por acidente algumas folhas de erva-dedal junto com o espinafre da horta. Mas, vou ser sincero, isso não mataria ninguém.

– É verdade – concordou Robinson. – Não seria suficiente. Mas, se a pessoa aplicasse uma dose forte do alcaloide digitalina no café e se assegurasse de que Mary Jordan o ingerisse na hora do lanche, então... como se diz, a erva-dedal seria o bode expiatório, e tudo seria considerado um acidente. Mas Alexander era muito inteligente para engolir essa. O menino tinha ideias

* George Alfred Henty (1832-1902), romancista inglês especializado em aventuras históricas. (N.T.)

ousadas, não tinha? Algo mais, Beresford? Quando foi isso? Na Segunda ou na Primeira Guerra? Ou antes disso?

– Antes. Corria o boato entre antigos habitantes do lugar de que ela era uma espiã germânica.

– Lembro do caso... Provocou grande comoção. Qualquer alemão trabalhando na Inglaterra antes de 1914 era considerado espião. O tal oficial inglês envolvido era "acima de qualquer suspeita". De minha parte, sempre desconfio de pessoas acima de qualquer suspeita. Tudo isso faz muito tempo. Não deve existir relatório recente sobre o tópico. Pelo menos não do jeito que as coisas são divulgadas hoje, só para agradar ao público.

– É tudo muito nebuloso.

– Não poderia ser diferente a estas alturas. Sempre teve ligação, claro, com segredos submarinos roubados naquela época. E novidades da área da aviação. Material nessa linha. Foi bem isso que despertou o interesse do público. Mas as coisas têm vários prismas, sabe. Tinha também o lado político. Muitos de nossos políticos importantes. O tipo de sujeito de quem as pessoas dizem: "Ele tem as mãos limpas". Ter as mãos limpas é tão perigoso quanto estar acima de qualquer suspeita quando o assunto é o funcionalismo público. Mãos limpas uma ova! – desdenhou o sr. Robinson. – Na última guerra deu para perceber isso. Certas pessoas não tinham a integridade que era atribuída a elas. Como aquele sujeito que tinha um chalé na praia. Fez inúmeros discípulos elogiando Hitler. Pregava que nossa única chance era fazer aliança com ele. Nobre cidadão de ideias altruístas, tão preocupado com a extinção de toda a pobreza, iniquidade e injustiça... Pois sim! Fascista enrustido, bajulador de Franco, na Espanha, e de toda aquela cambada. Também do querido Mussolini na crista da onda. Inúmeras facetas paralelas antes das guerras. Detalhes que nunca vieram à tona. Ninguém nunca ficou sabendo direito.

– O senhor está por dentro de tudo – não se conteve Tommy. – Me desculpe, não considere rudeza de minha parte, mas é mesmo empolgante conhecer alguém que sabe de tudo.

– Confesso que costumo enfiar o nariz onde não sou chamado, como se diz. Deparo-me com circunstâncias colaterais nos bastidores. A gente escuta muita coisa. A gente escuta também muita coisa de velhos amigos, envolvidos até o pescoço, que conheciam a turma. Imagino que o senhor já tenha descoberto como funciona, não é verdade?

– É verdade – confirmou Tommy. – Eu me encontro com velhos amigos que têm visto outros velhos amigos. Existe muita coisa que nossos amigos sabiam, e a gente sabia. Na época não trocamos informações, mas é só usar essa rede que a gente fica sabendo de coisas *bem* interessantes.

– Percebo – falou o sr. Robinson – aonde quer chegar... Peguei o fio da meada, como se diz. É interessante que tenha se deparado com isso.

– O problema – falou Tommy – é que eu não tenho certeza se... Quero dizer, talvez seja tudo bobagem nossa. Compramos essa casa para morar, a casa de nossos sonhos. Reformamos até deixá-la do jeito ideal e tentamos embelezar o jardim. Mas não quero me envolver com espionagem outra vez. É pura curiosidade. Alguma coisa que aconteceu há muito tempo, mas que não sai de sua cabeça, que você deseja saber por quê. Mas não tem objetivo. Não vai fazer bem a ninguém.

– Sei. Querem apenas *saber*. A essência do ser humano. É isso que nos leva a explorar a lua, realizar descobertas submarinas, procurar gás natural no Mar do Norte, descobrir que as algas marinhas fornecem mais oxigênio que as florestas. Sempre descobrimos mais e mais novidades. Tudo por conta da curiosidade. Sem curiosidade os humanos seriam jabutis. Vida confortável, a do jabuti. Dorme o inverno todo e não come nada além de grama para passar o verão. Não chega a ser uma vida fascinante, mas é bem tranquila. Por outro lado...

– Por outro lado, humanos são mangustos.

– Que bom. O senhor lê Kipling.* Fico muito feliz com isso. Hoje Kipling não é tão apreciado quanto deveria. Sujeito admirável. Um autor maravilhoso para se ler hoje em dia. Seus contos são de uma qualidade espantosa. Acho que as pessoas ainda não lhe deram o valor merecido.

– Não quero botar os pés pelas mãos – disse Tommy. – Não quero me envolver com um monte de coisas que não me dizem respeito, que hoje não dizem respeito a ninguém.

– Isso a gente nunca sabe – ponderou o sr. Robinson.

– Não estou apenas – falou Tommy, sentindo-se culpado por incomodar figura tão ilustre – brincando de desvendar mistérios.

– Desvendar mistérios para agradar a mulher, não é? Ouvi falar nela. Ainda não tive o prazer de conhecê-la pessoalmente. Pessoa realmente maravilhosa, não é mesmo?

– Pode-se dizer que sim – respondeu Tommy.

– É bom escutar isso. Gosto de pessoas que permanecem juntas e desfrutam seu casamento desafiando o tempo.

– Na verdade somos jabutis. Tuppence e eu. Velhos e cansados. Temos uma saúde invejável para alguém de nossa idade, mas não queremos nos envolver com nada. Não queremos nos intrometer em nada. Apenas...

---

* Rudyard Kipling (1865-1936), vencedor do Nobel de Literatura, autor de *O livro da selva* e *Kim*. (N.T.)

– Não precisa ficar se desculpando – ponderou o sr. Robinson. – Quer apenas investigar. Farejar como o mangusto. E a sra. Beresford também. Pelo que ouvi falar dela, aposto que vai dar um jeito de descobrir.

– Pensa que ela tem mais chances de descobrir do que eu?

– Talvez o senhor não seja tão incisivo quanto ela, mas é inegável que tem facilidade em descobrir fontes. Não é fácil descobrir fontes para coisas tão antigas como essa.

– É por isso que eu me sinto mal por ter vindo aqui lhe incomodar. Mas não foi ideia minha. Foi coisa do Suíça-de-carneiro. Indicou uma pessoa que lhe indicou...

– Sei a quem o senhor se refere. Tinha costeletas grossas e orgulhava-se delas, por isso ele era chamado assim. Um bom sujeito. Realizou um bom trabalho na ativa. Ele sabe que eu me interesso muito por esses assuntos. Comecei cedo, sabe, a bisbilhotar e a descobrir coisas.

– E agora – disse Tommy – está no topo.

– Quem foi que disse isso? – quis saber o sr. Robinson. – Bobagem.

– Não penso assim – falou Tommy.

– Tem gente – ponderou o sr. Robinson – que conquista o topo, e tem gente que é obrigada a ocupá-lo. Guardadas as proporções, a segunda alternativa é a que mais se encaixa no meu caso. Tópicos de relevância inadiável surgiram em meu caminho.

– A operação Frankfurt, não foi?

– Escutou os boatos? Mas não penso mais nisso. Quanto menos se falar no assunto melhor. Fique à vontade para fazer suas perguntas. Talvez eu seja capaz de responder. Se eu disser que eventos antigos podem dar pistas para descobrir possíveis desdobramentos atuais, isso até pode ter seu fundo de verdade. Eu não me surpreendo com ninguém nem com nada. Mas não sei que sugestão eu possa lhe dar. É o caso de se deter, escutar as pessoas, garimpar pistas de décadas atrás. Se aparecer algo que na sua avaliação possa ser de meu interesse, não pense duas vezes para me ligar ou entrar em contato. Vamos criar códigos, deixar nos envolver pela empolgação outra vez. Ter a ilusão de que somos mesmo importantes. Que tal geleia de maçã silvestre? O senhor me liga dizendo que sua mulher preparou geleia de maçã silvestre e me oferece um pote. Então vou saber o que isso significa.

– Que eu descobri informações sobre Mary Jordan... Mas não vejo o objetivo de continuar com isso. Afinal de contas, ela está morta.

– Sim, está morta. Mas, sabe, às vezes temos ideias equivocadas porque ouvimos inverdades. Ou porque lemos coisas a respeito.

– Ideias equivocadas sobre Mary Jordan? Então ela não tem importância?

– Não quis dizer isso. Ela tem importância sim. – O sr. Robinson olhou o relógio. – Meu tempo se esgota. Vou receber outra pessoa em dez minutos. Um maçante com trânsito no alto escalão governamental. Sabe como é a vida hoje em dia. Governo... É preciso suportar a presença do governo em tudo. No escritório, no lar, no supermercado, na tevê. Vida privada: é disso que precisamos hoje. Por exemplo, essa divertida investigação só é possível para quem desfruta da vida privada e encara a vida do prisma privado. Quem sabe vocês não conseguem descobrir a verdade? Sim. Pode ser que sim ou pode ser que não. Por enquanto, não posso afirmar mais nada, mas sei de alguns fatos que talvez mais ninguém saiba. Com o tempo talvez eu possa contar. Enquanto o assunto estiver encerrado, na prática isso não é exequível. Mas vou lhe contar uma coisa que pode ajudar nas investigações. Deve ter lido sobre o comandante fulano de tal (esqueci o nome dele agora), julgado e condenado por espionagem. Traiu a nação e mereceu ver o sol nascer quadrado. Não há como negar. Mas Mary Jordan...

– Sim?

– Vou contar uma coisa que, como eu disse, pode alterar o seu ponto de vista. Mary Jordan... Bem, ela até podia ser chamada de espiã, mas não uma espiã germânica, não uma espiã inimiga. Escute bem, meu rapaz. Não posso ficar lhe chamando de "meu rapaz".

O sr. Robinson baixou o tom de voz e inclinou o corpo sobre a escrivaninha.

– Ela estava do nosso lado.

LIVRO 3

CAPÍTULO 1

Mary Jordan

– Mas isso muda tudo – disse Tuppence.

– Sim – concordou Tommy. – Foi uma grande surpresa.

– Por que será que ele contou a você?

– Não sei – falou Tommy. – Vários motivos.

– Como é ele, Tommy? Não chegou a me contar.

– Amarelo e corpulento – descreveu Tommy. – Comum e ao mesmo tempo fora do comum, se é que você me entende. No topo da parada.

– Está falando de música pop?

– A gente escuta tanto esses termos que acaba pegando.

– Mas por que afinal ele lhe contou? Com certeza não ia revelar informações confidenciais.

– Faz muito tempo que isso aconteceu – ponderou Tommy. – Está tudo encerrado. Calculo que nada disso ainda tenha relevância hoje em dia. Hoje tudo é noticiado, mesmo que não oficialmente. Não se esconde mais nada. O que acontece acaba nas manchetes. O que foi escrito e declarado, qual o motivo da agitação e como se tentou abafar o escândalo.

– Você me deixa toda confusa – reclamou Tuppence – quando fala essas coisas. Dá a impressão de que estamos vendo tudo errado.

– Como assim, vendo tudo errado?

– Nossa abordagem.

– Continue – incitou Tommy.

– Como eu disse, parece tudo errado. Descobrimos a pista em *A flecha negra*. O menino Alexander sublinhou o livro, ao que tudo indica. Quem matou Mary Jordan? A mensagem dizia "um de nós". Talvez alguém da família ou que morava na casa ou que a frequentava. Mas quem afinal era Mary Jordan? Isso nos deixa perplexos.

– Só Deus sabe o quanto – comentou Tommy.

– Não descobri nada de concreto sobre ela. Só...

– Só que era uma espiã germânica, não é isso?

– Isso que o povo pensava e imaginei que fosse verdade. Mas agora...

– Sabemos que não é verdade – completou Tommy. – Ela era o contrário de uma espiã germânica.

– Uma espiã britânica.

– Uma agente do serviço secreto da Inglaterra. Veio aqui com a missão de desmascarar... como é mesmo o nome dele? Eu queria ter melhor memória para nomes. O oficial da Marinha. O tal que vendeu o segredo do submarino. Devia haver um enclave de espiões alemães por aqui, como nos tempos de M ou N, todos atarefados maquinando atrocidades.

– É o que parece.

– E ela foi enviada para descobrir o que se passava.

– Entendo.

– Se for assim, "um de nós" não significa o que pensávamos. "Um de nós" significa... alguém que morava nas redondezas. Alguém relacionado a esta casa ou algum hóspede de uma ocasião especial. E por isso ela foi assassinada. A sua identidade foi revelada. E Alexander descobriu tudo.

– Talvez ela fingisse ser espiã – falou Tuppence – a serviço da Alemanha. Fez amizade com o tal comandante...

– Que tal chamá-lo de comandante X? – sugeriu Tommy.

– Certo. Ela fez amizade com o comandante X.

– Não vamos esquecer – lembrou Tommy – do agente inimigo que morava nas imediações. O cabeça de uma vasta organização. Morava num chalé à beira-mar. Escrevia propaganda ideológica. Defendia que nossa única escapatória era nos mancomunarmos com os alemães...

– É tudo tão emaranhado – disse Tuppence. – Projetos, documentos secretos, conspirações... Tudo tão confuso. Buscamos nos lugares errados.

– Vai me desculpar – redarguiu Tommy –, mas discordo.

– Por quê?

– Se Mary Jordan veio aqui para descobrir algo, e se ela realmente descobriu, quando *eles* (o comandante X e sua trupe, pois devia ter mais gente envolvida) descobrissem a verdade sobre ela...

– Não me deixe ainda mais atrapalhada – rogou Tuppence. – Do jeito que você fala, só me confunde ainda mais. Continue, mas fale mais claro.

– Está bem. Quando a desmascararam tiveram que...

– Silenciá-la – concluiu Tuppence.

– Falando desse jeito você faz parecer uma trama de Phillips Oppenheim* – disse Tommy. – De antes de 1914, com certeza.

* Edward Phillips Oppenheim (1866-1946), romancista inglês de livros de espionagem. (N.T.)

– Seja como for, tiveram que silenciar Mary antes que ela relatasse suas descobertas.

– Deve haver algo mais por trás disso – falou Tommy. – Talvez ela tenha se apossado de algo importante. Alguma espécie de documento ou comunicado escrito, cartas enviadas ou passadas a alguém.

– Entendo. Precisamos procurar num amplo leque de suspeitos. Mas, se ela foi uma das pessoas a morrer por causa do engano ocorrido com as verduras, não entendo por que Alexander usou a expressão "um de nós". Tudo indica que não era alguém da família *dele*.

– Talvez – ponderou Tommy – não tenha sido alguém da casa. É fácil colher por engano folhas parecidas, misturá-las num só molho e levá-las até a cozinha; mas isso não seria suficiente, penso eu, para causar algum efeito real... digo... *fatal*. As pessoas consomem a refeição, se sentem mal e chamam o médico. O médico manda analisar a comida e conclui que houve um engano com as verduras. Sequer lhe passa pela cabeça que alguém pudesse ter feito de propósito.

– Mas então todos que comeram teriam morrido – falou Tuppence. – Ou todos teriam ficado doentes, mas *escapado*.

– Não necessariamente – retorquiu Tommy. – Se quisessem matar alguém (Mary J.), era só ministrar uma dose de veneno, vamos dizer, num coquetel *antes* do almoço ou da janta, ou quem sabe no café ou no chá... Digitalina ou acônito, seja qual for o veneno da erva-dedal...

– Acônito é extraído do capuz-de-frade – interveio Tuppence.

– Não dê uma de sabichona – reclamou Tommy. – Todos ingeriram uma dose baixa e ficaram um pouco doentes. Só uma vítima fatal. Não percebe? Se a maioria ficasse doente depois da refeição (janta ou almoço) no mesmo dia, o incidente seria investigado, e o equívoco, descoberto. Afinal, esses enganos acontecem. Adultos comem cogumelos venenosos e crianças comem frutos de beladona porque acham que é amora. Ficam doentes, mas em geral não morrem. Se alguém morre, considera-se que a pessoa que morreu era alérgica ao princípio ativo, por isso *ela* morreu e os outros *não*. Percebe? Dá a impressão de que tudo não passou de um engano. Nem se cogita a hipótese de haver outra explicação...

– Ou, então, ela ficou um pouco doente, como os outros, e recebeu a dose fatal no chá da manhã seguinte – sugeriu Tuppence.

– Tenho certeza, Tuppence, que ideias não lhe faltam.

– Sobre esse detalhe, é verdade – falou Tuppence. – Mas e o resto? Quem e por quê? Quem era "um de nós"... Ou, melhor dizendo, "um deles"? Quem teve a oportunidade? Alguém hospedado nas redondezas, um amigo talvez? Alguém que forjou uma carta dizendo "Por gentileza, a sra. Murray

Wilson está visitando a cidade e quer muito conhecer seu bonito jardim", ou coisa que o valha. Tudo isso seria bem fácil.

– Creio que sim.

– Nesse caso – falou Tuppence –, deve haver algo aqui na casa que explique o que aconteceu comigo ontem.

– O que aconteceu com você ontem, Tuppence?

– Sabe aquela geringonça do cavalinho com charrete? Pois é, as rodas daquela maravilha caíram na descida, e eu levei um tombo daqueles. Fui parar no meio dos galhos do pinheiro chileno. Por pouco não me machuquei feio. Aquele velho tolo, Isaac, devia ter visto se aquela coisa era segura. Ele disse que *tinha* visto. Antes de eu usá-la, ele disse que estava tudo em ordem.

– E não estava?

– Não. Depois ele disse que alguém tinha sabotado o Truelove.

– Tuppence, é o segundo ou terceiro incidente que acontece aqui nesta casa. Eu contei sobre o armário que quase caiu em cima de mim?

– Então alguém está querendo se livrar de *nós*? Isso significa que...

– Que deve haver *algo* – disse Tommy. – Algo *aqui* nesta casa.

Tommy e Tuppence se entreolharam. Instantes de avaliação. Tuppence abriu a boca três vezes, mas se conteve, franzindo a testa, como quem faz conjeturas. Por fim, Tommy quebrou o silêncio.

– O que Isaac disse sobre o Truelove?

– Que era de se esperar, que estava em péssimo estado.

– Mas ele não disse que alguém mexeu no brinquedo?

– Sem dúvida – confirmou Tuppence. – Disse: "Ah, aquela meninada andou mexericando. Gostam de tirar as rodas." Não que eu tenha visto alguém por perto. Cuidaram para não serem pegos no flagra, esperaram eu sair de casa. Perguntei se ele pensava que tinha sido apenas traquinagem.

– E o que ele respondeu? – indagou Tommy.

– Ficou sem saber o que dizer.

– Não será mesmo molecagem? – ponderou Tommy.

– Quer me convencer de que alguém queria que eu fizesse papel de boba e brincasse com a charretinha até as rodas saltarem fora e eu me esborrachar toda? Isso é tolice, Tommy.

– Muita coisa parece tolice – disse Tommy –, mas não é. Depende de onde e como acontece. E por que motivo.

– Não vejo o que o "motivo" tem a ver com isso.

– A gente pode dar um palpite sobre o motivo mais provável.

– Como assim, o motivo mais provável? – indagou Tuppence.

– Talvez alguém queira nos ver longe daqui.

– Por quê? Se quisessem a casa, era só fazer uma proposta por ela.

– É verdade.

– Além do mais, ninguém queria esta casa, até onde sabemos. Quero dizer, não havia nenhum outro interessado quando viemos olhá-la. Ao que parece, estava com valor abaixo de mercado sem nenhuma razão especial além do fato de ser meio antiquada e carecer de muitas reformas.

– Mas não acredito que queiram nos matar só porque você é bisbilhoteira, faz muitas perguntas e copia palavras dos livros.

– Está insinuando que eu remexi em coisas proibidas?

– Mais ou menos – falou Tommy. – Se de repente colocássemos a casa à venda e fôssemos embora, eles ficariam satisfeitos.

– Eles? Quem diabos são "eles"?

– Sei lá – falou Tommy. – Vamos deixar *eles* para mais tarde. *Nós* somos nós, *eles* são eles. Melhor separar as duas coisas. Mas e Isaac?

– Como assim?

– Só me pergunto se ele não está envolvido nisso. Ele é bem velho, mora aqui há uma eternidade e sabe bastante. Se alguém lhe oferecesse uma nota de cinco libras, ele não sabotaria as rodas do Truelove?

– Ele não tem cabeça para isso – afirmou Tuppence.

– Para isso não precisa muita cabeça – retrucou Tommy. – Só precisaria de cabeça para aceitar a nota de cinco libras e afrouxar uns parafusos ou trincar um pedaço de madeira aqui e acolá, o suficiente para você se arrepender de descer a colina na próxima vez.

– Para mim você está imaginando tolices – insistiu Tuppence.

– Não sou o primeiro a imaginar tolices por aqui.

– Mas minhas tolices se encaixam – justificou Tuppence. – Elas se encaixam com as novas informações.

– Pelo resultado de minhas pesquisas ou investigações, como queira, os dados anteriores não eram exatos.

– Pois é... Essa nova informação deixa tudo de pernas para o ar. Agora sabemos que Mary Jordan não era inimiga e sim agente britânica. Ela veio aqui com um objetivo. Talvez tenha alcançado esse objetivo.

– Nesse caso – falou Tommy –, vamos esclarecer tudo acrescentando a nova informação. Ela veio aqui com um intuito específico.

– Desvendar a verdade sobre o comandante X – falou Tuppence. – Precisamos descobrir o nome dele. É enfadonho ficar repetindo "comandante X" a toda hora.

– Como se fosse simples.

– E ela relatou a descoberta. E abriram a carta – imaginou Tuppence.

– Que carta? – perguntou Tommy.

– A carta que escreveu para o "contato" dela.

– Sim.

– Pensa que era o pai ou avô dela?

– O sistema – explanou Tommy – não funciona assim. Ela pode ter escolhido Jordan como um bom nome porque não era associado a nenhum dos lados, o que não aconteceria se ela tivesse origem alemã e tivesse feito outra missão a nosso serviço e não a serviço deles.

– Uma missão no exterior – concordou Tuppence. – Então por que ela veio aqui? Ah, vamos ter que começar tudo de novo... Mas ela veio aqui e descobriu algo. Pode ter passado ou não adiante a informação. Talvez não tenha escrito uma carta. Foi a Londres e relatou pessoalmente. Encontrou-se com alguém no Regent's Park, por exemplo.

– O reverso da medalha, não é? – perguntou Tommy. – Conluios no Regent's Park com funcionários de embaixadas...

– Escondendo objetos nos ocos das árvores? Não tem lógica. Quem deposita cartas em árvores ocas são amantes proibidos.

– Uma carta de amor pode conter mensagens cifradas.

– Brilhante ideia – elogiou Tuppence. – Mas... ai meu Deus, faz tanto tempo! Como é difícil evoluir. Quanto mais sabemos, mais confusos ficamos. Mas não vamos desistir, não é mesmo, Tommy?

– Por enquanto não – suspirou Tommy.

– Pensa que seria melhor desistirmos? – perguntou Tuppence.

– Talvez fosse...

– Ora – atalhou Tuppence –, não é de seu feitio abandonar uma pista. E eu mesma nunca abandono. Fico obcecada. Perco até a fome.

– Mas agora – falou Tommy – sabemos o começo disso tudo, não concorda? Espionagem inimiga com objetivos determinados, talvez não alcançados plenamente. Mas não sabemos quem estava envolvido. Do lado inimigo. Quero dizer, havia pessoas aqui talvez infiltradas em nossas forças de segurança: por fora, funcionários leais do Estado, mas no fundo traidores.

– Gostei dessa hipótese – consentiu Tuppence.

– E a missão de Mary Jordan era entrar em contato com eles.

– Com o comandante X?

– Ou com os amigos dele. Mas pelo visto foi necessário ela vir pessoalmente.

– Então os Parkinson... (vamos nos concentrar neles outra vez até surgir um fato novo) estavam envolvidos? Faziam parte do esquema?

– Não me parece lógico – afirmou Tommy.

– Então não sei o que pode significar.

– Pode significar algo escondido nesta casa – sugeriu Tommy.

– Nesta casa? Mas outras pessoas vieram morar aqui depois, não é?

– Sim, vieram, mas duvido que fosse gente... como você, Tuppence.

– Como assim, gente como eu?

– Gente que gosta de examinar livros velhos e descobrir coisas. Gente que mais parece mangusto. Não, elas só vieram morar aqui. Os empregados dormiam no sótão e ninguém mais entrava lá. Talvez houvesse alguma coisa escondida por Mary Jordan num lugar à mão, pronta a ser entregue quando alguém viesse, ou que ela mesma daria um jeito de levar a Londres ou outro lugar com uma desculpa. Ir ao dentista. Rever um velho amigo. Fácil de fazer. Colocou as mãos no material e escondeu nesta casa.

– E continua escondido nesta casa?

– Nunca se sabe – disse Tommy. – Alguém está com medo. Querem nos ver longe da casa e querem se apossar do que pensam que encontramos e nunca conseguiram encontrar. Talvez tenham procurado no passado e concluído que estava escondido em outro local.

– Tommy, isso está cada vez mais emocionante!

– São meras *suposições* – frisou Tommy.

– Não seja estraga-prazeres – reclamou Tuppence. – Vou procurar lá fora e aqui dentro...

– Vai sair cavoucando a horta?

– Não. Vou vasculhar os armários, o porão... Ah, Tommy!

– Ah, Tuppence, digo eu! – exclamou Tommy. – Justo agora que nos encaminhávamos para uma velhice prazerosa e pacífica.

– Sem paz para os aposentados – brincou Tuppence com alegria. – Essa é outra ideia.

– Qual?

– Ir ao clube dos aposentados e ter uma palavrinha com alguns deles. Até agora não tinha pensado nessa alternativa.

– Minha nossa, vê se toma cuidado – pediu Tommy. – Gostaria de ficar em casa de olho em você, mas amanhã tenho que fazer umas investigações adicionais em Londres.

– Eu vou investigar por aqui mesmo – disse Tuppence.

CAPÍTULO 2

Investigações de Tuppence

– Espero não estar atrapalhando, aparecendo assim sem avisar – falou Tuppence. – Pensei em ligar antes para saber se a senhora tinha saído, sabe, ou estava ocupada... Mas não é nada em especial, então posso deixar para outro dia se a senhora preferir. Eu não vou ficar magoada.

– Estou encantada em vê-la, sra. Beresford – assegurou a sra. Griffin.

Ela acomodou-se melhor na cadeira e mirou o rosto um tanto ansioso de Tuppence com inegável satisfação.

– É um prazer imenso, sabe, quando alguém novo vem morar neste lugarejo. Estamos tão acostumados com os vizinhos que um rosto novo, ou, se me permite a ousadia, um casal de rostos novos, é um deleite. Um absoluto *deleite*! Qualquer dia vou fazer um jantarzinho e convidar vocês dois. Não sei a que horas o seu marido volta. Ele vai a Londres quase todo dia, não é?

– Sim – disse Tuppence. – É muita gentileza sua. Espero receber sua visita lá em casa quando ela estiver mais ou menos pronta. Sempre penso que ela vai ficar pronta, mas sempre aparece mais coisa.

– Casas são assim mesmo – comentou a sra. Griffin.

A sra. Griffin, como Tuppence sabia com base em múltiplas fontes de informação – ou seja, diaristas, o velho Isaac, Gwenda dos correios, entre outras – tinha 94 anos. A posição ereta em que gostava de se acomodar para aliviar as dores do reumatismo, associada ao porte altivo, dava-lhe aparência bem mais nova. O cabelo branco rebelde da sra. Griffin, envolto por um lenço de renda, ativou em Tuppence vagas lembranças de suas tias-avós. A sra. Griffin usava óculos bifocais e, às vezes (raramente até onde Tuppence notara), um aparelho auditivo. Tinha o pleno domínio das faculdades mentais e parecia perfeitamente capaz de chegar aos cem anos de idade ou até mesmo aos 110.

– O que tem feito ultimamente? – perguntou a sra. Griffin. – Fiquei sabendo que os eletricistas terminaram o serviço. Pelo menos foi o que a Dorothy me contou. A sra. Rogers, lembra dela? Foi minha empregada uma época e agora vem fazer limpeza duas vezes por semana.

– Sim, graças a Deus – falou Tuppence. – Eu toda hora caía naqueles buracos que eles faziam. Mas eu vim aqui – iniciou Tuppence – por um motivo meio bobo. Fiquei curiosa por saber uma coisa... A senhora vai achar uma bobagem. Andei mexendo em uma porção de livros que forrava uma estante. Compramos um lote de livros com a casa, a maior parte infantis bem antigos, mas tinha uns dos meus prediletos na coleção.

– Sei como é – falou a sra. Griffin. – Deve ter adorado a oportunidade de ler os livros queridos outra vez. *O prisioneiro de Zenda*, talvez? Minha avó comentava sobre *O prisioneiro de Zenda*. Também já li. Que leitura agradável e romântica! O primeiro romance que os adultos deixam as crianças lerem. A leitura de romances não era estimulada. Minha mãe e minha vó não aprovavam a leitura matinal de romances. Chamavam os romances de "livros de contos". De manhã só era permitido ler História e disciplinas sérias. Romances eram *lazer* e só podiam ser lidos à tarde.

– Sei – falou Tuppence. – Bem, encontrei muitos livros que gostaria de reler. Da sra. Molesworth, por exemplo.

– *O quarto da tapeçaria*? – indagou na mesma hora a sra. Griffin.

– Sim. Esse livro era um de meus favoritos.

– Prefiro *Sítio dos quatro ventos* – contou a sra. Griffin.

– Esse também tem lá. E vários outros autores diferentes. De qualquer modo, quando eu estava lidando na prateleira de baixo, tive a impressão que estava danificada, como se alguém tivesse machucado bastante a madeira. Ao mudarem a estante de lugar, imagino. Tinha uma espécie de buraco. Deslizei a mão dentro e tirei dali uma porção de coisa antiga. No meio de vários livros rasgados achei isto.

Mostrou um pequeno embrulho de papel pardo.

– É um livro de aniversário – explicou. – Do tipo que hoje não existe mais. E tem o seu nome nele. O seu nome de solteira (lembro que a senhora me disse) era Winifred Morrison, não era?

– Isso mesmo, querida.

– Pois é, seu nome está escrito no livro de aniversário. E então pensei: será que a sra. Griffin não ia gostar de vê-lo? Quem sabe o livro não mencione outros amigos e proporcione boas lembranças a ela?

– É muita bondade sua, querida. Vou adorar dar uma olhada. Na velhice é divertido ler essas coisas do passado. Foi uma ideia muito gentil.

– Está bem apagado, rasgado e amassado – desculpou-se Tuppence, desembrulhando o pacote e mostrando o livro.

– Ora, quem diria! – admirou-se a sra. Griffin. – Sabe, quando eu era menina todo mundo tinha o seu livro de aniversário. Depois esse costume meio que se perdeu. Esse deve ser o último dos moicanos. Todas as meninas da escola faziam livros de aniversário. A gente escrevia o nome no livro das amigas, elas escreviam o nome no nosso, e assim por diante.

Pegou o livro das mãos de Tuppence, abriu-o e começou a correr os olhos pelas páginas.

– Puxa vida! – exclamou ela. – Parece que entrei num túnel do tempo. Sim, sem dúvida. Helen Gilbert... sim, claro que sim. E Daisy Sherfield. Sherfield, sim. Lembro dela. Ela precisou colocar um daqueles negócios na boca. Acho que chamam de extraoral. E ela sempre tirava. Dizia que não suportava. E Edie Crone, Margaret Dickson. Ah, sim. Como as crianças tinham letra bonita! Nem se compara com a mocidade de hoje. Não consigo ler as cartas de meu sobrinho. A caligrafia mais parece algum tipo de hieróglifo.

A pessoa tem que adivinhar as palavras. Mollie Short, a gaguinha... É como entrar num túnel do tempo.

– Não creio que muitas estejam... – Tuppence calou-se, sentindo que estava prestes a dizer uma indelicadeza.

– Tem toda a razão, querida, a maioria morreu. Mas não todas. Tenho colegas de infância que ainda vivem. Não aqui, porque a maioria das moças casava e ia morar em outra cidade. Ou casavam com militar ou diplomata e iam morar no estrangeiro, ou senão em outra cidade. Duas amigas minhas moram em Northumberland. Que coisa mais interessante.

– Não sobrou nenhum Parkinson na cidade? – perguntou Tuppence. – Esse nome não aparece no livro.

– Ah, não. Este livro é de uma época posterior à dos Parkinson. A senhora tem curiosidade sobre os Parkinson, não tem?

– Tenho – falou Tuppence. – Pura curiosidade. Conversa vai, conversa vem, fiquei interessada no menino Alexander Parkinson. Quando passeava no cemitério da igreja um dia desses, notei que ele morreu bem novinho. Lá estava o túmulo dele, e isso me fez pensar nele ainda mais.

– Morreu jovem – falou a sra. Griffin. – Todo mundo lastimou morte tão precoce. Menino brilhante, de futuro auspicioso... Não foi uma doença, foi uma comida num piquenique. Pelo menos foi o que contou a sra. Henderson. Ela lembra bastante coisa dos Parkinson.

– Sra. Henderson? – indagou Tuppence, erguendo os olhos.

– Ah, não deve ter ouvido falar nela. Mora num desses abrigos de terceira idade. Meadowside. A uns vinte quilômetros daqui. Pode ir lá falar com ela. Vai contar muita coisa sobre a casa onde vocês moram. Era chamada de Swallow's Nest* na época. Hoje tem outro nome, não é?

– The Laurels.

– A sra. Henderson é a caçula de uma família enorme, mas é mais velha do que eu. Trabalhou como governanta um tempo. Depois acho que foi uma espécie de dama de companhia da sra. Beddingfield, a dona de Swallow's Nest, que depois se tornou The Laurels. Adora conversar sobre os velhos tempos. Por que não vai até lá ter uma boa conversa com ela?

– Ela não vai gostar de...

– Ah, meu bem, tenho certeza de que ela *vai gostar*. Faça o que estou dizendo. Diga-lhe que foi ideia minha. Ela lembra de mim e de minha irmã Rosemary. Volta e meia eu ia lá visitá-la, mas nos últimos anos não pude mais ir, porque estou com dificuldades de locomoção. E a senhora também pode falar com a sra. Hendley, que mora em... como é o nome atual? Acho

* Ninho da Andorinha. (N.T.)

que é Apple Tree Lodge.* A maior parte dos inquilinos é de pessoas de idade. Uma turma bem heterogênea, sabe, mas o lugar é bem administrado. E fofoca é o que não falta por lá! Todos vão ficar encantados com a sua visita. Vai ser ótimo para quebrar a monotonia.

CAPÍTULO 3

Tommy e Tuppence comparam anotações

I

– Parece cansada, Tuppence – falou Tommy quando, ao terminarem a janta e se dirigirem à sala de estar, Tuppence desabou na poltrona e emitiu suspiros profundos seguidos de um bocejo.

– Cansada? Estou morta de cansada – disse Tuppence.

– O que andou fazendo? Não trabalhou no jardim, espero.

– Não faço trabalho físico em excesso – disse Tuppence friamente. – Sigo o seu exemplo. Investigação mental.

– Que também é muito exaustiva – concordou Tommy. – Onde, mais exatamente? Conseguiu extrair alguma coisa da sra. Griffin anteontem?

– Até que consegui bastante coisa, embora as primeiras recomendações não tenham dado resultado. Mas o balanço foi positivo.

Abriu a bolsa, puxou com certa dificuldade um caderno comprido e, por fim, conseguiu retirá-lo.

– Eu ia conversando com as pessoas e fazendo anotações. Levei comigo os cardápios de porcelana, só para ver o que eles iam dizer.

– Ah. E deu resultado?

– Nem é tanto os nomes que anotei, mas sim as coisas que eles me contaram. Ficaram empolgados com o cardápio de porcelana, porque parece que isso foi um jantar especial de que todos gostaram bastante e tiveram uma refeição inesquecível. Nunca antes participaram de algo parecido e nunca tinham comido salada de lagosta antes. Ouviam falar que era servida após a carne nas residências mais ricas e mais chiques, mas nunca tinham provado.

– Ah – comentou Tommy –, isso não ajuda muito.

– Claro que ajuda! Todos se lembravam daquela noite. Perguntei por que lembravam tão bem, e disseram que era por causa do censo.

– Censo?

* Estalagem da Macieira. (N.T.)

– Sim. Sabe o que é um censo, não sabe, Tommy? Ano passado mesmo teve um, ou foi no ano retrasado? O cidadão responde perguntas e fornece os dados pessoais. Todos que dormiram na casa em determinada noite. Sabe como funciona. Na noite de 15 de novembro quem dormiu na sua casa? E você escreve ou eles tomam nota. Não sei bem. O fato é que tinha um censo naquele dia e todo mundo teve de dizer quem estava em casa. Depois, na festa, todo mundo falou sobre o assunto. Comentou-se que aquilo era injusto e estúpido, uma infelicidade dos tempos modernos, porque a pessoa é obrigada a declarar se é casada e tem filhos, ou se não é casada, mas tem filhos. Revelar detalhes constrangedores não é nada agradável. Não em tempos modernos. O pessoal ficou aborrecido ao falar do censo, mas na época ninguém se importou. Foi só algo que aconteceu.

– Pode ser útil descobrir a data exata do censo – comentou Tommy.

– E é possível descobrir isso?

– Claro. Quem conhece as pessoas certas descobre tudo facilmente.

– E o pessoal lembrou do falatório sobre Mary Jordan. Todo mundo disse que ela *parecia* uma boa moça, da qual todo mundo gostava, e que nunca teriam acreditado... Sabe como são as más línguas. Disseram: "Era de origem alemã. Bem que poderiam ter tido mais cuidado ao contratá-la."

II

Tuppence baixou a xícara de café vazia e recostou-se na poltrona.

– Algo promissor? – indagou Tommy.

– Na verdade não, mas talvez seja – falou Tuppence. – O pessoal da velha guarda conversou bastante sobre o assunto. A maioria tinha ouvido histórias dos parentes mais velhos ou coisa do gênero. Histórias sobre esconderijos e objetos encontrados. Um testamento num vaso chinês. Alguém mencionou Oxford e Cambridge, mas eu não entendi a relação.

– Talvez alguém tivesse um sobrinho na faculdade – palpitou Tommy – que levou documentos para Oxford ou Cambridge.

– Talvez.

– Alguém falou em Mary Jordan?

– Só de ouvir falar. Não de saber que era espiã germânica. Só de ouvir falar de fontes inusitadas: avós, tias-avós, irmãs, primos de segundo grau, tio John ou o marinheiro amigo do tio John.

– Comentaram sobre a morte de Mary?

– Conectaram a morte ao episódio da erva-dedal e do espinafre. Todos se recuperaram menos ela.

– Nesse pormenor a história fecha – falou Tommy.

– Uma confusão de ideias – contou Tuppence. – Uma tal de Bessie disse: "Minha vó que falava nisso, e tudo aconteceu uma geração antes da geração dela. Sempre contava detalhes errados". Sabe, Tommy, com todo mundo falando ao mesmo tempo, fica tudo embaralhado e é difícil de aproveitar alguma coisa. Conversas sobre espiões e piqueniques envenenados e tudo o mais. Não consegui nenhuma data; é claro que ninguém vai saber a data exata de nada do que as avós contam para gente. A vovozinha diz: "Eu tinha dezesseis anos na época! Como me emocionei!" É impossível saber *hoje* qual era a idade verdadeira dela na época. Depois dos oitenta o pessoal gosta de se declarar ainda mais velho. Se tem setenta anos, diz que tem só 52.

– "Mary Jordan" – falou Tommy pensativo, citando a frase – "não morreu de morte natural." Fico pensando se *ele* contou a um policial.

– Alexander?

– Sim... morreu porque sabia demais.

– Muita coisa depende de Alexander, não é?

– Sabemos quando Alexander morreu porque vimos a sepultura. Mas Mary Jordan... ainda não sabemos nem quando nem por quê.

– No fim vamos descobrir – falou Tommy. – Faça uma lista de nomes, datas e fatos. Vai ficar surpresa com o que se consegue conferir com base numa palavra estranha aqui, outra ali.

– Você tem uma porção de amigos úteis – falou Tuppence com inveja.

– E você também – disse Tommy.

– Não tenho, não – disse Tuppence.

– Tem sim. E mexe os pauzinhos – falou Tommy. – Como quem não quer nada, visita uma anciã com um livro de aniversário, e, num piscar de olhos, se vê no meio de um asilo, todos repassando histórias de espionagem contadas por tias-avós, bisavós, tios Johns, padrinhos e talvez um antigo lobo do mar. Se fixarmos datas, quem sabe vamos conseguir *algo.*

– Fico pensando quem eram os universitários que você mencionou... que supostamente esconderam algo em Oxford e Cambridge.

– Não é bem o estereótipo do espião – falou Tommy.

– É verdade – concordou Tuppence.

– E o que me diz de consultar médicos e velhos pastores? – sugeriu Tommy. – Mas não vejo aonde nos levaria. É tudo tão distante. Longe demais. Aconteceu mais alguma coisa anormal com você, Tuppence?

– Quer saber se eu sofri algum atentado nos últimos dois dias? Não. Ninguém me convidou a um piquenique, os freios do carro estão bons, e o frasco de herbicida no celeiro aparentemente ainda não foi aberto.

– Isaac o deixa lá, bem à mão, esperando você fazer um piquenique.

– Ah, coitado do Isaac – falou Tuppence. – Não diga essas maldades dele. Está se tornando um de meus melhores amigos. Isso me fez lembrar...

– Lembrar do quê?

– Esqueci agora – falou Tuppence, pestanejando. – Lembrei de uma coisa quando você falou aquilo sobre Isaac.

– Ai, meu Deus – suspirou Tommy.

– Ah, sim. Uma velha senhora – iniciou Tuppence – sempre guardava os brincos nas luvas de estimação, daquelas sem divisões para os dedos. Achava que todo mundo estava tentando envenená-la. E outra pessoa guardava coisas num cofre de donativos. Um objeto de porcelana para coletar dinheiro aos pobres com um rótulo colado em cima. Mas não era para os pobres. Guardava notas de cinco libras ali dentro para fazer um pé-de-meia. Quando enchia, quebrava o cofre e comprava outro.

– E gastava as notas de cinco libras – concluiu Tommy.

– Imagino que *essa* era a moral da história. Achavam, como dizia minha prima Emlyn, que "ninguém roubaria dos pobres nem dos missionários". Se alguém quebrasse o cofre desse jeito, as pessoas notariam, não é?

– Não encontrou nenhum livro com sermões monótonos no meio dos livros lá em cima, encontrou?

– Não. Por quê? – quis saber Tuppence.

– Só imaginei que seria um bom esconderijo, um livro entediante sobre teologia. Um livro velho e obscuro, com o miolo escavado.

– Não tem nada parecido com isso – falou Tuppence. – Se tivesse eu teria notado.

– Teria lido?

– Claro que não – falou Tuppence.

– Está vendo? – questionou Tommy. – Teria simplesmente descartado.

– *A coroa do sucesso.* Tem duas cópias desse livro lá em cima – comentou Tuppence. – Espero que nossos esforços sejam coroados com o sucesso.

– Não me parece nada provável. "Quem matou Mary Jordan?" Será que vamos escrever esse livro algum dia?

– Se conseguirmos descobrir – falou Tuppence em tom sombrio.

CAPÍTULO 4

Possibilidade de cirurgia em Matilde

– O que vai fazer hoje à tarde, Tuppence? Ajudar com a lista de nomes, datas e fatos?

– Estou farta disso – afirmou Tuppence. – É cansativo anotar tudo. E de vez em quando eu cometo um deslize, não é?

– Não é de se surpreender. Você tem cometido alguns erros.

– Por que você é assim tão meticuloso, Tommy? Às vezes isso é tão irritante.

– O que vai fazer então?

– Uma soneca seria uma boa pedida, mas não posso me dar o luxo de descansar – disse Tuppence. – Vou arrancar as entranhas de Matilde.

– Como é que é?

– Vou arrancar as entranhas de Matilde.

– Que bicho te mordeu? Violência gera violência.

– Matilde... ali na KK.

– Como assim?

– A casinha das quinquilharias. Matilde, a égua de balanço com buraco na barriga.

– Hum... Vai examinar o estômago dela, é isso?

– A ideia é essa – falou Tuppence. – Não quer ajudar na cirurgia?

– Não, obrigado – disse Tommy.

– Não quer *ter a bondade* de me ajudar? – sugeriu Tuppence.

– Nesses termos – conformou-se Tommy num suspiro –, não há outro jeito senão aceitar. Não é pior do que fazer listas. Isaac não veio?

– Não. Hoje é sua tarde de folga. Mas não o queremos por perto. Já consegui todas as informações que ele é capaz de fornecer.

– Esses dias – falou Tommy pensativo – ele me contou um monte de histórias antigas. Histórias das quais ele não poderia se lembrar por conta própria.

– Deve ter quase noventa anos de idade – falou Tuppence.

– Eu sei, mas ele contou coisas de épocas bem mais remotas.

– O pessoal sempre *ouve falar* muita coisa – disse Tuppence. – A gente nunca sabe se o que ouviram falar é ou não exato. Mas chega de conversa, vamos lá arrancar as entranhas de Matilde. Primeiro é melhor trocar de roupa. Tem muita poeira e teia de aranha lá na KK, e vamos ter que abrir as tripas dela. Pensando bem, seria bom se Isaac aparecesse para virá-la de pernas para cima. Daí seria mais fácil mexer na barriga dela.

– Você foi cirurgiã na última encarnação?

– Quem duvida? Não deixa de ter um pouco de cirurgia. Vamos extrair material estranho, cuja presença é perigosa para a preservação da vida de Matilde, ou pelo menos o que ainda resta dela. Podíamos mandar restaurar para os filhos de Débora cavalgarem nas férias.

– Ah, nossos netos já têm bastantes brinquedos e presentes.

– Isso não importa – falou Tuppence. – As crianças preferem brinquedos simples. Brincam com pedaços velhos de mola, com bonecas esfarrapadas ou com um ursinho que na verdade não passa de um tapete de lareira transformado num fardo com dois grandes botões pretos no lugar dos olhos. As crianças têm ideias próprias quando o assunto é brinquedo.

– Bem, vamos lá – disse Tommy. – Marchando em direção à Matilde. Ao teatro das operações.

Virar Matilde até uma posição adequada para realizar a operação necessária não foi tarefa fácil. Ela era uma potranca pesada, bem guarnecida de pregos com pontas salientes para regular a posição. Tuppence cortou a mão, que começou a sangrar. Tommy, por sua vez, praguejou ao enroscar o blusão, que se rasgou de modo desastroso.

– Maldito cavalo de balanço! – esbravejou Tommy.

– Deveria ter virado lenha há muito tempo – concordou Tuppence.

Neste instante, o alquebrado Isaac apareceu de repente.

– O diabo que me carregue! – exclamou surpreso. – O que cargas d'água querem com este velho pangaré? Querem tirá-lo daqui?

– Não é bem isso – explicou Tuppence. – Queremos virá-lo de cabeça para baixo para ver o que tem dentro do buraco na barriga.

– Na barriga? Quem colocou essa ideia em sua cabeça?

– É isso mesmo que vamos fazer – confirmou Tuppence.

– O que pretendem achar lá?

– Nada além de lixo, imagino – falou Tommy. – Mas seria bom – falou numa voz incerta – limpar um pouco as coisas, sabe. Queremos guardar outras coisas aqui. Talvez um kit para jogar croqué.

– Tinha um campo de croqué na propriedade na época da sra. Faulkner. Lá onde é o canteiro das rosas. Claro, não era de tamanho oficial...

– Que época foi isso? – perguntou Tommy.

– O campo de croqué? Bem antes de meu tempo. Sempre tem gente que conta causos antigos... Sobre coisas escondidas, quem escondeu e por que escondeu. Nem tudo é lorota sem pé nem cabeça.

– Você é mesmo muito esperto, Isaac – elogiou Tuppence. – Não tem assunto que não saiba. Até campos de croqué!

– Não sei se sobrou, mas aqui no canto ficava uma caixa de croqué.

Afastou-se e caminhou até um canto onde havia um estojo comprido de madeira. Com certa dificuldade soltou a tampa, emperrada devido ao desuso. O resultado do esforço: uma bola vermelha e outra azul, desbotadas, um taco empenado e teias de aranha.

– A sra. Faulkner participava de torneios – informou Isaac.

– Em Wimbledon? – perguntou Tuppence, incrédula.

– Não exatamente em Wimbledon. Em torneios locais. Vi fotos lá no *teliê* do fotógrafo...

– Ateliê?

– No centro. Conhece o Durrance, não conhece?

– Durrance? – indagou Tuppence vagamente. – Vende filmes, não é?

– Isso. Mas quem cuida não é mais o velho Durrance, é o neto ou bisneto dele. Vende cartões-postais, cartões de Natal e de aniversário. Esse tipo de coisa. E tem um monte de fotos antigas bem guardadas. Esses dias eu estava por lá e apareceu uma senhora. Tinha rasgado ou queimado a foto da bisavó e queria saber se o negativo estava guardado. Não sei se encontrou. Mas tem um monte de álbuns antigos.

– Álbuns – repetiu Tuppence pensativa.

– Posso ajudar em mais alguma coisa? – ofereceu-se Isaac.

– Venha dar uma mãozinha aqui com a Jane – pediu Tommy.

– Não é Jane! Sempre se chamou Matilde, por alguma razão. Influência francesa, talvez.

– Francesa ou americana – disse Tommy, pensativo. – Matilde, Louise, coisas do gênero.

– Lugar bacana para esconder coisas, não acha? – falou Tuppence, enfiando o braço na cavidade estomacal de Matilde. Tirou uma bola de borracha outrora vermelha e amarela, cheia de rasgos na superfície. – Essa criançada! – exclamou. – Sempre inventando esconderijos.

– Enxergam esconderijo em tudo – falou Isaac. – Um rapazola guardava correspondência aí dentro. Como se fosse uma caixa postal.

– Cartas? Para quem?

– Pra namorada. Mas não é da minha época – repetiu Isaac.

– Tudo sempre aconteceu antes da época de Isaac – comentou Tuppence, assim que Isaac, tendo acomodado Matilde numa boa posição, deixou-os sob o pretexto de consertar os caramanchões.

Tommy tirou a jaqueta.

– É incrível – ofegou Tuppence, ao tirar o braço arranhado e sujo do ferimento aberto na barriga de Matilde – como tem coisa aqui dentro! Parece que nunca ninguém limpou antes.

– Por que alguém ia querer se dar o trabalho de limpar?

– É verdade – concordou Tuppence. – Mas nós queremos!

– Só porque não temos nada melhor para fazer. Não acredito que tenha alguma utilidade. Ei!

– O que houve? – quis saber Tuppence.

Retirou um pouco o braço, mudou a posição e mexeu lá dentro outra vez. A recompensa foi um cachecol de tricô. Era óbvio que fora o substrato para a sobrevivência de traças durante algum tempo e depois disso descera a um nível ainda mais baixo de vida social.

– Que nojo – Tommy fez uma careta.

Tuppence o empurrou para o lado, de leve, e introduziu o braço, inclinando-se sobre Matilde enquanto tateava lá dentro.

– Cuidado com os pregos – recomendou Tommy.

– O que será isto?

Trouxe o achado ao ar livre. Parecia a roda de um brinquedo infantil, um ônibus ou uma carroça.

– Acho – concluiu ela – que estamos perdendo tempo.

– Não acho – falou Tommy –, tenho certeza.

– Agora vamos até o fim – decidiu Tuppence. – Ai, meu Deus, tem três aranhas caminhando no meu braço. Só falta uma larva. Odeio larvas!

– Não acredito que existam larvas dentro de Matilde. Quero dizer, larvas gostam de ficar embaixo da terra. Não creio que adotariam Matilde como casa de pensão, e você?

– Em todo caso, o buraco já está quase vazio – disse Tuppence. – Opa, e essa agora? Minha nossa, parece um estojo de agulhas. Que coisa mais inusitada para se achar. E ainda tem agulha dentro, tudo enferrujado.

– Uma criança que não gostava de cerzir a roupa – concluiu Tommy.

– Boa ideia.

– Acabo de tocar em um tipo de livro – falou Tommy.

– É mesmo? Parece útil. Em qual parte de Matilde?

– Perto do fígado – especificou Tommy com ar profissional. – No lado direito do corpo. Cirurgia em andamento! – exclamou.

– Tudo bem, cirurgião. É melhor extrair logo, seja lá o que for.

O suposto livro, que só com muita boa vontade podia ser chamado assim, pertencia a uma linhagem ancestral. Tinha as páginas soltas e manchadas; a encadernação se despedaçava.

– Parece um manual de francês – falou Tommy. – *Pour les enfants. Le Petit Précepteur.*

– Entendo – disse Tuppence. – Tive a mesma ideia que você. A criança não queria estudar francês; então veio aqui e "perdeu" o livro de propósito, enfiando-o em Matilde. A velha e boa Matilde.

– Na posição certa deve ser difícil inserir objetos na barriga de Matilde.

– Não para uma criança – ponderou Tuppence. – A criança tem a altura certa. É só se ajoelhar e rastejar por baixo. Ops, aqui tem uma coisa escorregadia. Parece a pele de um animal.

– Coisa desagradável – comentou Tommy. – Um coelho morto?

– Não tem pelos e não parece coisa boa. Ai, meu Deus, está pendurado num prego com um pedaço de barbante. Engraçado não ter apodrecido, não é?

Retirou o achado com cautela.

– Uma carteira – disse ela. – Feita de couro legítimo.

– Vamos ver o que tem dentro, se é que tem algo – instigou Tommy.

– Tem sim – informou Tuppence. – Quem sabe não é um maço de notas de cinco libras? – acrescentou esperançosa.

– Não creio que seriam utilizáveis. O papel apodreceria, não acha?

– Não sei – falou Tuppence. – Objetos esquisitos duram. Notas de cinco libras eram de papel excelente. Fininho, mas duradouro.

– Não é um maço de notas de vinte? Vai nos ajudar nas despesas.

– Se for dinheiro antigo, é incrível que Isaac não tenha encontrado. Enfim, imagine! Podem ser notas de cem! Oxalá estivesse cheia de soberanos de ouro. Soberanos eram guardados nas niqueleiras. A minha tia-avó Maria tinha uma enorme niqueleira cheia de soberanos. Gostava de nos mostrar quando éramos crianças. Dizia que era seu pé-de-meia, caso os franceses nos invadissem. Acho que eram os franceses. De qualquer modo, era uma reserva para ocasiões extremas ou perigosas. Soberanos dourados, encantadores e pesados. Eu achava fabuloso e ficava pensando como seria fantástico ter uma niqueleira cheia de soberanos quando eu crescesse.

– Quem ia lhe dar uma niqueleira cheia de soberanos?

– Eu não pensava que alguém me daria – explicou Tuppence. – Imaginava que me pertenceria por direito, assim que eu crescesse. Uma dama de verdade vestindo capa, estola e boina, carregando a niqueleira gorda e apinhada de soberanos e sempre dando um soberano para o neto favorito antes de ele ir para escola.

– Mas e as meninas? As netas?

– Não ganhavam soberanos – reconheceu Tuppence. – Mas às vezes minha vó me mandava pelo correio meia nota de cinco libras.

– *Meia* nota de cinco libras? Isso não teria lá muita serventia.

– Aí que você se engana. Ela rasgava a nota de cinco libras ao meio, me enviava uma das metades e daí, em outra carta, a metade que faltava. Usava a tática para não roubarem o dinheiro.

– Puxa vida, tem cada precaução que as pessoas inventam.

– É verdade – disse Tuppence. – Ei, o que vem a ser isto?

Naquele instante ela remexia o interior da carteira de couro.

– Vamos sair de KK – sugeriu Tommy – e pegar um pouco de ar.

Saíram de KK. A céu aberto, os dois viram melhor o troféu. Carteira grossa de ótima qualidade. Enrijecida com o tempo, mas em bom estado.

– Pelo jeito escapou da umidade dentro de Matilde – considerou Tuppence. – Ah, Tommy, sabe o que eu penso que é?

– Não. O quê?

– Não são notas – explicou Tuppence. – São cartas. Não sei se podem ser lidas. Estão velhas e apagadas.

Com todo o cuidado, Tommy desdobrou o papel amarelado e amarrotado de uma carta escrita com letra grande em tinta azul-marinho outrora bem forte.

– "Local de encontro mudou" – leu Tommy. – "Ken Gardens perto de Peter Pan. Quarta, dia 25, três e meia da tarde. Joanna."

– Enfim algo concreto! – comemorou Tuppence.

– Encontro marcado em Londres, nos Kensington Gardens? Entrega de documentos e planos, talvez. Quem será que colocou isso em Matilde?

– Não uma criança – disse Tuppence. – Alguém que morava na casa e conseguia se locomover na propriedade sem ser notado. Conseguiu coisas do espião da Marinha e as levou para Londres.

Tuppence tirou o cachecol do pescoço e embrulhou com ele a velha carteira de couro, e os dois voltaram para casa.

– Pode ter mais documentos dentro dela – disse Tuppence –, mas a maioria deve estar deteriorada. Vai praticamente se desmanchar quando tocarmos. Ué, o que será isto?

Na mesa do hall, um pacote volumoso. Albert veio da sala de jantar.

– Foi mandado entregar hoje de manhã – explicou. – Para a senhora.

– Ah, o que será? – perguntou curiosa Tuppence ao apanhar o pacote.

O casal entrou junto na sala de jantar. Tuppence desfez o nó do barbante e desembrulhou o papel pardo.

– Parece um álbum. Ah, tem um bilhete junto. É da sra. Griffin.

Querida sra. Beresford,
foi muita bondade sua me trazer o livro de aniversário aquele dia. Adorei folheá-lo e recordar das várias pessoas dos tempos antigos. É fácil esquecer as coisas. É comum nos lembrarmos apenas do primeiro nome de alguém e não do sobrenome, ou às vezes o contrário. Há pouco tempo me deparei com este velho álbum. Na verdade não é meu. Acho que pertenceu à minha avó. Mas ele tem fotos ótimas. Entre elas, algumas da família Parkinson, porque minha

avó conhecia os Parkinson. Pensei que talvez a senhora pudesse gostar de vê-las, já que demonstrou tanto interesse na história de sua casa e das pessoas que moraram nela no passado. Por favor, não se preocupe em me devolver; para mim não tem valor sentimental, eu lhe garanto. A gente tem tanta velharia em casa, trastes que pertenceram a tias e avós... Dia desses, eu estava vasculhando um velho baú no sótão e encontrei vários porta-agulhas velhíssimos. Acho que a minha tataravó tinha o costume natalino de presentear as empregadas com porta-agulhas. Ela deve ter comprado numa liquidação e iria dar de presente em outro ano. Claro que hoje não prestam mais. Às vezes a gente fica triste só de pensar em tanto desperdício.

– Um álbum de fotografias! – exclamou Tuppence. – Pode ser divertido. Vem comigo dar uma olhada, Tommy.

Sentaram-se no sofá. O estilo do álbum era antiquado. A maioria das fotos estava apagada, mas de vez em quando Tuppence conseguia distinguir ambientes que se encaixavam nos jardins de sua própria casa.

– Lá estão os pinheiros chilenos. Sim... e olhe ali o Truelove. Foto antiquíssima. Um garoto a bordo do Truelove. A trepadeira de flores roxas e a moita de capim-dos-pampas já existiam. Essa foi tirada num chá. Uma porção de gente sentada em volta da mesa no jardim. Olhe, tem nomes escritos a lápis. Mabel. Mabel feiosa. E quem é aquele?

– Charles – falou Tommy. – Charles e Edmund. Jogadores de tênis. Raquetes bem esquisitas. E este é William, seja quem for, e o major Coates.

– E esta aqui é... Tommy! Esta é Mary!

– Sim. Mary Jordan. Nome escrito ao pé da foto.

– Linda, ela! Lindíssima, eu diria. A foto está velha e apagada, mas... Puxa, Tommy, não é maravilhoso ver Mary Jordan?

– Fico me perguntando quem será que tirou a foto.

– Talvez o fotógrafo da vila mencionado por Isaac. Talvez ele tenha outras fotos antigas. Um dia vou lá perguntar.

A esta altura, Tommy colocara o álbum de lado e abria uma das cartas do correio do meio-dia.

– Algo interessante? – indagou Tuppence. – A maioria é de contas a pagar, já percebi. Mas essa é diferente. Não vai me responder se é interessante? – insistiu Tuppence.

– Talvez – falou Tommy. – Vou ter que ir a Londres para descobrir.

– Os contatos de sempre?

– Não é bem isso – esclareceu Tommy. – Outra pessoa. Na região metropolitana de Londres. Perto da autoestrada de Harrow.

– Quem é? – quis saber Tuppence. – Até agora só me enrolou.

– O coronel Pikeaway.

– Que nome – disse Tuppence.

– Estranho, não é?

– Já ouvi falar nele? – perguntou Tuppence.

– Talvez eu já tenha mencionado sobre ele. Mora numa perene atmosfera fumacenta. Por acaso tem pastilha para tosse, Tuppence?

– Pastilha para tosse! Não sei. Pensando bem, tenho sim. Sobraram umas na latinha que comprei no inverno passado. Mas você não está tossindo... Não que eu tenha notado, pelo menos.

– Mas é melhor levar para o encontro com Pikeaway. Até onde consigo me lembrar, você mal entra lá dentro e já começa a sufocar; olha angustiado para as janelas cerradas, mas Pikeaway não é o tipo de pessoa que tem desconfiômetro.

– Por que razão ele quer vê-lo?

– Não tenho ideia – falou Tommy. – Tocou no nome de Robinson.

– O sujeito sigiloso de rosto rechonchudo e amarelo?

– O próprio – confirmou Tommy.

– Talvez nossa investigação também seja sigilosa.

– Dificilmente, levando em conta que aconteceu (se é que aconteceu) há muitos e muitos anos, tanto que nem Isaac se lembra.

– "Novos pecados têm sombras velhas" – falou Tuppence –, como diz o ditado. Não o entendo muito bem. "Novos pecados têm sombras velhas". Ou seria "Velhos pecados têm sombras grandes"?

– Nenhum dos dois me parece certo – falou Tommy.

– Estou pensando em ir lá naquele fotógrafo hoje à tarde. Quer me acompanhar?

– Não – falou Tommy. – Acho que vou tomar um banho de mar.

– Banho de mar? Está horrível de frio!

– Não importa. Será ótimo um banho frio e revigorante para remover toda essa teia de aranha. Estou cheio de teias subindo nas orelhas e no pescoço. Estou com teia de aranha até no meio dos dedos dos pés.

– Essa missão parece mesmo suja – falou Tuppence. – Bem, vou falar com o sr. Durrell ou Durrance. Faltou abrir uma carta, Tommy.

– Ah, não tinha visto. Hum... pode ser importante.

– De quem é?

– De minha investigadora – anunciou Tommy, numa voz imponente. – Está vasculhando a Inglaterra, entrando e saindo de Somerset House à procura de mortes, casamentos e nascimentos, consultando arquivos de jornais e dados do censo. Ela é ótima.

– Ótima e bonita?

– Não de uma beleza que chame a atenção – falou Tommy.

– Tanto melhor – disse Tuppence. – Sabe, Tommy, na sua idade, uma ajudante bonita poderia provocar ideias muito perigosas.

– Certas mulheres não sabem valorizar o marido fiel que têm – limitou-se a dizer Tommy.

– Todas as minhas amigas são unânimes: com maridos sempre é bom ficar com o pé atrás.

– Precisa com urgência reavaliar suas amizades – retrucou Tommy.

CAPÍTULO 5

Colóquio com o coronel Pikeaway

Ao volante de seu carro, Tommy tangenciou o Regent's Park e enveredou por estradinhas que há tempo não cruzava. Lembrou-se das caminhadas em Hampstead Heath, quando Tuppence e ele moravam num apartamento próximo a Belsize Park. Não pôde deixar de lembrar também do cachorro que tinham na época, companhia constante nos passeios. Um cão de índole especialmente teimosa. Assim que colocava as patas na calçada, virava à esquerda em direção a Hampstead Heath. Em vão, Tuppence e Tommy se esforçavam para fazê-lo virar à direita rumo ao centrinho onde havia o comércio. James, um Sealyham terrier de natureza obstinada, escarrapachava o corpo cilíndrico no chão e colocava a língua para fora, dando o aspecto de um cão exausto devido ao exercício errado forçado pelos donos. Os transeuntes não refreavam os comentários.

– Olhe ali! Que cãozinho adorável! Pelagem branquinha... Roliço como uma salsicha! De língua de fora, o pobrezinho. Os donos malvados estão obrigando o coitado a ir aonde não quer.

Tommy apanhava a guia de Tuppence e arrastava James com firmeza na direção oposta à que o cão desejava ir.

– Puxa – falava Tuppence –, não pode carregá-lo, Tommy?

– O quê?! Carregar James? Ele está um chumbo de tão pesado.

James, em uma esperta manobra, virava o corpo roliço e comprido outra vez na direção desejada.

– Coitadinho. Acho que ele quer voltar para casa, não acha?

James retesava a guia com firmeza.

– Tudo bem – consentia Tuppence –, a gente faz as compras depois. O jeito é deixar James escolher. É impossível comandar um cão tão pesado.

James olhava para cima e abanava o rabo, como quem diz: "Até que enfim caiu a ficha! Hampstead Heath à vista!" E a cena sempre se repetia.

Tommy imergiu em pensamentos. No último encontro com o coronel Pikeaway, em Bloomsbury, fora recebido numa sala minúscula e fumacenta. A nova residência do coronel era um sobradinho indefinido, com frente para um descampado não muito distante do local onde Keats* nascera. A arquitetura não tinha nada de artístico nem de relevante.

Tommy tocou a campainha. Uma idosa muito parecida com a ideia que Tommy tinha de uma bruxa, com nariz e queixo tão pontudos que quase se tocavam, abriu a porta com olhar hostil.

– Posso falar com o coronel Pikeaway?

– Vou ver – respondeu a bruxa. – Quem deseja?

– Meu nome é Beresford.

– O coronel comentou alguma coisa.

– Posso deixar o carro aqui na frente?

– Sim, se não for por muito tempo. Os guardas de trânsito não costumam xeretear muito nesta rua, afinal não há cordões pintados de amarelo. Mas é melhor chavear o carro. Nunca se sabe.

Tommy seguiu o conselho e acompanhou a bruxa casa adentro.

– Um lance de escadas – avisou ela –, não mais do que isso.

Já na escadaria lhe entrou pelas narinas o forte cheiro de tabaco. A bruxa bateu vivamente à porta, entreabriu-a e enfiou a cabeça na fresta:

– Este cavalheiro quer vê-lo. Disse que o senhor o esperava.

Ela deu passagem, e Tommy penetrou num ambiente semelhante ao que recordara. A fumaça quase de imediato o fez se sentir asfixiado e sufocado. Não fosse pela nuvem de fumaça e o cheiro de nicotina, não teria reconhecido o coronel. Um vulto envelhecido numa poltrona com buracos nos braços. Ergueu os olhos e mirou Tommy, pensativo.

– Feche a porta, sra. Copes – pediu. – Vai entrar o ar frio.

Tommy pensou que seria bom se entrasse, mas presumiu que obviamente ele não pensava assim. Ele não se importava em inalar toda aquela fumaça nem com o mal que ela fazia à saúde.

– Thomas Beresford – falou o coronel Pikeaway pensativo. – Ora, ora, há quanto tempo não nos vemos?

Tommy não fizera um cálculo apropriado.

---

* John Keats (1795-1821), poeta inglês nascido na rua Moorgate, 85, em Londres. (N.T.)

– Faz muito tempo – falou o coronel Pikeaway. – Você apareceu junto com... como era o nome dele? Não vem ao caso. Um nome é tão bom quanto outro. Se a rosa tivesse outro nome, não deixaria de exalar perfume. Foi Julieta quem disse isso, não foi? As personagens de Shakespeare às vezes falam cada bobagem. Mas isso é inevitável, afinal ele era poeta. Nunca dei a mínima para *Romeu e Julieta*. Todos aqueles suicídios por amor. E o pior é que tem gente que imita. Sente-se, meu jovem, sente-se.

Um pouco perplexo por ser chamado de "meu jovem", Tommy aceitou o convite.

– Com sua licença – falou ele, tirando uma enorme pilha de livros de cima da única cadeira disponível.

– Isso, jogue aí no chão. Estava pesquisando uma coisa. É uma satisfação revê-lo. Parece mais velho, mas com boa saúde. O coração?

– Em plena forma – disse Tommy.

– Ótimo! Tanta gente sofre do coração, pressão alta... Muito estresse. Ficam zanzando para lá e para cá, fazendo questão de frisar como são ocupados, como o mundo pararia sem eles, como são importantes e tudo mais. Você não se sente assim?

– Hoje não me sinto importante – confessou Tommy. – Sinto é uma grande vontade de descansar.

– Admirável – avaliou o coronel Pikeaway. – O problema é que muita gente em nossa volta não nos deixa descansar. Por que se mudaram? Qual é mesmo o nome da casa atual? Esqueci. Pode refrescar minha memória?

Tommy forneceu o seu endereço.

– Ah, sim. Então coloquei o nome certo no envelope.

– Recebi a carta.

– Então esteve falando com Robinson. O gordão amarelo continua na ativa como sempre. E cada vez mais rico! Também, não é para menos, ele conhece tudo sobre mercado financeiro. Por que o procurou, meu jovem?

– Compramos uma casa nova. Um amigo me encaminhou a ele, dizendo que o sr. Robinson poderia esclarecer um mistério que minha mulher e eu descobrimos sobre algo que aconteceu na casa tempos atrás.

– Agora me lembro. Nunca tive o prazer de conhecê-la, mas dizem que sua mulher é inteligente, não é? Trabalho sensacional naquele caso... Como se chamava? Sei que eram duas letras. M ou N, não é?

– Sim – confirmou Tommy.

– De volta aos velhos tempos, não? Investigando fatos suspeitos.

– Não é nada disso – corrigiu Tommy. – Estávamos cansados do imóvel em que morávamos. O aluguel não parava de subir.

– Golpe baixo – comentou o coronel Pikeaway. – Ganância infinita dos proprietários. São como as filhas da sanguessuga...* Mas então foram morar lá. *Il faut cultiver son jardin* – disse o coronel Pikeaway, numa repentina e inesperada incursão na língua francesa. – Treinando um pouquinho o meu francês – explicou. – É preciso se adaptar ao mercado comum, não é mesmo? Movimentos estranhos acontecem na economia, a propósito. Por baixo dos panos. Bem diferente do que se enxerga na superfície. Por que foram morar em Swallow's Nest, que mal lhe pergunte?

– Agora se chama The Laurels – repetiu Tommy.

– Nome ingênuo – afirmou o coronel Pikeaway –, mas muito popular em certas épocas. Isso lembra a minha infância, quando todos os vizinhos tinham grandiosas alamedas arborizadas subindo até a residência. Cargas de cascalho espalhadas no caminho e uma fileira de louros de cada lado. Às vezes, os loureiros eram da variedade lustrosa e às vezes da variedade rajada. Era a última moda. As pessoas que moravam lá colocaram o nome, e o nome ficou. Não é?

– Já foi chamada de Katmandu e outros nomes – contou Tommy.

– É, Swallow's Nest nos remete a um bom tempo atrás. Mas às vezes é preciso. Sobre isso que eu quero falar com você. Voltar ao passado.

– Conhece a casa da qual estamos falando?

– Swallow's Nest, também conhecida como The Laurels? Nunca estive lá. Mas teve destaque numa época de grande angústia neste país.

– Pelo que entendi, o senhor tem informações sobre Mary Jordan ou uma pessoa conhecida por esse nome.

– Quer ver como ela era? Em cima da lareira. No lado esquerdo.

Tommy se levantou, rumou até a lareira e apanhou uma charmosa fotografia em preto e branco. Uma garota vestindo um chapéu estampado, levando um buquê de rosas em direção ao rosto.

– Hoje ninguém tiraria uma foto tão inocente, não é? – disse o coronel Pikeaway. – Moça bonita, isso não há como negar. Meio azarada. Morreu jovem. Uma tragédia e tanto.

– Não sei nada sobre ela – afirmou Tommy.

– Ninguém sabe hoje em dia – disse o coronel Pikeaway.

– O pessoal da localidade diz que ela era uma espiã germânica – comentou Tommy. – O sr. Robinson me informou que não era bem assim.

– Sim, trabalhava para nós. Eficientíssima. Mas ficaram sabendo.

– Na época em que os Parkinson moravam na casa – disse Tommy.

* Referência bíblica; Provérbios, 30:15: "A sanguessuga tem duas filhas, a saber: dá-me, dá-me". (N.T.)

– Talvez. Não sei os detalhes. Hoje ninguém sabe. Não estive envolvido pessoalmente. Tudo isso foi abafado. Cada país tem suas tensões. Hoje, há tensão no mundo todo, e não é a primeira vez. Retroceda séculos e vai encontrar tensão. Volte até as Cruzadas e vai encontrar todo mundo abandonando o país rumo a Jerusalém, ou rebeliões espocando país afora. Wat Tyler* e coisas do tipo. Tensão por todo lugar.

– Quer dizer que hoje existe alguma tensão especial?

– Claro que existe. Estou dizendo, tensões sempre existem.

– Que tipo de tensão?

– Volta e meia – divagou o coronel Pikeaway – aparecem para ouvir a minha opinião, para saber se eu me lembro de alguém do passado. Às vezes temos que mergulhar no passado, saber o que aconteceu em outras épocas. Segredos, informações, trunfos, fingimento versus realidade. Você e sua esposa já fizeram bons trabalhos. Querem continuar?

– Não sei... – titubeou Tommy. – Será que podemos ajudar? Hoje não passo de um velho.

– Bobagem, a sua saúde é melhor que a da maioria das pessoas de sua idade ou até de pessoas mais jovens. E sua esposa sempre foi especialista em farejar pistas, não é? Boa como um cão bem treinado.

Tommy não conseguiu conter o sorriso.

– Quer me explicar melhor? – quis saber Tommy. – É claro que estou disposto a ajudar... Mas ninguém *me contou* nada.

– E ninguém vai contar – disse o coronel Pikeaway. – Não é conveniente. Aposto que Robinson não contou muita coisa. É um túmulo aquele gorducho. Mas eu posso contar os fatos nus e crus. Sabe como o mundo funciona... Estelionato, materialismo, rebeldia, amor pela violência e sadismo. Sadismo como nos dias de Hitler. Podridão não falta neste país nem no mundo. A salvação é o mercado comum. As pessoas precisam compreender isso com clareza. A Europa precisa se unir. Precisa existir uma união de países civilizados com ideias civilizadas e com regras morais e crenças civilizadas. Quando há algo errado, a primeira coisa a fazer é identificar onde está o erro, e nisso o cachalote amarelo é imbatível.

– O sr. Robinson?

– Sim. Tentaram lhe conferir um título de nobreza, mas ele não aceitou. Sabe o que *ele* representa?

– Imagino – falou Tommy – que ele represente... *dinheiro.*

– Acertou em cheio. Não é materialista, mas *sabe* tudo sobre dinheiro. De onde vem, para onde vai, por que troca de mãos, quem está por trás dos negócios. Por trás dos bancos, por trás das grandes corporações industriais e

* Líder da revolta dos camponeses em 1381. (N.T.)

por trás das fortunas imensas construídas pelo tráfico de drogas. Sabe quem são os traficantes, a rota das drogas mundo afora. Veneração ao dinheiro! Dinheiro não só para comprar um palacete e dois Rolls-Royces. Dinheiro para acumular mais dinheiro, corroer e erodir as velhas crenças, na honestidade e no comércio justo. Os poderosos não querem igualdade: querem fortes ajudando fracos, querem ricos financiando pobres, querem bons e honestos sendo admirados. Finanças! Tudo gira em torno das finanças. Qual é o lucro, qual a conjuntura, qual o destino das verbas. No passado, pessoas com poder e esperteza direcionavam esses atributos para conseguir dinheiro e recursos para atividades secretas. E tínhamos que descobrir quem recebia e repassava os segredos e quem estava no comando. Swallow's Nest era uma espécie de quartel-general. Um QG do mal. E em Hollowquay aconteceram outras coisas. Por acaso o nome Jonathan Kane lhe diz algo?

– Não me lembra nada em especial – falou Tommy.

– Ele encarnava o que em certas épocas foi alvo de admiração, e que mais tarde passou a se chamar de fascista. Isso antes de conhecermos a verdadeira natureza de Hitler e toda a cambada. Tinha gente que pensava que o fascismo era uma ideia excelente para revolucionar o mundo. Esse tal Jonathan Kane tinha seguidores. Inúmeros seguidores, jovens e pessoas de meia-idade. Tinha um plano maquiavélico e recursos para colocá-lo em prática. Sabia os segredos de muita gente, e o conhecimento aumentava seu poder. Chantagem era a praia dele. Queremos saber o que ele sabia e o que ele fazia. É possível que tenha deixado não só planos como também seguidores. Jovens defensores de ideologias ultrapassadas. Segredos. Sempre existem segredos que valem dinheiro, sabe? Não conto nada certo, porque não sei de nada certo. Ninguém sabe de verdade. A gente pensa que sabe tudo por tudo que já enfrentamos: guerra, agitação, paz, novas formas de governo. Mas será que sabemos tudo mesmo? Sabemos algo sobre guerra biológica? Sobre gases e os meios de induzir poluição? Os químicos têm segredos, a Marinha, a Aeronáutica... E alguns segredos do passado estiveram prestes a serem levados a cabo, mas não foram. Não houve tempo. Foram transformados em documento e entregues para certas pessoas. Essas pessoas tiveram filhos, e seus filhos tiveram filhos, e talvez esses segredos tenham passado de geração em geração. Em testamentos, em documentos, com advogados, para serem entregues no momento certo.

"Algumas pessoas não têm ideia do que têm em mãos, outras simplesmente acharam que era lixo e destruíram. Mas temos que descobrir um pouco mais do que sabemos, porque as coisas acontecem num ritmo vertiginoso. Em países exóticos, em lugares diferentes, no Vietnã, nas guerras, nas guerrilhas, na Jordânia, em Israel, até mesmo em países ditos neutros.

Na Suécia e na Suíça... em todos os lugares. Essas coisas existem e queremos pistas delas. E temos indícios de que algumas pistas podem ser encontradas no passado. Sei que vocês não podem retornar no tempo, não podem ir ao médico e dizer 'Hipnotize-me e deixe-me assistir ao que houve em 1914'. Ou em 1918 ou até mesmo antes. Em 1890 talvez. Algo estava sendo planejado e deixou de ser plenamente desenvolvido. Ideias. Basta olhar o passado. O homem já pensava em voar na Idade Média. Existiam teorias sobre o assunto. Os antigos egípcios alimentavam ideias nunca desenvolvidas. Mas à medida que as ideias vão passando às novas gerações, chega o tempo em que caem nas mãos de alguém com os meios e o cérebro capazes de desenvolvê-las. E aí tudo pode acontecer... Coisas boas ou ruins. Ultimamente temos a sensação de que novas invenções (guerra biológica, por exemplo) são difíceis de explicar, a não ser por meio de certas inovações secretas aparentemente insignificantes, mas que, na verdade, estão longe de serem isso. Mãos ocultas capazes de adaptações e resultados muito, mas muito assustadores. O dinheiro transforma a personalidade, transforma uma boa pessoa num demônio. Dinheiro e tudo o que o dinheiro compra e conquista. O poder que o dinheiro é capaz de desenvolver... O que me diz disso tudo, meu jovem Beresford?"

– É uma perspectiva assustadora – falou Tommy.

– Mas pensa que é besteira? Ideias fantasiosas de um velho?

– Penso que o senhor – disse Tommy – é um homem que sabe das coisas.

– Hum... Por isso sempre querem a minha colaboração, não é? Vêm aqui, reclamam da fumaça, falam que ela os sufoca, mas... lembra daquele caso... a conexão Frankfurt? Demos um jeito de estancar aquilo. Demos um jeito de estancar, capturando a pessoa por trás daquilo. Tem uma pessoa, talvez não apenas uma... várias pessoas por trás disso. Precisamos descobrir quem são elas e a natureza de suas atividades.

– Começo a entender – falou Tommy.

– Mesmo? Não acredita que tudo não passa de tolice? Fantasia?

– Nada é fantástico demais para ser verdade – disse Tommy. – Isso a experiência me ensinou. As situações mais espantosas e inacreditáveis são verdadeiras. Mas entenda, *eu* não sou qualificado. Não tenho conhecimento científico. Sou apenas um leigo interessado em assuntos de segurança.

– Mas – retorquiu o coronel Pikeaway – sempre teve capacidade de descobrir coisas. Você... e ela. Sua mulher. Estou dizendo, ela tem faro. Ela gosta de descobrir coisas e não aceita ficar de fora. Essas mulheres são assim. Conseguem desvendar segredos. Quem é jovem e bonito faz como Dalila. Quem é velho... Uma tia-avó minha, por exemplo. Não tinha segredo que não descobrisse. Sem falar no aspecto financeiro. É o *métier* de Robinson. Ele conhece as questões monetárias. Entende o fluxo de dinheiro, por que flui, para onde flui, *de onde* flui e com qual *finalidade*. E tudo mais. Entender de dinheiro é com ele mesmo. É como um médico sentindo o seu pulso. Onde ficam os quartéis-generais do dinheiro. Quem o está manuseando e com que objetivo. Estou lhe colocando a par disso porque você está no lugar certo. Está no lugar certo por acaso, não está lá pelo motivo que alguém poderia supor. Lá estão vocês, um casal comum, idoso, aposentado, à procura de uma casa boa para desfrutar o resto da vida, escarafunchando os cantos da casa, conversando com as pessoas do local. Quando menos esperarem, uma frase vai lhes dizer algo. É só o que eu desejo que façam. Fiquem de olhos e ouvidos bem abertos. Descubram lendas e histórias contadas sobre os bons e velhos tempos, ou maus e velhos tempos.

– Ouvi comentários sobre um escândalo naval e projetos de submarino – contou Tommy. – Várias pessoas tocaram no assunto. Mas ninguém sabe nada concreto.

– Esse é um bom ponto de partida. Isso foi mais ou menos na época em que Jonathan Kane morava na região. Ele tinha um chalé à beira-mar, de onde promovia sua propaganda ideológica. Os discípulos o endeusavam. Jonathan Kane. K-a-n-e. Mas prefiro escrever de outro jeito. C-a-i-m. Isso o descreveria melhor. Obcecado por destruição e métodos de destruição. Abandonou a Inglaterra, passou um tempo na Itália e percorreu países longínquos, é o que dizem. Esteve na Rússia, na Islândia e nas Américas. O quanto é boato ou verdade não sei. Por onde andou, o que fez, quem foi com ele e quem o escutou, não sabemos. Um sujeito simples, popular com os vizinhos, almoçava na casa deles e vice-versa. Mas tenho que fazer um alerta. Todo cuidado é pouco! Investiguem, mas pelo amor de Deus, tomem cuidado! Cuide bem de... como é o nome dela? Prudence?

– Ninguém a chama de Prudence – explicou Tommy. – Tuppence.

– Isso mesmo. Cuide bem de Tuppence e peça para ela cuidar bem de você. Tomem cuidado com o que comem e o que bebem. Escolham os lugares aonde vão. Desconfiem de pessoas cordiais... Fiquem atentos para qualquer informação singular. Uma história significante do passado. Descendentes, parentes, vínculos com o passado.

– Farei o que puder – disse Tommy. – Nós dois faremos. Mas somos limitados. Estamos velhos demais e temos pouco conhecimento.

– Mas vocês têm boas ideias.

– É, para Tuppence, ideia é o que não falta. Ela encasquetou que tem algo escondido na casa.

– Quem duvida. Outros já tiveram essa mesma ideia. Ninguém nunca achou nada, mas também ninguém procurou com tanta pertinácia. A casa passou na mão de várias famílias. Foi vendida, e veio outro pessoal, e depois mais outro e assim por diante. A família Lestrange, depois os Mortimer e então os Parkinson. Sobre os Parkinson só sabemos que havia um menino.

– Alexander Parkinson?

– Então já ouviu falar nele. Como ficou sabendo?

– Ele deixou uma mensagem num dos livros de Robert Louis Stevenson. "Mary Jordan não morreu de morte natural." Encontramos a mensagem.

– "E a cada homem lhe penduramos ao pescoço o seu destino." Não é esse o ditado? Perseverem, vocês dois. Cruzem o Portal do Destino.

CAPÍTULO 6

Portal do destino

A loja do sr. Durrance ficava a caminho do vilarejo. As fotos na vitrine mostravam dois casamentos, um bebê pelado num tapetinho chutando o ar, rapazes barbados com as namoradas, grupos de banhistas. Nenhuma foto era muito boa; algumas pareciam antigas. No interior da loja, cartões-postais, cartões de aniversário dispostos nos expositores conforme o parentesco ("Para meu marido", "Para minha esposa"), carteiras de qualidade suspeita, material de escritório e envelopes estampados, sem falar nos bloquinhos de anotações decorados com flores.

Tuppence perambulou, olhou os variados artigos e esperou terminar uma conversa sobre como usar a câmera – perguntas triviais de uma anciã grisalha de olhos opacos. Então um loiro bem alto, com barba por fazer, saiu detrás do balcão e aproximou-se de Tuppence com olhar indagador.

– Posso ajudar?

– Quero dar uma olhada nos álbuns de fotografias – disse Tuppence.

– Aqueles com cantoneiras para as fotos? Desses a gente não recebe mais. Hoje em dia o pessoal prefere guardar em plásticos transparentes.

– Mas eu coleciono álbuns antigos, sabe. Como este aqui.

Tuppence mostrou o álbum, como quem tira um coelho da cartola.

– Bem antigo – diagnosticou o sr. Durrance. – Deve ter mais de cinquenta anos. Comum naquela época, não é? Todo mundo tinha igual.

– E livros de aniversário também – falou Tuppence.

– Livros de aniversário... Sim, lembro de alguma coisa sobre eles. Minha avó tinha um livro de aniversário, as pessoas escreviam o nome nele.

Temos cartões de aniversário, mas o pessoal não compra muito. Os que mais saem são os cartões do Dia dos Namorados e os natalinos, é claro.

– O senhor não consegue outros álbuns antigos? Sou colecionadora.

– Hoje em dia todo mundo tem mania de colecionar tudo que é coisa – comentou Durrance. – A senhora mal acreditaria no que as pessoas colecionam. Não tenho álbuns antigos, mas tenho fotos.

Passou para trás do balcão e abriu uma gaveta.

– Fotos avulsas – disse. – Pensei em expor, mas não teria mercado. Casamentos só procuram na época. Depois ninguém mais quer saber.

– Ninguém aparece e diz: "Minha avó casou aqui na cidade. O senhor não tem foto do casamento dela?"

– Nunca ninguém me perguntou isso – falou Durrance. – Mas às vezes surgem pedidos excêntricos. Aparecem querendo saber se guardamos os negativos das fotos de um bebê. Sabe como são as mães. Querem fotos dos filhos quando eram pequenos, quase sempre horrorosas. De vez em quando até a polícia vem aqui. Identificar alguém que morou aqui quando menino. E a polícia quer ver como ele é... ou melhor, como ele era, e se por acaso não é a pessoa procurada. Isso alegra o ambiente – sorriu Durrance.

– Pelo que vejo o senhor se interessa por crimes – falou Tuppence.

– A gente lê todo dia nos jornais. Como aquele suspeito de ter matado a esposa há meio ano. Uns diziam que ela estava viva, outros que ele enterrou o corpo numa cova rasa. E uma foto do suspeito pode ser útil.

– Sim – falou Tuppence.

Embora o papo estivesse fluindo com o sr. Durrance, ela sentiu que não estava rendendo como queria.

– O senhor não tem fotos de uma pessoa chamada... Se não me engano o nome dela é Mary Jordan. Mas já faz muito tempo. Mais ou menos sessenta anos. Acho que ela morreu aqui.

– Bem antes de meu tempo – falou o sr. Durrance. – Meu pai guardava tudo... Não jogava nada fora. Lembrava de todo mundo, em especial se existia uma história por trás. Mary Jordan. Hum... Ligada à Marinha, não é? Um submarino? O pessoal dizia que era espiã, não é isso? Meio estrangeira. A mãe russa ou alemã... ou até mesmo japonesa.

– Só queria saber se o senhor não tinha alguma foto dela.

– Acho que não. Vou dar uma olhada quando eu tiver um tempinho. Aviso se aparecer algo. É escritora, não é? – perguntou esperançoso.

– Não em tempo integral – falou Tuppence –, mas estou pensando em lançar um livro fininho. Rememorando os últimos cem anos. Fatos curiosos, crimes e aventuras. E, é claro, fotografias antigas dariam belas ilustrações.

– Farei tudo que estiver a meu alcance, pode ter certeza. O seu trabalho deve ser muito cativante.

– A família Parkinson – disse Tuppence – morou em nossa casa.

– A casa da colina, não é? The Laurels ou Katmandu... Já foi chamada de Swallow's Nest. Não tenho ideia por quê.

– Talvez porque havia um ninho de andorinhas no telhado – sugeriu Tuppence. – Por sinal ainda há.

– Quem sabe. Nome engraçado para uma casa.

Tuppence fizera amizade; sem esperança de conseguir informações, comprou cartões-postais e bloquinhos floridos. Despediu-se do sr. Durrance, ganhou a estrada, chegou ao portão e contornou a trilha lateral para dar uma olhada em KK. Ao ver a estufa, parou bruscamente. Um fardo de roupas junto à porta? Panos tirados de Matilde, imaginou.

Apertou o passo até quase correr. Chegou perto da porta e estacou de repente. Não era só um monte de roupas velhas. Um corpo as vestia. Tuppence inclinou-se e levantou-se, amparando-se na porta.

– Isaac! – exclamou ela. – Pobre Isaac!

Deu passos vacilantes rumo à casa. Acudindo a seus chamados, alguém veio em sua direção pela trilha.

– Ai, Albert. Algo horrível aconteceu com o velho Isaac. Está ali deitado. Acho... que alguém o matou.

CAPÍTULO 7

O inquérito

O médico-legista apresentou as provas forênsicas. Dois transeuntes prestaram depoimento. A família atestou a boa saúde do falecido; toda e qualquer pessoa que pudesse ter alguma inimizade com ele (como adolescentes repreendidos) foi convidada a colaborar com a polícia e declarou-se inocente. Empregadores também tiveram que prestar depoimento, incluindo a última patroa, a sra. Prudence Beresford, e o marido dela, o sr. Thomas Beresford. Tudo seguiu os trâmites e resultou no veredito: assassinato por uma ou mais pessoas desconhecidas.

Tuppence saiu do inquérito e Tommy a abraçou enquanto os dois passavam pelo grupinho de pessoas que esperava lá fora.

– Falou bem, Tuppence – elogiou Tommy, ao atravessarem o portão do jardim. – Bem mesmo. Melhor do que os outros depoentes. Com clareza e dicção. O juiz ficou satisfeito com você.

– Não queria que ninguém ficasse satisfeito – falou Tuppence. – Não me agrada a ideia de Isaac morto com uma pancada na cabeça.

– Pelo jeito alguém não gostava muito dele – disse Tommy.

– Mas por quê? – indagou Tuppence.

– Não sei – respondeu Tommy.

– E eu muito menos – disse Tuppence. – Mas me pergunto se não tem nada a ver conosco.

– Afinal, o que você quer dizer, Tuppence?

– Sabe muito bem o que eu quero dizer – falou Tuppence. – É este lugar. Nossa casa. Nossa nova e encantadora casa. Com jardim e tudo mais. Não é o lugar certo para nós? Assim pensávamos – disse Tuppence.

– Continuo pensando – rebateu Tommy.

– Você é mais otimista do que eu – disse Tuppence. – Tenho a sensação inquietante de que há algo *errado* aqui. Algo mal resolvido.

– Não diga outra vez – pediu Tommy.

– Não diga outra vez o quê?

– Aquelas duas palavrinhas.

Tuppence baixou a voz e cochichou no ouvido de Tommy.

– Mary Jordan?

– Sim. Isso *passou* por minha cabeça.

– E pela minha também. Mas que relação algo tão antigo pode ter com o presente? Que importância tem o passado? – questionou Tuppence. – Não deveria influenciar... os acontecimentos atuais.

– O passado não tem nada a ver com o presente... É isso que você quer dizer? Mas tem – falou Tommy –, de maneiras inimagináveis. Maneiras que ninguém jamais pensaria.

– O que acontece hoje é consequência do passado?

– É como um terço comprido, intercalando espaços e contas.

– Como na aventura com Jane Finn. Quando éramos jovens e ansiávamos por aventuras.

– E nós as tivemos – falou Tommy. – Às vezes olho para trás e fico imaginando como conseguimos sair vivos daquelas situações.

– E aquela vez que criamos aquela agência e fingimos que éramos detetives?

– Aquilo foi divertido – recordou Tommy. – Lembra...

– Não quero lembrar – falou Tuppence. – Não é hora de nostalgia, a não ser como ponto de partida, como se diz. Em todo caso, nos deu bastante traquejo, não é mesmo? Para enfrentar nosso caso mais difícil.

– Ah – falou Tommy. – Sra. Blenkensop, não é?

Tuppence caiu na risada.

– Sim. A sra. Blenkensop. Nunca vou esquecer do choque que tive – continuou Tommy. – Entrei naquela sala e lá estava você sentada fazendo tricô. Como teve presença de espírito, Tuppence, para fazer o que fez, fingir que saiu só para escutar minha conversa com o sr. Fulano. E então...

– E então a sra. Blenkensop – completou Tuppence, rindo de novo. – M ou N, ou "Gansinho, tolinho".

– Mas acredita mesmo... – Tommy vacilou – que todos esses casos foram pontos de partida para o que está acontecendo hoje?

– De certo modo, sim – falou Tuppence. – O sr. Robinson não teria dito o que disse se não tivesse uma porção daquelas coisas na cabeça. Inclusive eu.

– Você inclusive!

– Mas agora – disse Tuppence – tudo mudou. Com Isaac morto, atingido na cabeça em pleno jardim de nossa casa.

– Pensa que *isso* tem conexão com...

– Não deixo de pensar nisso – falou Tuppence. – Não estamos mais investigando um inocente mistério do passado e coisas do gênero. Agora se tornou bem pessoal. Com o velho Isaac *assassinado*.

– Era muito velho e pode ter levado um tombo sozinho.

– Não ouviu o depoimento do médico-legista hoje de manhã? Alguém quis matá-lo. Por que motivo?

– Por que não quiseram nos matar se o problema era conosco? – indagou Tommy.

– Talvez ainda tentem. Talvez Isaac fosse nos contar algo. Talvez tenha ameaçado alguém que iria contar algo sobre a moça, os Parkinson ou aquele negócio de espionagem na guerra de 1914. Os segredos vendidos. Percebe? Então ele teve que ser silenciado. Mas se não tivéssemos vindo aqui investigar e fazer perguntas, nada disso teria acontecido.

– Não fique tão agitada.

– Estou agitada. Agora não estou mais nisso por diversão. Isso não é divertido. Agora é diferente, Tommy. Estamos no encalço de um assassino. Mas quem? Não sabemos ainda, mas podemos descobrir. Não é o passado, é o presente. Aconteceu há apenas seis dias. É o presente. Conectado conosco e com esta casa. E temos de descobrir e vamos descobrir. Não sei como, mas temos de ir atrás de todas as pistas e seguir cada desdobramento. Sou um sabujo com o focinho no chão, seguindo um rastro. Tenho de segui-lo, e você tem que ser o perdigueiro. Fazer diligências em diferentes locais. Como está fazendo agora. Descobrindo coisas. Providenciando para que... como você chama? A pesquisa seja realizada. Tem gente que sabe de coisas, não por experiência própria, mas de ouvir falar por outras pessoas. Histórias que escutaram. Boatos. Fofocas.

– Mas, Tuppence, não pensa mesmo que...

– Penso sim – falou Tuppence. – Não sei como, mas basta uma ideia real e convincente sobre algo sombrio, tenebroso e maléfico... E acertar Isaac na cabeça foi sombrio e maléfico... – Fez uma pausa.

– Por que não mudamos o nome da casa? – falou Tommy.

– Voltar a chamá-la de Swallow's Nest em vez de The Laurels?

Uma revoada de passarinhos passou sobre eles. Tuppence virou a cabeça e olhou para trás, rumo ao portão do jardim.

– Antigamente chamava-se Swallow's Nest. Como termina aquela citação? Aquela de sua pesquisadora. Portal da Morte, não era?

– Portal do Destino.

– Parece alusão ao que aconteceu com Isaac. Portal do Destino... O portão de *nosso* jardim...

– Não se preocupe tanto, Tuppence.

– Não sei por quê... – falou Tuppence. – É só uma ideia que tive.

Tommy a mirou com um olhar perplexo e balançou a cabeça.

– Swallow's Nest é um nome bonito, sem dúvida – continuou Tuppence. – Ou poderia ser. Quem sabe um dia será.

– Você tem as ideias mais extraordinárias, Tuppence.

– "No silêncio dos pássaros mortos ecoou um pio." É assim que terminava. Talvez tudo termine assim.

Pouco antes de alcançarem a casa, Tommy e Tuppence avistaram uma mulher no degrau da porta.

– Quem será? – indagou Tommy.

– Não me é estranha – falou Tuppence. – Mas não consigo me lembrar agora. Alguém da família de Isaac. Viviam juntos numa casinha. Três meninos, essa mulher e outra moça. Posso estar enganada, é claro.

A mulher na entrada virou-se e veio na direção deles.

– Sra. Beresford, não é? – disse ela, mirando Tuppence.

– Sim – respondeu Tuppence.

– A senhora não me conhece. Sou a nora de Isaac. Fui casada com o filho dele, Stephen. Stephen morreu num acidente. Era caminhoneiro. Um daqueles caminhões grandes que puxam carretas. Foi numa dessas rodovias, na M1*, se não me engano. M1 ou M5. Acho que foi na M4. Uma dessas. Já faz cinco ou seis anos. Eu só queria... falar um minutinho com a senhora. Com a senhora e seu marido... – Olhou em direção a Tommy. – Vocês enviaram flores para o funeral, não é mesmo? Isaac trabalhou aqui no jardim, não trabalhou?

– Trabalhou. Foi horrível o que aconteceu – lamentou Tuppence.

* M, abreviação de *Motorway*, termo britânico para autoestrada. (N.T.)

– Eu vim aqui para agradecer. Flores encantadoras. Bonitas. Clássicas. Que buquê bonito!

– Não podia ser diferente – falou Tuppence. – Isaac era um funcionário exemplar. Ajudou-nos bastante a organizar a casa. Contou muita coisa que não sabíamos, por exemplo, onde as coisas eram guardadas. E também me ensinou muito sobre jardinagem e horticultura.

– Era bom no que fazia. Só não trabalhava mais porque já era velho e sentia dores nas costas. Sofria de lumbago.

– Sempre amável e prestativo – disse Tuppence com firmeza. – Sabia bastante coisa sobre o povo daqui.

– Sabia mesmo. A família trabalhava no ramo há algumas gerações. Moravam aqui perto e ficaram sabendo de muitas histórias antigas. Não coisa acontecida com eles. Só de ouvir falar, como se diz. Não vou tomar mais o seu tempo. Só apareci para prosear um pouco e agradecer.

– Muito gentil de sua parte – afirmou Tuppence. – Muito obrigada.

– A senhora vai precisar de alguém para o serviço de jardinagem.

– Imagino que sim. Não somos bons nisso. Quem sabe a senhora... – Tuppence hesitou, com a sensação de que ia dizer a coisa errada na hora errada – saiba de alguém que gostaria de vir e trabalhar para nós.

– Assim de improviso não lembro, mas vou ver o que consigo. Vou mandar Henry passar aqui... Meu filho do meio. E mando avisar se souber de alguém. Um bom dia.

– Qual era o nome de Isaac? Não consigo me lembrar – indagou Tommy, quando os dois entravam em casa. – Quero dizer, o sobrenome.

– Bodlicott.

– Então aquela é a sra. Bodlicott, não é?

– Sim. Moram todos juntos naquela casinha em Marshton Road. Será que ela sabe quem o matou? – perguntou Tuppence.

– Não me deu essa impressão – falou Tommy.

– E que impressão daria? – quis saber Tuppence. – É bem difícil dizer, não é?

– Ela veio apenas para agradecer as flores. Não me deu a impressão de alguém... com sede de vingança. Nesse caso teria tocado no assunto.

– Teria. Ou não teria – disse Tuppence.

Entrou em casa absorta em pensamentos.

CAPÍTULO 8

Recordações de um tio

I

Na manhã seguinte, Tuppence foi interrompida enquanto fazia observações a um eletricista que viera dar garantia de um serviço considerado insatisfatório.

– Menino na porta – avisou Albert. – Quer falar com a senhora.

– Qual é o nome dele?

– Não perguntei. Está esperando lá fora.

Tuppence pegou o chapéu-panamá, ajeitou na cabeça e desceu as escadas.

Do lado de fora, um menino de cerca de doze anos esperava. Muito nervoso, os pés inquietos.

– A senhora me desculpe se eu atrapalho – disse ele.

– Você é Henry Bodlicott, não é? – perguntou Tuppence.

– Isso mesmo. O velho Isaac era meu... era como se fosse um tio. Fui ao inquérito de ontem. Nunca tinha ido num inquérito antes.

Tuppence quase disse "Gostou?", mas conteve-se. Henry tinha o ar de alguém prestes a descrever uma coisa divertida.

– Uma tragédia e tanto, não? – perguntou Tuppence. – Muito triste.

– Ele já era bem velho – falou Henry. – Não ia durar muito mesmo. No outono tossia como um condenado. Ninguém conseguia dormir em casa. Passei para saber se a senhora não precisa de alguém para ajudar no serviço. Pelo que entendi (a mãe me disse), a senhora precisa de alguém para ralear as alfaces. Se a senhora quiser posso fazer, né. Sei onde elas ficam, porque eu vinha aqui às vezes conversar com o velho Izzy quando ele estava trabalhando. Posso fazer agora se desejar.

– Ah, quanta bondade sua – disse Tuppence. – Venha me mostrar.

Seguiram juntos à horta e se encaminharam ao local mencionado.

– O plantio foi bem adensado e agora é preciso ralear um pouco e transferi-las para lá, sabe. Mas antes é preciso fazer o sulco direitinho, né.

– Não sei grande coisa sobre alfaces – admitiu Tuppence. – Sei um bocadinho sobre flores. Com ervilhas, couves-de-bruxelas, alfaces e outras verduras sou uma negação. Não quer um emprego para cuidar da horta?

– Não dá, estou na escola. E recolho papel e colho frutas no verão.

– Se souber de alguém me avise – pediu Tuppence.

– Pode deixar. Até logo, madame.

– Vou ficar aqui observando o trabalho com as alfaces. Quero aprender.

Ficou por perto assistindo ao trabalho manual de Henry Bodlicott.

– Agora sim. Bem grandinhas, né? Webb's Wonderful, né? Essa variedade dura bastante.

– As Tom Thumbs já terminaram – falou Tuppence.

– Aquelas precoces e pequeninhas, né? Crespas e tenras.

– Muito obrigada – agradeceu Tuppence quando ele terminou.

Ela se virou e caminhou rumo à casa. Notou que perdera o cachecol e deu meia-volta. Henry Bodlicott, recém começando a ir embora, parou.

– Meu cachecol – explicou Tuppence. – Ficou ali naquele arbusto.

Ele pegou o cachecol, entregou a ela e então ficou parado a encarando, mexendo os pés. Parecia tão preocupado e sem jeito que Tuppence ficou curiosa para saber qual era o problema.

– Tem algo para me falar? – disse ela.

Henry arrastou os pés, olhou para ela, arrastou os pés de novo, enfiou o dedo no nariz, coçou a orelha esquerda e mexeu os pés numa espécie de sapateado.

– Só uma coisa... fiquei pensando se a senhora... não se importaria...

– Então? – falou Tuppence, lançando ao menino um olhar indagador.

Henry ficou vermelho e continuou a pisar inquieto.

– Não queria perguntar, mas só fiquei pensando... quero dizer, o pessoal fala coisas... escutei o pessoal dizendo...

– Sim? – disse Tuppence, imaginando o que incomodava Henry; o que será que ele escutara sobre a trajetória do sr. e da sra. Beresford, os novos inquilinos de The Laurels? – Sim, o que você escutou?

– Que a senhora foi a dama que prendeu espiões ou inimigos na última guerra. A senhora e o cavalheiro também. Os dois trabalhavam como agentes e descobriram um espião alemão que fingia ser outra coisa. Descobriram, tiveram um monte de aventuras e, no fim, tudo foi resolvido. Digo, os dois eram (não sei como chamar), acho que do serviço secreto, e cumpriram a missão. O pessoal diz que os dois foram perfeitos. Claro, já faz tempo, mas estiveram envolvidos com cantigas de ninar também.

– Tem razão – falou Tuppence. – "Gansinho, tolinho", para ser mais exata.

– Gansinho, tolinho! Dessa eu me lembro. Puxa, faz muito tempo. "Perdeu-se no caminho"?

– Isso mesmo – disse Tuppence. – "Sobe e desce a escada toda hora, e no quarto de minha senhora? Lá se escondia um velho que rezar não sabia. O ganso agarrou a perna esquerda do velho e o jogou pela escadaria." Se não me engano, essa é a versão certa, mas eu posso ter misturado com outra canção de ninar.

– Puxa, jamais pensei! – exclamou Henry. – Quero dizer, é fantástico... Vocês morando aqui, como pessoas comuns! Mas eu não entendo o motivo dos versinhos.

– Era uma espécie de código, uma mensagem cifrada – explicou Tuppence.

– Que precisava ser decifrada e tudo mais? – quis saber Henry.

– Algo parecido – disse Tuppence. – No fim, tudo foi desvendado.

– Quem diria! Não é fantástico? – falou Henry. – Não se importa se eu contar para um amigo, né? Meu amigo do peito. O nome dele é Clarence. Nome besta, eu sei. A gente sempre caçoa dele por causa disso. Mas ele é legal e vai ficar empolgado ao saber que vocês estão morando aqui no vilarejo.

Mirou Tuppence com a admiração de um cocker spaniel afetuoso.

– Fantástico! – repetiu ele.

– Isso foi há muito tempo – contou Tuppence. – Na década de 1940.

– Divertido ou assustador?

– Um pouco das duas coisas – confessou Tuppence. – Assustador na maior parte do tempo.

– Também, não podia ser diferente, né. Mas é estranho como os dois vêm para cá e se envolvem no mesmo tipo de coisa. Foi um cara da Marinha, né? Ele dizia ser um comandante naval inglês, mas na verdade era alemão. Pelo menos foi o que o Clarence me disse.

– Mais ou menos – falou Tuppence.

– Então foi por isso que vocês dois vieram para cá. Porque, sabe, aconteceu algo aqui antigamente... Faz muito tempo mesmo... mas bem dizer foi a mesma coisa. Ele era oficial de um submarino. Vendeu projetos de submarinos. Histórias que a gente escuta o pessoal contar.

– Entendo – falou Tuppence. – Mas esse não foi o motivo que nos trouxe aqui. Só viemos porque encontramos uma casa boa para morar. Já escutei esses boatos por aí, só que não sei bem do que se trata.

– Uma hora eu tento explicar para a senhora. Claro, nem sempre a gente sabe se é verdade e nem sempre a gente fica sabendo tudo certinho.

– Como o seu amigo Clarence ficou sabendo de tudo isso?

– O Mick que contou. Ele morou um tempo onde era a casa do ferreiro. Faz tempo que foi embora, mas ele falava com todo mundo. E o tio Isaac sabia do assunto. Às vezes ele contava coisas pra gente.

– Então ele sabia bastante coisa sobre tudo isso? – indagou Tuppence.

– Ah, sim. É por isso que eu desconfiei. O homem que sabia demais... E contou tudo para a senhora e o seu marido, né. Então liquidaram ele. Hoje em dia isso é normal. Eliminam as pessoas que sabem demais sobre coisas que envolvem alguém da pesada.

– Pensa que seu tio Isaac... sabia demais?

– Ficou sabendo de muita coisa. Escutava muito aqui e ali. Não gostava de tocar no assunto, mas às vezes tocava. Entre uma baforada de cachimbo e outra, nas tardes de sábado, quando Clarence, eu e nosso outro amigo, Tom Gillingham, puxávamos conversa. Claro, a gente não sabia se ele estava inventando ou não. Mas acho que ele encontrou umas coisas e sabia onde estavam escondidas. Coisas que interessavam a certas pessoas.

– É mesmo? – perguntou Tuppence. – Isso é muito significativo. Deve se esforçar e se lembrar do que ele disse. Pode resultar numa pista sobre quem o matou e por que ele foi morto. Não foi um acidente, foi?

– Primeiro a gente achou que era um acidente. Sabe, o tio tinha problemas cardíacos ou coisa parecida e sempre andava caindo, ficando tonto ou sentindo vertigem. Mas parece que... no inquérito, sabe... disseram que foi um crime.

– Sim – concordou Tuppence –, foi um crime.

– E agora a senhora quer descobrir por quê? – indagou o menino.

Tuppence mirou Henry. Naquele instante teve a impressão de que ela e Henry eram dois cães farejadores seguindo o mesmo rastro.

– Foi um crime cruel e perverso, e tanto eu como você (já que ele era seu tio) queremos saber quem o cometeu. Mas talvez você já saiba ou tenha alguma ideia, Henry.

– Não tenho uma ideia bem certa, não – falou Henry. – A gente só escuta coisas. Sei de pessoas que o tio Izzy comenta (comentava) de vez em quando, pessoas que não gostavam dele por alguma razão. Ele dizia que era porque ele sabia demais sobre elas, sobre o que elas sabiam e sobre algo que tinha acontecido. Mas no fim sempre é alguém que já morreu faz tempo. Ninguém mais se lembra dos detalhes.

– Vai ter que nos ajudar, Henry – intimou Tuppence.

– Então vai me deixar participar? Ficar de prontidão e fazer investigações?

– Se ficar de bico calado, sim – falou Tuppence. – Claro, pode contar para mim, mas não saia falando a respeito do assunto para os amigos, porque assim todo mundo acabaria descobrindo.

– E pode cair no ouvido dos assassinos e eles virem atrás da senhora e do sr. Beresford, né?

– É – confirmou Tuppence –, e eu prefiro que não o façam.

– Até aí eu entendo – disse Henry. – Olha só, se eu topar com alguma coisa ou escutar algo, apareço aqui me oferecendo para fazer um servicinho. Que tal? Então posso contar o que descobri sem ninguém nos ouvir... Agora não sei de nada certo, mas tenho amigos. – De repente, ele empertigou-se e claramente assumiu a aparência de algum personagem de televisão. – Fico sabendo de muita coisa. As pessoas nem sonham como, mas eu fico sabendo... Se o cara fica na dele escuta muita coisa. E pelo jeito é tudo muito importante, né?

– É, Henry – concordou Tuppence. – Mas temos de ser cuidadosos.

– Vou ser cuidadoso, pode deixar. Supercuidadoso. Ele sabia muito sobre esse lugar, sabe – continuou Henry. – O tio Isaac.

– Sobre a casa e o jardim?

– Isso mesmo. Histórias sobre a propriedade. As pessoas que a frequentavam, o que elas faziam, onde aconteciam reuniões, quais eram os esconderijos. Ele falava de vez em quando. Claro que a mãe não dava bola. Ela achava tudo bobagem. Johnny (meu irmão mais velho) achava que era tudo besteira e não prestava atenção. Mas eu escutava, e Clarence se interessa por essas coisas. Sabe, ele gosta de filmes de espionagem e tudo mais. Ele me disse: "Chuck, isso parece um filme". A gente gosta de conversar sobre o assunto.

– Já ouviu falar numa pessoa chamada Mary Jordan?

– Claro. A moça alemã que fazia espionagem, né? Conseguiu segredos navais de oficiais da Marinha.

– Alguma coisa assim – falou Tuppence, sentindo que era mais seguro manter essa versão. Mas em pensamento desculpou-se ao fantasma de Mary Jordan.

– Linda, né?

– Não sei – falou Tuppence. – Ela morreu quando eu tinha uns três anos de idade.

– Não podia ser diferente. O pessoal fala nela de vez em quando.

II

– Parece alvoroçada e sem fôlego, Tuppence – disse Tommy quando a esposa, em roupas de jardinagem, entrou ofegante pela porta lateral.

– É – disse Tuppence –, um pouquinho.

– Trabalhando demais na horta?

– Para falar a verdade, não estava fazendo nada. Só estava no canteiro das alfaces jogando conversa fora ou conversando à toa, como queira...

– Com quem estava conversando?

– Com um menino – disse Tuppence.

– Ele se ofereceu para ajudar no jardim?

– Não exatamente – disse Tuppence. – Isso seria muito bom, é claro. Mas não. Na verdade, ele só estava expressando admiração.

– Pelo jardim?

– Não – disse Tuppence. – Por mim.

– Por você?

– Surpreso? – indagou Tuppence. – Eu também não esperava.

– E qual a fonte de tanta admiração... a beleza de seu rosto ou a beleza do jardim?

– A beleza de meu passado – falou Tuppence.

– Seu passado!

– Estava animado por falar com a dama, nas palavras dele, que desmascarou um espião alemão na última guerra. Um falso capitão aposentado.

– Meu bom Deus! – exclamou Tommy. – M ou N outra vez! Puxa vida, será que nunca vamos conseguir esquecer?

– E quem disse que eu quero esquecer? – rebateu Tuppence. – Velhos artistas de cinema gostam de recordar a fama da juventude.

– Captei a mensagem – limitou-se a dizer Tommy.

– Nossa experiência será útil nessa nova empreitada.

– Esse menino, que idade ele tem?

– Doze, mas parece dez. Tem um amigo chamado Clarence.

– E o que isso tem a ver com a história?

– Por enquanto nada – reconheceu Tuppence –, mas ele e Clarence são bons amigos e, pelo que notei, querem colaborar conosco nesta missão. Levantar lebres e descobrir pistas.

– Como crianças vão saber mais do que nós? – indagou Tommy.

– Falava frases curtas – disse Tuppence –, repletas de "quero dizer", "entende", "sabe". Mas acho que "né" foi a expressão mais usada.

– Novidades?

– Tentativas de explicar coisas que ele tinha ouvido falar.

– Ouvido quem falar?

– Nada direto da fonte, como se diz, nem de segunda mão. Mais certo seria dizer de terceira, quarta, quinta ou sexta mão. Jimmy disse para Algernon que disse para Clarence...

– Pare – implorou Tommy –, é o suficiente. E o que eles ouviram?

– Menções a locais e histórias – ponderou Tuppence. – Disseram que estão ansiosos para colaborar com a nossa emocionante missão.

– Que seria...?

– Descobrir algo importante. Escondido aqui.

– Escondido como, onde e quando? – indagou Tommy.

– Cada uma dessas perguntas gera uma história envolvente – falou Tuppence. – Não concorda?

Pensativo, Tommy limitou-se a dizer "Talvez".

– Tem a ver com o velho Isaac – falou Tuppence. – Pelo jeito ele sabia uma porção de coisas que poderia ter nos contado.

– Qual o nome do menino?

– Vou me lembrar num minuto – disse Tuppence. – Ele falou de tanta gente de quem ouviu histórias que me deixou confusa. Nomes pomposos como Algernon e simples como Jimmy, Johnny e Mike.

De repente Tuppence disse:

– Chuck.

– Chuck o quê? – perguntou Tommy.

– O nome dele é Henry, mas o apelido é Chuck.

– Estranho. Como na cantiga de roda "Chuck goes the weasel".

– O certo é "Pop goes the weasel".

– Tanto faz.

– Ah, Tommy, o essencial é continuar, ainda mais agora. Não acha?

– Sim – concordou Tommy.

– Eu sabia! Por mais que você dissimule, temos que continuar por causa de Isaac. Foi assassinado porque sabia de algo que comprometia alguém. Temos que descobrir quem.

– Será que não foi – falou Tommy – um ataque dos *hooligans* ou outra dessas gangues violentas? Bandidos que saem por aí matando sem escolher a vítima, até mesmo idosos incapazes de oferecer resistência.

– Pode ter sido – falou Tuppence –, mas não creio. *Existe* um material escondido aqui. Não sei bem se "material" é a palavra certa, mas algo que esclarece fatos antigos. Alguém deixou aqui ou deu a alguém para guardar aqui, depois morreu ou se mudou. E alguém não quer que seja descoberto. Isaac sabia, e ficaram com medo de que nos contasse, porque sem dúvida correm boatos sobre a nossa presença. Sabe como é... que somos famosos agentes antiespionagem ou coisa que o valha. Criamos uma reputação nesse ramo. E tudo se conecta com Mary Jordan e todo o resto.

– Mary Jordan – falou Tommy – não morreu de morte natural.

– E o velho Isaac também não – disse Tuppence. – Temos de descobrir quem o matou e por quê.

– Você precisa tomar cuidado, Tuppence – avisou Tommy. – Se Isaac foi morto porque ia contar segredos do passado, corremos o risco de sofrer uma emboscada num canto escuro uma noite dessas e ter o mesmo destino. Essa corja não ia pensar duas vezes, pensando que ninguém se importaria e que o pessoal diria "Ah, foi só mais um ataque de gangues".

– Em que idosas são atingidas na cabeça e mortas – completou Tuppence. – Esse é o resultado infeliz de se ter cabelo grisalho e de puxar um pouco a perna por causa da artrite. Sou presa fácil para qualquer um. Preciso tomar cuidado. Acha que devo portar uma pistola calibre 22?

– Nem pensar – falou Tommy.

– Por quê? Não sou capaz de manejar uma arma?

– Já pensou se você tropeça na raiz de uma árvore? Leva um tombo, a arma dispara sem querer e o feitiço vira contra o feiticeiro.

– Acha que sou capaz de fazer algo tão estúpido?

– Tenho certeza – afirmou Tommy.

– Já sei! Vou levar comigo uma faca de lâmina retrátil.

– Se eu fosse você não levaria arma – sugeriu Tommy. – Daria uma de inocente, proseando sobre jardinagem, insinuando que não gostamos da casa e pensamos em ir embora.

– Insinuar isso para quem?

– Ah, para todo mundo – disse Tommy. – O boato vai correr.

– Os boatos sempre correm – falou Tuppence. – Este é um lugarzinho perfeito para correr boatos. Vai dizer o mesmo, Tommy?

– Vou dizer que a casa não é tão boa quanto imaginávamos.

– Mas quer continuar a investigar, não quer? – quis saber Tuppence.

– Sim – reconheceu Tommy. – Estou envolvido até o pescoço nisso.

– Já pensou por onde vai começar?

– Continuar o que estou fazendo. E você, Tuppence? Planos?

– Ainda não – falou Tuppence. – Ideias apenas. Extrair mais informações de... que nome eu disse mesmo?

– Primeiro Henry... depois Clarence.

CAPÍTULO 9

Pelotão júnior

I

Depois de acompanhar a partida de Tommy a Londres, Tuppence ficou perambulando sem rumo pela casa. Tentava selecionar uma atividade específica capaz de produzir resultados satisfatórios. Naquela manhã, entretanto, as ideias brilhantes pareciam passar ao largo de seu cérebro.

Com a leve sensação de que estava andando em círculos, subiu ao sótão dos livros e vagueou em frente da estante, lendo o título de vários volumes. Inúmeros livros infantis e infantojuvenis. Mas o que mais poderia haver neles? Ninguém teria sido tão minucioso como ela. A esta altura era quase certo que ela folheara um por um de todos aqueles livros; Alexander Parkinson não revelara nenhum outro segredo.

Estava em pé, correndo os dedos pelos cabelos, franzindo a testa e reclamando das obras de teologia da prateleira inferior cujas capas estavam despencando, quando Albert apareceu.

– Tem gente querendo falar com a senhora lá embaixo.

– O que quer dizer com "gente"? – perguntou Tuppence. – Conheço?

– Acho que não. Um monte de meninos e duas meninas. Vendendo rifa ou coisa parecida.

– Ah. Não deram nomes nem disseram mais nada?

– Um deles disse que se chamava Clarence e que a senhora sabia quem ele era.

– Ah – disse Tuppence. – Clarence.

Meditou por um instante. Estaria colhendo os frutos da conversa de ontem? Em todo caso, não faria mal nenhum verificar.

– O outro menino veio junto? Com quem falei ontem no jardim?

– Não sei. São todos meio sujos e malvestidos.

– Bem – falou Tuppence. – Vou descer.

Quando alcançou o térreo, virou-se para Albert com olhar indagador. Albert disse:

– Ah, eu não ia deixá-los entrar na casa. Não seria seguro. Hoje em dia nunca se sabe. Estão lá fora no jardim. Eles pediram para dizer que estariam perto da mina de ouro.

– Perto do quê? – indagou Tuppence.

– Da mina de ouro.

– Ah – disse Tuppence.

– E onde fica isso, que não é da minha conta? – perguntou Albert.

Tuppence apontou.

– Acho que eu sei. Passando o canteiro das rosas, você pega à direita pela trilha das dálias. Lá tem uma espécie de laguinho que antigamente era cheio de peixes dourados. Cadê minhas botas de borracha? E é melhor também eu levar a capa de chuva, no caso de alguém me empurrar na água.

– Boa ideia vestir a capa. Vai chover a qualquer minuto.

– Puxa vida! Chuva, sempre chuva! – exclamou Tuppence.

Saiu e em pouco tempo encontrou uma delegação considerável à sua espera. Calculou dez meninos de idades variadas, ladeados por duas meninas de cabelo comprido, todos muito empolgados. Enquanto Tuppence se aproximava, uma voz esganiçada falou:

– Aí vem ela! E agora, quem é que vai falar? Vamos, George, é melhor você falar. É você quem fala sempre.

– Mas hoje deixa comigo – avisou Clarence.

– Cala a boca, Clarrie. Sua voz é fraca. E você não para de tossir.

– Escuta aqui. Este show é meu. Eu...

– Bom dia a todos – saudou Tuppence, interrompendo a discussão. – Vieram falar comigo, não é? De que se trata?

– Temos informações – tomou a palavra Clarence. – É isso que a senhora procura, não é?

– Depende – respondeu Tuppence. – Que espécie de informações?

– Informações sobre acontecimentos bem antigos.

– Informações históricas – emendou uma das meninas, espécie de mentora intelectual do grupo. – Interessantes para quem quer investigar o passado.

– Entendo – falou Tuppence, apesar de não entender. – Que lugar é este aqui?

– A mina de ouro.

– Ah – disse Tuppence. – E tem ouro nela?

Correu o olhar em volta.

– Na verdade, é uma piscina de peixes dourados – explicou um dos meninos. – Tinha peixes dourados uma época, sabe. Daqueles especiais, com caudas triplas, do Japão ou outro país oriental. Ah, era muito bonito. Isso foi na época da sra. Forrester. Faz mais ou menos uns dez anos.

– Vinte e quatro anos – sentenciou uma das garotas.

– Sessenta anos – retrucou um fio de voz –, e nem um ano a menos. Cardumes e cardumes de peixes dourados. O laguinho borbulhava de peixes. O pessoal dizia que eram valiosos. De vez em quando um morria. De vez em quando um comia o outro, e às vezes só apareciam boiando na superfície.

– Muito bem – incentivou Tuppence –, o que vocês querem me contar sobre eles? Agora não existem mais peixes dourados aqui.

– Mas existem informações – disse a menina intelectual.

Várias vozes irromperam ao mesmo tempo. Tuppence abanou a mão.

– Um de cada vez! – pediu ela. – De que se trata?

– Algo que talvez a senhora já saiba. O lugar onde escondiam coisas antigamente. Coisas muito importantes.

– E como vocês ficaram sabendo? – indagou Tuppence.

Isso provocou um alarido de respostas simultâneas.

– Foi Janie.

– Foi o tio dela, o tio Ben – disse uma das vozes.

– Não, não foi. Foi Harry, foi... Sim, foi Harry. O primo dele, o Tom... História antiga. Um tal de Josh que contou para a vó de Tom. Sim. Não sei quem diabos era esse Josh. Acho que o Josh era o marido dela... Não. Ele não era o marido, era o tio dela.

– Ai, meu Deus! – disse Tuppence.

Correu o olhar pelo gesticulante grupo e fez uma escolha.

– Clarence, não é? – apontou ela. – Seu amigo falou sobre você. Conte o que sabe.

– Se a senhora quiser descobrir vai ter que ir até o CAP.

– Ir aonde? – estranhou Tuppence.

– Ao CAP.

– O que é o CAP?

– A senhora não sabe? Ninguém lhe contou? CAP é o Clube dos Aposentados e Pensionistas.

– Minha nossa! – exclamou Tuppence. – Parece grandioso.

– Não tem nada de grandioso – falou um menino de uns nove anos de idade. – Nem um pouquinho. É só um lugar onde aposentados se reúnem para se divertir. E contar coisas que ficaram sabendo. Tem gente que diz que é tudo mentira. Coisas da guerra e de depois dela.

– Onde fica o CAP? – perguntou Tuppence.

– Ah, um pouco retirado da cidade. No caminho de quem vai para Morton Cross. Se a senhora é aposentada, é só ir lá jogar bingo. Vai encontrar tudo que é coisa. Bem divertido para sua idade. Tem gente bem velhinha no meio. Gente surda, cega e inválida. Mas todos gostam de se reunir, sabe.

– Talvez eu faça uma visitinha – considerou Tuppence. – Qual a melhor hora para ir lá?

– A hora que a senhora quiser. Mas à tarde é melhor, sabe. Sim, eles avisam que um amigo vai aparecer... E quando tem visita eles providenciam quitutes extras para o chá, sabe. Biscoitos com cobertura de açúcar. E salgadinhos. Coisas assim. O que foi, Fred?

Fred deu um passo e fez uma reverência pomposa para Tuppence.

– Será um prazer acompanhá-la – ofereceu-se ele. – Hoje às três e meia da tarde estaria bom para a senhora?

– Ah, seja você mesmo – pediu Clarence. – Não fale desse jeito.

– O prazer será meu – disse Tuppence, mirando a água. – É mesmo uma pena não ter mais peixes dourados.

– A senhora precisava ver aqueles com cinco caudas. Magníficos. Uma vez um cachorro caiu ali. O da sra. Faggett.

Alguém lhe contradisse.

– Não foi não. Era da sra. Follyo. Ou seria Fagot?

– Foliatt, soletrado com dois "tês".

– Não seja tolo. Era uma francesa. O nome dela tinha dois "efes".

– O cachorrinho se afogou? – perguntou Tuppence.

– Não se afogou, não. Era um filhotinho, e a cadela ficou nervosa, correu até a dona e a puxou pelo vestido. A srta. Isabel estava colhendo maçãs no pomar. A cadela puxou a srta. Isabel pelo vestido até que ela enxergou o filhote se afogando. Na mesma hora pulou no poço e resgatou o filhote. Ficou toda ensopada, e o vestido que ela usava nunca mais prestou.

– Puxa vida! – exclamou Tuppence. – Quanta coisa já aconteceu por aqui. Tudo bem. Espero vocês à tarde para irmos ao CAP. Quem vai junto?

De imediato ergueu-se um barulho ensurdecedor.

– Eu vou...

– Eu não posso...

– A Betty vai...

– Não, a Betty não pode ir de novo! A Betty já foi naquela festa no cinema. Não é justo ela ir de novo.

– Resolvam – falou Tuppence – e apareçam às três e meia.

– A senhora vai achar interessante – comentou Clarence.

– É de interesse histórico – disse a menina intelectual com firmeza.

– Ah, cala a boca, Janet! – gritou Clarence virando-se para Tuppence. – Janet é sempre assim – explicou ele. – Ela estuda em escola particular, é por isso. Fica se exibindo, sabe? A escola pública não foi suficiente para ela. Os pais fizeram um escarcéu e agora ela estuda numa escola particular. Por isso que ela fica se exibindo desse jeito o tempo todo.

II

Tuppence ficou se perguntando, enquanto terminava de almoçar, se a conversa matinal daria algum resultado. Será que as crianças viriam acompanhá-la naquela tarde até o CAP? Existia mesmo o tal CAP ou era só invenção das crianças? Em todo caso, prometia ser divertido.

A delegação teve pontualidade britânica. Às três e meia soou a campainha. Tuppence ergueu-se da poltrona perto da lareira, enfiou um chapéu de borracha na cabeça – pois ameaçava chover –, e Albert apareceu para escoltá-la até a porta da frente.

– Não vou deixá-la sair assim com qualquer um – cochichou ele no ouvido dela.

– Albert – sussurrou Tuppence –, já ouviu falar na sigla CAP?

– Cartão de Apresentação Pessoal – falou Albert com ares de sabichão.

– Parece que é um clube.

– Ah, o clube dos aposentados. Construído há uns três anos, se não me engano. Passa a paróquia, dobra à direita e dá de cara com ele. É uma construção horrorosa, mas boa para o pessoal da velha guarda e quem mais desejar aparecer por lá. O clube promove bailinhos e tem várias ajudantes... Mais ou menos como o Instituto Feminino, só que especial para a terceira idade. São todos muito velhos, e a maioria é surda.

– Sim – disse Tuppence. – Foi essa impressão que eu tive.

A porta da frente se abriu. Janet, devido à supremacia intelectual, foi a primeira a aparecer. Atrás dela, Clarence, e atrás dele, um menino alto e estrábico que se chamava Bert.

– Boa tarde, sra. Beresford – saudou Janet. – O pessoal lá do clube adorou saber da sua visita. É melhor levar um guarda-chuva. O tempo está bem instável hoje.

– Estou saindo agora naquela direção – falou Albert –, então vou junto até uma altura.

"Com certeza", pensou Tuppence, "Albert era sempre muito protetor." Tanto melhor, mas não acreditava que Janet nem Bert nem Clarence pudessem representar perigo. A caminhada levou vinte minutos. Quando chegaram ao prédio vermelho, atravessaram o portão e subiram pelo caminho. Uma mulher robusta de seus setenta anos abriu a porta.

– Ah, então temos visita. Fico tão contente! Que bom que a senhora veio! – Deu um tapinha no ombro de Tuppence. – Janet, muito obrigada. Por aqui. Se não quiserem esperar, não precisa.

– Os meninos vão ficar decepcionados se não ficarem para escutar um pouco das histórias – falou Janet.

– Hoje não tem muita gente aqui. Espero que a sra. Beresford não se importe. Janet, não quer ir até a cozinha e avisar Mollie que já pode providenciar o chá?

Tuppence não viera para tomar chá, mas dificilmente poderia externar isso. Sem demora o chá foi servido. Era fraco demais, acompanhado de biscoitinhos e sanduíches recheados com um tipo de patê asqueroso com sabor para lá de suspeito. Então o pessoal formou uma roda, inicialmente com certo embaraço.

Um velho de barba mirou Tuppence com o olhar de quem já viveu um século. Em seguida, aproximou-se decidido e sentou-se ao lado dela.

– É melhor conversar comigo primeiro, *my lady* – disse ele, alçando Tuppence à nobreza. – Sou o mais velho por aqui e sei mais histórias antigas do que qualquer outro. Essa terra tem história, sabe. Muita coisa aconteceu por aqui! Não que a gente possa contar tudo duma vez, não é? Mas todo mundo aqui tem algo para contar.

– Pelo que entendi – falou Tuppence, apressando-se a falar antes de ser introduzida a algum assunto fora de seu foco – muitos fatos curiosos aconteceram por aqui, sabe, não apenas na última guerra, mas na guerra anterior ou até mesmo antes. Não que o senhor vá se lembrar de épocas tão antigas, mas quem sabe não ouviu algo dos parentes mais velhos.

– É verdade! – exclamou o velho. – O tio Len me contou muita coisa mesmo. O tio Len. Que sujeito! Sabia de tudo o que acontecia. Inclusive naquela casa perto do cais antes da última guerra. Espetáculo deprimente. Aquilo que o pessoal chama de farsistas...

– Fascistas – corrigiu uma senhora grisalha empertigada, que usava no pescoço um lenço que não lhe caía bem.

– Fascista, se preferir, que importância tem? Ele era um deles. Como aquele cidadão lá na Itália. Mussolini ou outro nome suspeito. Mexilhões ou berbigões. Ele causou muito dano por aqui. Fazia encontros, sabe. Esse tipo de coisa. Quem começou tudo foi um sujeito chamado Mosley.

– Mas na Primeira Guerra tinha uma moça chamada Mary Jordan, não? – indagou Tuppence, em dúvida se era oportuno tocar no assunto.

– Ah, sim. O pessoal dizia que ela era bonitona, sabe. Sim. Ficava sabendo dos segredos dos marinheiros e soldados.

Uma velhinha cantarolou numa voz fina:

Ele não é da Marinha
Nem da Infantaria
Mas é o homem ideal
Nem Marinha nem Infantaria
Ele é da Real
Ar-ti-lha-ria!

O velho esperou ela terminar para entoar sua própria canção:

É longa a estrada até Tipperary
Uma longa estrada a percorrer
É longa a estrada até Tipperary
E o resto eu continuo sem saber.

– Agora chega, Benny, agora chega – disse uma senhora de olhar decidido que tanto poderia ser sua mulher quanto sua filha.

Outra velhinha cantou em voz trêmula:

Toda moça linda adora lobo do mar,
Toda moça linda ama uniforme sujo,
Toda moça linda adora lobo do mar
E quem não sabe como é um marujo?

– Ah, cala a boca, Maudie, estamos cansados de ouvir essa. Agora deixa a senhora escutar – pediu o tio Ben. – Ela veio para escutar. Ela quer saber onde aquela coisa que causou todo aquele estardalhaço foi escondida, não quer? E tudo o mais que aconteceu.

– Isso parece muito intrigante – falou Tuppence, animando-se. – Algo *foi* escondido?

– Ah, sim, bem antes de minha época, mas eu ouvi falar de tudo. Sim. Antes de 1914. A história passou de boca em boca. Ninguém sabia bem o porquê de toda aquela agitação.

– Algo a ver com a regata – afirmou uma velhinha. – Oxford e Cambridge. Uma vez me levaram para assistir à regata sob as pontes de Londres e tudo mais. Ah, que dia inesquecível. Oxford venceu com folga.

– Quanta bobagem – sentenciou uma senhora grisalha de olhar severo. – Não sabem nada de nada. Sei mais do que a maioria de vocês, embora tenha acontecido bem antes de eu nascer. Foi minha tia-avó Matilda quem *me* contou, e foi a tia dela, a tia Lu, quem contou para ela. E tudo aconteceu mais de quarenta anos antes delas. Uma fuzarca! Uma multidão de gente procurando a mina de ouro! Lingotes de ouro dos confins da Austrália ou outro país longínquo.

– Que gente burra – falou com desprezo um velho que fumava cachimbo. – De dourado, aqui, só os peixes do laguinho.

– Um valioso tesouro escondido – falou outro. – Veio gente do governo, e a polícia também. Vasculharam tudo, e nada.

– Pois é, mas não tinham as pistas certas. Pistas existem, sabe. É só saber onde procurar – asseverou outra anciã, meneando a cabeça afirmativamente, com ar de sabedoria. – Pistas sempre existem.

– Que interessante – disse Tuppence. – Onde? Onde estão essas pistas? Na vila, no campo ou...

A infeliz observação provocou pelo menos seis respostas diferentes, todas pronunciadas ao mesmo tempo.

– No pântano, perto de Tower West – jurou um.

– Que nada, era passando Little Kenny.

– Nada disso, era na caverna à beira-mar. Perto de Baldy's Head, naquelas rochas avermelhadas. Lá tem um velho túnel dos contrabandistas. Deve ser fabuloso.

– Me contaram que uma caravela espanhola do século XVI naufragou com os porões abarrotados de dobrões de ouro.

CAPÍTULO 10

Ataque contra Tuppence

I

– Minha nossa! – exclamou Tommy, ao retornar aquela noite. – Parece muito cansada, Tuppence. O que andou fazendo? Parece exausta.

– Exausta é apelido – concordou Tuppence. – Não sei se vou conseguir me recuperar um dia. Puxa vida.

– O *que* andou aprontando? No sótão de novo?

– Não, não – disse Tuppence. – Chega de livros.

– Bem, o que é então? O que andou fazendo?

– Sabe o que é um CAP?

– Não – disse Tommy –, bem, sim. É... – ele fez uma pausa.

– Vou contar num minutinho – disse Tuppence. – Mas é melhor você tomar algo primeiro. Um aperitivo ou um uísque. Eu acompanho.

Ela colocou Tommy a par dos acontecimentos vespertinos. Tommy disse "Minha nossa!" de novo e acrescentou:

– Você se mete em cada fria, Tuppence. Algo interessante?

– Não sei – disse Tuppence. – Quando seis pessoas falam ao mesmo tempo, e a maioria não consegue articular direito, e todas falam coisas diferentes... A gente fica meio sem saber o que estão dizendo. Mas pude aproveitar algumas ideias.

– Como assim?

– Muitas lendas, acho, vêm passando de geração em geração sobre algo escondido aqui, um segredo conectado com a Primeira Guerra Mundial, ou até mesmo antes dela.

– Até aí nenhuma novidade, não é mesmo? – ironizou Tommy. – Disso a gente já sabia.

– Sim. Circulam histórias antigas na aldeia. Todo mundo levanta hipóteses com base no que a tia Maria e o tio Bento contaram, repassando o que o tio Stephens, a tiazinha Rute e a vovó Fulana contaram. A coisa passa de boca em boca por anos e anos. E uma pode ser verdadeira.

– Perdida no meio de todas as outras?

– Como uma agulha num palheiro – falou Tuppence. – Vou escolher linhas de investigação promissoras. Pessoas que podem contar algo que *realmente* ouviram. Pretendo isolar esses informantes dos outros por um curto período e conseguir que eles me contem exatamente o que a tia Agatha ou a tia Betty ou o velho tio James lhes contou. Não vou desistir até desencavar pistas adicionais. Deve haver algo em algum lugar.

– Há algo – disse Tommy –, mas não sabemos o que é.

– Bem, é isso que estamos tentando fazer, não é?

– Sim, mas é preciso ter *alguma* ideia do que é essa tal coisa antes de sair procurando por ela.

– Uma coisa é certa: não é um tesouro de uma caravela espanhola – falou Tuppence – muito menos muamba na caverna dos contrabandistas.

– Bem que poderia ser conhaque francês – comentou Tommy esperançoso.

– Quem sabe – falou Tuppence –, mas não é bem isso que estamos procurando, ou é?

– Em todo caso – falou Tommy – é o tipo de coisa que eu apreciaria encontrar. Claro que pode ser uma carta ou coisa parecida. Uma carta erótica, alvo de chantagem seis décadas atrás. Mas hoje em dia isso pouca diferença faz, não é verdade?

– É. Mas vai aparecer uma ideia mais cedo ou mais tarde. Acha que *vamos* descobrir algo concreto, Tommy?

– Não sei – ele respondeu. – *Eu* ganhei um empurrãozinho hoje.

– É mesmo? Como assim?

– O negócio do censo.

– Do quê?

– Do censo. Parece que aconteceu um censo em determinado ano (eu anotei o ano). Naquela data, um grande número de pessoas reuniu-se nesta casa com os Parkinson.

– Como descobriu isso tudo?

– Estratégias de pesquisa da srta. Collodon.

– Começo a ficar com ciúmes dessa tal srta. Collodon.

– Não deveria. Ela é braba e não perde a oportunidade de me dar um puxão de orelha. Além do mais, ela não é nenhuma miss.

– Melhor assim – afirmou Tuppence. – Mas o que o censo tem a ver com a história?

– Quando Alexander disse "Foi um de nós", ele pode ter se referido a alguém que estava na casa na época e, portanto, com o nome registrado no censo. Todos que passaram a noite sob seu teto. É provável que existam dados dessas coisas nos arquivos do censo, e, se você conhece as pessoas certas (não digo que as conheça, mas posso vir a conhecer por intermédio de pessoas que conheço), pode conseguir uma lista de nomes.

– Eu admito: você tem imaginação fértil! – exclamou Tuppence. – Pelo amor de Deus, vamos comer! Estou tonta de escutar dezesseis vozes matraqueando ao mesmo tempo.

II

Albert serviu uma refeição saborosa. Ele não era lá muito confiável como mestre-cuca. Tinha lampejos de inspiração, materializados naquela noite no que ele chamou de pudim de queijo, mas que Tuppence e Tommy chamaram de suflê de queijo. Albert não deixou de censurá-los discretamente por utilizarem a terminologia equivocada.

– Suflê de queijo é outra coisa – sentenciou ele. – Vai bem mais clara batida do que no pudim.

– Não importa se é pudim ou suflê – retorquiu Tuppence –, o que importa é que está ótimo!

Tommy e Tuppence entretiveram-se no consumo da refeição e não compararam mais os resultados das investigações paralelas. Ao terminarem a segunda xícara de café, Tuppence acomodou-se confortavelmente na poltrona, suspirou fundo e disse:

– Agora estou pronta para outra. Não tomou banho antes da janta, não é, Tommy?

– Eu não estava a fim de tomar banho – respondeu Tommy. – Além do mais, você é uma incógnita, logo, poderia inventar de me mandar lá em cima no sótão empoeirado, subir na escada e bisbilhotar nas prateleiras.

– Eu não seria tão indelicada – defendeu-se Tuppence. – Agora espere um minuto. Vamos ver onde estamos.

– Onde estamos ou onde você está?

– Bem, onde estou, na verdade – falou Tuppence. – Afinal de contas, é a única coisa que eu sei mesmo, não é? Você sabe onde você está e eu sei onde eu estou. Talvez.

– O caso envolve um pouco de "talvez" – disse Tommy.

– Onde deixei minha bolsa? Será que ficou na sala de jantar?

– Desta vez não. Está no pé da sua poltrona. Não... do outro lado.

Tuppence pegou a bolsa.

– Presente bonito – comentou. – Couro de crocodilo legítimo. Às vezes é um pouco difícil de enfiar as coisas nela.

– E aparentemente de tirá-las – falou Tommy.

Tuppence lutava consigo.

– É complicado tirar as coisas de bolsas caras – disse ela sem fôlego. – As mais confortáveis são as cestas de vime. Cabe tudo dentro, e a gente mexe no conteúdo como nos ingredientes de um pudim. Ah! Finalmente!

– O que é? Parece uma lista de lavanderia.

– Ah, é um bloquinho. Eu usava para anotar as roupas da lavanderia, sabe? Reclamações... fronhas amassadas, coisas assim. Mas reciclei, porque só tinha usado três ou quatro páginas. Anotei nele as coisas que nos disseram.

A maioria não parece ter inter-relação. Anotei sobre o censo, a propósito, quando falamos nisso a primeira vez. Não sabia o que significava na época. Mas está aqui anotado.

– Perfeito – falou Tommy.

– E tomei nota sobre sra. Henderson e alguém chamado Dodo.

– Sra. Henderson?

– Você não vai lembrar e agora não é preciso. Basta dizer que os dois nomes foram indicados pela sra. Griffin. E então uma referência a Oxford e Cambridge. E me deparei com uma charada em um livro antigo.

– Como assim, Oxford e Cambridge? Algum estudante universitário?

– Não tenho certeza. Uma aposta sobre uma regata.

– Não parece lá muito promissor – disse Tommy.

– Nunca se sabe. Como ia dizendo, temos a sra. Henderson, um inquilino da Apple Tree Lodge e uma charada que encontrei num pedaço de papel amarelado no meio de um livro lá em cima. Não sei se em *Catriona* ou em um livro chamado *À sombra do trono.*

– Sobre a Revolução Francesa. Li quando menino – lembrou Tommy.

– Bem, não sei o significado. Em todo o caso, anotei.

– O que é?

– Três palavras escritas a lápis. GRIN (g-r-i-n), HEN (h-e-n) e LO, (L-o, com "ele" maiúsculo).

– Deixe-me adivinhar – falou Tommy. – Grin é o gato risonho de *Alice no País das Maravilhas*. Hen pode ser a Henny-Penny* do conto de fadas, não é? E Lo...

– Ah – falou Tuppence –, "Lo" é intrigante, não é?

– Lo expressa surpresa – ponderou Tommy. – Mas não faz sentido.

Tuppence falou rapidamente:

– Sra. Henderson, Apple Tree Lodge... Não estive lá, fica em Meadowside. Pois muito bem. Sra. Griffin, Oxford e Cambridge, aposta numa regata, censo, Gato Risonho, Henny-Penny da história da galinha que ia a Dovrefell (Hans Andersen ou outro contista nórdico) e Lo. Creio que exclamaram "Lo!" quando chegaram em Dovrefell.

Tuppence continuou:

– Acho que é só. E tem a regata entre Oxford e Cambridge.

– Pelo que vejo, é alta a probabilidade de estarmos perdendo nosso tempo. Talvez, se perdermos tempo suficiente, possamos garimpar uma pedra preciosa. Como o livro sublinhado na estante lá em cima.

---

* Henny-Penny: personagem do conto de fadas "O galo e a galinha que foram a Dovrefell" dos noruegueses Peter Christen Asbjornsen e Jorgen Moe. (N.T.)

– Oxford e Cambridge – falou Tuppence pensativa. – Isso põe meu cérebro para funcionar e me faz lembrar de algo. Mas o que pode ser?

– Matilde?

– Não, não era Matilde, e sim...

– Truelove – sugeriu Tommy, sorrindo de orelha a orelha. – Truelove. Por onde anda o meu Truelove?

– Pare com isso, seu macaco risonho – disse Tuppence. – Parece obcecado com o enigma Grin-hen-lo. Estou com um pressentimento... Ah!

– Quer me explicar o porquê desse "Ah!"?

– Ah, Tommy! Tive uma ideia. Claro!

– Claro o quê?

– "Lo!" lembra uma surpresa agradável – disse Tuppence. – Quando pensamos em surpresas agradáveis abrimos um sorriso (grin). Você sorri como o Gato Risonho. Grin. Hen. Lo. Claro.

– Do que diabos você está falando?

– Da regata entre Oxford e Cambridge.

– O que grin hen Lo tem a ver com a regata entre Oxford e Cambridge?

– Vou lhe dar três tentativas – falou Tuppence.

– Jogo a toalha. Não tem como isso fazer sentido.

– Mas faz.

– O que, a regata?

– Nada a ver com a regata. A cor. Ou melhor, as cores.

– Quer falar coisa com coisa, Tuppence?

– Grin hen Lo. Até agora lemos do jeito errado. É para ser lido ao contrário.

– Como assim? O-l, n-e-h, n-i-r-g... Não faz sentido. Essas palavras não existem.

– Nada disso. Pegue as três palavras mais ou menos como Alexander fez no livro. Leia as três palavras na ordem invertida. Lo-hen-grin.

Tommy exasperou-se.

– Nenhuma luz ainda? – indagou Tuppence. – Lohengrin, é claro. O cavaleiro do cisne. A ópera. *Lohengrin*, de Richard Wagner.

– Um cisne que nada, mas não nos leva a nada.

– Claro que leva. Aqueles dois cisnes de porcelana que encontramos. Banquinhos para o jardim. Não lembra? Um azul-escuro e o outro azul-celeste. O velho Isaac nos contou, pelo menos acho que foi ele que disse "Aquele ali é Oxford, sabe, e o outro é Cambridge".

– Pois é. E quebramos Oxford, não foi?

– Sim, mas Cambridge ainda está lá. O azul-celeste. Não percebe? Lohengrin. Algo foi escondido em um daqueles dois cisnes. Tommy, a próxima coisa a fazer é procurar naquele cisne Cambridge. O azul-celeste, que ainda está em KK. Vamos lá agora?

– O quê?!... São onze horas da noite! Não.

– Vamos amanhã. Não precisa ir a Londres, não é?

– Não.

– Então combinado: vamos amanhã bem cedo.

III

– A senhora precisa urgente contratar um jardineiro – aconselhou Albert. – Já trabalhei de jardineiro, mas por pouco tempo; não aprendi muito sobre hortaliças. A propósito, um menino quer falar com a senhora.

– Ah, um menino – disse Tuppence. – O ruivinho?

– Não. O loiro de cabelos compridos. Com um nome meio bobo. Nome de hotel. Hotel Clarence Imperial. É esse o nome dele. Clarence.

– Clarence, mas não imperial.

– De imperial ele não tem nada – falou Albert. – Está esperando na porta da frente. Garantiu que pode ajudar a senhora.

– Sei. Parece que ele ajudava o velho Isaac de vez em quando.

Ela encontrou Clarence sentado numa velha cadeira de vime na varanda (ou no avarandado, à escolha do leitor). Sem cerimônias, fazia um café da manhã atrasado com um saco de batatinhas fritas no colo e uma barra de chocolate na mão esquerda.

– Bom dia – saudou Clarence. – Dei uma passadinha para ver se a senhora não está precisando de uma mãozinha no jardim.

– É claro que precisamos de ajuda no jardim – falou Tuppence. – Você ajudava o velho Isaac de vez em quando, não é?

– Lá de vez em quando. Não que eu saiba muita coisa. Se bem que nem o velho Isaac sabia. A gente conversava um monte. Ele contava sobre os bons tempos, quando ele era o competente jardineiro-chefe na casa do sr. Bolingo. Naquele casarão na beira do rio. Hoje virou colégio. Dizia que foi jardineiro--chefe por lá, mas minha vó diz que é lorota.

– Bem, tanto faz – falou Tuppence. – Na verdade, eu queria retirar mais umas coisas daquela casa de vegetação.

– A senhora quer dizer a estufa de vidro? KK, não é?

– Isso mesmo – falou Tuppence. – Como é que você sabe o nome?

– Todo mundo sempre chamou assim. Dizem que vem de uma palavra japonesa. Não sei se é verdade.

– Vamos lá – disse Tuppence. – Venha conosco.

Uma comitiva formada por Tommy, Tuppence, Hannibal (o cãozinho) e Clarence, além de Albert – que parou de lavar a louça do café da manhã para fazer algo mais atraente – na retaguarda. Hannibal demonstrou um prazer imenso em farejar os refrescantes olores das redondezas. Reencontrou-os à porta de KK e cheirou o ar com interesse.

– Oi, Níbal – disse Tuppence. – Veio nos ajudar?

– De que raça ele é? – indagou Clarence. – Já me disseram que é uma raça que caça ratos. É verdade?

– Sim – confirmou Tommy. – É um Manchester terrier, o velho terrier preto e castanho da Inglaterra.

Hannibal, percebendo que falavam nele, virou a cabeça, sacolejou o corpo e abanou a cauda com animação. Depois se sentou com ar altivo.

– Ele morde, né? – perguntou Clarence. – É o que todo mundo diz.

– É um ótimo cão de guarda – elogiou Tuppence. – Cuida de mim.

– Pura verdade. Quando viajo, ele cuida de você – afirmou Tommy.

– O carteiro contou que quase foi mordido esses dias.

– Os cães têm uma birra com os carteiros – falou Tuppence. – Sabe onde fica a chave de KK?

– Pendurada no celeiro com potes de flores – falou Clarence.

Afastou-se e logo estava de volta com uma chave meio enferrujada, mas lubrificada.

– Isaac passou óleo na chave – comentou Clarence.

– Sim, antes não abria muito fácil – disse Tuppence.

A porta se abriu.

Cambridge, o banco de porcelana com cisne ao redor, brilhava de bonito. Isaac o limpara com esmero para colocá-lo na varanda na primavera.

– Tinha outro azul-escuro – falou Clarence. – Isaac os chamava de Oxford e Cambridge.

– É mesmo?

– Oxford o azul-escuro e Cambridge o azul-claro. Ah, vocês quebraram Oxford, não foi?

– Sim.

– Ué, aconteceu alguma coisa com o cavalo de balanço, né? Como as coisas estão bagunçadas por aqui. Nome engraçado a tal Matilda, né?

– Matilde – corrigiu Tuppence. – Ela sofreu uma cirurgia.

Clarence achou aquilo muito divertido. Riu com entusiasmo.

– Minha tia-avó Edith teve que fazer uma operação – informou ele. – Tiraram uma parte de dentro do corpo dela, mas ela sarou.

Ele pareceu um tanto decepcionado.

– Acho que não dá para ver dentro dessas coisas – falou Tuppence.

– Pode quebrá-lo como fez com o azul-escuro.

– Será que não tem outro jeito? – perguntou Tuppence.

– Meio estranha essa fenda em formato de "S" em volta do topo. Dá para inserir coisas ali, como numa caixa postal.

– Ideia engenhosa – elogiou Tommy, gentil.

Satisfeito, Clarence avisou:

– Se quiser dá para desparafusar.

– Quem lhe contou isso? – indagou Tuppence.

– Isaac. É só virar de cabeça para baixo e girar. Às vezes emperra um pouco. É só botar um oleozinho na abertura e é para já que cede.

– Ah.

– É mais fácil se virar de cabeça para baixo.

– Por aqui parece que tudo tem que ser virado de cabeça para baixo – comentou Tuppence. – Fizemos o mesmo para operar Matilde.

Por um instante, Cambridge rangeu estrepitoso, quando de repente a porcelana começou a girar. Pouco depois, conseguiram desaparafusá-la por completo e separar o banco em duas partes.

– Deve ter muito traste aí dentro – comentou Clarence.

Hannibal aproximou-se para assistir. Era um cão solícito, sempre pronto a ajudar. Nada, pensava ele, estava completo a menos que encostasse a pata ou o focinho curioso. Abaixou o focinho, rosnou suave, recuou e sentou-se.

– Não gostou, Hannibal? – perguntou Tuppence, baixando o olhar para o conteúdo meio desagradável.

– Ai! – gritou Clarence.

– O que foi?

– Me arranhei. Tem uma coisa pendurada num prego no lado de dentro. Não sei se é um prego, mas é algo parecido. Ai!

– Au, au, au! – latiu Hannibal, participando da conversa.

– Tem algo pendurado num prego. Está escorregando... Agora peguei.

Clarence retirou um invólucro escuro de lona impermeável.

Hannibal aproximou-se, sentou-se aos pés de Tuppence e rosnou.

– Qual o problema, Hannibal? – quis saber Tuppence.

Hannibal rosnou outra vez. Tuppence inclinou-se e acariciou a parte de cima da cabeça e as orelhas do cãozinho.

– Qual o problema, Hannibal? – voltou a indagar Tuppence. – Queria que Oxford ganhasse e Cambridge ganhou? Lembra – falou Tuppence dirigindo-se a Tommy – daquela vez que ele assistiu a regata na tevê?

– Sim – falou Tommy. – Ficou muito zangado. Começou a latir tanto que não conseguimos escutar mais nada.

– Pelo menos conseguimos assistir – falou Tuppence –, o que já é alguma coisa. Mas lembra que ele não gostou da vitória de Cambridge?

– Lógico – disse Tommy. – Ele estudou na Universidade Canina de Oxford.

Hannibal abanou o rabo de modo aprovador.

– Ele gostou de ouvir isso – comentou Tuppence. – Deve ser verdade. Acho – acrescentou ela – que ele se graduou na Universidade Canina de Ensino à Distância.

– Qual era a ênfase dos estudos dele? – quis saber Tommy, rindo.

– Enterramento de ossos.

– É a cara dele.

– Justamente – disse Tuppence. – Uma vez o Albert cometeu a imprudência de dar a Hannibal um osso inteiro de pernil de cordeiro. Primeiro eu o flagrei em plena sala, escondendo o osso embaixo de uma almofada, daí eu o empurrei porta do jardim afora e fiquei olhando pela janela. Levou o osso até o canteiro das palmas-de-santa-rita e enterrou com todo o cuidado. Ele é supermetódico quando o assunto é osso. Nunca tenta roê-los. Sempre guarda para um dia de chuva.

– E desenterra os ossos depois? – perguntou Clarence, colaborando no debate sobre erudição canina.

– Só quando são muito, muito velhos – falou Tuppence. – Quando seria melhor que ficassem enterrados.

– Nosso cachorro não gosta de biscoitos caninos – comentou Clarence.

– Ele esnoba os biscoitos – falou Tuppence – e prefere comer carne?

– Não, ele gosta é de pão de ló – disse Clarence.

Hannibal farejou o troféu recém-retirado das entranhas de Cambridge. De repente deu meia-volta e latiu.

– Dá uma olhada se tem alguém lá fora – pediu Tuppence. – A sra. Herring ficou de mandar um jardineiro ótimo.

Tommy abriu a porta e saiu. Hannibal foi atrás.

– Aqui não tem ninguém – falou Tommy.

Hannibal rosnou, latiu baixinho e, depois, passou a latir cada vez mais alto.

– Implicou com aquela grande moita de capim-dos-pampas – disse Tommy. – Talvez alguém esteja desenterrando um dos ossos dele. Talvez seja um coelho. Hannibal não é lá muito esperto quando o assunto é coelho. Só com muito incentivo ele persegue coelhos. Dá a impressão que tem carinho por eles. Ele caça pombos, mas, felizmente, nunca consegue pegá-los.

Hannibal farejou a moita de capim-dos-pampas, rosnou e começou a latir bem alto. De vez em quando virava a cabeça na direção de Tommy.

– Deve ser um gato – comentou Tommy. – Ele fica furioso quando tem gato por perto. Tem um preto grande, que aparece de vez em quando, e outro pequenininho, que a gente chama de Bichano.

– Que sempre entra na casa – disse Tuppence. – Consegue se esgueirar pelas frestas mais estreitas. Pare com isso, Hannibal! Volte aqui!

Hannibal ouviu o chamado e virou a cabeça, numa ferocidade incomum. Mirou Tuppence, recuou um pouco e então voltou a acuar a moita de capim-dos-pampas, latindo furiosamente.

– Tem alguma coisa preocupando ele – disse Tommy. – Vamos, Hannibal.

Hannibal saracoteou o corpo, balançou a cabeça, relanceou o olhar aos donos e arremeteu contra a moita, em meio a bravos latidos.

De repente soaram dois estrondos.

– Meu Deus! Alguém caçando coelhos! – exclamou Tuppence.

Novo estampido. Algo zuniu perto do ouvido de Tommy.

– Volte para dentro de KK, Tuppence! – gritou ele.

Hannibal, de orelha em pé, contornou veloz a moita de capim-dos-pampas. Tommy correu atrás dele.

– Está perseguindo alguém colina abaixo – disse Tommy. – Corre como um louco. Tudo bem, Tuppence?

– Acho que não... – respondeu Tuppence. – Algo me atingiu no ombro. O que foi aquilo?

– Alguém atirou contra nós. Camuflado no meio da moita.

– Alguém estava nos vigiando – disse Tuppence.

– São aqueles irlandeses do IRA – opinou Clarence. – Já tentaram explodir este lugar.

– Mas este lugar não tem importância política – falou Tuppence.

– Rápido – falou Tommy. – Vamos entrar em casa. Você também, Clarence.

– O cachorro não vai me morder? – perguntou Clarence hesitante.

– Não – disse Tommy. – Está ocupado por enquanto.

Tão logo contornaram o portão do jardim, Hannibal reapareceu de repente. Chegou subindo a colina de língua de fora. Falou com Tommy na linguagem dos cães. Aproximou-se do dono, sacudiu o corpo, colocou uma pata na perna de Tommy e tentou puxá-lo na direção da qual viera.

– Ele quer que eu vá atrás do homem – falou Tommy.

– Nem pensar – disse Tuppence. – Tem alguém lá com uma espingarda, uma pistola ou outra arma de fogo, não quero ver você baleado. Não na sua idade. Quem ia cuidar de mim se algo acontecesse com você? Venha, vamos entrar.

Entraram rapidamente na casa. Tommy dirigiu-se ao hall e tirou o fone do gancho.

– O que vai fazer? – perguntou Tuppence.

– Ligar para a polícia – respondeu Tommy. – Se nos apressarmos, eles ainda podem conseguir pegar o atirador.

– Preciso de uma compressa no ombro – pediu Tuppence. – O sangue está estragando meu melhor blusão.

– Esquece o blusão – disse Tommy.

Albert apareceu com uma caixinha de primeiros socorros.

– Aonde vamos parar? – disse Albert. – Então um bandido atirou na senhora? Que mais falta acontecer neste país?

– Não é melhor ir ao hospital?

– Não foi nada grave – assegurou Tuppence. – Nada que um bálsamo no ferimento e um band-aid não resolvam.

– Tenho iodo.

– Não quero iodo. Arde. E nos hospitais dizem que iodo está ultrapassado.

– Bálsamo é para inalar – afirmou Albert com propriedade.

– Essa é uma das aplicações – falou Tuppence. – Mas também é ótimo para arranhões e esfolões, quando as crianças se cortam ou coisas assim. Está com o negócio aí?

– Que negócio, Tuppence? Do que você está falando?

– O negócio que acabamos de tirar do cisne Cambridge. É disso que estou falando. Eles nos viram e tentaram nos matar por causa disso. Deve ser importante!

CAPÍTULO 11

Hannibal em ação

I

Tommy sentou-se em um gabinete da delegacia de polícia. O inspetor Norris meneou a cabeça suavemente.

– Com sorte vamos obter resultados, sr. Beresford – afirmou ele. – Você disse que o dr. Crossfield está atendendo a sua esposa...

– Não é nada sério – informou Tommy. – A bala pegou de raspão. Sangrou um bocado, mas ela não corre perigo, segundo o dr. Crossfield.

– Ela não é mais tão moça, imagino – comentou o inspetor Norris.

– Já passou dos setenta – disse Tommy. – Eu também já não sou mais nenhum garoto.

– Depois que vocês se mudaram para cá, o pessoal comenta bastante sobre ela – falou o inspetor. – E sobre as missões de que vocês participaram.

– Não imaginava – limitou-se a dizer Tommy.

– A fama nos precede, boa ou má – afirmou o inspetor Norris numa voz bondosa. – Criminosa ou heroica, nossa ficha corrida é implacável. Mas uma coisa eu lhe garanto: faremos tudo que estiver a nosso alcance para esclarecer esse atentado. Consegue descrever o autor dos disparos?

– Não – falou Tommy. – Quando o avistei, ele fugia com o nosso cão nos calcanhares. Não parecia velho. Pelo menos sua corrida era ágil.

– Um adolescente?

– Acho que não – afirmou Tommy.

– Ninguém ligou ou escreveu pedindo dinheiro? – sugeriu o inspetor. – Chantageando para vocês deixarem a casa?

– Nada parecido – falou Tommy.

– E... há quanto tempo estão aqui?

Tommy contou ao inspetor.

– Hum... É pouco tempo. O senhor vai a Londres todos os dias úteis?

– Quase todos – confirmou Tommy. – Se quiser detalhes...

– Não precisa – garantiu o inspetor Norris. – Só aconselho a não se ausentar tanto, ficar em casa e cuidar pessoalmente da sra. Beresford.

– Já pensei nisso – falou Tommy. – É uma boa desculpa para não comparecer aos compromissos londrinos.

– Vamos ficar de olho para apanhar essa pessoa, seja quem for...

– O senhor... – Tommy titubeou – suspeita de alguém?

– Sabemos bastante sobre indivíduos da região. Mais do que eles pensam. Não deixar transparecer é a melhor maneira de os capturarmos. Nesse meio-tempo, descobrimos quem os financia e se agem por conta própria ou a mando de alguém. Tudo indica que não é gente daqui.

– Por que pensa isso? – indagou Tommy.

– Às vezes as informações chegam de onde a gente menos espera.

Tommy e o inspetor se entreolharam. Um longo minuto de silêncio.

– Entendo – disse Tommy por fim.

– Se me permite dizer uma coisa... – falou o inspetor Norris.

– Pois não? – respondeu Tommy, com olhar duvidoso.

– O jardim de vocês. Precisa de cuidados profissionais, imagino.

– Nosso jardineiro foi assassinado, como o senhor deve saber.

– Sim, sei de tudo. O velho Isaac Bodlicott, não é? Sujeito bonachão. Vivia contando histórias fantásticas sobre as coisas maravilhosas de antigamente. Uma pessoa conhecida na comunidade. E confiável, também.

– Não tenho ideia por que ele foi assassinado nem quem o matou – falou Tommy. – E ninguém descobriu nada.

– Quer dizer que *nós* não descobrimos. Mas essas coisas levam tempo, sabe. Não surgem logo no inquérito, nem após o juiz afirmar que houve "Assassinato de autoria desconhecida". Esse é só o começo. Como eu dizia, talvez alguém se ofereça para trabalhar no jardim de vocês. Dois ou três dias por semana, talvez mais. Como referência, vai informar que trabalhou para o sr. Solomon. É importante não esquecer esse nome.

– Sr. Solomon – repetiu Tommy.

Por um instante, percebeu um brilho nos olhos do inspetor Norris.

– O sr. Solomon está morto, é claro. Mas *todo mundo sabe* que ele morou aqui e empregou vários jardineiros eventuais. Não tenho certeza sobre que nome o candidato vai lhe dar. Vamos dizer que não lembro direito. Talvez Crispin. Entre trinta e cinquenta anos, e trabalhou para o sr. Solomon. Se alguém aparecer para trabalhar como jardineiro e *não* mencionar o sr. Solomon, não recomendo contratar. Só um pequeno aviso.

– Entendo – disse Tommy. – Pelo menos, acho que entendo.

– No seu ramo, para um bom entendedor, meia palavra basta, não é, sr. Beresford? Algo mais em que eu possa ajudar?

– Não – falou Tommy. – Já perguntei tudo que tinha para perguntar.

– Vamos empreender investigações não apenas locais, sabe. Quem sabe em Londres ou em outros lugares. Todos ajudam a investigar. Deve saber disso melhor do que eu.

– Quero evitar que Tuppence se envolva demais nisso... mas é difícil.

– Mulheres sempre são difíceis – sentenciou o inspetor Norris.

Mais tarde, ao sentar-se na cama ao lado de Tuppence, Tommy repetiu essa observação, enquanto ela degustava um cacho de uvas.

– Você e sua preguiça de tirar as sementes.

– Dá um trabalhão – falou Tuppence. – E elas não fazem mal.

– Pelo jeito não, afinal, você faz isso desde criança!

– O que disse a polícia?

– O esperado.

– Algum suspeito?

– Dizem que não é ninguém daqui.

– Com quem falou? Inspetor Watson, não é mesmo?

– Inspetor Norris.

– Esse eu não conheço. O que mais ele disse?

– Que as mulheres são seres difíceis de dominar.

– Mesmo?! Desconfiou que você ia me contar?

– Talvez não – disse Tommy, levantando-se. – Preciso fazer algumas ligações para Londres. Não vou ir à capital por uns dias.

– Não vejo por que não ir a Londres. Estou muito segura por aqui. Alfred e todos os outros cuidam de mim. O dr. Crossfield é incrivelmente amável. Mais parece uma galinha chocando o ovo.

– Vou comprar umas coisas para o Albert. Você quer alguma coisa?

– Melão! – exclamou Tuppence. – Estou com desejo de comer frutas. Frutas e mais frutas.

– Certo – falou Tommy.

II

Tommy fez uma ligação para Londres.

– Coronel Pikeaway?

– Sim. Olá. Ah, é o senhor, Thomas Beresford, não é?

– Ah, reconheceu a minha voz. Eu queria avisar...

– Sobre Tuppence? Estou sabendo – contou o coronel. – Fique por aí na próxima semana. Não venha a Londres. Relate tudo que acontecer.

– E se tivermos algo importante para levarmos ao senhor?

– Mantenha em seu poder por enquanto. Diga a Tuppence para inventar um lugar e esconder até nova ordem.

– É boa nisso. Como o nosso cachorro, que esconde ossos no jardim.

– Ouvi falar que ele correu atrás do homem que atirou em vocês...

– Então o senhor já sabe de tudo.

– Sempre sabemos – afirmou o coronel Pikeaway.

– Hannibal deu uma mordida nele e trouxe um pedaço das calças do homem na boca.

CAPÍTULO 12

Oxford, Cambridge e Lohengrin

– Muito bem, soldado – disse o coronel Pikeaway, soltando uma baforada de fumaça. – Sinto chamá-lo com urgência, mas era melhor falarmos pessoalmente.

– Como deve saber – falou Tommy –, ultimamente têm acontecido coisas um pouco inesperadas conosco.

– Ah! Por que pensa que eu sei?

– Porque o senhor sempre sabe tudo por aqui.

O coronel Pikeaway caiu na risada.

– Ah, ah! Citando minhas palavras, não é mesmo? Sempre digo isso. Sabemos de tudo. É a nossa função. A sua esposa escapou por um triz?

– Por um triz. Mas o senhor sabe os detalhes.

– De alguns detalhes não fiquei sabendo – falou o coronel Pikeaway. – A parte sobre Lohengrin. Grin-hen-lo. Tiro o chapéu para a sua esposa. Parecia sem nexo, mas ela matou a charada.

– Trouxe o resultado de nossas buscas – falou Tommy. – Escondemos no pote de farinha. Seria perigoso enviar pelo correio.

– Fez muito bem...

– Uma caixinha de metal, bem acondicionada dentro de Lohengrin azul-celeste. Cambridge, um banco de jardim de porcelana vitoriana.

– Lembro dos velhos tempos. Minha tia do interior tinha dois.

– Material bem preservado e costurado em lona. Um maço de cartas apagadas, mas com tratamento especial...

– Podemos lidar com esse tipo de coisa sem problemas.

– Aqui estão elas – falou Tommy. – E tenho uma lista das coisas que Tuppence e eu anotamos. Coisas que descobrimos e nos disseram.

– Nomes?

– Três ou quatro. A pista sobre Oxford e Cambridge e a menção de estudantes hospedados em Oxford e Cambridge... Mas na verdade isso se referia apenas aos banquinhos dos cisnes de porcelana, suponho.

– Lista deveras curiosa.

– Depois do atentado – falou Tommy –, avisei a polícia logo.

– Fez muito bem.

– Então me convidaram a comparecer na delegacia no dia seguinte. Lá falei com o inspetor Norris. Não tinha feito contato prévio com ele. Parece um oficial bem novo.

– Destacado especialmente para essa missão – disse o coronel Pikeaway. Soltou nova baforada de fumaça.

Tommy tossiu.

– Imagino que o senhor saiba quem ele é.

– Sabemos de tudo – falou o coronel Pikeaway. – É competente e está encarregado do inquérito. Talvez os aldeões consigam identificar quem seguiu os passos de vocês ou procurou descobrir coisas sobre vocês. Não acha, Beresford, que é melhor trazer sua mulher para Londres?

– Duvido muito que eu consiga isso – falou Tommy.

– Quer dizer que ela não viria? – indagou o coronel Pikeaway.

– Acertou – disse Tommy. – É duro convencer Tuppence. Ela não está ferida com gravidade e enfiou na cabeça que estamos participando de algo importante. Mas não sabemos o que é nem o que vamos fazer.

– Bisbilhotar – falou o coronel Pikeaway. – É tudo que se pode fazer num caso desses. – Tamborilou a caixa de metal com os dedos. – Essa caixinha vai nos revelar algo que sempre quisemos saber. Quem moveu a engrenagem há muitos e muitos anos e tricotou sujo nos bastidores.

– Mas com certeza...

– Sei o que vai dizer. Seja lá quem for essa pessoa já morreu. É verdade. Mas vamos descobrir o que aconteceu, de que modo funcionou o esquema, quem ajudou, inspirou e deu continuidade ao negócio desde então. Pessoas que não aparentam ter lá muita importância, mas que importam bem mais do que se imagina. Pessoas que estiveram em contato com a célula, como podemos chamar (hoje em dia tudo faz parte de um núcleo). Hoje a célula pode ter novos componentes, mas ideias semelhantes. Amor pela violência e pelo mal e organização para se comunicar com outros países e outros grupos. Células isoladas não constituem perigo, mas tornam-se perniciosas quando pertencem a uma rede. É uma técnica, sabe. Aprendemos com ela há séculos. É espantoso o que um grupo coeso e compacto consegue realizar e inspirar outras pessoas a realizar.

– Posso fazer uma pergunta?

– Perguntar não ofende – falou o coronel Pikeaway. – Mas nem sempre contamos o que sabemos.

– O nome Solomon significa algo para o senhor?

– Sr. Solomon. Em que contexto apareceu esse nome?

– Foi mencionado pelo inspetor Norris.

– Está no caminho certo se levar em conta o que Norris disse, posso assegurar. Mas não vai encontrar Solomon pessoalmente: ele está morto.

– Ah – falou Tommy.

– Usamos o nome dele às vezes – explanou o coronel Pikeaway. – É útil lançar mão do nome de um morto respeitado nas redondezas. Foi por acaso do destino que vocês foram morar em The Laurels. Temos de capitalizar essa sorte. Mas não quero que aconteça alguma desgraça com vocês. Suspeite de tudo e de todos. É o melhor caminho.

– Fora Tuppence, eu só confio em mais duas pessoas lá – garantiu Tommy. – Albert, que trabalha conosco há décadas...

– O bom menino Albert.

– Não é mais um menino...

– E quem é o outro?

– Meu cãozinho Hannibal.

– Hum... Cães são confiáveis. Quem é que foi que escreveu... acho que foi o Dr. Watts, uma canção que começava assim: "Cães adoram latir e morder/ Foi Deus quem os fez assim". Qual a raça, pastor alemão?

– Manchester terrier.

– Ah, o velho terrier inglês preto e castanho! Menor que o dobermann. O tipo de cão que conhece o seu *métier*.

CAPÍTULO 13

Uma visitinha da srta. Mullins

Tuppence, caminhando nas trilhas do jardim, observou Albert descendo a passos rápidos.

– Tem uma senhorita lá em cima – anunciou ele.

– Senhorita? Quem é ela?

– Srta. Mullins, foi o nome que ela deu. Uma das senhoras da vila disse para ela vir aqui.

– Ah, claro – disse Tuppence. – Sobre o jardim, não é?

– Ela comentou algo sobre o jardim.

– É melhor trazê-la aqui – pediu Tuppence.

– Sim, senhora – falou Albert, assumindo o papel de mordomo experiente.

Retornou à casa e pouco depois surgiu ao lado de uma mulher alta, de aparência masculina, vestindo calças de tweed e um pulôver Fair Isle.

– Ventinho gelado essa manhã – falou ela numa voz grave e um pouco rouca. – Meu nome é Iris Mullins. A sra. Griffin disse que a senhora precisava de ajuda no jardim. É isso mesmo?

– Encantada – saudou Tuppence, apertando a mão da visitante. – Sim, queremos ajuda no jardim.

– Não faz muito que se mudaram, não é?

– Tenho a impressão de que faz anos – falou Tuppence. – Recém parou o movimento da reforma.

– Pois é – falou a srta. Mullins, dando uma risadinha rouca e cavernosa. – Sei bem o que é uma reforma na casa. A senhora fez muito bem em acompanhar pessoalmente e não deixar por conta deles. Nada fica pronto até o dono vir morar e assumir a responsabilidade de levar até o fim. Mesmo assim é preciso chamá-los outra vez, sempre deixam algo para trás. Que jardim bonito o seu! Mas anda um pouco abandonado, não é mesmo?

– Os últimos moradores não davam muita bola para o jardim.

– Uma família chamada Jones ou coisa assim, não é? Acho que não cheguei a conhecê-los de verdade. Na maior parte do meu tempo fico na outra ponta da cidade, nas bandas do pântano. Tem duas casas lá onde eu vou com frequência. Numa delas vou duas vezes por semana e na outra, um dia. Mas um dia é pouco para deixar tudo nos trinques. O velho Isaac trabalhou com a senhora, não foi? Velhinho simpático. Coisa triste! Vítima da guerrilha que é a violência urbana hoje em dia. Alguém sempre acaba atacado. O inquérito foi na semana passada, não foi? Ouvi dizer que ainda não descobriram os autores do crime. Circulam em gangues e atacam as pessoas. Bando odioso. Às vezes, quanto mais jovens, mais odiosos. Que magnólia linda a senhora tem ali. *Soulangeana*, não é mesmo? É a melhor de todas. O pessoal sempre quer espécies exóticas, mas, quando o assunto é magnólia, na minha modesta opinião, é melhor ficar com o tradicional.

– Para ser sincera, nossa maior preocupação é com a horta.

– Quer plantar uma bonita horta, não é? Os donos antigos não se preocupavam com isso. É fácil perder a disposição e pensar que o melhor é comprar verduras e os legumes, em vez de tentar cultivá-las.

– Eu sempre quis aprender a plantar batatinhas e ervilhas – disse Tuppence. – E vagens também. Para colhê-las bem tenras.

– É verdade. E acrescente na lista feijões-da-espanha. É gratificante quando as vagens dos feijões-da-espanha alcançam quarenta centímetros de comprimento. É um feijão excelente. Tem até um concurso na exposição local. A senhora tem toda a razão, sabe. É saboroso comer verduras e legumes tenros.

Albert apareceu de repente.

– A sra. Redcliffe no telefone, madame – avisou ele. – Quer saber se a senhora gostaria de almoçar na casa dela amanhã.

– Diga a ela que sinto muito – falou Tuppence. – Amanhã temos que ir a Londres. Espere um minuto, Albert.

Tirou um bloquinho da bolsa, rabiscou algo e entregou a Albert.

– Entregue ao sr. Beresford. Diga que a srta. Mullins está aqui no jardim comigo. Eu tinha esquecido de fazer o que ele me pediu, passar o nome completo e o endereço de uma pessoa a quem ele quer escrever. Escrevi aqui...

– Pois não, senhora – respondeu Albert, sumindo de vista.

Tuppence voltou à conversação hortícola.

– A senhora já deve estar com a agenda cheia – recomeçou ela.

– Sim, e, como eu disse, moro num chalezinho do outro lado da cidade.

Naquele instante, Tommy chegou vindo da casa. Hannibal estava com ele, correndo em grandes círculos. Hannibal foi o primeiro a alcançar Tuppence. Estacou por um momento e então se lançou na direção de srta. Mullins latindo ferozmente. Ela deu uns passos para trás com certo medo.

– Este nosso cão é terrível – falou Tuppence. – Mas não morde de verdade. Pelo menos não com frequência. Em geral só morde carteiros.

– Todos os cachorros mordem os carteiros, ou tentam – falou a srta. Mullins.

– É um tremendo cão de guarda – elogiou Tuppence. – Manchester terrier. Protege a casa com dedicação. Não deixa ninguém se aproximar nem entrar. É carinhoso comigo e me considera a razão de seu viver.

– Hoje em dia isso é importante.

– Acontecem tantos arrombamentos e roubos – falou Tuppence. – Muitos amigos nossos, sabe, tiveram as casas roubadas. Alguns em plena luz do dia, das maneiras mais incríveis. Na maior cara de pau, trazem escadas fingindo serem limpadores de janelas... Ah, golpe é o que não falta. Então é bom o pessoal saber que tem um cão feroz na casa.

– A senhora tem toda razão.

– Meu marido – apresentou Tuppence. – Esta é a srta. Mullins, Tommy. A sra. Griffin fez a gentileza de dizer a ela que precisamos de alguém para cuidar do jardim.

– Não acha um serviço muito pesado, srta. Mullins?

– Claro que não – ela respondeu em sua voz profunda. – Não perco para ninguém quando o assunto é sujar as mãos de terra. Mas é preciso revolver o solo do jeito certo. Não é só ervilha-de-cheiro que precisa de sulcos. Todas as plantas gostam de terra fofa e de adubação orgânica. O solo precisa ser afofado. Isso faz toda a diferença.

Hannibal não parava de latir.

– Tommy – sugeriu Tuppence –, é melhor levar Hannibal de volta para casa. Está meio superprotetor essa manhã.

– Certo – disse Tommy.

– Não quer entrar um pouco – dirigiu-se Tuppence à srta. Mullins – e molhar a garganta? E quem sabe podemos discutir planos juntos.

Tommy trancou Hannibal na cozinha, e a srta. Mullins aceitou uma taça de sherry. A srta. Mullins trocou ideias com Tuppence, depois consultou o relógio e disse que precisava ir.

– Tenho um compromisso – explicou ela. – Não posso me atrasar.

Despediu-se meio apressada e partiu.

– *À primeira vista*, ela não tem nada suspeito – avaliou Tuppence.

– Mas eu – retrucou Tommy – é que não coloco a mão no fogo...

– Quem sabe se fizermos umas perguntinhas por aí? – indagou Tuppence com certa dúvida.

– Você deve estar cansada de perambular no jardim. Vamos deixar nossa expedição de hoje à tarde para outro dia... o médico deu ordens expressas para você ficar em repouso.

CAPÍTULO 14

Explorando o jardim

I

– Entendeu, Albert? – perguntou Tommy.

Na copa, Albert lavava a bandeja de chá trazida do quarto de Tuppence.

– Sim, senhor – garantiu Albert. – Entendi.

– Fique tranquilo, tem alguém para lhe avisar do perigo... Hannibal.

– Ele não é um cachorro tão mau assim – falou Albert. – Só não vai com a cara de todo o mundo, é claro.

– Essa – falou Tommy – não é a missão da vida dele. Não é o tipo de cachorro que dá as boas-vindas aos ladrões e balança o rabo para pessoas erradas. Hannibal não nasceu ontem. Fui bem claro, não fui?

– Sim. Mas não sei o que vou fazer se a dona Tuppence... Não sei se a obedeço ou conto a ela o que o senhor disse...

– Use uma boa dose de diplomacia – aconselhou Tommy. – Ela precisa descansar. Vou confiá-la a seus cuidados.

Albert abriu a porta da frente para um senhor em traje de tweed. Lançou um olhar de suspeita a Tommy. O visitante entrou e deu um passo à frente, com um sorriso amigável no rosto.

– Sr. Beresford? Ouvi falar que precisa de ajuda no jardim... Faz pouco tempo que se mudaram, não é? Notei quando subi o caminho que a grama está um pouco alta. Fiz alguns trabalhos na vizinhança há uns dois anos. Para o sr. Solomon. Talvez tenha ouvido falar nele.

– Sr. Solomon, sim, já ouvi falar nele.

– Meu nome é Crispin. Angus Crispin. Estou curioso para conhecer o jardim.

II

– Está na hora de alguém tomar as rédeas desse jardim – falou o sr. Crispin, enquanto Tommy o conduzia num passeio de reconhecimento por entre os canteiros de flores e as fileiras da horta.

– Ali que plantavam espinafre, ali naquele canteiro da horta. Atrás dele havia alguns caramanchões. O pessoal também cultivava melões.

– Pelo visto o senhor está bem informado.

– A gente ouve muita coisa sobre o que acontecia por aí antigamente. As velhinhas contam sobre os canteiros de flores, e Alexander Parkinson contou para muitos amigos sobre as folhas de erva-dedal.

– Ele deve ter sido um menino extraordinário.

– Era criativo e interessado em crimes. Fez uma mensagem em código em uma obra de Stevenson: *A flecha negra*.

– Por sinal, que livro, não? Só li há uns cinco anos. Antes disso nunca tinha ido além de *Raptado*. Quando trabalhei para... – Ele hesitou.

– O sr. Solomon? – sugeriu Tommy.

– Sim, é esse o nome. Ouvi coisas do velho Isaac. Até onde eu sei, a menos que eu tenha escutado os boatos errados, Isaac se encaminhava para completar um século de vida e andou trabalhando aqui com vocês.

– Sim – falou Tommy. – Para a idade dele tinha ótima saúde, é verdade. Sabia muitas histórias e gostava de nos contar, também. Coisas que ele não tinha como lembrar.

– Não, mas ele apreciava as fofocas dos tempos antigos. Ele tem amigos que ouviram as histórias dele e averiguaram sua veracidade. Imagino que vocês mesmos tenham escutado várias coisas.

– Até agora – falou Tommy – tudo acaba numa lista de nomes. Nomes do passado que naturalmente não significam nada para mim.

– Só diz que diz que?

– A maior parte. Minha mulher escutou muita coisa e fez uma lista. Não sei se significa algo. Eu mesmo consegui uma lista. Chegou a minhas mãos ontem, inclusive.

– Ah. Lista de quê?

– Do censo – explicou Tommy. – Sabe, teve um censo (tomei nota da data e depois lhe passo) com as pessoas que estiveram aqui naquele dia. Aconteceu uma grande festa. Um jantar.

– Então o senhor sabe quem estava aqui em certa data... talvez numa data bem significativa?

– Sim – confirmou Tommy.

– Pode ser valioso. Faz pouco que se mudaram, não é?

– E já estamos pensando em ir embora – disse Tommy.

– Não gostaram? É uma casa bonita. E o jardim pode ficar lindo também. Tem arbustos magníficos... É preciso podar e retirar árvores e arbustos supérfluos, que deveriam florir, mas não estão florindo e nem vão florir mais pelo aspecto deles. Não entendo por que querem ir embora.

– As ligações com o passado não são lá muito agradáveis por essas bandas – falou Tommy.

– O passado... – disse o sr. Crispin. – Como o passado se conecta ao presente?

– Tem gente que pensa que o passado não tem mais importância, que é água que já passou embaixo da ponte. Mas sempre sobram resquícios e desdobramentos. Está mesmo disposto a...

– Cuidar do jardim? Estou. A jardinagem é mais do que um hobby para mim, é uma paixão.

– Ontem apareceu aqui a srta. Mullins.

– Mullins? Ela é jardineira?

– Algo nessa linha. Foi a sra. Griffin, se não me engano, que falou dela para minha esposa e a enviou aqui para falar conosco.

– Vocês a contrataram ou não?

– Não em definitivo – falou Tommy. – Para ser sincero, temos um cão de guarda bem espevitado por aqui. Um Manchester terrier.

– É, quando o assunto é proteger a casa, eles são muito espevitados. Aposto que ele pensa que deve proteger sua esposa e nunca a deixa sair sozinha. Está sempre por perto.

– Isso mesmo – falou Tommy –, sempre pronto para arrancar braços e pernas de quem ousar tocar num fio de cabelo dela.

– Boa raça de cães. Afetuosos e leais. Teimosia afiada e dentes afiados também. É melhor eu tomar cuidado com ele.

– Agora ele não vai fazer nada. Está dentro de casa.

– Srta. Mullins – falou o sr. Crispin, pensativo. – Interessante.

– Por que interessante?

– Acho que a conheço por outro nome. Cinquenta e poucos anos?

– Sim, e veste traje de tweed. Parece adaptada ao meio rural.

– E tem conexões no interior, também. Isaac pode ter contado ao senhor algo sobre ela, imagino. Ouvi falar que ela recentemente voltou a morar aqui. As coisas estão se encaixando.

– O senhor sabe coisas que eu não sei sobre este lugar – falou Tommy.

– Não diria isso. É mais provável que Isaac soubesse de algo e tenha contado a vocês. Ele sim sabia das coisas. Histórias antigas, como se diz, mas a memória dele era boa. E o pessoal gosta de falar. Nesses clubes para idosos, o pessoal gosta de falar. Histórias mirabolantes ou verídicas... mas todas curiosas. E talvez Isaac soubesse demais.

– É uma pena o que aconteceu com Isaac – falou Tommy. – Gostaria de acertar as contas com quem o matou. Era um velhinho legal, muito bom para nós, e fazia tudo que podia para nos ajudar por aqui. Venha, vamos continuar a explorar o jardim.

CAPÍTULO 15

Hannibal e o sr. Crispin no front

I

Albert bateu à porta do quarto e, em resposta ao "Pode entrar" de Tuppence, enfiou a cabeça pela porta.

– A mesma senhorita que veio no outro dia – falou ele. – A srta. Mullins. Ela está aqui. Quer falar com a senhora uns minutinhos. Sugestões para o jardim, pelo que entendi. Eu disse que a senhora estava deitada e que não tinha certeza se poderia recebê-la.

– Você tem cada palavreado, Albert – falou Tuppence. – Está certo. Vou recebê-la.

– Bem na hora que eu ia trazer o seu café.

– Pode trazer outra xícara junto. Tem o suficiente para duas pessoas, não tem?

– Claro que sim.

– Muito bem, então. Pode trazer, coloque na mesa aqui do quarto e faça a srta. Mullins subir.

– E o que eu faço com Hannibal? – lembrou Albert. – Levo para baixo e tranco na cozinha?

– Ele não gosta de ser trancado na cozinha. Empurre-o para dentro do banheiro e feche a porta.

Hannibal, magoado com a falta de respeito em relação à sua pessoa, permitiu de má vontade que Albert cumprisse a determinação, o empurrasse para dentro do banheiro e fechasse a porta em sua cara. Mas não deixou de protestar com latidos ferozes.

– Quieto! – gritou Tuppence. – Quietinho aí!

Hannibal até concordou em parar de latir, mas deitou-se, enfiou o focinho na fresta embaixo da porta e ficou uivando de modo não cooperativo.

– Ah, sra. Beresford! – exclamou a srta. Mullins. – Desculpe o incômodo, mas achei que a senhora gostaria de dar uma olhada neste livro sobre paisagismo. Dicas para plantio conforme a estação. Espécies arbustivas raríssimas e impressionantes, bem-adaptadas ao nosso tipo de solo, embora certas pessoas afirmem o contrário... Puxa vida... é muita bondade sua. Sim, aceito uma xícara de café. Por favor, deixa que eu sirvo para a senhora, é tão difícil quando estamos acamados. Imagino, talvez...

A srta. Mullins mirou Albert, que em atitude serviçal puxou uma cadeira.

– Mais alguma coisa, senhorita? – perguntou ele.

– Não, obrigada. Minha nossa, é a campainha tocando de novo?

– Deve ser o leiteiro – falou Albert. – Ou quem sabe da mercearia. É a manhã que eles passam. Com licença.

Saiu do quarto, encostando a porta atrás de si. Hannibal deu outro uivo.

– É o meu cachorro – explicou Tuppence. – Está zangado por não participar da reunião, por isso fica fazendo todo esse barulho.

– Com açúcar, sra. Beresford?

– Um cubo – pediu Tuppence.

A srta. Mullins serviu uma xícara de café com leite. Tuppence disse:

– Não muito forte.

A visitante colocou a xícara na mesa de cabeceira ao lado de Tuppence e serviu outra xícara para si.

De repente ela tropeçou, apoiou-se numa mesinha e desabou de joelhos numa exclamação de desalento.

– Machucou-se? – indagou Tuppence.

– Não foi nada. Mas quebrei o vaso. Enrosquei o pé no tapete... como sou desajeitada... e seu belo vaso quebrou. Querida sra. Beresford, o que vai pensar de mim? Foi sem querer.

– Claro – disse Tuppence bondosamente. – Deixe-me dar uma olhada. Podia ter sido pior. Quebrou em dois pedaços. Vai dar para colar. Nem vai se notar o sinal da cola.

– Mesmo assim estou envergonhada – declarou a srta. Mullins. – A senhora deve estar doente e eu não deveria ter vindo hoje, mas eu queria tanto contar para a senhora...

Hannibal começou a latir outra vez.

– Pobre cachorrinho! – exclamou a srta. Mullins. – Posso soltá-lo?

– Não aconselharia – falou Tuppence. – Às vezes ele não é confiável.

– Puxa vida, é de novo a campainha lá embaixo?

– É o telefone – falou Tuppence. – Albert vai atender.

Porém, foi Tommy quem atendeu.

– Alô – disse ele. – Pois não? Ah, entendo. Quem? Entendo... Ah. Um inimigo? Tudo bem. Já tomamos as contramedidas. Obrigado.

Pôs o fone no gancho e fitou o sr. Crispin.

– Palavras de advertência? – perguntou o visitante.

– Sim – falou Tommy.

Continuou a fitar o sr. Crispin, que comentou:

– Difícil de saber, não é? Quem é inimigo ou amigo.

– Às vezes, quando se descobre já é tarde. "Portal do Destino, Caverna do Desastre" – recitou Tommy.

O sr. Crispin o mirou com certa surpresa.

– Desculpe-me – falou Tommy. – Por uma razão ou outra pegamos o hábito de recitar poesia nesta casa.

– Flecker, não é mesmo? *Portões de Bagdá*. Ou seria *Portões de Damasco*?

– Não quer subir? – convidou Tommy. – Tuppence está só repousando, não está doente nem nada. Nem um simples resfriado.

– Servi o café no quarto – falou Albert, reaparecendo de súbito –, com uma xícara extra para a srta. Mullins. Estão lá em cima com um livro de jardinagem.

– Sei – falou Tommy. – Tudo está funcionando direitinho. Cadê o Hannibal?

– Trancado no banheiro.

– Fechou bem a porta? Porque senão ele escapa.

– Fiz exatamente como o senhor disse.

Tommy subiu as escadas. O sr. Crispin foi logo atrás. Tommy deu uma batidinha na porta do quarto e entrou. Da porta do banheiro, Hannibal deu mais um veemente latido de protesto, então saltou contra a porta, a tranca cedeu, e num piscar de olhos estava no meio do quarto. Lançou um rápido olhar ao sr. Crispin e avançou com toda a energia contra a srta. Mullins, rosnando furiosamente.

– Ai, meu Deus – falou Tuppence –, ai, meu Deus.

– Bom menino, Hannibal – falou Tommy. – Não acha, sr. Crispin?

Virou a cabeça ao sr. Crispin.

– Conhece os inimigos dele... e os inimigos dos donos.

– Ai, meu Deus – falou Tuppence. – Hannibal mordeu a senhora?

– Sim. Cachorro traiçoeiro – disse a srta. Mullins, erguendo-se e olhando carrancuda para Hannibal.

– A segunda vez, não? – indagou Tommy. – Ele a perseguiu aquele dia em que estava escondida na moita de capim-dos-pampas, não foi?

– Ele sabe distinguir o joio do trigo – disse o sr. Crispin. – Há quanto tempo, não é mesmo, minha querida Dodo?

A srta. Mullins se levantou, mirou Tuppence, depois Tommy e o sr. Crispin.

– Mullins – falou o sr. Crispin. – Desculpe-me se não estou atualizado. É o nome de casada ou é seu codinome?

– Meu nome é e sempre foi Iris Mullins.

– Todo mundo lhe chamava de Dodo. Inclusive eu... É um prazer lhe encontrar aqui, mas acho melhor sairmos logo. Termine seu café. Imagino que não tenha nada de errado com ele. Sra. Beresford? É um prazer conhecê-la. Se me permite um conselho, eu não beberia o *seu* café.

– Meu Deus! Ainda bem que não tomei nenhum gole.

A srta. Mullins deu um passo à frente. Num átimo Crispin interpôs-se entre ela e Tuppence.

– Nem pense nisso, querida Dodo – avisou. – Pode deixar comigo. A xícara é da casa, sabe. E seria bom mandar fazer uma análise do conteúdo. Trouxe uma pequena dose, não é? É fácil administrar uma pequena dose na xícara na hora de servir um doente ou suposto doente.

– Garanto que não fiz uma coisa dessas. Tirem esse cachorro daqui.

Hannibal mostrava toda a vontade do mundo de persegui-la escadaria abaixo.

– Não vai sossegar enquanto não vê-la fora dos limites da propriedade – disse Tommy. – Ele é bem meticuloso quanto a esse detalhe. Só para de morder as pessoas depois que saem pelo portão. Até que enfim, Albert. Viu o que aconteceu, por acaso?

Albert apareceu na porta e correu o olhar pelo recinto.

– Vi muito bem. Fiquei espiando pela fresta da porta. A srta. Mullins pôs um pó na xícara da patroa. Discretamente.

– Não sei do que você está falando – defendeu-se a srta. Mullins. – Eu... ai, minha nossa, preciso ir. Tenho um compromisso importante.

Ela disparou para fora do quarto e correu escada abaixo. Hannibal lançou um olhar rápido e chispou atrás dela. O sr. Crispin não demonstrou sinal de animosidade; limitou-se a sair rápido no encalço de srta. Mullins.

– Espero que ela seja uma boa corredora – comentou Tuppence. – Caso contrário, Hannibal vai alcançá-la. Escreve o que estou dizendo! É um ótimo cão de guarda, não é?

– Tuppence, aquele era o sr. Crispin, recomendado pelo sr. Solomon. Chegou na hora certa! Creio que ele estava observando o que ia acontecer e esperando o momento de agir. Não quebre essa xícara nem jogue fora esse café até o colocarmos num frasco. Vamos mandar analisar para descobrir o que ele contém. Vista seu melhor chambre, Tuppence, e desça até a sala de estar para tomarmos um drinque antes do almoço.

II

– E agora – disse Tuppence – nunca vamos descobrir o porquê disso tudo.

Abanou a cabeça em profundo desânimo. Ergueu-se da poltrona e aproximou-se da lareira.

– Quer colocar uma acha de lenha no fogo? – indagou Tommy. – Deixe comigo. Está proibida de fazer esforço.

– Meus braços estão perfeitos – retorquiu Tuppence. – Até parece que eu quebrei um osso! Foi só um arranhãozinho de nada.

– Foi um ferimento à bala – afirmou Tommy. – Pode se orgulhar. É um ferimento de guerra.

– É verdade! – concordou Tuppence. – Pareceu uma guerra.

– Mas conseguimos – disse Tommy – pegar a srta. Mullins com a boca na botija.

– Hannibal teve uma atuação excelente! – elogiou Tuppence.

– Sim – reconheceu Tommy. – Foi ele quem nos contou, de modo enfático. Praticamente saltou em cima da moita. O olfato o alertou. Tem um olfato incrível.

– O meu olfato falhou – comentou Tuppence. – A srta. Mullins parecia a resposta a minhas preces. Esqueci completamente que só devíamos contratar alguém indicado pelo sr. Solomon. O sr. Crispin contou mais coisas a você? O nome verdadeiro dele não deve ser Crispin.

– Possivelmente não – disse Tommy.

– Ele veio aqui investigar? É muita gente fazendo a mesma coisa.

– Não exatamente investigar – disse Tommy. – Creio que ele foi enviado para cuidar da segurança. Para ficar de olho em você.

– Ficar de olho em mim – disse Tuppence – e em você também, eu diria. Onde ele está agora?

– Prendendo a srta. Mullins, calculo.

– É incrível como essas aventuras estimulam nosso apetite. Estou com uma fome danada. Com uma vontade incontrolável de comer siri quentinho com molho feito de creme e uma pitada de pó de curry.

– Pelo visto está boa de novo – afirmou Tommy. – É ótimo vê-la falando de comida desse jeito.

– Nunca estive doente – falou Tuppence. – Estive na alça da mira. É diferente.

– Sim. Hannibal disparou – falou Tommy – e nos alertou sobre um inimigo escondido na moita. Foi a srta. Mullins, vestida de homem, que se escondeu lá e atirou em você...

– Desconfiamos dela – falou Tuppence – e pensamos que ela tentaria outra vez. Fiquei presa à cama com meu ferimento, e fizemos nossos preparativos. Não é mesmo, Tommy?

– Sem dúvida – concordou Tommy. – Imaginei que ela ia ficar sabendo que um dos tiros tinha acertado de raspão e que você estava de cama.

– Então apareceu cheia de solicitude feminina – disse Tuppence.

– Nosso plano foi perfeito – disse Tommy. – Albert ficou em guarda permanente, observando cada passo que ela dava e tudo que ela fazia...

– E trazendo – completou Tuppence – uma bandeja com o café, sem esquecer a xícara adicional para a visitante.

– Viu a srta. Mullins (ou Dodo, como Crispin a chamava) colocar veneno em sua xícara?

– Não vi mesmo – admitiu Tuppence. – Ela fingiu que tropeçou no tapete, trombou naquela mesinha com o nosso belo vaso e se desmanchou em desculpas. Fiquei com a atenção voltada ao vaso quebrado, vendo se tinha jeito de colar. Por isso não percebi.

– Albert viu – disse Tommy. – Ficou espiando pela fresta da porta.

– E a ideia de prender Hannibal no banheiro foi genial, deixando a porta semitrancada. Hannibal é campeão em abrir portas maltrancadas. Ele pula como uma mola e aparece como um tigre no meio do quarto.

– Excelente descrição – falou Tommy.

– Agora suponho que o sr. Crispin, ou seja qual for o nome dele, termine as investigações. Mas tenho lá as minhas dúvidas. Como vai conseguir conectar a srta. Mullins com Mary Jordan? Ou com uma pessoa como Jonathan Kane, que existe apenas no passado?

– Só no passado, vírgula. Pode existir uma nova edição ou um renascimento. Não faltam novos amantes da violência a qualquer preço (a "sociedade da bandidagem feliz" ou coisa que o valha) nem superfascistas nostálgicos dos dias maravilhosos de Hitler e sua trupe alegre.

– Falando nisso, andei relendo *Conde Hannibal* – falou Tuppence. – Stanley Weyman. Um dos melhores livros dele. Estava lá no sótão, no meio dos livros de Alexander.

– O que tem isso?

– Fiquei pensando que hoje em dia as coisas ainda são daquele jeito. E sempre têm sido. Todas aquelas criancinhas indefesas que partiram para a Cruzada dos Inocentes, tão repletas de alegria, prazer e orgulho, pobrezinhas. Consideravam-se escolhidas pelo Senhor para libertar Jerusalém e achavam que os mares se abririam para elas como a Moisés. E hoje moças e rapazes bonitos vão a julgamento toda hora porque mataram a pauladas um velhinho que recém recebera a aposentadoria no banco. Sem falar no massacre de São Bartolomeu. Todas essas coisas *se repetem*. Há poucos dias comentou-se que os novos fascistas tinham tentáculos dentro de uma universidade dita respeitável. Sabe duma coisa? Acho que no fim das contas ninguém vai nos contar nada. E pensa mesmo que o sr. Crispin vai descobrir um esconderijo que nunca ninguém descobriu? Cisternas. Muitas vezes os assaltantes de bancos escondem o produto do roubo em cisternas. Lugar meio úmido, para o meu gosto, para se esconder algo. Pensa que quando o sr. Crispin concluir as investigações (ou seja lá o que for que ele está fazendo) ele vai voltar aqui e continuar a cuidar da minha segurança... e da sua, Tommy?

– Não preciso dele para cuidar de minha segurança – disse Tommy.

– Não seja arrogante – retrucou Tuppence.

– Talvez ele apareça para se despedir – ponderou Tommy.

– Ah, sim. Afinal, ele é muito bem-educado, não é?

– Vai querer ter certeza de que está tudo bem com você.

– Foi só um ferimento de raspão, e já tenho médico, obrigada.

– O curioso é que ele entende mesmo de jardinagem – comentou Tommy. – Pude notar isso. Trabalhou para um amigo dele, que por acaso era o sr. Solomon, morto há alguns anos. Bom disfarce, esse detalhe, pois ele pode dizer que trabalhou para ele, e o pessoal sabe que ele trabalhou. Então passa uma aura de completa confiança.

– Sim, é preciso pensar em todos os detalhes – falou Tuppence.

A campainha da frente tocou, e Hannibal saiu da sala como um tigre em disparada, pronto para matar qualquer intruso que se arriscasse a invadir o recinto sagrado que ele protegia. Tommy voltou com um envelope na mão.

– Endereçado a nós dois – anunciou. – Posso abrir?

– Vá em frente – autorizou Tuppence.

Ele abriu o envelope.

– Bem – disse ele –, isso abre perspectivas para o futuro.

– O que é?

– É um convite do sr. Robinson. Para você e para mim. Para jantarmos com ele sem ser na semana que vem, na outra, quando então ele espera que você esteja plenamente recuperada e com vigor. Na casa de campo dele. Em algum lugar de Sussex.

– Será que ele vai nos revelar alguma coisa, então? – quis saber Tuppence.

– Talvez – supôs Tommy.

– Será que devo levar minha listinha comigo? – perguntou Tuppence. – Sei de cor e salteado a essas alturas.

Correu os olhos pela lista.

– Flecha negra, Alexander Parkinson, Oxford e Cambridge, Grin-hen-lo, KK, estômago de Matilde, Caim e Abel, Truelove...

– Chega – pediu Tommy. – Parece maluquice.

– Não deixa de ser. Quem mais vai comparecer ao jantar na casa do sr. Robinson?

– Possivelmente o coronel Pikeaway.

– Nesse caso – comentou Tuppence –, é melhor eu não esquecer da pastilha contra tosse, não é mesmo? Estou curiosa para conhecer o sr. Robinson.

Não acredito que ele seja tão gordo e amarelo como você o descreve... Ah!... Mas, Tommy, não é daqui a duas semanas que Débora vai trazer as crianças para passar o fim de semana?

– Não – retrucou Tommy. – Elas vêm no *próximo* fim de semana.

– Ainda bem. Então não tem problema – disse Tuppence.

CAPÍTULO 16

Os passarinhos migram para o sul

– São eles?

Tuppence apareceu na porta e perscrutou a curva do caminho, ansiosa pela chegada da filha Débora com os três filhos.

Albert surgiu pela porta lateral.

– Ainda não. Era da mercearia. A senhora não vai acreditar. O preço dos ovos subiu *de novo*. Nunca mais voto nesse governo, *eu* é que não. Na próxima eleição eu voto nos liberais.

– Quer que eu passe na cozinha para dar uma olhada no purê de ruibarbo com morango ao creme?

– Já providenciei tudo. Já observei muito a senhora fazer e aprendi direitinho.

– Nesse ritmo vai se tornar um chef *cordon bleu*, Albert – elogiou Tuppence. – É o doce predileto de Janet.

– E preparei também torta de melaço... Andrew adora.

– Tudo arrumadinho nos quartos?

– Sim. A sra. Shacklebury veio hoje de manhã cedinho. Eu coloquei o sabonete de sândalo Guerlain no banheiro da dona Débora. Sei que é o preferido dela.

Tuppence soltou um suspiro de alívio ao saber que tudo estava preparado para a chegada dos familiares.

Escutou-se o som da buzina de um carro; pouco depois, o veículo apareceu, subindo o caminho com Tommy na direção. No instante seguinte, os hóspedes apearam no pórtico – a filha, Débora, ainda bonita aos 39 anos, Andrew, 15, Janet, 11, e Rosalie, 7.

– Oi, vó! – gritou Andrew.

– Cadê o Hannibal? – perguntou sem demora Janet.

– Estou com fome – choramingou Rosalie.

Trocaram saudações, e Albert encarregou-se de desembarcar todas as mascotes da família, incluindo um papagaio australiano, um aquário com peixes dourados e um hamster numa gaiola.

– Parabéns pela casa nova – falou Débora, abraçando a mãe. – Muito aconchegante.

– Podemos dar uma volta no jardim? – perguntou Janet.

– Depois do chá – falou Tommy.

– Estou com fome – reiterou Rosalie, com uma expressão que significava: não vamos colocar o carro na frente dos bois.

Passaram à sala de jantar, onde o chá foi servido e consumido com satisfação geral.

– Quer me explicar tudo isso que me contaram, mãe? – intimou Débora, encerrada a refeição. As duas estavam na varanda, admirando as crianças correndo e explorando os prazeres do jardim ao lado de Thomas e Hannibal, que não perdeu tempo para sair e participar das brincadeiras.

Débora, que sempre adotara uma linha severa com a mãe (que, em seu ponto de vista, carecia de meticulosa proteção), enfatizou:

– Mãe, o *quê* andou aprontando?

– Ah. Agora já conseguimos resolver tudo de modo satisfatório – falou Tuppence.

A afirmação não convenceu Débora.

– Andou aprontando, não é? Não é verdade, pai?

Tommy aproximou-se com Rosalie em cima dos ombros, enquanto Janet fazia o reconhecimento do novo território e Andrew perscrutava o ambiente de modo avaliador. Débora insistiu:

– Sei que tem aprontado. Brincando de sra. Blenkensop outra vez. O problema é que não tem como segurar a senhora... M ou N... Tudo aquilo de novo. Derek ouviu falar e me escreveu contando. – Ela meneou a cabeça ao mencionar o nome do irmão gêmeo.

– Derek... O que ele pensa que sabe? – questionou Tuppence.

– Derek sempre dá um jeito de ficar sabendo das coisas.

– E você também – Débora dirigiu-se ao pai. – Você também tem se metido em assuntos perigosos. Pensei que iam vir para cá, os dois, para se aquietarem, desfrutarem uma vida tranquila e companhia mútua.

– A ideia *era* essa – falou Tommy –, mas o Destino não quis assim.

– "Portal do Destino" – citou Tuppence. – "Caverna do Desastre, Fortaleza do Medo..."

– Flecker – disse Andrew, com erudição deliberada. Viciado em poesia, sonhava um dia tornar-se poeta. Completou a citação:

Damasco tem quatro portões imponentes (...)
Portal do Destino, Portão do Deserto (...)
Se for passar, ó caravana, não passe cantando.
Por acaso já ouviu
No silêncio dos pássaros mortos, um pio

Ecoando?

De repente, com inusitada cooperação, passarinhos desprenderam voo do telhado da casa e passaram por cima de suas cabeças.

– Que passarinhos são esses, vovó? – quis saber Janet.

– Andorinhas migrando para o sul – explicou Tuppence.

– Elas vão retornar algum dia?

– No próximo verão.

– E vão cruzar o Portal do Destino! – exclamou Andrew com intensa alegria.

– Antigamente esta casa era chamada de Ninho das Andorinhas – falou Tuppence.

– Mas vocês vão continuar morando aqui? – indagou Débora. – O pai me disse numa carta que estavam procurando outra casa.

– Por quê? – perguntou Janet, a Rosa Dartle* da família. – Eu gosto desta casa.

– Vou dar boas razões – disse Tommy, puxando uma folha de papel do bolso e lendo em voz alta:

A flecha negra
Alexander Parkinson
Oxford e Cambridge
Banquinhos de porcelana vitoriana
Grin-hen-lo
KK
Barriga de Matilde
Caim e Abel
Valente Truelove

– Silêncio, Tommy... Essa lista é *minha* – reclamou Tuppence.

– Mas o que ela *quer dizer*? – indagou Jane, continuando com seu questionário.

* Personagem de *David Copperfield*, de Charles Dickens. (N.T.)

– Parece a lista de pistas de uma história de detetives – diagnosticou Andrew, que nas ocasiões menos poéticas era aficionado desse gênero literário.

– *É* uma lista de pistas. É a razão pela qual estamos procurando outra casa – explicou Tommy.

– Mas eu gosto desta – falou Janet. – É encantadora.

– É uma casa bonita – disse Rosalie. – Um biscoito de chocolate – acrescentou, lembrando o chá recém-consumido.

– Gostei dela – anunciou Andrew, com o ar superior de um czar russo.

– Por que não gosta dela, vovó? – perguntou Janet.

– Mas eu *gosto*! – exclamou Tuppence num entusiasmo inesperado e repentino. – Quero continuar morando aqui...

– Portal do Destino – falou Andrew. – Nome palpitante.

– Era chamada de Ninho das Andorinhas – contou Tuppence. – Podemos rebatizá-la assim...

– Todas essas pistas... – comentou Andrew. – Bem que vocês podiam fazer uma história com elas... Um livro...

– Tem nomes demais, é muito complicado – falou Débora. – Quem ia ler um livro desses?

– Você ficaria surpresa – falou Tommy – com o que o pessoal lê... e gosta!

Tommy e Tuppence se entreolharam.

– Posso comprar um galão de tinta amanhã? – perguntou Andrew. – Ou Albert pode me dar uma mãozinha para pintar o nome novo no portão.

– E daí as andorinhas vão saber que podem voltar no verão – disse Janet.

Ela relanceou o olhar para a mãe.

– Boa ideia, filha – incentivou Débora.

– *La Reine le veult** – falou Tommy, fazendo uma reverência para a filha, que sempre considerou prerrogativa sua dar o assentimento real na família.

CAPÍTULO 17

Últimas palavras: jantar com sr. Robinson

– Que refeição agradável – falou Tuppence, correndo os olhos pelo grupo reunido.

Eles haviam passado da mesa de jantar para a biblioteca, onde ocuparam os lugares ao redor da mesa de café.

* "A Rainha consente", em francês no original. (N.T.)

O sr. Robinson, tão amarelo e ainda mais corpulento do que Tuppence imaginara, sorria atrás de uma bela jarra de café Jorge II. Perto dele, o sr. Crispin; ao que parecia agora respondendo pelo nome de Horsham. O coronel Pikeaway acomodou-se ao lado do sr. Beresford. Com certa indecisão, Tommy ofereceu um cigarro ao coronel.

O coronel Pikeaway, com expressão de surpresa, disse:

– *Nunca* fumo após o *jantar*.

A srta. Collodon, que Tuppence considerara deveras preocupante, disse:

– É mesmo, coronel Pikeaway? *Muito* curioso.

Ela virou a cabeça em direção a Tuppence.

– Que cão bem-comportado a senhora tem, sra. Beresford!

Hannibal, deitado embaixo da mesa com a cabeça descansando sobre o pé de Tuppence, levantou os olhos de enganosa expressão angelical e abanou o rabo delicadamente.

– Pelo que eu ouvi falar, é um cachorro bem *bravo* – comentou o sr. Robinson, lançando um olhar divertido a Tuppence.

– O senhor precisava vê-lo em ação – falou o sr. Crispin, ou melhor, Horsham.

– Ele se comporta socialmente quando é convidado para jantar – explicou Tuppence. – Ele adora; sente-se realmente um cão de prestígio entrando na alta sociedade. – Volveu o rosto para o sr. Robinson. – Foi mesmo muita, mas *muita* gentileza de sua parte ter enviado um convite para ele e providenciado um prato de fígado. Ele adora fígado.

– Todos os cães adoram fígado – falou o sr. Robinson. – Pelo que fiquei sabendo – disse ele mirando Crispin-Horsham –, se eu fosse visitar a casa do sr. e da sra. Beresford, eu corria o risco de ser estraçalhado.

– Hannibal leva seus deveres muito a sério – falou o sr. Crispin. – Tem pedigree de cão de guarda e nunca esquece disso.

– Você entende os sentimentos dele, é claro, sendo um agente de segurança – falou o sr. Robinson, com brilho de satisfação nos olhos. – A senhora e seu marido fizeram um trabalho notável, sra. Beresford. Temos com a senhora uma dívida de gratidão. O coronel Pikeaway me contou que foi a *senhora* quem começou a investigar.

– Foi sem querer – falou Tuppence, constrangida. – Eu fiquei curiosa... Quis descobrir umas coisinhas...

– Sim, estou sabendo. E agora, naturalmente, a senhora está curiosa para saber a explicação de tudo isso?

Tuppence ficou ainda mais constrangida, e sua fala tornou-se um pouco incoerente.

– Ah... é claro... quero dizer... entendo que tudo isso é confidencial... tudo muito sigiloso... e que não podemos fazer perguntas... afinal o senhor não tem autorização para contar nada. Entendo isso perfeitamente.

– Quem quer fazer perguntas sou eu. Se a senhora me responder, vou ficar imensamente satisfeito.

Tuppence o encarou com olhos arregalados.

– Não consigo imaginar... – Ela se calou.

– A senhora tem uma lista... o seu marido me contou. Ele não me explicou bem de que a lista tratava. Com razão. Essa lista é *sua* propriedade secreta. Mas eu também sei o que é sentir curiosidade.

Outra vez Tuppence notou nos olhos do sr. Robinson um brilho de satisfação. De repente, se deu conta de que simpatizava bastante com ele.

Ficou calada por alguns instantes, então tossiu e remexeu dentro da bolsa.

– É uma tolice enorme, aliás – falou ela. – Mais que tolice: é ilusão.

O sr. Robinson respondeu de modo inesperado:

– "Ilusão, ilusão, tudo no mundo é *ilusão*!" Assim falou Hans Sachs, sentado à sombra da árvore em *Os mestres cantores*. Minha ópera favorita. Como ele estava certo!

Ele pegou uma folha de papel ofício que ela lhe entregou.

– Leia em voz alta se quiser – falou Tuppence. – Não me importo mesmo.

O sr. Robinson passou os olhos na lista e então a entregou a Crispin.

– Angus, você tem melhor dicção do que eu.

O sr. Crispin pegou a folha. Em voz de tenor, leu em alto e bom tom:

Flecha negra
Alexander Parkinson
Mary Jordan não morreu de morte natural
Oxford e Cambridge bancos de porcelana vitoriana
Grin-Hen-Lo
KK
Estômago de Matilde
Caim e Abel
Truelove

Ele fez silêncio e mirou o anfitrião, que se virou para Tuppence.

– Minha cara – falou o sr. Robinson. – Permita-me lhe dar meus parabéns. A senhora tem um cérebro privilegiado. Partir dessa lista de pistas e chegar até as descobertas finais é algo digno de nota.

– Tommy também ajudou bastante – falou Tuppence.

– Influenciado por você – disse Tommy.

– Ele fez uma pesquisa primorosa – falou o coronel Pikeaway em tom de elogio.

– A data do censo forneceu uma indicação precisa.

– Vocês formam uma dupla talentosa – disse o sr. Robinson. Fitou Tuppence outra vez e sorriu. – Obrigado por não demonstrar nenhuma curiosidade indiscreta, mas não quer mesmo saber a explicação disso tudo?

– Ah! – exclamou Tuppence. – Vai mesmo nos contar? Que coisa maravilhosa!

– Parte da história começa, como a senhora suspeitava, com os Parkinson – falou o sr. Robinson. – Ou seja, no passado remoto. A minha bisavó era da família Parkinson. Ela foi a fonte de algumas informações...

"Mary Jordan trabalhava para nós. Tinha ligação com a Marinha... A mãe dela era austríaca, por isso Mary falava alemão com fluência.

"Como a senhora talvez saiba e como seu marido certamente já sabe, em breve certos documentos serão publicados.

"A tendência atual do pensamento político é que o sigilo, necessário em certas épocas, não deve ser preservado por tempo indefinido. Os dados e registros devem vir a público como parte cabal da história pregressa de nossa nação.

"Três ou quatro volumes devem ser publicados nos próximos anos, autenticados por provas documentais.

"O que aconteceu na vizinhança do Ninho das Andorinhas (na época, o nome da casa onde vocês moram hoje) com certeza vai ser incluído.

"Houve vazamento de informação... como sempre acontece em época de guerra ou antes do irromper de uma guerra.

"Políticos com prestígio, tidos em alta conta, e jornalistas famosos utilizavam sua poderosa influência de modo imprudente. Até mesmo antes da Primeira Guerra Mundial alguns conspiravam contra o próprio país. Depois daquela guerra, surgiu uma leva de jovens recém-graduados nas universidades, adeptos fervorosos do comunismo, com frequência membros ativos do Partido Comunista, sem que ninguém tomasse conhecimento do fato. Mais perigoso que isso, o fascismo flertava com Hitler, que se dizia amante da paz e prometia um fim rápido à guerra.

"E assim por diante. Ação constante nos bastidores. Já aconteceu antes na História. Sem dúvida, sempre vai acontecer: uma quinta-coluna ativa e perigosa, dirigida por aqueles que acreditavam nela... e também por aqueles que desejavam vantagens financeiras, que visavam, no futuro, à tomada do poder. Renderá trechos de leitura absorvente. Com que frequência a mesma frase foi enunciada com toda a boa-fé: 'Quem? O velho B., traidor? Tolice! Seria a última pessoa na face da Terra a nos trair! Confiável até o tutano dos ossos!'

"O velho truque da confiança plena. A velha história de sempre. Não muda nunca.

"No mundo comercial, nas repartições públicas, na vida política, sempre há um sujeito carismático, de aparência honesta, que desperta simpatia e confiança. Acima de qualquer suspeita. 'A última pessoa na face da Terra.' Etc. etc. etc. Alguém com pendor para vender gato por lebre.

"A cidadezinha onde a senhora mora hoje, sra. Beresford, tornou-se o quartel-general de um certo grupo pouco antes da Primeira Guerra Mundial. Só mais uma simpática aldeia do Velho Mundo... um povo tão bom sempre vivera ali... todos patrióticos, atuando em várias funções de trabalho de guerra. Um porto seguro... um jovem e bonito comandante... de boa família, o pai almirante. Um bom médico conhecido no local... muito admirado por todos os pacientes... que o usavam como confidente. Um simples clínico geral. Ninguém suspeitava que ele era treinado em guerra química... em gases venenosos.

"Mais tarde, antes da Segunda Guerra Mundial, o sr. Kane (escrito com K), adepto de crenças políticas particulares, morou num bonito chalé com telhado de sapê. Não era fascista. De modo algum! Só 'Paz em Primeiro Lugar' para salvar o mundo, um credo que ganhava seguidores com rapidez no continente e em inúmeros países mundo afora.

"Nada disso é aquilo que a senhora realmente deseja saber, sra. Beresford, mas a senhora precisa primeiro compreender o cenário, construído com muito cuidado. Foi nesse contexto que Mary Jordan foi enviada para descobrir, se pudesse, o que estava acontecendo.

"Ela é de uma geração anterior à minha, mas não há como deixar de admirar o trabalho feito por ela em prol da nação... Oxalá a tivesse conhecido. Uma coisa é certa: caráter e personalidade não lhe faltavam.

"Mary era o prenome verdadeiro, mas era mais conhecida pelo apelido, Molly. Ela fez um bom trabalho. Foi uma tragédia a sua morte prematura."

Tuppence não despregava o olho de um retrato na parede que, por alguma razão, lhe parecia familiar. O rosto de um menino.

– Aquele é...

– Sim – falou o sr. Robinson. – O menino Alexander Parkinson, quando tinha onze anos. Nessa época, Molly foi trabalhar na casa dos Parkinson, numa posição segura para vigiar sem chamar a atenção. Não era possível imaginar... – ele engoliu em seco – o que estava para acontecer.

– Não foi um Parkinson? – indagou Tuppence.

– Não, minha cara. Até onde eu sei, os Parkinson não estavam envolvidos de modo algum. Mas outras pessoas (hóspedes e amigos) dormiram na casa naquela noite. Foi seu marido Thomas quem descobriu que na ocasião aconteceu um recenseamento. O nome de qualquer pessoa que dormiria naquela casa precisava ser comunicado, além dos moradores de sempre. Um daqueles nomes tinha uma conexão relevante. A filha do médico do qual falei há pouco foi visitar o pai dela, como sempre fazia, e pediu hospedagem aos Parkinson naquela noite, junto com dois amigos que ela trouxera. Os amigos eram pessoas de bem, mas mais tarde descobriu-se que o pai dela estava envolvido até o pescoço em tudo de podre que acontecia naquele lugar. Ao que parece, ela se oferecera para ajudar os Parkinson no jardim algumas semanas antes e plantara espinafre perto das dedaleiras. E foi ela quem levou a mistura de folhas para a cozinha no dia fatídico. A intoxicação dos comensais foi considerada um desses malfadados equívocos que acontecem de vez em quando. O médico explicou que já conhecera caso semelhante. A prova apresentada no inquérito resultou em veredito de fatalidade. O fato de que um copo de coquetel havia sido quebrado por acidente naquela mesma noite não chamou a atenção de ninguém.

"Talvez, sra. Beresford, seja de seu interesse saber que a história poderia ter se repetido. A senhora sofreu um atentado a tiros de alguém escondido na moita de capim-dos-pampas, e, mais tarde, a mulher que se autodenominava srta. Mullins tentou envenenar sua xícara de café. Pelas informações de que dispomos, na verdade ela é neta ou sobrinha-neta do médico criminoso original. Antes da Segunda Guerra Mundial, ela foi pupila de Jonathan Kane. Por isso Crispin a reconheceu, é claro. E o seu cão definitivamente não gostou dela e agiu com energia. Hoje sabemos: foi ela quem deu o golpe na cabeça do velho Isaac e o matou.

"Agora temos que nos deter numa personalidade ainda mais sinistra: o médico bonachão e gentil, idolatrado por todos na cidade. As provas que temos indicam que ele foi o responsável pela morte de Mary Jordan. Na época ninguém teria acreditado nisso. Ele tinha amplos interesses científicos, conhecimento especializado em venenos e um trabalho pioneiro na área de bacteriologia. Foram precisos sessenta anos para isso vir à tona. Só Alexander Parkinson, na época um colegial, começou a suspeitar."

– "Mary Jordan não morreu de morte natural" – citou Tuppence docemente. – "Foi um de nós." – Ela indagou: – Foi o médico que descobriu o que Mary estava fazendo?

– Não. O médico não tinha suspeitado de nada. Mas alguém tinha. Até aquele momento a missão dela era plenamente bem-sucedida. O comandante da Marinha trabalhara com ela conforme planejado. As informações que Mary entregava a ele eram autênticas, e ele não percebeu que era apenas material sem importância... mascarado para parecer importante. Supostos planos e segredos navais que ele passava a ela eram entregues em Londres, nos dias de folga dela, obedecendo com eficiência às instruções de quando e onde. O jardim da rainha Maria no Regent's Park era um desses pontos... E a estátua de Peter Pan nos Kensington Gardens era outro. Ficamos sabendo muita coisa desses encontros e dos funcionários de segundo escalão das embaixadas envolvidas.

"Mas isso tudo ficou no passado remoto, sra. Beresford."

O coronel Pikeaway tossiu e de repente tomou a palavra.

– Mas a história se repete, sra. Beresford. Todo mundo aprende isso mais cedo ou mais tarde. Uma célula formou-se recentemente em Hollowquay. Pessoas que sabiam de tudo armaram o circo de novo. Talvez por isso a srta. Mullins tenha voltado. Certos esconderijos foram utilizados de novo. Reuniões secretas eram feitas. Outra vez, o dinheiro tornou-se primordial... De onde vinha, para onde ia... O nosso sr. Robinson aqui foi acionado. E então nosso velho amigo Beresford apareceu e começou a me fornecer informações muito úteis, que se encaixavam com o que já suspeitávamos. O cenário futuro sendo armado com antecedência, para ser controlado e governado por um vulto político desse país. Vulto de reputação e, a cada dia, com mais adeptos e seguidores. O truque da confiança outra vez em ação. Homem íntegro... Amante da paz. Nada de fascismo... Não! Só impressão. Paz para todos... e recompensa financeira para quem colaborava.

– Então o processo continua? – arregalou os olhos Tuppence.

– Agora sabemos mais ou menos tudo o que queremos e precisamos saber. Em parte devido à contribuição de vocês dois. A cirurgia no cavalo de balanço foi especialmente informativa...

– Matilde! – exclamou Tuppence. – Fico contente! Mal posso acreditar. A barriga de Matilde!

– Que seres maravilhosos, os cavalos! – exclamou o coronel Pikeaway. – E imprevisíveis. Desde os tempos do cavalo de Troia.

– Até mesmo o Truelove ajudou, espero – disse Tuppence. – Mas, então, se a coisa ainda continua... Com crianças por perto...

– Não continua – falou o sr. Crispin. – Não precisa se preocupar. Aquele canto da Inglaterra está expurgado... E o vespeiro, eliminado. Adequado à vida privada outra vez. Temos razões para acreditar que transferiram a base de operações para as redondezas de Bury St. Edmunds. E vamos cuidar da segurança de vocês, então, não há motivo para se preocupar.

Tuppence soltou um suspiro de alívio.

– Obrigada por me contar. Sabe, minha filha Débora nos visita de vez em quando e traz os três filhos...

– Não precisa se preocupar – falou o sr. Robinson. – Por sinal, depois do caso M ou N, vocês não adotaram a criança envolvida na história... aquela dos livros de cantigas de ninar como "Gansinho, tolinho"?

– Betty? – perguntou Tuppence. – Sim. Ela se destacou na universidade e partiu para a África para fazer pesquisa antropológica... ver como o povo vive e esse tipo de coisa. Uma porção de jovens dá importância a isso. Ela é um anjo... e irradia felicidade.

O sr. Robinson pigarreou e levantou-se.

– Quero propor um brinde. Para o sr. e a sra. Beresford, em reconhecimento ao serviço prestado à nação!

O brinde foi erguido com entusiasmo.

– E, se me permitem, vou propor outro brinde – anunciou o sr. Robinson. – Para Hannibal!

– Que tal, Hannibal? – falou Tuppence, acariciando a cabeça dele. – Um brinde a sua saúde! Quase tão honroso quanto ser nomeado cavaleiro ou receber uma condecoração. Por sinal, há poucos dias, li *Conde Hannibal*, de Stanley Weyman.

– Li quando menino – disse o sr. Robinson. – "Quem toca meu irmão, toca Tavanne", se bem me recordo. Pikeaway, o que você acha? Hannibal, eu posso cingir o seu ombro?

Hannibal deu um passo na direção do sr. Robinson, recebeu um tapinha na espádua e abanou a cauda alegremente.

– Elevo Hannibal a conde desse reinado.

– Conde Hannibal! Não é encantador? – disse Tuppence. – É de encher o peito de orgulho!

SOBRE A AUTORA

Agatha Christie (1890-1976) é a autora mais publicada de todos os tempos, superada apenas por Shakespeare e pela Bíblia. Em uma carreira que durou mais de cinquenta anos, escreveu 66 romances de mistério, 163 contos, dezenove peças, uma série de poemas, dois livros autobiográficos, além de seis romances sob o pseudônimo de Mary Westmacott. Dois dos personagens que criou, o engenhoso detetive belga Hercule Poirot e a irrepreensível e implacável Miss Jane Marple, tornaram-se mundialmente famosos. Os livros da autora venderam mais de dois bilhões de exemplares em inglês, e sua obra foi traduzida para mais de cinquenta línguas. Grande parte da sua produção literária foi adaptada com sucesso para o teatro, o cinema e a tevê. *A ratoeira*, de sua autoria, é a peça que mais tempo ficou em cartaz, desde sua estreia, em Londres, em 1952. A autora colecionou diversos prêmios ainda em vida, e sua obra conquistou uma imensa legião de fãs. Ela é a única escritora de mistério a alcançar também fama internacional como dramaturga e foi a primeira pessoa a ser homenageada com o Grandmaster Award, em 1954, concedido pela prestigiosa associação Mystery Writers of America. Em 1971, recebeu o título de Dama da Ordem do Império Britânico.

Agatha Mary Clarissa Miller nasceu em 15 de setembro de 1890 em Torquay, Inglaterra. Seu pai, Frederick, era um americano extrovertido que trabalhava como corretor da Bolsa, e sua mãe, Clara, era uma inglesa tímida. Agatha, a caçula de três irmãos, estudou basicamente em casa, com tutores. Também teve aulas de canto e piano, mas devido ao temperamento introvertido não seguiu carreira artística. O pai de Agatha morreu quando ela tinha onze anos, o que a aproximou da mãe, com quem fez várias viagens. A paixão por conhecer o mundo acompanharia a escritora até o final da vida.

Em 1912, Agatha conheceu Archibald Christie, seu primeiro esposo, um aviador. Eles se casaram na véspera do Natal de 1914 e tiveram uma única filha, Rosalind, em 1919. A carreira literária de Agatha – uma fã dos livros de suspense do escritor inglês Graham Greene – começou depois que sua irmã a desafiou a escrever um romance. Passaram-se alguns anos até que o primeiro livro da escritora fosse publicado. *O misterioso caso de Styles* (1920), escrito próximo ao fim da Primeira Guerra Mundial, teve uma boa acolhida da crítica. Nesse romance aconteceu a primeira aparição de Hercule Poirot, o detetive que estava destinado a se tornar o personagem mais popular da ficção policial desde Sherlock Holmes. Protagonista de 33 romances e mais de cinquenta contos da autora, o detetive belga foi o único personagem a ter o obituário publicado pelo *The New York Times*.

Em 1926, dois acontecimentos marcaram a vida de Agatha Christie: a sua mãe morreu, e Archie a deixou por outra mulher. É dessa época também um dos fatos mais nebulosos da biografia da autora: logo depois da separação, ela ficou desaparecida durante onze dias. Entre as hipóteses figuram um surto de amnésia, um choque nervoso e até uma grande jogada publicitária. Também em 1926, a autora escreveu sua obra-prima, *O assassinato de Roger Ackroyd*. Este foi seu primeiro livro a ser adaptado para o teatro – sob o nome *Álibi* – e a fazer um estrondoso sucesso nos teatros ingleses. Em 1927, Miss Marple estreou como personagem no conto "The Tuesday Night Club".

Em uma de suas viagens ao Oriente Médio, Agatha conheceu o arqueólogo Max Mallowan, com quem se casou em 1930. A escritora passou a acompanhar o marido em expedições arqueológicas e nessas viagens colheu material para seus livros, muitas vezes ambientados em cenários exóticos. Após uma carreira de sucesso, Agatha Christie morreu em 12 de janeiro de 1976.

Impressão e acabamento
Imprensa da Fé